BASTEI
LÜBBE

DER FLUCH DES NEBELGEISTES

JANNY WURTS

HERR DES LICHTS

Roman

Ins Deutsche übertragen
von Frauke Meier

BASTEI LÜBBE TASCHENBUCH
Band 20 349

1. Auflage: Dezember 1998
2. Auflage: Oktober 2001

Vollständige Taschenbuchausgabe

Bastei Lübbe Taschenbücher ist ein Imprint
der Verlagsgruppe Lübbe

Titel der amerikanischen Originalausgabe:
Curse of the Mistwraith, Part 2

Lektorat: Christine Basmaji / Stefan Bauer
Titelbild / Innenillustrationen: Janny Wurts
Satz: Fotosatz Steckstor, Rösrath
Druck und Verarbeitung:
Brodard & Taupin, La Flèche, Frankreich
Printed in France
ISBN 3-404-20349-6

Sie finden uns im Internet unter
http://www.luebbe.de

Der Preis dieses Bandes versteht sich einschließlich
der gesetzlichen Mehrwertsteuer.

Golf von Stormwell
Westlandsee
North Cape
Trow Islands
Northstrait
Northerly
Mincress
Rowelle
Miralt
Sorcerers' Preserve
Plain of Karmak
Teal's Gap
Westwood
Camris
Karfael
Great West Road
Erdane
Tysan
Kelsing
West End
Melor
West Gate
Avenor
Hanshire
Taerlin
Riverton
Korias
Caithwood
Orlest
Tideport
Capewell
Quarn
Atainia
Althain Tower
Lorn
Castle Point
Isaer
Isaer Ruins
Blackshear Isle
Cainford
Valeford
Mainmere
Ruins
Barish
East Bransing
Lanshire
Scarpdale
Torwent
Lithmarin
Havish
Ruins
Ghent
Elkforest
Ostermere
Storlain Mountains
Ettinmere Settlement
Cheivalt
Westcliff
Carithwyr
Havistock
Quaid
Redburn
Spire
Ruin of Telmandir
Los Mar
Shalzein
Lithmere
Waterfork
West Shand
Morvos
Falwood
Salt Fens
Shandor
Havens
South Strait
Rockbay Harbor
Firstmark
Cascain
Ruins of Earle
South Gate
Cainwyr Island
Corith
Lost Isles of Min Pierens
Islandwynne
Ruins of Penstair
Anglefen
Ruin
Strakewood
Deshir
Westfen
Cildorn
River
Tal Quorin
Narms
Mathorn
Morvain
Halwythwood
Arathura
Crater Lake
Grasslands
Backwater
Silvermarsh

Athera
Der paravianische Kontinent
im Zeitalter der Nebelgeistes
North Ward
Brimwood
Fallowmere
East Ward
Plain of Araithe
Werpoint
Crescent Isle
Valleygap
Minderl Bay
Ithilt
Darkling
Rathain
Eastwall
Minderl
Ruin
Minderl Strait
Highscarp
Ithamon
Saint's Point
East Gate
Althir Ruins
Vaststrait
Bay of Eltair
Jaelot
Northstor
Tharidor
Whitehold
Parsee
Varens
Tirans
Perdith
Atwood
East Halla
Tirans Ruins
Los Lier
Cildeinischer Ozean
Alestron
Adruin
Mirthlvain Swamp
Orvandir
Methlas Lake
Ganish
Six Towers
Durn
Thirdmark
Shand
Atchaz
Telzen
Merior
Shaddorn
Atland
Selkwood
Desert of Sanpashir
Ruins
Southshire
Sanshevas
Innish
Forthmark
River Ippash
Südliches Meer
N
Städte
Faravianische Ruinen
(von den Rebbellen ausgenommene) Städte
Weltentor
Stehende Steine
Gremzen
Flüsse
Wälder
Sümpfe
Ödland
alte Straße
benutzte Straße
Berge

Inhalt

1.	DESH-THIERE	15
2.	EROBERUNG	65
3.	ETARRA	111
4.	KRÖNUNGSTAG	163
5.	STRAKEWALD	243
6.	OMEN	307
7.	DIE SCHLACHT IM STRAKEWALD	379
8.	GIPFEL	439

Danksagung

Der Fluch des Nebelgeistes entwickelte sich zu einem gewaltigen Projekt, dessen Verwirklichung ohne die Hilfe und den Rat anderer Leute, die mir immer wieder Zeit opferten, nicht möglich gewesen wäre. Dafür danke ich meinen Freunden, die durch ihre Berufe, Hobbys und Vorschläge der Magie des Buches den Hauch von Realität verliehen.

Jane Johnson, eine ganz besondere Redakteurin; David E. Bell, Mike Floerkey, Mickey Zucker Reichert, Suzanne Parnell, Raymond E. Feist, Rosemary Prince und natürlich Don Maitz, meinem Ehemann, ohne den mich Gewicht und Ausmaß dieses Projektes vermutlich erdrückt hätten.

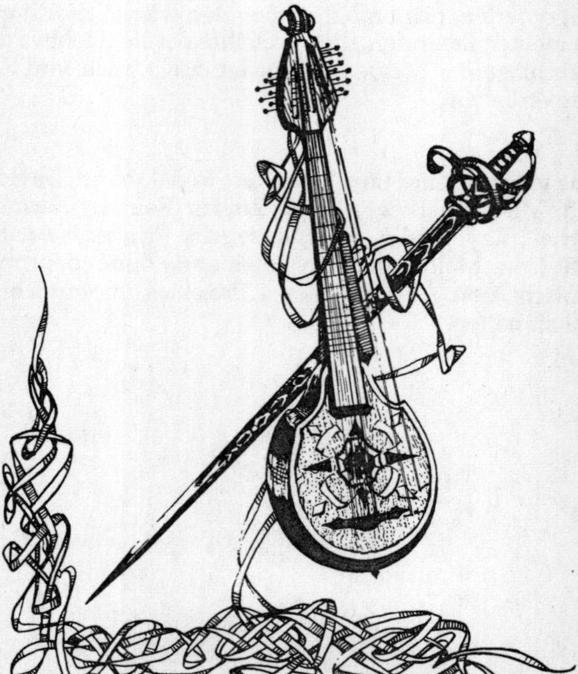

Für Gladden Schrock

Eine Laterne für die Träume
und ein Albatros im Wandschrank –
hier ist einer, der fliegen kann.

1
DESH-THIERE

Im Herzland von Daon Ramon, hoch oben auf den Zinnen des Kielingturmes, erfuhr der andauernde Kampf gegen den Nebelgeist eine ungeplante Unterbrechung, als die Verbindung zwischen den beiden Halbbrüdern zu einem Nichts zerfaserte. Mit verwirrtem Gesichtsausdruck löste Lysaer die Konzentration. Seine Hände erschlafften, und die letzte Energiereserve, die er als Blitz hatte gen Himmel senden wollen, zerstob zu einem harmlosen Funkentanz. Unwirsch schob er sich eine Haarsträhne aus dem Gesicht und sagte verärgert: »Würde einer von euch den Spaß vielleicht mit mir teilen?«

Niemand antwortete ihm.

Dakar kniete am Boden, hilflos zusammengekrümmt in einem Anfall haltlosen Gelächters. Auch Arithon schien nicht ansprechbar zu sein, wäre er doch gerade beinahe erstickt, als er in den zerknitterten Stoff seines Umhangs hineinjauchzte. Selbst als Asandir eiligen Schrittes die Treppe heraufkam, gelang es weder dem Herrn der Schatten noch dem Wahnsinnigen Propheten, sich zu beruhigen. Der Zauberer hatte die Brauen zu einem tadelnden Ausdruck hochgezogen, doch schimmerte ein Funken vergnügter Anteilnahme in seinen Augen.

»Ich weiß Bescheid«, sagte er übergangslos. »*Sethvir* hat mich vom *Althainturm* aus darüber informiert, daß ihr zwei die Oberste Korianizauberin und ihre Erste Zauberin verärgert habt. Sagt mir, welchen Streich ihr ihnen gespielt habt, und beeilt euch, immerhin müssen wir nun mit einem wütenden Gegenschlag rechnen.«

Zwar hatte Arithon sich als erster wieder gesammelt, doch die Antwort lieferte Dakar, unter Tränen und stets von neuen Heiterkeitsausbrüchen unterbrochen, die er jedoch mannhaft zu unterdrücken bemüht war. »Die verdammten Hexen haben versucht, sich einzumischen.« Er wischte sich die tränenden Augen und schlug sich auf die Schenkel, ehe er erneut zu sprechen ansetzte. »Morriel hat wieder versucht, die Prinzen zu beobachten. Sie hat Lirenda und den Fokusstein von Skyron benutzt. Es war so durchschaubar ...«

Nun versagte seine Stimme, und der Wahnsinnige Prophet verfiel in die paralysierenden Zuckungen krampfhaften Aufstoßens.

Hoffnungsvoll wandte sich der Zauberer an Arithon. »Dann habt Ihr Euch also in die Beobachtungen der Korianizauberinnen eingeschaltet und die Energien, die Ihr für den Kampf gegen Desh-Thiere gesammelt habt, durch ihre magische Matrix geleitet?«

Zurückhaltender und bei weitem nicht so respektlos wie Dakar nickte der Herr der Schatten nur schweigend.

»Ath!« unterbrach Lysaer, verärgert über das sachliche Eingeständnis seines Halbbruders. »Du hast unsere Gaben zu den Zauberinnen umgeleitet? Du rücksichtsloser Dummkopf! Du hättest jemanden töten können!«

Noch immer grinsend hob Arithon beschwichtigend die Hände. »Unwahrscheinlich. Die Damen hatten Wards aufgebaut. Niemand ist verletzt worden. Nur ein paar Vorhänge sind zerfetzt, und da, wo ihre Schutzzauber dem Ansturm nicht gewachsen waren, sind einige der Steine aus dem alten Gemäuer geflogen.«

»Dakar!« durchbrach die krächzende Stimme des Zauberers die jungenhaft übermütige Stimmung im Raum. »Erklär mir das! Wie konnte die Oberste Korianizauberin die Wards des Kielingturmes durchdringen?«

Der Wahnsinnige Prophet erhob sich so ruckartig, als

hätte ihm jemand einen Schlag versetzt. »Ich habe keine Ahnung. Fragt doch Euren Prinzen.«

Arithons Ausgelassenheit schwand augenblicklich, und seine Miene wandelte sich zu einem absolut nichtssagenden Ausdruck. So plötzlich wie machtvoll trat die Anspannung in der Beziehung zwischen dem Prinzen und Asandir wieder zutage. Wohlwissend, daß jede Frage nun wohl auf eine schroffe Zurückweisung stoßen mochte, enthielt sich der Zauberer weiterer Erkundigungen.

Seine magische Wahrnehmung gab ihm die Möglichkeit, sich die Antworten selbst zu verschaffen. Nicht einmal die trüben Nebel Desh-Thieres vermochten die machtvolle Offenlegung seines Willens zu dämmen, als er die starre Haltung des Herrn der Schatten untersuchte. Der Effekt auf das Opfer war nicht weniger schwerwiegend als ein chirurgischer Eingriff unter Zuhilfenahme einer schlichten Glasscherbe. Sturer, zorniger Stolz verbat es dem Prinzen, das Gesicht abzuwenden oder auch nur zusammenzuzucken, obwohl die solchermaßen offenbarten Gefühle sich auch einem unbeteiligten Zeugen als persönliche Bloßstellung darboten. Vor begieriger Neugier schwitzend beobachtete Dakar die Vorgänge; Lysaer hingegen war so peinlich berührt, daß sein Ehrgefühl ihm gebot, die Augen abzuwenden, um nicht länger Zeuge zu sein, wie der Intimsphäre seines Bruders Gewalt angetan wurde.

Aber weder der Herr der Schatten noch der Zauberer verfügten über genug Aufmerksamkeit, um ihren Zuschauern Beachtung zu schenken, zu tief waren sie in ihrem persönlichen Konflikt gefangen.

»Barmherzigkeit«, murmelte der Zauberer endlich, und sein Tonfall war so gleichmütig, als würde er belanglose Fakten an den Fingern abzählen. »Die Riathan Paravianer haben ihre Wards mit unfehlbarer Sicherheit angebracht. Sie lassen sich niemals durch einen falschen Anschein täuschen, denn sie verfügen über die Wahrnehmung des Schöpfers Ath. Der Kielingturm dürfte sich jeder Macht verwehren, außer der bedingungsloser Liebe ...« Asandir brach ab und wurde bleich. »Die Zauberin auf dem Heuboden der *Vier Raben*«, mutmaßte er, und die Schärfe in seinem Tonfall verursachte Lysaer ein Gefühl des Schauderns.

Nun endlich sprach Arithon, obschon es ihm kaum gelang, seinen Zorn in Schach zu halten. »Die Oberste Zauberin hat sie mißbraucht. Elaira selbst war nicht einmal anwesend, und sie wußte von nichts. Und nun sagt mir wahrheitsgemäß, daß ihre diebischen Vorsteherinnen nicht ihre wohlverdiente Strafe erhalten haben.«

Verwundert über den Namen, mit dem er nichts anfangen konnte, beobachtete Lysaer, wie Asandir Arithons Worte erwog und über die Wildheit seines Tonfalles hinwegsah. Der Blick, den er schließlich auf Arithon richtete, war ebenso flehentlich wie bedauernd. »Nie, niemals dürft Ihr Elaira gestatten, ihren Gefühlen nachzugeben, soweit sie Euch betreffen. Ihre Sorge ist so wahrhaftig wie edelmütig, doch sie darin zu bestärken, würde ihren sicheren Untergang bedeuten. Das Glaubensbekenntnis von Koriathain, dem sie sich unterworfen hat, steht der menschlichen Natur unnatürlich entgegen.«

»Eures etwa nicht?« Arithon wandte sich ab und stützte sich mit den Händen auf die Laibung des Kielingturmes. Der vorüberziehende Nebel hinterließ kleine Wassertröpfchen auf seinem Haar, doch es war nicht die Kälte, die ihn die Schultern angespannt hochziehen ließ. »Wenn ich schon zu einer gekrönten Marionette werden muß, um dieses Ödland aus seiner Finsternis zu reißen, dann werde ich wohl kaum eine Frau mit hineinziehen.«

»Haltet Euch daran«, schnappte Asandir. »Und soweit Elaira betroffen ist, verlange ich Euer Wort als der Prinz von Rathain.«

Langsam atmete Arithon tief ein, ehe er sich mit einem strahlenden Lächeln wieder umwandte. »Gegen meinen Willen könnt Ihr gar nichts von mir verlangen, Zauberer. Elaira ist nicht Gefahr, daß ich ihr den Hof machen könnte, weil ich eher sterben würde, als Eurer Bruderschaft einen Erben zu liefern.«

Diese Worte entlockten Asandir ein herzliches Lachen. »Fünf Jahrhunderte sind eine lange Zeit der Abstinenz, mein Prinz. Und wenn Ihr mich glauben machen wollt, die Zauberin bedeute Euch nichts, dann werdet Ihr Euch einer besseren List als der Lüge bedienen müssen.«

»Touché«, murmelte Dakar, doch niemand beachtete seine Spöttelei.

Für einen kurzen Augenblick sah Arithon wahrhaft mörderisch aus. Dann jedoch trat ein sanfter Ausdruck in seine Augen, und er sprach mit einer nur für Asandir bestimmten Offenheit: »Was hat Euch veranlaßt, von den Worten abzurücken, die Ihr nach Maenalles Bankett an mich gerichtet habt?«

In der Zugluft auf den Zinnen stand die versprochene Entscheidungsfreiheit, von der abzusehen die Umstände hartnäckig erfordert hatten, unausgesprochen zwischen ihnen.

So oder so schon recht bleich, wurde Asandir nun totenblaß. Zum ersten Mal, seit Dakar sich erinnern konnte, sah der Zauberer aus, als wollte er klein beigeben. Statt dessen antwortete er, wenngleich ihn das sichtlich schmerzte. »Ihr selbst habt an dem Echo der Mysterien im Tal von Caith-al-Caen teilgehabt. Könnt Ihr die Vorstellung ertragen, daß jene Wesen, die dieses Echo verursachen, für immer aus unserer Welt verschwinden? Wenn eine Weissagung Euch offenbart, daß genau das passieren kann, würdet Ihr dann einfach danebenstehen und nicht versuchen, dieses Unglück zu verhindern?«

»Oh Ath! Nur das nicht!« Arithon umklammerte die Brüstung, als könnte das von Schutzzaubern verstärkte Mauerwerk eine Welt zur Ruhe bringen, die unter seinen Füßen zu beben begonnen hatte. »Wollt Ihr mir erzählen, daß die Rettung der Paravianer mit meiner Regentschaft über Rathain zusammenhängt?«

»Schlimmer.« Dakar konnte der Gelegenheit, sich zu Wort zu melden, nicht widerstehen. »Lehnt Eure Krone ab, und Ihr werdet ihr endgültiges Verschwinden besiegeln.«

Asandir schwieg, doch der sorgenvolle Ausdruck in seinen Zügen war aussagekräftig genug.

»Ist das wahr?« rief Arithon aus. Wilde Verzweiflung spiegelte sich auf seinem Antlitz. »Die Bedürfnisse dieses Landes bringen mich um, versteht Ihr das denn nicht?«

Angesichts der Pein, die sich in seiner Haltung ausdrückte, bereute Dakar seinen Ausbruch. Lysaer wünschte sich derweil inbrünstig, an irgendeinem anderen Ort in Athera zu sein, doch das Mitgefühl lähmte seine Beine.

Asandir starrte zu Boden, als sinne er ernstlich über seine feuchten Stiefel nach, an denen noch Reste der Stechginsterzweige vom Weg über die Berge von Daon Ramon hafteten. »Selbst dann, Teir's'Ffalenn.« Vernichtende Unerbittlichkeit begleitete seine Güte. »Ich mußte eine Wahl treffen, und nun ist es an Euch, ebenso zu entscheiden.«

»Gnädiger Schöpfer, nennt Ihr denn Mord eine Wahl?« Arithons Schmerz verweigerte sich jedem Mitgefühl so sehr, daß niemand ihn aufzuhalten wagte, als er kehrtmachte und zur Treppe rannte.

In der verbleibenden giftigen, nervenaufreibenden Stille scharrte Dakar mit den Füßen. »Ich bin überrascht, daß Ihr ihn so bei der Stange halten konntet«, kommentierte er naßforsch genug, angesichts der gereizten Stimmung des Zauberers.

Doch diesmal war es Lysaer, der Asandir provozierte. »Nichts außer der Wahrheit vermag ihn zu binden, geht es darum?«

Wie aus tiefer Versenkung in ein Thema, angefüllt mit personifiziertem Grauen, blickte Asandir auf. »Wahrheit ist wie ein Juwel mit vielen Facetten – sie zeigt sich von jedem äußeren Blickwinkel aus mit unterschiedlichen Reflexionen und Illusionen.« Der Wind fuhr durch sein feuchtes Haar, und seine Arme hingen hilflos an seinem Körper herab, als er weitersprach. »Nur aus dem Inneren ist ein unverfälschter Blick möglich.«

Ganz entgegen seinen natürlichen Neigungen beschloß der Zauberer, Lysaer nicht über seinen Trugschluß aufzuklären. Die Wahrheit allein würde die Paravianer nicht dem Untergang weihen, wie Arithon so scharf geschlossen hatte. Dennoch konnte ihr Exil tatsächlich endlos werden, denn nach dem kompromißlosen Gesetz des Großen Gleichgewichts waren die alten Rassen keines Sterblichen Sorge, der sie nicht selbst geschaut hatte. Wahrheit aber, überlegte Asandir traurig, war das einzige Prinzip des Lebens, das den Musiker von seiner Bindung an die geerbte Krone hätte befreien können, doch die Widerhaken der Falle, die sich zum ersten Mal in Caith-al-Caen geschlossen hatte, saßen tief und fest.

Es half nichts, daß Arithon sich zurückgezogen hatte, während seine persönlichen Bedürfnisse um ihr Recht kämpften und doch gegen die Last der von Schuldgefühlen aufgebürdeten Pflicht verlieren mußten. Asandirs Sinne folgten dem Herrn der Schatten, und eine brütende, lastende Stille ergriff von dem Zauberer Besitz, als seine Wahrnehmung einsetzte, denn er *sah*, wie sich der Schicksalsfaden, in dem all die Möglichkeiten eines begabten Mannes Befriedigung hätten finden können, in nichts auflöste. Der Augenblick ging vorüber, und mit ihm starb jede Hoffnung, daß Arithon der Barde hätte werden können, den das Netz im Althainturm vorausgesagt hatte, der Musiker, der überall auf dem Kontinent für seinen Edelmut und die Wärme seiner Wahrnehmungsfähigkeit geachtet würde. Das Vermächtnis eines allseits beliebten Meistersängers, wie ihn seit Elshian niemand mehr erlebt hatte, war um der Not willen verschmäht worden. An seiner Stelle schritt nun ein Prinz, der für seine Kompetenz gefürchtet werden sollte und dessen Fähigkeiten von einem unglücklichen Schicksal scharf geschliffen werden sollten.

Arithon würde die Krone, die ihn in Etarra erwartete, nun nicht mehr ablehnen.

Es gab keinen Trost; in den schlimmen Jahren, die folgen würden, konnte die Bruderschaft nur hoffen, daß der Mann, dessen Träume sie zerstört hatte, sich eines Tages mit dem Schicksal aussöhnen würde, das ihm aufgenötigt worden war. Das Überleben der Paravianer mochte mit der Wiederherstellung des Sonnenlichtes und mit Kriegen erkauft werden können; doch ihre glückliche Rückkehr auf den Kontinent und die Vervollständigung der Sieben war keineswegs sicher. Die Erfüllung der Bedingungen von Dakars Prophezeiung über die Schwarze Rose war noch immer fraglich.

Eisiger Wind ließ Asandir erschauern. Er zog seinen Umhang fester um seine Schultern und erkannte, daß er allein auf den Zinnen des Kielingturmes war. Lysaer und Dakar hatten ihn sich selbst überlassen, sich selbst und dem undurchdringlichen Nebel, der das düstere Zwielicht des Himmels verhüllte. In der verbleibenden Finsternis erhoben sich dumpf brütend die paravianischen Türme, lichtlos und leer und dunkel.

In einem anderen Teil der Ruinen von Ithamon hockte Arithon auf einem herabgefallenen Kragstein, die Lyranthe still auf seinen Beinen. Der Zufall hatte ihn an diesen Ort geführt. Der schmutzige Hof vor seinen Augen hatte in glücklicheren Jahren den Händlern als Marktplatz gedient, auf dem sie ihre feine Wolle an die Schneider verkauft hatten. Dort, wo die Schieferplatten nicht mit Sand und Moos bedeckt waren, konnte man noch die Spuren sehen, die die Räder der Wagen hinterlassen hatten, wenn sie mit importiertem Samt und Brokat von den Webern aus Cildorn und Narms beladen waren. Doch Arithon dachte nicht an die Vergangenheit, wie er so dasaß, die Hände auf seinem Instrument, die Augen in seinem Schmerz fest geschlossen.

Seine Nerven lagen blank.

Musik, die stets sein Trost gewesen war, erschien ihm nun nur bitter. Er konnte nicht spielen. Jedesmal, wenn er die Finger an die Saiten führte, lieferte ihn die Wahrnehmung, die sonst sein Spiel inspiriert hatte, schutzlos dem Wirbel der Geistwesen aus, die in den Ruinen von Ithamon hausten. Die Geister seiner Ahnen rührten an seinem innersten Sein und riefen beschwörend seinen Namen. Jene, die im Zuge der Rebellion zu früh aus dem

Leben geschieden waren, schmerzten ihn weniger als die, die in einer früheren Ära geboren worden waren, zu einer Zeit, als die Paravianer noch die umgebenden Hügel bewohnt hatten und der Severnir noch nicht umgeleitet, das Land noch nicht verödet gewesen war. Es waren die Geister, deren Reise durch die Zeit nicht von Bedauern geleitet war, welches seufzend gleich einem Lied im Winterwind erklang; sie hatten den Fels, die Erde und die verwitterten Überreste edler Schnitzereien berührt und ihnen die ewigen Schwingungen von Glück und Zufriedenheit eingehaucht. Der ihnen innewohnende, zarte, verlorene Klang des Frohsinns schmerzte den ungekrönten Prinzen mehr als alles andere, denn ohne dieses Volk, ohne die einstigen Bewohner, flehte ihr Lied nur kläglich um den Wiederaufbau der Stadt, die nun in Trümmern lag.

Verstört und bekümmert über ein unheilvolles Schicksal, das nur ihm allein die Macht verlieh, dem Elend abzuhelfen, seufzte Arithon. Ein Schwert wäre seiner Stimmung angemessener gewesen als das Instrument, das ihm, während er es still in seinem Schoß wog, wie eine leidvolle Anklage erschien. Seine Sturheit hielt ihn aufrecht. Eher würde er seine Ohren verschließen und Noten spielen, die gefühllos, ja sogar falsch wären, als sich dem Kummer zu öffnen, der ihm keinen Frieden ließ.

Wie dumm er gewesen war, daß er Asandirs Warnung in Caith-al-Caen so geringgeschätzt hatte!

Das Wissen des gelehrten Magiers erinnerte ihn daran, daß jede Gabe auch ein zweischneidiges Schwert war. Der Anblick paravianischer Schönheit, dem er sich in vergnügter Sorglosigkeit hingegeben hatte, schmerzte ihn nun wie Tausende offener Wunden. Doch ohne sie zu leben, diesen Bereich innerer Erkenntnis zu versiegeln, würde ihn auf zutiefst bedauerliche Weise berauben, ihn blind werden lassen gegen jede Hoffnung und gegen das, was er nun als die leuchtende, immerwährende Wahrheit erkannte, die den Geist über die Zeit und den Verfall der Sterblichkeit erhob.

Eher würde er sich dem Elend unterwerfen, das die Krone von Rathain über ihn zu bringen versprach. Die Fesseln der Regentschaft waren trotz allem nur temporärer Natur. Am Ende würde ihn doch der Tod befreien.

Nur verschwommen waren die Kanten geborstener Steine in der Abenddämmerung noch zu erkennen. Ausgeblutet vom Licht des Tages war der Nebel so dicht wie modriger Filz. Zusammengekauert hockte Arithon in der Kälte, die Arme achtlos über der kostbaren Lyranthe Elshians gekreuzt. Falls er die sich nähernden Schritte gehört hatte, so entgingen sie doch seiner Wahrnehmung gleich mit den Geistwesen, die stetig an sein Gewissen drängten, das er vor ihnen aber verschlossen und versiegelt hielt, während andere, unheimlichere Geister nach ihm zu greifen schienen, als wollten sie sein lebendiges Fleisch in Stücke reißen.

»Gesegneter Ath, ich habe dich mit einer Statue verwechselt!« rief Lysaer, gedämpft durch den Stoff des Schals, den er sich um den Hals gewickelt hatte. Seit dem Nachmittag war es kälter geworden, und der Geruch von Schnee lag in der Luft. »Du mußt doch frieren.«

Arithon öffnete die Augen und sah, daß es inzwischen Nacht geworden war. Er lockerte den Griff um die Lyranthe und zog sich die Ärmel über die Hände, um seine Glieder vor dem unermüdlichen Zugriff des schneidend kalten Windes zu schützen, nachdem er festgestellt hatte, daß seine Finger bereits taub geworden waren. Der Instinkt eines Musikers, seine Hände vor der Macht der Elemente zu schützen, erstarb nur schwer.

»Rutsch ein bißchen«, verlangte Lysaer von seinem Halbbruder, der ihn schon wieder vergessen zu haben schien. »Ich möchte mich setzen.«

Arithon neigte den Kopf zu einem verspäteten Gruß, ehe er zur Seite rutschte, wobei seine Tunika über die Kante einer Holzschnitzerei schabte. Als er seine Schulter an den eingefallenen Türpfosten hinter sich lehnte, spielte der Wind mit den offenliegenden Saiten der Lyranthe.

Beunruhigt von der kummervollen Harmonie des

Klanges und der beinahe greifbaren Atmosphäre der Trostlosigkeit drängte sich Lysaer neben ihn und bemühte sich erfolglos um eine bequeme Sitzhaltung. »Du hast dir wirklich den scheußlichsten Platz ausgesucht, um vor dich hin zu grübeln. Ist das nun schlichte Perversion oder der masochistische Versuch, dich vor unerwünschter Gesellschaft zu schützen?«

Arithon lächelte schwach. »Wahrscheinlich beides.« Er fragte nicht, was seinen Halbbruder in diese ungemütliche Winternacht hinausgetrieben hatte, nachdem Dakar das Schaf geschlachtet hatte, das sie zuvor einem Wanderhirten abgekauft hatten. Sicher schmorte bereits ein würziges Fleischgericht über dem Feuer in der Stube unten im Kielingturm, in der, anders als in anderen Steingebäuden, kein eisiger Luftzug das Blut der Menschen erstarren ließ.

Die Schweigsamkeit seines Halbbruders konnte Lysaer nicht überraschen. Er spielte mit den Flechten, die tief in der alten Schnitzerei wurzelten, und sagte: »Ich wollte dich fragen, ob du bemerkt hast, daß es hier spukt?«

Arithon stieß ein bellendes Gelächter aus. »Ob ich es *bemerkt* habe?«

Lysaer widerstand dem Impuls, sich zurückzuziehen. Zwar teilte er keineswegs seines Halbbruders Neigung, die Musik einem Königreich vorzuziehen, doch hatte er sich geschworen, sich um Verständnis zu bemühen. Auch hatte Asandir nichts getan, ihm die unerwünschte Bürde zu erleichtern, und so war Arithons gereizte Stimmung verzeihbar, wenn nicht gar vollkommen gerechtfertigt.

Den Blick auf die Maserung des Marmors gerichtet, der unter seinen nervös zugreifenden Fingern zum Vorschein kam, wagte Lysaer einen weiteren Vorstoß. »Ich verfüge nicht über die Wahrnehmung eines Magiers. Dort, wo du und Asandir Mysterien erkennt, finde ich nur geborstene Steine, die in mir das unmännliche Bedürfnis, zu weinen, wecken.« Er deutete auf den Marmor, den seine Hände vom Schmutz befreit hatten. »Von den Überresten ihrer Kunstfertigkeit abgesehen, bedeuten die Paravianer für mich nicht mehr als ein Name und das wehmütige Gefühl, das von einem Traum nach dem Erwachen zurückbleiben mag.«

Ein Blick zur Seite offenbarte ihm, daß Arithon noch immer nicht aus seiner Versenkung herausgetreten war.

Widerstrebend erkannte er, daß er sich würde offenbaren müssen, wollte er eine Beziehung zu seinem Halbbruder herstellen. »Ich denke an zu Hause, und selbst das beunruhigt mich. Irgendwie fühle ich, daß Amroth mich enttäuschen würde, sollte ich jemals zurückfinden. Es ist, als gäbe es hier eine Wahrheit, die mich verhöhnt und sich meinem Zugriff entzieht.«

Arithon wandte den Kopf um.

Er hörte ohne eine Spur seines früher so zersetzenden Sarkasmus zu.

Doch die stille Aufmerksamkeit des Herrn der Schatten war nicht weniger beunruhigend; das Geheimnis eines Magiers verbarg sich auf unbestimmbare Weise hinter seiner Ruhe, und wenn auch keine offensichtliche Bedrohung von ihm ausging, so erforschte und beobachtete er ihn doch bis in sein innerstes Wesen, ohne auch nur das kleinste Detail zu übersehen. Lysaer schob die Furcht, dumm zu erscheinen, von sich und zwang sich, weiterzusprechen. »Der Spuk, den ich meine, ist etwas anderes. Ich habe es gemerkt, als ich den Schutz des Turmes verlassen habe. Es scheint stärker zu werden, erstickender, je länger wir gegen den Nebelgeist ankämpfen. Ich wollte wissen, ob du etwas Ähnliches gespürt hast. Denkst du, es könnte einen Zusammenhang geben? Mit Desh-Thiere, meine ich, nicht mit Ithamon.«

Nun zitterte Arithon auf einmal heftig, so als nähme er jetzt erst die Kälte wahr, der er so lange ausgesetzt war. Trocken entgegnete er in der Finsternis: »Warum fragen wir nicht Asandir?«

Lysaer blieb geduldig. »Das habe ich bereits getan.«

Arithon schloß die Augen.

Der s'Ilessid-Prinz hatte keine Wahl, er mußte die Konversation allein betreiben. »Unser Zauberer hat sofort

Kontakt mit Sethvir aufgenommen. Die Bruderschaft hat nichts Besonderes feststellen können, und Dakar war zu sehr damit beschäftigt, das Schaf zu schlachten, um noch eine Meinung zu äußern.«

Irgendwo unterhalb der Ruinen war ein Fuchs zu hören. Eine Feldmaus raschelte auf der Suche nach Futter durch das trockene Gras, und der Nebel wurde trotz des Windes immer dichter. Arithon löste sich aus seiner zusammengekauerten Haltung, legte die Lyranthe vorsichtig neben seinen Fuß und rieb sich beunruhigt die Schläfen.

Lysaer war erleichtert, daß, nachdem weder Sethvir noch Asandir etwas festgestellt hatten, der Herr der Schatten seine Sorge nicht als unbegründeten Unsinn abtat.

Tatsächlich betraf jedoch Arithons Besorgnis nur ihn persönlich. Seine magische Wahrnehmung zu nutzen, um zu sondieren, was für ein unheimliches Sein Lysaer so mit Sorge erfüllt hatte, bedeutete auch, sich von innen heraus zerfleischen zu lassen. Schon der Zeitpunkt war ein Fluch. Die Gesamtheit des Vermächtnisses der Geister von Ithamon war zu schmerzhaft zu ertragen, so kurze Zeit nach Asandirs Enthüllungen über die Rettung der alten Rassen. Paravianische Wards dämpften sogar die Schärfe des Spuks zu Ithamon; da nun aber der Schutzzauber des Kielingsturmes auf Barmherzigkeit beruhte und Arithon gerade darunter leiden mußte, hatte er niemals daran gedacht, noch genauer hinzusehen. Nie hatte er darüber nachgedacht, ob vielleicht noch etwas anderes, etwas Gefährliches dem Durchbruch durch die Vollkommenheit des Wards entsprungen sein könnte. Nun, nach Lysaers Worten, schalt er sich selbst für seine Sorglosigkeit. Immer wieder hatten die Zauberer von Rauven betont, daß Anmaßung die Schwäche der Gelehrten wäre.

»Asandir und Sethvir haben also nichts gefunden, sagst du«, resümierte Arithon, ohne eine Antwort zu erwarten.

Vom feuchten Griff Desh-Thieres beunruhigt, löste

sich Lysaer von der alten Schnitzerei. »Du fühlst es auch«, sagte er anklagend.

Arithon schüttelte mitfühlend den Kopf. »Ich fühle zur Zeit gar nichts. Freiwillig, verstehst du, denn wenn ich mich öffne, wenn ich auch nur den kleinsten Riß in meiner Abwehr dulde, dann werde ich hilflos sein und vermutlich in Tränen ausbrechen.« Er seufzte, schlug sich mit den Händen auf die Oberschenkel und schmiegte seinen Rücken an den Stein, der sich an seiner Wirbelsäule entlangzog. »Du hast nicht zufällig ein Taschentuch dabei?«

»Meine hat immer mein Kammerdiener für mich getragen«, entschuldigte sich Lysaer achselzuckend mit einem Anflug verunglückten Humors. »Wäre meine Schulter als Ersatz ausreichend?«

Das Angebot war so freundlich wie ehrlich, doch es war auch so schmerzhaft wie ein Schlag für einen Mann, der in diesem Augenblick an nichts außerhalb seiner Selbst gebunden sein wollte. Gefangen in diesem Widerstreit zügelte Arithon seine Angst. Eine Bedrohung, die von Desh-Thiere ausgehen mochte, war zu gefährlich, als daß er sie hätte aus rein persönlichen Gründen mißachten können, da machte es auch nichts aus, daß es seinem Halbbruder an Auffassungsvermögen fehlte, zu verstehen, wie sehr es ihm zuwider war, gerade an diesem Ort seine inneren Barrieren fallenzulassen und seine magischen Sinne zu nutzen.

Als nichts außer dem unablässig wehenden Wind Bewegung in den Stoff von Arithons Kleidung brachte, sagte Lysaer: »Du mußt nicht allein auf mein Wort hin handeln.«

Arithon brachte seinen Protest schnell zum Erliegen. »Ganz im Gegenteil. Angesichts deines Wesens kann niemand außer einem Dummkopf deine Sorge ignorieren, also verlangt dein Problem nach sofortiger Aufklärung.«

Nun sprang Lysaer voller Bestürzung auf. »Hier? In dieser Minute?« Es war Nacht, und es war bitterkalt, ganz abgesehen von den Ruinen, die allein schon genug an seinen Nerven zerrten.

Klamm und kalt hatte sich der Nebel gleich einem Leichentuch über die Trümmerstadt gelegt. Alles, was mehr als einen halben Schritt entfernt war, entzog sich den Blicken, und die Luft roch nach Feuchtigkeit und Fäulnis.

Der s'Ilessid-Prinz versuchte zu scherzen, um das zunehmende Unbehagen abzuschütteln. »Ich habe immer vermutet, daß du verrückt bist. Soll ich jetzt beeindruckt sein, weil du dir die Eier abfrieren willst, um Gespenster zu jagen?«

Arithons Hand schoß vor und schloß sich um den Unterarm seines Halbbruders. »Sprich nicht!« Mit einer Eile, die Lysaer aufschrecken ließ, bückte er sich und griff nach seiner Lyranthe.

Inmitten der dunklen Ruinen hatte sich der Wind plötzlich gelegt. Plötzlich schien ihr Standort bei dem Kragstein gefährlich zu sein, obschon es dafür keine vernünftige Erklärung gab. Lysaer widerstand dem beinahe überwältigenden Drang, nach seiner Waffe zu greifen, die er doch dummerweise im Turm zurückgelassen hatte. Auch unterdrückte er den Wunsch zu fragen, was vorginge, während sein Halbbruder offensichtlich lauschte, selbst so still wie ein Felsen.

Der Nebel verbarg ihre Umgebung in einem Mantel der Düsternis. Nur eine unheimliche Stille drang an die Ohren, die sich bei eingehender Prüfung als recht suspekt herausstellte. Kein Eulenschrei war zu hören. Die Maus im Gras war entweder erfroren oder furchtsam davongelaufen, und die Luft selbst schien jeglichen Geruch verloren zu haben, der eisige Hauch von Schnee und einem bevorstehenden Sturm hatte sich in einer charakterlosen Kälte verloren.

Arithons Griff am Arm seines Halbbruders verstärkte sich. Gerade, als er zu sprechen ansetzte, schien die Spannung, die ihn gefangenhielt, zuzuschnappen. Arithon sprang wortlos auf und zerrte seinen Halbbruder hinter sich her. Als würde etwas sie verfolgen, das nur er allein wahrnehmen konnte, begann er zu laufen. Lysaer wurde fliegenden Schrittes über den Hof zu einer kleinen Seitengasse gezerrt. Ihre Schritte hallten von den Mauern wider, und die Schatten schlossen sich wie ein Film aus Tinte über ihnen. Eine umgestürzte Eiche versperrte ihnen den Weg, doch Arithon stürzte sich durch das Geäst wie ein gehetztes Tier. Ohne auf die kratzenden und schabenden Zweige zu achten, drängte er sich mit der Schulter zuerst hindurch, um seine Lyranthe zu schützen. Ohne zu wissen, warum sie flüchteten, und auf eigenartige Weise mißtrauisch, ob er nicht auf einen Streich hereingefallen war, wollte Lysaer ihn bitten, langsamer zu laufen, ehe ihre wilde Hatz durch die Ruinen ihnen noch ihre guten Kleider zerreißen würde. Doch er atmete zu hastig, um zu sprechen, und der feste Griff um sein Handgelenk zerrte ihn weiter voran.

Einen Augenblick später verlor er jede Neigung zu streiten.

Obwohl der Wind sich so plötzlich gelegt hatte, raschelten die Zweige des umgestürzten Baumes hinter ihnen. Jemand oder etwas folgte ihnen.

»Falls ich einen Fehler begangen habe, dann habe ich gerade noch einen hinzugefügt«, sagte Arithon zu Lysaers Entsetzen. »Ich hätte dafür sorgen sollen, daß wir unsere Unterhaltung in einem der geschützten Türme führen.«

»Was für ein Fehler?« Die Besorgnis trieb Lysaer dazu, jenseits der Verschwiegenheit magischer Wahrnehmung interpretieren zu wollen. »Unser Gespräch wurde belauscht? Glaubst du denn, daß ein Aspekt von Desh-Thiere lebendig ist?«

»Mehr als das.« Arithon zerrte ihn nach links, vorbei an einem Loch, das zu einem in die Erde gegrabenen Keller führte. »Der Nebel, den wir bekämpfen sollen, könnte durchaus ein intelligentes Wesen sein – und gefährlich.«

Alarmiert fragte Lysaer: »Wußte Asandir das denn nicht?«

Sie liefen eine breite Straße hinunter, zwischen deren vom Moos schlüpfrigen Steinen Gräser und Dornengestrüpp wucherten. Scherben, möglicherweise von irdenen Töpfen, spritzen unter ihren Füßen davon. Besorgt, angestrengt und auf sonderbare, unsichtbare Weise gepeinigt, keuchte Arithon, während sie durch Berge von Efeu trampelten und endlich Richtung Kielingturm hinaufstiegen: »Vermutlich nicht.« Hätte er mehr Zeit gehabt, so hätte er sich vielleicht präziser ausgedrückt, so aber fühlte er den deutlichen Anprall einer Energie an einer magischen Schutzbarriere. In der Not stieß er einen Warnschrei aus. »Rufe Licht von deiner Gabe, sofort!«

Denn nun blieb ihnen keine Möglichkeit mehr zum Rückzug.

Was auch immer für ein unsichtbares Wesen Lysaer beunruhigt hatte, es hatte sie umrundet. Ruckartig blieb Arithon stehen und riß seinen Halbbruder zu sich heran. Schnell wirbelte er halb herum, bis er Schulter an Schulter mit Lysaer stand. Gleichzeitig beeilte er sich angestrengt, Wards zu erzeugen, die aus seinen Schatten und aller Magie, die er in Rauven studiert hatte, gewebt waren.

Auf seinen Halbbruder vertrauend strengte Lysaer sich ebensosehr an.

Strahlendes Licht blitzte auf und löste die Dunkelheit in seinem magnesiumhellem Schein von weißglühender Hitze auf. Knisternd im Konflikt mit dem Netz der Schatten löste sich dichter Nebel in zischenden Wasserdampf auf, während der Prinz fragte: »Was geht hier vor? Werden wir angegriffen?«

»Ich fürchte ja.« Behindert durch sein Instrument sprang Arithon zur Seite und drängte Lysaer durch ein Portal in einen unkrautüberwucherten Garten hinein.

»Und weißt du auch, von was?« Außer dem fahlen, blauen Schimmern des Schutzzaubers, den Arithon voller Hast gewirkt hatte, konnte Lysaer draußen nur Dunkelheit, herabgefallene Steine und Nebel erkennen. Er konzentrierte sich auf seine Gabe. Licht riß die geborstenen Ziegelsteine eines Schmiedeofens und einen modergeschwärzten Löschtrog aus der Finsternis. Lysaer stieß sich die Hüfte, als er sich an dem Ofen vorbeischob. Er stolperte und konnte sich gerade noch früh genug fangen, um nicht über die scharfe Kante eines Rades zu stolpern, das schräg an einem verrosteten Haufen alten Metalls lag.

Fluchend folgte Arithon ihm. »Wir haben es nicht mit einem freundlich gesonnenen Wesen zu tun. Mehr kann ich nicht sagen. Es ist eine Geistform, und sie reißt meine Schutzbanne beinahe ebenso schnell wieder ein, wie ich sie aufbauen kann. Ich bin nicht erpicht darauf zu sehen, was hinter der Barriere lauert.« Er riß sich den Umhang vom Leibe und wickelte seine kostbare Lyranthe in den Stoff. Bedauern spiegelte sich im grellen Funkeln magischer Helligkeit auf seinen Zügen, als er sich bückte und sein Instrument auf dem Pflaster deponierte. »Es wäre schrecklich, würde ich stürzen und sie zerbrechen.«

Betrübt, daß sein Bruder seinen wertvollsten Besitz zurücklassen mußte, fragte Lysaer: »Wohin bringst du uns?«

»Hierhin, in die Waffenschmiede.« Er deutete auf einen in den Boden eingelassenen Amboß, dessen Silhouette vor der schimmernden Korona des Schutzzaubers sichtbar war. »Falls Desh-Thieres Aspekte Erdenmächte sind, dann könnte Eisen uns helfen, sie zurückzutreiben.«

Doch diese Erklärung fiel auf taube Ohren. Lysaer war für jede Entgegnung verloren. Der schillernde Lichtstrahl, den er gerufen hatte, um den Nebel zurückzuschlagen, erlosch bereits bei seinem nächsten Schritt. Dunkelheit kehrte zurück, undurchdringliche Finsternis, und ohne einen Laut der Warnung sank der s'Ilessid auf die Knie.

Eisen vermochte nicht, den Vorstoß dieser fremdartigen, trostlosen Gewalt abzuwenden, die sich gegen sie richtete.

Nun erst, zu spät, erkannte Arithon, daß seine wichtigsten Wards nutzlos waren. Schnell griff er nach den Kleidern seines Halbbruders, um seinen Sturz aufzufangen. Durch den schnell verblassenden Schimmer versagender Magie nahm er einen Kreis geisterhafter Gesichter wahr. Sie kamen näher, geifernd vor ungezügeltem Blutdurst. Von Angstschweiß getränkt, erhaschte Arithon einen flüchtigen Eindruck: Ihre Bilder waren aus siedendem

Nebel gewirkt, und ihre Macht war die einer großen Zahl.

Diese waren nicht Teil der sorgenvollen Geistwesen Ithamons, sie waren anders und absolut böse.

Durch Lysaers Gewicht aus der Balance gebracht, ließ Arithon von seinen magischen Barrieren ab und schlug heftig mit seinem Schatten zu.

Die Nacht verwandelte sich in pure Schwärze.

Immer enger schloß sich das Band feindlicher Wesenheiten in der Wolke frischen Schnees um sie. Der Nebel, der ihre Gestalt umhüllt hatte, sonderte sich ab, doch ihre Essenz von Grausamkeit blieb davon unberührt. Etwas bohrte sich forschend in Arithons Geist. Er schrie, wehrte sich, die Finger krampfhaft fest um seines Halbbruders Umhang geschlossen. Lysaer lastete wie tot auf ihm, bewußtlos, verletzt oder schlimmer. Wie der Nebelgeist sich durch die magischen Schutzbarrieren hatte drängen können, war nicht feststellbar, und Arithon wußte, daß seine eigenen Reserven in wenigen Augenblicken ebenfalls verbraucht sein würden. Er würde so hilflos wie sein Halbbruder werden.

Entsetzt und verzweifelt, daß nicht einmal seine Schatten ihn schützen konnten, fand sich der Herr derselben hilflos einer Erscheinung ausgeliefert, deren Energie seine eigene Macht vollkommen unbedeutend erscheinen ließ.

Unwillig, menschliche Schwäche anzuerkennen, mühte er sich, einen neuen Schutzbann aufzubauen. Wie ein Zug hungriger Haie nagten seine Gegner an seinen Anstrengungen. Stückchenweise wurde sein Bann zerrissen, und seine Konzentration reichte nicht aus, Schritt zu halten. Nur ein Zufall hatte ihn bisher gerettet: die innere Barriere, die er errichtet hatte, sich vor den Geistern der Ruinen von Ithamon zu schützen. Nun war diese Blokkade unter Belagerung, und allmählich ergab sie sich dem Ansturm der Macht, die so schonungslos wie die Gezeiten war.

Arithon biß die Zähne zusammen und griff verzweifelt nach seiner zerfasernden Konzentrationsfähigkeit. Er atmete schwer in diesem Kampf, dessen Mühen ihn beanspruchten wie körperlicher Schmerz. Noch immer wurden sie von dem Wesen bedrängt. Wie ein stumpfes Messer unter dem Druck einer ganzen Welt bohrte es sich in seine Wahrnehmung. Als er erneut erfolglos versuchte, die körperlosen Wesen niederzuringen, die auf sie einstürmten, erkannte er schließlich, welche Macht sein Feind besaß.

Der Nebelgeist war mehr als nur ein wahrnehmungsfähiges Wesen. Er war intelligent und begierig, Rache zu nehmen an den Prinzen, die sein sicherer Niedergang waren. Wie er aber die Facetten seiner multiplen Natur selbst vor der Bruderschaft der Sieben hatte verbergen können, vermochte Arithon nicht zu bestimmen. Geschlagen und erschöpft bis zum Rand der Bewußtlosigkeit von einem Angreifer, dem seine Fähigkeiten niemals gewachsen sein konnten, schwankte er.

Licht blitzte auf.

Hartes, gleißendes Licht wischte die Dunkelheit fort. Eilige Schritte erklangen im Rauschen schwindender Sinne, und ein Schrei hallte durch die Ruinen von Ithamon.

Niedergerungen, im feuchten Moos kniend, stieß Arithon eine Antwort hervor, und sein Schrei brachte Hilfe herbei. Ein kreisrunder Ward, gekrönt von einer Fontäne purpur-weißer Funken, flammte auf. Hände legten sich stützend an seine Schultern, und Asandirs Stimme sagte: »Laßt los, Dakar hält Lysaer.«

Überflutet von Benommenheit und gänzlich aus dem Gleichgewicht gebracht durch die Nähe dieser unvorstellbaren Macht, löste Arithon seinen Griff. »Desh-Thiere«, keuchte er. »Er hat ein Bewußtsein. Er ist viel gefährlicher, als irgendwer von uns geahnt hätte.«

»Laßt mich meine Barriere gegen ihn wenden«, sagte der Zauberer. Nun nicht mehr bezähmt, strahlte die Magie von ihm aus, bis die Luft in seiner Gegenwart licht aufloderte, ein Blitz und blendende Macht, zu grell, sie fleischlich zu ertragen. Vibrationen einer greifbaren Strömung veranlaßten den trägen Fels in teilhabender Resonanz zu erklingen, bis die Erde selbst eine Antwort zu singen begann. Arithon wappnete sich gegen den Schock der Berührung, als Asandir ihn auf die Füße zog.

Doch der Griff des Zauberers war noch immer erstaunlich menschlich und warm, bis der Augenblick der Empfindung von der vernichtenden Woge der Bannfelder hinweggespült wurde. Asandirs Schutzzauber entfaltete sich um ihr belagertes Fleisch herum wie die Flut der Strahlen eines gewaltigen Leuchtfeuers. Arithon fühlte, wie der angreifende Druck an seinem inneren Geist sich unter tonlosem Wutgeheul zurückzog.

Uneinheitlichkeit verblieb wie ein Verwirrung erzeugender Dorn in seinem Geist.

Denn Desh-Thiere war nicht geschlagen. Er engagierte sich nicht im Konflikt mit Asandirs freigesetzter Macht, sondern schien sich mit einer Geschwindigkeit, die einem die Sinne rauben wollte, aus dem begrenzten Raum dimensionaler Wahrnehmbarkeit zu lösen.

Der Widerhall dieser Anomalie erlosch, als Arithon an der Schulter des Zauberers zusammensackte.

Doch nicht einmal jetzt kam er zur Ruhe.

Derbe Finger zerrten an seinem Arm und wirbelten ihn gnadenlos herum. Er war sich der stahlgrauen Augen und Asandirs unerbittlichen Willens bewußt, der sich mit der Klarheit einer Ahle in einem Stück Stoff in sein Bewußtsein bohrte. Seine Reflexe aber reichten nicht einmal mehr für ein Zusammenzucken. »Es geht mir gut«, verkündete er mühevoll.

»Das werden wir sehen«, entgegnete Asandir. An Dakar gewandt fügte er hinzu: »Stütze Lysaer, oder trag ihn! Aber wir müssen so schnell wie möglich zurück in den Kielingturm.«

»Lysaer?« fragte Arithon schwach. Er fühlte sich krank. Der Boden schien zu schwanken und sich unter seinen Füßen aufzubäumen.

Asandirs Antwort war knapp und scharf: »Er lebt. Könnt Ihr laufen?«

Der Herr der Schatten tat einen Schritt und stolperte sogleich. Hände fingen ihn auf, ehe er stürzte, packten ihn grausam fest in ihrer eiligen Mühe, ihn in Bewegung zu halten. Es gelang ihm, sein Gleichgewicht wiederzufinden, bevor der Zauberer die Geduld verlieren und ihn tragen wollte, aber er sollte sich später kaum mehr an den Weg zurück durch die verwinkelten Straßen Ithamons, hinauf in die Sicherheit der oberen Zitadelle erinnern können.

Was Arithon als nächstes bewußt wahrnahm waren die verschlungenen Schnitzereien in dem Doppelbogen der unteren Eingangstore des Kielingturmes. Die Runen schienen verkehrt zu sein, schienen auf dem Kopf zu stehen. Der Blickwinkel verwirrte ihn, bis er schließlich erkannte, daß Asandir ihn doch hatte tragen müssen. Er hatte rasende Kopfschmerzen. Die blendende Helligkeit des magischen Lichtes, das die Schutzbanne des Zauberers gespeist hatte, war fort, nicht mehr notwendig im Schutz der klingenden, unterschwelligen Vibrationen der paravianischen Wards. Friede, so dauerhaft wie der Kern der Erde selbst, umgab die Menschen unter Asandirs Obhut.

Die Ruhe bot endlich eine Pause dar, doch vermochte sie den Geist nicht zu erleichtern.

Die beinahe schon vernichtende Gewalt, die der Zauberer zur Abwehr des Angriffs aufgeboten hatte, hatte sich unauslöschlich ins Gedächtnis gegraben.

Ehrfurcht verblieb.

Es war eine Sache, die bezähmte Resonanz des Potentials eines Bruderschaftszauberers zu fühlen; eine ganz andere war es, diese Macht unter dem Druck unmittelbaren Handlungsbedarfes wirklich zu erfahren. Die Flammen der Fackeln in ihren Wandhalterungen fielen auf Asandirs Gesicht. Scharf zeichneten sich die Knochen unter der Haut ab, nachdem die Kanalisierung der Mächte durch seinen Geist ihn erschöpft hatte. Daß ein Geist von so weitreichenden Fähigkeiten noch immer gekleidet als Mensch aus Fleisch und Blut über die Erde schreiten sollte, widersprach jeglichem Verständnis.

Keine große Tiefe zeigte sich in seinen Zügen, als er den Kopf wandte und sah, daß Arithon wieder bei Bewußtsein war. Nur Schuld spiegelte sich auf seinem Gesicht.

»Mein Prinz, es tut mir leid.« Dieses Eingeständnis hatte nichts mit dem Konflikt zu tun, der, nur wenige Stunden zuvor, einen Prinzen an ein ungewolltes Schicksal gebunden hatte.

Entwaffnet, ja beschämt über den Kummer, der sich in Asandirs Worten ausdrückte, mied Arithon dies intime Thema. »Wie konntet Ihr wissen, daß Lysaer und ich Hilfe brauchten?«

»Ich bekam eine Warnung«, erklärte Asandir. »Die Schutzzauber Eures Schwertes, Alithiel, wurden aktiv und hätten beinahe unsere Kleidertruhe in Flammen gesteckt.« Der Zauberer half Arithon zu einem Stuhl neben dem Herd und warf ihm eine Decke zu, ehe er sich brüsk Dakar zuwandte, um ihm mit Lysaer zu helfen, der noch immer bewußtlos und so bleich wie eine Wachsschnitzerei war.

Die Wachstube des Kielingturmes war nicht mehr nur ein kahler Raum in einem Gebäude, das inmitten von Ruinen noch gänzlich erhalten war. Der abgenutzte Bretterboden verschwand nun unter den fröhlichen Mustern eines Teppichs aus Narms, den sie in ihrem Wagen vom Althainturm mitgeschleppt hatten. Neben einem geschmiedeten Kerzenständer aus Kupfer lagen Asandirs Bücher auf einem Tisch mit Intarsien aus Ebenholz. Vier Stühle ohne Kissen waren aus einem staubigen Zimmer weiter oben im Turm geborgen worden, und das geschmorte Fleisch in dem Topf über dem Feuer blubberte noch immer, als wäre nichts Besonderes geschehen. Eingehüllt in warme Decken, eine Tasse herben Tees in der Hand, saß Arithon bequem und ruhig auf seinem Stuhl, bereit, die Resonanz der paravianischen Schutzbanne durch seine Wahrnehmung dringen zu lassen. Er sog den Duft des Zedernholzes auf, den die kunstvoll gemusterten Paneele an den Wänden der Wachstube verströmten. Für die Augen eines Magiers sangen die geschnitzten Ranken und Tiere mit einer vibrierenden inneren Resonanz. Was auch immer die paravianischen Künstler getan hatten, es war als wahrhaftige Vision ihrer Arbeit in die Reliefs übergegangen. Sie zu schauen hieß, teilzuhaben an dem reflektierten Echo jenes großen Mysteriums, welches das Land mit Leben erfüllt hatte. Langsam wich die Kälte, die selbst in das innerste Gewebe seines Körpers gedrungen war. In der zurückkehrenden Wärme erschauderte Arithon noch ein letztes Mal. Als hätte ihn diese Bewegung gerufen, erhob sich Asandir an der anderen Seite des Raumes und überließ Dakar die Wache über den s'Ilessid, der in tiefem, vielleicht magischem, Schlaf lag.

Nur eine Sekunde später kniete der Zauberer besorgt neben Arithon. »Ihr seht etwas kräftiger aus. Könnt Ihr mir erzählen, was geschehen ist?«

Abgespannt, als wäre er heil aus einem Alptraum entkommen, dachte Arithon über die verschwommenen Eindrücke nach, die ihm im Gedächtnis geblieben waren. »Ihr habt uns das Leben gerettet und habt es nicht erkannt?«

Der Zauberer legte seine Hände entspannt auf die Knie und starrte in das Feuer. Das Spiel des bronze-goldenen Lichtes vertiefte noch die Falten rund um seinen Mund und die anderen, zarteren Linien, die sich aus seinen Augenwinkeln nach außen zogen. »Ich weiß, daß Ihr von einer Manifestation Desh-Thieres angegriffen worden seid. Ich weiß aber nicht warum oder wie. Selbst Sethvir ließ sich täuschen. Auch er hielt die Kreatur nicht für ein fühlendes Wesen.« Nichts wies darauf hin, daß dieses Geständnis ihn beschämen mochte; sein Blick unter der vorspringenden, gerunzelten Stirn blieb so klar wie sonnenbeschienener Kristall.

Arithon schloß die Augen, seine Hände, die noch nicht zu zittern aufgehört hatten, umklammerten den Teebecher. »Ihr habt nach einem Wesen gesucht, das nur eine Gestalt hat?« vermutete er fragend. In diesem Augenblick war er kein Prinz, sondern ein Magier im Gedankenaustausch mit einem zweiten.

Auf der anderen Seite des Raumes, dessen überirdische Symmetrie vom Gestank des Schafsdrecks verunreinigt wurde, verstaute Dakar überrascht seine Leibesfülle auf der Sitzbank. »Es existiert kein lebendiger Geist, den die Bruderschaft nicht orten könnte.«

Arithon schüttelte ansatzweise den Kopf. Desh-Thiere hatte bewiesen, daß es Ausnahmen gab: eine Wesenheit, geschaffen aus wer-weiß-was für einer Bosheit, die in der verschlossenen Welt hinter dem Südtor beheimatet war.

Asandir erging sich in zermürbender Stille. Als wäre er verwundert über den sonderbaren Aufbau dieses Puzzles, schien er lediglich ein wenig distanziert zu sein, als er sagte: »Was auch immer der wahre Name des Nebelgeistes sein mag, er hat Traithe seiner Fähigkeiten beraubt. Wollt Ihr mir sagen, diese Kreatur verfüge über Geist und umfasse mehr als nur ein Wesen?«

»Versucht es mit Tausenden«, wisperte Arithon. Er öffnete die Augen. »Zu viele, um sie noch zu zählen, und sie alle sind in tiefem Haß gefangen. Unsere Anstrengungen mit Licht und Schatten haben den Nebel systematisch reduziert, und mit ihm auch das Gebiet, in dem sie sich bewegen können, das ist alles.«

»Aths ewige Gnade«, war alles, was der Zauberer dazu zu sagen hatte. Als aber ein Holzscheit im Kamin lichterloh aufbrannte, schrumpften die Schatten und offenbarten den Schrecken in einem Gesicht, das sich nur selten zu einer Miene der Unsicherheit zu verziehen pflegte.

»Aber das ist doch ganz unmöglich«, mischte sich Dakar ein. »Und wenn, wie konnten Desh-Thieres Nebel dann einfach so die Kielingwards durchdringen?«

»Problemlos«, murmelte Arithon zwar entnervt, aber doch Dank der Gewohnheit und der jahrelangen Übung in Selbstdisziplin noch immer voll und ganz auf das Problem konzentriert. »Der Nebel ist nichts weiter als eine Bindung, geschaffen aus Feuchtigkeit. Die Wesen, denen ich begegnet bin, bewegen sich selbständig in diesem Dunst. Die paravianischen Schutzzauber verwehren ihnen den Zutritt, nicht aber dem Nebel, der ihre Essenz gefangenhält.«

Asandir widersprach den Mutmaßungen des Herrn der Schatten nicht. Irgendwann war seine Wahrnehmung aus dem Raum geschwunden, war hinausgeströmt in ein Netz, das sich über die Ruinen spannte.

Arithon war Seher genug, die Resonanz seiner Eindrücke wahrzunehmen. Unter Anleitung seines Großvaters in Rauven hatte er die enggewobenen Verkettungen studiert, die alles Weltliche miteinander verbanden. So, wie er der Meditation seines Lehrers in die Natur dieses Gewebes gefolgt war, so folgte er nun Asandirs Beobachtungen. Doch wie exakt auch die Magier von Rauven die Wege der Luft hatten erkennen können, wie gut sie auch den Flug der Blätter auf dem Wind zu lesen vermochten, den Hauch der Wärme inmitten nebelgebeugter Bäume entdecken, den Vogel erkennen, der schlafend den Kopf unter seinem Flügel barg; wie sie sich mit den Windungen der Erde selbst verbinden und den Konturen der Eiskristalle auf von der Jahreszeit getrockneten Grashalmen zu folgen vermochten, ging doch die Wahrnehmung eines Bruderschaftszauberers um ein Vielfaches weiter in die Tiefe des Seins.

Sich der Aufmerksamkeit Arithons vollkommen bewußt, verbarg Asandir nichts. Und wie ein bunter Fächer oder eine Rolle fein gewobener Wandbehänge sich wie durch ein Wunder vor den Augen eines blinden Mannes entfalten mochte, so erkannte Arithon nun vertraute natürliche Formen, umflochten mit den silbrigen Konturen ihres Energieflusses. Die reine Tiefe dieser Vision überwältigte ihn.

Asandir sah keine Steine, sondern kristalline Gewebe, die die Matrix der Substanz selbst waren, und *er sah noch mehr*, sah das zarte Glimmen des Gewebes, das allem Sein zugrunde lag, das Glimmen, welches Vibration zu Materie verdichtete. Besser als ein Mann seinen wertvollsten Besitz kennen mochte, erkannte Asandir alles, was er sah, nicht nach seiner Art, sondern nach seinem Namen, dem Namen, der ihm das umfassende Verständnis für die Individualität eines jeden Seins vermittelte. Er wußte um die Signatur jeder Pflanze, vom Samen, der den ersten Trieb hervorbrachte, bis zu den Tagen, an denen ihr Wachstum von Sonnenlicht und Stürmen gezeichnet sein würde, bis zu den Zweigen und bis zu jedem einzelnen Blatt, das jemals von dem ausgewachsenen Baum hervorgetrieben wurde. Eine Eiche konnte er von jeder anderen Eiche unterscheiden, lebend, verrottend oder noch nicht einmal gekeimt, und er benötigte nicht mehr dafür als einen einzigen Blick. Hindernisse, Krankheiten oder die Robustheit gesunden Wachstums offenbarten sich klar vor seinen Augen. Für ihn war ein Eiskristall nicht einfach nur gefrorenes Wasser, für ihn hatte jeder einzelne Eiskristall unter den Myriaden seiner Art sein einzigartiges und ihm eigenes Muster. Er sah ihre Namen ebenso wie ihre Signaturen. Durch die bloße Berührung erkannte er jeden einzelnen der Kieselsteine in dem trockenen Flußbett und vermochte die verworrenen Knäuel der Energiebande zu unterscheiden, die ein jedes Sandkorn kennzeichneten. Diese Details, diese unsagbar umfassende Sorgfalt, die ein Blick in solche Tiefen erforderte, ließ den beobachtenden Geist ganz winzig erscheinen.

Arithon erkannte, daß er weinte. Nicht nur um seinetwillen und die Taubheit seiner Sinne, sondern wegen der Schönheit gewöhnlicher Wildkräuter, der unerträglichen Komplexität des geschuppten Panzers über den Flügeln eines Käfers. Wieder sah er, nun mit verfeinertem Blick, die Resonanz paravianischer Präsenz, und er sah auch, daß die Derbheit eines Pferdeapfels von demselben singenden Band der Energie aufrechterhalten wurde. Asandirs Blick auf die Ruinen von Ithamon hatten Arithon gezeigt, wie oberflächlich, ja unzureichend seine eigenen Kenntnisse waren. In erschreckender Deutlichkeit erkannte er nun, wie enorm der Reichtum dessen war, was er zurückgelassen hatte, als er Rauven verlassen hatte, um sich einem anderen Willen, einem anderen Schicksal, einem anderen Ruf zu unterwerfen; und nun sollte sich dieser Verlust wiederholen und noch steigern, wenn er sich einer zweiten ungewollten Krone hingeben würde.

Dann senkte Asandir das Schild seiner Konzentration.

Frei von dem ehrfurchtgebietenden Spiegel der Wahrheit, den die Wahrnehmung eines Bruderschaftszauberers verkörperte, kam Arithon wieder zu sich und erinnerte sich der Gefahr, die zu dieser Suche geführt hatten.

Trotz all seiner ehrfurchtgebietenden Tiefe war die Beobachtung doch enttäuschend verlaufen. Das zerfallene Gemäuer hatte nichts Widrigem Zuflucht geboten, nur der geistlosen Hartnäckigkeit der Flechten, die unter dem Mantel der Winternacht schlummerten. Der Zauberer hatte seine Sondierung über die Mauern der Stadt hinaus ausgedehnt, unzählige Meilen über das Kernland von Daon Ramon, doch nirgendwo war er auf eine Spur jener Erscheinungsform Desh-Thieres gestoßen, die diesen erschreckend bösartigen Angriff durchgeführt hatte.

Er hatte keine Bewegung gesehen, bis auf die Nachteulen während ihrer Jagd; kein Tod abseits der von Hasen abgeweideten Wurzeln der Gräser; kein Geräusch, außer dem Spiel des Windes im trockenen Strauchwerk. Desh-Thieres Nebel war nichts weiter – nur Nebel, der sich kalt über die Ebenen senkte, leblos und träge.

Schroff und enttäuscht ließ Asandir die letzten Bilder seiner Vision los. »Ich kann ihn nicht finden.« In seiner Stimme schwang der harsche Ton des Leids mit, doch nicht wegen der demütigenden Erkenntnis, daß seine magischen Fähigkeiten der Aufgabe nicht gewachsen waren, sondern wegen seines Versagens und seinem tiefen Bedauern darüber, daß ein Fehler der Bruderschaft zwei Prinzen in Gefahr gebracht hatte, für deren Schutz sie Sorge tragen sollte.

»Aber wie ist das möglich?« rief Dakar. Seine Hände waren so verkrampft, daß er nicht nach dem Löffel greifen konnte, um das Schmorfleisch im Topf zu rühren.

Arithon stellte sich dieselbe Frage. Die Kunst großer Beschwörungen war aus der Macht gewebt, die dem Universum das Leben verlieh. Asandirs Vision hatte die Lehre Rauvens bestätigt: Alles Sein bestand aus Energie, aus Anordnungen gebündelten Lichts, die nur der natürlichen Ordnung unterstanden. Bewußtes Wissen über diese Wahrheit bis hin zu absoluter Perfektion verlieh den in die magischen Künste Eingeweihten ihre Macht. Etwas zu kennen, zur Gänze mit Ehrerbietung zu behandeln, hieß, die Herrschaft über seine Geheimnisse innezuhaben. Lebenskraft war die Basis aller Macht; als Zusammenschluß vieler Wesenheiten hätte Desh-Thieres Bewußtsein lebhaft deutlich sein müssen. Daß er jedoch seine Natur im Verborgenen halten konnte, schien jenseits aller Vernunft zu liegen.

Für jemanden, der in die Feinheiten der Macht eingeweiht war, schien es, als hätte etwas Böses von unbekanntem Ausmaß das Gewebe der natürlichen Ordnung ins Chaos versetzt.

Dakar, der seine wahre Verzweiflung hinter einer Maske aus Wehleidigkeit zu verbergen suchte, fragte: »Was in Athera kann sich der Wachsamkeit der Sieben entziehen?«

»Nichts aus Athera.« Arithon sah den Zauberer an. Sein Widerstand war vorläufig in den Hintergrund getreten. »Ich war den Erscheinungsformen des Nebelgeistes gegenüber ebenso blind, bis zu dem Augenblick, als sie sich entschlossen, uns anzugreifen.«

Asandir blickte auf. »Weder das Netz noch ein Seher vermag Desh-Thiere zu begreifen, nur seine Auswirkungen können wir erkennen. Das diese Besonderheit auch auf den Augenblick zutrifft, den wir als Gegenwart bezeichnen, ist gefährlich genug, trotzdem muß die Suche nach den Ursachen warten. Meine erste Sorge ist die Notwendigkeit, wirkungsvolle Schutzbarrieren zu errichten, damit unsere Bemühungen nicht noch eine größere Bedrohung heraufbeschwören.«

Unfähig, sich zu bewegen, beobachtete Dakar das tiefe Einverständnis zwischen dem Bruderschaftsmagier und dem s'Ffalenn-Prinzen. Durch die Erschöpfung, Angst und Enttäuschung so erschüttert, daß sein Blick sich der magischen Sicht öffnete, begriff Dakar für einen Moment, wie sehr das schillernde Wesen Asandirs in seinen Grundzügen Arithon ähnelte.

Dann überlagerten die unruhigen Flammen und der

modrige Geruch trocknender Wolle das unbeständige Talent des Banners, und das Bild schrumpfte wieder auf gewöhnliche Eindrücke zusammen: ein sorgenzerfressener, von den Jahren gezeichneter alter Mann in einem zerknitterten Mantel, der sich über einen ermatteten, müden Jüngeren beugte.

Zum Herrn der Schatten, der gerade erst aus der boshaften Gewalt des Nebelgeistes, den zu bezwingen er gelobt hatte, befreit worden war, sagte Asandir: »Schlaft. Überlaßt mir das Problem bis zum Morgen.«

Sanfte Magie begleitete seine Worte. Ruhig wartete Asandir darauf, daß der Prinz, den er hintergangen hatte, Ordnung in seine Gefühle brachte. Wenngleich er auch mit einem einzigen Gedanken das Angebot zu einem friedvollen Schlaf brüsk hätte abschlagen können, ergab er sich doch mit einer solchen Dankbarkeit, daß der Zauberer sich wunderte. Trotz der neuen Tiefe der Sehnsucht, die durch ihre gemeinsamen Beobachtungen dieser Nacht entstanden war, brachte ihm der Prinz keinen Groll mehr entgegen.

Beschämt über diese Großmut, die zu erfahren er nie erwartet hatte, reagierte Asandir mit Schweigen. Dann lächelte er, als hätte ihn das Licht selbst berührt, streckte seine Hände aus und ordnete mit großer Sorgfalt die Decken, die den Herrn der Schatten einhüllten. Er schob die Musikerfinger mit den so unpassenden Narben und Schrammen unter die trockene Wolle und versiegelte sein Werk mit einem Zauber tiefen Friedens.

Als er sich schließlich aufrichtete und seinem Schüler zuwandte, war sein Gesicht so ausdruckslos wie gletscherüberzogener Felsen. »Wir haben noch eine ganze Nacht vor uns. Lysaer hatte nichts von dem Schutz seines Halbbruders, und wir können nicht davon ausgehen, daß er unversehrt ist. Luhaine wurde gerufen, uns beizustehen. Kharadmon ist bereits wieder im Althainturm, denn Sethvir glaubt, daß die Begegnung unserer Prinzen den Schlüssel zu Traithes Verkrüppelung birgt. Wenn wir die Natur des Feindes nicht demaskieren können, dann müssen wir herausfinden, wie er durch die paravianischen Schutzzauber schlüpfen konnte. Anderenfalls wird es keine Möglichkeit geben, das Sonnenlicht wiederzubekommen, denn wir haben keine Möglichkeit, den Teil Desh-Thieres zu bändigen, der Geist ist.«

Von seiner Zuflucht auf der Sitzbank aus nahm Dakar den Schürhaken von seinem Nagel. Unbeholfen beugte er sich vor, das Feuer zu schüren, während seine stämmigen Unterschenkel in der Luft baumelten. Die Tatsache, daß er zum ersten Mal in seinem Leben den Kochtopf vernachlässigt hatte, berührte ihn gar nicht. »Wenn das Ding lebt«, resümierte er, »können wir ihm nicht folgen und es töten, richtig?«

»*Wenn* es lebt«, betonte Asandir gespannt wie ein Drahtseil. »Wenn die Lebenskraft, deren Zeuge wir waren, nicht nur aus Illusion entstanden ist. Wenn es ein Wesen ist, oder viele, eingebunden in den Nebel, denk nach, Dakar, und wir lassen es durch unsere Prinzen ›töten‹, sein begrenztes Gefäß aus Dunst abbauen, was wird dann übrigbleiben?«

Zusammengekauert wie ein verängstigtes Kind, den Schürhaken in den leblosen Händen, flüsterte Dakar: »Reiner Geist. Aths Gnade, wir befreien dieses Ding.«

»Genau das befürchte ich, mein lieber Prophet«, gestand Asandir ein. »Wenn, wie unsere körperlosen Freunde aus der Bruderschaft, diese Kreatur als entfesselter Geist fähig sein wird, ihre Vibration zu verändern, dann kann sie sich, so fürchte ich mit Schrecken, weiterhin in dieser Welt manifestieren.« Nun folgte eine ganze Reihe Anweisungen, die dazu aufriefen, erneut in die unfreundliche Nacht hinauszugehen, um mehr Schutzzauber über die Zitadelle zu legen.

Dakar starrte in den Kochtopf auf die heiße Mahlzeit, die, aus der Notwendigkeit heraus, nun in größter Hast und ohne Rücksicht auf den Geschmack gegessen werden mußte. Mit dem übelriechenden Schal, den er in der Kälte nicht ablegen mochte und der ihm unordentlich um die Beine flatterte, die Hände vor das Gesicht gelegt, sah Dakar so griesgrämig aus wie ein Vagabund, der soeben aus der Biergaststätte vertrieben worden war.

»Warum habe ich mich bloß nicht entschieden, Kesselflicker zu werden?« fragte er das lodernde Feuer. »Löcher in Töpfen zu reparieren macht ganz sicher mehr Spaß, als bei Nacht und Wind in die Ruinen hinauszugehen, um einen unsichtbaren Geist zu bannen.«

»Da stimme ich zu«, schnappte Asandir. »Jetzt beweg dich!« Schneidiger als ein Peitschenhieb trat der Zauberer zu Lysaer, der fest eingewickelt unter einem Haufen Decken lag. »Wenn wir nicht sicherstellen können, daß dieser Prinz kein Leid von Desh-Thiere erlitten hat, dann werden die leckenden Töpfe dieses Landes nicht mehr von Bedeutung sein.«

Spurensuche

Ein Sturm wirbelte aus der Rohrdommelwüste herein und trug Schnee durch das Fenster, der den Teppich mit dem diamantenen Staub feiner Eiskristalle überzog. Sethvirs Tintenfässer waren mitsamt der Federn eingefroren, doch den Zauberer schien das nicht zu kümmern. Gekleidet in eine zerknitterte Robe, stand sein Haar, dort, wo er es sich mit den Fingern gerauft hatte, in wilden Büscheln von seinem Kopf ab. Er erinnerte an einen reisenden Straßenwahrsager, während er in die Neige in seiner Tasse starrte, die zu einem bitteren Brei aus Teeblättern ausgekühlt war.

Als könnte er das Schicksal der Welt tatsächlich aus der trüben Masse ablesen, sprach er plötzlich in das Zimmer hinein, das nichts außer Büchern zu enthalten schien. »Der Schaden, falls dieser dehnbare Begriff einem so konzentrierten Vorfall angemessen ist, ist bereits angerichtet worden.«

Kharadmons Stimme erklang aus der Luft neben dem Aschehaufen im Kamin, der seit Asandirs Abreise nicht mehr gekehrt worden war. »Aber dann müßte die Störung, die der Nebelgeist durch seine Einmischung bewirkt hat, doch erkennbar sein. Das ist doch ein Widerspruch: Luhaine und Asandir konnten keinen Makel an Prinz Lysaer finden.«

»Sie haben ihn genau untersucht, ich weiß«, entgegnete Sethvir brüsk.

Der Bericht, den er in der vergangenen Nacht aus Ithamon erhalten hatte, hatte ihn enttäuscht. Abgesehen von seinem geistigen Wachstum und der Reifung seines Charakters, war Lysaer mit Körper und Geist noch immer derselbe junge Mann, der Athera durch das Westtor betreten hatte.

Der Hüter des Althainturmes rührte träge die Teeblätter in dem Becher herum, als wäre der Anlaß ihres

Gespräches nicht äußerst dringlich und würde nicht seine volle Aufmerksamkeit verlangen.

Kharadmon ermahnte er: »Du versuchst das Universum durch einen Blick durchs Schlüsselloch zu analysieren.«

»Sind wir wieder bei Analogien angelangt?« Kalte Luft wirbelte Schneeflocken durch den Raum; noch in seinem Körper hatte Kharadmon dazu geneigt, auf und ab zu gehen, und auch als Geist war er ruhelos geblieben. »Was für ein Schlüsselloch meinst du? Erklär mir deine Theorie!«

Seine hochgezogenen Augenbrauen wiesen Sethvir als deutlich verstimmt aus.

»Nur ein Gefühl«, korrigierte er. Überaus vorsichtig stellte er die Teetasse ab; als könnten die feuchten Blätter nach Belieben die Natur der Dinge verändern und würden Gefahr laufen, spröde zu werden und zu brechen. »Mein Schlüsselloch ist die Gegenwart, und Traithes mißliche Lage bestätigt meine Vermutung.« Seine tintenverschmierten Finger wölbten sich in der Luft. So deutlich wie die Flamme einer frisch entzündeten Kerze erschien ein Bild über ihnen. Die dargestellte Szene war nicht neu. Zeit um zermürbende Zeit, in Netzen und Feuern hatten die Bruderschaftszauberer immer wieder den Augenblick der Versiegelung des Südtores und das Schicksal ihres Freundes geschaut, der sich ganz allein dem Übel entgegengestellt hatte ...

Weiß hoben sich die Porphyrpfeiler des Südtores von dem statischen Aufblitzen der gemarterten Energien ab. Die das Wetter kontrollierende Kräfte waren aus dem Gleichgewicht geraten, und Blitze bohrten sich aus dem Sturmhimmel in die Erde. Unter grollendem Donner fiel der Regen gleich silbernen Nadeln durch das höllische Spiel des Lichts. Selbst nach fünf Jahrhunderten war der Anblick des Desh-Thiere, der sich durch das Portal zwischen den Welten drängte, noch immer grauenerregend. Vom Sturm getragen drangen die Nebelmassen herein wie der Dunst über dem brodelnden Gebräu in einem Hexenkessel. Gegen den steten Zustrom aus dem Tor stemmte sich eine einzelne Gestalt: Traithe kämpfte gegen einen Zyklon verwehter Luft, der seine Robe aufwirbelte und ihn quälte und peinigte, bis er nicht mehr weiterkonnte …

Nun blieb das Bild stehen, und Traithes Gesicht lag verborgen hinter seinem windgebeutelten Ärmel. Eine Hand ragte hervor, um etwas abzuwehren, das wie ganz gewöhnliche Luft aussah, vielleicht aber auch eine tastende Ranke des Nebels war.

Trotz der Bewegungslosigkeit des Bildes wurde dieser Moment, der aus der Vergangenheit zurückgerufen worden war, noch immer von den extremen Gewalten des Lichtes verzerrt.

»Wir haben diese Turbulenzen für Effekte des Windes gehalten«, murmelte Sethvir, »hervorgerufen durch den Strom, der durch das Tor hereindrang. Jetzt denke ich anders darüber.«

»Ein Angriff von Desh-Thiere?« Kharadmons Ruhe war vielsagend. »Der Wirbel kreist um Traithe, soviel steht fest, aber er enthält weiter nichts als Nebel. Es ist nirgends eine Spur von empfindungsfähiger Lebenskraft zu erkennen.«

»Scheinbar nicht.« Sethvir löste den Bann, und die Vision schritt weiter fort.

Die nun folgende Sequenz war nicht minder schmerzhaft, und doch war sie den Zauberern zur Selbstverständlichkeit geworden …

Der die Sicht verschleiernde Ärmel fegte davon, als Traithe die Arme erhob. Sein Gesicht spiegelte nicht länger die Ruhe eines Zauberers im Vollbesitz seiner Kräfte wider, sondern offenbarte einen Mann, der größten Qualen ausgesetzt war. Donner hallte durch die Luft, durchdrang den Sturm gleich einem Aufschrei, und der Nebel verdichtete sich zu einem Wirbelwind, der den Zauberer in die Knie zwang. Unter unglaublichen Mühen raffte er sich wieder auf. Macht antwortete ihm.

Roh, weiß und wild wie ein elementarer Blitz, ging sie auf seinen Ruf hin hernieder und legte sich wie ein lichtberauschter Draht um seine Handgelenke und Arme. Ungehindert ging sie in eine Umklammerung über, erblühte zu einer schwindelerregenden Helligkeit, die sich gleich einer Nova auf die Augen legte, blendend, unerbittlich und fest entschlossen zu zerstören. Der Nebelgeist entfaltete sich, strahlend in der Nachglut niedergerungenen Lebens. Die Schwaden rollten zurück, teilten sich und gaben den Blick auf den perlenden, strahlenden Bogen des Südtores frei. Während dieses Augenblicks, als das Vorwärtsströmen unterbrochen war, wurde eine kohlschwarze Gestalt sichtbar, über deren Robe Funken sprühten. Mühsam stemmte sie sich aus dem Staub empor, erhob ihre von Verbrennungen gezeichneten Hände und zeichnete ein Siegel magischer Bindung in die Luft. Gebrochen vor Schmerz krächzte Traithe den Namen, der den Gesang des Endes umfaßte. Und gleich einem verschlungenen Seil, das sich aus großer Spannung löste, zerfielen die Zauber; das Netzwerk aus Zeitbindungen und Energien, das das Südtor zu einem großen Portal zwischen den Welten gemacht hatte, zerfiel wie versengte Seide.

Wieder blieb das Bild stehen; und Sethvirs Kommentar erklang, gleich dem Kratzen einer Feile auf verrostetem Stahl.

»Was, wenn dieser Rückschlag, der Traithe verletzt hat, nicht die Folge einer falsch angewendeten großen Beschwörung war, wie wir angenommen hatten? Unser Freund könnte absichtlich eine Bindung geschaffen haben, um ein Fundament in seinem eigenen Leib zu legen. Das Opfer erscheint sinnvoll, wenn er in seiner Verzweiflung versuchen wollte, das Eindringen des Feindes zu verhindern.«

Geheimnisvoll wie stets war Kharadmon nun an der anderen Seite des Raumes, als er entgegnete: »Du meinst also, Desh-Thieres Erscheinungsformen haben seinen Geist belagert?«

»Ja. Traithe hat sich selbst ihrer Essenz geöffnet, um

ihren Namen herauszufinden und so Herrschaft über sie zu erlangen. Er hätte nicht verwundbar sein dürfen, *es sei denn, die Wesen, die er erforscht hat, waren außerhalb unseres Zeitsinnes, von unserer Gegenwart einen halben Schritt in die Zukunft entfernt.*«

Kharadmon erkannte den logischen Verlauf. »Traithe würde natürlich Wards weben. Aber seine Gegenmaßnahmen würden um einen fatalen Moment zu langsam sein und stets ein winziges Stück hinter der Angriffsfront Desh-Thieres hinterherhinken.«

»Das ist meine Vermutung.« Sethvir starrte in die Leere, in der sich der Geist seines Bruders befand. Keiner von ihnen sprach die schmerzliche Wahrheit aus, die besagte, daß die Kenntnis des Wahren Namens eines Wesens in all seinen Ausprägungen, die Macht über dieses Sein beinhaltete.

Paradox und manchmal voll grausamster Ironie war, daß jener Magier, der die Suche nach solch tiefem Wissen überlebt hatten, doch keinen Zugang zu seinem tieferen Verständnis des Universums über den Gebrauch der lösenden Zauber hinausretten konnte.

Sethvir fixierte wieder das Bild, das er aus einer fünfhundert Jahre alten Vergangenheit herbeigerufen hatte, und nahm den Faden ihres Gesprächs wieder auf. »Ich behaupte, daß Traithe, als er seine eigene Vision durch die rohe Gewalt der Energie hinfortgespült sah, seine Wahrnehmung teilweise verbrannt hat, um Desh-Thiere daran zu hindern, ihn zu versklaven. Er hat sie verbrannt, wie ein Krieger in der Wildnis sich ein Bein mit einer entzündeten Wunde abhacken und sich so eigenhändig zum Krüppel schlagen würde.«

Traithe hatte die Erinnerung an jene Geschehnisse verloren, an die große Vision, die den Vorgängen zugrunde gelegen hatte und an den Namen jenes Wesens, das ihn an den Rand des vollständigen Ruins getrieben hatte.

Mit einer von Sorge getriebenen Handbewegung wischte Sethvir das beschworene Bild fort. »Wir wurden zu spät gewarnt. Letzte Nacht in Ithamon haben Desh-

Thieres Erscheinungsformen die Wards von Asandir nicht durchdrungen, noch haben sie sich zurückgezogen, sie sind einfach nach irgendwann verschwunden. In eine andere Zeit. Dann aber müssen wir davon ausgehen, daß sie ihr Ziel erreicht haben. Ich vermute, daß unser Teir's'Ilessid keine Anzeichen einer grundlegenden Veränderung zeigt, weil der Zeitpunkt, zu dem sich die Schädigung dieser Nacht manifestieren soll, noch nicht gekommen ist, und er wird sicher mit größter Sorgfalt ausgewählt worden sein.«

»Arithons Krönung in Etarra«, fügte Kharadmon die Einzelteile grimmig zusammen. »Dort wird es geschehen. Desh-Thieres Einmischung hat die Stränge des Netzes ausnahmslos auseinanderlaufen lassen.«

In grimmigen Schweigen teilten Sethvir und Kharadmon die Erkenntnis dieser Nacht: daß, wenn Desh-Thieres Erscheinungsformen die Macht besaßen, durch die Zeit zu reisen, die Bruderschaft nicht mehr tun konnte, als temporäre Barrieren gegen seine Rückkehr zu errichten.

»Fast, als würde man das Scheunentor schließen, nachdem das Vieh gestohlen wurde«, zürnte Kharadmon, und Schneeflocken fegten wie kleine Wirbelstürme über den Teppich.

»Wären wir wieder Sieben, dann könnten wir diese Aufgabe bewältigen«, seufzte Sethvir. Als Papiere und Pergamente zu fliegen und unordentlich über seinen Schreibtisch zu gleiten begannen, griff er nach seinen eingefrorenen Tintenfässern und nutzte sie als Papierbeschwerer. »Entweder bezähmst du dich, oder wir bezähmen den natürlichen Wind, indem wir das Fenster schließen. Meine Habe kann nicht mit beidem gleichzeitig fertig werden.« Mit sorgenvoller Milde fügte der Hüter des Althainturmes hinzu: »Wir sind wie Ameisen, die sich einbilden, sich einem ganzen Bergmassiv entgegenstellen zu können. Und du weißt, daß, wenn wir dieser Bedrohung jemals entrinnen wollen, wir die Krönung in Etarra ihren furchtbaren Verlauf nehmen lassen müssen.«

»Das war mir bewußt, doch ich wundere mich, warum Ratten und Dakars Prophezeiungen jemals Eingang in Aths Schöpfung finden konnten.« Das Fenster schloß sich donnernd, und die Kupferriegel glitten in ihre Schlösser. Zurück in der windlosen Stille blieben nur die klingenden, sardonischen Abschiedsworte Kharadmons: »Wie ein Rabe als Vorbote des Krieges werde ich nun ziehen, um Traithe zum Aderlaß zu bitten.«

Ein dringlicher Auftrag

Das Marschland im Südosten Tysans war eine verlassene, erbärmliche Wildnis, kein guter Ort, um sich während der kurzen Tage nach der Sonnenwende durch den Schnee zu kämpfen. Zu Fuß im Sumpf, tief in einem Dickicht entlaubter Weiden und Ahorngewächse, legte Elaira einen Arm auf den dampfenden Hals ihrer Stute. Während Schnee und Graupel über die gefrorenen Pfuhle und die Stengel der Sumpfblumen der vergangenen Saison wirbelten, schüttelte sie sich das Eis von einer Haarlocke, die sich aus ihrer Kapuze gelöst hatte. Sie mied die Handelsstraßen an der Küste, während sie dem Ruf Morriels zu der Korianiherberge bei Hanshire folgte. Der Kreis der Ältesten hatte sich zu dieser Jahreszeit vermutlich schon in sein Winterquartier in einer seit dem Untergang der Hohekönige von Havish verlassenen Festung an der Küste nahe Mainmere zurückgezogen. Der südliche Paß durch die Tornirgipfel war der sicherste Weg, denn dort waren Marschland und morastige Tümpel, die das Hochland säumten, zu spärlich verteilt, als daß sie die Kopfjäger interessieren würden, die, auf der Jagd nach Clantrophäen, durch Korias und Taerlin streiften.

Wenn dieses Sumpfland auch recht sicher war, so bot es dem Reisenden doch keinerlei Annehmlichkeiten. Die Stute hatte im Schlamm bereits ein Hufeisen verloren, und wenn sie sich auf dem felsigen Grund im Hochland ernstlich verletzten sollte, dann mußte Elaira einen Hufschmied finden.

»Als würde irgendein vernünftiger Handwerker sich ausgerechnet im Sumpf niederlassen«, klagte sie dem Riedgras, das sich um ihre Fußknöchel legte, und ihrem einzigen lebenden Weggefährten, ihrem Pferd. Das Tier schob seine Nase an ihre Kapuze, und sein Atem bildete eine warme Wolke in der feuchten Luft.

»Warum konntest du denn auch das Eisen nicht im Land der Nomaden verlieren?« Die Zauberin kämpfte sich über den unsicheren Boden voran. »Nirgendwo in Athera gibt es Menschen, die sich besser auf Pferde verstehen. Hier müssen wir schon froh sein, wenn uns ein Trapper begegnet, der Eisen biegen kann.«

Die Stute stampfte auf, und die Schicht gefrorenen Wassers über dem weichen Morast platzte auf wie splitterndes Eis über gewundenen Baumwurzeln.

»Schon gut, wir gehen ja.« Elaira suchte sich den nächsten Flecken festen Bodens. Sie verschwendete keinen Gedanken daran, wieder aufzusteigen. Nur zu leicht konnte man in den Sümpfen, in denen Schnee und aufsteigender Wasserdampf sich mit dem Nebel Desh-Thieres zusammentaten und eine undurchdringliche weiße Dunstschicht bildeten, den Halt verlieren. Ein Reisender konnte von einem Schritt zum nächsten schon vom Weg abkommen und sich verirren, um schließlich zu verhungern oder zu ertrinken. Manchmal wurden alte Knochen wieder an die Oberfläche der Tümpel getrieben, sauber abgenagt von aasfressenden Fischen.

Elaira plagte sich durch eine Senke. Längst waren ihre Stiefel von dem morastigen Eiswasser der torfbraunen Pfützen durchfeuchtet, in die sie wieder und wieder einsank. Schmerzlich empfand sie die bittere Kälte. Um sich von ihrem Unbehagen abzulenken, konzentrierte sie sich auf die Pflanzen, an denen sie vorbeikam: die faserigen, halbverrotteten Stengel des echten Eibischs und die Blätter der Sumpflilien, die wie Messerklingen aussahen. Im Geist katalogisierte sie jede einzelne Pflanze, von dem giftigen Renwort bis hin zu den Cailcallows und der Rinde der Weidenbäume, aus denen sich ein fiebersenkendes Mittel brauen ließ. Durch den welken Mantel des Winters hindurch sah sie, wo später Brunnenkresse wachsen und in welchen Senken heiße Quellen jungen Pflanzen ein Heim bieten würden. Die Kenntnis der Heilkräuter war Teil der Korianiausbildung, und in der jüngsten Zeit hatte sich Elaira dem ermüdenden Studium der Rezepte für Heiltränke unterworfen.

Als könnten Annalen überlieferten, altjüngferlichen Wissens und zerfallender Texte ihr helfen, die Erinnerung an eine unangemessene Begegnung auf dem Heuboden einer Taverne zu begraben.

So tief war ihre Konzentration und so sehr war sie bereits an die schaurigen Schreie der Sumpfhühner und den Schlag ihrer Schwingen, wenn sie sich bei ihrer Annäherung in die Luft erhoben, gewöhnt, daß sie die Kinder erst bemerkte, als sie sie fast erreicht hatten.

Eine zusammengewürfelte Gruppe von sieben Kindern war es, die mit Kufen über die zugefrorenen Flußläufe glitten und in Ochsenleder gekleidet war, dessen braune Farbe sich nicht von der der anderen Sumpfbewohner unterschied. Vor Vergnügen kreischend und schreiend rasten sie dahin, drängten sich durch die Weidenhaine und Schlammpfuhle, bis die Stute, erschreckt durch ihren Überschwang, scheute.

Das Schnauben eines Pferdes in einer Gegend, die selten von Fremden bereist wurde, erschreckte die Kinder. Köpfe drehten sich um, halb hinter der silbrigen Rinde rankenüberwucherter Ahorngewächse verborgen. Dann trällerte eine Meise ihren Warnruf. Abrupt endete ihr Spiel, und sie rannten in kopfloser Flucht davon, verbargen sich im Dickicht und besänftigten das jüngste Kind, das vor Angst zu weinen begonnen hatte.

»Alles in Ordnung!« rief Elaira, und kein Echo antwortete ihr aus dem nun scheinbar verlassenen Sumpfgebiet. Zinngrau hoben sich die Pfützen vor dem torfschwarzen Boden ab, den der Schnee wie ein Salzrand begrenzte. Nur wenig Graupel ging noch hernieder. Nicht einmal das Riedgras raschelte im dichten Nebel. »Ich werde euch nichts tun. Ich bin nicht einmal bewaffnet.«

»Beweist es«, rief ein Knabe, der eben den Stimmbruch hinter sich gebracht hatte. »Legt Euren Umhang ab.«

Elaira fluchte leise. Naß wie sie war, würde die Kälte ihr bis auf die Knochen gehen. Sie hakte die Ringbrosche auf und nahm den schweren Wollmantel gerade in dem Augenblick ab, in dem die undankbare Stute sich schüttelte und sie mit dem Wasser aus ihrer Mähne bespritzte.

Von einer verknoteten Wollschärpe abgesehen, trug Elaira keinen Gürtel. Das einzige Metall, was sie bei sich hatte, waren drei aus Kupferstücken gefertigte Talismane, Glücksbringer aus ihrer Kindheit als Straßendiebin, die sie aus Sentimentalität noch immer trug, und ein Jagdmesser, das sie zuletzt benutzt hatte, um Zweige für eine Falle zu schneiden, in der sie dann doch nichts gefangen hatte. Gestern war der Kochtopf leer geblieben.

»Dreht Euch um«, sagte der Knabe.

Elaira streckte die Arme aus und tat, wie ihr geheißen, obgleich sich Dornenzweige in ihren Kleidern verfingen. »Ich könnte einen trockenen Ort zum Schlafen und frische Vorräte gebrauchen.« Sie mußte ein Zittern unterdrücken, daß ihre Zähne klappern lassen wollte, ehe sie hinzufügte: »Ich kann bezahlen.«

Um sie herum hatten die Kinder begonnen, aus ihren Verstecken hervorzukriechen. Sie waren zwischen zehn und zwanzig Jahren alt, und ihre rosigen Wangen waren die einzige leuchtende Farbe an ihren Leibern. Ihre Kleider bestanden aus Leder, kleinen, zusammengenähten Fellen und den gewobenen Fasern des Moorflachses, und all diese Materialien waren ungefärbt. Zwar waren sie fast alle schmutzig, aber ihre Haare waren gekämmt, teilweise geflochten, und jeder von ihnen trug einen kleinen Federtalisman, der vor dem Ertrinken schützen sollte. Elaira warf sich ihren Umhang, dem die Zeit vollkommen gereicht hatte, auszukühlen, wieder über die Schultern, und sah der Reihe nach in die großen, neugierigen Augen, die sie umgaben. »Ihr kommt doch bestimmt aus einem Dorf?«

Sie führten sie vom Weg fort, und allmählich wich ihre Scheu lebhaftem Geschnatter. Ihrem Akzent nach vermutete Elaira, daß sie Nachfahren von Bauern waren, die durch die Rebellion vertrieben worden waren; Überlebende, die für unbedeutende Verbrechen, begangen vor vielen Generationen, aus den Siedlungen an der Küste ausgestoßen worden waren und sich im Exil zusammengefunden hatten. Sie fanden Zuflucht in den Sümpfen oder den Bergen oder irgendwo in der Wildnis, wo das Land entweder zu offen oder zu zerklüftet war, um den in größerer Zahl zusammenlebenden Clans Schutz zu bieten. Nahrung war karg in diesem Hinterland, und die Bewohner hatten nur wenig Vertrauen zu Fremden; trotzdem verstanden sie sich besser auf die Tugend der Gastfreundschaft als die reichen Familien in den Städten. Als Elaira den Kreis der aus Lehmziegeln und Stroh erbauten Hütten erreicht hatte, trug ihre Stute zwei Knaben und ein Mädchen, die sich ehrlich bemühten, das wilde Tier, auf dessen Rücken sie saßen, trotz ihrer Aufregung nicht mit den Beinkuven an ihren Schuhen zu treten.

»Eine Fremde!« rief der älteste Knabe, und das Sumpfvolk eilte aus den Hütten.

Dünn wie Riedgras und knorrig wie Wurzelholz, wirkten sie alle unerbittlich stur, ganz im Gegensatz zu ihrer Großzügigkeit. Wie ihre Kinder hießen auch sie Elaira willkommen, nachdem sie sich überzeugt hatten, daß sie unbewaffnet war. Innerhalb einer Stunde war ihre Stute in einem Pferch aus Weidengeflecht untergebracht, und sie selbst, glücklich gebadet und trocken, saß vor einem Torffeuer und nippte Tee von den Pflanzen, an denen sie sich zuvor noch die Kleider zerrissen hatte. Die Kinder umringten sie noch immer, stellten Fragen und setzten Knöpfe in einem Knöchelbeinspiel ein, das Elaira sie gelehrt hatte. Zu jung, sich von dem Spiel begeistern zu lassen, hockte das Jüngste der Kinder auf den Fellen vor ihren Füßen, griff nach den losen Enden ihrer Schnürsenkel und versuchte, sie in den Mund zu stecken.

»Geh da lieber weg.« Elaira griff nach unten, um das Baby von dieser Verlockung fortzuheben. »Ich glaube nicht, daß der Dreck den Geschmack verbessert.«

Das Kind, dessen Pläne so vereitelt wurden, kreischte, doch dieser Laut konnte den anderen, lauteren Schrei nicht verbergen, der von draußen erscholl.

Erschrocken sprang Elaira auf.

Der Schrei wiederholte sich, und nun erkannte sie die Stimme der Hüttenmutter, die in der Abenddämmerung hinausgegangen war, um frisches Wasser zum Kochen zu holen.

Elaira setzte den kleinen Jungen auf den Stuhl, während die anderen wie Kaninchen in Schlupfwinkeln zwischen für Flechtarbeiten aufgerollten Riedgrashalmen verschwanden. Ärger war diesen Kindern nicht fremd, und selbst die Kleinsten gaben nicht einmal ein Wimmern von sich. Die Zauberin umfaßte den Kristall, der an ihrem Hals hing, trat über die zurückgelassenen Knöchelbeine der Knaben hinweg und stürzte in die eisige Winterluft hinaus.

Dort blieb sie stehen. Mit einem gequälten Ächzen ihrer Lederangeln schloß sich hinter ihr die Tür der Hütte. Während der Schneematsch ihre eben erst getrockneten Zehen langsam wieder taub werden ließ, bemühte sie sich, den Ursprung der Aufregung auszumachen. Weit draußen im Sumpf, wo warme Quellen aus dem Boden hervorsprudelten, schrie die Frau noch immer durchdringend und voller Furcht.

Der Schneeregen hatte aufgehört, und der Wind roch sonderbar scharf. Elaira blinzelte. Etwas stimmte mit ihren Augen nicht.

Überall waren Schatten, scharfkantig wie Messer und viel zu blau. Die Helligkeit, die von den Schneeverwehungen ausging, schmerzte in den Augen, und vor ihnen hoben sich die Riedgräser und winterkahlen Dickichte so scharf wie Schwertklingen ab. Ahorngewächse, Eichen und Weiden zeigten sich dem Betrachter in unnatürlicher Klarheit, und ihre obersten Äste bildeten ein deutlich erkennbares Knäuel, das an verschüttete Tinte erinnerte. Elaira bemühte sich, ihre beschleunigte Atmung zu kontrollieren. Der Nebel war fort. Verschwunden. Um sie herum war die Nacht nebelfrei und klar. Vergessen entglitt der magische Kristall ihren Fingern, als sie verwundert den Kopf in den Nacken legte und zum Himmel aufblickte.

Dort, hinter den schwarzen Konturen der kahlen Äste, sah sie zum ersten Mal in ihrem Leben Sterne: schöner als Morriels Diamanten schwebten sie in einem indigoblauen Feld, das unendlich tief und weit zu sein schien. Ein Schauder der Euphorie erfaßte sie und wandelte sich zu einem Jubelschrei: »Sie haben es geschafft! Gesegnet sei das königliche Blut von Athera, die Westtorprophezeiung ist erfüllt! Kommt heraus und seht selbst! Desh-Thiere ist geschlagen!«

Doch die Türen aller Lehmhütten blieben fest verschlossen. Elairas Verwunderung fand ein rasches Ende, als die heulende, schreckerfüllte Frau voller Hast an ihr vorbeirannte, um sich in Sicherheit zu bringen.

Elaira befreite sich resigniert aus dem Schlamm. Der widerliche Gestank des Sumpfes stellte hingegen ein Ärgernis dar, dem sie nicht so bald entrinnen konnte. Trotzdem konnte die Ernüchterung sie nicht berühren. Euphorie und die unvorstellbare Schönheit des Himmels verliehen ihr die grenzenlose Fähigkeit, Nachsicht zu üben. Das sanfte, silbrige Licht, das die Konturen der Sumpflandschaft aus dem Dunkel riß, war ein Wunder, mehr noch als Magie und doch substanzloser als ein Atemzug. Elairas ehrliche Natur konnte sich dennoch der Wahrheit nicht verschließen: Ohne das Vertrauen, das Asandir ihr geschenkt hatte und ohne den Vorzug, Zugang zu den Archiven der Korianizauberinnen zu haben, hätte sie von dem Himmel jenseits des Desh-Thiere ebensowenig gewußt wie die Sumpfbewohner und wäre ebenfalls aus Furcht geflüchtet.

Den Rest des Abends brachte sie damit zu, den Menschen zu helfen. Sie rettete den schmorenden Inhalt von Töpfen davor, auf den verlassenen Herden zu Kohle zu verbrennen, sie redete sich heiser bei dem Versuch, die Sumpfbewohner unter Decken, hinter Barrikaden aus hastig vor Türen gestapelten Möbelstücken und aus Wurzelkellern hervorzulocken. Sie nutzte ihren Kristall, um Siegel des Friedens und der Ruhe zu schaffen, zeichnete magische Symbole mit der Präzision, welche die Kunst ihres Handwerks von ihr verlangte, in die Luft, bis ihre Finger schmerzten. Der Erfolg ihrer Mühen blieb zweifelhaft. Der Anführer der Bewohner fand Trost in einem Tonkrug mit unausgegorenem Weingeist, während eine ältliche Großmutter unter einem Berg Decken unablässig schrie und Obszönitäten schluchzte. Erleichtert, daß ihr wenigstens der Tumult erspart blieb, der sich nun in den Städten abspielen mußte, überließ sie sich schließlich ihrer Erschöpfung und erfüllte ihren eigenen Bedarf an Ruhe. Sie warf sich ihren Umhang um. Draußen, allein, starrte sie hinauf zu dem Wunder unverdeckter Sterne, und ihre Verzückung nahm von Augenblick zu Augenblick zu.

Die tiefe Stille über dem Sumpfland, die sie sonst als bedrückend empfunden hatte, lud sie nun dazu ein, das Wunder eingehend in Augenschein zu nehmen. Bäume sahen im Wechselspiel des zarten Sternenlichtes mit den Schatten verändert aus. Das Eis schien nun nicht mehr grau, sondern silbern zu sein, und die Senken im Schatten wirkten so weich wie der Samt eines reichen Mannes. Voller Freude nahm sie die erstaunliche Klarheit der Sicht in sich auf, und schnitt anderen Gedanken kraft ihres Willens gewaltsam den Weg ab.

Eiserne Disziplin ermöglichte es ihr, die Schönheit zu betrachten, ohne einen Gedanken an eine unwirtliche Gegend in Daon Ramon zu verschwenden, wo ein schwarzhaariger Prinz gemeinsam mit seinem Halbbruder daran arbeitete, dieses Wunder geschehen zu lassen. Morriels Warnung war deutlich gewesen und ernüchternd in ihr Herz eingedrungen. Tagelang hatte sie sich erfolgreich jede Spur des Bedauerns verboten, und nun war sie stolz, diese herausragende Prüfung, den Anblick des klaren Himmels und der Sterne, ohne Fehl zu bestehen.

Von Aufregung ergriffen, zitterte sie, als sie darüber nachdachte, wie wohl klares Sonnenlicht aussehen würde. Sie fühlte keinen Neid, als sie daran dachte, daß ihre Schwestern, die zur Wache eingeteilt waren, es wahrscheinlich bereits gesehen hatten. Elaira schob ihre Hände unter ihre Kleider. Zufrieden trotz Kälte, Einsamkeit und der Trostlosigkeit des mitternächtlichen Sumpfes, wartete sie darauf, daß die Dämmerung einsetzen würde.

In dem Augenblick hart erkämpfter Ausgeglichenheit erreichte sie die Nachricht der Ersten Zauberin. Mit dem Puls der Energie des Zweigen Weges peinigten sie die Worte, und ihre Bedeutung zerschmetterte den Frieden:

»Für Elaira, neue Anweisungen der Obersten Zauberin: Über die Vertreibung des Nebelgeistes in Ithamon hinaus hat die Bruderschaft der Sieben vor, die Krönung eines Hohekönigs in Etarra zu arrangieren. Dir wird befohlen, dorthin zu reisen, um deine innigsten Einsichten in der königlichen Prinzen Charakter zur Prüfung zurückzubringen.«

Wards, Hüter und Barde

Die Böen, die durch die geborstenen äußeren Mauern Ithamons fegen, vereinigen sich mit einem zweiten Strom, einem unnatürlichen Wind, der die toten Gräser verdreht und trockene Blätter mit sich führt; für das Auge nicht mehr als ein Wirbelwind, bringt der körperlose Zauberer Luhaine Wards gegen Desh-Thiere an, die durch Zeit ebenso wie durch Weltendimensionen schneiden ...

Als das Sonnenlicht endlich über Havistock hereinfällt, verabschiedet sich der Zauberer Traithe von dem Handwerker, der als Ziehvater für den Thronerben von Havish sorgt: »Prinz Eldir wird sein Erbe annehmen, wenn die Thronfolge von Rathain in Etarra geregelt ist. Bis dahin aber müssen seine Studien fortgesetzt werden. Er ist nicht von den Färberfässern freigestellt ...«

Im Norden, in der Stadt Ward, unter einem Himmel, der noch immer von Desh-Thieres Nebel verdeckt ist, beherrscht ein älterer Barde mühsam seine bittere Enttäuschung, als er eine Botschaft abreißt, die er am Tag zuvor in großer Hoffnung plaziert hat: »*Vorspiel für eine Lehrzeit, Beginn am morgigen Mittag. Fragt im Gastraum der Taverne* Zum Heuhaufen *nach Halliron ...*«

2
EROBERUNG

Der Wechsel der Jahreszeit brachte stürmische Winde nach Daon Ramon, wie es vor dem Verlust des Sonnenscheins durch den Nebel jedes Frühjahr getan hatte. In früheren Jahren hatte der Wind den Duft der Wildblumen und Gräser mit sich gebracht, die die Bergrücken und grünen Hügel einhüllten. Froh hatten die Einhörner das neuerwachte Leben der Erde begrüßt. Doch das war zu einer Zeit geschehen, bevor der Mensch sich eingemischt und das Wasser des Severnir von seinem natürlichen Kurs abgebracht hatte. Asandir stand an den Überresten des Südtores von Ithamon und schwelgte in Erinnerungen. Die Täler außerhalb der Stadt waren ihres Blumenteppichs beraubt worden. Betrübt über den Moderhauch, den Desh-Thieres Umklammerung den saisonalen Winden zugefügt hatte, richtete der Zauberer seine magische Wahrnehmungsfähigkeit auf das Land, bis die physische Form von den Visionen seines inneren Geistes überlagert wurde. Vor ihm enthüllte sich die Schöpfung im Muster ursprünglichen Lichtes.

Jenseits des Ungleichgewichts, das die Jahrhunderte entstellter Wetterbedingungen über das Land gebracht hatten, fühlte er etwas anderes; etwas, das falsch war, aufgebaut aus beschränkter Hoffnung, gleich einem unterschwelligen Kribbeln, als läge zwischen der Luft und dem festen Grund eine Bedrohung im Hinterhalt. Asandir forschte weiter, doch die Anomalie entzog sich seinem prüfenden Blick, entglitt ihm so vollständig, daß er für einen Augenblick die Orientierung verlor und nicht mehr sicher war, ob er nicht lediglich seinen eigenen, besorgten Gedankengängen nachgejagt war.

Enttäuscht ließ er die Vision ziehen. Seine Füße waren klamm von der Feuchtigkeit, die im natürlichen Sonnenlicht längst verdunstet wäre. Asandir atmete tief durch. Seine Befürchtungen waren bedrohlich genug, um vielleicht sogar die magische Wahrnehmung zu beeinflussen, und doch war er nicht davon überzeugt, daß das Übel, das er vage im Schimmer neuer Lebenskraft ertastet hatte, nur ein Phantom war, geboren aus seiner Erwartung.

An diesem Tag begann die Kette der Ereignisse, die ihr Ende in der Krönung des s'Ffalenn in Etarra finden mußte. Während der nächsten Stunden und im Verlauf der folgenden Wochen würde die Einmischung Desh-Thieres das Schicksal der Welt auf eine Weise beeinträchtigen, deren Folgen sich jeder Weissagung entzogen. Mit Glück und Ausdauer würden diese Berge vielleicht ihre einstige Schönheit wiedererlangen können. Doch obwohl der Zeitpunkt gekommen war, den Nebelgeist endgültig zu vertreiben, war Asandir noch immer wütend. Widernatürlich unbewegt hing sein Umhang in gleichmäßigen Falten an seinem Leib; Winde, die nun über die Hügel wehen und durch die Straßen der Ruinenstadt pfeifen sollten, wurden von einer magischen Barriere aufgehalten, die seine körperlosen Brüder geschaffen hatten. Nach seiner Vollendung würde dieser Zauber von Luhaine und Kharadmon ein Meisterwerk darstellen, das sogar die Zeit zu unterwerfen imstande war.

Ein kaum wahrnehmbarer Lufthauch ließ ein trockenes Blatt raschelnd durch den Bogengang gleiten. Asandir war bewußt, daß diese Störung auf eine Ankunft hindeutete, also atmete er ein und sprach: »Ist Ithamon sicher?«

Ein wenig mürrisch entgegnete Kharadmon aus dem nebelverhangenen Schatten heraus: »Luhaine ist nicht zufrieden.« Er schwieg einen Moment. »Zehn Meter jenseits der Nebelwand an der Außenmauer scheint bereits die Sonne.«

Asandir schlug seine feuchten Ärmel zurück, um das Blut wieder in seine kalten Hände zurückzureiben. »Lysaer hat mir davon berichtet. Soviel kann er durch seine Gabe fühlen. Er war so aufgeregt, daß er hinausgegangen ist, um Schwertübungen zu machen. Nur Dakar ist immer noch mit seinem Frühstück beschäftigt, die anderen waren zu angespannt, um in Ruhe zu essen.«

In der Stille unter der eisigen Kälte, die mehr als nur das geborstene Mauerwerk in Mitleidenschaft zog, erging sich Kharadmon in vergnügter Vorfreude: »Soll ich deinen Schüler vielleicht seiner Behaglichkeit entreißen?«

»Nicht auf deine Art, Gespenst.« In einem weniger schwermütigen Augenblick hätte Asandir vielleicht gelacht. »Ich habe heute nicht genug Geduld, um Leute über ihren verletzten Stolz hinwegzutrösten, ganz besonders nicht solche, die nach ihrem übermäßigen Appetit bereits unter Bauchschmerzen leiden.«

»Und Arithon?« Voller Sarkasmus hallte die Stimme des körperlosen Zauberers durch das Tor.

Asandir löste sich aus seiner unbewegten Haltung und schritt die von Ranken überwucherte Straße hinauf, die zu der inneren Zitadelle führte. »Er ist gerade damit beschäftigt, seine Lyranthe zu stimmen, und zwar mit einer Verbissenheit, die besser zu einem Mann passen würde, der den Stahl zur Blutrache wetzt. Wenn du ihn provozieren willst, dann wünsche ich dir viel Vergnügen.«

Kharadmon stieß ein lautes Lachen aus, während er als unsichtbarer Strom kalter Luft Asandirs Weg begleitete. »Elshians Lyranthe ist doch eine hervorragende Waffe.«

»In Arithons Händen zur Zeit gewiß nicht«, schnappte Asandir. Dann seufzte er. »Heute morgen reagiere ich ebenso gereizt auf dich wie Luhaine.« Doch dafür hätten die unzähligen Wards auch ohne Kharadmons stets provokatives Benehmen vollkommen ausgereicht. Da die

Effektivität eines jeden geheimen Abwehrzaubers von dem Wahren Namen abhing, konnte keine Magie perfekten Schutz vor etwas bieten, das sich außerhalb magischer Wahrnehmung befand; eine Essenz abzuwehren, geschaffen aus Nebel und vielfältigem Empfindungsvermögen, stellte eine beinahe unlösbare Aufgabe dar, so als wollte man Dunkelheit mit einem Lattenzaun einfangen. Trotz der gemeinsamen Anstrengungen von vier Zauberern konnte sich Asandir eines Gefühls der Hilflosigkeit nicht erwehren. Das Netz hatte ihr Scheitern vorausgesagt, und selbst die machtvollste Abwehrmaßnahme mochte sich den vielen Wesen des Desh-Thiere gegenüber durchaus als unzureichend erweisen. Nur, wenn alles gutging, konnte der Nebel zurückgetrieben und das natürliche Klima Atheras wiederhergestellt werden; nur, wenn die Prinzen, die die Hoffnungen aus zwei großen Prophezeiungen in sich vereinigten, während der endgültigen Bannung des Nebelgeistes beschützt werden konnten.

Nicht gar so versunken, wie es den Anschein hatte, stieg Asandir über die Überreste eines Fries hinweg und dachte über ein Thema nach, das sein Bruder zuvor nur kurz angeschnitten hatte. »Luhaine ist also nicht zufrieden, sagst du.«

Die kalte Luft wandelte sich zu einem eisigen Wind, vehement beinahe wie ein Fluch, als Kharadmon sagte: »Als ich ihn das letzte Mal gesehen habe, hat er die Steine im Flußbett auf den Kopf gestellt und ganze Horden Salamander aufgescheucht.«

»Wenn das nur alles wäre«, erklang der gekrächzte Kommentar jenes Geistes, den Kharadmons heimtückischer Spott getroffen hatte. Gerade rechtzeitig, sich selbst zu verteidigen, war Luhaine zu ihnen gestoßen. »Wir können unmöglich genug Wards errichten, um jedes athvergessene Mauseloch auf Erden zu versiegeln!«

»Und das heißt?« Mit düsterem Blick fixierte Asandir die Energiematrix, die seine magische Wahrnehmung als Essenz jenes Geistes identifizierte, mit dem er sprach.

Sollte Luhaine die Absicht gehabt haben, zu antworten, so riß doch Kharadmon das Gespräch an sich. »Selbst über die ganze Stadt verteilt, stellt Desh-Thieres konzentrierte Bösartigkeit die größte Bedrohung dar, mit der wir es je zu tun hatten. Ihn noch weiter einzuschränken, erhöht aber nur seine Unberechenbarkeit. Was wird geschehen, wenn die Prinzen ihn zu einem winzigen Etwas schrumpfen, einem Schatten, klein genug, sich überall zu verstecken?«

Asandir sprach die unangenehme Wahrheit unverblümt aus. »Namenlos können wir ihn nicht verfolgen.« Angespannt fuhr er fort: »Dann sucht nach einem anderen Ausweg.«

Kharadmon verzichtete diesmal auf einen höhnischen Kommentar, und Luhaine enthielt sich ausschweifender Erklärungen über jede einzelne Nuance des Risikos.

An diesem Tag, und bis zu den großen Umwälzungen, die sich zum Zeitpunkt der Krönung Arithons ereignen sollten, konnten sie der Gefahr nicht entgehen.

Auf den Zinnen des Kielingturmes herrschte noch immer eisige Stille, als Asandir dort gemeinsam mit seinen körperlosen Brüdern Aufstellung bezog. Stimmen hallten über die Treppe hinauf: Lysaers Stimme, die lauthals eine geistreiche Bemerkung ausstieß, und Dakars gewohnt gehässige Entgegnung.

»Erstens haben sie gar keinen Telirbranntwein in Etarra. Erwähnt nur den Weingeist von Früchten, die der Nebel hat jahrhundertelang sauer werden lassen, dann wird Euch der Justizminister des Gouverneurs laut heulend durch Euer Gesäß pfählen. Sie haben dort panische Angst vor den Legenden.« Keuchend unterbrach sich Dakar. Die Treppe war sehr lang und sehr steil. Noch immer wütend fügte er hinzu: »Zauberer werden sogar noch schlechter angesehen. Erzählt dort davon, daß Ihr einem begegnet seid, dann werden sie Euch am Stück rösten, ohne Euch noch einmal anzuhören. Ich habe diese Einöde ebenso satt wie Ihr, aber ich will verdammt sein, ehe ich mich voller Eifer in diesen Sumpf aus Korruption und Vorurteilen stürze!«

»Nun gut«, sagte Lysaer lebhaft liebenswürdig und ebenso stur, »wenn Desh-Thiere erst besiegt ist und wir so oder so dorthin gehen, dann werde ich das Bier bezahlen, bis Ihr in Eurem Krug ertrinkt.«

»Versucht es ruhig.« Dakars wirrer Schopf tauchte in den Nebel ein, während er sich umdrehte, um eine passende Erwiderung die Stufen hinunter zu schicken. »Erstens, wenn es ums Trinken geht, dann werde ich Euch unter den Tisch saufen, Prinz. Zweitens wird in Etarra kein Bier gebraut, das es auch nur wert wäre, gepißt zu werden. Dort mögen sie Gin. Die halbe Bevölkerung holt sich davon Kopfschmerzen. Ihr werdet ja noch sehen, wie übellaunig der Rat des Gouverneurs ist.«

Lysaer überholte Dakar und schleppte ihn zu den Zinnen hinauf, wo er seinen Halbbruder mit angezogenen Knien und um die Beine geschlungenen Armen hocken sah. »Beeilen wir uns, damit wir den Rest dieses Nebels endlich in sichere Verwahrung bringen.«

Arithon nickte geistesabwesend, ehe er sich an die scheinbar reine Luft wandte: »Wir werden diese Sache hier erledigen, richtig?«

Dakar, dem Lysaers Schulter den Blick versperrte, verdrehte den Hals, um dem Gespräch zu folgen, als etwas Unsichtbares ihn plötzlich zu einer ganzen Reihe wütender Verwünschungen veranlaßte.

Lysaer, der sich im Mittelpunkt des Kreuzfeuers wiederfand und nicht davon überzeugt war, daß die Attribute, die Blasphemien mit den Eigenschaften frischen Kuhdungs in Verbindung brachten, auf seine Person bezogen gerechtfertigt waren, sagte: »Ich scheine irgend etwas nicht ganz verstanden zu haben.« Seine freundliche Natur ließ ihn nicht im Stich, als er sich umwandte, um seinem Peiniger in die Augen zu sehen. »Könntet Ihr von den Beleidigungen Abstand nehmen und mir erklären, worum es geht?«

Dakar verdrehte die Augen, während sich hinter Lysaers Rücken die geisterhaft stillen Abbilder von Luhaine und Kharadmon auf den Zinnen manifestierten. Auf ihre Art sahen sie beide nicht besonders gut aus: Luhaines rundliche Gestalt hatte die Stirn wie so häufig in Falten gelegt, und Kharadmon war sehr schmal.

Noch immer verwirrt drehte Lysaer sich erneut um, nur um sich sogleich fremden Zauberern gegenüber zu sehen. Allein seine königliche Haltung verhinderte, daß er erschrocken zurückwich. Statt dessen reagierte er mit lobenswerter Höflichkeit. »Ich glaube, wir wurden einander noch nicht vorgestellt.«

Kharadmon hob seine dürren Finger und schob sich die Kapuze vom Kopf. Buntgestreifte Locken fielen über seinen Umhang, als er sich einem Höfling gleich verbeugte. »Mein Prinz, wir sind Zauberer der Bruderschaft, Brüder im Geiste, seit dem Tag, an dem unser Fleisch einem Unglück zum Opfer fiel.« Dann richtete er sich auf und konfrontierte Lysaer mit seinen fahlen Augen, die ihn mit einem Ausdruck boshafter Provokation studierten.

Luhaine schob die Daumen hinter seinen Gürtel. Als Mensch war er stets vorsichtig gewesen und hatte seine Beleibtheit mit Zurückhaltung gepflegt; als Geist verzichtete er auf Ausschmückung, hielt er sie doch für eine frivol verschwendete Beschwörung. Seine Worte, erstaunlich steif, verglichen mit seiner Erscheinung, wogen schwer genug, zu verletzen, als er sagte: »Der Possenreißer, der da spricht, ist Kharadmon, Euer Hoheit von Tysan.«

»Possenreißer«, wiederholte Kharadmon und schürzte die Lippen. »Luhaine! Sind denn deine geistigen Fähigkeiten so ermattet, daß du dich mit Beinamen quälen mußt?«

»Nach zwei Zeitaltern, während derer ich deinen üblen Geschmack ertragen mußte, kann mich ein solches Versagen kaum noch beschämen.« Zurückhaltend und mit freudlosem Blick musterte Luhaine den blonden Prinzen, der selbst Unhöflichkeiten würdevoll entgegentrat. Angesichts seiner Standhaftigkeit schien es widernatürlich zu sein, daß das Netz Krieg vorausgesagt hatte. Erfüllt von Bedauern darüber, daß diese wunderbare Haltung möglicherweise zu Heimtücke gewandelt werden würde, meinte Luhaine scharf: »Ihr denkt also, wir sollten mit der Bannung Desh-Thieres fortfahren?« Tadelnd schnippte er mit einem seiner dicken Finger. »Ich denke, nur ein Dummkopf beeilt sich, der Gefahr zu begegnen.«

Sprachlos errötete Lysaer. Asandir legte eine Hand auf seine Schulter und ersparte ihm so weitere Peinlichkeiten. »Kharadmon und Luhaine haben die ganze Nacht gearbeitet, um neue Schutzzauber aufzubauen.« Er warf den beiden Geistern einen gequälten Blick zu. »Verzeiht ihnen ihr ungehobeltes Benehmen, ich bitte Euch. Die Arbeit hat sie ihrer Manieren beraubt.«

Plötzlich erhob sich Arithon, der bis zu diesem Augenblick regungslos am Boden gesessen hatte. Er sprach kein Wort, und Lysaer biß mit ernstem Gesichtsausdruck die Zähne zusammen und ignorierte Kharadmons herausfordernden Blick. »Nach dem letzten Angriff der Erscheinungsformen Desh-Thieres dachte ich, die Bruderschaft wäre überzeugt, seine Feindseligkeiten nicht abwehren zu können.«

Mit ehrlichem Unbehagen entgegnete Asandir: »Wir können nicht sicher sein.«

Lysaer sah seinen Halbbruder an, doch Arithon schwieg, während Luhaine seine Mißbilligung abschüttelte und sich zu einer Erklärung aufraffte.

»Wenn Ihr gestattet. Die Geister, die der Nebelgeist umfaßt, können die Schutzzauber des Turmes nicht durchdringen. Sollten Eure Anstrengungen mit Licht und Schatten seinen Dunst in den endgültigen Untergang innerhalb paravianischer Schutzwälle treiben, dann würde sich die bewußte Essenz aus der Verkettung an den Nebel lösen, die sie umschließt. Kurz gesagt, der Geist könnte abgetrennt werden wie die Spreu vom Weizen.« Nun in seinem Element, breitete Luhaine seine Arme aus. »Danach kann unsere Bruderschaft nicht sicher sein, ob ein natürlicher Tod derartige Geister zu bannen vermag. Sollten die Wesen einen Weg finden, den Gesetzen Aths zu entkommen und als freie Geister weiterzuexistieren, dann könnten sie fortfahren, sich der Kreaturen dieser Welt zu bemächtigen, was schreckliche, ja, zerstörerische Auswirkungen haben mag.«

»Die Methuri, die die Mirthlvainsümpfe heimsuchen, sind einer ähnlichen Katastrophe entsprungen«, schob Asandir ein. »Das mag Euch eine Vorstellung von dem Ausmaß der Gefahr vermitteln.«

»Ganz richtig.« Bereit, sich wie ein Gelehrter zu ereifern, öffnete Luhaine den Mund, als ihm Kharadmons Blick auffiel. Gereizt sagte er: »Ich fasse zusammen.«

Kharadmon zog eine Augenbraue hoch. »Fahr nur fort.« Einladend, wie ein Höfling, der eine Dame zur Tür hinausgeleiten will, streckte er die Hand aus.

Steif drehte Luhaine ihm den Rücken zu und nahm seinen Vortrag vor den Halbbrüdern wieder auf. »Um dem Risiko, die Geister zu befreien, entgegenzuwirken, müßt Ihr Desh-Thiere außerhalb der geheimen Schutzzauber einfangen. Die Wards über Ithamon werden Euch als Bollwerk dienen und ebenso als Verteidigung für das Land, für den Fall, daß wir scheitern.«

»Kurz, sagtest du?« Trotz seines unbewegt heiteren Abbildes war Kharadmons Ungeduld offensichtlich. »Wir verschwenden nur Zeit.«

Gelassen beruhigte Asandir die Halbbrüder. »Die Gefahren sind nicht unüberwindbar. Wir können auf Dakars Prophezeiung vertrauen und auf die Vorhersage des Netzes, nach der der Nebelgeist besiegt werden kann. Trotzdem kommen wir nicht weiter, wenn wir bis zum Sonnenuntergang über Details diskutieren.« Er nickte Lysaer zu. »Prinz?«

Erleichtert, den Reibereien der zwei Geisterzauberer zu entkommen, die ihn so oder so zutiefst verunsicherten, rief Lysaer die Energien seiner Gabe herbei. Licht löste sich aus seiner Faust, ein knisternder, weitschweifiger Blitz, der sich durch den Dunst über ihren Köpfen bohrte. Zischend zog sich Desh-Thiere zurück. Dampf waberte um den Kielingturm, der zurückgedrängt wurde, als Arithons Schatten ihm entgegen in die frische Wunde fuhren. Dunkelheit erfüllte die Luft, und die Temperatur sank abrupt. Schneeflocken tanzten über den Zinnen, in denen sich das gefilterte Sonnenlicht gülden spiegelte, als der Nebel fast durchdrungen war. Der Himmel verfärbte sich wie Schmutzwasser, als Desh-Thiere versuchte, die Öffnung zu verschließen. Barrieren aufsteigender Schatten rissen sie wieder auf, und Eis legte sich an die Stelle, an der die Bilder von Luhaine und Kharadmon unbemerkt verschwunden waren.

Die Halbbrüder beendeten schweratmend ihren ersten Angriff, und wie immer mußten sie in der folgenden, kurzen Erholungspause schwere Verluste hinnehmen.

Der Nebel verdichtete sich wieder. Purpurgrau und so finster wie Gewitterwolken legte sich Desh-Thiere in feuchter Düsternis über den Flecken freien Himmels. Trotz seines so überaus gefälligen Charakters reagierte Lysaer mit Zorn. Jedesmal wurde der Nebel nach dem ersten Angriff dichter und schwerer zu handhaben. Zu wütender Rache getrieben und nun ein Meister in der Kunst, seine Gabe zu einer Waffe zu formen, jagte Lysaer tödliche Energien in die Dunkelheit, die sich bedrückend über das Land gelegt hatte.

Weiß erschien der schmierige, dichte Pesthauch über dem Turm, ehe er unter dem Angriff brennend erglühte. Gleich darauf antworteten Schatten der Hitze, und Schneekristalle wurden vom Wind über die offene Steinplattform getrieben. Wieder verdichtete sich der Nebel, bis er giftig und dickflüssig wie Öl über ihnen schwebte. Lysaers Tunika war schweißgetränkt, und Arithons Haar fiel ihm in wilden Strähnen über die ebenfalls triefenden Schläfen.

Die Halbbrüder kämpften, während der Vormittag dem Nachmittag wich. Langsam und widerwillig gaben die Bande des Nebelgeistes nach. Sonnenlicht durchdrang den Dunst und tauchte den Hügel von Ithamon samt der verwinkelten Stümpfe der Stadtfundamente in silbriges Licht. Schon in der nächsten Minute versanken die eingefallenen Wehren und zerstörten Mauern in einem weiteren Gegenschlag des Nebels. Licht schlug ihm entgegen, gefolgt von Schatten. Wieder zeigte sich ein faseriges Loch. Plötzlich von der Belagerung der Düsternis befreit, wurde der Himmel über dem Kielingturm sichtbar.

Arithon schrie auf, als die geistgetriebenen Dunstschwaden gegen seine Schutzbarrieren prallten, und das Gemäuer kündete donnergrollend davon, wie Lysaer sich zu heroischer Größe emporschwang, um dem Bruch in ihrer Angriffslinie zu begegnen.

Sein Licht schoß in die Düsternis, die aufschäumte, sich staute wie eine blutgefüllte Prellung. Dichte Schatten antworteten ihm. Schneefall setzte ein und wurde von einem Wirbelwind erfaßt, als die erhitzte Luft kreischend durch den eisigen Sturm fegte.

Dann plötzlich veränderte sich das Kräfteverhältnis auf eigentümliche Weise. Verwoben in dem gewaltigen Spiel der Energien geriet etwas kaum merklich aus dem Gleichgewicht. Über das erschütternde Tosen des Gegenschlags und den Sturm erhob sich gleich einem Schrei Arithons Stimme, als er Asandir zurief: »Wir sind in Schwierigkeiten!«

Weniger vertraut im Umgang mit den Feinheiten, sah Lysaer keinen Anlaß, sein Ziel genau ins Auge zu fassen. Eine weitere Energieladung sammelte sich in seinen Händen, sein Blickfeld überflutet von Dunkelheit, so dicht, als könne sie ihn ersticken, versuchte er herauszufinden, was sein Unbehagen verursachte. Zwar war er sich der Stimmen bewußt, doch der Nebel hatte ihn von den anderen abgeschnitten, als er nun die Hände zu Fäusten ballte.

Und Qualen erfuhr, als seine Gabe versagte.

Lysaer versuchte, die Kontrolle zurückzuerlangen, doch ein anderer Wille bekämpfte ihn: Als hätte der Nebel seine Natur verändert, hätte sich ohne jede Warnung von einer beharrlichen Barriere, die sich stets treiben lassen mußte, in etwas Abstoßendes, etwas Unheimliches verwandelt; in eine Kreatur, gefräßig und lebendig, die sich nun von genau den Energien nährte, die zu ihrer Vernichtung herbeigerufen worden waren. Lysaer fühlte, wie etwas seine Haut streifte. *Dinge* schienen an seinen Kleidern und seinem Haar zu zerren, während sich Schläfrigkeit über sein Denken legte.

Dann verwischte eine Woge überwältigender Hochstimmung alle Spuren der Not. Sie hatten gesiegt. Desh-Thiere kollabierte in einem Sturm der Vernichtung.

Ein Ruf Asandirs durchdrang die schwindelerregende Unwirklichkeit. Lysaers wilder Drang, den Himmel mit seiner Macht zu zerreißen, wurde niedergeschmettert, als fremde Hände seine Arme auseinanderzerrten. Wie feuchte Wolle ein wildes Feuer löschte, legte sich ein magischer Mantel über das Licht, das sich noch nicht ausbreiten konnte.

Sie hatten keinen Sieg auf dem Kielingturm errungen. Die Erkenntnis ließ Lysaer den Atem stocken. Düsternis befiel ihn, so feucht wie Dunstschwaden im Sumpf, und säuerlicher Schweiß lief über seinen Körper. »Was ist geschehen?«

»Desh-Thiere!« schrie Asandir gegen den Wind an, der so scharf und schneidend wie die Sense des Todesengels war. »Er hat sich absichtlich in die Lücke zurückgezogen!«

Magisches Licht flammte auf, und der Himmel klarte auf, zumindest schien es so. Doch nur ein begrenzter Kreis, eingebunden in Magie, antwortete dem Willen Asandirs. Jenseits der Mauern des Kielingturmes jedoch blieb es dunkel, feucht und undurchdringlich. Lysaer blinzelte, und seine Augen tränten. Eingehüllt vom herabsinkendem Schnee erkannte er, daß kein Wind mehr an seinem Leib zerrte. Statt dessen empfand er Wärme von der üblen Temperatur vergossenen Blutes. Von einer bösen Vorahnung erfaßt, drängte es Lysaer, weiterzumachen. Dann jedoch zuckte er zurück, als Asandir ihm erneut unsanft die Arme auseinanderriß.

Verärgert über diesen physischen Eingriff spannte Lysaer die Muskeln, um sich von der Beschränkung freizumachen. Asandir blickte ihm wortlos in die Augen, bis die Vernunft seinen Stolz besiegt hatte. Erschüttert erkannte er, wie nahe er daran gewesen war, seinen gesunden Menschenverstand der Eitelkeit zu opfern, und er wappnete sich für eine Entschuldigung.

Asandir kam ihm zuvor. »Ich bin nicht gekränkt, und Ihr habt Euch nie grob verhalten. Dieser Nebelgeist verfügt über Erscheinungsformen, die den Geist verwirren können, aber jetzt seid Ihr gewarnt. Seid von nun an auf der Hut.«

Bestürzt und gedemütigt versuchte Lysaer, dem Chaos einen Sinn abzugewinnen.

»Der Nebel hat sich auf uns gestürzt, als wollte er Selbstmord verüben.«

Von der anderen Seite der Plattform sagte Arithon mit krächzender, heiserer Stimme: »Der letzte Angriff hat mehr Dunst freigesetzt, als wir während des vergangenen halben Tages verbrannt haben. Ich nehme an, der Schaden ist bereits angerichtet?«

»Wir werden sehen. Luhaine!« Lysaers Handgelenke noch immer mit festem Griff umfaßt, rief Asandir seinen Bruder. »Wie groß ist der Radius dieses Nebels?«

Der körperlose Zauberer widerstand seiner Neigung zur Gönnerhaftigkeit. »Nur der Kielingturm ist noch bedeckt, was mich zu der Annahme führt, daß wir ein Problem haben. Wenn die Wesenheiten Desh-Thieres einen natürlichen Tod erleiden können, warum sollten sie dann direkt in ihr Verderben stürzen?«

Kharadmon stimmte ihm zu. »Es ist zu gefährlich, jetzt außerhalb des Turmes fortzufahren. Ob unsere Wards wirken oder nicht, den Nebel jetzt auf offenem Grund schlagen zu wollen, heißt, ihn zur Flucht einzuladen. Diese Ruinen bieten Tausende von Verstecken. Wenn die Geister ihren Banden entkommen können, dann werden sie sich sicher in alle Windrichtungen verteilen und im Verborgenen halten.«

»Das ist zweifellos Desh-Thieres Absicht«, schnappte Luhaine. »Es sei denn, er wartet nur darauf, daß wir herauskommen, um dann über unsere Prinzen herzufallen.«

»Er könnte durchaus auf beides aus sein.« Asandir sah aus wie ein Gefolterter, als sich sein Griff lockerte.

Schließlich ließ er Lysaer frei. »Wir haben noch eine andere Wahl.«

»Nein«, rief Dakar protestierend. Halbvergessen hockte er zusammengekauert am Rand der Zinnen. Nun trat er in die Mitte der Plattform. Seine Nase lief, die Augen waren blutunterlaufen, die Hände fest zu Fäusten vor der Brust geballt, und sein Haar sträubte sich wie der Kamm eines Hahnes. »Ihr werdet es nicht *wagen*, die Wards der Barmherzigkeit an diesem Turm zu beflecken! Gnädiger Ath, wie könnt Ihr nur daran denken, dies unwiederbringliche Werk eines vergangenen Zeitalters durcheinanderzubringen, indem Ihr das Böse in das Innere seines Schutzwalles bringt?«

Asandirs Gesichtsausdruck wurde hart. »Das werde ich tun, aus purer Notwendigkeit.« Sein flammender Blick traf seinen Schüler. »Diese Wards sind das einzige, was den Nebelgeist verläßlich zu bannen vermag. Ich werde sie öffnen und Desh-Thiere hereintreiben lassen, und dann wird dieses Land wieder frei im Licht der Sonne liegen. Und für das Überleben der Riathan Paravianer, die diesen Ort geheiligt haben, wirst auch du all deine Kraft dieser Aufgabe widmen.«

Nicht nachzugeben ängstigte den schockierten und erschütterten Dakar sichtlich, nichtsdestotrotz blieb er hartnäckig und standhaft.

»Desh-Thiere hat uns schon dreimal seine Tücke offenbart«, sagte Luhaine, dessen Abbild nur vage in der nebligen Dunkelheit erkennbar war. »Wir könnten diejenigen sein, die getrieben werden, mit voller Absicht, um eine solch verzweifelte Tat zu wagen.«

»Das Risiko müssen wir auf uns nehmen«, preschte Lysaer vor. »Von uns allen bin ich der letzte, der die Risiken abwägen kann. Dennoch kann ich mein Leben nicht über die Notwendigkeit setzen, dieses Monster zu besiegen. Die Schutzwälle des Kielingturmes werden das Land sicher schützen, und selbst wenn wir alle hier sterben sollten, so wäre doch das Sonnenlicht für Etarra gerettet.« Wie feuchtes Gold glänzte sein Haar in der Dunkelheit, als er sich Asandirs Wünschen fügte. »Ich ziehe es vor, darauf zu vertrauen, daß Ihr uns vor den Geistern schützen könnt, so wie Ihr es in der Nacht getan habt, als mein Halbbruder und ich angegriffen wurden.«

Dieser Vorfall hatte sich einige Zeit, bevor die ungezählten Wesenheiten in Desh-Thiere in ihr Gefängnis gezwängt wurden, ereignet; dennoch behielt Asandir seine Befürchtungen für sich, als er dem Teir's'Ilessid antwortete: »So soll es sein, Lysaer. Doch laßt Euer Herz nicht zaudern. Wenn ich rufe, werdet Ihr handeln, und das werdet Ihr bis an die äußerste Grenze Eurer Kraft tun, ohne Fragen zu stellen. Eure Gabe des Lichts wird Arithons Schatten begleiten und den Nebel verbrennen, bis alle Wesenheiten Desh-Thieres in das Innere der Wardgrenzen hineingezogen werden.«

Diese Worte und die gewaltige Verpflichtung, von der sie kündeten, trafen Lysaer mit sonderbarer Macht und Endgültigkeit. Obwohl ihm bewußt war, daß er seine Meinung später nicht mehr ändern konnte, raffte er sich zu einem gequälten Lächeln auf. »All meine Kraft steht zu Eurer freien Verfügung.«

Noch immer auf der Hut zeigte Asandir doch aufrichtige Hochachtung. »Möge Ath Euch segnen, Prinz zu s'Ilessid. Ihr scheint zu verstehen, was auf dem Spiel steht.«

Selbst der Pessimist Luhaine stimmte zu. »Dann laßt nun Dakar den Turm verlassen. Sollte das Schlimmste geschehen, so muß einer von uns draußen sein und Wache halten, bis Sethvir den Turm versiegeln kann, damit niemand ihn jemals wieder betritt.«

»Ich werde mir ganz umsonst einen Sonnenbrand holen, während ich darauf warte, daß Ihr herauskommt!« Dennoch war Dakar so erpicht darauf, den Schauplatz des Kampfes zu verlassen, daß er vor lauter Eile über seine eigenen Füße stolperte. Gemeinsam mit dem Geräusch seiner hastigen Schritte verhallten auch seine wütenden Flüche, zunächst gedämpft von dem dichten Nebel und schließlich gänzlich erstickt vom Klagen des Windes.

Desh-Thiere hüllte die Zinnen des Kielingturmes beharrlich in Düsternis, während die Zauberer ihre Vorbereitungen trafen. Kharadmon ernannte sich selbst zum Beschützer Lysaers. Auch Luhaines Bild löste sich auf, und sein erbitterter Gesichtsausdruck warnte Arithon, sein Temperament zu zügeln. Gleich, ob ihn nun vorwitzige Erkenntnis oder nur die Reizbarkeit des s'Ffalennschen Temperaments bewegte, würde doch jeder Versuch, sich dem Schutz der Bruderschaft zu entziehen, auf wenig Toleranz stoßen.

Lysaer wischte sich die schweißnassen Hände ab. Noch ehe er darüber nachdenken konnte, welch geheimnisvolle Schutzzauber von ihm Besitz ergreifen würden, blitzte ein Kreis blauweißer Energie um ihn herum auf. Seine Augen waren geblendet, und seine Sinne neigten sich einem wirbelnden Schwindel entgegen. Die Wards, die Kharadmon über ihn gesponnen hatte, durchsetzten nicht allein die umgebende Luft; sie drangen lodernd in sein Innerstes vor und waren so beharrlich, daß sie unwillkürlich seine Abwehr hervorriefen. Lysaer fühlte, wie sich jedes einzelne Haar an seinem Leibe aufrichtete. Für einen schrecklichen, endlosen Augenblick standen sein Fleisch und Geist außerhalb seiner Selbstkontrolle, erstarrt in der Unterjochung durch einen anderen Willen. Schnell ließ das unangenehme Gefühl wieder nach. Das magische Licht zerrte nicht mehr länger mit unheimlicher Gewalt an seinem Körper. Lysaer streckte sich erleichtert. Er bewegte seine Hände, dann seine Zehen und stellte zufrieden fest, daß sie nicht mehr in Paralyse gefangen waren. Er versuchte zu atmen, und gleich einem Nagel, der durch die Fasern heranwachsenden Holzes getrieben wurde, fühlte er sogleich die unveränderliche Präsenz des Wards.

Endlich erlangte er die Kontrolle über seinen Körper zurück, aber nur in dem Ausmaß, das Kharadmons schützende Magie ihm gestattete.

Bestürzt über den Umfang der Beschränkungen, die ihm seine offene Zustimmung eingebracht hatte, blieb ihm doch keine Gelegenheit, sich zu fragen, wie Arithon sich mit einer solchen Lage abfinden konnte. Über das

Klagen des Windes und die beißende Resonanz der Wards hinweg, erteilte Asandir eilige Anweisungen.

»Sobald ich meine Wahrnehmung mit den Schutzbarrieren des Kielingturmes verschmolzen habe, werde ich nicht mehr ansprechbar sein. Sollten sich Schwierigkeiten ergeben, so werden die körperlosen Zauberer, mit denen Ihr verbunden seid, über Eure Bedürfnisse wachen und Euch, der Situation angemessen, Hilfe leisten.« Asandir unterbrach sich.

Seine Augen, hell, leuchtend und stechend zugleich, studierten die Halbbrüder, die dabei waren, um der Wiederherstellung des Sonnenlichtes und des Überlebens der Paravianer willen, Körper, Geist und Seele der Gefahr auszusetzen.

Von unausgesprochener Beklemmung angetrieben, fügte Asandir hinzu: »Ich werde versuchen, eine Öffnung in den Wards zu erzeugen und Euch ein Signal zu geben, wenn es vollbracht ist. Dann werdet Ihr den Nebelgeist angreifen. Mit all Eurer Kraft und Willensstärke werdet Ihr ihn in das Innere der Schutzbarrieren des Turmes treiben. Sobald auch der letzte Rest des Nebels hereingezogen wurde, werde ich die Wards wieder versiegeln. Dann werden Luhaine und Kharadmon gemeinsam mit Euch danach trachten, die feindseligen Wesenheiten Desh-Thieres im Zaum zu halten. Wenn sich die paravianischen Zauber verschmelzen lassen und wenn die Macht der Barmherzigkeit sich der Notwendigkeit unterordnen läßt, dann werde ich versuchen, ein Gefäß aus schützenden Bannen zu formen. Wenn wir Glück haben, dann wird es uns gelingen, Desh-Thiere einzusperren, ohne diesen Turm zu beflecken.« Er zögerte, ehe er fortfuhr. »Daran klammert Euch in der schlimmsten Qual: Die Vorhersage aus dem Althainturm hat keinen Tod an diesem Ort angekündigt.«

Doch Sterben war sicher nicht das schlimmste Schicksal, das sie erleiden konnten, erkannte Lysaer: Besessenheit war eine schrecklichere Bedrohung. Kharadmons Zugriff donnerte wie ein tiefes, unterschwelliges Beben durch sein Fleisch. Und dieses Nest nebelgebundener

Geister, das sie nun mit den vereinten Kräften von fünf Männern einkerkern mußten, verfügte über eine Böswilligkeit, die Traithe zum Invaliden gemacht hatte.

»Ich wünsche Euch allen eine sichere Hand und eine erfolgreiche Jagd.« Wie eine Schattengestalt vor dem kohlschwarzen Wirbel aus Dunst, bückte sich Asandir und streifte Stiefel und Strümpfe ab. Barfuß stapfte er durch den Schnee und nahm seinen Platz auf den eisüberzogenen Steinen ein. Dann hob er die Hände. Starr und steif blieb er über einen Zeitraum, der Lysaers Nerven an den Rand des Zusammenbruchs trieb, regungslos stehen. Um sich der bösen Vorahnungen zu erwehren, konzentrierte sich der Prinz voller Ingrimm darauf, den drängenden Wunsch, seine Gabe freizusetzen, im Zaum zu halten.

Eine Erschütterung in der Luft schlug ihm ins Gesicht, und ein Klirren wie von Glas, das in einem plötzlichen Kälteschock zerspringt, erfüllte den Himmel. Weißes Licht schien den Turm zu umspülen. Verloren in der blendenden Helligkeit schrie Asandir in einem Ton, der ebensogut von Ekstase wie von unendlichen Qualen herrühren mochte. Dunkelheit öffnete sich im gleißenden Licht, bösartig schwarze Dunkelheit, und das Mauerwerk, das zwei Zeitalter fest und unbewegt überdauert hatte, erbebte unter den Wellen der Vibration.

»Jetzt!« schrie Asandir, und sein Schrei schien die Zinnen zu zerschmettern.

Lysaer verströmte sein Licht in einer Verkettung aus Funken. Heißer Wind verbrannte seine Wangen. Schwärze fiel, so dicht wie Samt, dann ein Schlag eisiger Luft, den er als Rückströmung der Schatten Arithons erkannte. Gleich darauf strich eine unterschwellige, purpurne Glut über Lysaers Haut, legte sich über ihn, ehe sie mit der Wut Tausender giftiger Nadeln zustach. Er kämpfte um seinen Atem, um sein Denken, während Kharadmons scharfer Tadel ihn anstachelte, seinen Geist zusammenzuhalten und zu *kämpfen*.

Lysaer schlug den eindringenden Nebel mit Energiestößen. Ja, er kämpfte, trotzte den Wesenheiten, die ihn lüstern aus dem Nebel begafften, mit den fangzahnbewehrten Kiefern knirschten und durch die Dunkelheit wirbelten, um ihn niederzureißen. Von den Energien seiner Gabe getrieben, jagte Lysaer voller Wildheit ein Gitterwerk aus Blitzen in den Nebel, verbrannte den Geist mit seinem Feuer.

»Jetzt! Noch einmal!« mahnte Kharadmon.

Die Zinnen schienen sich abenteuerlich zu verdrehen. Ausgebrannt und orientierungslos wie er war, konnte Lysaer nicht mehr unterscheiden, ob das Mauerwerk sich unter ihm auflöste oder ob die Naturgesetze noch Gültigkeit hatten. In der anhaltenden Glut der Wards fühlte er Luhaine und tat sich mit ihm zusammen, während Arithon dem Nebelgeist noch immer seine Schatten entgegenschleuderte, die eine Kälte aufwirbelten, so eisig wie die Leere vor Anbeginn der Schöpfung.

Lysaer verschluckte sich an einem Atemzug, der zur Hälfte aus Schnee bestand. Frost stach in seine Lungen und löste einen starken Hustenanfall aus. Die Luft fühlte sich fremd an, zu dicht und hart, um von seinen Atemwegen aufgenommen zu werden. Der Wind trieb ihm den Schnee in das Gesicht. Schmerzhaft erlitt er das Gefühl, ersticken zu müssen, während Kharadmon ihn drängte, weiterzumachen.

Angetrieben, sich in seiner Gabe zu erschöpfen, bis er zu einer lebenden Flamme wurde, schrie Lysaer auf. Wellen reinen Lichts lösten sich von ihm, bis sein Körper sich geschlagen und ausgehöhlt anfühlte, als wäre er weiter nichts als ein Rohr, dazu gedacht, seine Gabe zu kanalisieren.

Das Licht, das sich seiner Leibesmitte entriß, wurde hinausgeschleudert, dieses Strahlen ausgefeilter Gewalt erkannte der letzte verbliebene Funke seines Bewußtseins als das Werk eines anderen.

Nur mehr eine Marionette, ganz den Launen eines Zauberers ausgeliefert, fühlte sich Lysaer gleichermaßen beraubt und zerschmettert. Die Dunkelheit und der Schwindel, die an ihm zerrten, waren nicht länger nur Auswirkungen der magischen Wards und des Nebelgeistes. Sein Körper ächzte so sehr nach Atem, daß er kaum mehr bei Bewußtsein war.

Und noch immer löste sich Licht in knisternden, blendendweißen Strömen von ihm.

Seine Orientierungslosigkeit versetzte ihn in Panik. Während seine Instinkte schrien, daß er geopfert würde, verzehrt von einer schillernden Magie und über die Grenzen des gesunden Menschenverstandes hinausgetrieben, klammerte er sich an seine bereitwillige Zustimmung gegenüber der Bruderschaft, an die Ehre, die ihn an seinen Eid band, den Nebelgeist zu bekämpfen, solange er am Leben war.

Doch seine Standhaftigkeit konnte nur die eines Sterblichen sein.

Niedergeschmettert von der schmerzhaften Erkenntnis, daß königliches Blut und Stolz und die zutiefst empfundene Unbescholtenheit seiner Absichten nicht genug waren, ihn zu stützen, gab Lysaer seine Würde auf und weinte.

Ein quälender Augenblick zog dahin. Ein Geräusch drang zu Lysaer durch, wie das Reißen von Stoff. Dann erklangen Stimmen, deren Gebrüll über einem Tosen in seinen Ohren rauschte.

Schmerz ging von Quetschungen an seiner Schulter, dem Knie und dem Kinn aus. Offenbar war er zusammengebrochen, denn er lag mit dem Gesicht nach unten in der dünnen Schneeschicht. Lysaer zitterte heftig und war zu erschöpft, um sich zu bewegen. Durch die Luft, die sich wie Schwefelrauch herabsenkte, jammerten, schnatterten, klagten und wimmerten Stimmen, so unzählig wie die Verdammten von Sithaer. Das Atmen schmerzte; das Gewebe seiner Kehle und Lungen fühlte sich wund an, als wäre es vom Eis zerkratzt worden. Dann griffen Hände nach ihm, zerrten an ihm und drängten ihn, aufzustehen.

»Steht auf«, krächzte Asandir.

Der Zauberer, geschwächt und ausgezehrt, war schrecklich heiser, als hätte er selbst ebenfalls geschrien. Oder aber die Mächte, die er genutzt hatte, um den

Schutzwall des Kielingturmes wiederherzurichten, hatten eine Unzahl von Beschwörungen erfordert.

Der Wind hatte sich erneut auf geheimnisvolle Weise gelegt.

Lysaer quälte sich auf die Knie. »Die Wards«, keuchte er. »Habt Ihr sie geöffnet?« Als die Benommenheit langsam nachließ, blickte er sich um. »Mein Halbbruder. Geht es ihm gut?«

»Seht selbst, dort drüben«, entgegnete Asandir.

Arithon ruhte nicht weit von ihm entfernt, den Rücken gerade aufgerichtet an die Zinnen gelehnt. Ob die Aussendung seiner Schatten ihn ebenfalls zu einer leeren Hülle verzehrt hatte, vermochte Lysaer nicht zu erkennen. Dichter Nebel ließ alles vor seinen Augen verschwimmen.

»Gut gemacht«, lobte der Zauberer, und seine Stimme klang nicht mehr gar so rauh. »Wir haben den Geist im Kielingturm eingefangen und die Wards wieder sicher versiegelt. Wenn aber die Tugend, die das Fundament der Stärke dieses Turmes ist, nicht der Entweihung anheimgegeben werden soll, dann müssen wir die Kreatur an einem anderen Ort gefangenhalten.«

Inzwischen wieder auf den Beinen, doch so zittrig, als würde er von einem Fieber geschüttelt, versuchte sich Lysaer an einer humorvollen Entgegnung. »Ich bin so erschöpft, daß ich nicht einmal die Energie aufbringen könnte, um einer Dame zu imponieren. Ich hoffe, der Nebelgeist erfordert weniger Zartgefühl.« Seine Narretei löste sich unter einem Seitenblick des Zauberers auf. »Ich werde jedenfalls mein Bestes geben.«

Doch noch ehe Asandir den Blick abwandte, erinnerte sich der Prinz: Kharadmons Präsenz verhielt sich in seinem Inneren zwar ruhig, doch sie war noch immer da. Die Bruderschaft würde mehr als nur sein Bestes bekommen, selbst wenn der Preis dafür am Ende sein Tod sein sollte.

Gedemütigt von seinen Zweifeln, von der Sorge, daß die folgende Anstrengung ihn zerbrechen könnte, riß Lysaer die Initiative wieder an sich. »Was nun?«

Asandir schenkte ihm ein gequältes Lächeln. »Laßt niemanden jemals daran zweifeln, daß Ihr über die Kraft der s'Ilessids verfügt. Die schwierigste Aufgabe liegt noch vor uns.« Er deutete auf ein schmales Steingefäß, das in einer Vertiefung des Steinbodens innerhalb der oberen Zinnen des Kielingturms stand.

Lysaer drängte die Erkenntnis zurück, daß seine Courage sich in würdelose, jämmerliche Fetzen aufgelöst hatte. Weder der Behälter noch die Vertiefung hatten zuvor existiert, und die zylindrische Form schien aus demselben körnigen Jaspis zu bestehen wie die Befestigungsanlagen des Turmes.

»Ja, das Gefäß, in dem wir Desh-Thiere gefangenhalten werden, wurde aus dem Stein dieses Turmes geformt«, erklärte Asandir vollends unerwartet. »Seine Wards tragen das Muster paravianischer Bande, und darin liegt der Kern unseres Problems. Der Nebelgeist ist sich seiner Selbst bewußt genug, um die Gefahr zu erkennen. Wir dürfen also mit einem erbitterten Kampf rechnen, ehe wir ihn endgültig einsperren können.«

Arithon äußerte sich nicht dazu. Angesichts der Tatsache, daß er in der Nutzung seiner Gabe geschult war, gab seine Reglosigkeit Anlaß zur Sorge. Lysaer schlang die Arme um seine Brust. Wenn er nachdachte, wenn er zögerte, dann konnte er nicht kühl und vernunftgemäß weitermachen. Die Furcht saugte ihm alle Kraft aus dem Leib. Erzogen zu strenger Pflichterfüllung, hatte er auf den Knien seines Vaters gelernt, daß ein König stets selbstlos handeln mußte. Die Bedürfnisse des Landes und seiner Menschen genossen unbedingten Vorrang. Wenn er auch im Herzen nur ein Mensch und voller Angst war, so hielt doch der Sinn für Gerechtigkeit, der dem Geblüt derer zu s'Ilessid innewohnte, sein Gewissen in eisernen Fesseln gefangen. Lysaer hob die Hände, von denen er wünschte, sie würden nicht zittern. Aus dem Teil seiner Selbst, der ein Prinz war, der standhaft war, ließ er seinen Selbsterhaltungstrieb fallen und übergab sich ganz und gar seiner Gabe.

Das ausströmende Licht schmerzte ihn sogleich, als

würde sein Fleisch eine Gabe bergen, die zuviel von ihm verlangte. Die Finsternis hatte sein Zeitgefühl ausgeschaltet. Es mochte Nachmittag oder auch schon späte Nacht sein, ja, es mochten Tage vergangen sein, seit sich das Leichentuch über das Ende der Welt gebreitet hatte. Die finsteren Rauchgesichter aus dem Nebelgeist verschleierten das Innere des Turmes, undurchdringlich dicht und voller Bösartigkeit.

»Versucht es jetzt«, drängte Asandir. »Ihr werdet keine bessere Gelegenheit bekommen. Wenn Eure Kraft Euch verläßt, dann wird Desh-Thiere sich frei im Inneren des Kielingturmes aufhalten können. Möge Ath uns beistehen, wenn das geschieht, denn der Zylinder und seine Wards der Beschränkung werden erst stabil sein, wenn das letzte Siegel gesetzt ist.«

Kurz zürnte Lysaer, daß noch eine weitere Schwäche ihre grausige Aufgabe gefährdete, und er zwang sich zu sprechen. »Bruder, bist du bereit?«

Statt einer Antwort brachte Arithon neue Schatten hervor. Gleich einem Netz entsprangen sie seinen Händen, und Lysaer sah das zarte Muster aus Runenketten und Siegeln. Gemeinsam hatten der Herr der Schatten und Luhaine Banne geschaffen, um ihren Angriff auf den Nebelgeist zu verstärken.

Schäumend wie Dampf wich Desh-Thiere zurück. Voller Bösartigkeit peitschten seine Geister aus ihm heraus. Selbst als Lysaer sein Licht aufflammen ließ, krümmten und kreisten, sausten und wirbelten die dämonischen Aspekte, die in dem Nebel gefangen waren, um ihn herum. Ihre Berührung rieb über seine Haut, als würde sie verätzt werden, und jeder Lufthauch schien mit gesplittertem Glas bewehrt zu sein.

»Jetzt!« schrie Arithon.

Und Lysaer schlug zu, sein Licht, ein Stachel, der den verwünschten Nebel auf die Flasche zutrieb. Als der grelle Schein ihm die Sicht raubte, fühlte Lysaer, wie Kharadmon seinen Bemühungen Magie zufügte. Der Nebel brannte, ätzend und ranzig, und die Gesichter knirschten mit ihren fürchterlichen Zähnen. Klauen schienen nach ihm zu greifen, Stimmen in seinem Kopf zu wispern. Lysaer zitterte, feucht von kaltem Schweiß.

»Noch einmal!« schrie Arithon angestrengt.

Lysaer quälte seinen Leib zu einer Reaktion. Nebel verschleierte seine Sicht, und die umherwirbelnden Geister beschatteten den Zylinder. Nur seinen Vermutungen folgend sandte er Speere aus Licht aus. Gesichter prallten zischend zurück, und Arithons magische Schatten bewegten sich wie Vorhänge im Wind.

So schwer zu fassen wie die Luft selbst, brauste der Nebel auf und suchte sich in einem Wirbel zu befreien. Keuchend hielt Lysaer ihn auf, und die Magie, die Luhaine herbeigerufen hatte, rumorte in seinen Eingeweiden. Er rief Licht und wieder Licht, weiße Schleier ohne jeden Fehl, den der geschmeidige Nebelgeist sich hätte zunutze machen können. Und noch immer rasten Desh-Thieres Wesenheiten frei durch die Luft. Magie und Schatten schlugen auf das scheinbare Nichts ein, das doch so hartnäckig wie gewachsener Granit war. Im böigen Wind feuerte sie Asandir über die ätzenden, brennenden Präsenzen hinweg an, die um die Öffnung des Gefäßes herumwirbelten.

»Weiter so! Die Geister können nicht ewig durchhalten. Irgendwann werden sie der Erschöpfung nachgeben müssen.«

Lysaer fühlte sich leer. Die Anforderungen ihres Angriffs waren überaus groß. Kein Treueschwur konnte solche Qualen umfassen, die sämtliche Reserven erschöpften und den Geist selbst zerfasern ließen. Tückisch schlug der Nebel zurück, und die harte Lektion des Überlebens in der Roten Wüste verblaßten zu einer bloßen Unbequemlichkeit, verglichen mit der Pein, die er erleiden mußte, um seine Gabe zu nähren.

»Da«, rief Asandir. »Er zieht sich zurück!«

Dumpfer Schmerz durchflutete Lysaers Inneres. Das Licht, das seinen Händen entströmte, schien eine Macht zu sein, für die mit Blut bezahlt werden mußte, bis zu dem schrecklichen Preis des sterblichen Fleisches. Nicht länger schweigend überfuhr ihn Kharadmons Präsenz und riß die Gewalt an sich, um auch weiter das Licht von ihm strömen zu lassen.

Doch schließlich gab Desh-Thiere auf.

Schweiß, vielleicht waren es auch Tränen, brannte in seinen Augen, als Lysaer sich der Helligkeit im Turm bewußt wurde. Arithons Schattenwand, durch die sich purpurfarbene Stränge zogen, mit denen Asandir seine Mühen gestützt hatte, wurde nun klar erkennbar. Von dem Licht, das Dreschflegeln gleich auf ihn niederhämmerte, wurden Desh-Thieres Verwirbelungen gejagt, gebrannt und eingepfercht in einen Kegel aus Dunkelheit, der über der Öffnung des Gefäßes verharrte.

Lysaer blieb kein Funken Energie zu frohlocken, als der Nebelgeist seiner Niederlage entgegenglitt. Ihm blieb nur, keuchend Luft in seine brennenden Lungen zu saugen und den räuberischen Forderungen Kharadmons zu dienen, der ihn über das Ende seiner eigenen Kräfte hinaus dazu peitschte, Licht zu formen.

Zuckend sausten die Nebelfetzen umher, versuchten, sich vor dem magischen Rachen aus Schatten zurückzuziehen. Lysaer fühlte sich vollkommen ausgezehrt. Die herbeigerufene Energie löste sich erneut von seinen Händen, raste mit Getöse durch die Luft, als würde Zorn sich in pure Bösartigkeit wandeln. Ein gleißender Blitz durchschlug die Dunkelheit, der den besessenen Nebel in das Innere der Barrieren jagen sollte.

Arithons Schattennetz schauderte zitternd zurück. Die Umrisse verschwammen, gaben nach und dehnten sich aus, als der gefangene Dunst im Inneren um sich schlug und seinem Kerker zu entrinnen suchte. Die verzweifelten Anstrengungen zweier Sterblicher und dreier Bruderschaftszauberer erschienen kümmerlich angesichts der Wut Tausender verschmolzener Wesenheiten. Lysaer sah, wie die schützenden Schatten sich aufblähten, dünner wurden, bis sie schließlich aufzubrechen drohten.

Nur ein winziger Riß, und Desh-Thiere würde sich wieder befreien, dann hätten ihm die Sterblichen endgültig nichts mehr entgegenzusetzen. Lysaer erkannte, daß sie keinen zweiten Angriff überstehen konnten. Ausgespielt, überwältigt von ihrer Erschöpfung, wurden die Kämpfer heimgesucht, als Desh-Thieres unzählige Geister sich in ihrem Gefängnis zusammenballten und angriffen.

Die Gewalt über die Barrieren einzubüßen, die den Zylinder umschlossen, hätte ihren sicheren Tod zur Folge und würde den Kielingturm für alle Zeit geschändet zurücklassen.

Arithon wußte das. Oder es war die kontrollierende Essenz Luhaines, die ihn zu dem heiseren Schrei zwang, mit dem er seinen Halbbruder aufforderte, noch einmal zuzuschlagen. Bedrängt, im Inneren von ungezählten Schutzbannen, hatte Asandir diesmal keine Aufmunterung für ihn. Und sosehr Lysaer sich wünschte, der Aufforderung nachzukommen, war sein Geist doch von der Überbeanspruchung seiner Gabe zu vollkommener Apathie geschlagen. Nur Kharadmons eiserner Griff hielt ihn aufrecht und verlieh ihm Gnade zu antworten.

Lysaer hob die Hände und rief Licht herbei. Die Mühe schröpfte ihn peinigend, ließ ihn mit einem Zittern zurück, das nicht nachlassen wollte. Blendendweiß flammten seine Hände auf. Der Wirbel roher Energien brannte in seinen Handflächen, als er sich, eindeutig beherrscht von einem Zauberer, vor dem Zylinder auf die Knie sinken ließ.

In dem Augenblick, als er seine Arme hob, fühlte er, wie sein freier Wille zurückkehrte. Die Hände umgeben von feurigem Licht, fiel Lysaer zurück auf eine Faser seines Seins, von deren Existenz er nicht einmal geahnt hatte. Die Notwendigkeit trieb ihn zu dem Opfer, trieb ihn an, den drohenden Riß in den Schattenbannen mit seinen weißglühenden Händen zu versiegeln.

Seine Berührung kam keinen Augenblick zu früh. Unter seinen Händen zerfaserte die Barriere, und die Geister drängten sich gierig hindurch.

Mit einem bösartigen Kreischen traf Nebel auf Licht. Ohne Schutzbanne, von seinem Licht nur unzureichend geschützt, wölbte Lysaer die Hände, um den Riß zu verschließen. Wütende Stiche brannten in seinen Handflächen. Dann schlugen die Geister zu, drangen in ihn ein, eine ganze Legion spitzer Nadeln in seinem Gehirn.

Licht antwortete, ein blendendes, magisches Gleißen, hervorgetrieben von Kharadmon. Um einen halben Herzschlag in der Zeit zurück, versagte der Schutz des Zauberers. Wirre Eindrücke quälten ihn und überwältigten sogar den Schmerz in seinen Händen. Der Tumult in seinem Inneren entwickelte sich zu einem Wirbelwind, der seine Erinnerungen in Trümmer legte. Durch die wild herumsausenden Impressionen hindurch fühlte er, wie die Magie der Bruderschaft feurige Stränge durch Vergangenheit und Zukunft trieb und dem angreifenden Nebelgeist nachjagte.

Die Jagd hallte durch jede Faser seines Seins. Emotionen drangen auf ihn ein und zogen sich wieder zurück, eigene Gefühle, vermischt mit anderen, die zu fremdartig waren, sie zu begreifen. Augenblicke der Vergangenheiten lebten in schmerzhafter Deutlichkeit wieder auf: Die Lippen jener Dame auf der Südinsel an den seinen, ihre warmen Finger, die durch sein Haar strichen ... eine Nacht in seiner frühen Kindheit, als er, den Arm seines Lehrers um seine Leibesmitte, auf den Zinnen des Palastes gesessen und die Namen der Sterne rezitiert hatte.

Dann, in allen qualvollen Einzelheiten, eine spätere Erinnerung, bestehend aus gnadenloser Sonne, brennenden Winden und einem Durst, der seine Kehle qualvoll austrocknen ließ.

Vollkommen aus der Gegenwart herausgelöst, abgeschnitten von dem Kampf mit dem Nebelgeist, stürzte Lysaer erneut mit dem Gesicht voran in den sengenden Sand der Roten Wüste. Arithon s'Ffalenn stand über ihm, das gerötete Gesicht zu einer Fratze unvergessener Feindschaft verzogen.

Das Kommando, ein Peitschenschlag über seinen Geist, festgehalten im unerbittlichen Griff der Zauberei. Schmerz folgte sogleich und zerstörte die letzte Bastion seines bewußten Willens.

»*Steh auf!*«

Dann sein eigener Anblick, ein Prinz von königlichem Blute, gebrochen und schreiend, seine Würde niedergetrampelt und geschändet von dem Bastard, der sein Halbbruder war, *der von jeher und für alle Zeit der Feind Amroths war.*

Lysaer schauderte, erneut gemartert von dem vernichtenden Haß gegenüber dem s'Ffalenn, der geboren worden war, die Schatten zu beherrschen. Jetzt aber, da er dies noch einmal durchleben mußte, wurde die gerechte Wut des s'Ilessid von einer tobenden Horde dämonischer Geister geteilt und weiter angeheizt.

Diesmal wütete der Schmerz mit doppelter Kraft, als die Magie aufflammte und die Geister funkensprühend zurücktrieb.

Seine gequälte Psyche gab sich Täuschungen hin. Wie im Delirium durch einen Tunnel wirbelnd, erblickte Lysaer einen anderen Ort, eine mit einem Geländer umgebene, hölzerne Galerie am oberen Ende einer Außentreppe, von der aus er auf einen weiten, öffentliche Platz hinaussehen konnte. Überall zwischen den Ziegelmauern der Gildehäuser und Wohngebäude drängelten sich die Menschen, ein siedender Mob, und inmitten dieser Menge sah er ein Gesicht: *das Gesicht eines schwarzhaarigen Feindes, unverzeihlich und ganz und gar ein s'Ffalenn.*

Die Szene fiel in sich zusammen und verschwand. Feuer brannte in Lysaers Händen. Er schrie, als eine noch schlimmere Pein ihn quälte; Zauberei, die seinen Geist geißelte. Die heranstürmenden Horden der Geister kreischten und schnatterten in seinem Schädel. Ihre Schreie überschlugen sich, vermengten sich dann zu einer Explosion tosenden Lärms. Rohe Gewalt und ein Sperrfeuer der Funken, heißem Regen gleich, antwortete ihren Klagen. Die Geister flohen, wirbelten durcheinander wie brennendes Laub. Lysaer fühlte sich ausgelaugt unter einer Woge der Schwäche und Verwirrung.

Menschliche Stimmen schwanden in der Ferne, verhallten und kehrten dann klar vernehmbar zurück, als eine starke Hand seinen Ellbogen stützte.

»Gut gemacht!« Die Stimme, es war Asandirs, die Berührung war die eines leibhaftigen Zauberers. Kharadmons Präsenz, die ihn zuvor versklavt hatte, war gewichen.

Schweratmend lehnte sich Lysaer an. Er war viel zu benommen, seine Selbstkontrolle wieder zurückerlangen zu können. Sein Geist fühlte sich ausgebrannt, ja leer an. Selbst seine Gabe, sein angeborenes Gefühl für das Licht, schien abgestorben zu sein. Fragmente eines Alptraumes huschten durch sein Gehirn und schwanden sogleich, als er versuchte, sie zu erhaschen. Nur ein Gefühl der Enttäuschung und der Dringlichkeit blieb zurück, das jedoch unterbrochen wurde, als Asandir erneut zu sprechen begann.

»Lysaer? Ihr habt an einem Wunder teilgehabt. Die Gefangennahme des Nebelgeistes ist vollbracht.«

Endlich erkannte er, daß er noch atmete, daß seine Hände mit Verbrennungen überzogen waren, die heilen würden, und schließlich gelang es Lysaer gar, zu sprechen: »Ist er in dem Gefäß?«

Statt einer Antwort zog Asandir ihn vorsichtig auf die Füße und zwei stolpernde Schritte vorwärts.

Der kleine Jaspiszylinder stand aufrecht auf den Zinnen. Wardlichter schimmerten an seinen Konturen, und nun zeigten sie keine Öffnung mehr. Der Behälter war dauerhaft nahtlos versiegelt, und am Himmel, der sich nun in seine natürliche Dunkelheit kleidete, war eine ehrfurchtgebietende Vielzahl der Sterne zu sehen.

Sie waren weiß, blau und stechendviolett, viel zu hell, um sie mit den Sternen am Himmel über Dascen Elur zu verwechseln, die Lysaer seit seiner Kindheit gekannt hatte. Keine der Konstellationen ähnelte denen, die ihm sein Lehrer erklärt hatte. Die Bedeutung dieses Anblicks erforderte einen langen, anstrengenden Moment, bis sie schließlich zutage trat.

»Desh-Thiere«, krächzte Lysaer. »Er ist gebannt.« Ein Ausdruck der Erleichterung huschte über sein ebenmäßiges, müdes Gesicht, ehe er vollkommen erschöpft gegen Asandir prallte.

Für einen Moment spiegelte die Miene des Zauberers, der ihn stützte, Sorge wider.

Dann erinnerte er sich seiner Pflichten. Kurz angebunden wandte er sich an den Herrn der Schatten, der sich an die Mauer lehnte: »Helft mir, Euren Bruder hinunterzubringen. Danach, wenn Ihr es schafft, die unteren Treppen hinabzugehen, ruft Dakar herein. Wir werden ihn brauchen, um die Brandwunden zu heilen.«

Das Vermächtnis

Am Abend, nachdem Asandir mit den beiden körperlosen Zauberern gen Süden geritten war, um den eingefangenen Nebelgeist an einen sicheren Ort zu bringen, saß Lysaer an einer windgeschützten Stelle mit dem Rücken an einer steinernen Laibung, die Generationen von s'Ffalenn-Prinzessinnen als Treffpunkt für ihre Rendezvous gedient hatte. Zwischen seinen bandagierten und mit Heilsalbe behandelten Händen ruhte eine Flasche Telirbranntwein, die der Zauberer ihnen bei seiner Abreise gnädigerweise überlassen hatte.

Der Inhalt war bereits zur Hälfte getrunken.

Enttäuscht, den ersten klaren Tag verschlafen zu haben, hatte der Prinz zu s'Ilessid beschlossen, den Anlaß nachträglich zu würdigen, während er nachdenklich die wilde Schönheit der Sternenkonstellationen betrachtete, die sich strahlendhell über den wolkenlosen Himmel verteilten. »Auf unseren Sieg«, verkündete er, ehe er seinem Halbbruder, der so leise auf und ab ging, daß seine Schritte im steten Seufzen des Windes nicht zu hören waren, die Flasche reichte.

Arithon blieb stehen, eine dunkle Silhouette vor dem Hintergrund von Millionen kleiner Lichter. »Nein«, sagte er sanft. »Ich werde lieber auf die Krone trinken, die dich in Tysan erwartet. Du hast dir das Recht, die Krone zu tragen, wahrhaft verdient.«

Entgegen seiner Erwartung, schwang keine Verbitterung im Tonfall seines Halbbruders mit, und Lysaer stellte verblüfft fest, daß die eigenartigen Schrullen des Herrn der Schatten ihn noch immer verwirrten. Lysaer lächelte, als Arithon trank und ihm die Flasche freundlich wieder zurückgab.

»Du freust dich vermutlich nicht auf Etarra«, drang Lysaer in ihn. »In deinem Kopf geht doch mehr vor, als du zugibst.« Er führte die Flasche an seine Lippen. Der

Telirbranntwein brannte kaum in seiner Kehle, die Wärme kam erst später, eine Glut wie ein Freudenfeuer, die direkt in seinem Magen loderte. »Vielleicht geht es dir besser, wenn du noch etwas trinkst.«

Arithon lachte leise. »Es geht mir nicht schlecht. Nur schrecklich müde. Trotzdem.«

»Trotzdem, was?« Der Schnaps war heimtückisch. Er riß Schranken ein, wie ein Lebemann, der eine Jungfrau verführte. Als Arithon sich einer Antwort enthielt, legte Lysaer mit einem beinahe euphorischen Gefühl der Verwirrung die Stirn in Falten. »Jetzt, nach Desh-Thieres Niederlage, könnte man erwarten, daß die allmächtige Bruderschaft der Sieben dich belohnen könnte, indem sie einen Ersatzhelden für die Last des Thrones von Rathain findet.«

Arithon legte sanft die Hände auf die Mauer. Für eine kurze Zeit schien er sich ebenfalls in der Betrachtung der Sterne zu verlieren. »Das werden sie nicht tun, weil sie es nicht können, vermute ich.«

»Was?« Lysaer richtete sich aus seiner nachlässigen Haltung auf, wobei sich seiner Kehle ein trunkenes Gurgeln entrang. »Was meinst du denn damit? Ich hasse es, herumfliegende Fetzen eines logischen Zusammenhangs einsammeln zu müssen, wenn ich beschwipst bin.«

Aus dem Inneren des unüberdachten Raumes am Ende der gepflasterten Terrasse erklang ein Geräusch. »Dakar«, bemerkte Arithon, obwohl er sich nicht umgewandt hatte, um nachzusehen. »Der Geruch des Branntweins zieht ihn zweifellos magisch an.«

Doch angetrunken konnte Lysaer stur wie ein Ochse sein; Müdigkeit beeinträchtige seine Urteilskraft noch zusätzlich, weshalb er sich von der Störung nicht beirren ließ. »Du sagst also, mein Freund, daß die *Bruderschaft der Sieben* nicht die Macht hat zu wählen, wessen Kopf sie in Etarra krönen soll?«

Nicht verärgert, sondern lediglich noch immer müde, sagte Arithon: »Ich glaube, die hat sie nicht. Ich nehme an, daß, ob unsere Vorfahren davon wußten oder nicht, irgend jemand unsere Familiengeschichte beeinflußt hat.« Schweigend, möglicherweise mit gerunzelter Stirn, legte er den Kopf forschend auf die Seite.

»Sie waren einverstanden«, erklärte Dakar aus der Tiefe des Torweges, der auf die Terrasse führte. »Für Euer Geschlecht hat Torbrand s'Ffalenn an dem Tag, an dem Ciladis aus der Bruderschaft die Charta von Rathain geschrieben hat, den Vertrag mit seinem Blut besiegelt.«

»Da siehst du es«, sagte Arithon in leicht ironischem Tonfall. Er nahm die Flasche entgegen, die ihm der s'Ilessid mit der ihm eigenen Diplomatie zum Trost darreichte; nach einem tiefen Schluck und einem Seufzer gab er die Flasche zurück und schloß: »Ich werde euch den Freuden der Nacht überlassen. Ich bin ganz sicher zu müde, noch ein geistreicher Gesellschafter zu sein.«

Der Herr der Schatten verschwand im gleichen Augenblick in dem Bogengang, in dem Dakar heraustrat, gekleidet in eine unmögliche Kombination zerfetzter Tuniken, die wie Sedimentgestein übereinander lagen. Über ihnen trug er Asandirs Umhang, dessen silberner Saum um Dakars fleischige Füße herum über das Pflaster scheuerte.

Mit hochgezogenen Augenbrauen studierte Lysaer die Garderobe des Wahnsinnigen Propheten, während Dakar sich unter lautem Protest gegen die Mauer sacken ließ, die Arithon gerade erst freigegeben hatte. »Ich bekomme eine Erkältung«, erklärte er den entwendeten Umhang.

Da jedoch das Timbre seiner Stimme keinen Hinweis auf einen Mangel an Lebenskraft barg, rechnete Lysaer mit einem Vortrag über die Wirksamkeit von Telirbranntwein gegen einen zu erwartenden Husten. Er kam der Hetzrede zuvor, indem er ihm die Flasche reichte, und blieb verbissen bei seinem Thema. »Was hat Arithon gemeint, und womit hat sich sein Vorfahre einverstanden erklärt, als Rathains Charta niedergelegt wurde?«

Mitten im Schluck erwischt, hustete Dakar. Er erholte sich, begann von neuem und nuckelte an der Flasche, bis er sie absetzen mußte, um Luft zu holen. Dann schniefte er. »Ihr wißt nicht, was Ihr da fragt.«

»Offensichtlich nicht.« Viel zu müde, sich mit Feinheiten zu befassen, nahm ihm Lysaer die Branntweinflasche wieder ab. Er betrachtete Dakar und sagte gleichmütig: »Wenn es anders wäre, dann müßte ich kaum fragen.«

Dakar wollte sich sein triefendes Kinn mit dem Saum des Umhangs abwischen, doch gerade noch rechtzeitig fiel ihm ein, wer der wahre Eigentümer des Kleidungsstückes war, und er beschloß, zu diesem Zweck doch lieber seinen Ärmel zu benutzen. »Verdammt, verdammt, verdammt«, murmelte er leise.

»Die erste Antwort für den Branntwein, den ich nur mit Euch teilen werde, wenn Ihr sprecht«, drängte Lysaer. »Die zweite für den Ärger, den Ihr Euch einhandelt, wenn Asandir erfährt, daß Ihr seinen besten Umhang ohne Erlaubnis genommen habt.«

»Schon gut.« Dakar zuckte resigniert die Schultern. »Die königlichen Geschlechter sind unersetzbar, genau wie Arithon vermutet hat.«

»Ist das auf eine Prophezeiung zurückzuführen?« Vielsagend schwenkte Lysaer die Flasche.

»Nein.« Dakar fixierte den Branntwein mit verdrießlichem Blick. »Die Bruderschaft hat drei Männer und zwei Frauen erwählt, die königlichen Geschlechter Atheras zu gründen. Jeder wurde wegen eines besonderen, dominierenden Charakterzuges ausgesucht, der der Korruption und anderen Gefahren, welche die Macht in der menschlichen Natur hervorbringt, Widerstand entgegenzubringen vermag. Es ist sehr bedenklich, Einfluß auf das ungeborene Leben zu nehmen, trotzdem hat die Bruderschaft genau das getan, um eine gerechte Herrschaft über Generationen der dynastischen Erbfolge sicherzustellen. Sie haben einen magischen Bann gelegt, der die gewählten Tugenden in direkter Linie auf den Erben übergehen ließ. Euer Vorfahre hat für all Eure guten Seiten seine Zustimmung gegeben.« In diesen Worten schwang Dakars eigene Verbitterung über seine Lehrzeit mit, deren Erfolge überwiegend auf Manipulation zurückzuführen waren.

Gewandt wie immer, reichte Lysaer ihm die Flasche.

Es war unverändert heikel, Dakar die gewünschten Informationen über die Natur der Arbeit der Bruderschaft zu entlocken. »Was bedeutet das für Arithon?«

Branntwein verschwand in erstaunlich großen Schlucken im Rachen des Wahnsinnigen Propheten, und diesmal entging Asandirs Umhang nicht mehr dem Mißbrauch als Serviette. »Ja, nun«, seufzte Dakar. »Das bedeutet, daß unser arroganter Herr der Schatten seiner Natur nie entgehen können wird.«

Lysaer schlang seine Arme um die Knie, bereit, abzuwarten, bis der Weingeist seinen Zauber gewirkt hätte. Eine sanfte Brise wisperte leise über die Terrasse, und die fremdartigen Konstellationen brannten hell vom Himmel herab, während er wartete.

Bald schon nahm Dakar einen weiteren Schluck aus der Flasche. Bedauernd starrte er sodann in die verbliebene Neige. »Torbrand s'Ffalenn war ein Mann von naturgegebenem Einfühlungsvermögen, ein meisterlicher Staatsmann, denn er konnte fühlen, was seine Feinde bewegte. Er regierte als Herzog in Daon Ramon, und die Barmherzigkeit der Riathan Paravianer bildete das Licht, das seine Politik begleitete. Und das, mein Freund, bedeutet, daß Arithon selbst dem Schwert verzeihen wird, das ihn tötet. Er kann nicht anders. Den Bedürfnissen jedes Lebewesens mit Verständnis und Sympathie zu begegnen ist seine angeborene Natur, das erzwungene Erbe des Geschlechts derer zu s'Ffalenn, das ihnen die Bruderschaft der Sieben mitgegeben hat.«

Lysaer nahm sich einen Augenblick Zeit, dieses Feuerwerk der Enthüllungen zu sortieren. Die Neigung der s'Ffalenns, stets zu vergeben, erklärte so manche Eigentümlichkeit in seines Halbbruders Wesen; er hatte ihn für launisch und unberechenbar gehalten, bis er diesen Schlüssel zum Verständnis fand. Er begriff nun, warum Arithon so bösartig streiten konnte, bis zu dem Augenblick des Sieges; wie er mühelos jeden Groll wegen seiner unerfüllten Sehnsüchte ablegen oder eine Krone annehmen konnte, die er absolut nicht wollte, ohne auch nur eine Spur der Verbitterung oder des Hasses zu zeigen. Lysaer starrte auf seine Hände, die sich unter den Verbänden kalt anfühlten. Die Wunden pochten, doch er hatte es aufgegeben, bei dem Unbehagen zu verweilen. Verzweifelt gelüstete es ihn, um die Flasche mit dem Telirbranntwein zu bitten, denn all seine gute Stimmung war verschwunden. Am Ende scheiterte er jedoch an seiner eigenen Courage, denn er mußte noch eine Frage stellen. »Und s'Ilessid? Welches Erbe meiner Vorfahren trage ich in mir?«

Mürrisch sagte Dakar: »Ihr werdet stets Gerechtigkeit suchen, auch, wenn keine gefunden werden kann.«

Einen Moment später fühlte Lysaer, wie die Flasche in seine dick verbundenen Hände zurückgelegt wurde. Vorsichtig, um ihn mit den Bandagen nicht zu verschütten, trank er in großen Schlucken. Ganz abrupt war seine Euphorie über die Niederlage Desh-Thieres vergangen. Nun wollte er sich betrinken, sich der Vergessenheit überantworten, ehe sein geschäftiger Geist sich in einem ebenso perversen wie nutzlosen Rückblick auf vergangene Ereignisse erschöpfen konnte. Er könnte sein Leben dem Studium widmen, doch würde er vermutlich nie unterscheiden können, welche Taten er aus eigenem Antrieb vollbrachte und welche aus diesen Tugenden gespeist wurden, die durch Magie an sein Blut gebunden waren.

»Arithon war weise, zu Bett zu gehen«, sagte der Prinz schließlich. »Ich bin entschieden zu müde für so etwas.«

Großzügig überließ er Dakar den Rest des Branntweins und stellte die Flasche unbeholfen auf dem Pflaster ab, ehe er sich erhob und davonging.

Dakar blieb allein zurück. Der nächtliche Wind zerzauste sein ungekämmtes Haar, während er nachdenklich an der makellosen Wolle von Asandirs Umhang herumzupfte. Bis sein Herz zerspringen wollte, wünschte sich der Wahnsinnige Prophet, die Flasche neben seinem Ellbogen wäre noch immer voll oder er würde einen Zauber kennen, mit dessen Hilfe er irgendeinen Fusel aus der Luft herbeibeschwören konnte. Jeder miese Alkohol wäre ihm recht gewesen, sich weit genug zu betrinken, um jenen Nerv zum Schweigen zu bringen, der dauernd über die Verbrennungen an den Händen Lysaers von Tysan nachgrübelte. Vielleicht würde er dann mit dem Wissen schlafen können, das Asandir in der Stunde vor seiner Abreise enthüllt hatte.

Dakar schloß die Augen, ehe die Sterne, die er in seiner Prophezeiung vorausgesehen hatte, hinter einem Schleier aus Tränen verschwimmen konnten. »Daelion, Herr des Schicksals, hab Erbarmen! Warum, Lysaer, mein Freund, warum mußtest du derjenige sein, der gebraucht wurde, um den Angriff des Nebelgeistes mit bloßen Händen abzuwehren?«

Doch Asandir hatte sich zu diesem Punkt mit unzweideutiger Klarheit geäußert: In der Stunde des letzten Kampfes, als Desh-Thiere auszubrechen drohte, hatte Kharadmon Lysaer als Opfer auserwählt. Noch immer schmerzte ihn Asandirs herzloses Urteil über dieses nicht wiedergutzumachende Ereignis: *»Dharkaron, Aths Engel der Rache, mag uns für diese Tat verdammen, aber Dakar, was hätten wir anderes tun sollen? Von uns allen ist Lysaer mit den Mysterien am wenigsten vertraut. Wenn der Kontakt mit dem Fleisch Desh-Thieres Geistern Zugang zum menschlichen Geist verschaffen kann, welch ein schreckliches Übel hätten wir dann zulassen sollen? Diesen Wesen das Wissen um die wahre Macht verfügbar zu machen, hätte sie zu einer Bedrohung für das ganze Universum werden lassen können. So traurig es auch ist, so tragisch die Zukunft verlaufen muß, bleibt doch die Preisgabe Lysaers das kleinere Risiko. Weine gemeinsam mit uns, denn diese Entscheidung ist nicht ohne Bedauern gefällt worden.«*

»Ohne Bedauern, bei Ath, das ist nicht genug!« Allein auf der zugigen Terrasse griff Dakar in plötzlichem Zorn nach der Flasche und schleuderte sie samt ihrem unbezahlbaren Inhalt von sich. Sie prallte gegen die Wand, und eine Explosion umherfliegender Scherben sauste durch die Luft, ehe sie am Boden wenig zufriedenstellend zur Ruhe kamen. Den Ereignissen um den Sieg über den Nebelgeist würde niemals ein Gedächtnis gesetzt werden können, das sie unblutig und still in Ithamon enden ließ. Getadelt von dem süßlichen Duft des Telirbranntweins, der sich langsam im Wind verflüchtigte, barg Dakar sein Gesicht in der dunklen Wolle und weinte, bis seine Brust schmerzte. »Du hartherziger, gewissenloser *Bastard*!« schrie er schließlich in der lasterhaften Hoffnung, Sethvir würde ihn hören und all seinen Zorn auf direktem Wege zu seinem Meister aus der Bruderschaft weiterleiten.

Denn die Saat des Bösen war ausgebracht, gut und tief. All der Telirbranntwein in Athera würde nicht reichen, das Chaos zu mildern, das sie bei der von bösen Omen geleiteten Krönung in Etarra würden ernten müssen.

Aufruhr

Helles Sonnenlicht strahlte auf die Stadt Etarra nieder, deren flache rote Mauern und kantige Bollwerke zuvor nur das das feuchte Grau des Nebels gekannt hatten, seit dem Tag, an dem ihre ersten Fundamente errichtet worden waren.

Die Handelsgilden sahen in dem Ereignis eine Katastrophe.

Von dem Augenblick an, als am frühen Morgen Laternen gelöscht wurden und die ersten Schreie verkündeten, daß sich der Himmel im Osten so rot wie jüngst vergossenes Blut verfärbte, erstarrte jeglicher Handel. Ähnliches berichteten Wachen, die ihre Posten an den Außenmauern im Stich gelassen hatten. Angstgepeinigte Bürger verbargen sich in ihren Häusern und warteten darauf, an Ath-weiß-was-für-einer-Art von Krankheit zu sterben, als der Tag mit beängstigender, blendender Helligkeit heraufzog. Zauberei mußte die Ursache dieses Phänomens sein: Der Himmel war *blau*, und das Licht brannte so hell, daß es in den Augen schmerzte. Wilde Gerüchte wurden verbreitet, und hinter verschlossenen, mit Decken verhangenen Fenstern wurden leise über die Legenden aus der Zeit vor dem Aufruhr getuschelt. In der Nacht öffneten die städtischen Apotheker ihre Geschäfte und füllten ihre Börsen durch den Verkauf von Heilmitteln gegen Erblindung. Als sich am nächsten Tag die Hirten in ihren Hütten verkrochen, statt das Vieh zum Metzger zu treiben, mußte die Stadtbevölkerung hungern. Mehl wurde knapp. Die Reichen behalfen sich durch Bestechung, bis dann die wagemutigen Armen begannen, die Lagerhäuser der Gilden zu plündern.

Niemand starb durch das Licht.

Nicht einmal die schäbigsten Bettler erlitten Schaden an ihrem Augenlicht, obwohl doch zur Zeit der Plünderungen die Straßen im hellen Sonnenschein glänzten. Die

Minister, deren Gilden Verluste hatten hinnehmen müssen, heulten nach Gerechtigkeit, während sie klammheimlich Meuchelmörder ausschickten; Handelskonsortien zogen ihre Vorteile aus dem Chaos und fügten ihren Rivalen Schaden zu, und die beraubten Händler griffen in Ermangelung gesetzlicher Genugtuung auf Lynchjustiz zurück.

So oder so schon korrupt, geriet Etarra nun in eine wahrhaft gefährliche Unruhe.

Da der Himmel keine Anstalten machte, sich wieder zum Normalzustand zu verhüllen, machte sich Morfett, oberster Herrscher und Lordgouverneur von Etarra, mit der Gleichmut eines Märtyrers daran, Ordnung und Gewerbe der Stadt wiederherzustellen. Er grub sich aus einem massiven Haufen Decken aus, wehrte die klammernden Arme seiner Gattin ab und zwang seinen zitternden, weinenden Hausdiener, seine Amtsstola zu glätten. Als er feststellen mußte, daß es nicht ausreichte, den Morgen schwitzend im direkten Sonnenlicht zu verbringen, um die zerstrittenen Parteien wieder dem Kommerz zuzuführen, ließ er nach seinem Lordkommandanten Diegan schicken und befahl ihm, die Stadtgarde Aufstellung nehmen zu lassen.

Für einige Tage lief der Verkauf von Wagendecken und Baldachinen großartig.

Trotzdem waren Bestechungsgelder nötig, die Bauern und Wagenführer dazu zu bewegen, dem offenen Land zu trotzen. Die Steuertruhen, in denen das Geld für die Belohnungen der Kopfjäger aufbewahrt wurde, waren nach dem Spektakel bald leer. Lordgouverneur Morfett hortete Zuckerwerk, um seine Aufregung zu lindern. Neue Pfunde siedelten sich an seinem ohnehin stattlichen Leib an und fügten seinem vielschichtigen Doppelkinn noch weitere Lagen hinzu.

Und kurz, bevor alles wieder ins Gleichgewicht gebracht werden konnte, wurde es noch schlimmer.

Ein Bruderschaftszauberer tauchte in den inneren Wehranlagen der Stadt auf.

Niemand hatte ihm das gestattet. Er materialisierte

sich einfach in seiner kastanienbraunen Robe, und seine Augen blickten so milde wie Teichwasser über der gekräuselten Wolle seines Bartes. Das letzte, woran er erinnerte, war eine Macht, die sich aus dem Reich der Legenden manifestiert hätte. Der diensthabende Gardist hielt ihn gar für einen Großvater, der sich verirrt hatte, bis sein freundliches Angebot, ihn durch eine Eskorte heimbringen zu lassen, ihm eine ganze Liste ungeheuerlicher Forderungen einbrachte, wollte der Mann doch zu den Stadtregenten geführt werden.

Eilends von seinem Abendessen fortgerufen, stand Lordgouverneur Morfett wie vom Donner gerührt im kalten Wind, während die Serviette, die er sich hinter die Rüschen seines Kragens gesteckt hatte, noch immer um seinen Hals flatterte.

»Ihr werdet außerdem die Gästesuite lüften, die hohen Staatsgästen vorbehalten ist«, verlangte Sethvir mit einer Selbstsicherheit, die jeglicher Realität hohnzusprechen schien; schon jetzt hatte der Lordgouverneur wiederholt erklärt, daß bereits seine erste Bitte vollkommen absurd sei.

»Wenn du eine Unterkunft suchst«, protestierte Morfett; und schwieg. Die Worte, die er ihm über Nächstenliebe und Wohltätigkeit hatte entgegenhalten wollen, waren sogleich vergessen, als die Serviette an seinem Hals ihn plötzlich zu strangulieren schien.

Der Zauberer schwieg, doch setzte er ein fürchterliches, poetisches Lächeln auf, das auf sonderbare Weise falsch und durchtrieben wirkte.

Obwohl er sich auf diese Weise Zutritt zu dem persönlichen Speisesaal des Gouverneurs verschafft hatte, während dieser mit seinem Abendessen beschäftigt war, ging doch alles schief. Wieder verbargen sich die Bauern in ihren Hütten, natürlich ohne die städtischen Gelder zurückzugeben. Die Handelsgilden stimmten ein lautes Klagen an. Die Armen auf den Straßen drohten, sich zusammenzurotten. Erst mit Verspätung erkannte Morfett, daß sich zwei weitere Zauberer zu dem ersten gesellt hatten. Noch mehr Gästezimmer wurden im

Palast des Lordgouverneurs gelüftet. In den Küchen herrschte ein reger Aufruhr, und auf seine Frage hin erfuhr Morfett von seinem eigenen Hausdiener, daß seine Köche die Speisekammer plünderten, um ein königliches Festmahl vorzubereiten.

Fuchsteufelswild reicht nicht aus, Morfetts Reaktion zu beschreiben. Tagelang hatte er zu viel gegessen, und nun, unter Druck, bereute er das. Seine Kehle schwoll an, seine Lungen füllten sich mit Luft, und das Fett hüpfte an seinem Leib, als er sich bereitmachte, alles wieder zu erbrechen. Doch sein Zorn verwirrte ihn einen Augenblick zu lang.

Zwei weitere Zauberer materialisierten sich neben seinen Ellbogen, einer stämmig und bärtig, der andere elegant, grün gekleidet, mit einem Funkeln sündhaften Vergnügens in den Augen. Ehe Morfett die Sprache wiederfand, wurde er auch schon gnadenlos zur Tür hinaus und die Treppe zu seinen Räumen hinauf entführt.

Dort bot ihm Sethvir höflich kalten Tee an und rezitierte die ganze Liste von Morfetts Titeln mit perfekter Aussprache, eine Heldentat, die selbst der städtische Herold nur selten fehlerlos zu vollbringen fähig war. Morfett verschluckte sich. Da war Eis in seinem Kelch, der aus feinerem Kristall war, als es sich in den Geschirrschränken seiner Frau finden lassen würde. Noch während die drei Zauberer ihn mit einem Interesse musterten, wie es eine Spinne beim Anblick eines seltenen Insekts entwickeln mochte, schlug er ein Zeichen gegen das Böse und brach mit einem Schwächeanfall auf dem Teppich zusammen.

»Man sollte annehmen, daß es ein Rückgrat braucht, ein derart gewichtiges Stück Fleisch aufrechtzuhalten«, kommentierte Kharadmon scharf.

Er ignorierte den düsteren Blick, mit dem Luhaine ihn bedachte, während Sethvir höchstpersönlich den Lordgouverneur, der mehr als doppelt so groß und schwer wie er selbst war, anhob und seine bewußtlose Leibesmasse auf einem ebenso übertrieben gepolsterten Sofa deponierte.

Als er fertig war, funkelte Schadenfreude in seinen Augen. »Sei nur vorsichtig. Wenn er seine Sinne erst wieder beisammen hat, dann wird er sein flinkes und geschicktes Talent offenbaren, Meuchelmörder zu heuern.«

Kharadmon entblößte die Zähne zu einem Grinsen. »Dann, liebe Brüder, haben wir doch jeden Grund, ihn noch weiter durcheinanderzubringen.« Teuflisch verschmitzt überlegte er: »Was meint ihr, ob er Arithon s'Ffalenn ebenbürtig ist?«

Sethvir lachte. »Nun, das werden wir ja bald herausfinden.«

Bei seinem Erwachen wurde Morfett erklärt, daß er binnen vierzehn Tagen einem s'Ffalenn-König die Treue schwören würde und daß die Regierung von Etarra der ursprünglichen Charta Rathains angepaßt werden sollte.

Die Augen des Lordgouverneurs zogen sich über ihren Tränensäcken zusammen. »Nur über meine Leiche.«

»Wenn es notwendig ist«, entgegnete Kharadmon ungerührt.

Scharfsinnig genug, eine Drohung von einem Versprechen unterscheiden zu können, erklärte sich Morfett salbungsvoll einverstanden, ehe er sich daranmachte, eine Reihe verwerflicher Auswege vorzubereiten.

Zwei Tage der Intrige brachten keinen zufriedenstellenden Erfolg. Selbst die gierigsten Parteien ließen sich nicht bestechen. Schlimmer noch erwiesen sich die Bauern als unversöhnlich, waren sie doch plötzlich von dem Gedanken besessen, daß die oberen Herren der Gilden nicht länger das Recht über das Land ihr eigen nennen dürften. Wie Advokaten fochten sie um ihre Rechte und untermauerten ihre Petitionen durch Streikdrohungen. Erst, als die gedungenen Attentäter, die ihren Sprecher zum Schweigen hatten bringen sollen, versagten, erkannte Morfett, warum. Ein freundlicher Fremder in Schwarz hatte mit verblüffendem Feingefühl Aufruhr unter dem Landvolk gesät. Der Stadtseneschall erließ

Befehl, den Mann gefangenzunehmen, nur um festzustellen, daß auch er ein Zauberer war.

Nach diesem Vorfall war der Lordgouverneur indisponiert.

Krank lag er auf seidenen Laken, während, an Politik und Loyalität wenig interessiert, seine Frau und seine Töchter sich mit Näherinnen umgaben, welche mit Brokat, feinstem Seidentuch und perlenbesetzten Borten daran arbeiteten, eine vollständige Garderobe neuer Gewänder zu kreieren.

»Aber das ist die Sensation der Saison!« rief seine Gattin empört durch die Tür seines Schlafzimmers. »Alle wichtigen Persönlichkeiten werden herkommen, wenn wir einen Mann von königlichem Blute beherbergen. Dieser Prinz mag so wenig willkommen sein wie der Teufel selbst, aber deine Töchter werden sich ganz gewiß nicht lächerlich machen, weil sie die Mode der vergangenen Saison tragen.«

Morfett hielt sich stöhnend die Ohren zu. Seine Stadt und sein Haushalt waren seiner Kontrolle entglitten. Von seinem aufgewühlten Magen zu elendiger Untätigkeit verdammt, schloß er, daß Etarras Bevölkerung verhext worden sein mußte: nur fauler Zauber konnte sie bewegt haben, sich von fünf Jahrhunderten ungekrönter Regentschaft abzuwenden. Stürme, Streik, eine Dämonenplage, ja selbst eine Manifestation von Dharkarons Streitwagen wäre ihm lieber gewesen, als diese Heimsuchung der Magier. Der Gedanke, vor einem König niederknien zu müssen, veranlaßte Morfett, sogleich nach seinem Leibdiener zu rufen, auf daß dieser ihm mit dem Nachttopf zu Hilfe eile.

An dessen Stelle erschien der imposante, blaugekleidete Zauberer Asandir, der seinen gereizten Magen auf der Stelle kurierte und jeden Diener in Hörweite losjagte, um eilends offizielle Kleider herbeizuschaffen.

»Steh auf!« Dieser Zauberer brachte ihm nichts von dem vagen Charme Sethvirs entgegen. »Der Rat und die Handelsminister haben sich im Oratorium versammelt, und der größte Teil der Bevölkerung Etarras drängelt sich in begieriger Erwartung deiner Ansprache auf dem Marktplatz.«

Mühsam stemmte der Lordgouverneur seine Leibesmasse hoch, woraufhin er sogleich unerfreulich hastig in sein besticktes Hemd mit den goldenen Schnallen gesteckt wurde. Gern hätte er vorgetäuscht, seine Krämpfe wären zurückgekehrt, doch Asandirs stählerne Haltung schien unempfindlich gegen Täuschung zu sein.

Festlich und zum ersten Mal seit seiner Geburt in geschmackvolle Farben gehüllt, trampelte Morfett, Hüter des Handels, Wahrer der Gesetze und Oberster Herrscher über die Nordgebiete, wie ein verstimmter Bär aus seiner Höhle heraus, um pflichtgemäß den Prozeß in Gang zu bringen, der die Monarchie in Rathain wieder etablieren sollte.

Überblicke

In einem Saal aus Gold und Alabaster berichtet Lirenda, Erste Korianizauberin, ihrer Obersten: »Desh-Thieres Überreste sind in den Höhlen beim Skelsingtor eingesperrt und mit Wards versiegelt worden. Wenn die königliche Herrschaft in Etarra wieder eingesetzt ist, will die Bruderschaft den Nebelgeist zu einem Ort bringen, an dem er dauerhaft sicher verwahrt sein soll. Vielleicht erfahren wir dann, warum sie am Ende zögerlich waren und die grausame Kreatur am Leben gelassen haben ...«

Unter den immergrünen Bäumen der Nordgebiete Rathains dehnt sich die Clanversammlung zur Feier des neuen Sonnenlichtes über vierzehn Tage aus; gelangweilt von dem Fest und noch zu jung für den Tanz, stehlen sich zwei Barbarenjungen davon, um sich die Zeit mit spielerischen Überfällen auf die Händler aus Etarra zu vertreiben ...

Im Hof einer Taverne im Schatten der schneebedeckten Gipfel des Mathorngebirges tränkt Elaira ihre Stute, während der Pferdeknecht ihr wohlgemeinte Ratschläge erteilt: »Wenn Ihr nach Etarra wollt, so laßt den Koch Eure Satteltaschen füllen. Lebensmittel sind rar auf dem dortigen Markt. Die Postreiter berichten alle das gleiche. Bauern verkaufen nicht an Stadtleute, und das Gerede über Zauberer und Monarchie hat die Handelsgilden in Aufruhr versetzt ...

3
ETARRA

Noch nie hatte der Lordgouverneur von Etarra im Krisenfall einen Gewichtsverlust erlitten. Auch an dem Morgen, an dem der königliche Erbe eintreffen sollte, zwickte der Gürtel um seine Leibesmitte. Eng umspannten seine besten Stiefel die stämmigen Waden, und die Entzündungen seiner Fußballen wurden schlimmer. Kleine Zipperlein konnten sich zu gewaltigen Ärgernissen entwickeln, wenn man gezwungen wurde, sich in der Sonne, die für Brokat viel zu heiß brannte, zur Schau zu stellen. Angerempelt von bangen Stadtministern, die sich auf der Straße und den Randstreifen vor dem Südtor drängelten, quetschte Morfett einen weiteren Seufzer hinter seinem einschnürenden Kragen hervor. Heute war Sethvir der Zauberer, der über seine Pflichten wachte. Gekränkt, daß der Hüter von Althain seine eigenen Ansprüche an feine Bekleidung mißachtete und mit einer abgetragenen und tintenbeschmierten Robe erschien, wie bei seinem ersten Besuch, brummelte Morfett still vor sich hin. Sein Kopf schmerzte, und der Umstand, daß sein goldgesäumtes Scharlachrot sich scheußlich mit dem Kastanienbraun stach, machte es nur noch schlimmer.

Wenigstens hatte Asandir nicht diese Aufgabe übernommen, denn der war noch weitaus rücksichtloser, wenn es um persönliche Empfindlichkeiten ging.

»Asandir wird den Prinzen eskortieren«, beantwortete

der Hüter von Althain unheimlicherweise seine persönlichsten Gedanken, und schaute den Lordgouverneur mit verträumten Augen an. »Die Balladen aus der Zeit vor dem Nebel bezeichnen ihn als den Königmacher, denn jeder königliche Kopf in der Geschichte der Menschheit ist von seiner Hand gekrönt worden.«

»Welch unnütze Sentimentalität.« Morfett zupfte an seiner Jacke herum, deren Knöpfe ihm bei jedem Atemzug schmerzhaft in das Fleisch stachen.

Die äußeren Stadttore Etarras führten auf einen steilen Hang hinaus. Die Stadt selbst dehnte sich in der Lücke zwischen den Ausläufern des Mathorngebirges und den keilförmig nach Westen hervorspringenden Erhebungen der Skyshielberge aus. Fünf Straßen führten in die Stadt, doch von Daon Ramon führte der Weg über eine Serpentinenstraße, zusammengewürfelt aus Lehmziegeln und Stützen, die sich schließlich zu einer Trasse verdichteten Grundes ausweitete, die gerade breit genug war, Wagen passieren zu lassen. Auch vor den Wehrtürmen des Tores herrschte ein unbehagliches Gedränge, das in Bewegung geriet, als noch mehr städtische Funktionäre eintrafen. Der Aufruhr, den die Zauberer herbeigeführt hatten, war beeindruckend. Außer den Gildeministern, den Handelsfunktionären und Ratsherren hatten viele ihre überaus neugierigen Gattinnen mitgebracht.

Morfetts Rachen war noch immer wund von dem Geschrei, das notwendig gewesen war, um seine Gemahlin nebst Töchtern sicher daheimzubehalten, als er sagte: »Der Rat der Stadt wird den Regierungsanspruch Eures Thronerben niemals akzeptieren.«

Sethvir antwortete mit einem furchtbar unberechenbaren und nervenraubenden Lächeln. »Laßt ihnen etwas Zeit.«

Jemand hüstelte. Morfett wandte sich um und sah eine perlentragende Dame in einem Gewand, dessen Säume mit Polarluchspelz besetzt waren, die schnell eine Hand vor den Mund hielt. Noch immer bebten ihre Schultern und verrieten so ihr Lachen. Neben ihr, gekleidet in weißes Hermelinfell und dem offiziellen Scharlachrot städtischer Würdenträger, geschmückt mit blendenden Diamanten und Goldketten, stand stocksteif ihr sichtlich erzürnter Bruder Diegan, Kommandant der Garde. O nein, weder Zeit noch Blutvergießen würde die Haltung seiner Stadt besänftigen können, das wußte Morfett. Der Prinz, den offiziell zu begrüßen Etarras Rat herbeigezerrt worden war, würde seinen Versuch, die Monarchie wieder einzuführen, bereuen. Wie ein gemeiner Köter würde er den Schwanz einziehen, wenn sie ihn aus der Stadt jagten.

Der Zauberer in der billigen Robe begann unpassenderweise zu kichern. »Beim Rad des Dharkaron«, sagte er milde. »Ich kann es kaum erwarten zu sehen, was geschieht, wenn Ihr Euren königlichen Herrscher seht.«

»Ein Knabe, kaum ausgewachsen«, höhnte Morfett. »Es wird ihm noch leidtun, wenn er feststellt, daß ihm auch Bestechung keine Souveränität erkaufen kann.«

Sethvir schien vor Verblüffung sprachlos zu sein.

Lordgouverneur Morfett reckte das Kinn vor und ernannte sich, dümmer als er war, selbst zum Sieger.

Die Eskorte des Prinzen mußte wohl die letzte Biegung des Weges passiert haben, denn aus den Reihen des Landvolkes, das sich am unteren Ende der Straße versammelt hatte, erschollen laute Rufe. Ihr Geschrei war ausgelassen und fröhlich, schließlich hatten die Zauberer ihnen versprochen, den Pachtzins, den sie der Landgilde für ihre Höfe zahlen mußten, abzuschaffen. Da jedoch der Minister, dessen Autorität hintergangen worden war, keine Verzichtserklärung unterschrieben hatte, stimmte auch das ganze Gerede nicht. Der Ärger trieb Morfett den Schweiß aus den Poren. Obwohl von ihrem Aussichtspunkt am Torhaus noch nichts zu sehen war, begannen die Stadtoffiziellen bereits, eifrig näher zu drängeln. Einen Kopf kleiner als seinesgleichen, mußte sich Morfett wie ein dahergelaufener Bauerntölpel den Hals verrenken, um einen Blick in das Tal zu werfen.

Er hatte eine Prozession erwartet, glänzend, mit juwelenbesetzten Staatsgeschirren und flatterten Bannern; und Wagen mit seidenen Fahnen und Baldachinen. Das war es, was man von einem Prinzen erwarten sollte, wie seine Frau im Geschwätz mit ihren Busenfreundinnen im Verlauf der vergangenen Woche spekuliert hatte. Da Prunk in Etarra den Status symbolisierte, würde königliches Gefolge nur beeindrucken können, wenn es blendend und betont üppig ausgestattet war.

Morfett sah nur vier Reiter ohne Begleitung auf Pferden ohne Putz. Sie trugen weder Banner noch Fahnen; auch waren sie nicht die Vorhut einer größeren Gruppe. Asandir war der Reiter des Schwarzen; zumindest war der schwarze, silbergesäumte Umhang, der im Wind flatterte, unverkennbar sein gestrenger Stil.

Der fette Mann in Rotbraun auf dem Schecken sah zu unwürdig aus, um ein Prinz zu sein; sein attraktiver Begleiter besaß die passende Haltung, aber wenn auch das Indigoblau seines Samtes tief genug war, den Neid der Kleidergilde zu erregen, trug er doch keinerlei königliche Wappen.

Damit blieb nur die schmale, aufrechte Gestalt auf der braunen Stute mit der ungleichmäßigen Zeichnung am Hals.

Morfetts zusammengekniffene Augen fixierten diesen letzten Reiter mit der Schärfe einer Schlange, welche die Distanz für ihren Biß taxiert.

Ein grüner Umhang mit dem silbernen Wappenleoparden von Rathain hüllte den Mann und den größten Teil seines Pferdes ein. Die Hände, die die Zügel des Braunen hielten, waren so schmal wie die eines Knaben und überaus geschickt. Aus der Distanz hatte das Gesicht des Reiters ebenmäßige Züge, und das schwarze Haar, was, soweit Morfett gehört hatte, kennzeichnend für die s'Ffalenns war, flatterte offen im Wind.

Der Lordgouverneur setzte ein schadenfrohes, verschlagenes Lächeln auf. »Ein Kind«, triumphierte er. Die Vermutung, die er Sethvir gegenüber zufällig geäußert hatte, schien sich zu bestätigen: der Anwärter auf den Thron von Rathain war ein grüner Junge, und die Politik in Etarra würde ihn schlicht verschlingen.

Überschwenglich, beinahe glücklich, gewährte der

Lordgouverneur dem Hüter von Althain, der verwirrt aussah, ein gekünsteltes Lächeln. »Zauberer«, spottete Morfett, »Ihr habt meine Zustimmung. Soll die Vereidigungszeremonie für das Erbrecht dieses Prinzen ruhig auf dem Boden von Etarra stattfinden. Seine Hoheit hat meine Erlaubnis, sich die Füße im Schmutz von Etarra zu kühlen, mag er sich die Gunst der Würmer aus dem Dreck wühlen.«

Gelächter ging durch die Reihen der Würdenträger Etarras. Frauen kicherten, während, gleich dem Dröhnen eines Sturmes, der über den Hang jenseits der Stadtmauern wogte, die lauten Willkommensrufe aus den Reihen des bäuerlichen Pöbels erklangen.

»Tretet vor«, lud Sethvir ihn ein. »Ihr habt Euer Wort gegeben, Lordgouverneur, so laßt uns nun den Prinzen von Rathain offiziell anerkennen.«

»Dann muß ich ihm nicht die königlichen Wangen küssen, bis es ihm die Schuhe auszieht?« röhrte Morfett lachend; in Aths Namen, *er* würde die Oberhand behalten. »Wie es Euch gefällt, Zauberer! Laßt uns zum Brunnenhof gehen, und laßt Euren Prinzen darauf verzichten, am Tor heuchlerisch von mir begrüßt zu werden.«

Rot angelaufen vom vielen Lachen, parkte Morfett seinen Leib auf einer irdenen Stützmauer. Die gestutzten Stummel der Rosenbüsche, die sich in seiner goldbesetzten Jacke verhakten, ernteten kaum Aufmerksamkeit, war doch die Farce, die sich nun in dem Blumengarten abspielen sollte, viel zu interessant, verpaßt zu werden. Mit beachtlicher Unbekümmertheit suchten sich nun auch die hohen Würdenträger der Stadt in ihren reichgeschmückten Seidenkleidern einen Platz zwischen den eingetopften Bäumen und den kunstvoll in Form geschnittenen Sträuchern, ehe zum Schluß auch die reinrassigen Schaulustigen eintrafen. Der Prinz betrat mit seinen Begleitern den Garten. Spöttische Bemerkungen verschmolzen mit dem Plätschern in den Brunnen, als Asandir die Zügel der braunen Stute ergriff, um ihr lebhaftes Tänzeln zu unterbinden. Ihre königliche Last stieg ab.

Aus der Nähe betrachtet ging die zarte Gestalt des Prinzen in dem grünen Umhang regelrecht unter.

»Was denkt ihr, ob er so schwächlich ist, weil er ein Kind der Inzucht ist?« murmelte Diegan. Seine Worte lösten eine mühsam unterdrückte Woge explosiver Ausgelassenheit aus.

Jemand reichte einen Schlauch Wein durch die Menschenmenge. Angestachelt durch Morfetts frechen Sarkasmus zeigte die Stimmung der Hochwohlgeborenen Etarras eine ausgesprochene Boshaftigkeit, eingehüllt in einen Deckmantel des Frohsinns, der sogar eine Gartenparty außerhalb der Saison bei eisiger Kälte hätte in Schwung bringen können. Die acht Fuß hohen Mauern des Gartens warfen die verächtlichen Bemerkungen einer Frau so klar und deutlich zurück wie die Wände eines Amphitheaters.

Die Zügel der Stute wurden einem unsichtbaren Helfer überreicht, während der hellhaarige Begleiter in seinem eleganten Samt den grünen Umhang öffnete und die königlichen Schultern freilegte.

Morfett leckte sich über seine wulstigen Lippen und taxierte den Feind prüfend.

Für die Augen der Menschen in Etarra war der Prinz so schlicht gekleidet, daß es ans Lächerliche grenzte. Seine Tunika bestand aus schmucklosem Leinen, das jeder, der nicht ganz so faul wie ein Bauer war, wenigstens weiß gebleicht hätte. Die Naturfasern betonten einen Teint, der farblos, ja, so fahl wie Porzellan aussah. Als Asandir die schmalen Finger in die seinen legte, um seinen königlichen Schützling zu eskortieren, hätte Morfett beinahe einen Jubelschrei ausgestoßen. Der s'Ffalenn trug kein Geschmeide. Sein einziger Edelstein war der Smaragd im Griff seines Schwertes, der, wenngleich schön geschliffen, sicher nicht als groß bezeichnet werden konnte; von dem Juwel in seinem Schwert abgesehen, trug er lediglich einen ordinären goldenen Siegelring, der Spuren des langen Gebrauchs aufwies.

»So schlicht wie ein Barbar in den Wäldern«, höhnte der Minister der Webergilde.

Sethvir zog tadelnd die Augenbrauen hoch. »Jeder s'Ffalenn, der als Thronfolger vereidigt wurde, kam schmucklos zu der Zeremonie.«

Doch die Stimmung ausgelassener Verächtlichkeit hatte inzwischen die ganze Versammlung erfaßt.

Steif und würdevoll bewegte sich der Prinz, als er seine Stiefel abstreifte. Er nahm seinen Platz im Blumenbeet ein und versank bis zum Knöchel in der schwarzen Erde, die von den Gärtner gelockert worden war, um das Sprießen der Frühlingslilien zu erleichtern. Asandir hielt noch immer seine Hände und intonierte mit sanfter, sonorer Stimme eine rituelle Weise. Niemand aus Etarras Elite machte sich die Mühe, still zu lauschen. Indessen verkündete Diegans Schwester lautstark gegenüber dem halbtauben Schatzmeister, daß die königlichen Fußgelenke Narben aufwiesen, die den Wundmalen auffallend glichen, welche die Ketten zu hinterlassen pflegten, in die man Verbrecher legte. Diese Neuigkeit schnappte ein junger Schreiber auf, der, durch sein unterdrücktes Lachen immer wieder zwischendurch zum Jauchzen und Schnauben gezwungen, einen Knittelvers daraus improvisierte. Morfett sah jedoch keinerlei Veranlassung, ihm eine Rüge zu erteilen.

Die verdammten Zauberer waren schließlich gebührend vorgewarnt worden, wie der Rat zur Monarchie stand.

Aufs Stichwort kniete der Prinz nieder. Der Zauberer bückte sich mit ihm und nahm eine gute Handvoll Erde auf, die er dann über das rabenschwarze, windzerzauste Haar hob.

Morfett unterdrückte ein Grinsen. Weniger zurückhaltend murmelte Diegan hinter ihm: »Ath, hat irgend jemand kontrolliert, ob der Schweinedung und der Kloakendreck bereits zum Düngen ausgebracht worden sind?«

Der Zauberer mußte seine Worte mitangehört haben. Dennoch ließ er seine Last nicht fallen, und seine Stimme hallte von den Wänden wider, schnitt durch das geschäftige Summen dieser lebendig gewordenen Satire. »Arithon, Teir's'Ffalenn, direkter Nachfahre von Torbrand, erster Hohekönig von Rathain, ich bestätige Euch als rechtmäßigen Thronerben. So wie dieses Reich Euch gehören wird, so seid Ihr dem Land verpflichtet.«

Diegans Gelächter verstummte, und blanker Zorn trat an seine Stelle. »*Rechtmäßiger* Thronerbe. Wer hat das gebilligt?«

Inmitten des Tränenflusses unterdrückter Heiterkeit dämmerte nun auch in Morfett explosiver Zorn. Ohne sich um den Mangel an Privatsphäre zu kümmern, wandte er sich laut und vorwurfsvoll an Sethvir: »Ihr sagtet, Ihr wolltet nur die Abstammung dieses königlichen Bastards anerkennen.«

Doch der Hüter von Althain hatte passenderweise den Moment genutzt, zu verschwinden. Während der Lordgouverneur, auf der Suche nach ihm, wild um sich blickte, sah er aus den Augenwinkeln ein Licht aufblitzen. Er wirbelte herum, um wieder in den Garten zu schauen. Dort kniete der Prinz, und er war gekrönt, doch nicht etwa mit Erde oder Schweinemist. Auf seinem Haupt lag ein Reif schimmernden Silbers, der zuvor nicht dagewesen war. Asandir ließ die Hände sinken, ehe er dem Prinzen aufhalf.

»Ath!« schrie jemand erfüllt von schaudernder Ehrfurcht. »Habt ihr gesehen? Der Zauberer hat den Dreck in Silber verwandelt.«

Sethvir wählte gerade diesen Augenblick, wieder aufzutauchen. »Es ist geschehen. Der Reif der Billigung wurde aus der Erde Rathains gewirkt. Mein lieber Lordgouverneur, nun ist es an der Zeit, Eurem anerkannten Prinzen zu gratulieren.«

»Ich habe nie eine solche Zustimmung geleistet! Was hier vorgefallen ist, geschah unter falschen Voraussetzungen!« Stur reckte Morfett sein Kinn vor wie eine Bulldogge. Doch keiner der Bruderschaftszauberer trieb ihn an, vorzutreten. Statt dessen kam der Prinz von Rathain zu ihm.

Seit er erwachsen war, hatte Morfett stets das Unglück bekämpft, durch seine geringe Körpergröße gezwungen zu sein, auch zu dem niedersten Küchenjungen noch aufzublicken.

Der Schock, die grünen Augen auf gleicher Höhe mit den seinen zu sehen, ließ ihn unwillkürlich einen Schritt zurücktreten.

»Ihr müßt nicht niederknien«, informierte ihn die silbergekrönte hochgestellte Persönlichkeit, deren Gesicht sich als durchaus nicht zart, sondern blutleer und scharf entpuppte, als wäre es aus weißem Quarz geschnitten worden. »Ich habe Euren Treueschwur nicht entgegengenommen.«

»Und das werdet Ihr auch nicht!« Zitternd ob der Demütigung, in aller Öffentlichkeit hinters Licht geführt worden zu sein, schürzte Morfett die Lippen. »Der Rat des Gouverneurs, dessen Kopf ich bin, lehnt es ab, Eure Existenz anzuerkennen.«

Eine Brise raschelte durch die trockenen Rosenstöcke und löste eine Strähne schwarzen Haares aus dem Silberreif. Zu spät erkannte Morfett, daß dieser Prinz das Aussehen eines Zauberers hatte: Seine Augen waren stechend und ruhig und überraschend frei von Feindschaft. Wie diese Bruderschaftszauberer, deren ruchlose Machenschaften ihn überhaupt erst geschaffen hatten, konnte er die unausgesprochenen Gedanken eines Mannes beantworten. »Wenn Ihr und Euer Rat gerecht regiert, dann habt Ihr von mir nichts zu befürchten.«

Nun erst erkannten die städtischen Funktionäre in Morfetts Umgebung die gesetzlichen Grundlagen, die sich hinter Asandirs Ansprache verbargen. Zu allen Seiten wichen ihre zotigen Kommentare ungläubigem, wütendem Murren.

»Euch wurde keinerlei Recht eingeräumt, über diese Stadt zu herrschen!« schaltete sich Diegan, der Kommandant der Garde, ein, der hinter des Lordgouverneurs Schultern stand.

»Richtig.« Arithons Blick verließ Morfett, um den Höfling zu erfassen, der ungefragt gesprochen hatte und dessen Umhang zurückgeschlagen war, um den Blick auf seine Hand freizugeben, die den Griff seines Schwertes fest umklammert hielt. Die Waffe war protzig mit Juwelen besetzt; doch als wäre der Stahl hinter all dem güldenen Glanz kaum mehr als ein zeremonieller Gegenstand, mißachtete Arithon die Bedrohung. Seine Augenbrauen zuckten, als er den Mann keck herausforderte: »Ginge es aber in diesem Streit nur um ein Wettrennen, so würde das Ergebnis keinen Zwist rechtfertigen. Wollt Ihr auf den Ausgang dieser Sache wetten?«

»Alles was ich besitze«, entgegnete Diegan heiser. »Das sollte Euch zur Warnung dienen.«

»Oh, ich wurde schon gewarnt«, erwiderte Arithon mit kaum verhohlener Ungeduld. »Zu gut, zu spät und in so vielen Details, daß es langweilig wurde. In mancher Hinsicht hatte ich weniger Entscheidungsfreiheit als Ihr sie habt.«

Zu schnell, selbst für eine scharfe Antwort, und unter völliger Mißachtung der aggressiven Haltung des Kommandanten, wandte sich Arithon ab, um mit Asandir zu sprechen. »Ihr habt Euer Schauspiel bekommen. Gleich, ob der Mann, der sich meiner Schuhe angenommen hat, zurückkehrt, um sie mir wiederzugeben, wäre ich erfreut, wenn ich mich endlich ausruhen könnte.«

Der Schlagabtausch endete so abrupt, daß Morfett mit offenem Mund stehenblieb. Der Prinz wurde inmitten eines Kreises von Zauberei fortgebracht, doch die scharfe und gefährliche Ablehnung, die er unter der Stadtbevölkerung wachgerufen hatte nagte unbefriedigt weiter. Diegan starrte der königlichen Eskorte mit zusammengebissenen Zähnen nach. In dem beständig größer werdenden Kreis sich laut unterhaltender Bürger begannen brokatgeschmückte Gildeherren, wütend die Fäuste zu schütteln oder sich in unruhigen Gruppen zusammenzurotten. Die drei Verbände der Attentäter in Etarra würden bald Profit machen können, betrachtete man die Geschwindigkeit, in der laute Flüche zu einem kaum vernehmbarem Geflüster wurden. Und während Ehemänner umsichtig Pläne schmiedeten, wurden ihre

Gemahlinnen und Töchter ohne Abschied wieder nach Hause verfrachtet.

Aschgrau und sprachlos, überdies des Zieles für seinen Zorn beraubt, lehnte sich der Lordgouverneur dankbar auf die Hand, die seiner Suche nach einer Stütze antwortete. »Dieser unverfrorene Bastard!« sprudelte er hervor, als er endlich wieder zu Atem gekommen war. »Ein Wettrennen! Hält der uns für eine Horde unreifer Burschen?«

»Er kann recht schwierig sein«, erklärte eine imposante Gestalt mit hellblondem Haar mitfühlend. »Aber ich habe niemals erlebt, daß er unfair gehandelt hätte.«

Nun erst erkannte Morfett, daß sein Wohltäter ihn sanft von seinen Ratsherren fortführte. Wutentbrannt riß er sich los. »Wer seid Ihr?« Die blaue Seidenkleidung mochte nicht ausgereicht haben, seinem Gedächtnis nachzuhelfen, doch der grüne Wappenrock über dem Arm des Fremden wies ihn sogleich als den blonden Begleiter des Prinzen aus. »Schon gut«, schnappte Morfett. »Ihr seid einer der königlichen Kumpane und ganz sicher keine Hilfe für Etarra.«

Noch immer lächelnd entgegnete Lysaer: »Ganz im Gegenteil. Ich bin der einzige königliche Kumpan, der kein Zauberer ist, und ich bin außerdem der einzige unter Euren Freunden, der den eigensinnigen Charakter Eures Prinzen versteht.«

Nun wurde der Kommandant der Garde munter. »Ich kenne eine Taverne«, schlug er vor, und Morfett ließ sich, wenn auch grummelnd, von ihnen mitzerren.

Donnernd fiel die schwere Tür ins Schloß. Todmüde lehnte sich Arithon s'Ffalenn mit dem Rücken an die harte, messingbeschlagene Wandverkleidung. Gedämpft vernahm er die Stimme der Gouverneursgattin, die von draußen mit ihm plauderte. »Macht es Euch bequem, Euer Hoheit. Selbstverständlich werden alle meine Bediensteten sich eifrig bemühen, für Euer Wohl zu sorgen.«

Arithon antwortete in einem Tonfall eisiger Höflichkeit. »Eure Gastfreundschaft ist sehr großzügig, doch ich werde schon zufrieden sein, wenn ich nur ungestört schlafen kann.« Die dekorativen Beschläge, die sich in seinen Rücken bohrten, zwangen ihn, von der Wand abzurücken, kaum daß er sich in dem Gästeraum umgesehen hatte.

Der Prunk verursachte ihm Kopfschmerz. Gläserne Perlen überzogen die vertäfelten Wände, und die goldenen Fensterrahmen mit der rosafarbenen Verglasung kontrastierten gnadenlos mit dem gefliesten Boden. Die Fliesen selbst waren ebenfalls gemustert, eine brüllende Ansammlung von Rauten in Bernstein, Safrangelb und Veilchenblau; die Möbel waren verziert; jedes Polster war mit Seidengeflecht und Fransen ausgestattet, und selbst der Teppich strotzte nur so vor Troddeln.

Ein Ausflug vom Bett zum Abort würde Kerzenschein erfordern, wollte man sich nicht die Zehen oder die Schienbeine stoßen.

Arithon schloß die Augen und wünschte sich in die kahlen Berge Daon Ramons zurück. Die Ruinen hatten sich zumindest noch ein bißchen Würde bewahrt.

»Noch habt Ihr die Felldecken nicht gesehen«, kommentierte Asandir trocken von der anderen Seite des Raumes aus. Im Vergleich zu der üppigen Ausstattung des Raumes wirkte er in seinem bevorzugten Mitternachtsblau mit dem Silberbesatz so grimmig wie ein Aspekt des Dharkaron, ausgesandt den Stolz der Sterblichen zu strafen.

»Entschuldigt mich.« Arithon wünschte nur, den ersten Anblick Etarras zu vergessen. Mit den kupfergedeckten Kuppelbauten, die sich wie Warzen hinter den massiven Wehranlagen drängten, erinnerte die Stadt an eine Kröte, die sich zwischen die verwitterten Schiefergebirge kauerte. Er seufzte und öffnete die Augen. »Ich nehme an, Sethvir hat die Aufzeichnungen dabei?«

»Wenn Ihr zwischen all dem schmückenden Beiwerk, das die Stadtschreiber hinzugefügt haben, noch Buchstaben erkennen könnt«, grollte der Hüter von Althain.

Umgeben von ledergebundenen Büchern, die er in einer Nische gestapelt hatte, sah er schlichtweg belagert aus. »Ich möchte Euch nur ungern weiter quälen.« Mit einer aufs Geratewohl herausgepickten Schriftrolle deutete er auf zwei Rauschgoldengel, aus deren Locken indigoblaue Kerzen sprossen. »Aber als ich die Hausherrin um mehr Licht gebeten habe, brachte sie mir die.«

»Verbrennt sie und die Archive gleich dazu!« Arithon stieß ein abschätziges Lachen aus. »Wir würden uns eine Menge Kummer ersparen, wenn wir diese Scheußlichkeit einfach dem Erdboden gleichmachten und aus den Trümmern eine neue Stadt erbauten.«

Sethvir wedelte tadelnd mit einem Federkiel. »Denkt nur nicht, wir wären nicht in Versuchung gewesen!« Dann blinzelte er, sein Blick wurde trübe, und mit einem Fingerschnippen setzte er die Kerzen in Brand, die in den beiden Rauschgoldengeln steckten. Ein Fensterflügel stand notgedrungen offen, und der Luftzug ließ die Flammen erzittern, deren Licht besorgte Gesichtszüge aus der Dunkelheit riß. »Das wird für uns beide eine unschöne Nacht mit dieser Lektüre. Euch wird nicht gefallen, was darin steht. Die Gilden von Etarra lösen ihre Probleme über die Klingen von Attentätern.«

Nicht so erschöpft, daß ihm Feinheiten entgangen wären, nahm Arithon seinen Silberreif ab.

»Wie viele Wards habt Ihr über diesen Raum legen müssen?«

Sethvir und Asandir tauschten einen Blick aus, doch keiner von ihnen antwortete.

»Schon gut.« Arithon schleuderte die königliche Zierde in den nächsten Polstersessel. »Wenn der Rat des Gouverneurs ein Messer in meinen Rücken stoßen will, so werde ich ihm morgen den Anlaß dazu liefern.«

Doch es gab bereits einen Anlaß, wie die Zauberer annehmen mußten. Sie sprachen nicht über die drei bezahlten Mörder, die zuvor unauffällig ausgeschaltet worden waren. Dieses Schlangennest aus Interessenverbänden, das diese Stadt regierte, stand vereint bereit, den s'Ffalenn und mit ihm das königliche Geschlecht auszulöschen. Nicht für einen einzigen Augenblick durften sie nachlassen, über sein Wohl zu wachen.

Den Rest des Nachmittags und einen guten Teil des Abends verbrachten sie zurückgezogen und brüteten über alten Aufzeichnungen.

Dakar kam zurück. Ein ausgedehnter Spaziergang durch die Tavernen hatte ihn in seiner Ansicht bestärkt, daß in Etarra ein furchtbares Bier gebraut würde. Erschöpft torkelte er in die Küche und kam mit einem leichten Mahl, gekühltem Wein und Kerzen aus dem Flügel der Dienerschaft zurück, die zu ihrer Erleichterung keinerlei Duft absonderten. Nachdem er nun seine Aufträge erfüllt hatte, breitete er sich in voller Größe auf den Felldecken aus, und die Stiefel, die auszuziehen er vergessen hatte, ragten über die Bettpfosten hinaus.

Um Mitternacht trat Lysaer ein. Eine leichte Röte überzog sein zufrieden lächelndes Gesicht. Er nahm Arithons Reif von dem Stuhl, legte ihn sicher auf einen Beistelltisch aus Schildplatt und setzte sich. »Ath, dieser Raum ist ebenso überdekoriert wie der Gastraum, aus dem ich gerade komme.« Er schnüffelte und fügte grinsend hinzu: »Hier riecht es wie in dem Boudoir einer Puffmutter.«

Arithon konterte ironisch: »Du hättest hier sein müssen, als die Kerzen noch frisch waren. Sie hätten dir eine Erektion verpaßt. Außerdem bin ich überrascht, daß du noch sprechen kannst.«

Auf Lysaers Verblüffung hin sagte Sethvir: »Ihr riecht, als hättet Ihr in billigem Gin gebadet. Wobei mir einfällt: dürfen wir davon ausgehen, daß Ihr Eure Aufgabe erfüllt und bis zum Ende ausgeharrt habt?«

Lysaer lachte. »Als ich mich zurückgezogen habe, schlugen die Abgesandten der Gilden nur noch mit ihren Bierhumpen auf den Tisch. Der affig aussehende Bursche, der Etarras Garde kommandiert, hat Kriegslieder gesungen und dabei nie den richtigen Ton getroffen, und die Barmädchen haben den Lordgouverneur in einen Bierwagen gehievt, um ihn in die Arme seiner Gemahlin transportieren zu lassen. Meine Herren, ich habe gute

Neuigkeiten. Morgen hätte es hinterhältige und verschwiegene Machenschaften gegen unseren Prinzen geben sollen, doch ist den Boten, die die Kunde von diesem Plan verbreiten sollten, ein Unglück zugestoßen. Ich muß sagen, daß Kharadmon einen äußerst unfeinen Zug gezeigt hat, denn einer von ihnen ist auf einem Pferdeapfel ausgerutscht und hat sich, wie es scheint, den Arm gebrochen. Sein Geschrei hat die Hälfte der Prostituierten in der Barackensiedlung aufgeschreckt, und die Bezeichnungen, die er in seinen lautstarken Verwünschungen gewählt hat, stellten glatte Peinlichkeiten dar.«

»Das dürfte das Feingefühl von Kommandant Diegan ein wenig durcheinandergebracht haben«, kommentierte Sethvir, den Kopf hinter einem weiteren gelben Buch versteckt.

»O ja.« Lysaer vergaß seine Abneigung gegen orangefarbene Troddeln und legte den Kopf zurück in die Sesselkissen. »Der Lordkommandant der Garde hat seinen Oberhauptmann aus dem Bett gezerrt, Gnudsog, richtig? Es ist der vierschrötige Bursche mit den vielen Muskeln und Narben. Er hat den Aufstand mit einem Streitkolben beendet, indem er dem Botschafter den Kiefer brach. Die Heiler sind immer noch beschäftigt. Die Gildeminister haben derweil gezankt wie die Fischweiber. Bei dem Kater, den sie bekommen dürften, werden sie bestimmt bis zum Mittag außer Gefecht sein.«

»Oje.« Sethvir ließ die Bücher im Stich und strich sich mit den Fingern durch das wirre Haar. »Heißt das, Ihr habt sie alle unter den Tisch gesoffen?«

Dakar antwortete ihm vom Bett aus, ohne die Augen zu öffnen. »Sie waren so wütend, daß sie auf den Tischen tanzten. Lysaer hat lediglich dafür gesorgt, daß ihre Ginkrüge nie leer waren.«

»Wer hat den Gin bezahlt?« fragte Asandir.

»Das ist das Schönste an der Sache«, entgegnete Lysaer ansteckend fröhlich. »Die Taverne gehört der Winzergilde, und alle Getränke gingen aufs Haus.«

Lordgouverneur Morfett drückte das massivgoldene Siegel der Stadt in das weiche, scharlachrote Siegelwachs. Dann, während seine Gildeminister ihre eigenen Siegel und Bändchen hinzufügten, fuhr er sich mit den Händen über das feuchte Haar und kratzte sich am Kopf, der sich anfühlte, als wolle er platzen. Ein Diener mußte zweimal an seinem Ärmel zupfen, bis er erkannte, daß das Pochen tatsächlich von der Tür kam und lediglich im schmerzhaften Pulsieren seines Schädels widerhallte.

»Laß sie rein«, sagte er, die Hände vors Gesicht geschlagen. »Die verdammten Zauberer können Aufsehen erregen, soviel sie nur wollen. Unser Erlaß ist rechtmäßig, und ihr Prinz wird noch heute nachmittag in Ketten gelegt werden.«

Ein gepeinigter Sekretär eilte los, die Tür zu öffnen. Beinahe wäre er umgerannt worden, als die Türblätter gewaltsam aufgestoßen wurden und eine Flut aufgeregter Advokaten hereinstürzte.

Die Neuankömmlinge schrien alle durcheinander.

Von seinem Herrschersitz auf dem Podest aus brüllte Morfett nach Ordnung. Als er sich endlich Gehör verschaffen konnte, waren seine Kopfschmerzen kaum noch auszuhalten. Die Ratsherren um ihn herum schwitzten oder hielten sich vergebens die Ohren zu, um ihre eigene Katerstimmung zu beruhigen. Nicht wenige von ihnen sahen regelrecht krank aus.

Als die Männer sich endlich wieder eines ordentlichen Auftretens befleißigten und nacheinander sprachen, führte die Summe ihrer Klagen nur zu einem weiteren Desaster.

Die Zauberer und ihr Prinz hatten einen arbeitsreichen Morgen hinter sich gebracht, an dem sie sich den Gefangenen Etarras gewidmet hatten. Dabei stellte sich heraus, daß nach den Grundsätzen der königlichen Charta Rathains zwei Drittel der städtischen Häftlinge zu Unrecht vor Gericht gestellt und verurteilt worden waren.

»Begnadigt, Exekution fällt aus«, heulte Morfett.

»Es kommt noch schlimmer«, unterbrach ein Schreiber. »Der Prinz hat auch verlangt, daß ungerechtfertigte Geldstrafen aus der Schatzkammer erstattet werden sollen.«

»Seine verfluchte Hoheit kann so etwas doch nicht tun!« Morfett sprang auf. »Ein Teir's'Ffalenn hat nicht das Recht, irgendwelche Dokumente zu unterzeichnen, solange keine Krönung stattgefunden hat. Diese Verfügungen sind nicht rechtmäßig! Eine entsprechende Zeremonie hat nicht stattgefunden.«

»Nein«, sagte der Seneschall von Etarra betrübt, wobei er so aussah und klang wie ein geschlagener Hund. »Aber er kann Dokumente unterzeichnen, die den Gefangenen die Freilassung für den Tag seiner Krönung zum Hohekönig zusichern, und das hat er getan.«

»Und gleichzeitig wird er Gesetze außer Kraft setzen, Steuern abschaffen und die Bediensteten der Stadt werden ohne Lohn von ihren Posten entbunden!« Diese heimtückische Vorgehensweise war schlimmer als der fortdauernde Zwist zwischen den Eisenwarenhändlern und den Möbeltischlern, die sich gegenseitig die Lehrjungen entführten und folterten, um ihnen die Geschäftsgeheimnisse ihrer Gegner abzupressen. Morfett schlug mit der Faust auf den Tisch und verspritzte Tinte und Siegelwachs auf den Einlegearbeiten aus Perlmutt. »Seid ihr gekommen, mir das zu erzählen?«

Keiner der geduckt dastehenden städtischen Funktionäre mochte dem Wutausbruch des Lordgouverneurs begegnen.

»Soll Dharkaron euch holen, ihr lumpiges Pack!« Morfett streckte die Hand aus und deutete auf den Kommandanten der Garde. »Auf der Stelle wirst du Gnudsog befehlen, eine Truppe Soldaten aufzustellen. Ich will diesen Bastard von einem s'Ffalenn in Ketten sehen. Als Aufwiegler soll er ausgepeitscht werden. Bei allen Dämonen und dem Zorn des Ath, kein Bruderschaftszauberer wird es wagen, die Hand zu erheben, um mich aufzuhalten.«

»Kein Zauberer, aber möglicherweise deine Leute«, meldete sich eine Stimme von der Tür aus. Sethvir trat ein, gedankenverloren wie ein Philosoph, der ein neues Publikum für seine Theorien gefunden hatte. »Habt ihr das gehört?« Er schob die äußeren Türen auf.

Lärm drang durch den Saal des Rates. Der Pöbel auf den Straßen jenseits des Vorzimmers war nicht zornig, sondern voller Freude. »Es gibt Gerüchte, nach denen du deine Minister gerufen hast, um die königliche Charta außer Kraft zu setzen. Um den wütenden Mob davon abzuhalten, Euren Rat in Stücke zu reißen, hat der Oberste Stadtrat zum Gegenteil angeregt: Er meint, daß die Dokumente, die hier unterschrieben werden, tatsächlich Verzichtserklärungen der Gilde und die Bestätigung des Herrschaftsanspruchs des s'Ffalenn sind. Arbeiter und Handwerker ziehen nun feiernd durch die Straßen. Die Glocken des Nordtores lassen ihr Spiel erklingen, und die Huren in der Barackensiedlung werfen Blumen. Wenn ihr dieses Fest beenden wollt, ohne einen Erlaß für die Krönung des Königs verabschiedet zu haben, dann werden deine etarranischen Bürger rebellieren.«

»Sollen sie doch!« Wie ein Peitschenhieb erklang Diegans Kommentar in dem Lärm. »Lieber lasse ich mich lynchen, als daß ich vor einem Hohekönig niederknie.«

Gerade wollte er vorpreschen, doch die Würdenträger neben ihm hielten ihn an den Handgelenken fest. Nicht alle Mitglieder des Rates waren so standhaft. Würde der Pöbel tatsächlich revoltieren, so könnte die Stadtgarde ihn nicht aufhalten. Den Plünderungen würde Blutvergießen folgen, und der Schaden für die Gilden wäre vollkommen unkalkulierbar. Von den sorgenvollen Gesichtern seiner hohen Herren zum Einlenken getrieben, winkte der Lordgouverneur der Stadt Diegan zu, sich zu beruhigen. Abrupt setzte er sich, die Fingerknöchel zwischen die Kiefer gestemmt. An diesem Tag hatten die Zauberer sie durch ihr geschicktes Vorgehen geschlagen. Aber die Bruderschaft konnte kaum für alle Zeit über die Politik Etarras wachen. Es würde das beste sein, die Niederlage hinzunehmen und Energie zu sparen, um den s'Ffalenn am nächsten Tag vom Thron zu stürzen. Am Boden, zertrampelt von den unruhigen Füßen der geborenen Würdenträger Etarras, erfuhr der kühne Befehl dieses Morgens, den Prinzen gefangenzunehmen, jäh ein schmachvolles Ende.

Diegan riß sich noch immer aufgebracht von den Würdenträgern los. »Das wird nicht einfach werden«, kanzelte er Sethvir ab. »Heute mag der Pöbel von dem Gedanken, einen Hohekönig zu bekommen, begeistert sein. Aber wenn die Unzufriedenheit sie zur Abkehr treibt, dann wird kein noch so gutes Zureden Eures Prinzen die Leute beschwichtigen können.«

»Gutes Zureden?« Sethvir sah so begeistert wie ein verrückt gewordener Alchemist aus, der sich eben daranmachen wollte, Gold aus einfachem Lehm herzustellen. »Ich hatte eigentlich angenommen, seine Hoheit würde ihnen ihre Freiheit zurückgeben, wie es in der Charta niedergelegt ist.«

Wütend fletschte Diegan die Zähne. So vergnügt der Hüter von Althain auch erscheinen mochte, sosehr er an einen tattrigen Greis erinnerte, der Knoten in Taschentücher machen mußte, um seinem senilen Gedächtnis einen Stoß zu geben, war er doch ganz sicher nicht nur irgendein unbedeutender alter Dummkopf.

Er hielt Etarras Rat in Schach, und er wußte es.

Doch war seine Stellung gefährlich. Jeden Moment könnte irgendeines von Tausenden übersehener Details zu einem blutigen Aufstand führen, wenn die Umwälzungen eine Panik auslösen sollten. Die Bürger außerhalb der Ratshalle waren alles andere als ruhig und weit davon entfernt, unter Kontrolle gehalten werden zu können. Nur die Armen und Unzufriedenen durchstreiften die Straßen. Sensible Bürger von Rang hatten sich voller Angst gemeinsam mit ihren Familien in ihren Häusern verbarrikadiert. Die Mängel und Nöte der Bruderschaft waren nicht unsichtbar. Sie konnten nicht überall sein. Und so verfolgte Diegan auch nach der offiziellen Amtsniederlegung des Rates noch sämtliche Vorgänge in der Stadt.

Die Gilden nutzten die Umwälzungen, um ihren Rivalen kaum verhohlen zu Leibe zu rücken; fünf Männer aus guten Familien fielen heimlichen Messerstichen zum Opfer. Asandir war damit beschäftigt, einen Geldverleiher, der den endlosen Bedarf der Schatzkammer an Bestechungsgeldern gesichert hatte, vor dem Steine werfenden Pöbel zu beschützen, der gegen die Wuchersteuern protestierte. Traithe befand sich in der Asservatenkammer am Südtor und verweigerte Gnudsogs Söldnern die spärlichen Waffen, während, unerreichbar für die Anschläge der drei Mörderverbände, Arithon beim besten Schuster der Stadt weilte, um sich feine Stiefel anfertigen zu lassen.

Zweifellos wachten die körperlosen Zauberer Kharadmon und Luhaine über das königliche Wohlergehen.

Noch ehe das Siegelwachs auf dem Dokument, das den Rechtsanspruch Arithon s'Ffalenns auf die Regierungsherrschaft belegte, erkaltet war, und der enttäuschten Opposition aus dem Rat des Gouverneurs zum Trotz, erschien seine Hoheit in prinzenwürdigem Glanz, um die königliche Charta von Rathain auf dem Platz vor den Gildehäusern zu verlesen.

Danach sprachen die Menschen über nichts anderes mehr.

Der einzige Mann in der Stadt, der von dem Geschehen noch weniger angetan war als der Lordgouverneur und der Kommandant der Garde von Etarra, war Arithon s'Ffalenn selbst. Vor der Menschenmenge zur Schau gestellt zu werden, hatte er auf eine Weise hingenommen, wie ein Musiker sein Instrument in einem lauten Gastraum spielen mochte. Von den Armen als Retter betrachtet und von den Handelsgilden unerbittlich gehaßt, gelang es ihm nicht, daß folgende Fest ebenso meisterlich hinter sich zu bringen. Gekleidet in die Farben des königlichen Wappens, Grün, Schwarz und Silber, mischte er sich unbeholfen unter die exzentrischen, aristokratischen Handelsherren. Selbst das gute Essen und der Wein konnten die Leute nicht von ihrem neuesten Zeitvertreib ablenken, der zum größten Teil aus Prinzenhetze bestand. Intrigen vergifteten auch noch die einfachsten Höflichkeiten, und wenn auch einige Ehegattinnen und hochgestellte Damen noch darum bemüht waren, sich einzuschmeicheln, so verfügten doch auch sie über messerscharfen Verstand, der nur darauf wartete, jedes Anzeichen von Schwäche zu verwerten.

Dies war eine Stadt, in der die Kinder gedrillt wurden, sich ihre Spielkameraden nach dem gesellschaftlichen Rang ihrer Eltern zu erwählen, in der die Kinder nur allzu häufig geschickt wurden, die Angelegenheiten der Väter ihrer Mitschüler zu belauschen.

Arithon fühlte sich bedrückt, und er war so nervös wie eine Katze, die ungeschützt vom Regen erwischt wurde.

In dem Hindernislauf inmitten der goldglänzenden, schwer beladenen Tabletts, die mit perlenbestickten Bannern geschmückt waren, rettete ihn nur die geübte Fußarbeit eines Schwertkämpfers davor anzuecken. Neben ihm, stets bereit ihn zu stützen, war Lysaer, dessen gesellige Schlagfertigkeit geistreich genug war, den Menschen ein freundliches Lachen zu entlocken. In der Kunst der Diplomatie weniger geübt, verbarg Arithon sein Mißfallen hinter einer kühlen, aber höflichen Fassade. Er blieb kaum eine Minute stehen, da fand er sich auch schon als Ziel von Schmähungen wieder. Er traute diesen Menschen nicht, weder während seiner Anwesenheit noch danach. Vorsichtig verfolgte er die Gespräche, die sich hinter seinem Rücken abspielten. Gehetzt wie Wild auf der Flucht vor Treibern erkannte er Möglichkeiten. Sogar Diegans Feindseligkeit eröffnete Wege, die Arroganz, das Mißtrauen, ja selbst die tiefe Ablehnung zu durchbrechen, die ihn gleich einer Mauer umgab. Doch die politische Selbstzufriedenheit, die derartige Veränderungen ihm abverlangen würden, klang falsch in seinem musikalischen Gehör.

Karthan war wenigstens nicht von einer derartigen Schlangenbrut in feinem Brokat zerpflückt worden, und wenn auch die Freibeuterei kein ehrliches Gewerbe war, so hatten sie doch zumindest keinen Hehl daraus gemacht.

»Ihr seht nicht wohl aus«, murmelte eine weibliche Stimme in sein Ohr.

Rathains Prinz wandte sich um, um sich der Quelle erkenntlich zu zeigen: Es war Diegans dunkelhaarige Schwester, die einen Mann mit ihrem Aussehen zum Wahnsinn treiben konnte, deren Haltung jedoch so undurchschaubar war wie die einer Schlange.

Arithon legte den reifgeschmückten Kopf schief. Wenngleich ihm unbehaglich zumute war, streckte er doch würdevoll die Hand aus. »Zu viel des schweren Essens. Eure Stadtköche haben sich selbst übertroffen. Wie wäre es mit einem Tanz?«

Sie nahm seine Hand, und ihre zarten, gebogenen Brauen zuckten für einen winzigen Augenblick nach oben. Sie hatte nicht mit seinen Narben gerechnet. Die Härte in ihren Augen offenbarte, daß diese Entdeckung den Weg zu ihrem Bruder finden würde: Trotz seines zartgliedrigen Körperbaus waren die Hände des Prinzen nicht ungeübt im Umgang mit dem Schwert. »Ich finde eine Unterhaltung interessanter.«

»Wie traurig für uns. Zu viel Gerede hat mich schon ganz verrückt gemacht«, bedauerte Arithon so unergründlich wie Quarzgestein. »Für eine geistvolle Konversation empfehle ich Euch Lysaers Charme.« Freundlich, doch bestimmt hängte er sie an den Arm seines blonden Begleiters, der sich so großtuerisch aus einer Diskussion mit zwei Ministern verabschiedete, daß jeder Staatsmann vor Neid erblassen mußte. »Lordkommandant Diegans Schwester Talith«, stellte Arithon vor, und ein Lächeln huschte über sein Gesicht, während sein Halbbruder sich einen Moment in sprachloser Anerkennung erging.

»Meine Dame, Lysaer s'Ilessid.«

»Kommandant Diegan erwähnte Euren Namen«, sagte Talith so kühl wie höflich. Schnell wandte sie den Kopf, doch Arithon war bereits fort. Ärger legte sich in Falten über ihre Stirn. Er hatte sie besiegt, noch ehe sie richtig gemerkt hatte, daß ihre Methoden auf Widerstand gestoßen waren. Doch würde sich ihr verletzter Stolz offenbaren, wenn sie die Würde fallen ließe und ihm folgen würde. Kein Prinz sollte fähig sein, so schnell zu verschwinden, überdies beladen mit der schweren Staatsrobe. Möglicherweise trafen die Gerüchte zu, die ihn als Zauberer bezeichneten.

»Wenn Ihr gestattet«, unterbrach Lysaer ihren Gedankengang. »Ich mag ein erbärmlicher Ersatz sein, doch die Wahrheit ist, daß seine Hoheit ein wahrhaft grauenvoller Gesellschafter sein kann.«

Talith wandte sich erneut um und stellte fest, daß ihre Verärgerung mit erstaunlich ernsthafter Sorge betrachtet wurde. Dennoch half auch Lysaers elegante, attraktive Erscheinung nicht, ihren heimlichen Zorn zu mildern. »Er sagte, er wollte tanzen. Sicher hätte ich ihm zustimmen sollen.«

Lysaer geleitete sie zu einem Stuhl, und wie durch Zauberei erschien sogleich ein Diener, ihnen Wein zu kredenzen. »Arithon hat Eure Ablehnung vorausgeahnt.« Lächelnd, angesichts ihrer offensichtlichen Verwirrung, fügte er hinzu: »Bedenkt man seine perverse Natur und seinen Hang zur Einsamkeit, dann ist dies genau das Ergebnis, das er erhofft hat. Er ist viel leichter zu fassen, wenn niemand weiter zugegen ist. Trinkt Ihr roten oder weißen Wein?«

»Weiß, bitte.« Talith nahm den dargebotenen Kelch an und hob ihn. »Auf seine Abwesenheit also.« Sie trank, wobei sie überrascht feststellte, daß sie sich beruhigt hatte. Lysaers Mitgefühl war nicht im mindesten schmeichlerisch. Er wußte ihre fehlgeleitete Einschätzung zu deuten und hielt sich mit Überlegungen bezüglich ihrer Motive zurück. Statt dessen befleißigte er sich eines zuvorkommenden Benehmens, wie es in Etarra als schick empfunden wurde. Sie maß das Interesse, das in seinen Augen funkelte, und schenkte ihm ein Lächeln. So einfach ließ sich eine verpaßte Gelegenheit gegen eine neue austauschen. Über Lysaer konnte sie sicher ebenso viel, wenn nicht sogar mehr herausfinden, was den Belangen der Stadt dienlich sein würde, wie über den verdrießlichen s'Ffalenn-Prinzen selbst.

Nicht viel später, als ihr Bruder, der Kommandant der Garde, sie in ihrem Zimmer aufsuchte, um sich zu erkundigen, was sie herausgefunden hatte, erkannte sie, wie sehr sie sich hatte betören lassen.

Während des ganzen Abends in Lysaers Begleitung hatte sie den größten Teil der Unterhaltung bestritten.

»Seinem Charme ist nicht leicht zu widerstehen«, grummelte ihr Bruder. Er öffnete die Amethystknöpfe an seinem Kragen mit Fingern, die viel zarter als die des Prinzen waren und deren glatte Haut nicht von Narben entstellt war. »Dieser verdammte blonde Jüngling ist ein Diplomat vom Scheitel bis zur Sohle. Zu schade, daß er kein geborener Städter ist. Wir hätten jemanden wie ihn brauchen können, um die Beziehungen zu den Bauern wiederherzustellen.«

In der Ratsversammlung am folgenden Morgen glänzte der anerkannte Thronerbe von Rathain durch Abwesenheit. Erschöpft von dem Takt, den es erforderte, die meuternden Interessenverbände unter den Ratsherren zu besänftigen, und überdies entnervt davon, Intrigen auseinanderzupflücken, die zwischen den Gilden klebten und miteinander verwoben waren wie mehrere Lagen schmutziger alter Spinnweben, beschloß Lysaer, etwas Luft zu schnappen. In letzter Zeit hatte er regelmäßig unter Kopfschmerzen gelitten.

Als sie sich nun erneut ankündigten, bat er, dem weiteren Verlauf fernbleiben zu dürfen, als Sethvir zur Mittagszeit eine Pause einlegte.

Lysaer schien der einzige zu sein, der der Verantwortlichkeit seines Halbbruders auf den Grund zu gehen trachtete.

Ein kurzer Blick in die Gasträume von Lordgouverneur Morfetts Villa zeigte ihm keine Spur von Arithon. In dem Bett mit den orangefarbenen Troddeln hatte niemand geschlafen; die Dienerschaft war schnell mit Gerüchten bei der Hand. In scheußlichem Farbkontrast lagen das golddurchwirkte Hemd und die grüne Toga, die eigentlich den Prinzen schmücken sollten.

Allein mit seinem Ärger in dem Vestibül fluchte Lysaer

leise und erschrak, als ihm eine Stimme aus der leeren Luft antwortete.

»Wenn Ihr Euren Bruder sucht, der ist nicht hier.«

»Kharadmon, nehme ich an«, schnappte Lysaer. Die heiklen diplomatischen Angelegenheiten dieses Morgens hatten seine Toleranz gegenüber Geistern in dunklen Ecken erschöpft. »Wie wäre es, wenn Ihr mir entgegenkämet und mir einfach sagen würdet, wo er ist?«

Gleichmütig entgegnete der körperlose Zauberer: »Ich kann es Euch zeigen, falls Ihr nicht bevorzugt, leere Zimmer zu verfluchen.«

»Das ist nicht fair«, meinte Lysaer. »Aber ich bin nicht in der Stimmung, mich zu entschuldigen. Helft mir, den Piratenbastard von einem Halbbruder zu finden, vielleicht finde ich dann auch mein gutes Benehmen wieder.«

Kharadmon tat ihm den Gefallen und besorgte ihm die Adresse, die, wie sich herausstellen sollte, im übelsten Teil des Armenviertels lag.

»Ihr scheint keine Furcht vor Attentätern zu haben«, bemerkte Lysaer, dessen schlechte Laune nun allmählich in Sorge umschlug.

»Sollte ich denn?« Kharadmon kicherte. »Nun, Ihr könntet vielleicht sogar recht haben. Immerhin ist Luhaine an der Reihe, den Prinzen zu beschützen.«

Die Straßen in den abgelegenen Bezirken Etarras waren ineinander verschlungen wie eine stümperhafte Häkelarbeit, und das schlüpfrige Pflaster wies Frostschäden auf. Lysaer ruinierte sich seine besten Stiefel, als er durch die Gosse schritt. Eine dubiose Flüssigkeit, die von den rottenden Balkonen eines Bordells herabtropfte, bespritzte seine Hose. Zweimal verirrte er sich. Schließlich aber erreichte er die Straße der Pferdeabdecker, in der es unerträglich nach ranzigem Fett und verdorbenem Aas stank.

Am liebsten hätte er den nächsten Bettler, der ihn um Geld anging, getreten; er hatte bereits alles gegeben, was er besessen hatte, und ganz entgegen seinem Versprechen gegenüber Kharadmon war seine Laune nur noch schlechter geworden.

Erfüllt von grimmigem Zorn, sich freiwillig zu diesem Botengang verpflichtet zu haben, stapfte er um die nächste Ecke.

Fröhliches Gelächter hallte von den flechtenbewachsenen Fronten der Lagerhäuser wider, und es erschien in dieser feuchten, schmutzigen Gasse nicht minder unpassend wie ein heiteres Glockenspiel.

Lysaer blieb wie angewurzelt stehen. Es war Arithon, der da lachte, und das paßte nun gar nicht zu einem Mann von so trübsinnigem Charakter.

Neugier vertrieb seinen Zorn, als Lysaer weiterging. Hinter einer Biegung sah er im Schatten der dicht stehenden Häuserwände eine Gruppe abgerissener, verwahrloster Kinder, und Arithon war mitten unter ihnen. Der Prinz von Rathain hatte seine feinen Kleider verschmäht und sich statt dessen in etwas gehüllt, daß nach der passenden Kleidung für einen Lumpensammler aussah. Die elegante Erscheinung des vergangenen Tages war wie fortgezaubert, und nun sah er ebenso verkommen aus wie seine Kumpane, deren ungewaschene, zynische Gesichter mit einem Ausdruck des Entzückens zu Boden starrten.

Vorsichtig umrundete Lysaer einen Müllhaufen aus Knorpeln und Sehnen, in dem sich die Maden tummelten. Doch seine Schritte brachten die alten Knochen in Bewegung. Eine Wolke aus Fliegen stieg auf, und der Gestank trieb ihm die Tränen in die Augen. Er bedeckte seine Nase mit dem Ärmel, als der kleine Zweimaster aus Schatten zwischen den nackten Beinen eines Kindes hervorglitt. Die Kreatur, deren Geschlecht unter den Lumpen und dem wirren Haar nicht erkennbar war, kreischte verzückt auf, während ein imaginärer Wind die Segel des Schiffes blähte. Es legte sich auf die Seite, die Leereling unten, und segelte durch eine Gosse übelriechender brauner Abwässer.

Doch der Geruch war sogleich vergessen, als auch Lysaer in Verzückung geriet.

Das kleine Segelschiff fuhr über die Untiefe eines verstopften Abzugskanals und hüpfte auf imaginären Wellen auf und ab. Mit fliegenden Fahnen nahm es Fahrt auf, keß legten sich die Segel um, und mit der Brise, nun von achtern, schoß es geradewegs auf die Straßenmündung zu.

Lysaer blockierte seinen Kurs. Solchermaßen auf frischer Tat ertappt, verlor Arithon die Kontrolle über die komplizierte Anordnung der Schatten, aus welchen Planken und Segel des Zweimasters geformt waren. Sein herrliches Schiff zerfaserte zu einem verschwommenen Farbfleck, der sich keine Sekunde vor dem Aufprall auflöste.

Betrübt, die Illusion zerstört zu haben, blickte Lysaer auf.

In seiner feinen Kleidung aus Seide und Samt hatten die Kinder ihn längst der Oberschicht zugeordnet. Große Augen starrten ihn aus ausgemergelten Gesichtern anklagend und finster an. Arithons Gesicht war vollkommen ausdruckslos. Das Gelächter schien nun nur mehr eine flüchtige Phantasie gewesen zu sein, ein Traum, zerstört durch ein unnötiges Erwachen. Hätte Lysaer nicht das Flehen spüren können, daß sich hinter jedem einzelnen feindseligen Gesicht verbarg, dann hätte er sich vermutlich körperlich bedroht gefühlt.

Eine der größeren zerlumpten Gestalten schlich sich in den Schatten. Eine Sekunde später hörte man eilige Schritte durch eine Seitengasse, die zu schmal war, als daß Lysaer von seinem Standort aus hätte hineinsehen können.

Gefangen in seiner Rolle als Spielverderber, gab sich Lysaer erneut seinem Ärger hin. Und obwohl Arithon kein Wort gesagt, sich nicht einmal erkundigt hatte, was ihn hergeführt hatte, klangen seine Worte bitter. »Weißt du eigentlich, welche Wogen ich glätten mußte, weil du bei der Ratsversammlung heute morgen abwesend warst? Die Gildeminister sind gerissener als Haie, und genauso wendig. Der Gardekommandant und sein Oberhauptmann würden deine Eingeweide nur zum Spaß um einen Pfosten wickeln. Wo es nur Zwietracht gibt, wird kein Königreich entstehen, wenn du ihnen nicht einmal einen Prinzen lieferst.«

»Derartige Angelegenheiten sind deine Leidenschaft, aber nicht die meine«, entgegnete Arithon in einem Tonfall verzweifelter, bemühter Neutralität. Ungeachtet seiner offenen Worte ergriffen noch mehr Kinder die Flucht. »Warum um alles in der Welt bist du nicht dortgeblieben?«

Er hatte seine Herkunft nicht verleugnet.

Die anklagenden Blicke seiner Zuschauer richteten sich nun plötzlich auf ihn. Betrogen zog sich das Mädchen, das ihm am nächsten stand, zurück, als sie erkannte, daß der Mann, der sie mit seinen Wundern fasziniert hatte, nicht der Bettler war, der er zu sein schien. Arithon streckte die Hand aus und strich ihr sanft über die Wange. Sein Versuch, sie zu beruhigen, war rein instinktiv erfolgt und ein Merkmal seines zartfühlenden Wesens, denn sein ganzer Körper spannte sich gleichzeitig angesichts der unerwünschten Schwierigkeiten.

Beschämt über diese Sorge, die Arithon den Gefühlen eines von Parasiten befallenen Balgs entgegenbrachte, ließ Lysaer sich erweichen. »Arithon, diese Ratsherren sind dein Volk, wenn sie für dich auch so schwer zu lieben sind wie ein diebisches Kind für die Reichen, deren Taschen es plündert. Zeig dem Rat wenigstens halb soviel Verständnis, wie du hier so freimütig verschwendest, und du wirst nicht dem Messer eines bezahlten Attentäters zum Opfer fallen.«

Arithon gab seine Bemühungen auf, sein Publikum zu halten: ihr zartes Vertrauen war gebrochen, und einer nach dem anderen schlich sich davon. Mit seiner verwahrlosten Kleidung stand er nun verlassen inmitten eines Chaos von stinkenden Abfällen. Sanft entgegnete er: »Diese Kinder stehlen aus reiner Not.«

»Du hältst die Ratsherren für Speichellecker, nicht wahr? Aber das ist oberflächlich. Sie sind durchaus zu Besserem fähig.« Lysaer schloß die Augen und suchte tief in seinem Inneren nach Takt und Geduld. »Arithon, diese Händler sehen in dir einen leibhaft gewordenen Fluch. Die Berichte, die von der Rebellion überliefert worden sind, sind furchtbar verzerrt. Die Menschen in Etarra sind davon überzeugt, daß die Bruderschaft es ihnen Auge um Auge heimzahlen wird, sie aus ihren Häusern vertreiben und ihre Töchter der Gewalt der Barbaren ausliefern wird. Es ist so wichtig für sie, den Musiker in dir zu sehen. Zeig ihnen einen Anstand, dem sie vertrauen können. Ergib dich ihnen und sie werden dir entgegenkommen, das verspreche ich dir. Sie werden der beste Sockel des Reiches werden, den sich ein König nur wünschen kann.«

»Schön, warum kommst du dann her und störst mich? Du scheinst ja alles perfekt zu verstehen!« Arithon hielt sich sichtlich zurück, nicht mit der Faust gegen die Mauer einer Baracke zu hämmern. »Du hast soeben meine Befürchtungen auf die Spitze getrieben, daß diese Stadt sich einschmeicheln könnte, um zu meiner unentbehrlichen rechten Hand zu werden.«

»Was in Athera wäre so falsch daran?« Angepeitscht durch Arithons unfehlbar provokante Haltung gab sich Lysaer seinem Zorn hin.

»Das!« Arithon deutete auf die faulenden Bretter, die die Rückseite der Abdeckerhütten verkleideten. »Du fügst dich im Glanz der Mächtigen in diese Gesellschaft ein, aber wie gut kennen wir beide denn diese Stadt überhaupt? Hat Diegans liebliche Schwester dir erzählt, daß die Gilden Kinder entführen und sie als Zwangsarbeiter in die Lagerhäuser sperren? Kann ich, *darf ich*, den Gouverneur und seine Busenfreunde hätscheln, solange vierjährige Mädchen und Knaben in Leimtöpfen rühren und Zehnjährige sich die Hände wund arbeiten und am Brand sterben, während sie halbverrottete Kadaver zerlegen? Bei Aths unendlicher Gnade, Lysaer! Wie kann ich auch nur leben?« Nun endlich brachte seine wütende Verteidigung Arithons hilflose Frustration zum Vorschein. »Die Erfordernisse dieses Reiches werden all mein Sein verschlingen, was bleibt da schon noch für die Musik?«

Lysaer starrte auf die Schmutzränder, die langsam seine goldbestickten Stiefel hinaufwanderten. »Vergib mir.« Offen zeigte er seine Reue, denn er war vermessen gewesen. »Das habe ich nicht gewußt.«

Arithons Sorgen wichen einer überraschend aufrichtigen Güte. »Du solltest so etwas auch nicht wissen wollen. Geh zurück. Ich weiß deine Hilfe in diplomatischen Fragen zu schätzen, aber dieses Problem muß ich allein lösen. Wenn ich soweit bin, dann sei gewiß, daß ich mein Bestes geben werde.«

Indiskretion

Die Dämmerung verstärkte die Schatten über der Straße, die südwärts durch die Wälder aus Ward hinausführte. Dieser Straßenabschnitt, der sich wie eine kreidefarbene Narbe durch die frostkahlen Berge nach Tals Wegekreuz schlängelte, versetzte jeden etarranischen Händler in Angst und Schrecken. Nur schwer bewaffnet fuhren Wagenkolonnen durch die nördlichen Fürstentümer Rathains, wollten sie ihr Ziel erreichen. Dennoch schien der einsame alte Mann, der einen Ponywagen über das zerstörte Pflaster dirigierte, das längst verstorbene Hohekönige aus dem Geschlecht derer zu s'Ffalenn dort hatten legen lassen, keine Furcht vor einem Überfall barbarischer Plünderer zu haben.

Sein Wagen war offen, lag tief über der Straße und benötigte dringend frische Farbe. Das bockige Vieh, das den Wagen zog, hatte einen Schwanz, der an schwarzes Drahtgeflecht erinnerte, und eine nervöse Abneigung gegen Stallburschen. Es hatte die Ohren zurückgelegt und tat so, als würde es lauschen, was davon ablenken sollte, daß es sie aus purem Unbehagen angelegt hatte.

Der Wagenlenker war mager wie ein Asket. In nachlässiger Haltung saß er auf einem schwankenden Brett und bewegte sich im Rhythmus der Erschütterungen, die den Wagen erbeben ließen. Tief hatten sich die acht Dekaden seines Lebens in sein Gesicht gegraben, doch die Hände, die die Zügel hielten, waren sauber, geschmeidig und sicher. Durch seine weit auseinanderstehenden Vorderzähne pfiff er ein Lied, und die Melodie drang mit dem Knarren des Geschirrs und der Wagenräder an die Ohren zweier Barbarenkinder, die flach im Gebüsch jenseits der Straße lagen.

Zwölf Jahre alt und unverschämt kühn, wischte sich Jieret eine rostrote Haarsträhne aus dem Gesicht. Er runzelte die Stirn, und auf seinem Gesicht spiegelte sich die angespannte Konzentration wider. Von dem Fest gelangweilt und überdies ungeduldig, war doch seit dem Verschwinden des Nebels die Passage der Wagenzüge unterbrochen, stieß er seinen jüngeren Kumpanen mit dem Ellbogen an. »Bereit, Idrien?«

Mit schweißnasser Hand umklammerte der zweite Knabe den Stock, den er zu einem Speer zugespitzt hatte. Sich aus dem Lager davonzuschleichen war Jierets Idee gewesen.

Als ihr Kundschafterspiel jedoch überraschenderweise tatsächlich ein Opfer zutage brachte, verlor der so aufregende Gedanke an Plünderung und Erpressung plötzlich seinen Reiz. Ein wenig furchtsam wünschte er sich, er wäre auf dem Fest geblieben und würde mit Nüssen nach Eichhörnchen werfen. »Weißt du, seine Verwandten haben vielleicht gar nicht so viel Geld.«

Jieret grinste hinter einer weiteren widerspenstigen Haarsträhne. »Du hast doch die Topasbrosche gesehen, mit der sein Umhang verschlossen ist. Willst du etwa kneifen?«

Mit wildem Blick schüttelte Idrien den Kopf.

»Na, dann komm.« Zu forsch, sich um die zurückschlagenden Zweige zu kümmern, robbte Jieret durch das Dickicht.

Idrien folgte ihm, doch seine Unsicherheit ließ ihn vorsichtiger vorgehen. Der Augenschein konnte täuschen. Des Mannes Juwel mochte lediglich Glas sein. Doch Jieret war bereits aufgestanden und stürmte nun so schnell er konnte den Hang hinunter. Die Clanehre ließ nicht zu, daß sich sein Freund einfach davor drücken konnte, ihn zu unterstützen.

Jieret schlitterte auf die Straße, behindert von einem Regen herabprasselnder Steine. Er hatte sich das Wams zerrissen, und es war über seine Schulter gerutscht. Trotz seiner Entschlossenheit, den Alten in dem Wagen einzuschüchtern, zitterte der Speer in seiner Hand. »Halt, wenn Euch Euer Leben lieb ist!« Er schüttelte das Rehleder ab, das seinen Wurfarm behinderte. Dann mußte er um sein Gleichgewicht und seine Haltung kämpfen, als

Idrien den Hang hinabstolperte und direkt in seinem Rücken landete.

Die gepfiffene Melodie verhallte. Angesichts der Bedrohung durch zwei zugespitzte Stöcke spannten sich die Hände um die Zügel. Das Pony bleckte die Zähne, verdrehte die Augen und blieb auf der Stelle tänzelnd stehen. Die Zügel noch immer fest in Händen blickte das Opfer dieses Überfalls die beiden schmutzigen, zerkratzten Burschen mit strahlenden Augen an. Seine Lippen bogen sich zu einem Lächeln, und seine silbrigen Augenbrauen rutschten unter seiner Kapuze nach oben.

»Raus aus dem Wagen und Waffen fallenlassen. Langsam!« Jieret stieß Idrien mit dem Ellbogen an, auf daß jener die Zügel des Ponys nähme.

Der alte Mann zögerte. Dann ließ er die Zügel los und kam vorsichtig herunter. Das goldene Seidenfutter seines Mantels glänzte im schwächer werdenden Tageslicht. Fast, als hätte er nur auf Idriens Jammern gewartet, versetzte er dem Pony, das den Kopf gesenkt hatte, um den Knaben zu zwicken, einen geübten Schlag zwischen Schulter und Nacken. Mit gezügelter Angriffslust grunzte die Kreatur und schüttelte verdrossen ihre Mähne. Ihr Meister zog indessen noch immer verblüfft einen mit Ornamenten verzierten Dolch aus seinem Gürtel, drehte ihn so, daß das Heft dem Knaben zugewandt war und reichte ihn Jieret. Dann blieb er ruhig stehen, während Idriens schmuddelige Finger seine edle Kleidung nach verborgenen Waffen abtasteten.

Schließlich, bedroht von seinem eigenen Messer und zwei zugespitzten Stöcken, hob er seine ungeschmückten Hände. »Wessen Gefangener zu sein habe ich die Ehre?« Seine Stimme hatte einen angenehmen Klang und war frei von dem Zittern, daß für besonders alte Menschen im allgemeinen so charakteristisch war.

Jieret legte die Stirn in Falten. Geiseln sollten Angst zeigen, statt freundlich zu grüßen. Da das Pony sich demonstrativ bösartig gebärdete, fesselte er dem Alten die Hände mit den Zügeln und ließ ihn das elende Biest selber führen. Dann kletterten er und Idrien auf den Bock und wiesen ihr sonderbares Gespann an, den Wagen von der Straße wegzuziehen.

Begeistert über ihren Erfolg stießen sich die Knaben gegenseitig in die Rippen. Eine Geisel, für die sie Lösegeld bekommen würden. Ganz sicher würden die Clanmitglieder ihre Tapferkeit loben. Der Fremde mochte den Preis eines Schwertes oder, besser noch, eines Pferdes wert sein. Dann stellten sie bestürzt fest, daß sie vergessen hatten, sich frühzeitig ein Versteck zu suchen.

»So was Blödes«, flüsterte Jieret niedergeschlagen angesichts dieses Versäumnisses. »Wir können keinen Wagen durch den Wald ziehen.«

Idrien nuckelte an seiner Unterlippe. »Ins Tal fahren und abspannen?«

»Vielleicht.« Ernsthaft nachdenklich pulte Jieret die Rinde von seinem Stock. »Der Wind riecht nach Regen. Unsere Beute wird ziemlich naß werden.«

Hier unterbrach ihr Gefangener sie frohgemut: »Ein Sturm macht uns nichts aus. Die Plane ist noch recht neu, sie wird dicht sein.«

»Ruhe!« Mit neuer Besorgnis sah sich Jieret um. »Zuviel Geschnatter wird die Kundschafter herbeirufen.«

Der Gefangene dachte darüber nach, während seine langen, schmalen Beine mit flinken Bewegungen mit dem Trab des Ponys Schritt hielten. »Junge Räuber ohne eigene Kundschafter?« Es war schon zu dunkel, zu sehen ob er lachte oder nicht.

Jieret stieß sich die Knöchel an, als er sich verspätet auf eine wütende Suche begab, doch er fand weder Gerte noch Peitsche. Er versuchte, das Pony durch wilde Armbewegungen anzutreiben, doch das Tier schnappte nur nach ihm. Von Rachsucht getrieben schlugen die Hufe gegen den Kutschbock. Als ein Hieb seine Stiefelsohle traf und heftigen Schmerz auslöste, blickte Idrien finster drein.

Jieret klammerte sich ergrimmt an angemessene Umgangsformen. »Unsere Kundschafter sind unterwegs um andere Opfer zu finden«, log er erhaben. »Wenn Ihr hofft, am Leben zu bleiben und gegen Lösegeld freizukommen, dann schweigt.«

Trotz all der nicht eingeplanten Aufregung geleiteten die Knaben den Wagen geschwind durch die Dunkelheit. An einem natürlichen Gefälle zwischen Kreidefelsen befahlen sie, das Pony abzuspannen. Idrien hielt den alten Mann mit seinem Stock in Schach, während Jieret Strauchwerk sammelte, um die Beute zu tarnen. Dann, beständig heitere Jauchzer unterdrückend, hetzten die Knaben ihren Gefangenen durch den Wald zu der Clanversammlung, die sie verlassen hatten, das Abenteuer zu suchen.

Am Rand des Lagers verloren sie die Kontrolle. Jieret brach in laute Schreie aus, während Idrien die Tänzer in Panik versetzte, als er seinen Spielzeugspeer mitten in das große Feuer hineinschleuderte. Funken flogen; das Fest löste sich in Verwirrung auf, als ledergekleidete Kundschafter eilends nach ihren Waffen griffen und andere sich von ihrem Wachposten mit gezogenen Waffen näherten.

Blinzelnd stolperte der Gefangene dem bewegten Licht der Fackeln entgegen und blieb stehen. Jieret trotzte den Zähnen des Ponys, die nach dem schwarzgoldenen Stoff des Mantels schnappten, und zerrte seinen widerstrebenden Gefangenen näher an die Feuer heran.

»Hier!« Er winkte dem größten der nähertretenden Männer zu. »Wir haben eine Geisel, Vater, und ein Pony für Tashka.«

Steiven, Regent der Clanregierung Rathains, war ein Mann, der selbst in der Dunkelheit inmitten einer Menge ledergekleideter Kundschafter, schwer zu übersehen war. Hoch aufgeschossen bewegte sich der dunkelhaarige Mann mit der Grazie eines Rehs. Seine Augen, haselnußbraun, waren so wachsam wie die jedes Waldbewohners, dessen Art zu lange Zeit gejagt worden war. Er hatte große und starke Hände und ein glattrasiertes, kantiges Kinn. Sein Gesichtsschnitt kündete von einer rohen Schönheit, ein Eindruck, der beim ersten Anblick der

Narbe, die sich von seinem Wangenknochen über das Kinn bis zum Schlüsselbein zog, gleich wieder schwand.

Die Hauer eines Keilers mochten eine solche Entstellung verursachen; tatsächlich war Steivens Aussehen jedoch durch ein erhitztes Koppelschloß ruiniert worden, als er mit zehn Jahren einem Wagen nachgejagt hatte, auf dem die Kopfjäger die Skalps seiner Brüder transportierten.

Er hatte Glück gehabt, daß er mit dem Leben davongekommen war.

Der Anblick seines halbwüchsigen Sohnes, der mit einem Gefangenen in der Kleidung der Städter freudestrahlend in das Lager tanzte, versetzte ihm einen Schrecken, der viel mit den Erinnerungen zu tun hatte, die ihn in seinen Träumen plagten. Trotzdem war er ein Mann, der erst zuhörte, ehe er handelte. Ein halbes Leben als Clanführer hatte ihn gelehrt, stets absolut fair zu sein. Obwohl sein Herz zu schnell schlug und er sich wünschte, seinem Sohn für diesen jüngsten, unvernünftig dummen Streich den Hosenboden zu versohlen, zwang er sich, nachzudenken und weiterzugehen; und dann hob der Gefangene den Kopf. Auseinanderstehende Vorderzähne entblößten sich zu einem strahlenden Lächeln, und eine Woge weißen Haares wallte unter seiner Kapuze hervor.

Steiven blieb abrupt stehen, ohne weiter auf Jierets Geschnatter zu hören.

Seine Fäuste öffneten sich. »Zeigt mir Euer Gesicht«, kommandierte er.

Statt einer Antwort drehte sich der alte Mann um.

Die gesunde Gesichtsfarbe des Clanführers verblaßte. »Dharkaron vergib uns.«

Sein Tonfall brachte Jieret zum Schweigen. Schwitzend und in dem Bewußtsein, sich eine Tracht Prügel eingehandelt zu haben, beobachtete er, wie sein Vater seinen Dolch zog und, mit einem gegenüber einem Städter schockierend geringen Selbstvertrauen, die Fesseln an den Handgelenken des Gefangenen auftrennte.

Der Alte hob seine befreiten Hände und schob die

Kapuze zurück. Schwarzer Stoff, gefüttert mit gelber Seide, fiel zurück und offenbarte eine scharfkantige Nase und eine Woge schulterlangen silbernen Haares.

»Bitte, vergebt uns, Herr«, sagte Steiven leise, ehe er zornentbrannt auf seinen Sohn losging. »Du hast keinen Händler überfallen, du dummer Junge! Schande hast du anstelle von Lösegeld über unseren Clan gebracht. Du stehst vor dem Meisterbarden persönlich.«

»Er?« Laut erklang seine freche Gegenwehr, während er mit seinem angespitzten Stock gestikulierte.

Steifen riß die provisorische Waffe aus den Händen seines Kindes. »Hast du denn die Lyranthe nicht gefunden, als du seine Habe nach Waffen durchsucht hast?«

Jieret begann zu zittern.

»Aha«, sagte Steiven. Aus den Augenwinkeln sah er, daß der Meisterbarde sein Amüsement zu verbergen suchte, und langsam fand er sein eigenes Gleichgewicht wieder. Dennoch bedachte er seinen Sohn mit einem grimmigen, finsteren Blick. »Nicht allein hast du den falschen Mann überfallen, nein, du bist auch noch nachlässig gewesen.«

Irgendwo kicherte jemand leise; Jierets ältere Schwester Tashka. Dem Knaben war mit einer Erniedrigung gewiß besser gedient, als mit Riemenschlägen im Verborgenen. Steiven beschloß, die Angelegenheit als eine Dummheit unter den Augen der Erwachsenen zu behandeln. »Entschuldige dich auf der Stelle und biete Halliron unsere Gastfreundschaft an. Anderenfalls berichtige die Schmach, indem du dich seinen Forderungen zur Wiederherstellung seiner Ehre fügst und ihn anschließend zur Straße zurückgeleitest, zur Strafe für den Ärger, den du verursacht hast.«

Jieret blickte wild um sich, doch Idrien hatte seine Chance genutzt und sich davongemacht. Geknickt, doch noch immer unverschämt und unwillig, sich zu entschuldigen, richtete er sich vor dem hochgewachsenen Minnesänger auf.

»Sprich nicht«, sagte Halliron mit einem schalkhaften Funkeln in den Augen. »Statt dessen schulde ich dir

Dank dafür, daß du für mein Pony sorgst und mir die Lyranthe aus der Kutsche holst.« Mit feierlichem Ernst überreichte er dem Schurken die abgeschnittenen Zügel des Ponys.

Kaum hatte Jieret an dem Zaumzeug gezogen, da legte das Pony auch schon die spitzen schwarzen Ohren an. Ein Vorderhuf schlug mit schlangenhafter Geschwindigkeit aus, und der Knabe sprang, fluchend wie ein Wagenzugführer, zurück, um sich vor den Tritten zu retten.

»Ich hoffe, er kann mit eigensinnigen Pferden umgehen«, sagte Halliron zu dem Vater des Jungen, nur um festzustellen, daß sich der große Mann ohne Vorankündigung in das nasse Laub setzte, die Arme um die Rippen gelegt, als zerrisse das Lachen seine Eingeweide. »Eine angemessene Strafe«, schnaubte der Regent von Rathain johlend. »Ein Pony für Tashka, natürlich! Diese Kreatur würde seiner armen Schwester vermutlich die Hand abreißen.«

»Wahrscheinlich nicht.« Halliron lächelte, wobei er gedankenverloren zuschaute, wie die Umstehenden sich zerstreuten, während das bockende Pony im flackernden Licht der Fackeln tänzelte. »Der kleine Racker haßt nur Knaben. Und, um die Wahrheit zu sagen, ich bin über diese Angelegenheit gar nicht bekümmert. Ein Sturm reitet im Wind, könnt Ihr ihn riechen? Und in diesem Teil des Waldes gibt es nicht einmal eine Novizenherberge. Ich hatte damit gerechnet, eine fürchterliche Nacht überstehen zu müssen.«

Als das Unwetter dann schließlich zuschlug, lag der junge Jieret schon seit Stunden im Bett, und Halliron lehnte sich bequem in die Kissen im Wohnzelt des Regenten von Rathain. Zwar hatte ihn keiner gefragt, dennoch hatte der Meisterbarde der Familie des Clanführers großzügig seine Künste dargeboten, bis die Naturgewalten selbst für seine geübte Stimme zu mächtig wüteten. Der Sturm erwischte Strakewald von Süden her. Wie mit riesigen Fäuste schüttelte der Wind die

Bäume, und der Regen prasselte mit solcher Heftigkeit auf das geölte Leder der Zelte, daß das Donnergrollen des Gewitters in dem Lärm kaum noch vernehmbar war.

Steiven hatte einem Kundschafter geholfen, die Pferdegatter zu sichern, und kam nun vollkommen durchnäßt herein. »Sonderbar«, sinnierte er, während er sich aus seinem aufgeweichten Wams schälte und sich eine tropfnasse Haarsträhne aus der unversehrten Seite seines Gesichtes strich. »Wir haben hier nur selten Südwind. Normalerweise kommt er nicht über die Mathornberge, sondern lädt seinen Sturm über den Villen von Etarra ab.«

»Auf uns kommen größere Veränderungen als nur ein Wetterwechsel zu, jetzt, da das Sonnenlicht zurückgekehrt ist.« Halliron verhakte die letzten Schnüre des wollgefütterten Koffers, in dem er seine Lyranthe verwahrte, und nahm Wein aus der Hand von Steivens Gemahlin entgegen. »Ihr seid zu freundlich«, dankte er ihr und hob den Krug, um auf die Gastfreundschaft des Clans zu trinken.

Herausgeputzt wie selten, das schwere, rostbraune Haar mit Paillettenschnüren gebunden, die sich beim Tanz gelöst hatten, strahlte sie den Barden an. »Wir haben zu danken. Euer Gesang ist eine unvergleichliche Gabe.«

Ihre Wärme erinnerte den Barden an seine Sorgen, und plötzlich schien er gänzlich im Geschmack des Weines aufzugehen.

»Noch kein Nachfolger?« erkundigte sich die Frau mitfühlend und mit einem Einfühlungsvermögen, das gestandene Männer immer wieder zu verwirren pflegte. Kurz tauschte sie einen Blick mit ihrem Gatten aus, der vor einer Truhe an der Wand kniete und ein frisches Hemd heraussuchte.

Halliron seufzte. »Trotz all meiner Bemühungen, gnädige Frau. Ich habe mir Kandidaten angehört, Tausende. Viele hatten Talent. Dennoch war ich nie wirklich zufrieden. Etwas Unerklärliches schien ihnen zu fehlen.« Vergeblich bemühte er sich, die Verbitterung abzuschütteln, die sich gelegentlich vor seine von den Jahren gemilderte Natur schob. »Ich habe mir den Ruf eines arroganten alten Spinners eingehandelt. Möglicherweise zu Recht.«

Doch das Gesicht des Barden zeigte im Lichtschein der Kerzen nur einen Ausdruck tieftraurigen Bedauerns. Hallirons Tragödie war, wie Dania dachte, daß es ihm nicht gelungen war, einen Erben für seinen Titel zu finden, und das mochte der schlimmste Schmerz sein, den er in seinem langen Leben hatte erleiden müssen.

»Dania«, sagte Steiven sanft. »Bring den Telirbranntwein und schenke dem Barden nach.«

Behutsam, wie es nur die im Wald Aufgewachsenen vermögen, bewegte sich die Dame des Hauses, um die Kristallkaraffe zu holen, während des Barden Aufmerksamkeit sich auf die Schatten richtete, die den hinteren Teil des Zeltes verdunkelten. Herzog und Herzogin folgten seinem Blick und sahen, daß Jieret, dessen schweres Haar, das dem seiner Mutter so sehr glich, noch ganz zerzaust war, aus seinem Bett gekrochen war.

»Angst vor dem Gewitter, was?« sagte Halliron mit einem Anflug wohlmeinenden Spottes.

»Bei Dharkaron, die hat er.« Steiven richtete sich verärgert auf. Gedämpft von dem dicken Leinen des frischen Hemdes, das er nun endlich über den Kopf zog, sagte er: »Jieret, hast du für eine Nacht nicht schon genug Unsinn angestellt?«

Der Knabe leckte sich die Lippen. Als er zögernd einen Schritt nähertrat, fiel das Licht auf sein Gesicht und offenbarte seine erschreckende Blässe. Zitternd verkündete er: »Vater, ich hatte einen Traum.«

»Ath, es ist das zweite Gesicht«, rief Dania aus. Wie windgepeitschte Tropfen funkelten die Pailletten in ihrem Haar, als sie eilends über den Teppich hastete und ihren kleinen Sohn in die Arme schloß. »Steiven, er ist ganz kalt, hol eine Decke!«

Behende, wie man es einem Mann seines Alters kaum zutrauen wollte, sprang der Barde auf die Füße. Er warf der Herzogin seinen seidengefütterten Umhang zu und trat dann beiseite, als Steiven mit einem Haufen unverschnürten Stoffes zurückkehrte. Er nahm seiner Frau den Knaben ab und vergrub ihn bis zum Kinn in seidengefütterter, dicker schwarzer Wolle.

Halliron half der zitternden Mutter, zwischen den verstreuten Kissen einen Sitzplatz zu finden. »Die Vorsehung ist Euer Bluterbe, gnädige Frau?«

Die Frau, die an Schrecken gewöhnt war, ja, die sogar selbst Narben vom Schwertkampf vergangener Überfälle trug, zitterte nun nicht minder als ihr Sohn, als sie keuchend entgegnete: »Es ist Steivens Erbe. Er hat die Gabe ebenfalls.« Sie schluckte, und ihre Augen blickten voller Sorge auf den Kranz roter Haare, der aus den Falten des Umhangs hervorlugte. »Die Visionen sind nur allzu oft grausam.«

Halliron griff nach seinem mit Branntwein gefüllten Krug und legte ihn in Danias eiskalte Finger. »Ihr braucht ebenfalls eine Decke.« Während die Zeltpfosten im Donnerkrachen erbebten, besorgte er auch ihr eine Decke.

Ununterbrochen war die ganze Zeit über Steivens leises Murmeln zu vernehmen: »Was hast du gesehen? Ich weiß, daß du Angst hast, mein Sohn, aber erzähle es mir.«

Unsicher erklärte Jieret, er hätte den König aus Etarra reiten gesehen.

»Gesegneter Ath.« Steiven drückte seine narbige Wange an den Haarschopf seines Jungen, um seine Augen zu verbergen, die in einem verdächtigen Glanz leuchteten. Nach einem kurzen Augenblick sagte er, gedämpft von den wuscheligen Fuchsschwanzhaaren: »Und wie hast du erkannt, daß es unser König war?«

»Er trug einen Silberreif und einen Umhang mit dem Leopardenwappen der s'Ffalenns.« Schon als Kind stets ein guter Beobachter, fügte Jieret hinzu: »Sein Gesicht paßt zu dem Portrait von Torbrand, das du in der Höhle bei dem Zepter verwahrst.«

Steiven schluckte. Mühevoll verlieh er seiner Stimme einen unbekümmerten Tonfall.

»Du bist ein Kundschafter, der für einen Überfall

Bericht erstattet. Ich will Einzelheiten, gründlich und detailliert.«

»Seine Hoheit war allein«, sagte Jieret. »Er hatte nur ein Schwert bei sich, und er war kleiner als Caolle. Er ist sehr schnell geritten. Er hat sein Pferd beinahe zu Tode gehetzt, und demnach, wie er die Zügel gehalten hat, muß seine rechte Hand oder das Gelenk verletzt sein. Er wurde verfolgt.« Der Knabe schwieg. Wieder schüttelte ihn ein krampfartiges Zittern.

»Wer hat ihn verfolgt?« drang Steiven in ihn. Mit fester Hand streichelte er den Rücken des Knaben, doch als er den Kopf hob, blickten seine Augen hart wie Granit.

Zäh antwortete Jieret: »Lanzenreiter. Etarras Stadtgarnison.«

»Das klingt nach einer echten Vision.« Steiven stellte den Knaben wieder auf seine Füße. »Erinnerst du dich, ob es geregnet hat?«

Dania hielt den Atem an. Halliron streckte den Arm und tätschelte ihre Hand, als der Knabe auf der anderen Seite des Zeltes in gespannter Konzentration die Stirn runzelte. Endlich blickte Jieret auf, die Augen so aufmerksam wie die seines Vaters, und sagte: »Das ist komisch. Ich habe Schnee gesehen, aber die Bäume waren voller junger Blätter.« Mit einem Ausdruck trotziger Entschlossenheit reckte er das Kinn vor. »Ich lüge nicht. Was ich geträumt habe, war echt.«

»Dann zieh dich jetzt an und hol Caolle her«, wies Steiven seinen Sohn an. Dem erschrockenen Ausruf Danias begegnete er mit einem bitteren Lächeln. »Frau, willst du denn, daß unser König uns im Schlaf überrascht? Wenn der Schnee auf das Frühlingslaub fällt und Etarras Garde sich zur Jagd aufmacht, dann wird die Zukunft noch einigen Ärger bringen. Wir müssen die Nachricht nach Fallowmere bringen und doppelt so viele Kundschafter wie bisher zur Straßenwache abstellen.«

Einsichten

Lysaer erwachte plötzlich in einem Wirrwarr feuchter Laken. Der Alptraum, der ihn aus dem Schlaf gerissen hatte, lauerte noch immer gerade jenseits der Schwelle seines Bewußtseins. In einem Anfall unterdrückten Zornes schleuderte er ein schweres Federkissen von seinem Gesicht. Mochten die Schutzzauber der Bruderschaft auch greifbare Bedrohungen abwenden, gegen das gestaltlose Übel, das ihn seinen Träumen peinigte, konnten sie nichts ausrichten. Dies war nicht die erste Nacht seit ihrem Sieg über Desh-Thiere, in der er mit klopfendem Herzen schweißüberströmt erwacht war.

Unruhig unter den Nachwirkungen des Traumes zitternd, befreite er sich von den Bettlaken. Obwohl keine Spur einer aufziehenden Dämmerung durch das Fenster zu sehen war, erhob er sich und schlüpfte in die abgelegte Kleidung des vergangenen Tages. Er mußte sich bewegen, gehen; selbst verborgen in der Dunkelheit bedrückte ihn der beengende Prunk dieses Schlafraumes. In dem Wissen, daß einer der körperlosen Zauberer stets über ihr Gemach wachte, verkündete er: »Ich werde hinausgehen, vermutlich in den Garten.«

Luhaines tadelnde Stimme antwortete ihm. »Ihr werdet Euren Umhang brauchen. Draußen herrscht dichter Nebel.«

Lysaer zog überrascht die Augenbrauen hoch. »Ihr laßt am Vorabend von Arithons Krönung ein so tristes Wetter zu?«

»Es hätte eigentlich regnen sollen«, gab Luhaine ein wenig barsch zu. Wenngleich ihm daran gelegen war, jede Art von schlechtem Omen zu meiden, gefiel es ihm doch noch weniger, die Natur in ihrem Lauf zu stören. »Aber Kharadmon hat den Sturm nach Norden gelenkt. Der Bodennebel wird noch am Vormittag von der Sonne vertrieben werden.«

Als Lysaer sich einen Weg zur Kleiderkammer bahnte, passierte er andere Betten, deren Felldecken unberührt waren. Dakar war vermutlich beim Trinken. Zwar bestand er nach wie vor darauf, daß in Etarra ein schauerlicher Hopfentrank gebraut würde, doch war er gern bereit, dieses Manko mit Gin auszugleichen. Und sollte der Prinz von Rathain beschlossen haben, diese letzte Nacht, bevor er sich für den Rest seines Lebens einem zerstrittenen Königreich verpflichten mußte, im Suff zu verbringen, so konnte ihm ein Freund gewiß keinen Vorwurf daraus machen.

Noch immer schwitzend warf sich Lysaer den Umhang über eine Schulter und verließ leise den Raum.

Tau glänzte silbrig in dem Garten mit den hohen Mauern, der sich dem Schlafgemach anschloß. Als der Nebel seine feuchte Haut abkühlte, überzog eine Gänsehaut seinen Leib. Er atmete tief durch, doch die Luft vermochte ihn nicht zu erfrischen. Das schwere Öl, das in den Straßenlaternen verbrannt wurde, hinterließ einen dichten Rauch, der in Kehle und Nase brannte. Die vermengten Gerüche verschiedener Duftstoffe, die dazu benutzt wurden, den Gestank der Kloaken zu überdecken, legten sich auch über den Hauch frischer Erde und eben erblühter Frühlingslilien. In der Ferne knurrten zwei Hunde und eine Frau stieß schlimme Flüche aus, während, näher an seinem Standort, leise Schritte erklangen, gefolgt von den schweren Tritten der Nachtwache. Wenn Lysaer auch das Stadtleben bevorzugte, so besaß Etarra in seinen Augen jedoch eine schwer faßbare, verstörende Ruhelosigkeit. Je entschlossener er daran arbeitete, die Wurzeln der Probleme zu erforschen, die Bedürfnisse der Gildeminister zu verstehen, die die Zügel der Macht in Händen hielten, desto mehr wuchs auch sein Unbehagen. So unangenehm ihm auch die Einöde Ithamons gewesen war, hier fühlte er sich noch weniger heimisch.

Endlich mußte er sich der Feuchtigkeit ergeben, und er schlang sich den Umhang um den Rücken. Wo er zuvor von Hitze geplagt worden war, entsprang sein Unbehagen nun der Kälte. Ganz bestimmt erregte das Königreich, das zu erben Arithon verpflichtet war, keinerlei Neid in ihm.

Langsam und heimtückisch hatte Etarras Korruption begonnen, Lysaer auf eine Weise zu verfolgen, die seine Einstellungen zu untergraben drohte.

Unter der Last zu vieler schlafloser Nächte lehnte er seine Schulter an ein Podest, auf dem die Büste eines Würdenträgers ruhte. Grillen zirpten in den Blumenbeeten, und in der Ferne wurde das Geschrei der Frau allmählich leiser, ehe es ganz verstummte. Der Hundekampf war zu einem Aufheulen geworden, und die Wache ging murrend um die Ecke der Straßenmauer. Lysaer nahm die Geräusche einer fremden Welt in sich auf und dachte voll Bitterkeit daran, wie sehr die Kinder in der Straße der Pferdeabdecker seine Prioritäten ins Wanken gebracht hatten.

Als Prinz in Dascen Elur hatte er das Vertrauen seiner Leute genossen. Ihre Bedürfnisse waren zu den seinen Bedürfnissen geworden. Er hatte sie sich so sehr zu Herzen genommen, wie er darum gerungen hatte, Verständnis für den Rat von Etarra aufzubringen. Die hochgestellten Persönlichkeiten hatten sich darauf eingelassen. Sogar Lordkommandant Diegan hatte seine ablehnende Haltung aufgegeben und ihm seine Freundschaft dargeboten. Das Vertrauen in seine Fähigkeit, angemessen handeln zu können, hatte ihm stets ausgereicht, seinen angeborenen Drang, Gerechtigkeit zu suchen, zu befriedigen.

Bis zum heutigen Tag war die Ehre für ihn etwas Greifbares gewesen, unveränderlich, absolut, etwas, das jeder Entscheidung klare Umrisse verlieh.

Der Drang zu gehen, durch den dunklen Garten zu stürmen, um der Verkettung mit irgendeiner unsichtbaren Falle zu entgehen, wurde beinahe zu stark, daß er ihm noch länger widerstehen konnte. Lysaer zwang sich zur Ruhe. Gierig saugte er den Duft der Lilien auf und bemühte sich, zu untersuchen, warum fünf Minuten im Armenviertel die Einfachheit seines Standpunktes vollends zerstören sollten. Dieses Dilemma umfaßte viele Facetten. Man konnte den Gilden nicht dienen, ohne die Kinder zu zerstören, die als Sklaven in den Lagerhäusern schufteten; die Rechte der Händler konnten nicht gewahrt werden ohne die Duldung der Kopfjäger und ihres Abschlachtens unter den Clans in den Wäldern.

Wessen Bedürfnisse sollten nun Vorrang haben? In dieser Welt entzweiter Kulturen und zerstörter Loyalitäten gab es kein einzelnes Fundament der Gerechtigkeit.

Die Bruderschaftszauberer enthielten sich einer Meinung. Sie waren bereit, ihre ungeheure Macht zu nutzen, um einen Prinzen auf den Thron zu heben, und doch würden sie keine Gesetze erlassen und kein Recht sprechen; sie führten nicht, und sie erwarteten nichts, sie ermutigten lediglich die von ihnen gewählten königlichen Nachfahren, durch ihre ererbten Gaben und mit Hilfe ihres Gewissen zu regieren.

Das Ausmaß an Verantwortung wurde allmählich erdrückend. Lysaer legte seinen Kopf an den Stein, der auch seine Schultern stützte und rang mit einer Gerechtigkeit, die nun nicht länger offen erkennbar war. Prinzipien waren nur das wert, was ein Mann aus ihnen machte. Von Geburt an durch die Fürsorge eines geradlinigen Königshauses behütet, fühlte er sich nun, da er selbst gefordert war, Gesetze zu formulieren, furchtbar verloren. Etarra peinigte ihn, weil es Zweifel und Fragen aufwühlte: Sein eigenes verlorenes Reich, Tysan, mochte ein ähnliches Maß mühseligen und unauflösbaren Leidens bereithalten. Er aber hatte die Pflichten eines Staatsmannes anderenorts erlernt und vermutlich niemals über die Mauern seines Palastes hinausgesehen.

»Daelion, Herr des Schicksals, was für ein Durcheinander!« explodierte die angestaute Frustration.

Er glaubte sich allein. Als ihm von dem Gittertor aus eine Frauenstimme antwortete, schrak er auf und schlug mit der Schulter an den verschnörkelten Bart der Statue.

Vor lauter Überraschung nahm er ihre Worte gar nicht wahr. »Was? Wer ist da?« Er sah sich um, doch er konnte in der nebligen Dunkelheit zwischen den Pflanzen niemanden entdecken.

»Kein Feind.« Ihre Stimme war kühl und angenehm, und ihr Akzent stammte nicht aus Etarra. Sie bewegte sich, aus dem Nebel über dem Weg auf; noch jung, nach ihren anmutigen Bewegungen zu schließen, doch war ihr Alter nicht einzuschätzen.

»Wer seid Ihr?« Vage bekannt kam sie ihm vor, doch Lysaer kam nicht an den frischen Erinnerungen an Talith vorbei, um in seinem Gedächtnis nachzuforschen, wo er ihr begegnet sein könnte.

»Wir haben einander schon einmal getroffen, doch nur flüchtig, weshalb Ihr Euch vielleicht nicht erinnert. Es war im Hause Enithen Tuers.« Sie konnte besser in der Dunkelheit sehen als er, zumindest setzte sie sich ohne jede Unsicherheit auf eine Bank, die für ihn in der Lücke zwischen den Hecken vollends unsichtbar war. Die Lampe eines vorbeifahrenden Fuhrwerks verbreitete verschwommene Diamanten des Lichts durch das Gittertor. Verirrte Lichtstrahlen zeichneten kupfernen Glanz auf das Haar, das unter ihrer Kapuze hervorlugte.

»Die Zauberin«, sagte Lysaer, als er sie erkannte. Anklagend fügte er hinzu: »Aber Arithon kannte Euch besser als ich.«

Unausgesprochen hing ein nächtlicher Besuch auf dem Heuboden der Taverne zu den *Vier Raben* zwischen ihnen. Elaira schob ihre Hände unter ihren Mantel, damit Lysaer nicht sehen konnte, daß ihre Nerven sie zum Zittern brachten. »Ihr heißt den mitternächtlichen Ausflug Eures Halbbruders nicht gut.«

Ihre Vermutung war korrekt; und sie war gefährlich nahe an der Substanz seiner jüngsten Verunsicherung. Da er nicht wußte, ob sie mit ihm spielte, löste er sich von dem Podest und überquerte den Kiesweg, um einen besseren Blick auf ihre Züge zu erhaschen. Die vielen Lagen ihrer Kapuzen verbargen ihr Antlitz jedoch weiterhin vor ihm. Er beschloß, ihr eine ehrliche Antwort zu liefern. »Ich bin nicht sicher. Arithon geht unvernünftige Risiken ein, wenn er unter den Bettlern nach Perlen sucht. Ich ziehe einen einfacheren Weg vor, und das heißt, daß die Mittel, den Benachteiligten zu helfen, sich besser von der Ratsversammlung aus kontrollieren lassen. Ein Mann kann sein ganzes Leben lang den Hungrigen zu essen geben und die Bettler kleiden, und doch wird er die Bedingungen nicht ändern, die sie erst in Not gebracht haben.«

Die Frau dachte kurz nach und sagte dann: »Eure Visionen und die von Arithon sind weit voneinander entfernt. Als ein Geist, der in den Künsten der Magie geschult ist, entspringt seine Wahrnehmung einem unerschütterlichen Grundsatz. Universelle Harmonie beginnt mit der Erkenntnis, daß das Leben in einem ordinären Kieselstein ebenso wertvoll ist wie das eines bewußten Selbst. Beide Sichtweisen sind gleichermaßen wichtig.«

Lysaer brachte ihr deutlichen Widerstand entgegen. »Und welche Rolle spielt Ihr in dieser Sache?« Er fühlte sich gequält genug, auch ohne ihre unerwünschte Gewissensprüfung.

Er hatte sie getroffen; ihr gedehnter Seufzer legte den Verdacht nahe, daß es ihr an Selbstbewußtsein mangelte. Dennoch scheute sie sich nicht, die Wahrheit zu sagen. »Ich wurde geschickt. Es war eine direkte Anordnung von meiner Obersten. Ich soll die Prinzen suchen, die einen Thron in Athera besteigen sollen, und mich genug mit ihnen befassen, um ihre Veranlagung zu erkennen.«

Er trat zurück, fühlte den vorspringenden Sitz einer zweiten Bank und setzte sich ihr Angesicht zu Angesicht gegenüber. Grimmig fragte er: »Was habt Ihr herausgefunden?«

»Daß die Komplikationen in Etarra einen jeden Mann martern können, und Leid enthüllt den Geist sehr deutlich. Als Prinz müßt Ihr Liebe und Sorge für die Massen dem persönlichen Leid voranstellen.« Ihre Kapuze bewegte sich. Möglicherweise sah sie, ob ihrer Schnüffelei verlegen, zu Boden. Wäre Arithon einer solchen Überprüfung ausgesetzt gewesen, er hätte jedes weitere Nachforschen durch seinen Sarkasmus unterbunden; Lysaer hingegen entschloß sich, höflich zu schweigen.

Sein Anstand verführte sie, ihr Mitgefühl mit ihm zu teilen. »Ich sah Euren Halbbruder schon, als er in der Straße der Abdecker Schiffe aus seinen Schatten geformt hat.«

Weder konnte Lysaer seine Neugier zügeln, noch vermochte er, seine Besorgnis angesichts der schweren Last auf den Schultern des Prinzen von Rathain zu verbergen, die nicht einmal die Zauberer zu lindern imstande waren. »Dann hat Arithon mit Euch gesprochen?«

»Nein«, entgegnete sie in scharfem Tonfall. »Ich habe mich als Knabe verkleidet und ihm nie gestattet, mein Gesicht zu sehen. Und, bitte, es wäre mir sehr unangenehm, wenn Ihr es ihm erzählen würdet.«

Die Leidenschaft, die sie nicht verbergen konnte, entlockte Lysaer einen erstaunten Ausruf. »*Ihr* wart die Dame, die er zu verteidigen suchte, als die Korianizauberinnen versucht haben, unsere Angelegenheiten in Ithamon auszuspionieren.«

»Ich habe keine Ahnung, wovon Ihr sprecht.« Zornig, oder auch furchtbar ängstlich, kam sie seinem Versuch, es ihr zu erklären, zuvor. »Schweigt. Wenn es um den Kreis der Korianiältesten geht, bin ich weit besser dran, wenn ich weiterhin unwissend bleibe.«

»Arithon sorgt sich um Euch«, sagte Lysaer instinktiv, um ihren Schmerz zu lindern.

»Er weint auch um das Gras, über das er geht.« Ungehalten über seine Besorgnis versteifte sich Elaira. »Als ein Sproß derer zu s'Ilessid solltet Ihr wissen, daß die Gabe des königlichen Geschlechts der s'Ffalenns Mitgefühl erzwingt.« Hastig erhob sie sich, und durch ihre ungestüme Eile löste sie einen Tauwasserschauer aus, als sich ihr Umhang in dem Gebüsch verfing. »Ich muß gehen.«

»Was ist mit Eurer Aufgabe?« Lysaer erhob sich ebenfalls. Aufmerksam bückte er sich und löste das verhakte Kleidungsstück aus dem Strauch, ohne sie zu berühren. »Sicher habt Ihr Euer Ziel noch nicht erreicht.«

Elaira schüttelte den Kopf, als er sich wieder aufrichtete. Die Finsternis wich bereits der ersten Helligkeit der Morgendämmerung; die Augen, die unter den voluminösen Stofflagen hervorschauten, glänzten unter Tränen, die die Intensität ihres Blickes nur noch verstärkten. Als sie aber sprach, klang ihre Stimme ruhig. »Ich habe bekommen, was ich in diesem Garten gesucht habe. Ihr aber nicht, sofern Ihr Euer Bett verlassen habt, um Ruhe zu finden.«

Galant ergriff Lysaer ihren Arm. »Ich geleite Euch zum Tor«, sagte er höflich.

Erleichtert, daß sein Anstand ihm verbat, weiter in sie zu dringen, lächelte sie mit einem Ausdruck eindringlicher Dankbarkeit. Mit einem Mitgefühl, das so sehr mit seinem tiefempfundenen Dilemma harmonierte, daß diesmal seine Gefühle nicht verletzt werden konnten, sagte sie: »Ich selbst würde Blut vergießen, um diese Kinder aus der Sklaverei in den Abdeckereien zu befreien. Aber mich treibt der weibliche Instinkt, jede Ausnutzung der Kinder zu verdammen. Ein Mann mag seine Prioritäten anders setzen.«

Lysaer dirigierte sie an den Halmen der sprießenden Lilien dieses Frühlings vorbei, sicher und warm lag seine Hand auf ihrem Arm. »Es geht nicht darum, was Ihr tun würdet oder was ich tun würde. Arithon muß uns leid tun, denn, wie er sagte, morgen wird Etarra zu seinem Problem. Ich kann nur beten, daß die Gildemitglieder ihn nicht ermorden, ehe er auch nur eine Möglichkeit zu handeln bekommt.«

Sie hatten das Tor erreicht. Lysaers Berührung endete, als er den Riegel wegschob und das Tor öffnete, um sie hinauszulassen.

Elaira glitt an dem Gitter vorbei. »Was dieses Reich ganz sicher ermorden wird, ist Eures Halbbruders musische Begabung. Beklagt das.«

Dann war sie fort, ein Schatten, verschwunden in nebligen Straßen, die keine Lampe ganz zu erhellen vermochte.

Vorbereitungen

Als die Morgendämmerung die Wolkendecke über den bewaldeten Bergen von Deshir mit ihrem silbrigen Schein erleuchtet, machen sich die Kuriere der Barbaren zu einem Wettrennen auf, die Menschen in den Lagern der Clans im Norden und Osten zu den Waffen zu rufen ...

Abgeschirmt von fremder Hand, versiegelt in einem nahtlosen Steingefäß, brüten die unzähligen Wesenheiten, die Teil des Nebelgeistes sind, über zwei Halbbrüdern, deren Gaben sie der Vergessenheit anheimgegeben haben ...

Grau wogt die See vor der Nordküste von Fallowmere, wo ein regnerischer Sturm seine Kraft verströmt, die eigentlich über dem Land weit im Süden hätte niedergehen sollen; der Himmel über den wuchtigen Befestigungsanlagen von Etarra dagegen erstrahlt makellos blau und gelb und der Zauberer, der für diese Vergewaltigung der Natur verantwortlich ist, legt Runen des Wohlergehens über Pflanzen, Erde und wilde Tiere und bittet sie, ihm seine Tat zu vergeben ...

4
KRÖNUNGSTAG

In der Stunde nach Sonnenaufgang an jenem Tage, der für die Krönung Arithons vorgesehen war, wurde die Tür zu Morfetts Gastgemach unsanft aufgestoßen. Dakar stürzte aus dem Korridor herein, Kopf und Oberkörper unter einem gewaltigen Berg aus Staatsgewändern begraben. Er wankte über den Fliesenboden, verstreute die Kleider auf dem nächststehenden Diwan und verkündete: »Eure Kleider. Asandirs Anweisung.« Hämisch, unbekümmert, doch zerknittert von einer Nacht heftiger Zechgelage und den vollerblühten Auswirkungen eines Katers, fügte er hinzu: »Mir wurde aufgetragen, zuzusehen, wenn Ihr Euch einkleidet, um sicherzustellen, daß Ihr nichts vergeßt.«

Zusammengekauert hockte Arithon mit der schweigenden Lyranthe auf den Knien auf der Fensterbank und betrachtete die verstreuten Kleider aus Samt und Seide, die über und über mit kostbaren Metallfäden verziert waren. Tödlich nüchtern, lediglich ein wenig ausgezehrt durch mangelnden Schlaf, studierte er Dakar abschätzig und grinste. »Ich setze Silber gegen Besenstroh, daß die Anweisungen Eures Meisters ebenso für Euch gelten. Freiwillig werdet Ihr Euch wohl kaum mit Perlmuttknöpfen und Brokat schmücken.«

Beschämt und mit finsterer Miene erkannte Dakar, daß der Kleiderberg auch braune Gewänder aus feinem Wollstoff enthielt, die zu großzügig geschnitten waren, irgendeines Mannes Leib außer seinen eigenen zu zieren. »Zieht Euch an.« Er verschränkte die Arme vor der Brust. »Oder, bei Dharkarons Rache, ich schwöre, ich werde Morfetts Kammerdiener zu Eurer Unterstützung herbeirufen.«

Arithon hob seine Wange von der Rundung der Lyranthe und sagte: »Sie würden nicht kommen. Der ganze Haushalt ist eifrig damit beschäftigt zu verhindern, daß der Hausherr völlig entkräftet über seinem Frühstück zusammenbricht.«

»Nun, sagen wir einfach, Eure Thronbesteigung ist kein Balsam für irgendeines Menschen Gemüt!« Noch immer bekümmert über die Gefahr, in die Lysaer während der Gefangennahme des Nebelgeistes gebracht worden war, ließ Dakar seinen Unmut nun an dem gerade greifbaren Prinzen aus. »Wo wart Ihr vergangene Nacht?«

»Weder Trinken noch bei einer Frau.« Sachte strich Arithon mit einem Finger über die Saiten. Ein betörender Laut entfloh seufzend dem Instrument; da aber selbst dieses leise Geräusch wie Salz in einer offenen Wunde brannte, legte er die Lyranthe zur Seite. Die Augen, die Dakar nun mit scharfem Blick ansahen, wirkten schrecklich leer. »Gibt es sonst noch etwas?«

Der Wahnsinnige Prophet ließ sich nicht aus der Ruhe bringen.

»Falls Ihr Euch wieder im Armenviertel herumgetrieben habt, nehmt Ihr wohl besser ein Bad.«

»Was? Ist denn der Samt nicht parfümiert?« Arithon erhob sich und streckte die gefalteten Hände über den Kopf. Das Leinen, das er trug, war schlicht, doch nicht schmutzig. In dem Sonnenlicht, das durch das rautenförmige, bernsteinfarbene Fenster hereinfiel, kam er näher, und Dakar sah erleichtert, daß das Haar an seinem Kragen noch immer feucht war.

Arithon streifte sein Hemd ab.

Noch immer von den Narben seiner letzten, erfolglosen Bemühungen um die Herrschaft über ein Land gezeichnet, betrachtete er all das königliche Drum und

Dran mit strahlenden Augen und einem Ausdruck selbstironischen Widerwillens. »Bringen wir es hinter uns.«

Er zog sich an, während Dakar ihm die Kleidungsstücke in halbwegs sinnvoller Reihenfolge reichte: silbergraue Strumpfhosen, weißes Seidenhemd, schwarze Tunika, mit Leopardenfell abgesetzt. Dann folgten die zeremoniellen Accessoires, die die Verpflichtung des Königs gegenüber seinem Land symbolisierten: der Gürtel von hölzernen Scheiben, die das königliche Wappen aus Perlmutt trugen; Rehlederstiefel, mit Flußsteinen besetzt und mit federgeschmückten Riemen verschnürt; der rund und facettenlos geschliffene, silbergefaßte Smaragd, den er sich über seinem Herzen ansteckte. Die Gewebe waren geruchsfrei, von dem Duft der Kräuter abgesehen, der ihnen noch von der rituellen Segnung anhaftete, die die Bruderschaft eine Stunde zuvor vorgenommen hatte. Das kunstvoll vernähte Flechtwerk ineinander verschlungener Zierstreifen, die Stulpen und Säume legten Zeugnis über eine Schneiderkunst ab, wie sie in Etarra unerreicht war. Wann und wo dieses Meisterwerk angefertigt worden war, wagte Arithon nicht zu fragen.

Dakar sagte es ihm so oder so, nur um ihn zu reizen. »Sethvir näht vorzüglich, nicht wahr?«

»Ath«, stöhnte Arithon mit unterdrücktem Zorn. »Aber das doch hoffentlich nicht.« Er durchstöberte die verbliebenen Stücke und zog jenes hervor, das sein Mißfallen erregte: eine schwere, lackierte Schwertscheide an einem karfunkelverzierten Schultergurt.

Dakar betrachtete sie säuerlich. »Nein, das nicht.«

»Die Steine sehen schwer genug aus, einen treibenden, vier Tage lang aufgedunsenen Kadaver zu versenken.« Arithon hob den Stein des Anstoßes hoch, doch Resignation dämpfte seine Streitsucht. »Das ist nicht zufällig ein Geschenk der Damen Etarras?«

»Haargenau«, entgegnete Dakar mit einem unterdrückten Glucksen. »Asandir sagt, Ihr sollt es trotzdem tragen.«

Arithon bedachte ihn mit einem mißtrauischen Blick. Dann führte er das juwelenbesetzte Leder an seine Nase und lachte. »Es riecht nicht nach Kräutern. Ist das ein Scherz von Euch, mich zusätzlich zu diesem freudlosen Reich noch mit dieser Scheußlichkeit zu strafen?«

»Nun«, erklärte Dakar achselzuckend. »Laßt es liegen, und die Damen werden ganz sicher gekränkt sein. Wie hätten sie auch wissen sollen, daß sie ihren Beitrag zu spät für die Segnung der Bruderschaft ablieferten? Außerdem kenne ich keine Magie, die dieses Ding weniger häßlich wirken lassen würde.« Philosophisch fügte er hinzu: »Seid tapfer. Ihr müßt noch Umhang und Schärpe anlegen, ehe Ihr Euch um die Waffen sorgen dürft.«

»Dieses Ding ist eine ausgezeichnete Waffe, um einen Mann beim ersten Anblick zu blenden.«

Arithon legte die Scheußlichkeit weg und nahm auf Dakars Drängen den damastgefütterten Umhang zur Hand.

Der Wappenleopard glitzerte, als er das Gewand über den Kopf zog. Das Gewicht des edlen Kleidungsstückes schien seine Schultern niederzudrücken, während Dakar ihm die mit Silberdraht gefaßte schwarze Schärpe anlegte. Als wollte er den Augenblick herauszögern, in dem er sich die geschmacklose Schwertscheide umbinden mußte, griff Arithon nach dem Silberreif, den Asandir aus der Erde Rathains gewirkt hatte. So fest umklammerte er das kühle Metall, Symbol eines unerwünschten Erbes, daß seine Knöchel weiß hervortraten. Bedauern spiegelte sich in seinen Zügen. Dann, standhaft schweigend, hob er den Haarreif hoch und drückte ihn auf seinen schwarzen Schopf. Er lag mit so trügerischer Leichtigkeit über seinen Brauen, wie es die Krone, die ihn nun erwartete, niemals tun würde.

Dakar wählte gerade diesen Augenblick, aufzusehen. Nur allzu deutlich hob sich Arithons Gesicht, gekreuzt von dem schimmernden Band, das der Übertragung der Herrschaft über Rathain vorausging, vor dem bernsteinfarbenen Fenster ab. Kälte ergriff Besitz von dem Wahnsinnigen Propheten.

Ein Sekundenbruchteil des Schwindels war die ganze Warnung, die er bekam.

Dann überfiel ihn seine Sehergabe und benutzte ihn zur Gänze als ihr Instrument.

Trance überwältigte ihn mit solcher Gewalt, daß nur noch Leere sein Bewußtsein erfüllte. Dakar sank auf die Knie.

Eine Vision raste durch ihn hindurch: *Ein Platz, angefüllt mit Menschen, unter ihnen Arithon, der, von achtloser Panik getrieben, durch die dichtgedrängt stehenden Händlergruppen Etarras irrt.*

Ein vollständiges Bild entstand und zerbrach sogleich wieder, als ein zweiter Schock Dakars inneren Geist niederschmetterte.

Sich vage seiner eigenen Stimme bewußt, die bedeutungslose Phrasen brüllte, fühlte der Wahnsinnige Prophet, wie er fiel. Sein Sturz in die Dunkelheit wurde abrupt und schmerzhaft von einer Hand gehemmt, die ihn auffing und zurückschleuderte.

Mit einem Ruck, der ihm die Orientierung raubte, kam er wieder zu sich.

Sein Gesicht war schweißüberströmt. Von einer Woge der Benommenheit überwältigt wartete er keuchend, bis die wirren Farben sich zu den Orange- und Purpurtönen anordneten, die den Boden im Gästeraum des Lordgouverneurs darstellten. Arithon hatte einen Arm um seine Schultern gelegt. Diese Stütze war alles, was Dakar aufrecht hielt, während er hilflos schwankend um sein Gleichgewicht rang.

»Ath«, keuchte der Wahnsinnige Prophet, als sich das Schwindelgefühl zur Übelkeit steigerte. »Wer auch immer Hellsichtigkeit als Gabe bezeichnet hat, muß die verzerrten Neigungen eines Folterknechtes hegen.«

»Ihr solltet Euch hinlegen.« Arithon schleifte ihn zu dem Diwan.

Haltlos und bar jeder Kraft wurde seine Gestalt von Krämpfen erschüttert, ehe er vornüberkippte. Sein Frühstück blieb unten, gerade noch; ob es dabei bleiben würde, war fraglich. Er fühlte sich miserabel. Als Arithon ihm half, sich aufzurichten, erkannte er, daß die Arbeit dieses Morgens vergebens war.

Der königliche Umhang war verrutscht. Beide Seidenärmel des Prinzen zierten dunkle Schweißflecken. All die brüchige Großmut, die Arithon dem Thron entgegenzubringen vermocht hatte, schien innerhalb eines einzigen Augenblicks entfleucht zu sein. Auf seiner Stirn, aus der das Entsetzen jede Farbe hatte weichen lassen, lagen die von dem Reif angedrückten Haarsträhnen wie Tintenstriche auf einem Pergament.

Mit den wilden Augen eines in die Enge getriebenen Tieres drängte und zerrte der Herr der Schatten Dakar über den Boden.

Zu erledigt, Widerstand zu leisten, brach der Wahnsinnige Prophet auf dem Diwan zusammen. Er hatte nicht die Kraft, sich um knitternden Samt zu sorgen. Daß die karfunkelbesetzte Scheide sich in sein Hinterteil bohrte, machte ihm nichts aus. Das häßliche Geschenk der Gemahlinnen der städtischen Würdenträger schien nur mehr ein erbärmlicher Scherz aus einem Alptraum zu sein. »Was ist passiert?« keuchte er, obgleich ihm die Nachwirkungen einer großen Prophezeiung nur allzu bekannt waren. »In Aths Namen, erzählt mir doch, was ich gesagt habe.«

Arithon zog seine zitternden Hände zurück. »Ihr habt eine Katastrophe vorhergesagt.«

Das Entsetzen bohrte sich in die Grube seines unruhigen Magens. Erneut kämpfte er mit einem schmerzhaften Krampf, als die vage Unsicherheit, die sein Vorstellungsvermögen seit Ithamon beherrschte, sich ihm plötzlich als reale Möglichkeit präsentierte.

»Lysaer. Desh-Thiere hat irgendwie Macht über ihn, richtig?«

Schon diese bloße Vermutung ließ Arithon erschrokken zurückweichen. »Wäre das nur alles.« Er ergriff das Schwert, das offen in der Nähe der Krönungsinsignien lag, die er nicht angelegt hatte. »Wo ist der Zauberer, der hier Wache halten sollte?«

Doch eine Suche in sämtlichen dunklen Nischen, in

denen sich ein körperloser Zauberer verkriechen mochte, führte nur zu der Erkenntnis, daß Luhaine nicht anwesend war. In der Furcht, daß irgendein unheilvolles Detail aus Dakars Prophezeiung den Wächter aus der Bruderschaft veranlaßt hatte, ihn im Stich zu lassen, wirbelte Arithon herum und kam zu dem Diwan zurück. »Wo ist Asandir?«

Dakar preßte die Hände an seine Schläfen. Durch die gewaltigen Kopfschmerzen konnte er nur mit Mühe denken, und so mit den Ereignissen Schritt halten, und er war kaum in der Lage Fragen zu begreifen. Benebelt wiederholte er: »Was in Daelions Namen habe ich prophezeit?«

Eine schnelle Bewegung verwirrte sein Blickfeld. Im nächsten Augenblick traf ihn ein Hieb, der aus dem Nichts zu kommen schien. Über sich sah er Arithon, der von seiner Furcht so eingenommen war, als wäre er besessen. Die grausilberne Klinge Alithiels zeigte mit der Spitze auf des Wahnsinnigen Propheten Kehlkopf.

Dakar schrak zurück, schützte ihn doch nichts außer seinem Hemdkragen vor dem blanken Stahl. »Seid Ihr verrückt geworden?«

»Noch nicht.« Seine Stimme war klar vernehmbar, doch die Sorglosigkeit, die er üblicherweise im Angesicht der Gefahr zeigte, wurde von seinen rasselnden, hastigen Atemzügen vertrieben. »Wo kann ich Asandir finden? Ich habe keine Zeit zu verlieren.«

Dakar betrachtete den Stahl, ehe er das Maß an Entsetzen abschätzte, das den Mann am Griff des Schwertes erfaßt haben mußte. »Asandir ist in der Ratshalle. Er sorgt dafür, daß die Minister nicht noch vor Eurer Krönung revoltieren.«

Das Gewicht der Waffe entfernte sich. Arithon wirbelte auf dem Absatz herum, blieb stehen und kam zurück. Der Wappenleopard, der in seinen Umhang eingearbeitet war, flammte auf, als würde unreines Licht über ihn streifen, als Arithon den schlichteren Umhang, der für Dakar gedacht war, unter dem gewichtigen und trägen Leib seines Besitzers hervorzerrte. Er legte das Kleidungsstück über seinen Putz und rannte eilenden Schrittes zur Tür.

»Arithon.« Dakar stemmte sich mit dem Ellbogen hoch. »Was habe ich in der Trance gesehen?«

Für einen Sekundenbruchteil schien es, als würde der Prinz von Rathain seine wilde Flucht nicht unterbrechen. Doch als der Riegel sich unter seinen Händen öffnete, antwortete er in gepeinigter Hast: »Dakar, wenn Euch der Frieden lieb ist, wenn Ihr um meinen Halbbruder besorgt seid, *dann haltet ihn fern von mir*! Denn wenn wir einander von Angesicht zu Angesicht gegenüberstehen, dann werden die Bedingungen Eurer Prophezeiung zusammentreffen. Das Ergebnis wäre ein Blutbad.«

»Was ist passiert?«

Dakar sprang hastig von der Couch auf. Die schwarzlackierte Scheide, die sich in seine Haxen geklemmt hatte, fiel klirrend zu Boden. Er stürzte vor, stieß mit dem Zeh gegen die Karfunkel und fiel mit der Schulter voran in einen Armsessel. Zu atemlos für Flüche, raffte er sich sogleich wieder auf, zumal die Nachwirkungen der Prophezeiung ihn nun endlich aus ihrem Griff entließen.

»Es geht nicht um das, was geschehen ist, sondern um das, was geschehen wird. Wir müssen nun verzweifelte Schritte unternehmen.« Arithon verschwand.

Dakar erreichte die Türöffnung gerade rechtzeitig, um den Schwung des Türblatts mit seinem Gesicht zu bremsen.

»Die Dämonen sollen dich holen!« Er hämmerte gegen das unnachgiebige Holz, bis seine Fäuste schmerzten und die Vernunft ihn mit dem Offensichtlichen konfrontierte: Arithon hatte ihn beauftragt, Lysaer zu schützen, also würde er den Außenriegel nicht vorgelegt haben.

Dakar öffnete die Tür, und plötzlich verlor er all seine Energie. Erschüttert von einer neuen Welle der Benommenheit, sank er gegen den Türrahmen und brütete über Komplikationen, die abzuschätzen ihm nicht gegeben war. Seine zweite spontane Prophezeiung vermengte sich nun mit der Vorsehung, die er früher erlebt hatte, der Prophezeiung der Schwarzen Rose, die all ihre Hoffnungen mit dem Ereignis der Machtergreifung Arithons in Verbindung brachte. Luhaines Abwesenheit bedeutete weit mehr, als daß die Sicherheit der Halbbrüder nun den Winden und somit der Gefahr überlassen war.

Die Ratshalle von Etarra, sonst stickig und dunkel wie eine Höhle, so wie sie es während Morfetts verstohlenen Ratsversammlungen zur Vereitelung der Monarchie in Rathain gewesen war, hatte eine Veränderung erfahren. Geschmückt für die Krönung, hatte sich der luftige Raum mit dem weißen Marmorfries und den vergoldeten Pfeilern regelrecht verwandelt. Die verblaßten, staubigen Banner der Handelsgilden hingen abseits an ihren Stangen, verdrängt vom Leopardenwappen der s'Ffalenns. Spitzbogenfenster, die einst hinter schweren scharlachroten Vorhängen verschwunden waren, öffneten sich nun der Morgenluft. Licht überflutete den Boden, der gerade erst frisch gewachst worden war; Sonnenstrahlen erwärmten die Zeichnung des Marmorbodens und zauberten funkelnde Reflexionen auf die Edelsteine und die Seide, die ranghohe Minister zu diesem Anlaß angelegt hatten.

Nun standen sie flüsternd in ihren Kadern beisammen und blickten sich nervös in alle Richtungen um.

Doch der diensthabende Bruderschaftszauberer hatte ausnahmsweise kein Interesse daran, ihre aufrührerischen Reden mitanzuhören. Trübsinnig wie ein Gewitter wachte Asandir in dunklem Samt über den Mittelgang vor den Podesten.

Morfett betrachtete seine stille Gestalt abschätzig, als würde er einer Natter auflauern. Wenn Arithon s'Ffalenn auch nur einmal nicht von den lästigen, schützenden Zauberern bewacht würde, so würden sie ein Messer in seinen Rippen finden können.

»Wo ist eigentlich Lord Diegan«, mäkelte der Justizminister. »Sonderbar, daß gerade er zu spät kommt.«

»Nein, nein.« Morfett zupfte an seinen Stulpen, die mit

Perlknöpfen geschlossen waren. Schnippisch giftete er: »Unser Gardekommandant hat diesen blonden Lakaien, Lysaer, zu einem geselligen Beisammensein nach dem Frühstück eingeladen. Die Vernarrtheit seiner Schwester wird sie zweifellos beide aufgehalten haben.«

Mit säuerlichem Blick betrachtete der Lordgouverneur den damastverhüllten Stuhl, der aufgestellt worden war, um dem erwarteten Prinzen als Thron zu dienen. Dieser prächtige Rahmen bedeutete nichts, ebensowenig wie die weißgoldene, mit Smaragden besetzte Krone Unsterblichkeit verlieh. Heute, morgen oder nächstes Jahr würde der Teir's'Ffalenn gestürzt werden. Etarra würde sich nie der Herrschaft eines Königs beugen. Niemals. Während er sich in üblen Wünschen für den weiteren Verlauf des Tages erging, sah Morfett, wie Asandir herumwirbelte. Nicht einmal ein Kopfnicken gönnte er den Würdenträgern, die angesichts der abrupten Darbietung seiner Kehrseite mit offenen Mündern in gekränktem Erstaunen erstarrt waren.

Morfett lächelte. Ärger, das wünschte sich der Lordgouverneur inständig; ruinöses, ihre Pläne zunichte machendes, übles Pech sollte über die Bruderschaft kommen.

Sichtlich beunruhigt wirbelte der Zauberer erneut herum und drängte sich ohne ein Wort der Entschuldigung an den noch immer in gemeinsamer Entrüstung verharrenden Ratsmitgliedern vorbei. Sein Sturz zur Tür hinterließ einen Tumult verärgerter Würdenträger, deren Roben er bei seinem Vorübereilen in Unordnung gebracht hatte.

Morfett flog förmlich in die Lücke, die sich hinter dem Zauberer aufgetan hatte. Er erreichte den Vorraum gerade in dem Augenblick, als Asandir die äußere Tür passiert hatte. Als vor ihm die Tür geschlossen wurde, genierte er sich nicht, sein Auge an den Türspalt zu legen.

Draußen auf der Marmortreppe erblickte er Asandir, der gerade Traithe herbeiwinkte.

»Ruf deinen Raben«, wies der Zauberer seinen Bruder

an. »Wir brauchen den Vogel möglicherweise, um eine Nachricht weiterzugeben.«

Die Antwort des kleineren Zauberers in Schwarz und Silber fiel zu leise aus, als daß Morfett sie hören konnte.

Asandir nickte schwach. »Geh hinein. Beruhige die Leute, verhindere Unsicherheiten, und vor allem sorge dafür, daß niemand von unseren Problemen erfährt. Sethvir hat gerade erst eine Warnung geschickt. Lysaer steckt in ernsthaften Schwierigkeiten. Das Muster, das mit seinem Namen verknüpft ist, hat sich verändert. Schlimmer noch: Luhaine berichtet, daß Dakar durch eine Vorsehung aufgeschreckt wurde. Beide Ereignisse deuten darauf hin, daß unser s'Ilessid einen der Geister Desh-Thieres beherbergt, den er im Augenblick der Gefangennahme aufgeschnappt haben muß. Wenn das der Fall ist, dann ist die Krise, die das Netz vorausgesagt hat, nun über uns gekommen. Eine falsche Entscheidung im passenden Augenblick, und wir werden weder einen gekrönten König noch eine wiederhergestellte Bruderschaft haben, sondern lediglich Panik und Blutvergießen in den Straßen.«

»Möge Ath dir helfen.« Aufgrund seiner geschwächten Fähigkeiten nicht in der Lage, weitere Details durch Magie in Erfahrung zu bringen, klopfte Traithe seinem Bruder auf die Schulter, ehe sie beide ihrer Wege gingen.

Morfett richtete sich aus seiner Lauschhaltung auf und blickte sich um.

Bereit, jedem Würdenträger in Hörweite sogleich von der verzwickten Lage der Bruderschaft zu erzählen, übersah er in seiner Aufregung kleinere Diskrepanzen: Die Tür hinter ihm konnte nicht verriegelt werden, und seine eigene Hochstimmung hatte ihn so sehr überwältigt, daß ihm die Worte im Halse steckenblieben. Er hüpfte einen Schritt vor und holte tief Luft.

Seine Mühen endeten in einem gurgelnden Geräusch, da Traithe soeben durch die schwungvoll aufgestoßene Tür eintrat und ihm von hinten eine behandschuhte Hand vor den Mund legte.

»Na, Ihr werdet doch nicht«, murmelte der Zauberer

mit den umgänglichsten Manieren in Morfetts linkes Ohr.

Der Lordgouverneur ächzte. Seine Augen traten aus den Höhlen, und er brachte mühsam ein ersticktes Grollen hervor. Mit Füßen und Ellbogen suchte er sich seines Angreifers zu erwehren, doch er traf stets nur die leere Luft.

Freundlich wandte sich Traithe an die Umstehenden, die sich gerade erst umgewandt hatten und mit offenstehenden Mündern die Balgerei verfolgten. »Darf ich Eure Hilfe erbitten?«

Unruhe breitete sich aus; gepflegte Konversation verstummte. Ehe Morfetts gekeuchte und gestöhnte Flüche sich auf die zunehmende Stille auswirken konnte, schwatzte Traithe munter weiter. »Euer Lordgouverneur scheint ganz überwältigt zu sein. Neigt er zu irgendwelchen Anfällen? Möglicherweise ist er auch durch die Hitze entkräftet. Unter diesen vielen schmückenden Lagen schweren Samtes könnte ein jeder zusammenbrechen.«

Solchermaßen aus dem Gleichgewicht gebracht und überdies durch einen ganz und gar nicht höflichen Stich in die Kniekehlen niedergerissen, kollabierte Morfett stumm zappelnd auf dem Fußboden.

Ein Rabe flatterte herab und ließ sich auf seinem Brustkorb nieder. Zumindest war das das letzte, was seine Augen wahrnahmen, ehe er, durch einen Bann seiner Sinne beraubt, auf den Teppich sank, der ausgelegt worden war, damit Arithon über ihn in feierlicher Prozession zu den Podesten ging.

Nach dem Frühstück noch zum Wein im reich ausgestatteten Salon des Gardekommandanten Etarras geladen, errötete Lysaer plötzlich. Eine Hitzewelle strömte durch seinen Leib, gefolgt von eisiger Kälte. Schnell stellte er seinen Kelch ab, ehe seine unsichere Hand noch den Inhalt verschütten konnte. In der Furcht, einem plötzlichen Fieber zu unterliegen, berührte Lysaer seine Stirn.

Eine zweite Welle der Orientierungslosigkeit überkam ihn. Von der Angst gelähmt versteifte er sich, als er für einen Augenblick dem Gefühl erlag, sein Geist würde absoluter Leere entgegentrudeln, sein Selbstbewußtsein von einem anderen Willen als dem eigenen unterworfen werden.

Nur einen Herzschlag später ließ das Gefühl wieder nach. Lysaer zitterte benommen, doch erleichtert. Er war nur müde, nicht ganz bei sich. Arithons Krönung verkörperte keine Krise; seine vorübergehende Benommenheit war lediglich durch seine Nerven und seine Phantasie verursacht, ein Rest der Alpträume, die ihn seit Ithamon beständig gequält hatten. Als der gemusterte Brokatsessel, der seinen Leib stützte, wieder klar erkennbar war, sah Lysaer auf.

Die mit Ringen geschmückte Hand der gnädigen Frau Talith hatte aufgehört, ihren Terrier zu kraulen. Sie, ihr Bruder Diegan und der mit Bändern aufgeputzte Schoßhund betrachteten ihn in höflichem und erwartungsvollem Schweigen.

Was hatte er nur gerade gesagt? Lysaer mühte sich, den Faden der Konversation wieder aufzugreifen. Ein Loch schien in seinem Gedächtnis zu klaffen. Unaufmerksamkeit vermochte das nicht zu erklären. Verlegen wegen eines Lapsus, der im nachhinein betrachtet eher lächerlich erschien, versuchte er unbeholfen, die Stille durch Banalitäten zu füllen.

Diegan unterbrach ihn und widmete sich dem strittigen Punkt. »Aber die Kinder, die in den Lagerhäusern arbeiten, gehören nicht den armen, aber freien Bürgern an, wie Euer Marionettenprinz Euch glauben machen will. Etarras Gardekommandant stellte seinen Kristallkelch ab, mit dem er während der letzten halben Stunde gespielt hatte, ohne den Wein auch nur gekostet zu haben. »Diese armen Teufel, für die Arithon eintreten will, sind tatsächlich die Kinder verurteilter Krimineller, Barbaren, die seit Generationen die Handelsstraßen mit Raub und Mord heimsuchen.«

Hitzewellen und Kälteschauer jagten einander auf

Lysaers Haut. Er widerstand dem Drang, sich über die Brauen zu wischen und unterdrückte eisern seine unausgeglichene Verfassung, während er den Lordkommandanten der Stadt betrachtete, dessen Eleganz und Intellekt ihn eher als Höfling denn als Soldat erscheinen ließen und dessen Worte die Spinnweben des noch immer haftenden Spektrums vergangener Zweifel in Bewegung brachten.

S'Ffalenn-Piraten in Dascen Elur hatten wiederholt wunde Punkte in der Politik manipuliert, um Unruhe zu stiften und ihre verheerende Fehde gegen Amroth voranzutreiben.

Sich innerlich tadelnd kam Lysaer wieder zu den gegenwärtigen Umständen zurück. Dies war Etarra, nicht Port Royal, und Arithon war nicht wie seine Vorfahren. Mehr ein Musiker als ein Freibeuter, war er doch in einer Vergangenheit, die nun nicht mehr von Bedeutung war, der Erbe eines Mörders gewesen. Getrieben von seinem Sinn für Gerechtigkeit schob Lysaer sein Unbehagen von sich. »Wollt Ihr also behaupten, daß der Prinz von Rathain lügt, um den Rat der Stadt in Verruf zu bringen?«

»Ich behaupte, daß er mit der Bruderschaft unter einer Decke steckt, deren Absicht es ist, Etarra den Barbaren auszuliefern. Würde er denn nicht zu diesem Zwecke genauso handeln, wie die Zauberer es von ihm verlangen?«

Lysaer, dem Arithons magisch geschulter, ausweichender Geist stets Unbehagen verursacht hatte, bemühte sich, die Angelegenheit von dieser Seite zu betrachten. Gerade an diesem Morgen war Dakar nach seiner nächtlichen Tavernentour hereingestolpert und hatte undeutlich, aber bestimmt versichert, daß Arithon die Nacht nicht in Gesellschaft verbracht hatte. »*Nur Daelion mag wissen, wo auch immer er gewesen ist. Seine Hoheit selbst will es uns jedenfalls nicht sagen.*«

Lysaer blinzelte, als ein Gedanke ihn peinigte. Der Musiker von heute, der gefleht hatte, von der Rolle als König freigesprochen zu werden, war derselbe Mann wie der Zauberer, der sieben Schiffe niedergebrannt hatte, ehe er in Ketten gelegt worden war, der Mann, der später sogar den Rat von Amroth unter Einsatz seines eigenen Lebens gereizt hatte.

»Wie ich sehe, habt auch Ihr Eure Vorbehalte«, bemerkte die gnädige Frau Talith. Ihr engverschnürtes Taftgewand raschelte, als sie die Beine übereinanderschlug; der Terrier, durch ihre Bewegung verdrängt, winselte und sprang beleidigt zu Boden. »Was nun unsere Seite angeht und falls diese Krönung gestoppt werden soll, so bleibt uns nicht mehr viel Zeit zu handeln.« Tatsächlich blieb ihnen nur noch eine Stunde bis zu der mittäglichen Zeremonie. Etwas drang in Lysaers Bewußtsein ein, und sein tief verwurzelter Sinn für Gerechtigkeit machte der sonderbaren Neigung seiner Gedanken ein jähes Ende. »Ihr solltet nicht einmal daran denken, ein Komplott vorzuschlagen. Ich werde mich an keinem Verrat beteiligen. Die Absichten der Bruderschaft gegenüber Eurer Stadt sind gewiß nicht nachteilig, und es steht mir nicht zu, Arithons Rechte als Thronerbe abzustreiten.«

»Aber Ihr zweifelt an ihm«, drang Talith weiter in ihn.

Damit hatte sie ihn tief getroffen.

Die Ehre gebot, die Integrität eines Herrschers oberhalb von Belangen sozialer Gerechtigkeit anzusiedeln. Angewidert, als hätte etwas Feuchtes ihn berührt, erhob sich Lysaer. Seine guten Manieren verbargen seine Zweifel, als er nach seinem Samtumhang griff und Talith seine Hand bot. Ihre Schönheit mochte seinen Blickwinkel verwirren, doch nie seine angeborene Rechtschaffenheit. Zuvorkommend half er ihr, aufzustehen. »Gnädige Frau, im Sinne Eurer Stadt werde ich Euren Prinzen befragen. Arithon ist verschlossen, listig und nicht immer ehrlich in bezug auf seine Motive. Aber in der direkten Konfrontation habe ich noch nie erlebt, daß er gelogen hätte.«

Diegan läutete die Glocke, um das Dienstmädchen hereinzurufen, das die Kristallkelche und den Weinkrug abräumen sollte.

Zu Lysaer sagte er: »Werdet Ihr uns berichten, was Ihr

herausgefunden habt, bevor die Krönungszeremonie beginnt?«

Frierend und nicht sicher, aus welchen Motiven er ein solches unbequemes und kurzfristiges Versprechen geben sollte, hörte sich Lysaer sagen: »Ihr habt mein Ehrenwort.«

Der Raum, der Wein und die Gesellschaft schienen plötzlich zu viel für ihn zu sein. Nur mit Mühe gelang es Lysaer, seine Fassung wiederzugewinnen. Schlaflose Nächte und sorgenvolle Träume hatten die Saat zu unwürdiger Verwirrung in seinem Geist gelegt. Selbst wenn Arithons Anteilnahme auf falschen Voraussetzungen beruhte, so verblieben doch die Dornen der Ungerechtigkeit: Die versklavten Arbeiter im Dienst der Gilden waren trotz allem Kinder, unterernährt, schlecht gekleidet und erbärmlich untergebracht. Wenn es auch ein schweres Dilemma auf einfache Weise lösen würde, die Kinder für die Verbrechen ihrer Ahnen zu strafen, verdiente doch ihre Notlage eine unvoreingenommene Beurteilung. Wenn Arithon für ihre Sache eintreten wollte, so mußte er seine Entscheidung doch rechtfertigen können, um sich gegen die Vorgehensweise des Rates der Stadt stellen zu können. Lysaer wich dem Terrier aus, der spielerisch um seine Füße sprang, und schritt mit fest gefaßten Vorsätzen zur Tür.

»Meine Dame, mein Herr«, verabschiedete er sich.

Ein Knall und ein Donnern hallte in dem Durchgang außerhalb des Hauses wider.

Begleitet von Dakars Stimme, die wehleidig mit einem Diener stritt, meldete sich sein innerer Aufruhr zurück. Des Wahnsinnigen Propheten Klage wurde jäh von Asandir abgeschnitten, der wissen wollte, was nicht in Ordnung war.

Lysaer preßte seinen Daumen auf die Klinke. Der Schließmechanismus schien komischerweise verklemmt zu sein. Selbst mit Gewalt wollte das Hindernis nicht weichen.

Lord Diegan stieß die Magd in seiner Hast zur Seite, um sich zu Lysaers zu gesellen. Ihre gemeinsamen

Anstrengungen, die Tür zu öffnen, veranlaßten die verschnörkelte Bronze, in weißem Licht zu erglühen. Dann folgte Hitze, intensiv genug, Blasen zu erzeugen.

Lysaer bemerkte sofort, daß sich auf seiner Haut keine Anzeichen dieser Berührung zeigten. Den Auswirkungen niederer Magie vertraut, stieß er einen verspäteten Warnschrei aus.

»Zauberei!«

Diegan betrachtete ihn eindringlich, während erneut eine unerklärliche Hitze, gefolgt von Kälteschauern, durch seinen Körper glitt.

Diese Attacke erwies sich als heftiger als die vorangegangene. Für einen Augenblick schien die Umgebung flackernd zu verschwinden. Schnell erholte sich sein Sehvermögen, doch seine Ohren hallten von einem unbeschreiblichen, unerklärbaren Geräusch wider. Das Gefühl wurde von den Widerhaken eines Gedankens begleitet, der so klar umrissen war, daß er solider erschien als der Fenstersturz, an dem er sich abstützte, um sein Gleichgewicht wiederzufinden. Wer, wenn nicht Arithon, konnte es gewagt haben, sich derartige Freiheiten herauszunehmen? Der giftige Schluß, der daraus folgte, war, daß, wenn der s'Ffalenn-Bastard die Schuld an dieser Sache trug, auch das Mißtrauen gegen den Rat von Etarra ganz entschieden fehl am Platze war.

Durch Lysaers Bestürzung bestätigt, sagte Diegan: »Man hat uns verraten!« Er tauschte grimmige Blicke mit seiner Schwester aus.

Der Diener vor der Tür war verstummt; das Zimmermädchen kauerte in einer Ecke des Raumes. Dakars Antwort an Asandir drang mit verdammenswerter, unwiderlegbarer Klarheit in den versiegelten Salon. »Aber natürlich habe ich Wards gesetzt, um die Tür zu verschließen. Arithon hat mich angefleht, ihn um alles in der Welt von Lysaer getrennt zu halten!«

»Wo ist der Prinz von Rathain?« Der Zauberer mußte eine furchtbar böse Miene aufgesetzt haben, denn Dakars Antwort klang schrill, er schien der Hysterie nahe.

»Er ist fortgegangen. Raus auf die Straße, um Euch zu suchen. Wenn Luhaines Geist ihn noch immer bewacht, dann ist er hartnäckig verschwiegen. Habt Ihr denn auf dem Weg hierher keinen von beiden gesehen?«

»Nein.« Asandirs Schritte näherten sich der verschlossenen Tür. »Nun ist es zu spät, sich einen anderen Verlauf zu wünschen. Deine Prophezeiung verbietet uns zu handeln. Du sagst, Lysaer ist dort drin?«

In rebellischer Selbstverteidigung sagte Dakar: »Diegans Diener haben mir versichert, daß er den Raum nicht verlassen hat.«

Lysaer fühlte eine Hand auf seinem Unterarm. Es war Talith, die ihn hastig zur Seite zerrte. Erschütterung entlud sich in seinem Inneren, nicht wegen ihrer Schönheit, die einen jeden Mann aus der Fassung zu bringen vermochte, sondern wegen ihrer unmanierlichen Vermessenheit. Noch bevor er Gelegenheit hatte, sich dieser sonderbar jähzornigen Reaktion zu widmen, wurde das Gefühl schon hinfortgeschwemmt, und ein Drang, dessen Ursprung er ebenso wenig ergründen konnte, zwang ihn zu eiligen Worten: »Ich habe versprochen, Arithon zu finden und nach der Wahrheit zu befragen. Könnt Ihr mich hier herausbringen?«

Diegan grinste. »Jedes Haus in Etarra hat eine Geheimtür und eine versteckte Treppe, die zu Straße hinausführt. Talith wird sie Euch zeigen, während ich den Zauberer aufhalte.«

»Versucht es.« Lysaer überließ der Dame seine Hand, die ihn atemlos vorantrieb. »Seid vorsichtig. Kein Bruderschaftszauberer hat Bedenken, sich in Eure persönlichen Gedanken einzuschalten.«

Es war nicht an Lysaer, herauszufinden, ob seine Warnung Wirkung zeigte. Talith bohrte ihre Fingernägel in sein Handgelenk und zerrte ihn zu einer Tür, die sich wundersamerweise in der rückwärtigen Wand aufgetan hatte. Hinausgezerrt in einen staubigen, steinernen Gang hörte Lysaer nur mehr Taliths Stimme, die leise den Dreck verfluchte, der die Säume ihres Gewandes beschmutzte, ehe sie die Tür wieder zuschob und sie beide inmitten von Spinnweben und Finsternis einschloß.

Im Salon begann das verängstigte Zimmermädchen zu schluchzen.

Das Kläffen des Terriers wandelte sich zu wütendem Bellen und Knurren, da er seiner schönen Herrin nicht folgen konnte. Im nächsten Moment entlud sich an der Klinke der Salontür ein Funkenschauer. Die schmückenden Bänder hinter sich her schleifend, hüpfte der Hund zur Seite, als die Tür mit explosiver Gewalt aufgestoßen wurde.

Asandir stürmte mit Dakar auf den Fersen in Lord Diegans Empfangszimmer. Dort trafen sie auf den Gardekommandanten. Ungerührt saß er dort, die Karaffe mit Wein in der Hand, die gerade in der Bewegung eingefroren schien, als er sich einschenken wollte.

Sein, für Etarra typischer, Salon vermochte den Zauberer, dessen Blick über die restlichen Trinkkelche auf dem Tablett wanderte, die dort halbvoll zurückgelassen worden waren, nicht zu beeindrucken. Als der Terrier knurrend unter dem nächststehenden Polstersessel verschwand, studierte Asandir Diegan bereits mit eisiger und unangenehmer Intensität. »Wohin ist Lysaer gegangen?«

Zu Dakars ungeteilter Bewunderung ließ sich Diegan nicht aus der Ruhe bringen. Mit einem leisen Klirren stellte er die Kristallkaraffe auf dem Tablett ab. »Euer Mann hat uns verlassen, um ein paar Worte mit seinem Busenfreund, dem Teir's'Ffalenn, zu wechseln. Sollte Euch das etwa ungelegen sein?«

»Das werden wir bald erfahren.« Der Zauberer schritt am Fenster vorbei, und sein Schatten strich über den Gardekommandanten hinweg, dämpfte das Glitzern der Juwelen, die sein feierliches Wams zierten. Gegenüber Diegans prachtvoller Erscheinung wirkte die dunkle Robe des Zauberers so glanzlos wie der billige Filzumhang eines armen Mannes. »Ich möchte, daß Ihr genau nachdenkt und mir umsichtig antwortet. Hat Lysaer in Eurer Anwesenheit Anzeichen einer Bewußtseinstrübung gezeigt? Schien seine Aufmerksamkeit zu verschwinden, sei es auch nur für eine Sekunde?«

Als Diegan Anstalten machte, die Frage einfach abzutun, kam ihm der Zauberer zuvor, indem er ihn erneut drängte: »Ich sagte, Ihr möget umsichtig antworten, denn solltet Ihr eine solche Entgleisung bemerkt haben, so könnte Euer Freund in Gefahr sein. Einer der einzelnen Geister Desh-Thieres könnte der Gefangenschaft entgangen sein. Falls, ohne unser Wissen, eine solche Kreatur von Lysaer Besitz ergreifen sollte, so könnte ganz Etarra bedroht sein.«

Diegan bedachte die Angelegenheit mit pflichtgemäßer Überlegung, ehe er seinen Kelch an die verächtlich geschürzten Lippen führte und nippte. Bösartige Ironie spiegelte sich in seinen Augen, als er sagte: »Als Lysaer diesen Raum verließ, schien er im Vollbesitz seiner geistigen Kräfte zu sein.«

»Und vorher?« Asandir klang besorgt.

»Schenkt doch dem Gardekommandanten nicht Eure Beachtung«, brach es aus Dakar hervor. »Ihm steht die Lüge doch ins Gesicht geschrieben.«

»Dann wirst du ihn hier unter Hausarrest behalten!« Steif ging Asandir auf dem Teppich auf und ab. »Uns kann nicht daran gelegen sein, die Garnison zu den Waffen zu rufen, um das Desaster noch zu vergrößern.« An der entgegengesetzten Wand blieb er stehen und studierte die Bücherregale. Nach nur einer Sekunde des Zögerns streckte er die Hand aus und betätigte den verborgenen Hebel.

Die falsche Wandtäfelung öffnete sich und setzte vielsagende Spuren von Taliths Lavendelparfüm frei. Nach einem verärgerten Blick auf Diegan verließ Asandir auf Lysaers Spuren das Haus durch den geheimen Fluchtweg, der auf die Straße hinausführte.

»Mögen Euch die Dämonen holen!« schrie Dakar seinem Herrn und Meister hinterher. Er stürzte auf die Wandtäfelung zu und zwängte sich in die Öffnung, bevor sie sich wieder schließen konnte. In die verlassene Finsternis jenseits der Geheimtür brüllte er: »Will mir denn niemand erzählen, was in Aths Namen ich prophezeit habe?«

Er erhielt keine Antwort; nur der Terrier, der sich in einem verspäteten Anfall von Courage aus seinem Versteck hervorgewagt hatte, zerriß ihm die Strumpfhose, als er ihn in das Fußgelenk beißen wollte. Dakars selbstverteidigender Tritt verfehlte ihn. Donnernd schloß sich die Tür.

Als der Hund sich zähnefletschend mit seinem erbeuteten Strumpffetzen zurückzog, hob Diegan die Karaffe und deutete mit ihr auf den Eindringling, der sich noch immer in seinem Salon aufhielt. »Mögt Ihr mit mir trinken, Euer Unglück zu lindern?«

Dakar stöhnte. Durch die Auswirkungen seiner Hellsichtigkeit und eines beachtlichen Katers so oder so kaum mehr Herr seiner Sinne, preßte er seine Handflächen an die Schläfen. »Wein kann da nicht helfen. Das ganze Universum ist verrückt geworden.«

Diegan bot ihm einen Stuhl an und drängte dem Wahnsinnigen Propheten einen gefüllten Kelch auf. »Dann vergessen wir auch die geistige Gesundheit und betrinken uns beide ausgiebig«

Kaum waren die Vorhänge vor den Fenstern der Ratshalle Etarras wieder heruntergelassen worden, erbebte schon die Tür unter wuchtigen Schlägen. Trotz der Tatsache, daß Traithe die Türen mit einem Bann versiegelt hatte, wurde eines der Türblätter krachend aufgestoßen. Helles Tageslicht fiel in den Vorraum und erzeugte ein Funkeln wie in einer Schatzkammer über der unruhigen Versammlung der städtischen Würdenträger mit ihrem schlaffen Federputz, ihren gefärbten Pelzen, Goldketten und juwelengeschmückten Schärpen.

Da keiner unter Etarras Bürgern über magische Kräfte verfügte, seinen Bannen zu begegnen, richtete sich Traithe eilends von dem kraftlos darniederliegenden Leib des Lordgouverneurs auf. Der Rabe auf seiner Schulter schlug aufgeregt mit den Flügeln, um sein

Gleichgewicht zu halten, als sein Meister sich umwandte, bereit, sich der Störung zu widmen.

Arithons Stimme dröhnte durch die Düsternis. »Wo ist Asandir?«

Voll räuberischer Gier, sich einen Vorteil zu sichern, drängte jeder städtische Würdenträger, der nicht durch den Zusammenbruch Morfetts eingeschüchtert war, vor und blinzelte in das so plötzlich hereinfallende Tageslicht.

Nur die wenigen, die nahe genug waren, konnten die zerzauste Gestalt im Gegenlicht erkennen; der Rest aber sah und erinnerte sich des glänzenden Reifs, der von dem Recht auf den Thron Rathains kündete.

»Zauberei!« schrie jemand im Vordergrund. Köpfe wandten sich um, behütet oder kahl und formell mit Bändern und Juwelen geschmückt. »Hier ist ein Prinz, der durch schützenden Zauber hindurchbricht. All die furchtbaren Gerüchte sind wahr.«

Wie ein Windzug einen Gobelin zum Wallen bringen mochte, kam Bewegung in die Menschenansammlung.

Murren erklang. »Er ist es, der Teir's'Ffalenn. Also doch ein verstohlener Zauberer. Seine Hoheit, der Prinz von Rathain.«

Wieder ertönte die Stimme des Prinzen von der Tür. »In Aths Namen, ist denn hier kein Bruderschaftszauberer anwesend?«

Traithe schob sich durch das Gedränge im Vorraum, und seine Aufmerksamkeit richtete sich ganz und gar auf Arithons blasses Gesicht. Sosehr es ihm mißfiel, öffentliches Aufsehen zu erregen, hatte er doch keine andere Wahl, als sich den Erfordernissen zu beugen. »Asandir ist auf der Suche nach Eurem Halbbruder. Sethvir ist in der Waffenkammer am Südtor. Die Straßen sind alles andere als sicher.«

Von tiefem Schmerz ergriffen, erkannte Arithon, daß er keine Hilfe erbitten, nicht einmal offen sprechen konnte, und so antwortete er nur: »Ich kann nicht hierbleiben!«

Gewiß konnte er das nicht. Der hohe Rat war voller Feindseligkeit. Wenn auch Traithes Anwesenheit für den

Augenblick ein Blutvergießen verhindern mochte, so würde dies doch nicht für lange Zeit genügen.

Eines jeden Ministers Spitze und Brokat barg versteckte Dolche und juwelenbesetzte Nadeln, die jeden Moment zum Verrat eingesetzt werden konnten; und nicht wenige unter ihnen dürften darüber hinaus Attentäter bezahlt haben, die sie nun, verkleidet als Sekretäre, begleiteten.

Nachdem er sich selbst zwischen den bedrohten Prinzen und die Gesamtheit der Würdenträger im Raum gestellt hatte, sortierte er in Gedanken die begrenzten Möglichkeiten. Daß Luhaine nirgends zu entdecken war, war ein deutlicher Hinweis darauf, daß die miteinander verknüpften Veränderungen, die das Netz im Althainturm vorhergesagt hatte, bereits in vollem Gange waren. Ein falsches Eingreifen könnte jetzt die Rahmenbedingungen für Dakars Prophezeiung der Schwarzen Rose vernichten. Traithe zürnte seinen beschränkten Fähigkeiten; im Gegensatz zu seinen Brüdern konnte er die ganze Tragweite dieser Krise nicht auf den ersten Blick erfassen.

Das Beste, was er tun konnte, war doch nicht mehr als eine Geste. »Mein Vogel wird Euch den direkten Weg zu Sethvir zeigen.«

Als wäre der Vogel eine Rettungsleine, spiegelte sich Erleichterung in Arithons Zügen wider. Das bemerkten auch die Ratsmitglieder von Etarra. Wie Wölfe, die angesichts der gegnerischen Schwäche kühn werden, drängten sie sich in Traithes Rücken. Nur eine einzige Bewegung noch, und das ganze Pack würde sich ebenso unkontrollierbar gebärden, wie der Pöbel in den Straßen.

»Geht«, rief Traithe.

Der Rabe erhob sich flatternd. Zischend fegte die Luft durch seine gespreizten Federn, als er durch die Türöffnung schoß. Mit der Schulter schob Arithon die Tür ins Schloß, gerade in dem Augenblick, da die vorwitzigsten unter den Gildemeistern vorstürmten, um ihn niederzureißen.

Traithe mochte verkrüppelt sein, doch er war nicht ohne Macht. Als die Aggression um ihn herum aufwallte und Ellbogen seinen Leib trafen, wartete er tastend, bis ihre Geister sich in einem umfassenden Willen zur Gewalt vereinigt hatten. Direkt in ihrer Leidenschaft schlug Traithe zu. Er fügte ihrem Willen verworrene Energien hinzu, die ihren Mordwillen unterdrückten und zügelten, als sein Schutzzauber sich in die entstandene Lücke drängte.

Schreie verhallten in Stille, überlagert vom Seufzen edler Kleiderstoffe. Der Angriffssturm zerfiel zu einem wackeligen, langsamen Sturz, als jeder Mann, der dem Prinzen Übles wollte, auf die Knie fiel und zusammenbrach.

Am Ende war kein Stadtbewohner mehr auf den Beinen. Eingebettet in zerknitterten Brokat auf zerdrückten Hüten und fellgesäumten Umhängen, lag jeder Würdenträger aus Etarras hohem Rat an der Stelle, an der er gefallen war, in tiefem Schlaf am Boden.

Nur ein vernarbter, silberhaariger Magier stand noch auf seinen Füßen und betrachtete die Reihen erschlaffter Leiber, doch das Herz war ihm schwer beim Anblick dieses kleinen Sieges, den er doch zu spät errungen hatte. Allzu bewußt war ihm die Ironie der Geschichte: Ganz abgesehen von Dakars infernalischer Prophezeiung über die Wiederherstellung der Bruderschaft hätte Arithon nun doch zurückkehren können, um hier Zuflucht zu suchen, bis der Rabe Sethvir herbeigerufen hätte.

Die am Boden liegenden Ratsmitglieder schnarchten unbeachtet vor sich hin.

»Möge ein jeder von Euch um Eurer Ignoranz willen von Alpträumen geplagt werden!« fluchte Traithe voller bärbeißiger und bekümmerter Inbrunst. Dann richtete er seinen schwarzen Hut mit der breiten Krempe und beschäftigte sich damit, Wachbanne über jeder Tür, jedem Fenster, jedem Geheimgang und jeder Ritze anzubringen, auf daß die Minister aus Morfetts Rat so lange sicher verwahrt bleiben würden, bis der Verlauf der Tragödie, die das Netz vorhergesagt hatte, ihnen einen sicheren Schluß darüber erlaubte, welche Hoffnung sie noch in die Prophezeiung der Schwarzen Rose setzen durften, die unter einem so schlechten Stern zu stehen schien.

Lysaer schloß die Augen, als zum dritten Mal ein unangenehmes Prickeln seinen Körper befiel. Ein stiller Teil seiner Selbst analysierte das Gefühl und schloß, daß die Bruderschaftszauberer ihn mit Hilfe ihrer Magie suchten. Warme Hochstimmung folgte dem Kribbeln. Mit unheimlicher Sicherheit erkannte er, daß er nicht mehr länger derselbe war; das Muster, daß die Zauberer bei ihrer Untersuchung entdeckt hatten, paßte nicht mehr zu seiner Person. Im Grunde sollte diese Einsicht, die eher zu einer magisch geschulten Wahrnehmung gepaßt hätte, ihn erschrecken.

Nun aber, besessen von dem zwanghaften Drang, der Gerechtigkeit zu dienen, fragte er nicht einmal, was diese Veränderung oder die sonderbare Selbsterkenntnis verursacht haben mochte.

Unbeachtet blieb das Paradoxon, daß er gleich einem Flüchtling durch die Gassen schlich, nur weil er versprochen hatte, seinen Halbbruder ins Gebet zu nehmen. Für Lysaer war in diesem Augenblick nur der Drang, jeden möglichen Vertrauensbruch aufzudecken, von überwältigender Bedeutung.

Das Dilemma, das auf seinem Gewissen lastete und seine Nachtruhe durch Alpträume vertrieben hatte, stand ihm nun mit absoluter Klarheit vor Augen.

Höhnisch lachte er über sich selbst. So sehr hatte er sich bemüht, Arithon gegenüber im Zweifel für den Angeklagten zu richten, daß sich seine eigene Objektivität zum Hindernis entwickelt hatte. Zitternd und schwitzend schalt er sich ob seiner idealistischen Dummheit. Die ganze Zeit hätte er nur fragen müssen. Denn wenn sich herausstellen sollte, daß Arithon ein Lügner war, so hätten die langen Wochen der zutiefst betrüblichen Gegenbeschuldigungen möglicherweise auf einen

Schlag ein Ende. Wäre Avars Bastard erwiesenermaßen ein Krimineller, stünde Lysaer in der moralischen Pflicht, die Händler und Stadtleute zu verteidigen.

Eine Lösung zugunsten eines Leids, das er verstehen konnte, wäre für ihn eine große Erleichterung.

»Ich finde dich«, gelobte er den Schatten stellvertretend für Arithon.

Das prickelnde Unbehagen war, als er weiterging, einem fanatischen Eifer gewichen.

Streunende Hunde, die auf der Straße herumschlichen, wichen jaulend vor seinem Geruch zurück. Als eine mutigere Hündin knurrend die Verfolgung aufnahm, schlug er mit einem Lichtblitz nach ihr und jagte sie vor Schmerzen jaulend davon.

Daß Grausamkeit gegenüber Tieren ihm noch zehn Minuten zuvor fremd gewesen war, kam ihm nicht einmal in den Sinn. Über ausgetretenes Pflaster und die vergessenen Überreste zerbrochener Tongefäße suchte er sich seinen Weg zum Ende der Gasse und hinaus auf die hellere Hauptstraße.

Menschen drängten sich in der Prachtstraße, strebten dem großen Platz zu, um der Krönungszeremonie beizuwohnen. Eine sonnenverbrannte Bauersfrau beobachtete, wie Lysaer aus der Gasse heraustrat, und ihre zahnlosen Kiefer malten aufeinander, während sie sich auf ihren strammen, dunkelhäutigen Enkel stützte. Kinder liefen auf beiden Seiten der Straße vorbei. Sie warfen sich gegenseitig bunte Stöcke zu, ohne auf die adrette Kleidung Rücksicht zu nehmen, die ihnen ihre Eltern, unerschütterliche Handelsleute, an diesem Tage zu tragen gewährt hatten.

Diese Menschen, Arithons angehende Opfer, grüßte Lysaer formvollendet. Er lächelte einer Kuchenfrau zu und blieb stehen, um ihrem Sohn zu helfen, ihren Karren über den Rinnstein zu schieben.

Der Bedienstete an der Vordertür zu Morfetts Haus erkannte Lysaer auf den ersten Blick. Freundlich ließ er ihn ein, und Lysaer bat, allein in das Gastgemach hinaufgehen zu dürfen.

Kein Zauberer wachte über die hintere Treppe. Luhaines Wards waren alle verschwunden. Nur die Wärme des Sonnenlichtes, das durch die bernsteinfarbenen Fenster hereinfiel, war noch in Arithons Quartier verblieben. Schweratmend hielt Lysaer auf der Schwelle inne, ehe er den Raum genauer in Augenschein nahm.

Der abgebrühte Charakter des Bewohners offenbarte sich jedoch schon bei beiläufiger Untersuchung: ein königlicher Mantel lag zerknittert auf den Kissen eines Diwans und der karfunkelverzierte Schwertgurt, ein Geschenk, verschmäht und verlassen am Boden.

Lysaer runzelte die Stirn ob der sorglosen Behandlung, die der heiligen Pflicht gegenüber der königlichen Erbfolge hier widerfahren war. Nur die Lyranthe, liebevoll auf die Fensterbank gebettet, legte Zeugnis vom Herzen des Mannes ab.

Getrieben von einem Schmerz, so unbestimmt, daß es ihm unmöglich war, seine Ursache zu ergründen, durchquerte Lysaer den Raum. Als er die Fensternische erreicht hatte, hatten sich seine Gefühle in großen Zorn verwandelt. »Ist denn das Volk von Rathain weniger wertvoll als der Minnegesang?« brüllte er in die leeren Ecken des Raumes.

Die Stille verhöhnte ihn. Grelle Reflexionen funkelten auf den silbernen Saiten, stumm zwar, doch gleichwohl Tändelei verheißend.

Rathains Prinz sollte solchen Wahnsinns beraubt werden. Etarras Bedürfnissen *würde* gedient werden. Lysaer holte aus und versetzte dem Instrument einen derben Schlag mit dem Unterarm.

Pergamentdünnes Holz, magisch gesponnene Saiten, all die unersetzbare Handarbeit Elshians segelte in einem Bogen über die Bodenfliesen.

Der dissonante Schall des Aufpralls verlor sich sogleich, als der Klangkörper der Lyranthe zerbarst und jeder einzelne Splitter wispernd in einem Netz aus Sonnenlicht zur Ruhe kam.

»Du kannst dich nicht verstecken, Piratenbastard«, fluchte Lysaer. Hitzewellen und Kälteschauer peinigten seinen Leib, als er herumwirbelte. Knirschend lösten sich Fragmente des Instrumentes unter seinen Füße auf, als er zur Tür stürzte.

Die Straßen waren vom Pöbel überfüllt. Jeder Händler und jeder Bürgerliche war mit Familie herausgekommen und strebte auf den Platz vor der Ratshalle zu. Selbst ein paar Novizen mit weißen Kapuzen, die Ath, dem Schöpfer, ihre Treue gelobt hatten, hatten ihre Hospize in der Wildnis verlassen, um zuzuschauen. Lysaer ließ sich im Fluß der Menschenmenge treiben. Er empfand keine Reue für die Zerstörung von Arithons Lyranthe; bestürmt von seinem Drang, Unrecht zu richten, ließ er den tiefverwurzelten Galanterien seiner Erziehung freien Lauf. Lysaer klopfte Schultern, tätschelte die Wangen der Kinder und hatte für all die schlicht gekleideten Menschen auf der Straße ein freundliches Wort. Sie aber wichen ihm aus, machten selbst da Platz, wo das Gedränge am dichtesten war und lächelten erfreut ob seines hoheitsvollen Charmes.

Rathains Prinz müßte sein wie er, so sagten sie; groß und freundlich und darauf eingeschworen, der Korruption in den Handelsgilden und im Rat Etarras ein Ende zu setzen.

Lysaer mißbrauchte ihre Hoffnungen nicht. Das flüsternde Chaos seiner Gedanken richtete sich gänzlich nach innen, als das sorglose Vertrauen der gemeinen Bürger Etarras ihn veranlaßte, sein eigenes Versagen zu betrachten.

Auch er hatte sich von dem Prinzen von Rathain irreführen lassen; er, Amroths ehemaliger Thronerbe, der das Blut seiner eigenen Familie an die Schliche der s'Ffalenns verlieren mußte, wenigstens *er* hätte es besser wissen müssen.

Eine Berührung an seinem Arm ließ Lysaer aufschrecken. Höflich, doch auf alles gefaßt, blickte er sich zu der Matrone mit dem Korb voller runzliger Äpfel um, die ihm ein schüchternes Lächeln schenkte. »Habt Ihr Eure Leute verloren?«

»Nein, gnädige Frau.« Lysaer lächelte. »Ich bin allein.«

Von seinem überragend guten Aussehen aus der Fassung gebracht, zuckte die Frau vage mit den Schultern. »Nun, auch wenn Ihr allein seid, gnädiger Herr, werdet Ihr doch von einer der Galerien aus besser sehen können.« Sie löste eine rissige Hand von ihrem gehäkelten Tuch und deutete nach oben.

Lysaer blinzelte in dem Sonnenlicht, das so strahlend herniederschien, als wollte es die Luft mit seiner Klarheit reinigen. Von seinem Aussichtspunkt am Rande des Platzes sah er die Balkone an den Villen der Gildeminister, die sich in Reihen über der Straße erhoben. Die Konstruktionen aus Holz und Schmiedeeisen warfen Schatten über ein Gewühl singender Schuhmacher, die sich ausgelassen mit einem Schlauch Schnaps vergnügten. Als zu allem Überfluß ihr unmusikalischer Vorsinger innehielt, um einen Schluck zu trinken, geriet ihr Liedchen vollends aus dem Ton. »Ich bin nicht eingeladen«, sagte Lysaer in dem Lärm. »Außerdem werden die besten Plätze inzwischen längst vergeben sein.«

»Nun, das mag sein.« Von seiner Freundlichkeit ermutigt, bedachte ihn die Matrone mit einem schnellen, abschätzigen Blick. »Aber ich habe einen Cousin, dessen Wohnung an der Vorderseite des Platzes gelegen ist. Wenn ich ihn frage, wird sich bestimmt noch ein Plätzchen finden lassen.«

Lysaer fragte nicht, ob dieser Cousin zufällig eine Tochter im heiratsfähigen Alter und die törichte Hoffnung, einen vermögenden Freier anzulocken hatte. So akzeptierte er das Angebot auch nicht auf falscher Grundlage, als er ihren Arm ergriff und ihre Hand küßte. »Ihr seid zu gütig.«

Die Träume und Leben dieser ehrlichen Menschen waren das erste, was Arithons Machenschaften zerstören würden. Galant nahm Lysaer der Matrone den Korb ab. »Laßt mich das tragen. Jede Last muß Euch in diesem Gedränge furchtbar hinderlich sein.«

»So schlimm ist es nicht.« Doch ihre Finger lösten sich von dem Handgriff. Im vollen Vertrauen auf seine Lauterkeit nahm die Matrone seinen Arm. »Kommt mit mir. Beeilt Euch, sonst werden wir noch die Prozession verpassen.«

Minuten später, eingeklemmt zwischen den Enkeltöchtern eines Möbeltischlers und drei strammen Burschen, die die Abzeichen der Weinhändlergilde trugen, setzte sich Lysaer auf den angebotenen Platz.

Von der Galerie in der dritten Etage, zu der eine Außentreppe hinaufführte, überblickte er den Platz, auf dem Tausende von Menschen gleich Wasserströmungen bei launischem Wetter umherwirbelten.

Die juwelenstrotzende, federgeschmückte Eleganz der Reichen vermengte sich beunruhigend mit dem armseligeren Auftreten gemeiner Arbeiter und Bettler, die nach wie vor in ihre kunterbunten Fetzen gekleidet waren. Etarra hatte sich zur Krönung Arithons erhoben, um ihm ein Willkommen, wohldurchsetzt mit Feindschaft, zu entbieten.

Die Stimmung auf dem Balkon, auf dem Lysaer nun wie ein Huhn auf der Stange hockte, war ausgelassen. Die jungen Burschen hatten von ihrem Meister ein Faß bekommen, und der Wein wurde freigebig ausgeschenkt. Der schwere Duft des roten Rebensaftes vermengte sich mit dem süßeren Geruch der Äpfel, die an die Kinder verteilt wurden.

Höflich, aber zurückhaltend, verteilte Lysaer lächelnd Komplimente, als ihm die unvermeidliche hübsche Tochter präsentiert wurde. Obgleich das sorgfältig geschminkte Mädchen in dem mehrlagigen Seidengewand ihn mit bewundernden und hoffnungsvollen Blicke bedachte, schenkte er ihr danach nur noch wenig Aufmerksamkeit und erging sich statt dessen in räuberischer Abschätzung der Menschenmenge.

Ihre kleine Schwester war weniger zurückhaltend.

Sie watschelte heran und zupfte an seinem Ärmel. An den Grübchen auf ihrem Kinn klebte Apfelsaft, als sie fragte: »Wonach sucht Ihr denn da?«

Hinter ihr flüsterten ihre älteren Cousins: »Er ist es. Das ist der Begleiter des Prinzen. Niemand in Etarra trägt indigoblauen Samt dieser Art.«

Das Kind mit den klebrigen Händen wurde zurückgezerrt, um dem hochrangigen Gast Platz zu verschaffen.

Lysaer nahm die Familie, die ihm ihre Gastfreundschaft darbot, kaum noch wahr, als sein Blick auf eine Besonderheit fiel: über dem sonnenbeschienenen Platz mit der wogenden, lärmenden Menschenmenge flatterte ein Rabe, schwarz wie ein Schatten vor der wolkenlosen Helligkeit des Himmels.

Hitzewellen und Kälteschauer durchzogen Lysaers Leib erneut, und ein Beben lief durch sein Fleisch. Doch schon im nächsten Augenblick schien der Vogel, obschon sicherer Vorbote von Traithe und den Machenschaften der Bruderschaft, nicht mehr wichtig zu sein.

Unter dem Raben schob sich ein einsamer Mann durch das Gedränge.

Lysaer erkannte die Details mit außergewöhnlicher Klarheit. Der Ausreißer trug Ärmelstulpen mit grünen, silbernen und schwarzen Bändern, gesäumt mit Leopardenfell. Über seinem Rücken hing ein schlichter Umhang, der dazu diente, das königliche Wappen zu verbergen. Durch die zahlreichen Risse in dem Überwurf schimmerte das feine Gewebe hindurch. Zwar mochte das königliche Wappen dennoch nicht zu erkennen sein, doch hatte Arithon in der Eile den Silberreif vergessen, der von seinem Recht als Thronfolger kündete und selbst jetzt noch auf seiner Stirn saß.

In dem Gesicht darunter spiegelte sich verzweifelte Anspannung, was Lysaer noch mehr erzürnte. »Er läuft davon!« murmelte er ungläubig. »Er will sich seinen Pflichten gegenüber diesem Reich entziehen.«

»Wer rennt davon?« brüllte der Rollkutscher der Weinhandelsgilde aufdringlich und voll des guten Weines.

Hitze, Kälte und Zittern steigerten sich zu glühendem

Zorn. »Euer Prinz«, schnappte Lysaer. »Die Wahrheit muß ausgesprochen werden. Euer versprochener Teir's'Ffalenn ist ein Krimineller und der Bastard eines Piraten, großgezogen und verdorben durch Zauberer.«

Ihre halbgegessenen Äpfel in Händen, starrten ihn die jüngeren Kinder mit großen Augen an.

Für Lysaer spiegelte sich in der Unschuld ihrer Gesichter die hintergangene Wehrlosigkeit einer ganzen Stadt wieder.

Etwas in ihm schnappte ein.

»Bringt die Kleinen hinein, sie sind hier nicht sicher!« Sein Kommando fiel ganz instinktiv, doch war es von der Privilegiertheit der Könige erfüllt, so daß niemand auf dem Balkon zu widersprechen wagte. Ein Großvater half der Dame des Hauses, die Kinder durch eine Seitentür zu schieben.

Das verwirrte Wimmern der Kinder, das Knarren des Türriegels, der plötzliche, unterwürfige Ausdruck der Ehrerbietung auf den Gesichtern der Familienangehörigen, die sich noch immer auf der Galerie befanden, all das konnte Lysaer nicht beeindrucken.

Ungehindert, ganz vorn am Geländer, richtete er sich zu voller Größe auf. Umrahmt von einem Nimbus der Sonnenstrahlen, glänzte sein Haar hellgülden, und seine Gestalt schien erfüllt von gerechtem Zorn zu sein, wie ihn ein jeder Engel in sich tragen mußte, der von Athlieria gekommen war, das Land von allem Bösen zu reinigen.

Lysaer erhob die Hand und richtete sie auf den schmächtigen, zerzausten Flüchtling, der sich unter Zuhilfenahme seiner Ellbogen durch die Menschenmenge drängte, um dem Platz zu entkommen. Dann hob er die Stimme zu einem donnernden Ruf.

»Menschen von Etarra, seht den Prinzen, den Ihr zum König habt krönen wollen, und hört die Wahrheit! Eurem Land ist das Sonnenlicht zurückgegeben worden, doch lebt einer unter euch, der einer Dunkelheit, weit unheilvoller als Nebel, zu gebieten vermag! Arithon Teir's'Ffalenn ist der Herr der Schatten, ein Zauberer, der den Barbaren beistehen und eure schöne Stadt in Schutt und Asche sinken lassen wird!«

Der Lärm der Massen übertönte jede weitere Anklage, doch die samtgekleidete Gestalt auf dem Balkon hatte bereits ihre Aufmerksamkeit erregt. Die Menschen, die den großen Platz bevölkerten, hielten inne und legten die Köpfe zurück, um hinaufzusehen. Lysaers deutender Finger und der kreisende Flug von Traithes Raben lenkten die Aufmerksamkeit auf eine weitere Figur in diesem sonderbaren, zweigeteilten Drama.

Durch den festen Griff zweier unerschütterlicher Händler mitten in der Flucht festgehalten, bedachte Arithon den Vogel mit einem tief bedrückten Blick.

Für Lysaers Augen bestätigte diese Geste nur die Schuld des s'Ffalenns. Ein Prinz, der sich keinerlei übler Machenschaften schuldig gemacht hatte, würde niemals einem einfachen Tier mehr Aufmerksamkeit widmen als seinen Untertanen oder seinem eigenen drohenden Schicksal. Erschüttert von zügelloser Feindschaft; sich der Tatsache nicht bewußt, daß er das manipulierte Opfer eines entfleuchten Geistes Desh-Thieres war, hob Lysaer steif seine Hände, um seine Gabe herbeizurufen ...

Hin- und hergeschubst von der Menschenmenge, die durch die Seitenstraße strömte, doch geschützt von einer Illusion, die ihm das Aussehen eines gütigen Großväterchens verlieh, beobachtete Asandir aufmerksam den großen Platz. Dann flammte ein sonderbares Licht auf und zog seine Aufmerksamkeit auf einen ihm unbekannten Balkon. »Dort!« flüsterte er so leise, daß niemand ihn hören konnte. Seine Gedanken umrankten das Bild, das seine Augen erblickten: ein Bild von Lysaer, der in unmißverständlicher Haltung darum bemüht war, sein Licht herbeizurufen.

Zwar war er nicht einmal in der Nähe des Tumultes vor der Ratshalle, dennoch nahm Sethvir Kontakt auf. Er konnte nichts tun, steckte er doch selbst in Schwierigkeiten. Den Kopf auf die Seite gelegt, eine Hand an der Tür der Waffenkammer am Südtor, bestätigte Sethvir den Erhalt der Nachricht. Unter seiner Handfläche erbebte das massive Holz unter dem Ansturm der Söldner an der Ramme, geführt von Diegans diensthabendem Hauptmann. Als er den Befehl erhalten hatte, die Krönungsfeier zu stören, hatte Gnudsog alle Wachen von den Toren abgezogen, um sich Zugang zu der versiegelten Waffenkammer zu verschaffen. Daraufhin war Sethvir damit beschäftigt, Versiegelungszauber und Banne anzubringen, um die Waffen von dem Chaos auf den Straßen fernzuhalten, und hatte daher keine Möglichkeit Unterstützung anzubieten.

Den Pöbel der Stadt nach Lysaer zu durchstöbern, war schwieriger, als eine Nadel ihm Heuhaufen zu finden. Wo Stroh und Metall zumindest durch ihren wahren Namen voneinander getrennt werden konnten, brachte sie der Geist Desh-Thieres, der sich in das Wesen Lysaers eingeschlichen hatte, in arge Verlegenheit. Ohne die Mittel, um seiner wahren Essenz zu befehlen, konnte kein überbrückender Bann das besessene Opfer aus seiner Angriffshaltung auf dem Balkon erlösen.

Sorge und Kummer hatte das Netz vorausgesagt, wäre die Bruderschaft wieder die der Sieben; doch gepaart mit dieser zweiten unerwarteten Vorhersage war auch die Erfüllung von Dakars Prophezeiung der Schwarzen Rose in Gefahr. Gefangen in dieser kritischen Lage zürnte der Zauberer, doch waren ihm die Hände gebunden. Die Bruderschaft wagte nicht, ihre Macht einzusetzen, um das Übel abzuwenden, und so konnten sie nichts weiter tun als zuzusehen, wie das Unvermeidliche seinen Lauf nahm.

»*Wir können Arithon nicht einmal in Sicherheit bringen*«, lautete eine Nachricht Luhaines, der den Spuren des s'Ffalenns folgte, für den unwahrscheinlichen Fall, daß die Krönung doch noch stattfinden konnte. »*Zwei Händler haben sich eingemischt und halten ihn fest.*«

An seinem Standort am Straßenrand stieß Asandir einen der unsittlichsten Flüche Dakars aus. Eine empörte

Mutter bedachte ihn mit einem bösen Blick, ehe sie ihr Kleinkind aus seiner Reichweite brachte.

Auf dem Balkon über der Menschenmenge ballte Lysaer seine Hände zu Fäusten. Ein Blitz zerteilte die Luft, und Licht flammte gleißendhell über den Himmel.

»*Nein!*« Arithons entsetzter Aufschrei vermischte sich mit Lysaers Triumphgeheul. Der angegriffene Herr der Schatten riß seinen Unterarm aus dem Griff des Händlers, wand sich und zog sein Schwert.

Gleich einer Sternenexplosion flammte blendendes, silberweißes Licht auf: Alithiels paravianische Schutzbanne entfalteten sich mit einem herzerschütternden Klang, ein sicheres Zeichen dafür, daß die Waffe einem gerechten Zwecke zugeführt wurde. Asandir sah zu und gab alle Hoffnung auf.

Der Lichtblitz, der von dem Balkon niedergegangen war, war voll und ganz das Werk der Rache Desh-Thieres und des Geistes, der von Lysaer Besitz ergriffen hatte.

Wundersame Energien kollidierten mit einer grausamen Dissonanz hoch über Arithons Kopf. Er schlug um sich, doch trotz seiner irrsinnigen Verrenkungen vermochte er dem Angreifer nicht zu entgehen, der ihn bei Schultern und Knien packte. Gleich darauf wurde sein Schwertarm ergriffen und niedergerissen.

Daß er die Klinge nur hätte gegen die Männer richten und zum tödlichen Stoß einsetzen müssen, schien ihm nie in den Sinn zu kommen; als läge die einzige bedeutungsvolle Gefahr allein in Lysaers grundloser Attacke.

Asandir war gezwungen, all seine Macht einzusetzen, um die hilflosen Umstehenden vor Schaden zu bewahren. Er verwünschte das Schicksal, beklagte, daß Dakars neuerliche Vision die Voraussagen des Netzes durcheinandergebracht und die Krise allzu schnell herbeigeführt hatte. Nun konnte es keine Krönung mehr geben. Überall auf dem Platz schrien die Menschen, geblendet von Lichtblitzen und von panischem Entsetzen ob der Zauberei, die über ihre Stadt gekommen war, in die Flucht getrieben.

Als sich Lichtblitze und der flammende Schein des Schwertes über das Labyrinth seiner eigenen Beschwörung legten, betrauerte Asandir, daß Alithiels strahlende Magie Arithon nicht den geringsten Schutz bieten konnte.

Die Banne der Riathan Paravianer waren niemals dazu gedacht gewesen, ein Leben zu vernichten, sondern dienten lediglich dazu, einen Gegner zu verwirren, um einen ungerechten Angriff abzulenken.

Lysaer aber hatte die volle Macht über das Licht; sein Sehvermögen würde sich durch einen Bann nicht beeinträchtigen lassen.

Die Rache, hervorgerufen durch die Besitzergreifung Desh-Thieres, schlug gezielt einen funkelnden Bogen zu ihrem Opfer.

Fern von dem Ward, der die zufällig um ihn versammelten Menschen abschirmte, befreite Arithon sein Handgelenk aus der Gefangenschaft.

Er hielt sein Schwert nicht länger in Händen. Nur Schatten lösten sich aus seinen gespreizten Fingern: zur Rettung von Traithes Raben, wie Asandir in einem Sekundenbruchteil von Kummer geschärfter Wahrnehmung erkannte.

Ohne darauf zu achten, ob ihn jemand beobachtete, weinte der Zauberer, als Desh-Thieres Offensive herniederschlug.

Der Lichtstrahl traf Arithons erhobene Hand und schlängelte sich in einem Halbkreis an seinem Unterarm entlang. Verbrühtes Fleisch schrak unter höllischen Qualen zurück.

Noch schlimmere Pein erblühte aus der Wucht des Einschlags, als sich eine Magie, die weit über Lysaers Fähigkeiten hinausging, aus dem tödlichen Band des Lichtes löste.

Arithon schrie.

Rote Blitze zuckten über seinen Leib. Die Händler, die darum rangen, ihn am Boden zu halten, wurden fortgeschleudert wie Stoffpuppen, und die Gestalt des Herrn der Schatten blieb allein zurück, gezerrt und geschlagen von einem Muster gleich einem verworrenen Drahtgeflecht.

Asandir keuchte vor Entsetzen. Das Unbegreifliche war geschehen: *Desh-Thieres Wesenheit hatte den Halbbruder, der sich bis dahin außerhalb seiner Reichweite befunden hatte, mit einem Bann des Verderbens belegt.* Übertragen durch Lysaers Lichtblitz, verfingen sich die Schlingen des Bösen nun auch in Arithons Aura.

Donner grollte. Für die Dauer eines Herzschlags überzog scharlachrotes Licht den überfüllten Platz gleich einer Szene aus einem Alptraum. Als Desh-Thieres Fluch seinen Platz beanspruchte, wich Arithons widerstrebender und gepeinigter Gesichtsausdruck einer Miene des Hasses, der nie wieder verlöschen wollte. In reinster, blutiger Leidenschaft heulte er auf und wirkte Schatten, um Lysaers Verrat zu begegnen.

Die Luft erstarrte unter dem grausamen Zugriff des Frostes, als die Dunkelheit sich über Etarra senkte.

Nacht verschluckte ausnahmslos alles, von Traithes Raben, der nun unbeschadet und pflichtgetreu seinen Flug zu Sethvir fortsetzte, über vier Händler, die den Nachwirkungen der mörderischen Gewalt ausgesetzt waren, die von dem Herrn der Schatten freigesetzt worden war. Jäh aus dem Leben gerissen lagen sie zuckend und brennend inmitten ihrer glimmenden Brokatgewänder. Furchtsam wichen die Menschen eilends vor dem Blutbad zurück, daß sich dem Zugriff des gesunden Geistes entzog.

Schwärze legte sich wie ein Vorhang über das am schlimmsten gezeichnete Opfer dieser Vorgänge, den s'Ilessid-Prinzen, der durch den Mißbrauch durch Desh-Thieres entkommenen Geist ruiniert und versklavt worden war.

Nun von der Macht entbunden, die ihn angetrieben hatte, sank Lysaer auf die Knie und brach an dem Geländer zusammen.

Ein letzter Donnerschlag ließ die Villen am Rande des Platzes erbeben und hallte von den steilen Hängen des Mathorngebirges wider.

»*Nun*«, übermittelte Sethvir voller Sorge. »*Der Fixpunkt, der den Eintritt der Prophezeiung regelt, ist gesetzt. Wir können jetzt nur noch versuchen, zu retten, was zu retten ist.*«

Nebenwirkung

Nachdem sich die Machenschaften Desh-Thieres auf die Halbbrüder niedergeschlagen hatten, wurde die Waffenkammer, die dem Wachraum am Südtor angeschlossen war, zu dem Ort, an dem sich die Bruderschaft wieder versammelte. Sethvir hatte inzwischen die schweren Türen beider Räume gesichert. Die ununterbrochenen Attacken, die Gnudsogs Männer mit ihrer Ramme verübten, hallten nur mehr als gedämpftes Donnern durch die dicken Eichenbohlen. Sollten die Lampenpfosten, die sie als Stützen eingesetzt hatten, schließlich doch nachgeben, so blieben noch immer die magischen Banne, die niemanden hindurchlassen würden, der sich nicht auf Magie verstand.

Im Inneren des Raumes, der nur von einer einzelnen Fackel beleuchtet wurde, hing der schale Geruch alten Schweißes, vermengt mit den Ausdünstungen von Öl und Leder und dem verbliebenen Hauch des Schreckens vergangener Kriege in der Luft. Staub von vertrockneten Bogenfedern bedeckte den Boden, und in ihm zeichneten sich die Fußabdrücke Sethvirs und die Spuren der Bogen und Blasrohre ab, die er zur Seite geschoben hatte, um zwischen den fest verschlossenen und verkeilten Türen Platz zu schaffen.

Danach erst hielt er inne, und seine Robe leuchtete in der Finsternis wie geronnenes Blut. Es war, als hätte er, von einem Traum überwältigt, zwischen zwei Schritten vergessen, sich zu bewegen. Das Gegenteil war der Fall, denn hinter seiner Erscheinung verbarg sich eine Konzentration, so tief, daß nichts ihr entgehen konnte. Weit davon entfernt, sich durch das Donnern der Rammen ablenken zu lassen, dirigierte er seine Wahrnehmung hinter Festungsmauern, um den Pulsschlag allen Lebens in Etarra zu erfassen.

Gleich einzelnen Strömungen in einem Katarakt ertastete er den Mob, der, verborgen unter den Schatten, in den Straßen wütete; ruhelose Stadtgardisten, die ihre Waffen gezogen hatten, um jeden Zauberer aufzuschlitzen, den sie finden konnten, ihn zu quälen, bis sie endgültig mit ihnen allen abgerechnet hätten. Sethvir sah Familien, die sich in verschlossenen Häusern verbarrikadiert hatten; er berührte das vergossene Blut Unschuldiger, hörte die Schreie von Vergewaltigten, wußte um den Zorn und die Verzweiflung der Überfallenen. Not ließ nur wenig Raum für Kummer. Er konnte nur untergeordnete Siegel des Friedens anbringen.

Die Auswirkungen waren äußerst gering: inmitten staubiger Spinnweben in einem Weinkeller, stellte ein Kind, das von seinen Eltern dort versteckt worden war, sein hysterisches Kreischen ein. Drei zusammengekauerte Geschwister verstummten erleichtert, als die Furcht von ihnen abließ, während am Himmel der Rabe Traithes aus seinem blinden Kreisen errettet und durch die tiefschwarzen Lüfte in die sichere Zuflucht geleitet wurde. Doch unter vielen Leidenden, die dem Hüter des Althainturmes begegneten, vermochte er nur für wenige den Schmerz zu lindern. Doch um der Notwendigkeit willen mußte er den größten Teil seiner Reserven aufrechterhalten, während er, still wie ein Stein, die Wogen von Etarras verstimmter Menschlichkeit untersuchte, innerhalb derer sich ein Flecken erstaunlicher Ruhe befand, dort wo Traithe seinen magischen Bann über die Würdenträger gelegt und sie in der Ratshalle in tiefen Schlaf versetzt hatte.

Möglicherweise hätte Sethvir ihrer mißlichen Lage sogar eine gewisse Komik abgewinnen können, hätte ihn das erwartete Signal nicht gerade in diesem Augenblick erreicht.

»*Komm*«, entgegnete der Hüter des Althainturmes.

Auf einem Balkon über dem verdunkelten Platz nickte Asandir, ehe er in ein Netz aus Energie trat, daß bereitgehalten wurde, ihn aufzunehmen. Sein Fuß verließ die Galerie, auf deren Boden verschüttete Weinschläuche und angeschlagene Äpfel lagen, und glitt durch ein Wirrwarr räumlicher Verzerrungen und landete schließlich in einer Wolke aus Staub und Stahlspänen auf dem Boden der südlichen Waffenkammer.

Sethvir trat zur Seite, als die Schatten der Waffenhalterungen sich neu arrangierten und die hochgewachsene Gestalt seines Bruders offenbarten. In seinen Armen hielt Asandir Lysaer s'Ilessid, bewußtlos. Ein juwelengeschmücktes Handgelenk baumelte herab, und goldene Haarsträhnen verteilten sich über die Schultern des Zauberers in der dunklen Robe.

Rein geschnitten wie das Gesicht einer Statue spiegelte des Prinzen Profil seinen angeborenen Edelmut wider; kein Schatten des Bösen, dessen Pesthauch sich über sein Leben und seine Ehre gelegt hatte, zeigte sich in seinen Zügen. Unwissentlich zu einer Marionette unglücklicher Umstände geworden, mußte Lysaer erst noch erwachen und die Veränderung erfühlen, die ihn aus der königlichen Erbfolge ausschloß.

Sethvir wich Asandirs trostlosen, stahlgrauen Augen aus. Hände, deren Griff zu fest war, zerknitterten feinste Spitze und blauen Glanz; seine Haltung gezwungen und reizlos, angefüllt mit der unausgesprochenen Sorge, die zwischen ihnen im Raume stand: daß wegen der unglaublichen Ereignisse dieses Tages die Krönung des s'Ffalenn nicht stattgefunden hatte.

Unerträglich, die Folgen zu erwähnen, daß Dakars unsichere Prophezeiung der Schwarzen Rose, die der Schlüssel zur Reue Daviens des Verräters sein und zur Rückkehr Ciladis' des Verlorenen führen sollte, nun der Gefahr der Nichterfüllung anheimgegeben werden sollte.

Desh-Thiere hatte keine Gelegenheit erhalten, seine häßliche Rache zu verüben, dennoch war die Wiederherstellung ihrer Bruderschaft, für die sie den Frieden Etarras verspielt hatten, ihrer verknüpfenden Bedingung an die Zukunft entglitten. Das stete Donnern der Ramme ließ ihnen keinen Raum zu bedauern, daß all die Greueltaten, die Etarras Straßen überflutet hatten, vergebens ausgelöst worden sein mochten.

»Leg ihn hierhin.« Der Hüter des Althainturmes deutete auf eine Segeltuchsänfte, die er von dem kalten Boden entfernt und auf einige Fässer mit Katapultgeschossen gelegt hatte. Asandir legte seine Last nieder und ging in die Knie, um den blauen Samt davor zu schützen, mit Schmutz und Öl in Berührung zu kommen.

»Du darfst dir keine Vorwürfe machen«, sagte Sethvir hastig. Er fügte keine leeren Platitüden hinzu, sagte nicht, daß Arithon sich vielleicht eines Tages über diesen Verrat erheben und sein Erbe anerkennen würde; daß Rathains Mißwirtschaft und Haß, die nun noch schlimmer waren als zuvor, irgendwie heilen würden, ohne Narben zu hinterlassen.

Trübsinnig und mit leeren Händen schlüpfte Asandir aus seinem dunklen Umhang und deckte den hellhaarigen Prinzen zu, der sich noch immer in ihrer Obhut befand. Sanft wie ein Schatten legte sich die schwere Wolle über das unebenmäßige Glitzern des edlen Gewebes, das bewies, daß Lysaer noch atmete. »Wir waren nachlässig, nicht an Besessenheit zu denken«, sagte Asandir schließlich.

»Über die Grenzen der Zeit hinaus?« Sethvir schloß die Augen, gepeinigt von einer Wahrnehmung, die noch immer dem Schußfaden des verworrenen Gewebes der Reaktionen folgte, die den Sturz Etarras in Aufruhr und Tumult kennzeichneten. Diesmal ließ ihn die Anstrengung nicht einfach nur benebelt zurück. An diesem Tag sah er vollends ausgezehrt aus. »Hätten wir den Namen dieses einen Geistes gehabt, der für die Vorgänge verantwortlich war, vielleicht hätten wir dann seine Absichten enträtseln können, aber verhindern? Der Konflikt, den uns das Netz gezeigt hat, hat sich nicht verändert. Und Arithon ist auf dem Rückzug, aber nicht tot.«

Noch näher konnte er der Versuchung nicht kommen, auf ein großes Wunder zu hoffen.

Wie zur Antwort auf unausgesprochene Vorzeichen flackerte die Fackel in ihrem Halter und erlosch schließlich ganz, als sich Luhaines Präsenz mit widriger Gewalt in der Waffenkammer entfaltete. »Ich habe ihn verloren«, verkündete er mit Bezug auf Arithon. Das noch immer andauernde Donnern der Ramme legte sich über seine Worte, als er hinzufügte: »Ich habe es geschafft, ihm über den Platz zu folgen, aber seine Lebensmuster sind stark zerfasert. Der Umstand, daß Desh-Thieres Geist Schwarze Magie gewirkt hat, deren verderblicher Einfluß beide Halbbrüder erfaßt hat, gefällt mir überhaupt nicht.«

»Er hat mehr als nur bloße Besessenheit erreicht, wie wir feststellen konnten.« Sethvirs Eingeständnis klang müde, als er sich zu Asandir neben die Sänfte gesellte und beide Hände unter Lysaers Kopf schob.

»Aber was, wissen wir nicht«, schoß Luhaine zurück.

»Laß Cal arbeiten, und er wird es dir sagen.« Daß Asandir Sethvirs längst vergessenen Namen als ein Sterblicher benutzte, zeigte deutlich die Tiefe seines Kummers.

Luhaine schenkte dem Ausrutscher keine Beachtung. »Keiner von uns kann es sich leisten, untätig herumzustehen, während du nachforschst.« Er verschwand in einem peitschenden Windstoß, der eigentlich eher Kharadmons Stil als dem seinen entsprach.

Fasern vertrockneter Pfeilfedern flogen im Wind davon.

»Es steht schlecht«, folgerte Asandir sanft. »Wie schlecht?«

»Ach, die unerwartete Tücke der Kreatur.« Abwesend bis hin zur vollkommenen Verwirrung erklang Sethvirs Stimme, als sein Bewußtsein sich wieder mit seinem Körper verband. »Desh-Thieres Schlag war von einer heimtückischen Vollkommenheit.« Seufzend glättete er die Rüschen an Lysaers formeller Kleidung. »Er hat erkannt, daß die gemeinsame Macht zweier Menschen für sein Verderben verantwortlich ist. Wie hätte er sich besser gegen sie schützen können, wenn nicht dadurch, sie auseinanderzutreiben und dafür zu sorgen, daß sie ihre Gaben gegeneinander richten?«

»Also hat er sie zur Feindschaft verdammt.« Das aber

war ein bedrückender Fakt, wies es doch auf eine weitreichende Planung hin. Asandir teilte Sethvirs vorsichtige Ungewißheit, daß die gebannten Geistwesen am Skelsengtor alles andere als sicher verwahrt waren.

Doch dieses Problem mußte warten.

»Was noch?« drängte Asandir milde.

Zutiefst betrübt gab Sethvir seine Erkenntnisse preis.

Es war nicht gerade überraschend, daß die Übeltaten des Nebelgeistes in jener Nacht begonnen hatten, in der die beiden Halbbrüder außerhalb paravianischer Schutzzauber in Ithamon in die Enge getrieben worden waren. Als er nun in ihnen seine Feinde erkannte, prägte Desh-Thiere sich ihre Persönlichkeitsstrukturen ein. Die Suche der Bruderschaft nach Schäden, die die ganze Nacht gedauert hatte, war nichts als Zeitverschwendung gewesen: Die Geister hatten sich nicht eingemischt, noch nicht.

Unter schmerzlichem Entsetzen sprach Asandir die schreckliche Schlußfolgerung offen aus. »Desh-Thiere hat bereits in diesem Sekundenbruchteil des ersten Kontakts das Ausmaß von Arithons Fähigkeiten erkannt!«

Eingeklemmt zwischen demolierten Waffenschränken, stützte der Hüter des Althainturms die Stirn auf seine Hände. »Schlimmer. Die Geister haben sich mit Taten zurückgehalten und über ihr neues Wissen gegrübelt.« Dann versagte seine Stimme, und er übertrug durch seine Gedanken, was er herausgefunden hatte. Bis zu dem Augenblick, als Lysaer, während ihrer letzten kämpferischen Bemühungen, die Wesenheiten einzufangen, sich ungeschützt mit bloßen Händen dargeboten hatte, war kein tiefgreifender Schaden entstanden. Dieses neue Wissen gestaltete die Entscheidung, Arithons magische Kenntnisse abzuschirmen, zu einer Tragödie größeren Ausmaßes.

»Unsere Schutzmaßnahmen waren falsch ausgerichtet«, flüsterte Asandir gepeinigt. »Wir haben zu früh nach Schäden gesucht und uns zu spät mit der Lehre der Kunstfertigkeiten befaßt.« Wehe Lysaer, dessen Integrität unbarmherzig einem Feind überlassen worden war, der ihn ohne Gegenwehr eingenommen hatte. Schmerzlich war die Ironie, daß Arithons Schutzzauber ihn vor diesem Angriff hätten schützen können; zumindest aber hätte er die Präsenz eines eindringenden Geistes bereits erfühlen können, ehe dieser von ihm Besitz ergreifen konnte. »Möge Dharkaron uns für unsere Dummheit verfluchen, den falschen Prinzen in Gefahr gebracht zu haben.«

Zu spät kam die Einsicht, den Fehler zu korrigieren, der ihnen in Krise und Verzweiflung unterlaufen war. Sethvirs trockene, rissige Finger schlossen sich um seines Bruders Handgelenk. »Ohne Desh-Thieres Namen waren wir blind. Und das sind wir immer noch.« Verzweifelt erklärte er, daß eine gestohlene Erinnerung über Lysaers Strapazen in der Roten Wüste Desh-Thiere einen geeigneten Angriffspunkt geboten hatte; die Erinnerung, daß Arithon einmal auf seine magischen Kräfte zurückgegriffen hatte, um ihres Überlebens willen, den Widerstand eines Halbbruders zu brechen, dessen Haß die Hoffnung auf vernünftiges Handeln zunichte gemacht hatte.

»Der Nebelgeist erkannte die Zwietracht. Noch tieferes Wissen entnahm er der Verbindung mit Kharadmon, der Lysaer sich im Kielingturm freiwillig ergeben hat«, sagte Sethvir. »Dieser magische Bannfluch hat sich umfassend mit der Lebenskraft der Halbbrüder verbunden. Die Verbindung aufzulösen oder rückgängig zu machen, würde Geist und Körper trennen.«

»Tod«, resümierte Asandir bitter. Seine Reue über die Fehler der Vergangenheit war noch immer groß. Während die Wesenheiten des Nebelgeistes von den Mysterien eingehüllt waren, hatten die Bruderschaft und die beiden Prinzen aus Dascen Elur eine wahre Großtat verbracht, als es ihnen gelang, alle Geister bis auf einen zu bannen und einzufangen. Nun standen sie vor der Bedrohung durch Lysaers Besessenheit und vor einem Wesen, das sie aus purer Notwendigkeit austreiben mußten.

»Bist du bereit?« fragte Sethvir. Wenn auch die Augen seines Bruders seine Erschütterung widerspiegelten, nahmen die beiden Zauberer doch zu beiden Seiten der provisorischen Bettstatt Aufstellung und legten ihre Hände auf des Prinzen Brauen und Brust. Um sie herum erstickte Dunkelheit den Glanz der tausend Waffen, die stets saubergehalten wurden, um das Blut sterblichen Fleisches zu fordern. Im Kampf gegen die gespenstische Wesenheit jedoch bot der Stahl nur ein grausames Ende: den scharfen, endgültigen Schmerz des Gnadenstoßes, der lebenslanges Leiden gegen ein frühes Grab tauschte.

Unbarmherziger Trost. Bebend schnappte Asandir nach Luft. »Du weißt, daß wir ihn töten müssen, wenn wir versagen.«

Sethvir beschloß, nicht zu antworten. Irgendwann hatte das bebende Donnern der Ramme aufgehört. Tiefe Stille lag über der Waffenkammer, und die gewaltige Konzentration eines Zauberers vermochte das Seufzen eines jeden zu Boden sinkenden Staubkörnchens wahrzunehmen. Ziellos hauchte die Luft über die Klingen in den Regalen hinweg und ließ sie in einem Gesang erklingen, der vom Tode kündete. Weit entfernt von solcherlei Ablenkung, sank Sethvir in tiefe Trance. Sein Bewußtsein vermengte sich mit dem Lysaers, um die schwer faßbaren Energien aufzuspüren, die den feindlichen Geist umhüllten.

Keine einfache Austreibung, diese sorgfältige Entwirrung der Geister, denn das Wesen, daß sie heraustreiben wollten, war noch immer namenlos.

Asandir fiel die Rolle des Bewachers zu. Versunken in Sethvirs Arbeit, folgte er der Jagd durch die verwobenen Auren, die Lysaers Geist umschlossen. Wie bei einer Bestandsaufnahme wurde jeder Strang, jede Schlaufe, jede Windung des Lichts aufgezeichnet. Alle, die zu Lysaer gehörten, wurden von Asandir mit einem Ward belegt, während jene, die fremd erschienen, von Sethvir zur Aussonderung markiert wurden. Die Unterschiede der Identitäten waren gefährlich schwach ausgeprägt, manchmal jenseits von Logik oder Intuition. Eine falsche Wahl würde ein Fragment des Betroffenen abspalten, gleich einer Amputation der Seele, die nachhaltiger als die schlimmste Verstümmelung des Körpers wirken würde. Doch ohne den Namen, der den eingedrungenen Geist bezwingen konnte, blieb der Bruderschaft kein anderer Weg. Mit dem verderblichen Einfluß des Bannfluches, der die Halbbrüder in Feindschaft verband, wuchs das Risiko, einen Fehler zu begehen. Der durchdringende Haß gegen seinen Halbbruder, war so vollkommen mit Lysaers Lebenskraft verwoben, daß er jeden Versuch der Entwirrung vereitelte. Der Drang, Arithon niederzuringen, war und war nicht Teil des Wesens des Prinzen zu s'Ilessid, und schon ein einziger Irrtum würde Lysaer zum Tode verurteilen.

Schwitzend, frustriert, verwickelt in Lebensfäden, kompliziert genug, den Verstand bis an die äußerste Grenze geistiger Verwirrung zu strapazieren, begriff Asandir, warum Sethvir seine vorangegangene Bemerkung mit Schweigen quittiert hatte.

Eher würde ihr Versuch der Austreibung fehlschlagen und das Opfer töten, als daß irgendein Aspekt eines namenlosen Geistes frei zurückbleiben und eine Exekution erforderlich machen würde.

Zeit verlor jegliche Bedeutung. Gemeinsam tauchten die Zauberer in ihre gewaltige Aufgabe ein und trafen unzählige Male unter Qualen ihre Wahl. Beinahe am Ende und furchtbar erschöpft, überprüften sie, welche Fortschritte sie gemacht hatten.

Die Muster, die den bekannten Geist enthielten, waren zu dünn, um überzeugend zu sein.

»Das kann nicht alles sein«, beklagte Sethvir verzweifelt. *»Wo in Aths Namen kann es sich nur verstecken?«*

Sie begannen von neuem, entwirrten Lysaers Erinnerungen, Strang um Strang. Manche klangen falsch; viel zu wenige. Die Gesamtheit des Geistes entglitt ihnen. Zitternd vor Erschütterung sagte Asandir: »Wir sollten besser noch einmal prüfen, was am Anfang falsch war.«

Sethvirs Kummer war voll glühenden Zorn. Daß Desh-Thiere seine Besitznahme mit der Gabe verknüpft hatte, die der königlichen Familie in die Wiege gelegt wurde, war undenkbar. Und doch war es so: Der Rest seiner eingedrungenen Essenz hatte sich so fein mit der Magie der Bruderschaft verbunden, daß ihre eigene Überprüfung ihn übersehen hatte.

»Dharkaron, Engel der Rache!« Sethvir war den Tränen nahe. *»Kein Wunder, daß die verderbte Kreatur ihn einnehmen konnte! Sie hat sich durch den einen Pfad des Gewissens Zutritt verschafft, den niemals in Frage zu stellen Lysaer durch Magie gezwungen war!«* Schuld und Schwäche waren nie auf Lysaers Seite gewesen, sondern einzig auf der der Bruderschaft, die es beklagenswert an Weitblick hatte mangeln lassen.

In diesem Moment rasselte ein Schlüssel am äußeren Schloß des Wachraumes. Gnudsogs Baßstimme wurde von einem gereizten Kommando zum Schweigen gebracht, dem gleich darauf ein grauenhafter Schmerzensschrei folgte.

Dakar nuschelte in streitsüchtigem Tonfall: »Ich habe Euch ja gewarnt, daß sie Wards angebracht haben werden. Laßt mich das machen.«

Sethvir seufzte. »Gesellschaft. Wir sollten besser fertig werden.«

Die Eile behagte Asandir nicht. Doch wenn sie das durch Panik verursachte Blutvergießen auf Etarras Straßen im Zaum halten wollten, wurden Lysaers Fähigkeiten gebraucht, um Arithons Schattenbarriere aufzulösen. Diese Krise ließ ihnen keine Zeit für eine dritte Überprüfung, die so oder so nicht zur Gewißheit führen würde. Asandir stabilisierte die Schutzbanne, mit denen er Lysaers Geist abgeschirmt hatte. Dann, als bereitete er sich auf eine erdgeschichtliche Katastrophe vor, sagte er: »Jetzt!«

Gleich einer Falle warf Sethvir Banne über dem parasitären Geist. Lichtblitze knisterten über Lysaers Leib. Ein spiralförmiges Netz zeichnete sich feurig in der Luft ab, spiegelte sich im Stahl der Schwerter. Asandir fühlte die brennende Macht, die an seinen Schutzbannen zerrte, als der Geist, der sich mit dem Wesen seines Opfers verbunden hatte, zurückschlug, um seinen Zugriff aufrechtzuerhalten. Der Sog verstärkte sich zu einem Zerren, so schrecklich wie ein reißender Strom oder der Ruck eines mit Widerhaken verstärkten Enterhakens in abgelagertem Eichenholz. Asandir hielt stand.

Die Gewalt über auch nur einen einzigen Strang des Musters zu verlieren, bedeutete, einen Teil Lysaers dem Geist zu überlassen.

Sethvirs Austreibungszauber verstärkten sich weiter. Spannungspunkte flackerten in kaltem Blau, und die Linien auf Lysaers Leib verwischten, während sie aneinanderzerrten wie verworrene Drähte, die mit Gewalt auseinandergerissen wurden.

Stur klammerte sich der Geist fest.

Zauberei stellte sich ihm entgegen. Lysaers Leib zuckte auf der Sänfte unter angespannten Krämpfen. Die Qual der erzwungenen Lösung drang sogar durch seine Bewußtlosigkeit hindurch, und ein gepeinigtes Wimmern löste sich von seinen Lippen.

Der Klageruf entstammte aber ebenso Asandir, der das Leid des Prinzen teilte. Beansprucht mit seinen Bemühungen, Leib und Seele beisammenzuhalten, blieb dem Zauberer keine Kraft, sich selbst zu schützen. Selbst als die Gewalten sich wandelten und unter seiner Führung aufblitzten, konnte er das Gefühl nicht abschütteln, daß diese Austreibung zu mühevoll war. Als hätte der Geist seine Fänge in irgendeinen Teil Lysaers versenkt, schien er eher bereit zu sein, ihn in Stücke zu reißen, als von seinem Opfer abzulassen.

Und dann, im Augenblick größter Unsicherheit, löste sich der Geist so abrupt aus Lysaers Sein, daß sein Rückzug einem heftigen Schlag gleichkam. Magie trennte die letzten Verbindungen und hielt die Kreatur in der Luft fest. Zum Guten oder zum Schlechten, es war vollbracht. Vor Tücke brennend wie ein Sumpflicht, erstarrte der gefangene Geist; der befreite Mann aber lag bewußtlos auf der Sänfte. Die Zauberer an seiner Seite blickten einander an, geschlagen und erschöpft von der schweren Arbeit. Unausgesprochenes Verständnis herrschte zwischen ihnen: die Austreibung hatte ihren Preis gefordert. Die Gabe wahrer Gerechtigkeit, die das Erbe der s'Ilessids war und von dem Geist mißbraucht worden war, hatte unermeßlichen Schaden erlitten.

Heiser wagte Asandir zu äußern: »Der Fluch, der Lysaer gegen Arithon stellt, hat die Gabe der s'Ilessids so oder so befleckt.«

Zusammengekauert, das Kinn auf die gefalteten Hände gestützt, seufzte Sethvir. Nun konnten sie nichts mehr tun. Nicht, ohne das Risiko, die Bindung Desh-Thieres durcheinanderzubringen und damit das Leben des Prinzen aufs Spiel zu setzen. »Es gibt immer eine nächste Generation«, sagte er traurig. »Wenigstens ist der Geist besiegt.«

Etwas an Sethvirs Bemerkung veranlaßte Asandir zu einem scharfen, prüfenden Blick. Der Hüter des Althainturmes mied den Kontakt, sein Geist verharrte abgeschirmt im Dunkel, und seine Augen waren stur abgewandt. Asandir sagte: »Da ist noch mehr. Du hast den Namen dieses unglückseligen Wesens gefunden, nicht wahr?«

Nun sah Sethvir auf, trostlos wie Eis auf Frühlingsblumen in dem matten Licht unter dem Nebel. »Einst war die Kreatur menschlich.«

Verblüfft angesichts des Feuerwerks der Konsequenzen, verschlug es Asandir die Sprache. Furcht lastete schwer auf ihm, da jedes einzelnen Geistes entstellte Menschlichkeit die Bruderschaft in ein trostloses Dilemma brachte. Das Urteil eines Zauberers wurde nicht von Aths Machtbefugnissen getragen, die es erlauben würde, unwillige Geister in eine Vorhölle endloser Gefangenschaft zu treiben.

Doch konnte das Rätsel über die Natur Desh-Thieres nicht gelöst werden, um die Tausende von Verdammten zu befreien, solange die Bruderschaft nicht wieder zu ihrer vollen Stärke gelangt und die Anzahl von Sieben wiederhergestellt war.

Alles und mehr drehte sich um einen einzigen unsicheren Faktor: das Leben des letzten Prinzen zu s'Ffalenn.

Während Asandir und Sethvir die Gedanken an diese

allzu deutliche Enthüllung teilten, begannen die Probleme des Augenblicks erneut dringlich zu werden.

Der Riegel an der Tür zur Waffenkammer öffnete sich knarrend. Ein Sperrzauber flammte kurz auf und verlosch, und die Tür drehte sich kreischend in den Angeln, kontrapunktiert von den nörgeligen Klagen über Kopfschmerzen seitens Dakar, der in diesem Augenblick seitwärts durch die entstandene Lücke kippte. Nur die Schulter, die den Türpfosten traf, hielt ihn aufrecht.

»Es ist dunkel!« Die Luft erbebte unter dem Echo von Diegans Beschwerde. »Dharkaron soll sich Eurer versoffenen Ideen annehmen. Ich habe keine Schreie gehört. Dort drin ist niemand.«

»O doch.« Dakar stieß sich von dem Pfosten ab und taumelte zwei Schritte weit über die Türschwelle. »Sie sind hier. Vertraut mir. Sethvir hat lediglich vergessen, Kerzen anzuzünden.«

Mißtrauisch und nach wie vor verärgert, für Gnudsog und seine Leute an der Ramme einspringen zu müssen, rümpfte Diegan die Nase. Ein beißender Schlackengeruch hing noch immer in der Luft, als wäre erst vor kurzer Zeit eine Fackel verloschen.

»Dort.« Dakar schwankte und vergaß völlig, daß der Teil des Raumes, auf den er deutete, in der Dunkelheit verborgen lag.

Tatsächlich erwies der Raum sich als durchaus nicht leer. Schneidig und schrecklich heiser rügte Asandirs geisterhafte Stimme: »Nennst du das etwa, den Gardekommandanten Etarras unter Hausarrest halten?«

Diegan wäre vor Schreck beinahe aus seinem juwelenbesetzten Wams gesprungen.

Dakar verlor das Gleichgewicht und setzte sich auf sein Hinterteil. »Der Wein«, gestand er nach einem seelenvollen Grunzen. »Wir haben beide Karaffen geleert und Diegan hat mich angefleht. Wo ist Lysaer?« Dann, als sich seine verwirrten Sinne oder sein Sehvermögen ein wenig erholt hatte, bemerkte er das von Wards gehaltene, unterschwellige Glimmen vor Sethvir. Blinzelnd identifizierte Dakar die Struktur eines Gefangenschaftsbannes und das darin herumwirbelnde Leuchten, das seinem Magen schwer zu schaffen machte. Diese Übelkeit war weder die Folge seiner Genußsucht, noch ein Vorzeichen einer unmittelbar bevorstehenden Prophezeiung: Seine Magenschmerzen entstammten der Reaktion auf etwas, das jenseits der Natur war.

Dakars Benommenheit schwand. »Ihr habt alles gewußt!« klagte er.

Asandirs Berichtigung folgte augenblicklich: »Vermutet. Ohne die Macht über den Namen hatten wir keine Möglichkeit, vorherzusagen, auf welche Weise Desh-Thieres schädliche Auswirkungen sich zeigen würden. Und da dein zweiter Anfall von Hellsichtigkeit im Konflikt mit dem ersten stand, hatten wir auch keinen Anhaltspunkt, wie wir vorgehen sollten.«

»Ich kenne meine zweite Prophezeiung nicht einmal.« Unter dem Einfluß persönlicher Kränkung blickte Dakar an sich herab, als wollte er sich des Bodens unter seinen Füßen vergewissern. Das wiederum veranlaßte ihn, sich nach einem sicheren Halt umzusehen, an den er sich anlehnen konnte, bis der Anblick Lysaers auf der Liege seinen zuvor unterbrochenen Forschungsdrang wieder mit Leben erfüllte. »Also habt Ihr nichts getan«, schalt er seine Meister aus der Bruderschaft, ehe sein Zorn einer bedauernden, trunkenen Klage wich. »O Ath! Lysaer hat Euch vertraut, wie wir alle.«

Durch die aufgebrochenen Blätter zweier Türen drang der Lärm der entfesselten Bürger herein, überlagert von den bellenden Anordnungen Gnudsogs. Leise Worte drangen herein, schmähten Zauberer und Monarchie. Der Pöbel hatte einen Sprechchor angestimmt.

Vor diesem häßlichen Hintergrund trat Diegan den beiden Zauberern energisch entgegen. »Und wollt Ihr nun immer noch nichts tun?«

Sethvir erhob sich. Bei dieser Bewegung brachen neue Flammen aus der Fackel hervor. Heißes Licht ergoß sich über die Waffen, funkelte auf metallenen Schränken und streute helle Streifen auf den Schleifstein; auf die abgelegten, schimmernden Klingen, die schon bald von frischem Blut getrübt werden sollten; und auf die Amethysten und Diamanten auf Diegans Wams, die sich im Rhythmus seines hitzigen Atems bewegten.

Sanft wie sonnengebleichter Samt, umringt von scharfgeschliffenen Waffen, blickte der Hüter des Althainturmes verständnislos drein. »Wünscht Ihr zu helfen?«

»Ich wünsche Dharkarons Fluch über Euch alle, wie ich es nie zuvor so inbrünstig getan habe!« Brüsk trat Diegan vor; Goldtroddeln schlugen an seinen Stiefelstulpen, als er abrupt stehenblieb und auf Lysaer herabstarrte. »Was habt Ihr mit ihm gemacht? Ihn getötet? Weil er sich gegen Euren Prinzen ausgesprochen hat?«

»Sie würden ihm nichts tun«, unterbrach Dakar. »Lysaers Gabe des Lichts wird noch gebraucht, um Arithons faule Schatten zu vertreiben.«

»Also ist es wahr!« Diegans schwarze Augen wanderten von Sethvir zu Asandir. »Der König, den Ihr uns habt andrehen wollen, ist einer von Euch, ein Zauberer von Geburt und Lehre. Ihr habt unseren Rat mit der Androhung eines Aufstandes zum Stillhalten gezwungen. Nun, der Rat hat stillgehalten, und wir haben trotzdem einen Aufstand. Die Gildehäuser brennen. Der Ministerialpalast und die Ratshalle werden gerade jetzt von dem Pöbel gestürmt.«

Es hatte ganz den Anschein, als vermochten Diegans Beschuldigungen Sethvir nicht weiter zu beeindrucken. Er spielte mit seinem Barthaar, als er sich im Zusammenhang mit Lysaer wieder seinem Bruder im Geiste zuwandte. »Es gefällt mir gar nicht, ihn freizulassen, ehe wir wissen, was Arithon widerfahren ist.«

»Wir haben keine andere Wahl.« Asandir legte seine Hände auf den blonden Schopf des Prinzen auf der Sänfte und schickte ihm einen sanften, weckenden Ruf. Sethvirs entsetzliche Enthüllung über die verpfuschte Menschlichkeit des Geistes hatte sämtliche Prioritäten verändert. Der Unterbringung Desh-Thieres in dem sichereren Gewahrsam in Rockfell mußte Vorrang eingeräumt und das Überleben Etarras sich selbst überlassen werden. Der Stand des Lordgouverneurs war weit über den Punkt hinaus ins Schwanken geraten, an dem seine Autorität noch hätte bestehen können. Lysaer allein war fähig, Arithons Würgegriff der Schatten von der Stadt zu lösen und die weitere Ausbreitung der Panik und des irregeleiteten Blutvergießens zu unterbinden, selbst wenn der Fluch des Desh-Thiere ihn dazu treiben würde, die Stadtgarnison als Waffe gegen seinen Halbbruder einzusetzen.

Mit der Voraussage eines Krieges würde das Netz auf jeden Fall recht behalten.

»Ihr sollt bekommen, was Ihr begehrt.« Asandir begegnete Diegans Groll mit einer Ruhe, hinter der sich der Schrecken der Erkenntnis verbarg. »Krieg, Mißverständnisse und einen Grund zu unvergänglichem, erbittertem Haß.«

Unter seiner Fürsorge rührte Lysaer sich stöhnend.

Diegan kniete rasch neben ihn und schüttelte des s'Ilessid-Prinzen Arm. »Geht es Euch gut? Freund, haben sie Euch verletzt?«

Lysaer schlug die Augen auf. Für einen Augenblick sah er ganz verloren aus. Dann wandte er stirnrunzelnd den Kopf und fixierte Asandir mit klarem Blick. »Ath, vergib mir«, flüsterte er. »Ich hatte einen Alptraum. Oder ist es wahr, daß ich Elshians Lyranthe zertrümmert habe?«

Beinahe wäre Asandir zurückgeschreckt. In seinen fragenden Blick trat ein Ausdruck des Jammers, als Sethvir von der Seite traurig Lysaers Worte bestätigte.

Mitgefühl ließ seine Stimme erbeben, als er sagte: »Woran Ihr Euch auch erinnern mögt, es war kein Traum. Etarra wurde in einen Aufruhr getrieben. Nachdem Eure Taten den Prinzen von Rathain in Mißkredit getrieben haben, werden nun sogleich Eure Gaben benötigt, um die Ordnung in der Stadt wiederherzustellen.«

Erst in diesem Moment erregte der Lärm des Mobs Lysaers Aufmerksamkeit. Er setzte sich auf, sah Diegan und errötete, als seine Erinnerung zurückkehrte. »Arithon. Was ich auch gesagt habe, er hat ein Chaos verursacht, Schatten und Furcht über die Stadt gebracht.« Dann, in einem veränderten Ton, der durch Mark und Bein ging: »*Wo ist er?*«

»Ihr sprecht von Eurem Halbbruder«, rügte Sethvir in der unsinnigen Hoffnung, so einen verborgenen Funken seines Gewissens zu wecken.

Doch Desh-Thieres Fluch hatte sich unverrückbar tief in ihm festgesetzt, und alter Groll drang mit Gewalt an die Oberfläche. »Er ist ein Bastard und kein Verwandter von mir.«

»Feindseligkeit wird die Tatsachen nicht ändern, Teir's'Ilessid«, konterte Asandir. »Ihr macht Euch auf, das Blut eines Anverwandten zu vergießen.«

Lysaer blieb unbeeindruckt. »Ich mache mich auf, ein Unrecht wiedergutzumachen. Merkt Euch das. Wenn ich diese verlogene Piratenbrut von einem s'Ffalenn erwische, dann werde ich dafür sorgen, daß er stirbt und den Spürhunden der Kopfjäger zum Fraß vorgeworfen wird!«

»Dann haben wir nichts mehr zu besprechen.« Asandir erhob sich mit Kälte im Herzen. Er trat über Dakar hinweg, der zu einem berauschten, dösenden Haufen zusammengesunken war.

Lord Diegan, Kommandant der Garnison von Etarra, war der erste, der durch die Tür trat, die der Zauberer geöffnet hatte, als er sich voller Anspannung an Lysaer wandte: »Ich bewundere Euren Ehrgeiz. Doch zuerst, mein Freund, müssen wir diesen Prinzen der Schatten einmal haben.«

»Er ist der Prinz von gar nichts! Und es sollte kein Problem sein, ihn zu finden.« Im Gleichschritt mit dem eleganten Kommandanten verließ er den Raum, ohne sich noch einmal umzusehen.

Lord Diegans Ausruf hallte als Echo aus dem Wachraum zurück.

»Gnudsog. Vergeßt die Waffen. Stellt eine Patrouille zusammen, und zwar schnell! Schickt sie in den Bezirk der Lagerhäuser, und laßt sie die Straßen durchkämmen. Wenn wir Glück haben, wird der Herr der Schatten dort sein. Beeilt euch, dann ergreifen wir ihn, wenn er die Sträflinge befreit!«

Die Türen zum Wachraum fielen krachend ins Schloß. Abgeschnitten vom Lärm der Straßen, sauste ein wirbelnder Luftzug durch die Reihen aufgestellter Bogen und Hellebarden und löste einen Schauer roter Funken aus der Fackel. Inmitten der kriechenden Schatten und dem langsam niederrieselnden Staub in der Waffenkammer saß Asandir auf einem Munitionsfaß. Der Blick, mit dem er der launischen Brise folgte, war ebenso konzentriert wie niedergeschlagen. »Arithon war bereits im Lagerhausbezirk und ist wieder fort, hoffe ich.«

Luhaines ernste Stimme antwortete: »Ich konnte mich nicht vergewissern. Die gefangenen Kinder werden zur Stunde befreit. Das Gold, mit dem die Schlosser und Fuhrleute bezahlt wurden, die zur Befreiung der Kinder angeheuert wurden, stammt aus der Verpfändung eines Smaragdes der Kronjuwelen. Es war nicht einfach, das Juwel zurückzugewinnen.«

»Die Kinder?« unterbrach Sethvir, der bei einer kurzen Kontrolle jenes Bezirkes lediglich festgestellt hatte, daß die Fuhrwerke dem Zorn des Pöbels zum Opfer gefallen waren.

»Verstreut. Sie verstecken sich wie die Kaninchen und flüchten auf das freie Land, sobald sie können.« Luhaine nahm seinen Bericht wieder auf. »Arithons Pferd ist aus dem Stall verschwunden. Aus Sethvirs Satteltaschen wurde ein halber Kasten des betäubenden Tienellekrautes entwendet.«

Die Miene des Hüters von Althain hellte sich auf. »Lassen wir es Arithon behalten. Er ist nicht unerfahren im Gebrauch des Krautes, und gegen die bewaffnete Garnison von Etarra braucht er jeden Vorteil, den er sich verschaffen kann.«

»Das dachte ich ebenfalls.« Luhaine unterbrach sich. »Ich habe Kontakt zu Kharadmon aufgenommen.«

»Um den Sturm zurückzuholen?« Sethvir lächelte gequält. »Aber das ist ja brillant! Wenn Diegan die Garnison aufhetzt, dann sollen seine Suchtruppen ruhig in voller Stärke mit ihrer Ausrüstung in einem kalten Nordostregen verrosten.« Im nächsten Augenblick nahmen seine Züge einen Ausdruck entrückter, selbstzufriedener Erleichterung an. »Ath sei gesegnet, er hat Vernunft gezeigt.«

»Arithon«, unterbrach ihn Asandir. »Hast du ihn gefunden?«

Recht verdrossen fragte Luhaine: »Wie? Wo?«

Seit langer Zeit daran gewöhnt, die unzähligen Probleme von fünf Königreichen zu entwirren, löste der Hüter des Althainturmes einen Knoten, den er in seinem Bart entdeckt hatte. »Es gibt in dieser Region nur eine braune Stute mit einem weißen Fleck auf dem Nacken.« Dann, ohne sich durch den Tadel seiner erwartungsvollen Brüder die Freude verderben zu lassen, beantwortete er endlich die Frage. »Sie hat die Stadt durch das Haupttor verlassen und läuft jetzt schnell die nördliche Straße hinunter. Was bedeutet, daß Arithon irgendwann den Kundschaftern von Steiven, dem Regenten Rathains, in die Arme reiten muß.«

»Das sind keine guten Neuigkeiten«, grummelte Dakar, der noch immer total erledigt im Staub am Boden lag.

Luhaine war schnell bereit, ihm zuzustimmen. »Steiven hat nur einen Ehrgeiz, und der veranlaßt ihn, die abgetrennten Köpfe sämtlicher Gildemeister von Etarra zu sammeln.«

Sethvir warf die Hände hoch. »Ein blutiger Krieg ist immer noch eine Spur besser, als daß der letzte s'Ffalenn in einer dunklen Gasse durch einen Schwerthieb zu Tode kommt!« Dann verstummte er, als ihm endlich bewußt wurde, daß Luhaine noch immer nicht informiert war; die veränderten Prioritäten, die ihnen durch die verschrobene Verbindung zwischen dem Nebelgeist und der Menschheit aufgezwungen worden waren, würden auch seine Ansichten beeinflussen.

Währenddessen trat Asandir in einer Geste scharfer Züchtigung seinen Schüler in die Rippen, dem offenbar der Sinn nach Schnarchen stand. »Arithons Tod würde deine Prophezeiung der Schwarzen Rose fehlgehen lassen, vergiß das nicht.«

»Ihr *wollt* Davien zurückhaben?« Der Wahnsinnige Prophet öffnete in märtyrerhaftem Trotz die alkoholgetrübten Augen. »Das ist eine verdammt idiotische Logik, nachdem sein Verrat Eure Hohekönige überhaupt erst zu Fall gebracht hat.«

Aufmarsch

Schatten überzogen die Straßen Etarras und dämpften das Licht der Fackeln in ihren verrosteten Haltern zu einem schmutzigen Orange. Der Kampf, die Schreie, das Rasseln der stählernen Waffen und Gnudsogs schroffe Flüche klangen unheimlich dumpf, als würde die unnatürliche Dunkelheit der schweren Luft die Struktur nasser Baumwolle verleihen. Isoliert von den Rempeleien des Pöbels, eingebettet gleich einem wertvollen Schatz inmitten der schnell voranschreitenden bewaffneten Eskorte, betrachtete Diegan seinen Bundesgenossen, der erst vor kurzer Zeit den großartigen Absichten der Bruderschaftszauberer entsagt hatte.

Lysaer sah blaß und zornig aus: bleiche Haut, goldenes Haar, blutleere Lippen. Sein Gesichtsausdruck blieb so distanziert wie polierter Marmor, während sie an dem Diener eines reichen Mannes vorbeigingen, der von einigen Schlägern aus der Barackensiedlung tyrannisiert wurde.

Das Rund seiner Nasenlöcher blieb vollkommen ruhig trotz des Gestanks, der von den Abwässern aufstieg, die über das Pflaster liefen. Seine langen, hellen Brauen zuckten kein einziges Mal angesichts der Mittel, mit denen die Eskorte sich einer randalierenden Gruppe Maurer annahm, welche die Tür eines Metzgers aufgebrochen hatte, um Hackmesser zu stehlen. Fackeln und Hellebarden spiegelten sich in diesen Augen, doch ihre Härte blieb stets unberührt.

Aus einer dunklen, schmutzigen Seitengasse erschollen die flehentlichen Schreie einer Frau. Die gebellten Flüche eines Mannes endeten mit dem Geräusch eines Schlages in weiches Fleisch, und ein Köter rannte hechelnd in die Vorhut, fing sich einen Tritt ein und purzelte jaulend zu Boden. Die vorrückende Garde umrundete eine weitere Straßenecke auf dem Weg zur Stadthalle, und Lysaer trat auf den verwundeten Hund, ohne auch nur einen Blick auf ihn zu verschwenden.

Diegan spannte die geflochtenen Bänder seines Umhangs, als ein Schauer des Unbehagens ihn befiel. »Ist es wahr?« fragte er leise.

Der saphirsplitterscharfe Blick richtete sich verwirrt auf ihn. »Was?« Lysaer blinzelte und schien teilweise wieder zu sich zu kommen. »Ist was wahr?«

Kalte Augen, warme Stimme; Diegan stählte sich. Kein Feigling, trotz seines geckenhaften Äußeren, zwang er sich, die notwendige Frage zu stellen. »Eure Abstammung. Seid Ihr von königlichem Blut? Teilt dieser Parvenü von einem Zauberer tatsächlich Euer Blut als Halbbruder?«

Lysaers Blick ging glatt durch ihn durch. »Würdet Ihr einen Nachkommen, der einer Königin durch Entführung und Vergewaltigung aufgezwungen worden ist, als Euren Verwandten bezeichnen?« Die kleine Lüge kam ihm leicht über die Lippen, schließlich hatte die Flucht seiner Mutter in die Arme ihres s'Ffalenn-Liebhabers nicht einmal ein Jahr williger Liebelei überdauert. Ein Stirnrunzeln verunstaltete Lysaers Züge, als er sich verwundert daran erinnerte, daß er einmal anders gesprochen hatte; daß er in einer anderen Zeit seinen königlichen Vater gedrängt hatte, für das Wohlergehen des Piratenbastards Sorge zu tragen.

Doch dieses Ereignis schien in weiter Ferne zu liegen, losgelöst, als wäre es die Erinnerung eines Fremden. Nun schien sein einstiges Mitgefühl der kindischen Naivität eines Dummkopfs entsprungen, hatte er doch seinen eigenen Untergang herbeigeführt und sein Erbe in Amroth verloren, nur weil er an einer schmerzlichen Wahrheit festgehalten hatte. Eine Lüge kostete dagegen so wenig; und angesichts der Ergebnisse, die der heutige Tag hervorgebracht hatte, angesichts der Endgültigkeit seines Verlusts und der Tatsache, daß Arithon nun sein wahres Gesicht gezeigt hatte, hätte seine kleine Schwindelei gegenüber Diegan ebensogut die pure Wahrheit sein können. Erfaßt von wilder Erleichterung, so, als hätte man ihm das Gewicht des ganzen Firmaments von den Schultern genommen, hätte Lysaer beinahe gelacht.

»Dann seid Ihr also ebenso von königlichem Blut wie er«, schloß Diegan düster. Dann bemerkte er das Auflodern grimmiger Erheiterung in Lysaers Zügen und erinnerte sich, daß beides, Hysterie und der vollkommene Mangel an Emotionen nur allzu häufig auf einen schweren Schock zurückzuführen waren. Mitfühlend enthielt er sich eines anklagenden Tones. »Das ist schwierig. Sogar äußerst problematisch.«

»Ganz und gar nicht.« Auch die nächste Lüge ging Lysaer leicht von der Zunge. »Ich mag der Sohn eines Königs und rechtmäßiger Thronerbe sein, doch nicht auf Atheras Boden. Das Erbe, das ich durch das mir von Geburt gegebene Recht einfordern könnte, liegt unerreichbar jenseits des Weltentores, mir durch die Taten des s'Ffalenn auf immer entrissen.«

»Also ein Exilprinz«, drang Diegan weiter in ihn.

Lysaers Lächeln kam so unvermutet wie Tauwetter. »Überhaupt kein Prinz, mein Freund. Ich wurde formell enterbt, ein Opfer der Tücken eines Zauberers, so wie Ihr es seid. Etarras Bevölkerung soll um ihrer selbst willen meine ganze Unterstützung erhalten. Seid beruhigt. Mir reicht meine Rache.«

In diesem Moment passierten sie eine weitere Gasse; Diegan kontrollierte die kreuzende Straße aus tiefverwurzelter Gewohnheit: solche Orte dienten allzuoft dazu, hochwohlgeborene Bürger in einen Hinterhalt zu locken. »Dann war Eure Mutter keine s'Ffalenn?«

»Nein. Könnt Ihr Euch das nicht denken?« Lysaer verzog das Gesicht, war er doch einem tief vergrabenen Schmerz seiner Kindheit nahe. »Meine Mutter, möge Dharkaron über die Saat ihrer Schande zu Gericht sitzen, war die bedauernswerte, vergewaltigte Königin.«

Vor ihnen lag der Marktplatz, dessen Rundbogentor von Lampen geisterhaft aus dem Dunkel gerissen wurde. In dem sonderbaren, gedämpften Licht erkannten sie die wachsverkrusteten Schreine unter den mit Schnitzereien verzierten Giebeln, auf denen ehrgeizige

Händler Kerzen hatten brennen lassen. Die kleinen Zinntalismane, die klimpernd vor Iyats warnen sollten, hingen still und unbewegt in der windstillen Finsternis.

Dichter drängte sich der Mob; Bauern hatten sich zum Zwecke der Wiederherstellung der Monarchie angeschlossen und schossen Ziegelsteine auf die Handelsleute der Gilden ab. Dann und wann löste sich im Kreuzfeuer der Trümmer ein heiserer Schrei. Mehr Söldner unterstützten nun Diegans Eskorte. Diese neu hinzugestoßenen brachten rußgeschwärzten Goldschmuck mit sich, und die Waffen, die sie drohend schwangen, waren noch immer mit Wimpeln in zeremoniellen Farben geschmückt. Solchermaßen von ihren Posten gezerrt, auf denen sie ursprünglich während der Krönungsfeierlichkeiten für Ordnung hatten sorgen sollen, verlieh ihre glanzvolle Erscheinung dem von Narben übersäten Gnudsog mit seinem schlachtfelderprobten Gang das verbiesterte Aussehen eines Schwerverbrechers.

Eine Störung lief durch die ordentlichen Reihen, als ein Bote in der Livree der Gouverneursbediensteten, dessen Wange verletzt war, sich schweratmend hindurchzwängte. Laut brüllte er über den allgemeinen Lärm nach Lord Diegan.

»Da kommen Neuigkeiten«, bellte Gnudsog seinen Kommandanten an. »Ihr könnt sie jetzt nicht entgegennehmen, Euer Lordschaft. Besser, Ihr hört sie Euch an, wenn wir in der Ratshalle in Sicherheit sind.«

»Nein!« Die Stimme des Kuriers schnappte vor Furcht über. »Nicht dort! Die Halle ist mit mörderischen Zauberbannen versiegelt.«

»Traithe«, sagte Lysaer kurz und bündig. Als Diegan wutentbrannt mit den Zähnen knirschte, hob er beschwichtigend die Hand. »Den Ministern in der Halle wird kein Leid geschehen sein.«

Amethysten und Diamanten glitzerten in der Dunkelheit, als der Kommandant der Garde herumwirbelte. »Bringt den Mann zu mir. Ich will ihn jetzt anhören.«

Die Soldaten machten Platz, um den Boten hindurchzulassen. Sein Hemd war an der Schulter zerrissen, und die Haut über den Knöcheln einer Hand war abgeschürft. »Ich bin froh, Euch überhaupt erreicht zu haben, Euer Lordschaft. Plünderer haben die Lampenpfosten niedergerissen, um sie als Prügelwaffen zu benutzen. Drei Ratsherren sind erschlagen worden.«

»Du bringst Neuigkeiten?« Diegan packte den Mann derb am Kragen.

Gerade in diesem Augenblick erkannte der Bote, wer seinen Lordkommandanten begleitete, und er sprang keuchend zurück. »Aber, Euer Lordschaft! Dieser blonde Mann ist ein Lakai der Zauberer!«

Äußerst geneigt, Gnudsog herbeizurufen, auf daß er dem Bibbern dieses Dummkopfes gewaltsam ein Ende machte, schrak Diegan zurück, als jemand ihn am Arm berührte. Er wirbelte herum und sah sich dem ruhigen Blick Lysaers gegenüber.

Der Prinz, der allen Rechten seines königlichen Ranges entsagt hatte, sagte sanft: »Nicht. Nach Arithons Verrat ist eines Mannes Feindschaft ganz untadelig. Laßt mich selbst beweisen, daß ich Vertrauen verdiene, seines, Eures und das von Etarra.« Der Prinz in dem kitschigen Samtgewand hatte eine Haltung ungeübter Majestät, und seine wenig anziehende Demut vereinigte sich mit Huld und glanzvollem Reichtum zu einem machtvollen Effekt.

Der Bote trat unterwürfig zurück. »Verzeiht mir, edler Herr.« Gerade wollte er den Prinzen berühren, als er, entsetzt über seine blutenden Knöchel, mitten in der Bewegung erstarrte.

Mit einem freundlichen Schlag auf die Schulter erlöste Lysaer den verschreckten Mann aus der Verlegenheit. »Vergeßt den edlen Herrn. Gegen den Herrn der Schatten sind wir von gleichem Stand, Ihr und ich.« Dann, als würde der schreiende, zerstörerische Pöbel nicht gerade von Gnudsogs Männern geschlagen, als würde keine Dunkelheit die Sicht ersticken, forschte er mit sanften Fragen nach neuen Informationen.

Ehrfurchtsvoll beobachtete Diegan, wie der Bote zu zittern aufhörte und antwortete. Sehr bald erfuhren sie, daß Traithes Banne die Angehörigen des hohen Rates handlungsunfähig machten. Mit der Bestimmtheit eines alten, vernarbten Tigers erkannte Gnudsog an, daß seine Truppe zwar problemlos Türen einschlagen konnte, Zauberbanne jedoch eine andere Sache wären.

»Dann werden wir keine Gewalt anwenden«, sagte Lysaer gleichmütig. An den Boten gewandt, fügte er hinzu: »Du hast den Platz vor der Ratshalle überquert. Was ist aus den großen Podesten geworden, die für die heuchlerische Ansprache des s'Ffalenn aufgebaut worden sind?«

Der Kurier verdrehte die Augen. »Aufständische haben sie besetzt. Ein Pack Gildeschüler ist mit Stemmeisen und Brechstangen gekommen, um sie einzureißen, aber die Bauern haben sie mit ihren Rollwagen blockiert, Leopardenbanner geschwungen und geschworen, sie würden die Charta der Krone um ihrer Landrechte willen wieder in Kraft setzen.«

»Extremisten auf allen Seiten?« Lysaer grinste. »Das ist perfekt.« Er lachte und blickte Diegan, der noch immer verblüfft war, und Gnudsog, der in unseliger Verwirrung ganz darauf konzentriert war, die Narben an seinem Arm zu betasten, aus glänzenden Augen triumphierend an. »Da Eure Ratsmitglieder nichts tun können, um die Ruhe in ihrer Stadt wiederherzustellen, sage ich Euch jetzt, wie wir das für sie erledigen werden.

Sie marschierten flott und erreichten bald den Platz. Gnudsog formierte seine Männer zu einem Keil und rannte die aufständischen Schüler von hinten nieder. Schwerter und stahlbewehrte Hellebardenkolben machten kurzen Prozeß mit Holzstäben; der Rollwagen mit den zerschmetterten Lattenkisten und Melonen und den Küken hielt nur kurze Zeit stand. Gnudsogs Männer nutzten Pfosten als Hebel und hatten das Vehikel im Nu umgekippt. Zu diesem Zeitpunkt fluchten die Kämpfer auf beiden Seiten, vereint in gemeinsamer Sache gegen die Söldner.

Während die Kämpfe sich verlagerten, stieg Lysaer eine unbewachte Treppe hinauf, die von einem wilden Durcheinander aus niedergerissenen Flaggen und Leopardenbannern übersät war. Von seinen rechtschaffenen Absichten angetrieben, blieb er kurz stehen, um einen Bauernburschen zu besänftigen, der einen zusammengeballten Fetzen einer Fahne auf die klaffende Wunde in seiner Wange preßte. Ein paar Worte, eine Berührung, ein kleiner Scherz, und der Knabe konnte wieder lächeln. An seinem Gesicht würde dennoch eine Narbe zurückbleiben, die ihm keine Komplimente seitens der Barmädchen einbringen würde. Ein weiterer Schrecken, der den so oder so schon gewaltigen Berg vergrößerte. Ohne sich der Tatsache bewußt zu sein, daß seine Feindschaft durch einen Fluch genährt wurde, erreichte Lysaer die obere Plattform.

Die Bruderschaft hatte sich eine Stelle ausgesucht, die von allen Seiten gut einzusehen war und über eine passende Akustik verfügte. Lysaer blieb zwischen den nun nackten, gesplitterten Pfeilern stehen, welche die Markise getragen hatten, und konnte von dort aus jeden Winkel des Platzes erkennen.

Vor ihm breitete sich das tragische Chaos dieser Stadt aus. Vom fahlen Licht der Laternen wurden kurze Episoden aus dem Dunkel gerissen: schreiende Handwerker, die drohend ihre Werkzeuge schwangen und Pfähle aus ihren Verankerungen rissen; das Gelächter einer zerlumpten Horde Plünderer, die sich tanzend im Kreise drehten; eine Frau, die ein zerrissenes Kleid stahl. Und ein älterer Mann, aufs äußerste bedrängt und seines Spazierstocks bereits verlustig, dessen letzte Waffe gegen seine Angreifer der Rand eines zerbrochenen Blumentopfes war.

Böse Ahnungen ob ihrer Notlage vertrieben die Orientierungslosigkeit, die seit Lysaers Erwachen nicht gewichen war. Desh-Thieres Plan, seine Loyalität wiederzuerlangen, hatte voll und ganz funktioniert.

Seine Besessenheit schob er nun auf Magie, die ihn benebeln und verwirren sollte; daß die Bruderschaft alles tat, Arithons Flucht zu unterstützen, war vorhersehbar gewesen, da sie sich immerhin auch beständig geweigert hatte, seine früheren Verbrechen der Freibeuterei wahrzunehmen. Diesem Trugschluß durfte nicht länger mehr gestattet sein, der Gnade im Wege zu stehen. Ebensowenig konnten die weitverbreiteten Aufstände durch rigoroses Vorgehen aufgehalten werden. Lysaer erkannte, daß es dumm wäre, anzunehmen, er müßte einfach nur die ganze Macht seiner Gabe einsetzen und das Leichentuch aus Schatten am Himmel zu zerfetzen.

Eine Bevölkerung, in der eine Massenpanik ausgebrochen war, mochte einen so gewaltigen Gegenschlag wohl für einen Angriff feindlich gesonnener Magie halten; keine Tat, aus welch guten Absichten auch immer, durfte die Panik nun noch weiter vorantreiben. Ein vorsichtiges Vorgehen aber mochte die Vernunft in ihnen wieder erwecken; Licht mußte sich sanft wie Balsam über die Stadt ergießen, deren zerrissene Loyalität blutenden Wunden vergleichbar war.

Lysaer hob seine Hände.

Während der Monate des Kampfes gegen Desh-Thiere, war seine Gabe geschmeidiger, formbarer geworden; außerdem verliehen die Stunden, während derer sie zusammengearbeitet hatten, Lysaer das Zutrauen, daß er jedes Geflecht aus Arithons Schatten auszuloten vermochte.

Die Schreie, die Rufe, das Krachen des Holzes beim Aufprall des Stahls, als einige Angeber sich Gnudsogs Soldaten entgegenstellten, verstummten, als Lysaer ein unterschwelliges Leuchten hinaufschickte. Still, zartfühlend prüfte er die Bindungen der Dunkelheit, die der Herr der Schatten über die Stadt gebracht hatte.

Sein forschendes Glimmen wurde sogleich verschluckt. Eine Dunkelheit gleich einem unergründlichen Ozean, schien seine Anstrengungen zu verhöhnen. Lysaer schluckte seinen neu erwachten Ärger hinunter. Keine Schattendecke konnte von unendlichen Ausmaßen sein. Nicht einmal die Macht der Bruderschaft war unbegrenzt. Lysaer stellte seine Vernunft und Objektivität der

Glut seines Hasses entgegen. Bei seinem nächsten Versuch erkannte er eine Spur von Magie, die geschickt mit den Schatten verwoben war. Nicht nur, daß die Illusion ihn genarrt hatte, anzunehmen, die Nacht wäre grenzenlos; Lysaer hatte sich auch in der Annahme getäuscht, daß Arithon sich noch innerhalb der Stadtmauern befinden mußte.

Haltezauber verankerten die Schatten. Seine magischen Fertigkeiten erlaubten es dem Herrn der Schatten, Finsternis zu spinnen, die auch ohne seine Anwesenheit Bestand hatte.

Sehr wahrscheinlich war das Tageslicht blockiert worden, um eine eilige Flucht zu verbergen. Daß Arithons Attacke sich nicht direkt in böser Absicht gegen die Bürger Etarras gewandt hatte, war für Lysaer kein Grund, ihm zu vergeben. Das Durcheinander hatte Aufstände hervorgebracht. Der Mann, dessen königliche Pflicht es gewesen war, den Frieden zu erhalten, hatte skrupellos zu den verheerendsten Mitteln gegriffen, um sich seiner Verantwortung zu entziehen.

Dem Recht würde gedient werden, gelobte Lysaer. Für jedes verlorene Leben, jede Verletzung, die durch diese Nachlässigkeit entstanden war, sollte Arithon s'Ffalenn bezahlen.

Die Macht der Dunkelheit mußte geradewegs durchbrochen werden. Lysaer streckte die Arme aus. Glut fuhr zum Himmel auf. Golden, wie das Licht der Nachmittagssonne auf einer herbstlichen Wiese, ging ein Glorienschein von seiner Gestalt aus, den niemand mit dem Licht einer Fackel verwechseln würde.

Inmitten des Tumultes auf dem Platz, über die Barrikaden hinweg, die Gnudsogs Garde aus Pfosten errichtet hatte, richteten sich die Blicke auf die Quelle jener undefinierbaren Helligkeit. Etarras traumatisierte Bürger sahen einen Mann, der sich tapfer der Dunkelheit entgegenstellte.

Jemand schrie. Hände erhoben sich aus der Menschenmenge und deuteten auf die einsame blonde Gestalt auf dem Podest. Die Kämpfe hörten auf. Bauern starrten hinauf, Ziegelsteine und Wagenachsen, die als Knüppel gedient hatten, baumelten vergessen in ihren Händen, als ihre Streitsucht Verwunderung wich. Rauhbeinige Männer, die plündernd und raubend durch die Straßen zogen, wurden von dem Licht, das die Schatten in den Eingängen vertrieb, aufgeschreckt. Plötzlich bar ihrer Deckung schlichen sie durch die Nebenstraßen davon, um der Gefangennahme durch die Wachen zu entgehen. Gildebanden, deren Haß weit zielgerichteter war, unterbrachen ihre Bemühungen, ihren Rivalen Schaden zuzufügen. Die am schlimmsten betroffenen, von Angst erfüllten Handwerker und Händler rotteten sich zusammen und brachen in lautes Geschrei aus angesichts der Wiedergeburt der Sonne, die ihr Eigentum und ihr Auskommen bewahren würde. »Wir sind gerettet!«

Von der Treppe des Podestes antwortete ihnen Lord Diegan: »Dank der Gunst Lysaers, Lord des Lichts, wird unsere Stadt wieder im Wohlstand erblühen!«

»Lysaer, Lord des Lichts!« jubelte ein Steinmetz mit rauhen Händen.

Sein begeisterter Ruf wurde aufgenommen, bis der große Platz in Etarra von Tausenden von Stimmen widerhallte.

Der goldene Kreis wurde größer, heller. Lysaers Hände schienen in einer Fontäne goldener Funken zu baden. Licht ließ sein Haar strahlen wie feinstes Metall und glitzerte über die schmückenden Fäden in Stulpen und Wams. Keine Veränderung zeigte sich ob der Jubelschreie in seinem aufwärts gerichteten, leuchtenden Gesicht. Feingemeißelt in angestrengter Konzentration erinnerte der Lord aus dem Westen, der Wunder wirkte, an einen Engel, der von den gepriesenen Heerscharen Athlierias in den Pfuhl der Verkommenheit entsandt worden war.

Selbst den sonst so mürrischen Gnudsog hatte die Begeisterung mitgerissen. »Er sieht aus wie ein wahrer Prinz.« Augen, so dunkel wie morastiger Torf, richteten sich mit starrem Blick auf Diegan. »Laßt nur nicht zu, daß Eure Trottel im Rat ihm aus lauter Dankbarkeit eine Krone überreichen.«

Nicht recht beglückt, als der Gesang auf dem Platz so laut wurde, daß selbst die entferntesten Fenster noch zu klirren begannen, antwortete Etarras Lordkommandant mit einem ergrimmten Grinsen. »Was Lysaer für seine Hilfe fordert, ist der Kopf des Prinzen von Rathain.«

»Gut.« Gnudsog lächelte. Seine grauen Züge vermochte dies nicht zu verschönern; die Narben und abgebrochenen Zähne vergangener Auseinandersetzungen ließen ihn bösartig genug aussehen, selbst die Kopfjäger zu einem Bittgebet zu veranlassen. »Dafür, bei meinem Schwert, ist ihm meine Unterstützung sicher.«

Doch Etarras Objekt der Bewunderung blieb ungerührt. Lysaers Kampf gegen Arithons Magie erforderte seine ganze Konzentration. Selbst unter dem Ansturm reinen Lichtes erwiesen sich die Schatten als ausgesprochen widerspenstig. Wie Tintenflecken auf hellem Filz widerstanden sie so ergrimmt, daß es manchmal gar schien, sie würden zurückschlagen. Wieder sandte Lysaer seine Gegenmaßnahme hinauf. Die Zeit verrann. Gleichmäßig strömte das Licht aus ihm hervor, während er den Rückzug der Dunkelheit verfolgte. Blind für alles andere, taub für die aufmunternden Rufe Diegans, verpaßte er den Augenblick des Triumphes, als Etarra von Mauer zu Mauer von der feurigen Glut seiner Gabe erhellt wurde. Lampen und Fackeln beleuchteten selbst die düstersten Gassen, in denen Gnudsogs Patrouillen unterwegs waren, die Unverbesserlichen unter den Aufständischen zu bezwingen.

Am Nachmittag öffneten die Händler die Türen ihrer Häuser. Angelockt von wilden Gerüchten und dem steten, brennenden Fluß des Lichtes kamen die Menschen aus allen Bezirken der Stadt wieder aus ihren Zufluchten und füllten den großen Platz. Die Jubelrufe wurden allmählich leiser, bis sie schließlich ehrfürchtigem Schweigen wichen.

Versunken in seinen Kreuzzug gegen die Dunkelheit, rührte sich Lysaer nicht, als die Ratsherren wieder erwachten und feststellten, daß ihre Ratshalle durch nichts anderes als alltägliche Riegel und Schlösser versiegelt war.

Irgendwann, von niemandem bemerkt, war der Zauberer Traithe verschwunden.

Voller Demut versammelten sich Etarras Würdenträger auf den Podesten, als sie hörten, daß Lysaer ihren Kampf gegen die Monarchie auf seine Schultern geladen hatte. Inmitten gesplitterter Bretter und zerrissener Seide standen sie wachsam an Lysaers Seite.

Ohne sich ihrer Anwesenheit bewußt zu werden, stand Lysaer im gleißenden Licht und rang mit der enttäuschenden Erkenntnis, daß Arithons umfangreicheres Wissen ihn geschlagen hatte. Nur seine Entschlossenheit hielt ihn aufrecht. Er würde Etarras Not bekämpfen, bis seine letzte Kraft ihn verließ. Die Schatten waren inzwischen bis über die Grenze der Stadt hinausgetrieben worden. Nicht fähig, wahrzunehmen, daß das Blutvergießen geendet hatte, jagte Lysaer in wilder Zielstrebigkeit sein Licht hinaus.

Diegan war ihm am nächsten, als seine weit ausgebreiteten Arme zu zittern begannen. Die lichtüberfluteten Hände zuckten und ballten sich am äußersten Rand vollkommener Erschöpfung zu Fäusten, und Lysaers Leib erbebte krampfhaft. Er schwankte auf seinen Füßen, und da, an seiner Seite, war Etarras Lordkommandant, der ihn stützte, als er fiel.

Flackernd öffneten sich seine Augen mit einem gemarterten Ausdruck der vollkommenen Niederlage.

Erfüllt von Mitleid sagte Lord Diegan: »Lysaer, es ist alles in Ordnung. Die Aufstände sind beendet. Ihr habt genug getan, das Blutvergießen zu beenden, und die Schatten sind bis jenseits unserer Stadttore verdrängt.«

»Es ist nicht alles in Ordnung!« Seine Stimme wurde zu einem Flüstern ungesühnten Zornes, als Lysaer in Diegans Armen zusammenbrach. »Nichts ist zu Ende. Weder Dunkelheit noch der Prinz der Finsternis soll über Rathain herrschen, solange ich lebe.«

Auf dem Podest, auf dem ein gekrönter König einen

Eid auf die königliche Charta hätte ablegen sollen, nahm die von der Bruderschaft geschaffene Akustik auch die leisesten Worte auf. Lysaers leidenschaftliches Versprechen erreichte klar und deutlich selbst die äußersten Enden des Platzes.

Für ein Dutzend Herzschläge herrschte Stille. Dann schien die Luft selbst zerspringen zu wollen, als die versammelte Menschenmenge Tausender Bürger Etarras den angehaltenen Atem lauthals in zustimmenden Jubelschreien entließ. Die donnernde Ehrerbietung ließ die Erde erzittern. Doch der Prinz, der dem Volk zu einer Atempause verholfen hatte, hörte nichts davon, waren ihm doch längst in Diegans Armen die Sinne geschwunden.

Kurz nach Mitternacht verzogen sich die Schatten, die Arithon über Etarra zurückgelassen hatte, aus eigenem Antrieb. Zu diesem Zeitpunkt war die Bevölkerung bereits sehr von dem Helden in ihrer Mitte eingenommen; Gerüchte schrieben die Befreiung von den Schatten dem blonden Prinzen aus dem Westen zu. Zu wortkarg, seiner Zufriedenheit über das gelungene Werk dieses langen Tages Ausdruck zu verleihen, thronte Gnudsog auf dem Fenstersims von Lordgouverneur Morfetts bester Gästesuite und blickte auf den Platz hinunter. Ohne seine Kampfausrüstung, noch immer in die verschwitzte Wollwäsche gekleidet, die er unter seinem Kettenhemd zu tragen pflegte, trank er Wein aus einem gewaltigen Messingkrug. Seine torfmoorschwarzen Augen beobachteten brütend, wie die regierenden Herren Etarras sämtliche Möbel des Raumes in Beschlag nahmen und hitzig über den Einsatz seiner Truppen debattierten.

Ihre welken Schmuckbänder und die schlecht geplättete Seide ihrer Kleider verliehen dem Raum die Ausstrahlung eines zweitklassigen Bordells. In ihrer Mitte, glanzvoll in seinem Samt und den kühl glitzernden Saphiren, lag Lysaer s'Ilessid bewußtlos oder auch nur in den tiefen Schlaf der Erschöpfung gesunken. Der Heiler, der ihn untersucht hatte, hatte empfohlen, ihn ruhen zu lassen, ehe er, ohne eine Prognose zu wagen, gegangen war.

Anfällig für zwiespältige Gefühle gegenüber der Argumentation, trank Gnudsog. Ungeduldig ließ er seine Fingerknöchel krachen. Das Gewäsch der Ratsherren verärgerte ihn. Wiederholte Suchaktionen hatten zweifelsfrei ergeben, daß jeder der Bruderschaftszauberer offenbar spontan verschwunden war; Suchmannschaften hatten den ganzen Lagerhausbezirk auf den Kopf gestellt, ohne Ergebnis. Die zwangsweise eingezogenen Fleischabdecker waren davongelaufen. Der Gerechtigkeit konnte nun kaum mehr Genüge geleistet werden, bis ein schattenlenkender Krimineller aufgespürt und endlich der Gerichtsbarkeit zum Urteil übergeben werden konnte. Zu diesem Zweck brachte Gnudsog die Hausdiener außer Atem, ließ er sie doch Botschaften an seine Leutnants und sein Netzwerk weit verstreuter Kundschafter überbringen.

Als die langersehnte Nachricht ihn endlich erreichte, die ihn ohne jeden Zweifel darüber in Kenntnis setzte, daß Arithons Spuren gefunden waren, hörte in dem Lärm der hitzigen Diskussion niemand auf ihn.

Gnudsog verlor die Geduld.

Krachend setzte er seinen Krug mit solcher Gewalt ab, daß der Wein über den Rand hinaus spritzte. Stille senkte sich über den Raum. Die Regierungsangehörigen Etarras wandten ihre Köpfe, um an ihren überlegen hochgereckten Nasen entlang böse auf den Urheber dieser besonders unmanierlichen Störung herabzublicken.

Voll und ganz unbeeindruckt von Fragen des Protokolls wischte sich Gnudsog mit einem behaarten Handrücken über sein Stoppelkinn. »Wie ich schon sagte, wir haben ihn gefunden. Euer mit Schatten spielender kleiner Zauberer ist über die Straße des Nordens geflüchtet. Inzwischen hat er fünf Stunden Vorsprung, und sein Kurs führt ihn direkt zu den Clans von Deshir.«

Diese Erklärung verursachte Tumult in dem Zimmer.

Der Minister der Weber- und Spinnergilde erging sich in einem schwafeligen Monolog, während der Bürgermeister des Südviertels in dem kläglichen Versuch, die Ordnung wiederherzustellen, wild mit seinem Hut auf seine Stuhllehne einprügelte. Sein Pochen ging in dem aufgeregten, spekulativen Geplapper unter, welches seinerseits von dem schrillen Ausruf des Handelsministers übertönt wurde: »Ath schütze uns! Wir sind verloren! Im Kampf gegen Zauberei und Schatten werden selbst unsere besten Truppen zu blutigem Hundefutter verarbeitet werden. Was helfen uns all die Schwerter, wenn es uns nicht gelingt, den Prinzen des Lichts zu überzeugen oder zu zwingen, uns zur Seite zu stehen?«

Mit verspäteter Lüsternheit richteten sich plötzlich sämtliche Blicke auf den juwelengeschmückten Schatz, der sich in ihrer Mitte verbarg. Nur waren die blauen Augen jetzt geöffnet. Lysaer war vom Gezänk der Männer erwacht.

Gnudsog lachte leise, angesichts der Geschwindigkeit, mit der Etarras Würdenträger ihre Besorgnis wieder hervorkramten.

Die stolzesten und hochmütigsten Abkömmlinge einer Ahnenreihe edlen Blutes sanken neben ihrem künftigen Retter in die Knie.

Über ihre kriecherische Haltung ein wenig amüsiert, setzte Lysaer sich auf. Nachdenklich blickte er mit gerunzelter Stirn unter seinem zerzausten Goldhaar hervor und sagte in ernstem Ton: »Meine Unterstützung war niemals in Frage gestellt.« Zuvor Phrasen dreschende Stimmen schwiegen, damit seine Worte Gehör finden konnten. »Ich werde Euch helfen, solange Ihr meine Hilfe benötigt. Aber Etarra muß handeln, ohne zu zögern. Es wird Krieg geben, wenn Arithon lange genug am Leben bleibt, um Verbündete zu finden. Mit der Unterstützung der Clans im Norden könnte er seiner gerechten Strafe vollends entgehen.«

»Die Barbaren mögen Schwierigkeiten machen, doch sie können keine ernsthafte Gefahr für uns darstellen«, unterbrach Pesquil, ein magerer, blaßer Mann, der die

Zobelschärpe eines hochrangigen Kopfjägers trug. »Unsere Stadtgarnison könnte die Clans auslöschen. Das war nie unser Problem. Wir haben diesen Feldzug jahrelang geplant. Wir kennen die Lager der Barbaren, ihre Schlupfwinkel, wir wissen sogar, wo sich ihre Waffenlager befinden. Was uns abgeschreckt hat, waren lediglich die notwendigen Mittel, die Truppen loszuschicken.«

Lordgouverneur Morfett trocknete seine schweißnassen Schläfen mit der schmutzigen Spitze seiner Ärmelstulpen. »Nach der heutigen Demonstration von Schatten und Zauberei bezweifle ich, daß das Schatzamt noch Einwände hat.«

Als der städtische Schatzmeister sich zu einer Entgegnung wappnete, erhob sich Lysaer s'Ilessid. »Möge Ath uns den Krieg ersparen. Worauf warten wir noch?« Er bemerkte Diegans zustimmendes Nicken und fügte hinzu: »Wenn wir jetzt mit einer berittenen Truppe zuschlagen, werden wir vielleicht nicht mehr als ein Schafott und eine Tribüne für die Hinrichtung benötigen.«

»Zwanzig Lanzenreiter sind bereits unterwegs.« Auf der anderen Seite des Raumes lächelte Gnudsog, als die Würdenträger erneut auf seine Anwesenheit aufmerksam wurden.

»Sie haben die Stadt durch das Nordtor vor einer halben Stunde verlassen.«

Lysaer betrachtete den ergrauten Hauptmann mit einer Mischung aus Sorge und Respekt. »Eure Stadt schuldet Euch Dank für Euren Weitblick, aber Lanzenreiter mögen nicht ausreichend sein. Arithon s'Ffalenn ist so gerissen und skrupellos wie es der Pirat war, der ihn gezeugt hat. Je mehr Zeit er gewinnt, desto gefährlicher wird er. Wenn wir Überraschungen vermeiden wollen, so müssen wir inzwischen davon ausgehen, daß er Euren Männern entkommt und die Barbaren des Nordens erreichen wird. Meine Herren, um unser aller Sicherheit willen bitte ich Sie dringend, die Stadt sofort für einen möglichen Krieg zu rüsten.«

»Wir sind beschlußfähig«, ließ sich Diegan vernehmen, der es sich einer Katze gleich inmitten der Felldecken bequem gemacht hatte. »Sollen wir über diesen Punkt abstimmen?«

Hände wurden erhoben, eine Zählung durchgeführt, und Gnudsogs Lächeln bekam einen gefräßigen Zug. Er befahl den hinauseilenden Pagen, Tinte und Feder zu organisieren. Dann schickte er jemanden hinterher, die Stadtsiegel herbeizubringen. Innerhalb einer Stunde waren Morfetts mit Ornamenten verzierte Tische zu Schreibtischen umfunktioniert worden, und Gnudsogs schwielige Fäuste trugen schwer an den Anforderungen für Proviant, Waffen und Truppen.

Währenddessen ging Lysaer erfüllt von ruheloser Leidenschaft im Raum auf und ab, hielt widerstrebenden Ratsherren flammende Vorträge und beschwatzte den Schatzmeister, den Schlüssel zur Schatzkammer herauszugeben. »Schlagt sofort und gründlich zu«, betonte er. »Oder ich kann Euch versprechen, daß Ihr Euch mehr Ärger einhandeln werdet als je zuvor in Eurer Geschichte.«

In ganz Athera war er der einzige Mann, der den Schaden zu ermessen imstande war, den die Tücke des s'Ffalenns verursachen konnte. Seine größte Sorge war es, den Etarranern begreiflich zu machen, wie gefährlich dieser Feind war.

Gleich nach der Morgendämmerung ritt Gnudsogs leichte Kavallerie in den nördlich gelegenen Außenhof der Zitadelle. Müde Reiter stiegen von ihren Pferden inmitten der lauten, aufgewühlten Geschäftigkeit einer Stadt, die sich zum Krieg rüstete. Zu dieser Zeit ließen sich die Ratsherren des Gouverneurs bereits bereitwillig von ihrem einzigen Retter führen. Ein ermatteter Offizier wurde eilends zu Lysaer gesandt, ihm mitzuteilen, daß die Reiter ihre Mission, Arithon gefangenzunehmen, nicht hatten erfüllen können.

Gerade berichtete der junge Lanzenreiter über einen

Tisch hinweg, auf dem sich schmutzige Teller und Landkarten stapelten, die mit den Tintenspuren der eilends aufgestellten Strategien verschmiert waren. »Wir konnten ihn nicht einholen. Der Herr der Schatten hatte schon zuviel Vorsprung, auch ohne die Finsternis Sithaers und den Schnee, der seine Spuren verdeckte. Als wir erfuhren, daß er einem Wagenzug ein Pferd geraubt hat, blieb uns keine andere Wahl als umzukehren. Es war sinnlos, mit unseren fast lahmen Pferden noch weiterzureiten.«

Sonnenlicht fiel auf die ausgebreiteten Lagen von Schriftrollen, die knisterten, als Diegan sich herüberbeugte; außer dem Kratzen, das Lordgouverneur Morfett verursachte, als er sich über das fleischige, stoppelige Kinn rieb, war dies für eine Weile das einzige Geräusch, das die Stille durchbrach. Keiner der Männer hatte während der vergangenen Nacht geschlafen oder sich irgendwie erholen können.

Der Hauptmann der Lanzenreiter trat nervös von einem Fuß auf den anderen.

»Warum habt ihr dem Führer des Wagenzuges nicht befohlen, Euch frische Pferde zu überlassen?« verlangte Diegan schließlich zu erfahren.

»Euer Lordschaft, der Händler, dem der Zug gehörte, untersteht nicht der Herrschaft Etarras.« Mit verbittertem Ton fügte der Hauptmann hinzu: »Dennoch hätten wir Hilfe bekommen können, wenn wir dem Zugführer nur ebensoviel Bestechungsgeld hätten geben können wie der Flüchtige.«

Lysaer runzelte die Stirn.

Von Spitzfindigkeiten weit entfernt und blaß vor Müdigkeit, sagte er: »Ihr habt doch behauptet, er hätte das Pferd gestohlen?«

»Das hat er.« Frustriert biß der Hauptmann die Zähne zusammen. »Euer Herr der Schatten hat es nicht gewagt, ein faires Angebot zu machen, denn seine Aussprache ähnelt ebenso wie Eure, verzeiht mir, Euer Lordschaft, der der Barbaren. Statt das Risiko einzugehen, erdolcht zu werden, kaum daß er den Mund aufgemacht hätte, hat er zur Ablenkung ein Proviantzelt angezündet, seine Schatten herbeigerufen und sich mit einem Zugpferd davongemacht. Fragt niemanden um Erlaubnis, stellt Euch das vor, aber er läßt einen Mantelknopf mit einem Smaragd zurück, so groß, daß einem die Augen aus dem Kopf fallen. Als meine Lanzenreiter von der Geschichte erfuhren, war der Zugführer sturzbetrunken vom vielen Bier. Die angeheuerte Wachmannschaft des Zuges war auf einen freien Tag aus und absolut nicht daran interessiert, einen Flüchtigen zu verfolgen.«

Lysaer schlug mit beiden Händen auf den Tisch. Brotkrümel flogen von den Tellern, und Tintenfässer schwankten, begleitet vom Klirren der Buttermesser. »Das ist typisch für den Bastard. Möge Dharkaron die Schliche der s'Ffalenns strafen.«

Lord Diegan verfolgte den Ausbruch des Prinzen mit dem üblichen, höflichen Interesse, während Gouverneur Morfett, der gerade damit beschäftigt war, sich die Butterreste vom Kinn zu wischen, erschreckt aufblickte. »Verzeihung?«

Zorn flammte in Lysaers Augen. »Arithon ist schnell und einfallsreich wie ein Dämon, und er ist sich unserer Schwächen voll und ganz bewußt. Ich habe die Taten seiner Familie schon früher erleben müssen. Wenn er die Chance bekommt, dann wird er uns gegeneinander ausspielen, bis wir uns unserer selbst nicht mehr gewiß sein werden. Aber diesmal wird ihm das nicht gelingen. Arithons verdrehte Strategien werden auf ihn selbst zurückwirken. Und wenn es soweit ist, dann möge Daelion dafür sorgen, daß ich zur Stelle bin, um ihm endgültig das Genick zu brechen.«

Vom Hauptmann der Lanzenreiter, der sich in seinem schmutzstarrenden Mantel und den schweißnassen Stiefeln furchtsam duckte, aus seiner leidenschaftlichen Rage geweckt, besann sich Lysaer auf sein Mitgefühl. »Ihr seid sichtlich müde. Ihr könnt unbesorgt ruhen, Eure Kompetenz hat in dieser Angelegenheit nie zur Frage gestanden.« So selbstverständlich, als gehörte es zu seinen üblichen Pflichten, die Loyalität der Soldaten zu loben, fügte er hinzu: »Wenn sich ganz Etarra mit dem gleichen Diensteifer gegen den Herrn der Schatten stellt, wie Ihr ihn gezeigt habt, dann wird sein Kopf schon bald uns gehören.«

Besucher

Von ihrer Wegewache erfährt die Oberste Zauberin Morriel, daß Etarra sich zum Krieg rüstet; sofort ruft sie ihre Erste Zauberin herbei und erteilt ihr scharfe Befehle: »Die Bruderschaftszauberer haben die Amtsübernahme des s'Ffalenns verspielt. Arithon ist auf der Flucht und deine Vermutung zutreffend. Wenn Elaira von dieser Entwicklung gewußt hat, dann steckt mehr als Verliebtheit hinter ihrer Eskapade in Erdane. Rufe sie nach Narms im Westen zurück, und sorge für unser Gepäck. Wir müssen sie dort schnellstens treffen ...«

Den letzten, in Etarra ausgetriebenen, Geist im Gepäck, eilen Asandir und der Wahnsinnige Prophet durch die tiefste Wildnis Daon Ramons zum Skelsengtor, um Desh-Thiere an einen sichereren Ort zu bringen; über ihnen brennt die Sonne scharlachrot auf die wirren Wolken hernieder, die Kharadmon entfesselt hat, auf daß sie das Land im Norden überziehen mögen ...

Währenddessen reitet in der Ebene von Araithe ein Flüchtling mit hochgezogenen Schultern auf einem gestohlenen Zugpferd in gestrecktem Galopp weg von der Stadt Etarra durch den niederprasselnden Regen ...

5
STRAKEWALD

Der Rest des Sturmes, den Kharadmon gen Süden gesandt hatte, traf einige Wegstunden nördlich von Etarra auf Arithons grimmige Schatten. Der Effekt wirkte sich nachteilig auf die Natur aus. Für lange Zeit fiel Schnee und überzog das Land, das sich gerade erst in frühlingshaftes Grün gehüllt hatte.

Im Schutz der Dunkelheit ritt Arithon über Straßen, auf denen, dank der unnatürlichen, beißenden Kälte, niemand sonst unterwegs war. Unterwegs hinterließ er Banne der Illusion und des Verschleierns, bis seine Reserven erschöpft waren. Als Zorn und Mühe ihn endgültig ermattet hatten, ließen selbst seine Schutzzauber nach.

Der Schnee wurde zu Schneeregen und schließlich zu Regen, der ihm so heftig ins Gesicht schlug, daß er kaum mehr sehen konnte; nasse Erde brach durch den Frost auf zu einem Gemisch aus Schlamm und Pfützen. Der weiche Grund erschwerte dem Pferd das Vorwärtskommen. Alle, etwas schnelleren, Schrittarten wurden zu einem rutschigen Elend, das Verletzungen geradezu erzwang. Aus Mitleid mit der braunen Stute band Arithon sie los, damit sie durch die riedbewachsenen Ebenen wandern konnte, ehe sie auf den Felsen stürzen und sich verletzen würde.

Zudem war sie zu auffällig, um sie noch länger zu behalten; trotz der guten Gründe, die zu dieser Entscheidung geführt hatten, stellte Arithon mit Überraschung fest, daß es ihn schmerzte, sie zu verlieren. Seit Ithamon und Etarra hatte er nicht mehr erwartet, noch zu sentimentalen Gefühlen fähig zu sein.

Dem Zugpferd, das er gestohlen hatte, erging es noch schlimmer. Schlecht beschlagen und unsicher im Schritt stolperte und schwankte es, bis Arithon schließlich die Zügel locker ließ und dem Pferd gestattete, selbst seine Gangart zu wählen. Regen durchnäßte Pferd und Reiter bis auf die Haut. Nur dort, wo Mensch und Tier einander ständig berührten, gab es noch ein wenig Wärme.

Entgegen der vorherrschenden Meinung in Etarra hatte Arithon die Straße des Nordens nicht absichtlich ausgewählt, sondern war ihr nur deshalb gefolgt, weil er verfolgt wurde und weil im Süden nichts außer Ithamon war.

Drei Tage und zwei Nächte blinder Flucht hatten ihn so sehr erschöpft, daß er, als die Kundschafter, die Steiven ausgesandt hatte, ihm den Weg abzuschneiden, die Straße vor ihm blockierten, weder Kraft noch Lust verspürte, sein Pferd zu wenden oder auch nur den Versuch eines symbolischen Widerstandes zu unternehmen.

Sie eskortierten ihn zu einem Lager in einem Wäldchen zwischen den Bergen, durch das sich ein Fluß nordwärts zum Meer schlängelte. Die Morgendämmerung war angebrochen und der Sturm nur mehr ein Nieselregen. Im klaren Gesang der Vögel tropfte silbriges Wasser von Blättern und knospenden Zweigen herab. Von leisen Geräuschen wie dem Klirren von Gebißstangen und dem Schnauben der angebundenen Kundschafterpferde, wies kaum etwas auf eine menschliche Ansiedelung hin. Kein Rauch stieg von irgendwelchen Feuerstellen auf, und nirgends jaulte oder bellte ein Hund.

Bestärkt in seinem Mißtrauen gegenüber einem Lager auf feindlichem Grund, stieg Arithon ab. Die nassen Enden seines Mantels hinterließen Streifen in dem schaumigen Schweiß am Leib des Wallachs. Barbarenhände hielten ihn, als er zu schwanken begann. Das Zugpferd wurde fortgebracht, während eine Kundschafterin auf ein Lederzelt deutete, das nicht weit entfernt zwischen den Bäumen stand.

»Lord Steiven erwartet Euch, Euer Hoheit«, sagte sie.

Zu schwach, sich gegen die königliche Anrede zur Wehr zu setzen, folgte Arithon der angegebenen Richtung. Die Bewegung selbst erforderte schon all seine Konzentration. Seine Lippen brannten, und die vielen Stunden zu Pferd hatten seine Beine in eine schwammige Masse schmerzenden Muskelfleisches verwandelt. Er stolperte in das Wohnzelt hinein und brachte den Geruch von Gras und modriger, feuchter Wolle in die Atmosphäre der Wärme innerhalb der herbstlichen Farben der zart gemusterten Teppiche. Als der Stoff über dem Zelteingang hinter ihm zufiel, stand er blinzelnd da und war sich der versammelten Menschen, die ihn erwartungsvoll betrachteten, nur vage bewußt. Bewegung kam in die Anwesenden.

Erst spät erkannte er, daß sie sich nicht einfach nur an den niedrigen Tisch gesetzt hatten, der mit Schreibfedern, Zinnkrügen und arg mitgenommenen Pergamentrollen überhäuft war. Statt dessen knieten alle vier jenseits dieser Unordnung: ein junger Mann, eine Frau in mittleren Jahren und zwei Alte. Der fünfte im Bunde, ein wahrhaft imposanter Mann, der eine rotbraune Lederrüstung trug, sagte mit tiefer, befehlsgewohnter Stimme: »Ehre und Willkommen dem s'Ffalenn, Hoheit.«

Arithon zuckte zusammen. Als er mit der rechten Hand eine ablehnende Geste machte, spritzen Wassertropfen von der plattgedrückten Ärmelstulpe und der recht verschmutzten Spitze. Sein linker Arm hielt etwas Schweres, das sich in der zerrissenen und aufgeweichten Wolle seines Mantels verbarg, während auf seinem regennassen schwarzen Haarschopf der Reif von Rathain vergessen im harten Licht der Kerzen glänzte. Endlich sprach er in schleppendem Ton: »Ich erbitte Eure Gastfreundschaft als ein Bittsteller und ein Fremder. Niemand hier schuldet mir irgendeine Treue.«

Seine Augen gewöhnten sich an das Zwielicht, doch das Flackern der Kerzen nahm ihm die neugewonnene

Sicht sogleich wieder. Der Sprecher erhob sich lächelnd, und in einem nervenzerreibenden Augenblick der Erkenntnis erblickte er die Aura des Mannes, wie es nur ein Zauberer konnte. Dieser Mann mit dem narbigen Gesicht hatte die Gabe des Zweiten Gesichts. Eine Vision hatte ihm diesen Augenblick offenbart, und in seinem Verhalten zeigte sich keinerlei Unsicherheit, als er sagte: »Ihr seid der Teir's'Ffalenn, von Asandirs Hand als rechtmäßiger Thronerbe anerkannt. Ich habe geschworen, Eurem Geschlecht zu dienen so wie meine Vorfahren, die ebenfalls bestellte Regenten des Reiches waren und auf die Rückkehr von Rathains wahrem Hohekönig gewartet haben.«

»*Caithdein*«, flüsterte Arithon mit blutleeren Lippen.

Bewegung kam in die Menschen im Raum, als er die alte Zunge gebrauchte. Die Bezeichnung für den ›Schatten hinter dem Thron‹ veranlaßte den großen Krieger lediglich, noch etwas breiter zu lächeln. »Während der Abwesenheit eines Thronerben oblag es mir, Rathains Erbe zu schützen und das Volk im Kampf zu führen. Beansprucht Euer Erbe, mein Prinz. Meine Regentschaft ist vorbei.«

Arithon knirschte wütend mit den Zähnen. »Befehlt Euren Leuten, sich zu erheben.« Er war zu müde für so etwas. Das Licht schmerzte in seinen Augen, in seinem Kopf drehte sich alles, und er konnte die Last, die in seinen Mantel gehüllt war, nicht länger verborgen halten. »Ich bin als Bastard geboren«, fügte er verzweifelt hinzu. »Ich werde keines Mannes Loyalität beanspruchen.«

»Euer Hoheit, das ist nicht von Bedeutung.« Der aristokratisch wirkende alte Mann neben dem Clanführer hatte silbernes Haar und war mit seiner schwarzen, elegant geschlitzten und mit gelber Seide durchwirkten Tunika gewandet, wie es bei Hofe üblich sein mochte. Aufrecht und sicheren Schrittes überquerte er mehrere Lagen Teppich, ehe er sich still vor dem Prinzen verneigte. Als er sich wieder aufrichtete, waren seine Augenbrauen hochgezogen, und sein von Lachfältchen umgebener Mund entblößte auseinanderstehende Vorderzähne. »Als was Ihr auch geboren sein mögt, das kann Euer Geburtsrecht nicht unwirksam werden lassen. Illegitimität war für keinen s'Ffalenn je ein Grund, vor der Thronfolge zurückzuschrecken. Seit Torbrands Zeiten waren die s'Ffalenns der direkten Linie stets den Cousins und Schwägern vorangestellt. Aus dem Stegreif könnte ich Euch ein Dutzend Balladen nennen, die meine Worte bestätigen.«

Arithon starrte den aufrechten Mann mit der leisen Stimme an, und ein wachsamer Ausdruck trat in seine kantigen Züge. »Wer seid Ihr?« wisperte er.

Der Edelmann ging nicht auf seine Frage ein, sondern hob seine Stimme zu Lauten, so makellos, wie sie nur ein Sänger zustande bringen konnte. »Ihr seid vom Blute s'Ffalenns, und die Bruderschaft der Sieben selbst hat Euch zum Thronerben erklärt.«

»Wer seid Ihr?« wiederholte Arithon, und die Anstrengung schlug sich auf seine rauhe Stimme nieder.

»Man nennt mich Halliron, und auch ich habe die Clans des Nordens um ihre Gastfreundschaft gebeten.«

Alle Farbe wich aus Arithons Gesicht. Diese Ironie traf ihn schmerzhaft: Vor ihm stand der Meisterbarde, dieser einzige Mensch in sämtlichen fünf Reichen Atheras, der seine wahre Herzensleidenschaft erfüllen konnte, hätte nicht ein unerwünschter Thron ihm diese Möglichkeit unwiderruflich genommen.

Kaum einen Fuß von Arithons Ellbogen entfernt brannte eine Kerze in einem Messingständer. Er streckte den Arm aus, um den Docht zu löschen, doch es war schon zu spät. Längst hatte das Licht all den fremden Menschen seine Sehnsucht verraten.

Er wandte sich der einzig möglichen Ablenkung zu und wickelte das Bündel in seinem Mantel aus. »Nehmt sie«, sagte er, als der verhüllende Stoff entfernt war und den Blick auf den blau angelaufenen Leichnam des Kindes freigab, das er seit Etarra auf seinen Armen getragen hatte. Das, vielleicht fünf Jahre alte, Mädchen war verkrüppelt und vom Hunger ausgezehrt. Auf dem knochigen Arm, der steif auf ihrem Brustkorb lag, zeigten sich die verheerenden Auswirkungen einer entzündeten Wunde, und die halb unter schmutzigen Verbänden verborgene Hand stank überwältigend nach faulendem Fleisch.

Jene Clanangehörigen, die noch nicht gestanden hatten, sprangen voller Entsetzen auf.

»Sie ist in der Nacht gestorben«, sagte Arithon. »Sie war eine von Euch. In Etarra wurde sie gezwungen, den Pferdeabdeckern zu dienen. Die anderen versklavten Kinder sind ebenfalls befreit worden und gehen nun ihrer Wege. Dieses Mädchen war zu krank zum Laufen.«

Jemand stieß eine Verwünschung in der alten Sprache aus. Jemand anderes eilte herbei, um ihn von dem Gewicht des toten Kindes zu befreien. Es war eine Frau in der Lederkleidung der Kundschafter, die nicht nur aufgrund ihrer Härte an Maenalle von Tysan erinnerte. »Das ist Tanlies Mädchen, ganz ohne Zweifel. Niemand sonst hat so ein Muttermal am Ohrläppchen.«

Von der plötzlichen Gewichtsverlagerung und der Entlastung seines vollkommen verkrampften Arms aus dem Gleichgewicht gebracht, kämpfte Arithon mit einer erdrückenden Woge tiefen Bedauerns. »Bitte, so richtet Tanlie mein Beileid aus. Ihr Mädchen ist tapfer gestorben.« Er nahm den feuchten Samtumhang ab und gab das Leopardenbanner Rathains als ihr Leichentuch hin.

Mit Tränen in den Augen nahm die Frau seine Gabe an. Noch ehe dieser Schock abklingen konnte, wandte sich Arithon unverblümt an die anderen, die sich um ihn herum aufgestellt hatten. »Ich bringe Euch keinen Frieden, sondern Krieg!«

Sein Ruf änderte gar nichts. Ganz im Gegenteil: Der große, narbengesichtige Anführer sagte: »Tanlies Mädchen ist nicht das einzige Kind, das in den Generationen seit der Zerstörung Ithamons grausam zu Tode gekommen ist. Solcher Kummer ist uns nicht fremd.«

»Doch. Dieser Kummer ist es.« Arithon überwand seine Heiserkeit und schaffte es, sich eines kühlen und gelassenen Tons zu befleißigen, der die Menschen aufhorchen ließ. »Ein magischer Bann Desh-Thieres zwingt mich, meinen Halbbruder Lysaer s'Ilessid zu bekämpfen. Der Haß, der uns beide treibt, läßt keinen Raum für den Verstand. Er entfesselt nur den Drang zu morden. Lysaer hat Etarra gegen mich aufgebracht, und ihre Garnison wird binnen Tagen losmarschieren. Wollt Ihr Euer Leben geben für einen Fremden, der nicht einmal in dieser Welt geboren wurde?«

Weniger Strenge denn Sorge überschattete die scharfe Entgegnung des Clanführers. »Städter haben unsere Leben schon Jahrhunderte vor Eurer Geburt als unwert behandelt. Tanlies Tochter hat umsonst gelebt, wenn sie Euch das nicht hat lehren können.« Offenbar argwöhnte er, daß sich hinter der Taktik seines Gebieters Schwäche verbergen mochte, und der Blick, mit dem er die erloschene Kerze betrachtete, verriet sein Mißtrauen. »Nach den Gesetzen der Charta von Rathain sind die Clans des Nordens verpflichtet, für Euren Schutz zu sorgen.«

»Wollt Ihr mir zuhören?« Arithon verlor die Beherrschung. »Stellt Euch gegen Lysaer, und Ihr führt den sicheren Untergang Eurer Liebsten herbei. Gesetze sind hier nicht von Bedeutung, und Ihr irrt, wenn Ihr Euch verpflichtet glaubt. Wir sprechen hier von einer durch Magie verursachten Besessenheit, einem Wahnsinn, der keine Grenzen kennt. Wenn es um meinen Halbbruder geht, so versagt mein Gewissen vollständig. Angesichts dieses grundlegenden Übels kann ich die Verantwortung nicht übernehmen. Eure Clans wären nicht mein Schutz, sondern nur eine weitere Waffe, die vergeudet würde.«

Bewegung kam in die versammelten Clanführer, während ein rauschender Wind Regentropfen über das Zeltdach trieb. Der Sturm draußen mochte vorübergehen; der aber, der sich drinnen zusammenbraute, drohte in einen offenen Streit auszuarten. Der Flüchtling, der in das Lager gekommen war, war zweifellos ein s'Ffalenn, doch er sprach mit der Weitsicht eines Zauberers und erinnerte die Menschen unangenehm daran, daß er über die Macht der Westtorprophezeiung verfügte, die Desh-Thiere vom Himmel vertrieben hatte. Er mochte das

Gesicht Torbrands haben, doch war er immer noch ein Fremder, unbekannt und namenlos, der ein Desaster vorhersagte und darum bat, von seinem Geburtsrecht entbunden zu werden. So heiß seine Ankunft ersehnt worden war, ging es doch um Menschenleben. Der Rat würde gut daran tun, zuzuhören.

Mit ausdruckslosem Gesicht bedrängte Caolle, dessen Haar in den vielen Jahren der Überfälle und Scharmützel eine stahlgraue Farbe angenommen hatte, seinen Clanführer, wachsam zu bleiben. Die anderen folgten seinen Worten mit Respekt, denn der zähe Veteran tat eine Meinung kund, die nur wenige andere zu äußern gewagt hätten.

Steiven reagierte, doch nicht mit Vorsicht. Er verließ seinen Platz am Versammlungstisch und stellte sich neben Halliron auf. Seine stämmige Gestalt ließ den Barden, der ebenfalls nicht gerade klein war, mickrig erscheinen, und in seinen haselnußbraunen Augen spiegelte sich Verbitterung, als er gestand: »Ich habe das Zweite Gesicht. Seit Jahren lebe ich mit dem Wissen um Zeit und Art meines Todes. Älteste, Euer Hoheit von Rathain, es gibt keine Wahl für uns. Etarra wird gen Norden aufmarschieren, ob wir einen Teir's'Ffalenn beherbergen oder nicht.« Halb wandte er sich zu Arithon um, die großen Hände in die Litzen verhakt, die eine Reihe Wurfmesser mit seinem Gürtel verband. »Mein Gebieter, es ist unser Schicksal, Euch zu schützen. Die Stadtgarnison wird einen Feldzug gegen uns führen, und wir werden uns dem Kampf stellen müssen. Eure Wahl hingegen ist einfach: Sollen wir für einen leeren Titel sterben oder für einen lebenden, atmenden Herrscher?«

Arithon maß den größeren Mann mit den Augen. Sein Schweigen entsprang seinem Mißfallen, denn dieser Aufruf an sein Gewissen war schamlos; und er war so doppelbödig wie die Fallen, die Sithaer für die Verdammten bereithielt, gab doch das Geständnis des Clanführers nur zu deutlich die Tiefe seiner Hingabe zu verstehen. Nur das Trommeln der Regentropfen auf dem Segeltuch und das Zischen des Kerzenwachses in der

Zugluft war in der gespannten Atmosphäre zu vernehmen.

Arithons Antwort war, als sie schließlich erfolgte, leise und nur für die Ohren des Clanführers allein bestimmt. »Euer Lordschaft, Ath und Daelion, der Herr des Schicksals, haben sich verschworen. Hätten Sie mir doch nur einen Regenten gesandt, den ich hassen könnte, einen machttrunkenen Mann, der niedere Ziele verfolgt. Wenn auch der unglückliche Zufall meiner Geburt mich nicht zu binden vermag, so läßt mich doch Eurer Mut in demütiger Pflicht zurück. Was bleibt mir, der königlichen und wahren Ursache Eures Todes, noch zu tun? Es ist nur eine schäbige, geistlose Geste, Euch bereits im voraus um Vergebung zu bitten.«

»Die sollt Ihr haben«, sagte der Clanregent von Deshir, weder sprachlos noch bezwungen. »Aber als Gegenleistung bitte ich um Eure Freundschaft, Arithon von Rathain.«

Es gelang dem Prinzen, sein Erschrecken ob der unerwarteten Kenntnis seines Namens zu verbergen. »Haben Eure Träume Euch all meine Geheimnisse offenbart?« Dann übermannten ihn die Anstrengungen und der Mangel an Schlaf. Er mußte sein Gesicht in beide Hände bergen, um seine ungebetenen Gefühle zu verstecken. »Wie werdet Ihr genannt?« fragte er zwischen seinen Fingern hindurch.

»Steiven s'Valerient, Herzog von Deshir.«

Ein Schaudern erfaßte den Prinzen. Die sonderbar angesengte Seide seines Hemdärmels glitt zurück und enthüllte einen Striemen verbrannter Haut, der sich über seinen ganzen Unterarm zog, ehe er in Höhe des Ellbogens wieder unter der Kleidung verschwand. Arithon ignorierte das Gemurmel, das unter den Clanführern ausbrach, während er durch seine schwieligen, zitternden Hände hindurch den Gastschwur ablegte.

»Zu diesem Haus, seinen Herren und eingeschworenen Kameraden, gelobe ich Freundschaft. Möge Ath die Familie und alle Verwandten segnen, dem Erben Kraft geben und dem Namen s'Valerient zur Ehre gereichen.

Unter diesem Dach und vor Ath schwöre ich, Euer Bruder zu sein und Euch zu dienen wie ein wahrer Blutsverwandter, so wahr Dharkaron mein Zeuge ist.«

Arithons Hände fielen herab und gaben den Blick auf seine Züge frei, die so eingefallen waren, als bestünden sie nur aus blanken Knochen. »Ihr habt das schon vorher gesehen«, klagte er.

Steiven lachte.

Der riesige Mann bückte sich und umarmte seinen königlichen Gebieter wie einen Sohn. »Ich habe dafür gelebt.«

Dann, als er sah, daß Arithon so erschöpft war, daß er dabei war, das Bewußtsein zu verlieren, lud er sich das Gewicht des Prinzen auf die Schultern, wie er es für seine erschöpften Kundschafter getan hatte, und schickte seine Clanältesten fort, für Badewasser, warmes Essen und trockene Decken zu sorgen.

Der Kriegsrat setzte seine Tätigkeit fort, kaum daß für Arithons Bedürfnisse gesorgt war. Etarra war fähig, eine Angriffstruppe von zehntausend Männern bereitzustellen, und mit dem Wissen, das über fünf Jahrhunderte des Hasses grimmige Züge angenommen hatte, wagte Steiven nicht anzunehmen, daß das Heer, das ausgeschickt wurde, Arithon zu ergreifen, auch nur einen Mann weniger zählen würde.

Das Leben der Soldaten Etarras wog wenig, wenn es darum ging, das Geschlecht derer zu s'Ffalenn zu zerstören.

»Ich werde weitere Botschafter ausschicken«, sagte der ausgemergelte alte Graf zu Fallowmere, während sein ungetrübtes Auge mit stechendem Blick seinen Regenten fixierte. »Bis morgen wird jeder Kundschafter im kampffähigen Alter unterwegs sein, um Euren Deshans zu Hilfe zu kommen.«

»Nun, sie werden verdammt spät ankommen!« Caolle jagte sein Messer in das grob gespaltene Holz, aus dem die Tischplatte zusammengefügt war. »Ihr wißt, daß unser übermütiges Prinzchen recht hat. Wenn wir uns stellen, wird es ein Massaker geben.«

»Und wenn wir uns nicht stellen, werden wir auf der Flucht abgeschlachtet werden oder im Sommer in den Sümpfen von Anglefen an Fäule und Fieber sterben.« Ruhig fügte Steiven hinzu: »Wir werden kämpfen. Aber wir müssen das Schlachtfeld zu unserem Vorteil auswählen.«

»Das wird der größte, blutigste Kampf, den wir je veranstaltet haben«, sagte der letzte Graf zu Fallowmere. »Was mich angeht, so möchte ich ihn nicht verpassen.«

Caolle starrte ihn wütend an.

In einer warmen Atmosphäre brüderlichen Gezänks wurden Strategien diskutiert, verworfen und wieder aufgenommen, Karte über Karte ausgebreitet und wieder zur Seite geschoben, bis der Teppich mit Stapeln von Pergament bedeckt war. Schließlich wurde ein Schauplatz in einer Reihe aneinanderliegenden Täler längs des Tal Quorin gewählt, wo der Fluß weit und seicht an flachen, grasbewachsenen Ufern vorbeiströmte.

»Nun gut.« Steiven streckte seine angespannten Arme, wobei die matten Beschläge seiner Lederrüstung schwach aufblinkten. »Jagt die Patrouille der vergangenen Nacht aus den Betten. Unsere Lager müssen alle nach Osten zum Fluß gebracht werden. Die ersten, die dort ankommen, sollen sofort anfangen, Bäume für die Fallen zu fällen.«

»Und der Prinz?« verlangte Caolle zu erfahren. Seine aufgesprungenen Lippen wurden zu schmalen Streifen, als er den sanften Ausdruck bemerkte, der sich auf das vernarbte Gesicht seines Clanführers gelegt hatte. »O nein, Euer Lordschaft. Ihr denkt doch nicht daran, abzuwarten, bis seine Hoheit die Schwäche überwunden hat. Dies ist kein sicheres Gelände, und wir müssen das Lager bis zum Einbruch der Dunkelheit abgebaut haben.«

Nun folgte ein Augenblick, in dem Clanführer und Krieger mit Blicken über die Kerzen hinweg miteinander rangen. In Deshir herrschten rauhe Sitten: Jeder Kundschafter, der nicht reisefähig war, erhielt einen Gnadenstoß und wurde an Ort und Stelle neben der Straße zurückgelassen. In einem Land, das von den Kopfjägern durchstreift wurde, gefährdete die Fürsorge für Verwundete und Lahme das Leben derer, die noch bei Kräften waren, und kein Mann, gleich wie geringfügig seine Verletzung auch sein mochte, wurde der Gefahr überlassen, in Gefangenschaft zu geraten.

»Du wirst ihn wecken«, schlug Steiven mit einem grimmigen Grinsen vor. »Ich wette, er wird laufen, und sei es nur, um dir eins auszuwischen. Er ist mit dem Grauen hereingeritten, und wir werden ihn wahrscheinlich als Köder zurücklassen.«

Arithon erwachte langsam, als sich ein warmes Gewicht auf seine Knie senkte. Etwas anderes zupfte an seinem Haar, und eine weitere Berührung strich über die Finger seiner nicht verbundenen Hand, die aus der Decke hervorragte.

Er sog Luft in seine Lungen und rührte sich ein wenig, doch die Steifheit seines Körpers war schmerzhaft genug, ihm ein Ächzen zu entringen.

»Du hast ihn aufgeweckt«, piepste eine Kinderstimme furchtsam.

»Hab' ich nicht«, sagte eine andere, so geschwind wie ein Echo, von der anderen Seite der Pritsche.

Arithon öffnete die Augen.

»Hast du wohl, siehst du?« sagte ein brünettes, etwa sechs Jahre altes Kind mit teefarbenen Augen und Grübchen im Gesicht, das sich neben seiner Schulter an den Drillich lehnte. »Bestimmt wird er böse.«

Was genau er nun als nächstes tun würde, stand im Mittelpunkt des Interesses von vier Augenpaaren. Von dem kastanienbraunen Engelchen auf seinen Knien bis zu dem größten der Kinder, welches ihn mit der Würde einer zukünftigen jungen Erwachsenen vom Ende des Bettgestells aus beobachtete, hin zu dem kleinsten der Kinder, einem Mädchen, ebenso dunkelhaarig wie der

Vater, dem sie ähnelte, das an zwei Fingern nuckelte und scheu hinter ihrer älteren Schwester hervorlugte.

Arithon stützte sich auf die Ellbogen, um sich aufzurichten, erstarrte jedoch sogleich, als ihn die herabgleitende Decke daran erinnerte, daß er nackt war. Träge bemühte sich sein Hirn, sich zu orientieren und einen Zusammenhang zwischen den Wänden und den geflickten Felldecken eines Schlafzeltes und seiner letzten bewußten Erinnerung an ein unabwendbares Nickerchen im Sattel herzustellen, welches mit einem Sturz vom Pferd geendet hatte.

»Ihr seid doch nicht böse, nicht wahr?« fragte die schwarzhaarige Zehnjährige, während sie auf seinen Knien schaukelte.

Ihm tat alles weh. Außerdem war er noch immer viel zu müde, und selbst wenn er hätte verärgert sein wollen, fehlte ihm dazu doch der Wille. In der Minderheit und vom Gewicht seiner kleinen Bewunderer unter der Decke festgehalten, entschloß er sich zu einem bequemen und gefälligen Vorgehen.

Nur kurze Zeit später schaute Steivens Gemahlin Dania in das Schlafzelt. Auf ihrer Hüfte trug sie eine Schüssel mit Brotteig, und sie strahlte eine deutliche Bereitschaft aus, gewisse Töchter auszuschimpfen, die den ganzen Morgen über angewiesen worden waren, ihren Gast in Frieden zu lassen.

Die Schurken hatten einen Streifen Rohleder entdeckt. Fünf Köpfe neigten sich nun über ein Geduldsspiel, und mit Hilfe kleiner Hände und umfangreicher, geduldiger Hilfestellung eines Prinzen, entstand allmählich eine komplizierte Häkelarbeit.

Danias Rügen blieben unausgesprochen. Leise und vorsichtig zog sie sich aus dieser Atmosphäre der Vertraulichkeit zurück. Doch, so beschäftigt er auch war, Arithon hatte sie trotz der kichernden Mädchen gehört.

»Es ist alles in Ordnung. Tashka hat mir erzählt, daß das Lager an diesem Nachmittag verlegt werden soll, also hätte ich so oder so bald aufstehen müssen.« Grüne Augen, die in der direkten Nähe zum feuerroten Haar des ältesten Kindes um so lebhafter leuchteten, blickten fragend zum Eingang. »Ihr habt wundervolle Töchter, gnädige Frau. Es ist kaum zu übersehen, daß das Eure Kinder und die von Lord Steiven sind. Die Ähnlichkeit ist wirklich verblüffend.«

Die Brotschale schien plötzlich zur Last zu werden. Zwar wußte sie, daß er, als ihr oberster Gebieter, höfliche Manieren erwarten durfte, dennoch erstarrte Dania mitten in der Bewegung, als ihre Intuition ihr sagte, daß ein Hofknicks ihn nur verärgern würde.

Ihre Jüngste tauschte diese Peinlichkeit schnell gegen eine andere aus.

»Mama, schau!« rief Edal, wobei sie im falschen Augenblick die Hände von ihrer Arbeit fortzog. Die bestürzten Ausrufe ihrer Schwestern ließen keinen Zweifel daran, daß das Werk in sich zusammengefallen war. Ohne auf sie zu achten, ergriff Edal mit ihren weichen Händen den Arm des Prinzen und sagte laut: »Schau, der Prinz hat Narben.«

»Jeder, der aus Etarra entkommt, hat Narben, Edal«, schalt Dania in sanftem Zorn. »Aber es ist nicht nett, darüber zu sprechen.« Fast wie ein Schutzschild hob sie die Brotschüssel vor ihre Brust und rasselte eine Folge von Anordnungen herunter, die ihre Töchter wie Schmetterlinge davoneilen ließen. Als auch die letzte verschwunden war, bemerkte sie, daß der Prinz sie noch immer betrachtete. Er hatte Narben. Sie hatte sie gesehen, als sie ihn in der vergangenen Nacht versorgt hatte. Es waren Narben, die nicht zu seinem Stand passen wollten und, mit Ausnahme der langgezogenen Brandwunde am Arm, zu alt waren, um aus Etarra zu stammen.

Die Verlegenheit kehrte zurück. Dania, die keine Fremden gewohnt war, um so weniger solche von königlicher Herkunft, wünschte sich, sie könnte ihre eigene Neugier ebenso leicht zum Schweigen bringen wie die ihrer Töchter.

»Ich sollte beim Packen helfen«, meinte Arithon.

Dankbar, sich den praktischen Notwendigkeiten widmen zu dürfen, sagte Dania: »Eure Kleidung ist noch naß vom Waschen. In der Truhe an der Wand findet Ihr Strumpfhosen und Tunika, die Euch passen sollten. Wenn Ihr angekleidet seid, werden wir nach einer Mahlzeit für Euch sehen.«

»Der Meisterbarde«, fragte Arithon in dem leichtherzigen Tonfall einer höflichen Konversation. »Ist er noch bei Euch?«

»Ja.« Trotz ihrer Schüchternheit lächelte Dania, und das Lächeln vertrieb die Sorgen aus ihrem Gesicht und milderte die Spuren eines harten Lebens. »Halliron hat zu sehr genörgelt, um ihn abzuweisen. Er sagt, Gefahr geht Hand in Hand mit der Geschichte, und in seinem Alter würde er eher vor Ungeduld sterben, ehe ihn Nachrichten aus zweiter Hand erreichten.«

Obwohl sich der Blick aus seinen smaragdgrünen Augen in dem hageren Gesicht nicht veränderte, schien sich hinter seiner unbewegten Miene etwas zu verbergen. Es schmerzte Dania, nicht zu wissen, warum die Anwesenheit des Meisterbarden offenbar Bestürzung auslöste. Neben seinem unbeschreiblichen Talent als Musiker war Halliron die Güte in Person. Als Arithon sie schließlich unter Dankesbekundungen gnädig entließ, war Gräfin Dania erleichtert, zu entkommen, bekam sie doch so die Möglichkeit, ihre Frustration am Brotteig auszulassen.

Arithon erhob sich und schlüpfte mit steifen Gliedern in die schwarzgefärbte Lederkleidung aus der Truhe, die ihm zum Gebrauch dargeboten worden war. Diese Kleider bestanden aus weichgegerbtem Wildleder und waren an Kragen, Schultern und Säumen mit Ziernähten versehen, verziert mit bestickter, seidener Näharbeit, doch ohne silberne Tressen. Im Wald von Deshir trugen die Menschen keine Gewänder, die unversehens das Tageslicht reflektieren konnten. Danias Bemerkung über seine nassen Kleider war vermutlich nur eine Ausrede, um ihn von dem Krönungsstaat abzubringen, der für die vor ihnen liegenden Wege kaum geeignet war.

Arithon verließ sein Schlafgemach, nur um peinlich berührt festzustellen, daß das einzige Clanzelt, das noch immer stand, jenes war, welches ihm Obdach gegeben hatte. Alle anderen Lederbehausungen lagen auf der Erde der Lichtung inmitten von Pinienbäumen; stramm aufgerollt erinnerten sie an frisch aus dem Boden hervorgesprossene Boviste nach einem Regenguß. Sofort erschienen einige Kinder, um auch dieses Zelt abzuschlagen. Danias Töchter liefen zwischen den Beinen der Knaben herum, die Pfosten aus dem Boden rissen und Tauwerk ausbreiteten, in dem die abgebauten Zelthäute dann zusammengebunden wurden. Alle trugen Messer, obwohl selbst der älteste unter ihnen keinen Tag älter als vierzehn aussah.

Nirgends konnte Arithon Anzeichen von Trauer oder einer Beerdigungszeremonie für das Mädchen ausmachen, das er aus Etarra herausgebracht hatte. Auf den ersten Blick schien dieses Clanvolk noch härter zu sein als Maenalles Leute, noch vernarbter, noch erbitterter und noch mehr gefangen im verzweifelten Überlebenskampf. Arithon lauschte den Gesprächen und fand heraus, daß die Männer bereits zu dem Schauplatz am äußersten Rand im Südosten des Waldes von Deshir vorausgegangen waren, an dem die Schlacht gegen Etarras Heer ausgefochten werden sollte.

Als Arithon Dania beim Backen an der offenen Feuerstelle entdeckte, wischte sie sich eine lose Haarsträhne mit dem Rücken ihrer mehlverschmierten Hand aus dem Gesicht. »Wir brauchen Proviantkekse für die Reise. Aber sie sind hart und geschmacklos, also habe ich auch süßes Brot zubereitet. Edal ist gerade beim Ofen, damit Ihr Eure Portion heiß essen könnt.« Sie drehte sich um, bereit zu rufen, als ihre säumige Tochter gerade mit einem dampfenden Brot in einer Leinenserviette herbeieilte. »Eßt«, drängte Dania, noch immer voll und ganz mit ihrem Teig beschäftigt, der an der Schüssel klebte. »Ihr müßt ganz ausgehungert sein.«

Das war er. Drei Tage und vier Nächte mit zu wenig Nahrung hatten ihn bis an den Rand des Siechtums geschwächt. Arithon nahm das Leintuch und zwang sich, trotz seines Hungers langsam zu essen. Sogar diese schonende Nahrung lag schwer in seinem schmerzhaft ausgehungerten Leib.

Allmählich wurde ihm bewußt, daß er wie ein Invalide behandelt wurde. »Letzte Nacht«, sagte er äußerst sanft. »Was ist da geschehen?«

Dania schlug so fest mit den Händen in den Teig, daß die hölzerne Schale beinahe gesprungen wäre. »Ath, ich wußte, Ihr würdet fragen.« Obwohl sie ihr den Rücken zugekehrt hatte, entging ihrem mütterlichen Instinkt nicht, daß die kleine Edal sie neugierig beobachtete. Reflexartig schickte sie ihre Tochter fort, ihr einen Kübel frischen Wassers zu bringen. »Ihr wart zu müde zum Reiten, das hätte jeder Idiot sehen können. Aber die Männer, nun, sie leben alle schon so lange mit all diesen Problemen, weshalb ich manchmal glaube, daß sie stets den falschen Dingen Beachtung schenken.«

»Ich habe Euch nicht um Entschuldigungen gebeten«, unterbrach Arithon milde. »Was ist geschehen?«

Sie antwortete schonungslos offen. »Ihr seid vom Pferd gefallen. Lord Steiven hat Euch über seinen Sattel gelegt.«

Diese Information half seinem Gedächtnis nach. Erinnerungen kehrten in sein Bewußtsein zurück: Caolles sarkastischer Kommentar, man solle ihn im Schmutz neben der Straße liegenlassen, und daß die Clans keine königlichen Herrscher mehr brauchen würden; ein anderer schlug vor, ihn auf ein Packpferd zu laden, würden doch die Narben an seinem Handgelenk deutlich genug darauf hinweisen, daß er solche Dinge schon öfter erlebt hatte.

Dania begann, schmutziges Geschirr zusammenzuräumen, um ihm Gelegenheit zu geben, sein Schweigen selbst zu brechen, vielleicht gar etwas über die Gründe zu erzählen, die ihn veranlaßt hatten, Etarra in seinem Hofstaat zu entfliehen.

Als er nichts sagte, riskierte sie einen Blick und stellte fest, daß er gegangen war, nur das mit Brosamen gefüllte, sauber gefaltete Leintuch lag noch auf dem Stein, auf dem er gesessen hatte.

Wolken und Regen waren vorübergezogen und hatten den Wohlgeruch immergrüner Gehölze und den eher modrigen, feuchten Hauch abgefallener Nadeln in der Luft zurückgelassen. Arithon wanderte über die festgetrampelten Pfade dieses einst dauerhaften Lagers. In dem weichen schwarzen Leder sollte er im Schatten der Bäume kaum auffallen, doch er war der einzige Mann in der Gesellschaft älterer Frauen, junger Mütter und noch jüngerer Kinder. Vollauf damit beschäftigt, Lederbündel zu verschnüren oder eingewickelte Habe in Eichentruhen zu verstauen, sahen sie kaum auf, wenn er sich näherte. Hinter seinem Rücken starrten sie ihm aber alle nach.

Er gestattete es ihnen, schließlich war er selbst daran interessiert, zu beobachten. Kleine Vögel mit goldgestreiften Schwingen stöberten nach Futter und pickten mit den Schnäbeln in dem Schmutz herum, der unter den Wohnzelten zum Vorschein gekommen war. In fächerförmigen Schwärmen flogen sie auf und davon, kehrten dann zurück, um sich auf dem nächsten leeren Zeltplatz niederzulassen. Ein kleines Mädchen erzählte ihm, daß dies Pinienspatzen waren. Arithon dankte ihr und ging weiter.

Wie üblich gab es auch in diesem Lager keine Hunde. Kinder ritten auf den Rücken ihrer Mütter; Kleinere, zum Sprechen noch zu jung, sahen dem Spiel vergnügt lachend zu, doch keines verschwand in den Wäldern. Halbbekleidet oder in buntes Leder gehüllt, balgten sie sich zwischen Bergen von Haushaltswaren und zusammengepackten Zelten um Stöcke und Bälle. Fässer und Truhen wurden mit geöltem Leder sicher verschnürt, reichgewobene Teppiche verbargen zusammengerollt ihre strahlenden Farben; alles wurde festgezurrt und gestapelt, um zu einem verborgenen Gewirr von Erdkellern tief unter dem Waldboden gebracht zu werden. Die bittere Erkenntnis war unumgänglich: Dieses Lager, das die Clans nun verließen, war ein Zuhause gewesen, vertraut und immer wieder aufgesucht. Der Ort, an den sie nun um ihres Prinzen willen zogen, war hingegen nur eine kahle, vorübergehende Unterkunft, und das Nötigste würden sie auf dem Buckel mit sich schleppen.

Arithon betastete den kleinen Zinnkasten, den er aus Sethvirs Satteltaschen entwendet hatte. Unter dem Druck seiner eiligen Flucht aus Etarra hatte er nicht gezögert, das Tienellekraut mitzunehmen, und er empfand nur wenig Bedauern über diesen Diebstahl. Gegen Lord Diegans Heer waren die Verteidiger des Strakewaldes eins zu neun unterlegen. Diese verzwickte Lage verstärkte noch das Leiden vollkommener Erschöpfung. Wenn ihm die Vorhersehung, die er in den Visionen erhaschen konnte, die ihm das narkotisierende Kraut darzubringen vermocht hatte, gebot, vor der Anwendung seiner Fähigkeiten zurückzuschrecken, so mußten sich die Menschen, die ihm Obdach gewährten, einzig und allein auf ihr Glück verlassen. Um aber das Kraut rauchen zu können, das ihm einen Einblick in die Zukunft gewähren würde, benötigte er einen Ort vollkommener Abgeschiedenheit.

Hier tat sich bereits jetzt ein kaum überwindbares Hindernis auf.

Selbst wenn es in all dem Trubel einen Ort gegeben hätte, an den er sich ungestört und unbemerkt hätte zurückziehen können, waren die Leute doch bereits in Eile, um ihre Arbeit bis zum Nachmittag beenden zu können. Sich der Knaben bewußt, die ihm folgten und dabei seinen Gang übertrieben nachahmten, betrachtete Arithon die dichte Schicht aus Piniennadeln, über die er schreiten konnte, ohne eine Spur zu hinterlassen. Plötzlich kam ihm ein aufregender Gedanke: Möglicherweise konnte er entkommen, wenn er zu gut sichtbar wäre. Sofort und recht grob begann er zu schlurfen, um den falschen Eindruck zu nähren, er wäre so beschränkt, nicht zu erkennen, wie vorsichtig dieses Volk sein mußte, um in der Wildnis zu überleben.

Die verächtliche Meinung, die die Burschen von ihren Eltern übernommen hatten, daß Rathains Thronerbe schwach, vielleicht gar hilflos wäre, war, wie Arithon dachte, ein Vorurteil, das zu fördern sich lohnte. Der Kummer, den er durch gezwungene, milde Höflichkeit zu bezähmen gesucht hatte, war vielleicht nicht mehr als eine perverse Art der Güte. Tage und Nächte im Sattel hatten seinen Körper ausgezehrt; in seinem Geist vermengten sich die von Desh-Thieres Fluch verdrehten Charaktereigenschaften mit dem übermäßig rücksichtslosen Gebrauch seiner magischen Fähigkeiten. Dem schleichenden und heimtückischen Drang, nach Etarra zurückzugehen und Lysaer anzugreifen, zu widerstehen, entkräftete ihn noch zusätzlich. Seine solchermaßen geschwächte Selbstkontrolle machte die Beherrschung der üblen Nebenwirkungen des Krautes zu riskant, solange er keinen Platz gefunden hatte, an dem er ruhen konnte. Unter dem Einfluß der Entzugserscheinungen des Giftes konnte er sich glücklich schätzen, daß er noch fähig war zu gehen.

Da war es besser, diese Clanangehörigen hielten ihn für bis zur Nutzlosigkeit überzüchtet. Wenn sie erst den Angriff Etarras niedergeschlagen hatten, dann würden seine Schatten und seine Hilfe nicht mehr notwendig sein. Vielleicht würde ihre Verachtung diese Menschen dazu treiben, ihn aus seines Blutes Verpflichtung gegenüber dem Thron von Rathain zu entlassen.

Erfüllt von perversem, bitterem Humor, sparte Arithon sich den todbringenden Inhalt des Kästchens für einen späteren Zeitpunkt auf. Vorbei an den flatternden Spatzen ging er auf dem Weg, den er gekommen war, zurück zu der gnädigen Frau Dania. Dort, scheinbar überwältigt von ihren besorgten Beteuerungen, gestatte er ihr, ihm seinen zuvor geäußerten Wunsch, beim Packen behilflich zu sein, auszureden.

Im Verlauf der nächsten vier Tage ließ Arithon die finstere Miene fallen, die er sich während eines ganzen Lebens magischer Schule angeeignet hatte. Mit allerlei Spielereien und Tricks errang er die unsterbliche Zuneigung von Danias Töchtern, denen nie zuvor ein erwachsener Mann begegnet war, der mit ihnen gespielt hatte. Die Knaben hielten sich weiter von ihm fern, bis er den jüngsten von ihnen mit einer Buchenholzflöte köderte, deren Klang er durch einen Keil aus Flußgras verfeinert hatte. Von da an verbrachte er jede Minute, während derer das Lager nicht weitertransportiert wurde, an irgendeinem Feuer und beschäftigte sich mit Schnitzereien.

Während eines Morgens wurde ihre Reise von dem Lärm der Kinder begleitet, die auf ihren Flöten spielten. Ihre eigene Kühnheit, den Wald mit unnatürlichen Geräuschen zu wecken, machte ihnen Freude; doch die Flöten wurden bald konfisziert und Arithon von einer wettergegerbten Frau getadelt, die gemeinsam mit den Männern bewaffnet in den Kampf hätte ziehen können, wäre sie nicht hochschwanger gewesen. »Ihr werdet uns mit Euren wirren Einfällen noch die Kopfjäger auf den Hals hetzen. Unserer Jungs können einen so unvernünftigen Einfluß nicht gebrauchen.«

Mit einem Ausdruck gelangweilter Resignation in den grünen Augen betrachtete Arithon sie, wobei er leise eine Entschuldigung murmelte. Entrüstet zog die Frau von dannen.

»Von königlichem Blut mag er sein, aber was sollen die Clans mit einem Träumer anfangen!« hörte er sie während einer Verschnaufpause anderen gegenüber klagen.

Er schenkte ihrem Kommentar keine Beachtung, obwohl sich einige Köpfe umwandten, um sich zu vergewissern, ob er mitgehört hatte und wie er reagieren würde. Er jedoch saß mit geschlossenen Augen an einen Baum gelehnt, dessen grobe Rinde dicht mit Moos bewachsen war, und hatte, offensichtlich schlafend, die Hände hinter dem Kopf verschränkt.

Das Flötenspiel hatte die Aufmerksamkeit der Kopfjäger nicht zu erregen vermocht, hatte er doch geheime Schutzbanne gegen jeden möglichen Verfolger über die Gruppe gelegt. Seine Fallen waren subtil, narrten das

Auge, um den Blick auf ein Blatt im Wind zu ziehen, oder lenkten den Geist ab und ließen ihn unnütz über die wahre Bedeutung einer knorrigen Weidenwurzel sinnieren.

Dania mußte ihn gewaltsam aus seiner Trance wecken, als es Zeit wurde, weiterzuziehen.

Während der Abende am Lagerfeuer, stets mit der einen oder anderen Tochter Danias schlafend in seinem Schoß, versank er in Hallirons Musik. Der Meisterbarde verfügte über einen exquisiten, ausdrucksvollen Stil, und er scheute sich nicht, sein Spiel mit leidenschaftlichen Emotionen zu bereichern. Seine Lyranthe war alt und ebenso sparsam wie edel mit Ornamenten verziert. Ihr Klang ähnelte so sehr dem des Instrumentes, das Arithon in Etarra zurückzulassen gezwungen gewesen war, daß auch sie aus der Hand eines paravianischen Erbauers stammen mochte. Arithon wagte nicht, sie zu berühren, um nach der Rune Elshians zu suchen. Die Berührung des polierten Holzes, der empfänglichen, silbrig klingenden Saiten hätte seine Schutzmechanismen so schnell überwältigt wie drogenversetzter Wein. Die Hoffnung, einen winzigen Schritt näher an der Befreiung von der Last der Königswürde zu sein, konnte nur allzu schmerzhaft sein.

An jenen Abenden am Feuer schien es, als wirkten Hallirons Balladen ihre Mysterien nur für ihn. Er lachte über ihren Frohsinn und ließ doch ebenso unerschrocken seinen Tränen freien Lauf. Das Gerede, das er so heraufbeschwor, war seinen Zwecken nur dienlich. Am Tage, wenn er gedankenverloren den Pfad hinunterwanderte, spielte er im Geist Hallirons ausgetüftelte Arpeggios nach und die sauberen, akribischen Rhythmen, deren Schlichtheit sich zu einer zwingenden Macht formte. In solchen Augenblicken, wenn die Clanfrauen von Deshir sich entrüstet abwanden, erregte er die Aufmerksamkeit des Barden.

Halliron verfügte über eine tiefe, feinsinnige Wahrnehmung, die sich hinter seiner freundlichen Natur verbarg. Da aber der seltsame Umstand, daß dieser Prinz, der sich so sehr von seiner Musik gefangennehmen ließ, kein Interesse an einer näheren Bekanntschaft zeigte, ihm keine Ruhe ließ, fiel es ihm schwer, sein Interesse zu verbergen.

Das Wohnlager wurde nachts transportiert. Erst nach Tagesanbruch wurde geruht. Am Morgen des Tages, an dem sie ihr Ziel erreichen sollten, riß der Frühnebel unter dem Einfluß weißen Sonnenlichtes auf. Laut riefen die Vögel in ihren Nestern. Wie ein Strang silbriger Seide tauchte der Fluß Tal Quorin, der sich durch den grünen Teppich des Waldes schlängelte, wieder neben ihrem Pfad auf. Die dünne, saure Erde der Höhen bot den Pinien keinen ausreichenden Boden mehr. Der fruchtbare Boden am Flußufer verteilte sich hier auf lange, unregelmäßige Täler. Das Wasser wand sich durch Untiefen und Schluchten, wisperte über die glatte Oberfläche von Granitblöcken, die die Eiszeit einst hinterlassen hatte, und verwirbelte sich um Weidenwurzeln, die an die knotigen Knie alter Männer erinnerten.

Die Vertreibung Desh-Thieres hatte Veränderungen mit sich gebracht. Kleine Pflanzen drängten sich durch Moos und Piniennadeln, und zum ersten Mal seit fünf Jahrhunderten öffneten sich bunte Blüten, deren Blätter nicht durch die schwärzlichen Spuren von Pilzsporen gezeichnet waren.

Steivens Töchter klebten wie Schatten an Arithon, während sie sich gemeinsam daran erfreuten, immer wieder neue Blumen zu entdecken; dort, wo die Pflanzen denen glichen, an die er sich aus den gebirgigen Wäldern von Rauven erinnerte, gab er ihnen Namen. Dort, wo sie ihm fremd waren, kniete er im taufeuchten Laub nieder und bestaunte voller Ehrfurcht die Wunder dieser anderen Welt.

Seine Versunkenheit war jedoch nicht so tief, daß er das stählerne Klirren überhört hätte, das durch das Trällern der Vögel und den schnellen Flügelschlag der Spechte drang. Hallirons Neugier blieb nicht auf die äußere Erscheinung beschränkt, wenngleich all die Frauen im Lager ihren Prinzen bereits fälschlich als schrulligen Träumer ansahen. Nur der Barde blieb aufmerksam genug, den kurzen Schauer zu bemerken, der den Prinzen befiel.

Verwundert strich sich Halliron eine feuchte Haarsträhne aus der Stirn, um besser beobachten zu können, wie sich der Prinz aus seiner Versunkenheit aufrichtete. Nach einigen kurzen Worten eilten die Kinder eifrig davon, um ihre nächsten Entdeckungen allein zu tätigen. Arithon blieb zurück, ein Schatten in dunklem Leder unter den sonnenbeschienen Zweigen eines Haselnußdickichts.

Von der Kuppe eines Berges, den man nicht sehen konnte, hallten Axthiebe herüber. Der so mißhandelte Baumstamm krachte und fiel mit einem Zischen durch die warme Luft zu Boden. Arithon zog sich zurück. Als quälte ihn ein scharfer Schmerz, wandte er sich ab, und seine Augen strichen über den Barden, der kaum zwanzig Fuß hinter ihm stand, umrahmt vom ungleichmäßigen Hintergrund des Waldes, vor dem sich seine höfische Samtkleidung zu deutlich abhob, um übersehen zu werden.

Ein weiterer Baum krachte und fiel. Voll und ganz einer Beobachtung ausgesetzt, die er hätte meiden wollen, wurde Arithon bleich.

Und das Verstehen raubte Halliron den Atem. Persönlich bekannt mit dem Hüter von Althain, befreundet mit Asandir, schaute er in diesen Prinzen hinein, und gleich einem Wasserfleck auf zartem Pergament erkannte er die Prägung der magisch geschulten Wahrnehmung.

Arithons Interesse an den Wildblumen neben dem Pfad war lediglich ein Trick, mit dem er die angespannte Verbindung mit den tieferen Mysterien des Waldes zu verschleiern suchte.

Gefangen in seiner unvollständigen Trance, sandten die von der Axt getroffenen, sterbenden Bäume Schmerzenschreie in seine Nerven. Ein unvorbereiteter Teil seiner Selbst *war* Rinde und Blätter und frühlingshafter

Lebenssaft, frühzeitig von der Pfahlwurzel getrennt durch die Hiebe geschärften Stahles. Der Schock überwältigte vorübergehend seine Fähigkeiten. Er kämpfte, stolperte leicht, versuchte, sein gemartertes Bewußtsein zu befreien.

Getrieben, nicht von seinen Gedanken, sondern von reinem Reflex, eilte Halliron zu ihm und packte den Prinzen am Ellbogen, um seine unsicheren Schritte zu stützen.

Die Berührung ließ Arithon aufschrecken. Sein Kopf ruckte hoch, zuckte herum, und in den grünen Augen erblickte der Meisterbarde ein Flackern, das wie gedämpfter Zorn aussah. Der Eindruck war falsch. Jenseits der Feindseligkeit erkannte Halliron etwas, das ihm wie Neid erschien; unbestreitbar richtete sich dieser Groll voll und ganz gegen ihn persönlich.

Hallirons Schrecken veranlaßte ihn, loszulassen, gleichzeitig zuckte Arithon instinktiv zurück, was dazu führte, daß die sensiblen Finger des Musikers einen flüchtigen Eindruck aufnehmen konnten. Der Unterarm unter der Seide war drahtig und trainiert, absolut nicht von der Konstitution jenes weichlichen Lebemannes, welcher der Prinz zu sein vorgab.

Arithon wirbelte herum, um einen Gesichtsausdruck zu verbergen, für dessen Anblick Halliron mit Gold bezahlt hätte. Stille, angefüllt mit Geheimnissen, lag zwischen den beiden Männern, und als sei die Bürde plötzlich zu schwer geworden, setzte sich der Prinz abrupt nieder. Seine Finger betasteten die Kante eines Felsens, die sich gleich einem weißlichen, moosverkrusteten Juwel in der armseligen Umklammerung alter Wurzeln verbargen. »Es tut mir leid.« Seine Entschuldigung erfolgte zu rasch und klang zu kalt. »Ich dachte, ich wäre allein.«

Halliron schluckte seine Vorstellung mit zusammengekniffenen, braunen Augen und verließ sich auf seine Intuition. »Ihr habt Schutzzauber aufgebaut, und nicht allein, um die Flötentöne zu verbergen.«

»Selbst wenn es so wäre, ginge Euch das nichts an.«

Arithon ließ die Hände kraftlos in das trockene Gras sinken, das vom Schneefall des vergangenen Winters gebrochen war und nun an gebündelte Knochen toter Vögel erinnerte.

Er hatte seine Selbstkontrolle zurückerlangt. Zumindest zitterte er nicht länger im Klang der Axthiebe. Nur die Erde erbebte, während ein Baum nach dem anderen den Boden erschütterte.

Einen Augenblick später sagte der Barde: »Wenn Ihr wollt, daß die Clanfrauen von Deshir mit euch nichts zu tun haben wollen, solltet Ihr sie in Ruhe lassen.«

Damit hatte er einen Nerv getroffen. Arithons Lächeln war übertrieben breit und geradezu unangenehm heiter. »Laßt statt dessen mich in Ruhe. Eure Auffassungskraft wirkt ebenso wie verstreute Nadeln: eine schmerzhafte Falle für Fehltritte.«

Halliron ließ sich nicht leicht aus der Ruhe bringen. Die Jahre der Wanderschaft und der Umgang mit senilen Förderern und ungestümen Neidern hatten ihn gelehrt, schonend mit der menschlichen Natur umzugehen, um Mißverständnisse gleich einem Knoten in gesponnener Wolle zu entwirren. Verwirrt über Arithons Schweigsamkeit, gab er dennoch nicht nach, selbst als Arithon versuchte, ihm zu entkommen und zu ihrem Pfad zurückzukehren.

Es gab kein Entkommen. Halliron hatte ihn zwischen einem undurchdringlichen Dickicht und der unnachgiebigen Oberfläche eines Felsens in die Enge getrieben.

So streitlustig sein Verhalten auch wirkte, verfügte der Teir's'Ffalenn doch nicht über die Nerven oder den notwendigen Zorn, sich mit Gewalt an einem alten Mann vorbeizudrängen.

»Ich könnte fragen«, sagte Halliron im gedehnten Dialekt Shands, der sich gelegentlich aus seiner Kindheit wieder in Erinnerung brachte, »warum Ihr mich bei unserer ersten Begegnung behandelt habt, als stellte ich eine Bedrohung für Euch dar.«

»Weil«, begann Arithon, ehe er ganz impulsiv und ohne Stocken zur paravianischen Sprache wechselte.

»*Cuel ean i murdain ei dath-tol na soaren*«, was übersetzt bedeutete: »Ihr seid der Feind, den zu treffen ich nie erwartet hatte.«

Seine Aussprache war makellos. Und diesmal ließ sich die Verbitterung nicht verleugnen. Halliron trat zur Seite, ehe er doch noch mit Gewalt vertrieben werden konnte.

Halliron ließ sich von Arithons Schauspiel nicht in die Irre führen. Er sah zu, wie der Nachfahre der ermordeten Hohekönige von Rathain davonschritt. Dieser Mann war nicht wütend.

So verzweifelt er auch diesen Eindruck zu vermitteln suchte, konnte er doch vor der feinsinnigen Wahrnehmung des Meisterbarden nicht verbergen, daß er unerträglichen Kummer litt.

Gedankenverloren ging auch Halliron davon. Aus irgendeinem bösartigen Grund fühlte er sich schuldig für seine vorsichtige Einmischung in die so oder so schwerstbewachte Privatsphäre des Teir's'Ffalenn. Was den Barden ärgerte, war sein Verdacht, daß Steivens Töchter mit einem aufrichtigen Vertrauen beschenkt wurden, das niemand sonst im Lager wahrzunehmen schien.

Die Clans von Deshir veränderten die Landschaft zu beiden Seiten des Flußlaufes des Tal Quorin. Der Wald hallte von dem Lärm hastiger Arbeit wider, vom Schlag der Äxte, von fallenden Bäumen und vom Knirschen provisorischer Schlitten auf steinigem Grund. Eine Gruppe Reiter hatte mehrere Wagengespanne gestohlen, und das Klirren des Zaumzeugs vermengte sich mit den Rufen der Fahrer.

Selbst Hallirons Pony wurde in Dienst genommen, um körbeweise geschnittenes Strauchwerk abzutransportieren.

Bei ihrer Ankunft ließen die Frauen ihre Zelte und ihren Besitz noch immer verschnürt auf einer Lichtung liegen. Jede freie Hand wurde für die Arbeit gebraucht.

Kinder und Alte wurden geschickt, nach Nahrung zu suchen oder das Wild herzurichten, das die Jäger herbeibrachten, die die Gegend in großem Umkreis durchstreiften.

Der Lärm hatte Rehe und Vögel verscheucht, und selbst die Biber waren von dem zusammengebundenen Holz, das auf dem Fluß stromabwärts transportiert wurde, in sichere Deckung getrieben worden.

Lord Steiven war im Süden, noch jenseits der schäumenden Stromschnellen, wo der Fluß sich zu einer weiten Wasserfläche auffächerte, die von grasbewachsenem Morast durchzogen war. Von dort aus überwachte er die Umwandlung der unschuldigen Landschaft in eine Unzahl sumpfiger Fallen für Etarras Heer. Arithon ging nicht zu ihm. Auch nutzte er seine Kraft nicht, um Holz und Steine zu bewegen. Auffallend untätig, angesichts des Umstandes, daß sogar der Meisterbarde sich freiwillig erboten hatte, den Köchen zur Hand zu gehen, saß Arithon Teir's'Ffalenn den ganzen Morgen über im Schatten, offensichtlich schlafend. Niemand sah ihn sich rühren oder auch nur ein Auge öffnen.

Als die Arbeitsgruppen am Mittag zurückkehren, saß er noch immer da und mußte zum Essen geweckt werden.

Und doch mußte er sich bewegt haben. Ein Kundschafter, der das Waffenzelt aufgesucht hatte, hatte die Karten und Pläne in wildem Durcheinander vorgefunden. Mit hektischer, verschnörkelter Schrift waren an den Rändern eines Versorgungskonzeptes die Anzahl der Waffen und Ausbildungsstandard der Truppen Etarras, zusammen mit Namen, Anzahl und hilfreichen Charaktermerkmalen der meisten hochrangigen Offiziere, vermerkt.

Da der Prinz jedoch kein Wort über seine Mitwirkung verlor, fiel ein Schatten auf die Angelegenheit. Die verächtliche Haltung der Clanfrauen schlug immer tiefere Wurzeln angesichts Arithons steter Abwesenheit und seinem Hang, mit den Kleinkindern im Dreck zu spielen. Sein Lachen vermischte sich mit den Gesprächen der

Männer an den Tischen und dem kratzenden Geräusch ihrer Messer, während sie das trockene Proviantbrot zersägten, um es in heißem Bratensaft aufzuweichen. Die jüngeren Kundschafter klangen erbittert, während die, die das Leben bereits am meisten gezeichnet hatte, in Schweigen verfielen. Steiven war nicht zugegen, ihre stillen, brodelnden Spekulationen zu ahnden, die Arithon einfach ignorierte. Er sonderte sich ab, als wäre er taub oder nicht ganz bei Verstand.

Am Nachmittag sah man den Teir's'Ffalenn im Schatten eines Buchenhains sitzen und die Treueschwüre der Kundschafter der Clans entgegennehmen. Den Zeitpunkt für diese Zeremonie hatte Steiven ausgewählt. Im Verborgenen murrten die Männer, daß der Dienstplan wohl hätte anders ausfallen können, wäre ihr Herzog nur früh genug zurückgekehrt, um sich von seiner Frau den neuesten Klatsch erzählen zu lassen.

Doch obgleich sie die Zeremonie bis zur letzten Minute vor sich hergeschoben hatten, kam Steiven trotzdem von der Hast vollkommen erledigt wieder in der Schlucht an.

Daß sich die Männer der Clans im Strakewald in seiner Abwesenheit versammelt hatten, halb bekleidet und schmutzig oder schwitzend in ihrem Leder, das noch immer von der Arbeit dreckig war, geschah mehr aus Hochachtung für ihren Clanführer denn aus Respekt für den Prinzen, der ihr oberster Herrscher werden sollte.

Steiven nahm einen halben Schritt neben dem s'Ffalenn-Prinzen seinen Platz ein. Von dem zurückgewonnenen Silberreif abgesehen, der die Rechtmäßigkeit seines Erbanspruches bewies, trug Arithon noch immer die schwarze Wildledertunika und die Strumpfhose, die einst dem jüngeren Bruder der gnädigen Frau Dania gehört hatten. Wie bei der vorangegangenen Zeremonie in Etarra trug Arithon außer dem Schwert seines Vaters auch jetzt keinen Schmuck. Die rauchdunkle Klinge aus meisterhafter paravianischer Fertigung steckte neben seinem Ellbogen aufrecht in der Erde, der Smaragd im

Griff, ein hartes Glitzern unter dem vom Laub reflektierten Licht. Schon auf den Knien in den rottenden, kupferfarbenen Blättern der vergangenen Saison, erreichten ihn die Blicke der Umstehenden nicht. Seine Aufmerksamkeit schien mehr von dem Trällern der nistenden Zaunkönige eingenommen, als von dem Gruß auf den Lippen seines Regenten.

Für einen Augenblick bedauerte Steiven, daß diese Angelegenheit so kurzfristig im Laubwald abgehalten werden mußte. Die letzte derartige Zeremonie hatte zu Ithamon stattgefunden, unter wundervollen, gewölbten Decken und reich mit Juwelen verzierten Wandbehängen und Flaggen. Gewöhnlich wurde sie am zwanzigsten Geburtstag eines Prinzen durchgeführt, und damals waren diese Ereignisse Grund für ein großes Fest gewesen.

Betrübt über diese düstere Versammlung und so sehr bewegt, daß es ihm die Sprache verschlagen wollte, von dem Ansturm der Gefühle, daß er von all jenen exilierten Vorfahren derjenige sein sollte, der Zeuge werden würde, wie ein Sproß derer zu s'Ffalenn zurückkehrte und die Macht ergriffe, atmete Steiven tief ein, um ein Ritual wieder aufleben zu lassen, das Tausende von Jahren alt war. »Ich, Teir's'Valerient, berufen zum Regenten des Reiches und Hüter von Ithamon durch meinen Vater und seinen Vater bis zurück zum letzten gekrönten Monarchen, stehe demütig vor dir, Arithon, Sohn des Avar, rechtmäßiger Erbe und direkter Nachfahre des Torbrand s'Ffalenn, Begründer des Geschlechtes, das von der Bruderschaft der Sieben bestimmt worden ist, die Länder von Rathain zu regieren. Ein jeder, der das Recht dieses Prinzen auf seine Erbschaft nicht anerkennt, möge nun vortreten.«

Füße bewegten sich lautlos im feuchten Grund. Der schrille Schrei eines Falken hing in der Luft.

Steiven fuhr fort: »Arithon Teir's'Ffalenn, wendet Euch um. Ein Prinz, der den Eid der Treue entgegennehmen will, muß denen vertrauen, die er beschützen und führen wird. Wenn einer unter uns Euer Mißfallen erregt hat, so nennt uns den Namen, daß wir alle ihn hören und von unserem Kreise ausschließen können.«

Zerbrechlich wie Porzellan erschien der Prinz neben der riesigen, von Narben entstellten Gestalt seines Regenten. Mit erhobenem Kopf sagte er: »Ich hege gegen niemanden Groll.« Die Worte waren klar und deutlich vernehmbar, obgleich seine Augen verschleiert blieben. Seine Hände zitterten, als er zugriff und die Klinge Alithiels aus der Erde befreite. »Ich ernenne Euch zu meinem Hüter wider den Verrat.« Noch immer kniend drehte er sich mit sorgsamen Bewegungen um und wandte den Menschen den Rücken zu.

Gemäß eines uralten Rituals stellte sich Steiven neben Arithons Schulter, den Blick auf das wartende Volk gerichtet. »Jene, die treue Begleiter von Arithon, Sohn des Avar, sein wollen, mögen nun vortreten und ihre Waffen zum Gelöbnis der Gefolgschaft und Verteidigung präsentieren.«

Nun zog der Clanführer sein eigenes Schwert und jagte es mit der Spitze in die Erde. Einer nach dem anderen traten sie vor, seine Kundschafter und seine Krieger, seine Jäger und die Frauen, die keinen Verwandten hatten, der an ihrer Stelle den Eid hätte ablegen können. Mit gesenkten Köpfen zogen sie an der bedrohlich funkelnden Klinge Alithiels vorüber und ließen zum Zeichen ihres Vertrauens Messer, Dolche, Säbel oder geerbte Schwerter zurück. Erst, als der letzte von ihnen auf seinen Platz zurückgekehrt war, durfte Arithon sich wieder umdrehen.

Doch auch jetzt war es ihm noch nicht gestattet, sich zu erheben.

Auf den Knien, blaß wie gebleichtes Leinen, senkte er den Kopf im Angesicht des stählernen Waldes und legte die zartgliedrigen Hände auf den Griff des nächststehenden Schwertes.

Mager und ermattet wie ein Fuchs in der Deckung atmete er ein, um allen persönlichen Ansprüchen an das Leben, das er in Athera gefunden hatte, abzusagen. »Ich stelle mich, meinen Leib, meinen Geist und meine Seele in den Dienst von Rathain: zu schützen, zu einen und dem Recht nach den Gesetzen Aths zur Geltung zu verhelfen. Herrscht Frieden im Land, will ich ihn erhalten; herrscht Krieg, will ich das Land verteidigen. Durch Not, Hunger und Krankheiten soll ich nicht minder leiden als meine eingeschworenen Gefolgsleute. In Krieg, Frieden und Streit verpflichte ich mich der Charta des Landes, wie sie uns von der Bruderschaft der Sieben gegeben worden ist, erschlagt mich, wenn ich fehlen sollte, die Rechte, die in ihr für alle Menschen festgelegt sind, zu wahren und zu schützen. Dharkaron ist mein Zeuge.«

»Erhebt Euch, Arithon, Teir's'Ffalenn und von nun an Kronprinz von Rathain.« Steiven trat lächelnd zurück, als sein Gebieter schließlich wieder auf die Füße kam. »Möge Ath Euch ein langes Leben und gesunde Nachfahren schenken.«

Arithon legte die Hand auf das gewaltige Schwert seines Clanführers und zog sein Gewicht aus der Erde. Mit königlicher Segnung gab er Steiven das Schwert zurück. Und nach und nach, während eines Zeitraums, der wie eine ganze Stunde anmutete, wurden die anderen Waffen auf althergebrachte Weise zurückgegeben und die Verpflichtung ihrer Eigentümer gegenüber ihrem Gebieter besiegelt.

Der Stahl selbst war ihr Eid; die Bürde ihrer Leben und ihrer Sicherheit aber lastete von nun an und für alle Zeit auf Arithons Schultern; so wie diese Menschen nun die Last für sein Leben und seine Sicherheit trugen, bis in den Tod.

Das Murren über seine Schwächen verstummte abrupt, als Steivens gebellte Anordnungen die Menschen zurück zum Bäumefällen und Fallgrubenausheben sandte, um den Aufbau ihrer Verteidigung fortzusetzen.

Als die Lichtung sich allmählich leerte, begegnete Arithon dem Blick seines Regenten.

Mit einem trostlosen Ausdruck in den grünen Augen sagte er: »Meine erste Tat wird sein, den Fluch zu brechen.«

Steivens gelöste Stimmung schwand, als er Alithiel seinem Prinzen darbot. »Ich weiß Bescheid. Das Gerede vermag mich nicht zu täuschen. Ihr aber verweilt bei dieser Sache, Euer Hoheit, wie ein Mann, der nicht zu sehen vermag, wenn das Wetter umschlägt. Etarras Haß glimmt heiß genug, um auch ohne einen Funken in Brand zu geraten.«

Arithon nahm das eisige Gewicht Alithiels an. Die Hast, in der er seiner Krönung entflohen war, hatte die Klinge ihrer Scheide beraubt: Er war gezwungen, sie ungeschützt an einem Gürtel zu tragen, der bereits die Spuren derartigen Mißbrauchs zeigte, und die Gewalt, mit der er die Waffe wieder an ihren angestammten Platz rammte, entlockte dem Stahl ein wütendes Dröhnen. »Lysaer ist nicht geeignet, von rational denkenden Männern beurteilt zu werden. Er ist ebenso verflucht worden, wie ich es bin, und weder Fehden noch Gerechtigkeit haben Einfluß auf seine Taten. Ich möchte nicht erleben, daß Eure Clanangehörigen zu einem Werkzeug werden, wie es der Garnison von Etarra ergangen ist.«

Er sauste davon, ehe Steiven etwas entgegnen konnte. Ohne ein weiteres Wort zu irgend jemandem verließ Arithon die Lichtung und entfernte sich vom Lager.

Steiven wollte ihm folgen, doch eine Hand an seinem Unterarm hielt ihn zurück.

»Laßt ihn gehen«, murmelte Halliron in dem musikalisch-freundlichen Ton, der selbst einen tödlichen Kampf schlichten konnte und das auch schon getan hatte. »Mein Herz sagt mir, daß dieser Prinz nur allzu gut weiß, was er tut.« Ein Lächeln offenbarte die Lücke zwischen seinen Vorderzähnen. »Außerdem, wenn er ebenso reizbar ist, wie es die Balladen seinen Vorfahren nachsagen, so wird er keines Mannes Einmischung tolerieren.«

Steiven fluchte.

»Ich weiß das. Ihr wißt das. Aber die Ähnlichkeit mit seinen Vorfahren wird meine Leute nicht zufriedenstellen können. Wenn er weiterhin so weibisch vor sich hin brütet, so hat mein Kriegshauptmann geschworen, er wolle ihn bis auf seine kurzen Kraushaare entkleiden, um nachzusehen, ob er eine Kastration unter seinen Kleidern verbirgt. Bei Ath«, schimpfte der ehemalige Regent in einem selten ergrimmten und zornigen Ton. »Wenn Caolle es versucht, so weiß ich nicht, ob ich ihn nicht einfach gewähren lassen sollte.«

Verlockung

Etarra bereitete sich auf den Krieg vor. Tag und Nacht hörte man die Fäustel der Waffenschmiede hämmern, begleitet von den lauten Schlägen der Übungswaffen, mit denen die Rekruten des letzten Jahres in professioneller Kampftechnik gedrillt wurden. Beinahe über Nacht schien ein jeder Mann im Kampfesalter nur noch in leichter Rüstung über die Straße zu gehen.

Nicht alle würden in den Krieg ziehen. Die hochwohlgeborene Elite, Männer, deren Abstammung sich ohne Makel bis zu den Bürgern zurückverfolgen ließ, die seinerzeit die alte Monarchie gestürzt hatten, fanden sich im Hintergrund des geschäftigen Treibens wieder, das der übergelaufene Prinz verursacht hatte. Ihre Heldentaten, ihr Unfug und ihre lasterhaften Spielereien waren nicht länger das Gesprächsthema in den Salons der Damen. Arithons Name hatte sie verdrängt, und aus Furcht vor seinen Schatten wurden Mätressen und begehrte Kurtisanen plötzlich wankelmütig und wandten sich bevorzugt großen, kräftigen Burschen mit Schwertern und weniger ausgefeilten Manieren zu.

Als Ausgleich wurden die Feste der Jungen und Reichen immer ekstatischer. Von Diegan erfuhr die gnädige Frau Talith Details: davon, wie die Blaublütigsten und die Unverfrorensten Wein getrunken hatten, bis sie torkelten, ehe sie ein Wettrennen zum Wachturm veranstalteten, um herauszufinden, wer der Erste sein würde, der am Klöppel der Baßglocke schwingen konnte. Der Gewinner war wundersamerweise unversehrt geblieben. Die, die, gemessen an der Art ihrer Verletzungen, weniger glücklich davongekommen waren, wurden als Helden gefeiert oder zur Zielscheibe beleidigender Witze, einem beliebten Weg, die Geduld der Menschen zu erproben. Ein Kavalier hatte sich den Knöchel verstaucht. Ein anderer war über ein Geländer gefallen und hatte sich gleich beide Handgelenke gebrochen. Er erschien mit Schienen an den Armen auf den Abendgesellschaften und prahlte, daß die Damen ihn ungefragt küssen konnten, da er schließlich keine gesunde Hand frei hatte, sie abzuwehren.

Früher hätte die gnädige Frau Talith im Mittelpunkt ihrer Bewunderer gesessen, sie angestachelt und sich an ihren dümmlichen Kraftakten, ihre Gunst zu erringen, erfreut. Sie hätte über die geistreichsten Witze gelacht und aufmerksam dem Geschwätz gelauscht, um das Gewirr intriganter Böswilligkeiten zu entschlüsseln, welches sich hinter dem Glanz der besseren Gesellschaft Etarras verbarg.

In dieser Nacht jedoch blieb sie den Feiern fern. Draußen, außerhalb des Ballsaales, in dem die Luft mit Parfum angereichert war, atmete sie die reine Nachtluft. Für sie gab es nichts Schönes an der Dunkelheit; das Licht der Sterne war noch viel zu fremd, um ihr ein Gefühl der Sicherheit zu geben. Das Lachen, der Tanz und das Flackern von tausend Kerzen hätte sie eigentlich anziehen sollen, wie das Licht eine Motte, war doch ihr kostbares Damastgewand neu und ihre Juwelen zwar schlicht, aber betörend.

Doch all die Feste schienen ihr nur mehr alberner Trug zu sein. Vergeblich mühte sie sich, der schleichenden Langeweile zu widerstehen, und noch mehr kämpfte sie darum, ihre Ursache zu leugnen; den Tag, nein, den Augenblick nicht zu benennen, an dem selbst die wildesten Mätzchen der Männer zu einem sinnlosen, leeren Spiel verkommen waren.

Diegan hatte eine ähnliche Veränderung erlebt. Wenngleich Bruder und Schwester nicht die gleichen Gedanken hegten, war doch auch seine Stimmung schon seit Tagen gedrückt. Wo er einst eifersüchtig darauf bedacht war, den Kreis seiner Anhänger zu halten, war nun niemand mehr an seiner Seite, und doch das vermochte ihn kaum zu berühren. Es war, so dachte Talith, als wäre jemand in das Haus ihrer Kindheit eingedrungen und hätte alle Möbel ausgetauscht.

Sie konnte sich der Erkenntnis nicht verschließen, daß ihr Leben trist geworden war, seit Lysaer s'Ilessid in es getreten war.

Talith beugte sich über die Balustrade. Nie zuvor hatte sie Bewunderung erlebt, die nicht aus bombastischer Extravaganz entsprungen war; Humor, der nicht schmähte; Macht, die nicht durch gefühllose Intrigen und Bestechung erkauft worden war.

Die Natur dieses Mannes hatte sich durch die Spirale der Gier dieser Stadt gebohrt und glitt nun forsch voran wie ein scharfes Messer in modernder Baumrinde.

Eine Brise fegte durch den Garten, wirbelte einen Haufen aus Blütenblättern auf und hätte beinahe das Geräusch der Schritte vor ihr verborgen, die sich von der Terrassentür aus näherten. Sie war verärgert. Immerhin hatte sie gleich vier Lebemänner auf ihrem Weg zur Tür abwehren müssen.

»Laßt mich allein.« Kalt und erschreckend unhöflich weigerte sie sich, sich auch nur umzublicken, um zu sehen, wer der Mann war, den sie davonschickte.

Die Schritte stoppten.

Warme Hände streckten sich ihr entgegen und umgriffen sanft die Locken, die über ihren Nacken fielen. Sie versteifte sich, als sie voller Abscheu erkannte, daß sie nicht einfach herumwirbeln und diese Unverschämtheit mit einer Ohrfeige ahnden konnte. Zu fest griffen die Finger zu: Sie war so sicher vertäut wie ein Boot im Hafen.

»Drinnen hörte ich, Ihr wäret des Feierns überdrüssig geworden«, sagte Lysaer s'Ilessid zum Gruße.

Sie schauderte. Dann stieg ihr Röte ins Gesicht; und jetzt hätte sie ihn für die Kühnheit ohrfeigen wollen, die ihr eine solche Reaktion abgerungen hatte. Sie war es nicht gewohnt, mit solcher Leichtfertigkeit behandelt zu werden.

Er ließ sie los. Kalte Luft fuhr durch die Strähnen, die seine Finger zerteilt hatten. Ein Schauer weißer Maulbeerbaumblüten flog zu Boden und wirbelte auf die Windschattenseite des Geländers.

Talith wandte sich um, bereit, ihre attraktive, weibliche Verächtlichkeit zu nutzen, ihn aus dem Gleichgewicht zu bringen.

Das hatte er wohl verdient, für seinen selbstzufriedenen Glauben, überall stets willkommen zu sein.

Die Verblüffung ließ sie erstarren. In seinen Händen hielt er eine Kette aus Licht, zart wie eine Flamme auf einer Perlenschnur.

Lysaer lächelte. Reflexionen funkelten in seinen Augen; sein Gesicht, aus dem Schatten in sanftes Licht gerückt, war von einer Schönheit, die einen Bildhauer zu beschämen vermochte, und das helle, feine Haar, das über seinen Kragen fiel, war sein einziger Schmuck.

Dieser Anblick raubte Talith den Atem.

»Möchtet Ihr, daß ich Euch allein lasse?« quälte Lysaer sie.

Pikiert erwachte sie aus der Verzauberung. »Ihr seid nicht eingeladen worden, mir Gesellschaft zu leisten.« Doch ihr Blick verriet sie, als sie voller Verwunderung den leuchtenden Strang betrachtete, der zitternd in seinen Händen tanzte.

Sein Lächeln vertiefte sich noch. »Kein Juwel ist vergleichbar.«

Er blickte auf seine Spielerei herab, ließ sie aufglimmen und Funken sprühen wie glühende Asche. »Auch dies ist nicht vergleichbar. Es ist nur ein armseliges, blendendes Phantom. Eine wertlose Illusion, geschaffen aus Licht. Doch wenn Ihr darauf beharrt, Euch im Dunkeln zu verbergen, so laßt Euch wenigstens damit schmücken.« Er streckte die Hände aus, und mit einer leichten Berührung der entblößten Haut an ihrem Nacken legte er ihr sein Zauberwerk um.

Das Licht war weder warm noch kalt. Tatsächlich konnte sie die Präsenz der Kette auf ihrem Leib gar nicht spüren. Dieses sonderbare *Nichtempfinden* schmerzte sie geradezu, so als müsse sie, wie bei Juwelen oder Perlen, eine Berührung von dieser Gabe wahrnehmen können.

»Gold kleidet Euch«, murmelte Lysaer. In stiller Zufriedenheit beobachtete er, wie sie mit seinem Werk experimentierte, es gleich einem eingefangenen Glühwürmchen durch ihre Finger gleiten ließ.

Und dann, ganz plötzlich, offenbarte er, was ihn zu ihr geführt hatte. »Die Soldaten werden morgen ausrücken.«

Sie sah auf, den Kopf provokativ zur Seite geneigt; der Halsschmuck aus Licht erhellte ihr Kinn und zeichnete es in zarten Linien nach. »Sollte mich das mit Besorgnis erfüllen?«

Lysaer hielt nachdenklich inne. Er schien nicht gekränkt zu sein oder sich herabgesetzt zu fühlen. »Ich glaube nicht, daß irgend jemand in der Stadt begreift, welche Bedrohung von dem Mann ausgeht, den niederzuringen wir ausziehen werden.«

»Arithon?« Talith warf ihre schwarze Haarmähne zurück, und setzte an, verächtlich zu äußern, daß der abgesetzte Prinz selbst mit der Unterstützung der Clans kaum eine Bedrohung für die Stadt darstellen konnte.

Lysaer trat überraschend näher und packte ihre Arme kurz unter den Schultern. Er schüttelte sie nicht, noch hob er seine Stimme, sie zu tadeln. Seine Berührung blieb sanft, und seine Augen, die in die ihren herabschauten, waren weit geöffnet, sehr blau und höchstens über sich selbst verärgert. »Gnädige Frau, ich fürchte um Eure Stadt, um Eure Sicherheit, um Euer Glück. Und niemandem kann ich verständlich machen, was es mit Arithon s'Ffalenn auf sich hat.«

»Was gibt es da noch zu wissen?« Sie sah ihn mit der graziösen Anmut einer Katze an, die sich gerade ihrer bezaubernden Wirkung versichert hatte.

Lysaer ließ seine Handflächen so leicht wie einen Atemhauch über ihre Arme herabgleiten. Er wich zurück, legte die Hände auf die Balustrade und starrte hinaus in den dunklen Garten. Er war tief besorgt, und sie erkannte mit Verdruß, daß all ihre Reize ihn gar nicht berührt hatten. Er gab ihr keine Chance zur Vergeltung, sondern sagte rasch: »Ich bin in einem Land aufgewachsen, das dem räuberischen Terror derer zu s'Ffalenn ausgeliefert war. Wir in Amroth verfügten über Reichtümer, gute Schiffe, geschickte Männer und starke Waffen, uns zu verteidigen. Wir hätten ohne Schwierigkeiten siegen müssen, denn die Insel Karthan, über die die Piratenkönige herrschten, war kaum mehr als ein Sandhaufen. Die Menschen waren arm, hatten wenige Mittel und noch weniger Männer. Doch das, was sie hatten, das nutzten sie mit der Durchtriebenheit von Dämonen.«

Er schwieg für einen Augenblick. Talith sah, daß sich seine Hände zu Fäusten geballt hatten. Unsicher, welche Probleme es aufwerfen mochte, wenn sie ihn in seiner Anspannung stören würde, wartete sie geduldig, war doch seine erhabene Hingabe an die Pflicht ungewöhnlich genug, ihre Neugier zu wecken.

Alsbald sprach er weiter. »Das Morden und das Leid hielt über viele Generationen an. Meine beiden Onkel wurden in eine Falle gelockt und uns als Pökelfleisch zur Bestattung zurückgeschickt. Der Kummer raubte meinem Vater beinahe den Verstand. Er verlor eine Frau, vor meiner Mutter. Zwei Töchter, die meine Halbschwestern gewesen wären, hätte ich sie nur kennenlernen dürfen, starben mit ihr. Niemand hat mir erzählt, daß es sie gegeben hat, bis ich zwölf Jahre alt war und meines Vaters Seneschall gedrängt hatte, mir zu erklären, warum es in der königlichen Gruft ein unbenanntes Grabgewölbe gab.«

Lysaer atmete tief durch. »Ich erinnere mich, daß während meines ganzen Lebens stets Schlachten geführt, Flotten und Generäle ausgesandt wurden, um die s'Ffalenns auszulöschen. Wir erreichten wenig, trotz all der Mühen. Es gelang uns, Dörfer niederzubrennen, armselige Barackensiedlungen, deren Verlust kaum zu berühren schien. Karthanische Späher entdeckten frühzeitig unsere Flotten und warnten die Menschen, damit sie rechtzeitig fliehen konnten. Männer, die an Land geschickt wurden, um den Flüchtigen zu folgen, durchstreiften die Einöde vergeblich. Kämpfe auf See verliefen ebenso unselig. Unsere Schiffe wurden in ermüdende Verfolgungsjagden getrieben und erlitten Schiffbruch in seichtem Wasser, weil die Zeichner, die einst die Karten angefertigt hatten, mit falschen Informationen versorgt worden waren. Unsere Kapitäne und Mannschaften starben im Kampf gegen windstille Küstenzonen inmitten eines Sturmes. Sie starben an Durst, Hunger, bei Meutereien und im Feuer, denn die Waffe der s'Ffalenns war eine Raffinesse, so unerschöpflich wie die Gezeiten. Die Piratenprinzen ergötzten sich an den Fehden. Ihre hinterhältigen Tricks wiederholten sich nie, und sie segelten niemals nach einem vorhersagbaren Muster.«

Die Erinnerung trieb Lysaer dazu, von der Balustrade abzurücken und sich stolz aufzurichten. »Diese Kapitäne der Vergangenheit waren nur Menschen, durchtrieben und begierig auf Blutvergießen. Der letzte ihres Geschlechts, der s'Ffalenn in Athera, ist weit mehr. Er wurde als der Sohn einer Zauberin geboren und in den geheimnisvollen Mächten unterrichtet. Ein Zauberer, ein Herrscher über die Schatten, dessen Heimtücke die Widerhaken der Magie trägt.«

Endlich wandte er den Blick und schaute Taliths Augen voller tiefer Offenheit. »Arithon hat selbst mich getäuscht, gnädige Frau. Er hat mich dazu gebracht, ihn für harmlos zu halten, und sich so meine ehrliche Freundschaft erschlichen. Hätte nicht Euer Bruder die geeigneten Fragen gestellt, hätte er nicht meine Zweifel wiedererweckt, dann hätte vielleicht niemand rechtzeitig gehandelt. Arithon hätte vielleicht niemals vor Etarra gestanden und auf dem großen Platz seine wahre Gestalt gezeigt.«

Lysaer beendete seine Ansprache in einem Ton schmerzhaften Unbehagens. »Das ist es, was ich Euren Leuten nicht zu vermitteln vermag.«

Gefangen in einer Faszination, fremdartig genug, ihr Schaudern zu bereiten, sagte Talith: »Aber Ihr seid der Herr des Lichts. Ihr könnt die Hexerei bekämpfen.«

»Ich bin ein Mensch«, korrigierte Lysaer. »Und Menschen sind fehlbar.«

Unsicherheit beeinflußte Taliths Verzauberung. Sie war tief in ihrem Inneren betroffen und überrascht von der Erkenntnis, daß sie seine Hände an ihrem Leib spüren wollte.

»Ihr werdet zurückkehren. Diegans Heer wird den Kopf des schwarzen Zauberers bekommen.«

Der Wind trieb Maulbeerbaumblüten zwischen ihnen hindurch. Sie bestäubten Taliths Wangen und verfingen sich in ihrem Haar und auf den Perlmuttköpfen ihrer lackierten Haarnadeln. Mit einer sanften Bewegung wischte er sie fort. »Wir können es versuchen. Wir können hoffen.«

Er legte die Hände um ihr Gesicht und küßte sie mit erregender Zärtlichkeit.

Sie streckte die Hand aus, um ihn näher an sich heranzuziehen, doch die gleitende Bewegung ihres Ärmels warnte ihn früh genug, sich zurückzuziehen. Sicher, einen halben Schritt entfernt, lächelte er ihr zu. »Nein. Nicht jetzt. Wartet auf mich, schöne Frau. Wenn Arithon s'Ffalenn bezwungen und Eure Stadt sicher ist, dann werde ich zurückkehren. Wenn Ihr Euch dann noch immer nach meiner Nähe sehnt, so werden wir gemeinsam etwas Großartiges aufbauen.«

Sie schluckte ihren Ärger hinunter, war sie doch vor allem erstaunt, daß er sich nicht über ihre zurückgewiesene Gefühlsregung lustig machte, wie es ein etarranischer Mann getan hätte. »Was, wenn Ihr nicht zurückkehrt?«

Die Leichtigkeit fiel von ihm ab. »Dann werdet Ihr zurückbleiben, um herauszufinden, warum Etarras Heer verloren hat. In meinem Andenken werdet Ihr Euer Wissen nutzen, Eure Leute zu warnen, damit Arithons räuberische Machenschaften sie nicht unvorbereitet treffen, wenn die Zeit gekommen ist, erneut gegen ihn anzutreten.«

»Ihr könnt nicht glauben, daß Ihr ihm unterliegen werdet!« rief Talith, und der Kummer ließ sie jegliche Verschlagenheit vergessen.

»Ich darf nicht so anmaßend sein, auch nur für eine Sekunde anzunehmen, ich könnte nicht unterliegen.« Entschuldigend zuckte er die Schultern. »S'Ffalenn-Piraten haben in der Vergangenheit bessere Männer als mich besiegt.«

»Ihr seid alles, was wir haben.« Dann, mit leidenschaftlicher Schärfe: »Alles, was ich habe.«

Im Inneren des Ballsaales spielten die Musiker zu einem fröhlichen Stück auf. Hinter den offenen Doppeltüren sammelten sich die Tänzer, bildeten Reihen und begannen zu tanzen. Ihre Bewegungen schienen ohne Bedeutung. In ihrem stummen Flehen erkannte Talith mit einer Erleichterung, die sie erschaudern ließ, daß Lysaer zumindest nicht gehen würde, ohne an ihr Wohlergehen zu denken.

»Ein Tanz.« Der s'Ilessid-Prinz lachte freundlich, griff nach ihr, der Seide, den Perlen, den gerüschten Lagen ihres Gewandes, umfaßte sie so zart, als wäre sie Distelwolle im Wind, eingefangen im Kreis seiner Arme.

Schlußfolgerung

Eine Brise aus dem Osten legte sich wie ein übelriechendes Leichentuch über den säuerlichen Schlamm überfluteter Niederungen, die Färbereien von Narms und die Stadt, die aus Holzhäusern, einstöckigen Lagerschuppen und einem Hafen bestand. Von vorn bis hinten ein Handwerkszentrum, kannte dieser Ort keine Zierde außer dem munteren Treiben im Dienste des Handels.

Die Küstenlinie weiter hinauf, dort wo die wundervollen Garne, die in diesen windgebeutelten, baufälligen Häusern gesponnen und gefärbt wurden, zu berühmten Stoffen und Wandbehängen weiterverarbeitet wurden, bargen die Steingebäude von Cildorn die tieferen Mysterien älterer Stätten: Eine Resonanz, die aus der Zeit paravianischer Siedlung geblieben war, lockte die Erdenmächte, noch immer nahe der Oberfläche zu fließen. Wegen der Vorzüge, die diese Mächte der Zauberei bieten konnten, hätte die Oberste Korianizauberin sich dort ihrer Aufgabe widmen wollen. Doch nach der groben Fehleinschätzung, die die Bruderschaft sich im Zusammenhang mit Arithons Krönung erlaubt hatte, drängte die Zeit, und Elaira würde Narms schneller erreichen können.

Das Gebäude, das Morriel für ihre Zwecke gemietet hatte, gehörte der Witwe eines Mannes, der als Knabe in Diensten des Korianizirkels gewesen war. Nach seinem Tod hatten die schweren Zeiten und eine schlampige Führung seine Färberei zugrunde gerichtet. Seit langer Zeit den Marotten streunender Iyats überlassen, war der mit löchrigen Kübeln vollgestellte Hof knöcheltief in Schlamm und totem Laub versunken. Die Fabrik, ein roh verbrettertes Gebäude, lag eingeklemmt zwischen einer Brauerei und dem Schwemmland der Küste. Winterstürme überfluteten von Zeit zu Zeit das Lagerhaus. Das Gebäude roch nach modernden Lumpen und rottenden, wurmzerfressenen Planken, vermengt mit dem Hauch von Hopfen und dem Aroma von Fischen.

Ein Dämon hatte vertrieben werden müssen, ehe Morriels Diener das einzig dichte Faß hereinschleppte, aufrecht in den Sandboden drückte und für ihre Beobachtungen füllte. Ein Garnrahmen war verstärkt und zu Morriels Bequemlichkeit aufwendig mit Decken ausgelegt worden, doch wurde es von der Korianimatriarchin verschmäht. Zusammengekauert unter Tüchern wie eine Krähe, die von ihrem nassen Gefieder herabgezerrt wird, wartete sie mit einer Geduld, die ihre Erste Zauberin nie aufzubringen imstande gewesen wäre, im flackernden Licht der Harzfackeln.

Bestärkt von ihren unersättlichen Ambitionen, ergötzte sich Lirenda daran, als einzige für die aktive Pflichterfüllung erwählt worden zu sein. Obwohl es weit nach Mitternacht war und ihre Schwestern sich schon längst zurückgezogen hatten, war sie zu stolz, Schwäche zu zeigen und sich in Gegenwart ihrer Obersten zu setzen.

Gemeinsam mit ihr kümmerte sich der große Schwachsinnige, der üblicherweise ihre Tür bewachte, um Morriels Bedürfnisse. Der Mann, der Zeuge von mehr Geheimnissen geworden war, als irgendeine lebende Korianischwester, saß mit überkreuzten Beinen in einer Ecke und ließ den Kopf hängen, während er gegen den Schlaf ankämpfte. Die Straßen der Stadt lagen überwiegend in tiefer Stille. Nur manchmal ging ein Nachtarbeiter der Brauerei pfeifend vorbei. Die Ruhe verstärkte noch das Zischen des brennenden Harzes und den fernen Schlag der Wellen in der Instrellbucht. Plötzlich erklang das Klappern eisenbeschlagener Hufe, als ein Pferd sich dem Haus näherte, den Schwachsinnigen aus seinem Dämmerschlaf aufschrecken und zur Tür hasten ließ.

Elairas Stimme wurde vom Wind hereingetragen, der über die Türschwelle wehte, als sie den Pferdeknecht fortschickte, der ihr Pferd in den Stall bringen sollte. Einen Augenblick später trat sie ein. Ihr Haar hatte sich aus dem Zopf gelöst und war von der feuchten Seeluft strähnig geworden; ihre Haut war vor Erschöpfung weiß wie Kalk.

Sie war hundert Meilen in nicht einmal drei Tagen geritten. Pferdeschweiß hatte das Leder ihrer Hose verhärten lassen, und so mußte sie mit wunden Knien ihrer Matriarchin huldigen. Die Worte des formellen Grußes kamen mit beherzter, ruhiger Stimme über ihre Lippen.

Lirenda sah begierig zu, wie Morriel Elaira näher zu sich heran winkte. Unter der Wölbung ihrer haarlosen Brauen schienen die tief in den Höhlen liegenden Augen der Obersten die auf ihren Befehl hin vortretende Reiterin nicht allein zu studieren, sondern ihre Miene peinlich genau zu analysieren.

Im Licht der Fackeln in voller Größe den Blicken freigegeben, hielt Elaira der Inspektion stand. Ihr war bewußt, daß der den Schwestern eigenen Kunst der Beobachtung nichts entgehen würde; nicht die Kratzer auf ihren Stiefeln, die sie verursacht hatte, als sie voller Ungeduld gegen Kieselsteine getreten hatte, während sie vor einem Stall darauf wartete, endlich ihr neues Pferd zu bekommen; nicht den Schmutz auf ihrem Mantel, die sie einem Betrunkenen in einer Taverne auf der Reise verdankte, der ihre Suppe verschüttet hatte.

»Deine Reise war anstrengend, wie ich sehe«, bemerkte die Oberste Zauberin.

Befreit ob dieser unerwarteten Freundlichkeit, richtete Elaira ihre schmerzenden Schultern auf. »So schlimm war es nicht.« Mit dem ihr eigenen trockenen Humor, der Lirenda ganz besonders unangenehm war, fügte sie hinzu: »Sollten Läuse in der Bettwäsche der Gasthäuser gewesen sein, so ist mir jedenfalls erspart geblieben, das herauszufinden.«

Morriels Lippen zuckten, möglicherweise im Geiste eines Lächelns. »Deine Lebensgeister sind offenbar intakt. Wann hast du zum letzten Mal etwas gegessen?«

Elaira mußte über die Frage nachdenken, was allein Antwort genug war. Die Alte winkte ihrem schwachsinnigen Diener zu. »Quen, geh nach nebenan zu den Brauern und kauf etwas Brot und Wurst!« Dann wandte sie sich wieder an Elaira und fragte mit entwaffnender Besorgnis: »Möchtest du Bier?«

Nicht müde genug, eine Falle zu übersehen, schüttelte Elaira den Kopf. »Im Angesicht eines Notrufes besser nicht, danke. Es sei denn, ich dürfte anschließend zu Bett gehen?«

»Das darfst du nicht.« Klar und deutlich war die Anerkennung der Obersten Zauberin zu verspüren, daß das Mädchen seinen scharfen Verstand beisammen hatte. »Obwohl du die Ruhe selbstverständlich verdient hast. Mir ist durchaus bewußt, daß du dich gegen die Kuriere der Handelsgilden hast durchsetzen müssen, so wie die Mietställe derzeit von den Überbringern schlechter Nachrichten bedrängt werden.«

Auch auf den Straßen waren unzählige offizielle Boten unterwegs gewesen, doch Elaira hatte selbst zu wenig Zeit gehabt, um dem Gerede zu folgen. »Sind schlimme Dinge geschehen, seit ich Etarra verlassen habe?«

»Viele.« Nebel drang durch die Tür herein, als Quen mit einem dampfenden Päckchen zurückkehrte. Während die Fackeln im Dunst zischten und Funken versprühten, deutete Morriel auf das Faß. »Bring dein Essen mit, während du das Wasser studierst. Ich möchte, daß du auf dem neuesten Stand der Ereignisse bist, damit du verstehst, wie wichtig der Anlaß war, dich herbeizurufen.«

Quen zu danken, hätte bedeutet, sich der Peinlichkeit unterwürfiger Dankbarkeit zu ergeben. Elaira tätschelte nur seine rissige Hand und nahm das Essen, halb mitleidig, für den Fall, daß sein kriecherisches Benehmen die Oberste Zauberin erzürnen sollte. Doch Quen senkte nur in einer Geste kläglicher Verzückung ob ihrer Freundlichkeit den Kopf, ehe er sich wieder in seine Ecke zurückzog.

Elaira packte eine ölige Wurstkette aus und folgte ihrer Herrin zu dem Faß.

Bitterkeit erfüllte Lirenda bei dem Gedanken, daß gerade die unbeugsamste Novizin sich ganz zwanglos den Hals vollstopfen sollte, während sich Morriel, die Oberste Zauberin, nebenher darauf vorbereitete, sie in die bedeutsamsten Angelegenheiten des Korianizirkels einzuweihen, und das alles nur wegen einer ungehorsamen Eskapade mit einem Mann.

Ohne einen Gedanken an Lirendas Unzufriedenheit zu verschwenden, zog Morriel ein Bein hoch, setzte sich auf den Rand des Fasses und zerrte die schwere Wolle ihres Gewandes mit sich. Begnadet mit einem Gleichgewichtsgefühl, das so gar nicht zu ihrem Alter passen mochte, zog sie den Kristall hervor, der an einer zarten Kette von ihrem Halse baumelte und informierte Elaira: »Die Bilder, die du nun sehen wirst, geben die Ereignisse des heutigen Tages wieder.«

Morriel ließ das Juwel über der gekräuselten Wasseroberfläche baumeln, ehe sie ihren Trick mit Hilfe von Zauberei vervollständigte. Elaira beugte sich über das Wasser, das nun glatt wie ein Spiegel vor ihr lag, während die Vision, die von den hellseherischen Fähigkeiten der Obersten Zauberin herbeigeführt wurde, die von Pflanzenfarben verunreinigte Tiefe des Wassers überlagerte ...

Die Morgensonne schien auf die massiven Steintürme der Befestigungsanlagen von Etarra herab und hinterließ helle Streifen in dem Staub, der von der Garnison aufgewirbelt wurde, die zum Nordwesttor der Stadt hinausmarschierte. Reihe um Reihe erhobener Speere und Lanzen reckte sich dem fahlweißen, dunstigen Himmel entgegen.

Im Bild des Wassers marschierten die Männer wie zum Leben erweckte Spielfiguren, und die goldenen und roten Banner der Stadtgarde raschelten wie Stoffbänder im Wind.

»Herr des Schicksals, hab Erbarmen«, murmelte Elaira, und die Wurst kühlte zwischen ihren Fingern ab, die plötzlich zu keinerlei Gefühl mehr fähig schienen. »Dann gibt es also Krieg?«

Statt einer Antwort veränderte Morriel den Bildausschnitt, um Elaira Etarras Heerscharen in voller Stärke zu zeigen. Zehntausend Mann stark, angeführt von einer Angriffsspitze der Lanzenreiter, gefolgt von leichter Kavallerie unter dem Banner der Kopfjägertruppen, schob sich die Armee über die gewundene Straße gleich einer Schlange, die hungrig aus ihrer Höhle hervorkriecht. Menschen drängten sich auf den Schutzwällen der Stadt, um ihrem Heer zuzujubeln, und ganz vorn unter ihnen stand eine Frau mit braunem Haar in einem golddurchwirkten Seidengewand. Herolde erhoben ihre troddelgeschmückten Trompeten zu einer stillen Fanfare für die lächelnde, juwelenbehangene Gestalt Lysaer s'Ilessids auf seinem haselnußbraunen Roß, flankiert von Lord Diegan und dem Kriegshauptmann der Stadt, dem grimmig blickenden Löwen Gnudsog.

Zu schockiert, sich um Fragen des Protokolls zu scheren, sprach sie ihre Oberste an: »*Lysaer* hat Etarra in den Aufstand geführt? Daelion behüte! Warum bloß?«

Ein Luftzug fauchte durch das undichte Lagerhaus und wehte den säuerlichen Gestank getrockneten Seegrases herein. Lirenda bereitete sich auf den augenblicklichen Unwillen der Obersten Zauberin vor, doch Morriel seufzte nur, während sie mit ihren dünnen Fingern die schweren Tücher zurechtzupfte. Das Bild in dem Färberfaß löste sich auf, und die Alte sagte mit brüchiger Stimme: »Ich denke, das nächste Bild wird deine Frage beantworten.«

Erneut ließ sie ihre Magie wirken.

Die glasklare Wasseroberfläche zeigte nun den sanften Dunstschleier eines Frühlingsnachmittages. Schatten durchzogen gleich Pockennarben das Stoppelfeld eines gerodeten Berghanges. Braun und unauffällig vor dem Hintergrund abgehackter Rinde und welker Grünpflanzen ließ eine Gruppe barbarischer Kundschafter von den Stämmen ab, die sie in sechs Fuß lange Abschnitte gehackt und auf Schlitten geladen hatten. Gerade fingen sie an, sich auf einer Lichtung zu versammeln, auf der der einzige Mann unter ihnen, der nicht von der Arbeit schmutzig war, vor der Klinge seines eigenen gezogenen Schwertes kniete.

Ein Schrecken des Erkennens durchzuckte ihre Nerven, als Elaira Arithon s'Ffalenn erblickte. Neben ihm stand die massige Gestalt des mächtigsten Barbaren des Nordens, hochaufgerichtet und voller Unruhe: Steiven s'Valerient, Caithdein von Ithamon und höchster Clanführer der Clans von Deshir.

»Aber das ergibt keinen Sinn.« Elaira vergaß ihre Mahlzeit. Nur einen Atemzug von donnernden Kopfschmerzen entfernt, hob sie ihre Hände, um sich die Schläfen zu massieren. »Die Clans in Strakewald sind kein nennenswerter Gegner gegenüber der Macht Etarras.«

»Sie denken anders.« Morriel zog ihr Juwel zurück. Der Zauber, der ihre Hellsichtigkeit offengelegt hatte, brach zusammen, und die Wälder verschwanden und ließen nur Wasser zurück, das über dem blutdunklen Schlamm alter Farbe plätscherte und funkelte. »Drei Täler entlang des Tal Quorins sind mit Baumfallen versehen worden. Krieg steht kurz bevor. Die Prinzen, die von der Bruderschaft so liebevoll aufgenommen wurden, gehen sich nun gegenseitig an die Kehle.«

»Nein.« In schmerzlichem Protest reckte Elaira ihr Kinn vor. »Die Sieben würden nicht . . .« Sie brach ab und kämpfte gegen die Furcht an, mit diesem Ausrutscher bereits ihre vergangene Vertraulichkeit mit Asandir verraten haben zu können. »Die Zauberer werden doch gewiß intervenieren, wenn ihre Prinzen im Mittelpunkt dieser Angelegenheit stehen.«

»Ah«, sagte Morriel, wobei sie ihre eigene Entdeckung wohl verbarg, wenngleich Lirenda auf der anderen Seite des Lagerhauses bereits recht selbstgefällig blickte. »Aber die Zauberer sind alle aus Etarra geflüchtet. Wie Ratten von einem sinkenden Schiff, haben sie ihre Verantwortung in dem Augenblick im Stich gelassen, als Desh-Thieres Fluch von den Halbbrüdern Besitz ergriff.«

Morriel schwieg kurze Zeit, und ihre stechenden, farblosen Augen zuckten kurz, um Elairas gespannte Züge zu erfassen. »Dein Freund Asandir hat einen Fehler begangen.«

Die Unterstellung einer kollaborativen Beziehung zu einem Bruderschaftszauberer blieb unbemerkt im Hintergrund des Widerspruches, der in Elairas Gedanken tobte: die Macht, der sie im Hause Enithen Tuers begegnet war, war kaum der geeignete Kandidat, Fehler zu begehen. Wenn die Bruderschaft der Sieben sich zurückgezogen hatte, so mußte sie diesen Schritt wohl erwogen haben.

Morriels Augen hielten ihren Blick fest wie die einer Schlange. So der scharfen Kälte der Obersten Zauberin ausgeliefert, die fähig war, jede Feinheit zu erkennen und die scheußlichsten Wahrheiten hervorzulocken, bekämpfte Elaira ihre bebenden Nerven und ihre Furcht. Zu spät, beide Hände voller Angst um den kalten, steinernen Rand des Färberfasses geklammert, wartete sie, um eines weit schlimmeren Vergehens als eines dummen, romantischen Zusammenseins Willen angeprangert zu werden.

»O ja, die Wahrheit jenseits deines heimlichen Besuches in der Taverne zu den *Vier Raben* im letzten Herbst ist uns bekannt.« Die Oberste legte ihren Fokusstein in ihren Schoß, wobei ihre gekrümmten, gelben Fingernägel Geräusche auf seiner Oberfläche erzeugten. »Im Licht der nun eingetretenen Ereignisse erachten wir deinen Besuch bei Asandir jedoch als zu geringfügig, ihn zu ahnden. Da die Taten des s'Ffalenn und des s'Ilessid die

Volksgruppen Rathains zu den Waffen gerufen haben, müssen wir den Charakter beider Prinzen untersuchen. Unsere Schwesternschaft muß erfahren, wie die fünf Jahrhunderte des Exils die königlichen Geschlechter der Bruderschaft verändert haben.«

Der lang erwartete Schlag traf sie schließlich, als Morriel ihre Kleider raffte und sich erhob. »Du wurdest gerufen, weil du, Elaira, als unsere einzige Novizin, den beiden Prinzen nahe genug warst, diese Aufgabe zu übernehmen.«

Verblüfft und mit einem Gefühl, als wären ihre Eingeweide in Aufruhr, stieß sich Elaira von dem Färberfaß ab. Mit Leib und Seele gehörte sie dem Orden von Koriathain, doch diese Anordnung drohte sie zu zerstören. Perfekte, unvoreingenommene Erinnerung an der Prinzen Züge, Kleider und Benehmen wurde von ihr gefordert; oder Morriels Beobachtungen würden keinen Nutzen erbringen, ihre feinsinnige Kette der Schlußfolgerungen wäre übersät mit falschen Spuren und Informationen. Wenngleich jede Koriani-Novizin lernte, sich aufs genaueste zu erinnern, war doch die Reproduktion der Bilder für eine Charakteranalyse eine Aufgabe, die üblicherweise nur den ganz altgedienten, reich begabten Seniorinnen übertragen wurde. Die Gefahren einer solchen Tat waren kein Geheimnis. Das Ritual entfesselte Emotionen, konnte und hatte bereits die Teilnehmerinnen mit einer tiefen Einsicht verwoben, die es beinahe unmöglich machte, dem Band der Sympathie, das die Erinnernde mit dem Objekt der Beobachtung verband, zu entrinnen. Als balancierte sie am Rande einer Höllengrube, die ihren Geist in die ewige Verdammnis locken wollte, kämpfte Elaira gegen ihre unbändige Verzweiflung an. Wenn dies die Prüfung war, mit der die Oberste Zauberin feststellen wollte, ob sie ihre Zuneigung zu Arithon s'Ffalenn ausgemerzt hatte, so war sie zu hart, kam viel zu früh.

Wind jaulte durch die verbretterten Fenster; über der rauschenden Brandung flog klagend eine Seemöwe durch die Dunkelheit. Elaira erschauderte, während

Morriels starrer Blick noch immer an ihren Nerven zerrte.

Einer direkten Anordnung der Obersten Zauberin zu widersprechen, hieß, die sofortige Zerstörung herbeizuflehen. Von ihrer Furcht vernichtend geschlagen und verfolgt von Lirendas feindseligem Wunsch, sie am Boden zu sehen, verbeugte sich Elaira vor Morriel, der Obersten. »Wie Ihr es wünscht.«

Die Matriarchin der Schwesternschaft sagte nichts, während sie den Kristall an ihrer Kette hob und den Verschluß in ihrem Nacken öffnete. Mit ihren Vogelknochenfingern schnippste sie nach Quen, der eilends vortrat und Elaira eine kleine Steinpfeife und ein versiegeltes Zinngefäß überreichte, in dem sich Tabak befand, der in Wasser, vermengt mit Tienelle-Extrakt eingelegt war. Weniger kraftvoll als die getrockneten Blätter war die Mischung, die von den jungen Novizinnen benutzt wurde, immer noch giftig genug, allerlei unangenehme Nebenwirkungen mit sich zu bringen.

Elaira tauschte die Utensilien gegen ihren zerfetzten Wurstbrocken aus, und diesmal fand sie keine Dankesgeste für den Schwachsinnigen.

Nicht unfreundlich sagte Morriel: »Mach dich bereit, soweit du dazu fähig bist. Haste nicht. Wenn du von der Droge unterstützt in Trance geglitten bist, können wir beginnen.«

Minuten später, als der helle Rauch der Pfeife sich durch den Moderdunst des Lagerhauses kräuselte, schlief Quen zusammengerollt wie ein Hund neben der Tür.

Nicht minder achtlos, wenngleich tödlich blaß, saß Elaira mit überkreuzten Beinen am Boden, die Augen geschlossen und den Rücken hochaufgerichtet gegen das Färberfaß gelehnt. Die Kraft ihrer Selbstdisziplin war unübersehbar, als sie die Pfeife zur Seite legte und auf die langsame, gemessene Art zu atmen begann, die den vollen Zugriff auf die erweiterte, glasklare Wahrnehmung anzeigte, die das Gift in dem herben Rauch ihr ermöglichte.

In der Dunkelheit unter dem Glimmen der Fackeln, sagte Lirenda: »Ihr wart nachsichtig mit ihr.«

Morriel seufzte. Mit zarten Gliedern unter schweren Tüchern durchquerte sie den Raum und sank in die Kissen, die ihr Diener für sie vorbereitet hatte. »Meinst du?« Die Stimme, die noch kurz zuvor so klar und deutlich geklungen hatte, wirkte nun verärgert und müde.

Spät rührte sich Lirenda, um sich um die Behaglichkeit ihrer Obersten zu bemühen.

Doch als sie sie erreichte und ihr mit den Decken zur Hand gehen wollte, wehrte Morriel sie ab. »Du schenkst deinem Herzen keine Beachtung, Erste Zauberin. Das ist dein wahrhaft kostspieligster Fehler.«

Die Überraschung zwang Lirenda, noch einmal nachzudenken. »Dann soll Elaira denken, ihr wäre vergeben, daß sie sich der Ablenkung des Fleisches hingegeben hat, ganz zu schweigen von der Möglichkeit, daß sie den Plünderer Asandir begünstigt haben könnte?«

Morriel klatschte ihre schmalen Hände zusammen. Als sie aufsah, waren ihre Augen leer. »Elaira hat sich einen Jux erlaubt, der sie bedauerlicherweise zur falschen Zeit an den falschen Ort geführt hat. Sie ist intelligent und begabt mit einer Einsicht, die so selten wie wahrhaftig ist. Diese Kraft führte sie dahin, in die Tiefe der Seele des s'Ffalenn-Thronfolgers zu blicken und zuzulassen, daß er sie berührte. Ich wage zu behaupten, daß die Gründe für ihre Zuneigung echt waren, und überdies von beängstigender Macht für jede weiblich geborene Seele. Das ist der Grund, warum du allein gerufen wurdest, den Beobachtungen der heutigen Nacht beizuwohnen. Ich wollte unsere anderen Ältesten davor beschützen, einer so beängstigenden Versuchung ausgesetzt zu sein. In diesen Worten liegt auch eine Warnung für dich. Achte die Gefahr.«

»Dann tut Euch Elaira tatsächlich leid«, bemerkte Lirenda, erregt über die Entdeckung, daß Morriel überhaupt zu Sentimentalitäten fähig war.

Die Oberste Zauberin stritt dies in keiner Weise ab. »Ich bedauere, daß ich sie zerstört habe.«

Lirenda konnte es nicht glauben. Planken krachten, als sie über ein umgestürztes Gerüst kletterte, um neue Fackeln anzuzünden. »Niemand hat Elaira gebeten, diese Szene in der Bar heraufzubeschwören oder zuvor gar Asandir aufzusuchen. Das dumme Ding hat sich selbst ruiniert.«

»Nein. Sie hätte sich von ihrem Fehler erholen können. Das hatte sie sogar bereits in einem bewundernswerten Ausmaß getan, bis ich sie dann nach Etarra geschickt habe.« Nun wieder hart bis ins Innerste und verärgert über das verstärkte Licht, das Schatten in die Linien ihres Gesichtes zeichnete, sog Morriel scharf die Luft ein. »Du wirst aus dieser Sache lernen, Erste Zauberin, wenn du wirklich meine Nachfolge anstrebst. Elaira ist ein wertvolles Werkzeug, ein Fenster zum Charakter Arithons, das wir dringend benötigen, soweit uns daran gelegen ist, herauszufinden, welchen Konflikt die Bruderschaft über den Kontinent gebracht hat. Wir müssen das Mädchen vorsichtig dabei unterstützen, die Disziplin aufrechtzuerhalten. Sie ist pflichtbewußt. Wenn wir nur klug handeln, werden sich die Bruchstücke ihrer Einsichten für eine lange Zeit als nützlich erweisen, ehe sie bricht. Wie du selbst schon bemerkt hast, hätte sie der Neugier widerstehen müssen, die sie nach Erdane getrieben hat, wenn unsere Ordenslehren gefruchtet hätten. Elaira ist ein fehlerhaftes Instrument. Aber sie wird uns dienen, wie es keine andere kann, bis der Tag kommen wird, an dem sie ihr Gelübde verraten wird. Sorgen wir dafür, daß ihr eigenes Versagen und nicht dein von Rachsucht getriebener Perfektionismus sie zerstören wird.«

Die Oberste Zauberin schloß die Augen, um sich für einen Moment der Meditation hinzugeben, ein deutliches Zeichen dafür, daß sie ihre Kraft durch ihr Sprechen verbraucht hatte.

Lirenda war wie stets raffiniert genug, die von ihrer Obersten gezogene Linie nicht zu überschreiten; zu raffiniert, wie die alte Oberste so manches Mal dachte. Wie so viele andere Matriarchinnen vor ihr wünschte auch sie sich, die letzte Prüfung der Weihe für den Sitz der Obersten Macht von Koriathain wäre nicht für die meisten Anwärterinnen so verhängnisvoll.

Lirenda war die dreiundvierzigste Anwärterin, die in der Hoffnung, eines Tages ihr Erbe antreten zu können, erwählt worden war. Morriel kämpfte darum, ihr Denken und Fühlen vom Schmerz ihrer spröden Knochen abzulenken. Wieder einmal lebte die Furcht in ihr auf, sie könnte die Führungskette brechen, sie könnte die erste Oberste Zauberin sein, die vom Tode eingeholt würde, noch bevor eine Nachfolgerin die Weihen überlebt hätte.

Alt war sie und furchtbar müde. Morriel suchte mit aller Macht Trost in der Zucht ihres Amtes. Was Lirenda während der dahinstreichenden Minuten tat, war nicht von Bedeutung. Schon vor Jahren hatte die Oberste Zauberin aufgehört, Interesse in die persönlichen Besonderheiten der Kandidatinnen zu investieren. Die Frau, die überlebte – nur die würde sie lieben können. Seit dem Tod der ersten waren alle anderen nur noch Nummern gewesen.

Erst, als der Geruch verbrannten Krautes sie darüber in Kenntnis setzte, daß die Pfeife nun zur Gänze geraucht war, rührte sich Morriel wieder. In dem Augenblick, in dem das betäubende Kraut Elairas Erinnerungsfähigkeit auf die Spitze getrieben hatte, schälte sie sich aus ihrem Deckenstapel und erhob sich. Lirenda hatte sich bereits neben dem Färberfaß aufgebaut, und ihre gespannte Miene verriet deutlich, daß sich auf der Wasseroberfläche bereits ein Bild zeigte. Behutsam mit ihren Gelenken, die von den vielen Jahrhunderten unnatürlicher Lebensspanne abgenutzt waren, durchquerte Morriel den Raum, um sich anzuschauen, was das Wasser ihnen zu bieten hatte.

»Eine Wiederkehr«, murmelte Lirenda, als die Matriarchin neben sie trat. »Er ist beinahe ein Doppelgänger Torbrands.«

Beeindruckt von Elairas Mut, Arithon zuerst darzustellen, schwieg Morriel. Dann blickte sie in das Faß, und ihr Herz versagte ihr die Sprache angesichts des verblüffend detaillierten Bildes auf der Wasseroberfläche.

Den gewählten Moment hatte Elaira heimlich erhascht, als der Mann voller Naivität davon ausgegangen war, daß niemand mit höheren Interessen anwesend sei, und er kauerte sich in die schmutzige Gasse zusammen mit denen, die sich zuletzt um Macht, um Zauberei oder die blutigen Fehden zwischen den verschiedenen Interessengruppen scherten. Inmitten eines Rudels zerlumpter Kinder war Arithon damit beschäftigt, einen Zweimaster aus Schatten unter vollen Segeln fahren zu lassen.

Elaira hatte sein Bild eingefangen, als er gerade aufblickte und die Fahrt seiner Illusion beobachtete. Ein Ausdruck von Frieden und Freiheit lag auf seinem Gesicht. Verzücktes, zufriedenes Lachen umspielte seine Mundwinkel. Kein Schatten verdunkelte seine Augen, und die scharfen Züge des s'Ffalenns wirkten gelöst und offenbarten in lebendiger Klarheit die Tiefe des Edelmutes und des Mitgefühls, die seine musische Empfindsamkeit stützten.

Es war, als würde sein Geist offen vor ihnen liegen. Die Genauigkeit von Elairas wiedergegebener Erinnerung strafte jede scharfe Kante, jedes bissige Wort, jede verworrene oder komplizierte Reaktion Lügen, die Arithon dazu benutzt hatte, dies, sein verletzliches Inneres, sein Herz zu schützen.

»Daelion, Herr des Schicksals«, keuchte Morriel. »Das Mädchen hat ihn für uns demaskiert, voll und ganz. Ich hätte nie gedacht, daß das möglich ist.«

Völlig in das Bild versunken, bemerkte Lirenda nicht einmal, daß sie sich ihre Fingernägel abgebrochen hatte, so fest umklammerte sie den steinernen Rand. »Er kann besiegt werden. Das Morden wird ihn schließlich niederringen, weil das typische Gewissen derer zu s'Ffalenn ihn zwingen wird, zurückzuweichen.«

Morriel betrachtete das Bild lange und eingehend, wobei sie den Kopf in einer überraschend großmütterlichen Geste auf die Seite neigte. »Sieh noch einmal hin«, drängte sie. »Nicht der Krieg wird diesen Prinzen aufhalten.« Als Lirenda nicht antwortete, fügte sie hinzu:

»Es ist ein feines Detail, aber es ist deutlich erkennbar, wenn du seine Hände vor seinen Augen studierst.«

Gehorsam betrachtete Lirenda Arithons Finger, die zart und geschickt waren und in diesem Augenblick der Erinnerung Elairas graziös an der Vervollkommnung eines schwierigen Zaubers arbeiteten. Die grünen Augen waren von großer Tiefe, doch nicht gefährlich. »Ich kann nichts weiter entdecken«, gestand die Erste Zauberin widerstrebend.

Morriels gackerndes Gelächter hallte durch das verfallene Lagerhaus. »Er ist nicht gerade raffiniert! Nicht, wenn er wahrhaft ehrlich ist. Das bedeutet, daß die Tücke, die er so gern zeigt, wenn er provoziert wird, nicht auf einer korrupten Genialität beruht. Nein, leider nicht. Was dieses Prinzen Geist antreibt, ist nicht Verschlagenheit, sondern die Gabe der Hellsichtigkeit, die dem königlichen Geschlecht derer zu s'Ahelas eigen ist.«

Lirenda überdachte diese Information, während draußen in der Gasse ein Krach ertönte, der eine Katze fauchend aus ihrem Schlupfwinkel trieb. Von der Ablenkung aus ihren Gedanken aufgeschreckt, streckte Morriel den Arm aus und klopfte auf Elairas Hand. »Zeig uns nun den Halbbruder!«

Das Bild Arithons verschwand und wurde sogleich durch ein anderes ersetzt. Nun stand der s'Ilessid-Prinz im frühmorgendlichen Nebel in einem Garten, halb aus dem Dunkel gerissen von einem Lichtstrahl, der durch das Tor von der Straße aus hereinfiel. Er lehnte am Podest einer Statue, Tauperlen überzogen seinen Mantel und glitzerten bei jedem Atemzug wie Diamanten auf seinen Wimpern. Die Feuchtigkeit war sein einziges Juwel: Ausnahmsweise waren seine Kleider ungeschmückt, nicht einmal sein Haar war gekämmt. Wenngleich er in der Öffentlichkeit stets sein tadelloses, diplomatisches Benehmen beibehielt, zeigte sich hier, allein, ein gepeinigter Ausdruck auf seinen königlichen Zügen, während er einen inneren Kampf ausfocht, der sein Gewissen quälte. Der schmerzliche Gesichtsausdruck, die herabhängenden Schultern, die vom Lampenschein gülden gefärbte Haut seiner ineinander verkrallten Hände, all das war von einer unzweifelhaften Anspannung geprägt. Elairas Beobachtung hatte ihn in einem Augenblick erfaßt, in dem sich all seine seelenmarternden Selbstzweifel offenbarten.

»O Elaira, das hast du gut gemacht!« murmelte Morriel.

Neben ihr fühlte sich Lirenda, von den wabernden Rauchschwaden aus der Pfeife ebenfalls zu einer feinsinnigeren Wahrnehmung getrieben, von diesem Band konflikthafter Empfindungen getroffen und gerührt. Sie sah nicht nur, sie *fühlte*, wie der Gerechtigkeitssinn derer zu s'Ilessid mit der Hellsichtigkeit derer zu s'Ahelas rang, die Lysaer von seiner Mutter geerbt hatte.

Seine Lippen zeigten in diesem eingefangenen Moment nichts von der Sanftheit, welche die Frauen in Amroth erfahren hatten, wenn sie ihn in ihrer Bewunderung mit Küssen überhäuft hatten. Unnachgiebig wie gehärteter Stahl vermischte sich Schläue mit seiner höfischen Erziehung und den latent wirksamen Machenschaften Desh-Thieres. Das Ergebnis trieb die Nerven zur Unruhe, als wäre für die Dauer eines Herzschlages das Mitgefühl verloren und Erbarmen eine vergessene Idee.

»Wir haben gesehen, was wir sehen mußten«, erklärte die Oberste Zauberin plötzlich. Zu Elaira sagte sie: »Es ist dir nun gestattet, dich aus der Trance zu lösen.«

Als das Bild schwand, blickte Lirenda auf, sprühend vor ungelöster Erregung. »Was für ein Unglück. Beide Prinzen haben die Gaben zweier königlicher Geschlechter geerbt.«

Allmählich vom Zittern ihrer Glieder überwältigt, schob Morriel ihre Arme unter die Tücher. »Ein gefährliches Unglück. Arithon ist ein unverträglicher Erbe. Sein Geist ist von verhängnisvoller Schwäche geprägt. Die Bruderschaft hätte ihn nie als Thronerben anerkennen dürfen, denn das Leiden wird sich an seine Fersen heften, so sicher, wie die Jahreszeiten einander abwechseln müssen.«

Elaira erschauderte im Übergangsstadium zurück zur

vollen Bewußtheit. Blaß öffnete sie die Augen, während sie bereits gegen die ersten Entzugserscheinungen des Tienellekrautes ankämpfte: »Meine Gebieterin, Ihr irrt Euch in ihm«, sagte sie mit zitternder Stimme.

Verblüfft ob dieser Widerrede warf Lirenda schnell einen Blick auf die Oberste Zauberin.

Doch Morriel zeigte sich über diese Unverschämtheit nicht verärgert.

Diese stillschweigende Erlaubnis nutzte Elaira. »Lysaer ist derjenige, der beobachtet werden muß. Aths Gnade, ich habe ihn getroffen. Er ist eine leibhaftige Inspiration, ein Beispiel für menschliche Freundlichkeit in Fleisch und Blut. Die Menschen werden seinem Vorbild folgen, denn er wird sein Handeln mit Leidenschaft und aufrechtem Idealismus begründen. Dann wird es tatsächlich große Umwälzungen und viel Leid geben, denn die Neigung zu edlen Grundsätzen gibt ihm eine Waffe in die Hand, wie sie für einen Mann von seinen Gaben nicht besser sein könnte. Prinz Lysaer muß sich nur bequem seinem Edelmut hingeben, und ihm wird durch den Fluch Desh-Thieres kein anderer Weg offen bleiben, als ein Blutvergießen auszulösen.«

»Das ist vorausberechenbar«, unterbrach Lirenda, bis über die Grenzen der Selbstbeherrschung hinaus verärgert ob der unfaßbaren Großzügigkeit der Obersten Zauberin. »Wir wissen, was Lysaer tun wird und was er dadurch auslösen wird. Was aber voraussehbar ist, das kann auch kontrolliert oder verhindert werden. Arithon verfügt nicht über diese Stabilität.

Gepeinigt durch ihre vom Gift erweiterte Wahrnehmung schrie Elaira ihren Protest hinaus. »Aber Arithon ist ein Mann, der sich ganz der Harmonie unterworfen hat, ein Musiker mit der Wahrnehmung eines Sehers. Er ist sich seiner Taten so bewußt, wie Lysaer es niemals sein kann.«

»Das gerade ist es, was ihn so gefährlich macht, Elaira«, korrigierte Morriel bekümmert ihren Gedankengang. »Denn Lysaers Sinn für Gerechtigkeit und seine Weitsicht werden den Gesetzen der Logik folgen und sind damit auch für Kompromisse offen. Aber seit wann kann Barmherzigkeit Leiden verzeihen? Das s'Ahelas-Blut gibt Arithon die Möglichkeit, Ursachen und Wirkungen genau zu erkennen; seine magische Ausbildung verbindet sich mit seiner Kenntnis zukünftiger Reaktionen auf seine Macht. Dieses Merkmal steht der s'Ffalenn-Gabe feinfühligen Mitgefühls entgegen und vernichtet den Selbstschutz seines Geistes. Die Zuflucht in den Haß wird ihm so verwehrt. Arithon ist ein Hellseher im Knotenpunkt der Verantwortlichkeiten. Desh-Thieres Fluch wird ihn in einen Strudel der Gewalt hineinziehen, dem er weder entgehen kann, noch wird er mit ihm fertigwerden. Der Druck wird sich als sein Verderben erweisen, denn die Empfindsamkeit der Poeten war von jeher von zerbrechlicher Natur, und seine weitgefaßte Denkfähigkeit wird ihn innerlich verzehren und in den Wahnsinn treiben.«

»Ihr irrt Euch«, beharrte Elaira, während sie sich an die Flexibilität erinnerte, über die der lebende Mann verfügt hatte. »Ath ist mein Zeuge, die Schlüsse, die Ihr gezogen habt, sind falsch.«

»Die Zeit wird es zeigen.« Morriel winkte ihr zu gehen. »Dir ist gestattet zu ruhen. Die Witwe hat ein Bett und eine Waschschüssel für dich vorbereitet. Vergiß nicht, genug zu trinken, sonst wird das Tienellegift dir Schaden zufügen.«

Die standesgemäße Entgegnung wäre ihr beinahe in der Kehle steckengeblieben. »Wie Ihr wünscht.« Elaira mühte sich auf die Füße, brachte noch einen wenig graziösen Knicks zustande und quälte sich sodann aus dem Lagerhaus hinaus, bevor die Krämpfe, die ein Tienelleentzug verursachte, ihre Fassung in Stücke reißen konnten.

Draußen, im Schutze der Dunkelheit, als die feuchte Luft ihr schweißnasses Gesicht kühlte, lehnte sie sich an das modrige Fensterbrett eines Werkstattschuppens und ließ ihren Tränen freien Lauf.

Elaira konnte sich nicht von der bohrenden Reue befreien, aus Loyalität gegenüber ihrem Orden einen

Verrat von viel größerem Ausmaß begangen zu haben. Ihre wahre Absicht war fehlgeschlagen, als sie eines Mannes verborgene Persönlichkeit offenbart hatte, in der Hoffnung, seine versteckte Empfindsamkeit würde ihm den Schutz der Zuwendung des Korianizirkels erringen. Doch sie war nicht verstanden worden. Elaira litt unter der Erkenntnis, daß sie tatsächlich nichts anderes getan hatte, als einen Feind mit einer Waffe zu unterstützen.

Tagesanbruch

In der Dachstube einer Witwe erwacht die Erste des Ältestenkreises, Lirenda, erneut in ihrem vollends zerwühlten Bett; und der Traum, der ihren Schlaf stört, ist immer der gleiche von eines Mannes grünen Augen, die so von Barmherzigkeit durchdrungen sind, daß sie weinend und einsam in der Kälte vor Sonnenaufgang zurückbleibt ...

Als der Nebel silbrig über dem Marschland zu beiden Seiten des Tal Quorin aufsteigt, nehmen die Clanmitglieder von Deshir ein schnelles Frühstück aus trockenen Proviantkeksen zu sich und ergreifen ihre Schaufeln und Äxte; und wenn sie auch kaum ein Wort darüber verlieren, daß ihr Kronprinz seit der Vereidigungszeremonie am vorangegangenen Nachmittag verschwunden war, hört Steivens Sohn Jieret doch genug, um sich neugierig nach Arithons Verbleib zu fragen ...

In der kaminbeheizten Mansarde eines Gasthauses im nördlichen Königreich gibt sich ein Wagenzugführer einer Flasche Weingeist hin; zwischen Schlucken und Selbstanklagen kann er nicht begreifen, was in ihn gefahren ist, daß er das Juwel des Pferdediebes einem Graubart mit verträumten Augen in kastanienbrauner Robe gegeben hat, dem er in einer Gasse begegnet ist und der ihn einfach nur um diese Gabe gebeten hat, als wäre es völlig normal, einen Fremden um das Geschenk eines Smaragds von der Größe einer Eichel zu bitten ...

6
OMEN

An einem Ort seiner Wahl, weit entfernt von den Aktivitäten des Clans, löste Arithon seine magisch geschulten Sinne von den Netzen unterschwelliger Energien, die den umgebenden Wald durchzogen. Sanft entwich die Wahrnehmung lebender Blätter und ungleichmäßigen Sonnenlichtes; die Wahrnehmung der Wurzeln, die nach der Vertreibung des Nebelgeistes in der warmen Erde zu neuem Leben erwachten; von Vögeln, die durch die Baumkronen sausten, auf der Suche nach kleinen Zweigen für ihre Nester. Umfassend hatte er den Puls des Landes berührt, doch sacht; nicht einmal die geheimnisvollen Nachtluchse, die mit ihren Jungen in ihren Höhlen schliefen, hatte er gestört. Schließlich öffnete Arithon unter dem Gesang der Drosseln im lichtdurchzogenen Dunst des Vormittags die Augen.

Seit der Vereidigung am Tag zuvor fern der anderen, verschränkte Rathains neuer Kronprinz die Finger und streckte seine verkrampften Schulter- und Rückenmuskeln. Sorge, die er keinem der anderen offenbart hätte, zeigte sich nun nur allzu deutlich auf seinem Gesicht.

Tiefe Trance hatte ihn für zwölf Stunden ununterbrochen gefangengenommen, ein Zeitraum, der notwendig gewesen war, um sicherzustellen, daß die kleine Schlucht am Rande des Flusses isoliert genug für die mühsame Suche war, die nun vor ihm lag. Jagdbares

Wild in seiner Nähe blieb von Jägern unbehelligt, die Pfade, über die die Tiere wanderten, wurden nie von Clankindern aufgesucht, die ausgeschickt wurden, Kräuter oder Feuerholz zu sammeln.

Muskeln, befreit von der Anforderung absoluter Ruhe, verkrampften sich, als er sich erhob. Die Lahmheit seiner Bewegung erschreckte ihn, zwang ihn, sich selbst zu rügen, für seine Selbstdisziplin, die so erbärmlich nachgelassen hatte seit seiner Ausbildung in Rauven. Er zitterte nicht wenig, als er niederkniete. Allein an einem der vielen Seitenläufe des Tal Quorin, der sich dunkel glänzend an hochaufragenden Eichen und wirren Dickichten aus Zaubernußgewächsen vorbeischlängelte, tauchte er seine Hände in das Wasser und trank.

Das eiskalte Wasser rann durch seine Kehle und verursachte ihm Schauder. Während er noch eine Weile hocken blieb, um seinem Körper Zeit zu geben, sich zu beruhigen, verzerrte ein verunglücktes Lächeln seine Lippen. Seine ungeklärte nächtliche Abwesenheit hatte, so hoffte er zumindest, den Eindruck der Charakterschwäche noch verstärkt, den er unter den Clanangehörigen von Deshir erweckt hatte. Sollten sie ruhig denken, er wäre davongeschlichen, um Trübsal zu blasen. Wenn es ihm aber nicht gelingen würde, sich nicht von der scharfen Wahrnehmung der gnädigen Frau Dania und der aufdringlichen Neugier des Meisterbarden Halliron fernzuhalten, würde es ihm unmöglich sein, seinen Geist zu reinigen, ohne in ein Sithaer angemessenes Chaos unerwünschter Fragen verstrickt zu werden. Keine noch so phantastische Ausrede könnte die gewaltigen Erfordernisse erklären, die die Zauberei ihm abverlangte. Würden die Clans aber herausfinden, daß er über magische Fähigkeiten verfügte, so wären all die kleinen Täuschungen, mit deren Hilfe er seine Freiheit erringen wollte, sofort nichtig. Nun, verborgen vor den Blicken anderer und ohne seine Absicht zu offenbaren, gab sich Arithon seiner Magie hin und konzentrierte methodisch seinen Willen.

Wenn die Clans des Nordens entschlossen waren,

gegen das Heer von Etarra in den Krieg zu ziehen, so verlangte sein Eid gegenüber Rathain ihm ab, dafür zu sorgen, daß keines Mannes Leben unnötig in Gefahr geriet. Dank seiner Ausbildung in Rauven und dem Tienellekraut, das er Sethvir abgenommen hatte, war er befähigt, die Zukunft vorauszusehen und zog das gestohlene Gefäß. Sich der Gefahr für sein eigenes Leben nur allzu bewußt, packte er die Steinpfeife aus und stopfte sie mit den silbrigen, gezahnten Blättern, deren stechender Geruch in die Waldluft emporstieg.

Mit vom Gift erweiterten Sinnen konnte er herausfinden, ob Caolles Kampfstrategien die Clans gegen den Angriff Lysaers zu schützen vermochten, doch auch die Gefahren durfte er nicht ignorieren. Solange er dem Einfluß des Krautes ausgesetzt war, war seine Wahrnehmung extrem empfindlich, jeder Nerv war ungeschützt dem Risiko einer zufälligen Störung ausgesetzt. Dies war nicht Rauven oder der Althainturm, und er war nicht umgeben von Schutzzaubern und komplizierten Bannen, die den offengelegten Geist zu bewahren vermochten. Überdies mußte Arithon auch auf eine zweite Vorsichtsmaßnahme verzichten, die sein Großvater ihn während seiner Ausbildung gelehrt hatte: Niemals durfte eine Trance mit dem Tienellekraut eingegangen werden, wenn kein Zweiter zugegen war. Wenn er seine eiserne Selbstbeherrschung verlieren sollte, wenn seine Konzentration im Labyrinth drogeninduzierter Visionen nachlassen sollte, so wäre niemand da, der ihn in die wirkliche Welt zurückholen konnte.

Arithon schob das letzte Blättchen in die Pfeife und stopfte sie fest. Mehr als nur persönliches Streben nach Glück hielt ihn aufrecht. Die Ereignisse mochten ihn durch die ihm angeborene Gabe der Barmherzigkeit, derer er sich nicht entledigen konnte, in eine Ecke getrieben haben, doch ihn verfolgte noch eine weit schlimmere Gefahr. Er konnte sich der Gewißheit nicht verschließen, daß sein Eid gegenüber Deshir eine unsichere Angelegenheit war, solange der Fluch des Geistes Desh-Thieres noch immer in seinem Sein lauerte. Auf seinen Schultern ruhte die Verantwortung seinen treuen Untertanen gegenüber, während gleichzeitig in jeder Minute der Drang an seinem Herzen nagte, das Vertrauen der Clans zu mißbrauchen und zu einer Waffe zu formen, die Lysaer niederringen vermochte. Nur seine magische Feinsinnigkeit gestattete es Arithon, diesen giftigen Trieb von seinem aktiven Willen zu trennen; und die vorüberziehenden Tage erschöpften ihn durch die stete Mühe, die eine solche Trennung erforderte. Solange er sich nicht aus seiner königlichen Pflicht befreien und sich von jedem Herrschaftsanspruch lösen konnte, würde diese zweischneidige Bürde weiter an seiner Selbstkontrolle kratzen.

Auf keine Weise durfte er das Bild der Schwäche aufs Spiel setzen, das er mit so großer Sorgfalt unter den Clanangehörigen hervorgerufen hatte. Obwohl Halliron diese Täuschung bereits einmal durchbrochen hatte, war der Meisterbarde doch gewiß der letzte Mensch, den Rathains neuer Kronprinz ins Vertrauen ziehen mochte. Sein eigener, dringender Wunsch, die Flucht zu ergreifen, Kameradschaft und Erlösung durch musikalische Befriedigung zu finden, konnte ihn nur allzu leicht zu einem falschen Schritt verleiten.

Als er damit fertig war, die Pfeife vorzubereiten, erhob sich Arithon. Er lehnte sich mit dem Rücken an eine große, alte Eiche und atmete tief durch. Der frische Duft junger Pflanzen vermengte sich mit dem schärferen Aroma der immergrünen Gewächse. Er forderte den Frieden des Waldes auf, ihm Ruhe zu schenken. Vertieft in das Flüstern des Stromes über moosbedeckten Felsen und das Kreischen von Eichhörnchen in einem umgestürzten Baum, brachte er den Aufruhr der Selbstzweifel zum Schweigen und rief seine Magie zu Hilfe, einen Funken zu erzeugen.

Das Kraut im Pfeifenkopf fing Feuer. Silberblauer Rauch stieg von ihm auf und ringelte sich wie ein Gespenst im Wind auf. Erfaßt von einem Schauer des Begreifens, den der ätzende Geruch des Rauches mit sich brachte, sammelte Arithon seinen Willen. Er führte das

Mundstück an seine Lippen und sog den giftigen Rauch tief in seine Lungen.

Schwindel legte sich über seine physische Wahrnehmung. Gut vorbereitet drückte er sich mit dem Rücken an den Baum und ließ das Holz für sein Gleichgewicht Sorge tragen. Der Schock, als das Kraut in seinen Nerven brannte, war weitaus schwerer zu überstehen. Er keuchte beinahe gequält über die erschütternde Öffnung seines innersten Geistes, als Bilder, Gerüche und Gefühle ihn in eine wild kreisende Spirale entführten.

Sofort war er dankbar, daß er so vorsichtig gewesen war, sich einen sicheren Halt zu verschaffen. Die Pflanzen, die Sethvir im Althainturm trocknete, waren erschreckend machtvoll und rein.

Das Plätschern des Stromes neben seinen Füßen entwickelte sich in seinem Gehör zu einer Lawine der Geräusche; der Schrei eines Eichelhähers, eine Tortur, die wie ein Peitschenschlag in seinen Ohren dröhnte. Bis an die Grenze der totalen Verwirrung erschüttert, spannte er seine rechte Hand an und trieb seine Fingernägel in die nur halbverheilten Brandwunden, damit sie einen Anker für seine auseinanderdriftende Konzentration bilden konnten. Kaum hatte er sichere Kontrolle erlangt, trieb er seinen Geist voran in die unzähligen, verzweigten Wege möglicher Geschehnisse.

Wirbelnde Vernichtung empfing ihn. Feuer und Rauch schluckten alles. Arithon schrie, erfüllt von quälendem Mitgefühl. Durch das wilde Durcheinander chaotischer Empfindungen tastete er sich vor und erkannte schließlich die Ursache für die Bilder: Lysaers Heer, das darauf wartete, bis die Wälder im Hochsommer trocken waren, ehe sie Feuer im Strakewald legten, das vom Wind vorangetrieben wurde und die Clans aus ihrer Deckung verjagte, damit sie eingekreist und abgeschlachtet werden konnten. Nun folgten weitere Bilder von niedergebrannten Bäumen und toten Menschen, schwarz von Asche und saugenden Aasfliegen. Clankinder marschierten gleich einem zerlumpten Sklavenzug einher, ehe sie, eines nach dem anderen, in einem öffentlichen Schauspiel den Tod fanden, welches den großen Platz von Etarra mit lasterhaften, brüllenden Schaulustigen füllte. Arithons Magen krampfte sich von dem Aroma der Erregung zusammen, das von den Henkern ausging und sich in krankhafter Ekstase an Strömen frisch vergossenen Blutes weidete.

Der Herr der Schatten unterdrückte sein Entsetzen und die physische Qual, und er zwang sich mit einer Mühe, wie er sie nie während seiner Ausbildung hatte aufbringen müssen, seine Abscheu in die kalte Distanziertheit zu verwandeln, die notwendig war, ihm die Kontrolle zu erhalten. Die scheußliche Szene verharrte, nur um sich sogleich wieder seinem Zugriff zu entziehen, als seine empfindlichen Sinne davonschwenkten, um einem anderen Bild zu folgen.

Er sah einen Berghang voller Leichen; Banner, gefallen und von Pferden zertrampelt; und dahinter eine Lichtung voller Städter, die doch ebenso zum Volk von Rathain gehörten, alle grausam enthauptet und mit Fleischerhaken an den Füßen aufgehängt.

»Nein!« Arithon preßte seine Handballen gegen die Augen, ehe er zitternd frische Luft in seine Lungen sog. Umtost von einem Feuersturm der Vorhersehung, kämpfte er darum, sein geistiges Gleichgewicht zurückzugewinnen, um, an dem donnernden Wirbel aus Alpträumen vorbei, jenem Weg zu folgen, den Caolle mit seiner sorgsam ausgearbeiteten Strategie beschreiten wollte.

Er verlor die Kontrolle.

Gepeinigt von Greueltaten, die seinen Geist in Schockwellen überfluteten, beugte er sich trocken schluchzend mit revoltierenden Eingeweiden vor. Während er am Geschmack der Gallenflüssigkeit würgte, atmete er hastig ein. Schweiß lief in Rinnsalen über seinen Leib. Sein empfindlicher Körper nahm das Herabgleiten und Fallen jedes einzelnen Tropfens wahr. Noch ein Atemzug, diesmal tiefer; bruchstückhaft klarte sein Bewußtsein auf. Es gelang ihm, seinen Geist von dem giftinduzierten Sperrfeuer der Voraussehung zu lösen. Er hatte richtig gelegen, sich zu fürchten! Eine verkehrte Entscheidung, ein Kundschafter am falschen Ort oder ein Angriff zur Unzeit, und alles, was er in seinen Visionen erlebt hatte, mochte eintreten.

Arithon verstärkte seine Konzentration, und dann verfolgte er die Sequenz, nach der es ihn drängte. Seine Hand zitterte, als er vorsichtig an der Pfeife sog. Diesmal auf ein grausames Blutbad vorbereitet, wühlte er sich durch die wirbelnden Verknüpfungen der Möglichkeiten, die seinen Geist überschwemmten, um jener einen zu folgen, die von Bedeutung war.

Caolle plante, Etarras riesiges Heer flußaufwärts zu locken. Stromaufwärts, dort, wo der Fluß seicht wurde und sich in Schilfgrasflächen und Morast auffächerte, wären die streng geordneten Formationen der Städter gezwungen, sich zu verteilen. Je weiter sie vorangingen, desto weiter würde das Terrain sie auseinandertreiben, bis schließlich zwei hochaufragende, parallel verlaufende Gebirgskämme die gesamte Garnison in drei Richtungen aufteilen würden.

Als die Clankundschafter sich in seiner Vision zum Kampf stellten, beobachtete Arithon das Gefecht bedächtig langsam, während seine tienellebeeinflußte Wahrnehmung all die abzweigenden Bilder alternativer Ergebnisse berührte, die eine jede Handlung verursachen mochte. Natürliche und künstliche Barrieren würden zwei Drittel der Garnison aufhalten. Bogenschützen im Schutz von Erdwällen würden, so hoffte Caolle, das letzte Drittel ausschalten.

Arithon legte eine Pause ein, um sich zu sammeln. Die Bogenschützen würden nicht reichen, wie er sehen konnte, als die Hellsichtigkeit zuschlug und herumwirbelte, um ihm eine Kette schrecklicher Ereignisse zu offenbaren. Hinter niedergetrampelten Wällen würden Etarras Gardisten die Kundschafter der Clans wie Schlachtvieh niedermetzeln, bis die Schreie sterbender Männer in den krächzenden Rufen übersättigter Krähen untergingen; alles nur, weil die linke Flanke des etarranischen Heeres von einem Mann angeführt wurde, der die

Kampfestaktik der Barbaren sein ganzes Leben lang wie besessen studiert hatte.

Der Schlächter hatte graues Haar und Hände, die schmal und ausdrucksstark waren. Das Gesicht mit den unzähligen Narben und der kräftigen Kinnpartie gehörte Pesquil, Major der Kopfjägerliga Etarras. Auf seine Anordnung hin würden Offiziere der Armee wie Jagdhunde den Berg hinaufgeschickt, um die Kämme zu sichern. Die Westdivision etarranischer Pikeniere würde sich in zwei Richtungen aufteilen und die Kraft barbarischen Widerstandes schwächen, indem sie den Bergkamm von beiden Seiten stürmten. Dann würde die Kohorte leichter Kavallerie, die durch den Bergkamm im Osten abgesondert war, einen Bogen beschreiben und das Tal von der Nordseite aus schließen. Sie würden die rechte Flanke der Barbaren zerschmettern und rechtzeitig auf Gnudsogs Truppen treffen, um den Kolonnen beizustehen, die im Marschland des Tal Quorin steckengeblieben waren.

Betäubt und unter Qualen sah Arithon voraus, wie die noch lebenden Deshans nun zusammengetrieben und ermordet wurden.

Versuche, diesem Schicksal durch ein Attentat auf Pesquil zuvorzukommen, führten nur für drei Kundschafter zu einem grausamen Tod in der Folter. Ob es einfach nur Glück oder die Gunst Daelions war, der Mann würde auf jeden Fall an dem Morgen das Kommando führen, an dem der Krieg beginnen sollte.

Gleich darauf folgte die traurige Erkenntnis, daß auch ein Mißbrauch der Schattenherrschaft und der Zauberei, selbst mit ehrbarsten Absichten, nicht helfen würde. Pesquils für Etarra so typische Paranoia veranlaßte den Mann, einen Talisman zu tragen, ein Artefakt, der schon seit der Rebellion weitervererbt wurde, welcher ihn vor jedem durch Magie verursachten Unglück zu schützen vermochte.

Arithon weinte, angesichts des nun sicheren Wissens, daß seine Hoffnungen und seine Zukunftswünsche verwirkt waren. Auf ihre eigenen Möglichkeiten angewiesen, waren die Clans dem Verderben anheimgegeben. Ob er sie gänzlich im Stich ließ oder sein Schwert an Steivens Seite trug, machte keinen Unterschied. Würde er als Mann kämpfen, nicht als Zauberer, so würde sein eigener Leib lediglich ein Teil des Blutbades werden.

Gewaltsam riß er sich von der Vision los, um einer erneuten Darstellung der Nachwirkungen und der Ermordung der Kinder in Etarra zu entgehen.

Zitternd, geschüttelt von einem Sturm aus Schuld und Gram, ordnete Arithon seinen Verstand so weit, um festzustellen, daß nur noch Asche in seiner Pfeife war. Doch wenn auch sein Körper bereits um Gnade bettelte, durfte er nun noch nicht ablassen.

Der Schweiß auf seinen Lippen vermischte sich mit einer Nässe, die salzig genug schmeckte, Tränenflüssigkeit zu sein. Mühevoll zwang er seine zittrigen Hände, sich zu bewegen, zu funktionieren. Er öffnete die Tabaksdose und stopfte die Pfeife erneut. Dann sog er die doppelte Dosis des Rauches ein, um die Trance zu nutzen, einen Ausweg zu suchen.

Wieder begann er mit der ursprünglichen Aufstellung und ließ Caolles Taktik ablaufen. Doch diesmal fügte Arithon eigene zweckdienliche Beiträge hinzu, ehe die schlauen Strategien Pesquils die Abwehr der Clans zerstören konnten. Durch die weitreichende Wahrnehmung unter dem Einfluß des Tienellekrautes zu schauerlicher Einmischung getrieben, überließ Arithon all die Fertigkeiten, die sein Großvater ihn gelehrt hatte, dem Zweck des Tötens. Er probierte Strategien aus, gewirkt aus Magie, Schatten und schlauer Verschlagenheit, die kein Gewissen duldeten. Er spielte mit den Visionen, verdrehte und verwarf sie in all ihren Tausenden und Abertausenden Variationen. Er wog die Ergebnisse ab, versuchte neue Kombinationen; zählte die Toten und Verwundeten mit einem Willen, der jegliche leidenschaffende Erkenntnis in seinem Herzen verhinderte. Zu fühlen, auch nur zu *denken*, bedeutete, vor Sorge und Kummer seinen Verstand zu verlieren. Unter Last seines Eides fast erdrückt, beinahe in den Wahnsinn getrieben, inhalierte er noch mehr Tienellerauch und arbeitete sich durch jede einzelne Kette der Ereignisse auf der erschöpfenden Suche nach Fehlern.

Am Ende, so erschöpft, daß seine Knochen schmerzten, hatte er die strategischen Möglichkeiten gefunden, die die geringste Anzahl an Toten hervorbringen würden. Sein Plan würde jedoch nur dann funktionieren, wenn keine unvorhergesehenen Umstände eintraten, die seine erprobten Muster durcheinanderbringen konnten; wenn, entgegen aller Wahrscheinlichkeit, es ihm gelungen war, alle möglichen Wege zu erkunden.

Er war nicht Sethvir, daß er all den Ereignissen würde folgen können, die sich aus dem Zusammenwirken von elfhundert Menschen ergeben konnten. Er konnte lediglich versuchen, sein Bestes zu geben und die Schwächen seiner Vorgehensweise der Hoffnung überlassen.

Das Tienellekraut war so oder so vollständig aufgebraucht.

Arithon atmete tief durch, um den Rest des Rauches aus seinen Lungen zu vertreiben. Er sank auf die Knie und ließ die leere Dose zwischen seinen Füßen zu Boden gleiten. Irgendwo in seinen mißhandelten Sinneswahrnehmungen erkannte er die schnellen Schauder des Entzugs, die gedämpft und unterdrückt werden mußten, ehe sie sich weiter aufbauen und seinen Leib noch mehr foltern konnten. Er bewegte sich nicht. Im Gegensatz zu der Droge, die ihn in Amroth beinahe vernichtet hätte, erzeugte das Gift der Tienellepflanze keine Sucht. Sobald er seine innere Ruhe wiedergewonnen hatte, würde er fähig sein, die Nachwirkungen des Giftes aufzuheben. Die Schmerzen würden vergehen, ohne daß er unter einer heftigen Gier auf das Kraut zu leiden hätte. Arithon nutzte den noch wirksamen Einfluß der Droge auf seine Sinne, um sich selbst zu ein wenig Ruhe zu verhelfen, bis er seine Wahrnehmung stabilisieren konnte, auf daß die Zeit sie wieder auf ihre naturgegebenes Maß zurückführen sollte.

Der wohltönende Ruf einer Lerche trällerte durch die Schlucht. Mit geschlossenen Augen kostete Arithon die traurige Melodie aus. Er hatte gute Arbeit geleistet, das wußte er. Unter Umständen, die geradewegs in eine Niederlage führen mußten, war es ihm gelungen, eine alternative Vorgehensweise zu finden. Dennoch quälte Verbitterung sein Herz, empfand er doch noch immer furchtbares Versagen. Selbst unter Ausnutzung aller Möglichkeiten würde nicht mehr als ein knappes Drittel von Steivens Clan am Leben bleiben. Wie konnte ein Prinz, Magier oder was auch immer so viele Opfer dulden? Etarra würde große Verluste erleiden; und ein unglücklicher Zufall würde ausreichen, selbst diese geringe Chance zunichte zu machen.

Keine Magie vermochte dem Pech voll und ganz vorzubauen. Alle Garantien waren verfehlt, seit dem Tag, an dem die Garnison von Etarra ihren Marsch gen Norden aufgenommen hatte.

Arithon klopfte die Asche aus dem Pfeifenkopf. Der sanfteste Versuch, sich zu bewegen, jagte Schmerzen, bohrend wie ein Speer, durch seinen Schädel. Darauf bedacht, auf seinen gesunden Menschenverstand achtzugeben, machte er sich an eine kurze Bestandsaufnahme seines Zustandes.

Seine Kleider waren feucht vom Schweiß, während sein Körper vom Flüssigkeitsverlust ausgezehrt war. Da Tienellekraut tödlich wirken konnte, wenn seine Gifte nicht aus dem Körper ausgespült wurden, bückte er sich sofort zum Wasserlauf hinunter, um zu trinken.

Das Wasser rann durch seine Kehle und löste eine gewaltige Attacke der Übelkeit aus. Er preßte die Hände an die Lippen, erschüttert von dem Kampf, den er austragen mußte, das wertvolle Naß im Leib zu behalten. Von den grausamen und schweren Beobachtungen erschöpft, erkannte er, daß sein Urteilsvermögen getrübt gewesen war. Wäre er bei vollem Verstand gewesen, hätte er niemals in einer einzigen Sitzung derart viel Tienellekraut benutzt, um so weniger in solcher Abgeschiedenheit. Er brauchte einen Kräutertee, ein Bett und die Gesellschaft eines anderen Magiers, um die Pfade seines Denkens zu hüten, die nun verletzbar offengelegt waren. Da es ihm an derartigen Bequemlichkeiten jedoch mangelte, blieb ihm nichts anderes zu tun, als zu warten. Das Gift benötigte Zeit, seine Wirkungen zu verlieren. Erst wenn seine Sinne aus der Glut erweiterter Reichweite befreit waren, würde er imstande sein, die zurückbleibenden Wirkstoffe umzuwandeln, die sich nicht durch Wasser ausspülen ließen.

Bis dahin mußte er die Gesellschaft anderer Menschen meiden.

Die Abenddämmerung setzte ein. Vogelgesang verstummte, und die Zweige über seinem Kopf erinnerten an ein Netzwerk schwarzer Spitzen vor einem von fahl leuchtenden Sternen bedeckten Himmel. Versunken in sein persönliches Ringen gegen das Fieber der Nebenwirkungen, saß Arithon mit zurückgelegtem Kopf an einem starken Eichenstamm, der so freundlich war, seinem Körper Halt zu bieten. Die dunkle Tunika, die ihm die gnädige Frau Dania geliehen hatte, ließ seine Gestalt mit den Schatten verschmelzen, während Nachwirkungen der Droge ihn mit einer ungewollten Entdeckung konfrontierten: Die Kleidung an seinem Leib gehörte einst dem jüngeren Bruder der gnädigen Frau, der im Alter von fünfzehn Jahren bei einem Überfall verwundet worden war. Der Gnadenstoß von Caolles Hand hatte dem Knaben einen sauberen Tod gewährt. Arithon rieb sich die Augen und versuchte, sich der Gerüche einer Waldlichtung und des derben Aromas von Blut auf grünen Farnblättern zu erwehren. Zu müde, sich der lebhaften Sprünge wahren Sehens zu erwehren, die wie im Delirium durch sein Bewußtsein flackerten, trieb er seine Gedanken grob zur Ordnung, indem er langatmige, aufwendige Balladen rezitierte.

Während er sich in Dakars Lieblings-Trinklied vertiefte, das ebenso lang wie unanständig war und nur dann Spaß machen konnte, wenn sowohl Sänger als auch Zuhörer vollkommen betrunken waren, mußte er um den Text der ersten Strophen ringen. Mühsam arbeitete er sich voran, bis im Verlauf der fünften und sechsten Strophe sein Flüstern immer ungleichmäßiger wurde und schließlich ganz verstummte. Nun erst erkannte er, daß jemand seinen Rückzug störte.

Arithon fühlte, wie seine Ohren zu klingeln, seine Muskeln sich zu versteifen begannen unter dem wirbelnden Zerren eines anderen Geistes. Anders als die beinahe mystische Ruhe, die von Vögeln und wilden Tieren ausging, war dieses Sein unverkennbar menschlich. Seine Aufregung, seine Unsicherheiten und ziellosen, chaotischen Energiemuster zupften, brannten und prasselten durch die Kanäle seiner Selbst, die noch immer schutzlos durch das Kraut offen darniederlagen.

»Komm heraus und zeige dich«, brachte er in einem heiseren, gequälten Ton heraus. Dankbar darüber, daß die einsetzende Dunkelheit die schlimmsten Spuren seiner Ermattung verbergen würde, wartete er.

Äste brachen. Ein Haselnußstrauch bewegte sich, wurde geteilt und gab den Blick auf Jieret frei, der mit einem Ausdruck der Verlegenheit im Gesicht aus dem nahen Gebüsch heraustrat.

»Wie konntet Ihr wissen, daß ich dort war?« Verdrossen über seine Entdeckung näherte sich Steivens Sohn, bückte sich und griff mit unverfrorener, herausfordernder Neugier nach dem Tienellegefäß am Flußufer. Er schnüffelte an dem beißenden Aroma, das noch immer von der Dose aufstieg, verzog die Lippen und bedachte Arithon mit einem mißtrauischen Blick.

Arithon war bewußt, daß der Knabe mit einer Rüge rechnete; und ebenso, daß er gegen den Drang anfocht, zu fragen, ob sein Prinz eine Art Drogenabhängiger sei. Sein Gebieter dankte es ihm durch Schweigen. Schließlich siegte seine gute Erziehung. Jieret zuckte die Schultern und legte die Dose ab, ehe er den Mann und seine von nassem Laub bedeckten Kleider anklagend anstarrte. »Ich war doch so leise.«

Arithon verbarg ein Schaudern hinter einem Lachen und log glatt: »Die Moskitos haben es mir verraten.«

»Aber ich habe keinen einzigen erschlagen!« protestierte Jieret.

»Beim nächsten Mal darfst du dich nicht kratzen«,

schlug der Herr der Schatten vor, und er konnte ein kurzes Zucken nicht vermeiden, als der Knabe in schallendes Gelächter ausbrach.

»Euch entgeht nicht viel, Euer Hoheit.« Er sprach nicht davon, daß Drogen oder Alkohol die Sinne eigentlich betäuben sollten.

»Laß den Titel weg, wenn du mit mir sprichst«, sagte Arithon. »Deine Klinge war nicht unter jenen, gegenüber denen ich gestern nachmittag den Eid abgelegt habe. Du schuldest mir gewiß keine Huldigung.«

»Das war aber nur, weil ich zu jung bin!« Jieret fiel auf die Knie. »Hier.« Er griff an seinen Gürtel und zog ein Messer hervor, das er zum Schnitzen benutzte. »Nehmt meinen Stahl jetzt, nächstes Jahr bin ich so oder so im rechten Alter.«

Trotz des Unbehagens, das ihm die Sinne rauben wollte, rang sich Arithon ein Lächeln ab. Seine vom Kraut geschärften Sinne waren der schonungslosen Erkenntnis ausgeliefert, daß dieses impulsive Angebot Jierets nicht einer Heldenverehrung entsprang. Für dieses erstaunlich wachsame Kind bedeutete das Messer einen persönlichen Weg, den Charakter des Prinzen zu erforschen, den die Erwachsenen im Clan heimlich verspotteten.

So behutsam, wie sein Zustand gestattete, wählte Arithon seine Antwort. »Kind, du mußt noch zehn Jahre älter werden, ehe du dich dem Willen deines Vaters widersetzen kannst. Wenn Steiven dir verboten hat, den Treueeid abzulegen, so ist es nicht an mir, mich seinem Urteil zu widersetzen. Wir können Freunde sein, wenn du es möchtest, aber mehr gewiß nicht.«

Beleidigt zog sich Jieret zurück und steckte sein Messer weg. »Ich werde schon in acht Jahren zwanzig sein.« Nur verschwommen erkannte Arithon ihn in der zunehmenden Finsternis. »Tashka sagt, ich wäre groß für mein Alter. Aber sie ist schließlich meine Schwester, und was wissen Mädchen schon?« Er reckte das Kinn in einer so anmaßenden Weise vor, daß seine Mutter bei diesem Anblick sicher bestürzt gewesen wäre. »Ich werde an

Eurer Seite kämpfen, Prinz, wenn das Heer von Etarra unsere Wälder angreift.«

Noch immer drohten die blutgetränkten Visionen. Arithon konzentrierte seine umherschweifende Aufmerksamkeit wieder. »Das verbiete ich dir.«

»Aber so ist es Brauch!« Jieret sprang auf. »Freunde kämpfen immer gemeinsam. Und Halliron hat mit Elwedd gewettet, daß Ihr sogar besser mit dem Schwert umgehen könnt als Caolle.«

»Dann wird der Barde sein Silber wohl verlieren«, schnappte Arithon und bereute seinen Ausbruch sogleich. Von seinem klopfenden Herzen aus dem Gleichgewicht gebracht, fiel es ihm schwer, seine Haltung harmloser Unentschlossenheit beizubehalten. »Du kannst mir am besten dienen, wenn du dich abseits hältst und auf deine kleinen Schwestern aufpaßt.«

Jieret feixte höhnisch. »Caolle hat recht, Ihr denkt wie ein Städter. Clanmädchen brauchen niemanden, der auf sie aufpaßt, am allerwenigsten die Töchter des Clanführers. Bis auf Edal und Meara werden auch meine Schwestern in den Krieg ziehen, die Gefallenen entwaffnen und entlaufene Pferde unserer Feinde einfangen.«

Arithon keuchte. Eingehüllt in eine Explosion der Vorsehung gleich einem Blutbad, schwindelte ihm, und nur der Baum in seinem Rücken verhinderte, daß er fiel. Sein Geist, sein Herz, ja, sogar der Atem in seiner Kehle hatte innegehalten, als die unerwartete Hellsicht in ihm aufgelodert war: von Frauen und Mädchen, die ausgeweidet einen jämmerlichen Tod erlitten. Der Frieden dieser Nacht im Wald wurde zerstört von Todesschreien der Zukunft. Heiße Tränen des Entsetzens und des sinnlosen Zorns brannten in Arithons Augen, während er bemüht war, sich zu beruhigen, doch das Moos, das seine verkrampften Finger aus dem Boden rissen, war warm und rot von dem Blut, das die Macht des etarranischen Stahls fordern würde.

Trotz all seiner Mühe schwand sein Bewußtsein. Er kämpfte, und sein Atem entlud sich in einem erstickten Schrei, als sein Geist sich verwirrte und dann, als Jieret ihn am Arm zupfte, wieder in die Wirklichkeit zurückkehrte.

»Mein Prinz.« Der Knabe betrachtete ihn furchtsam. »Seid Ihr krank?«

»Nein.« Arithon schauderte. Solange diese alptraumhafte Zukunft durch sein Inneres raste, blieb ihm kaum genug Kraft, freundlich zu sein, während er sich aus dem Griff des Jungen befreite. »Ich bin nur so seltsam, weil ich mir Sorgen mache. Bring mich zu deinem Vater zurück, Junge. Ich habe Neuigkeiten von großer Bedeutung, die er unbedingt erfahren muß.«

Neugierig, mißtrauisch und kritisch wie jeder Kundschafter auf einem Aufklärungsgang, sah Jieret zu, wie Arithon sich bückte und Wasser in gierigen Schlucken trank.

Der Prinz sah krank aus, zitterte gar, und Schweiß lief über seinen Körper, Schweiß, der nach Angst roch. Doch Jieret hatte nicht vergessen, daß er sich einer unerlaubten Tat schuldig gemacht hatte; da er überdies von Natur aus zu schlau war, zu widersprechen, akzeptierte er die Erklärung des Prinzen, nach der Hallirons Geld in Elwedds Taschen enden würde.

Das Wasser und das Laufen schienen zu helfen. Arithon atmete freier, als die Bewegung und der steigende Blutdruck die schlimmsten Nachwirkungen milderten. Während ihres einstündigen Marsches zurück zum Lager gewann er zumindest nach außen den Anschein seines gewohnten Gleichgewichtes zurück.

Was gut war, denn die Mutter eines Knaben, der ohne ein Wort der Erklärung im Wald verschwunden war, war nicht geneigt, sich mit höflichen Floskeln aufzuhalten. Die gnädige Frau Dania versperrte den beiden Schurken vor dem Eingang zu Steivens Wohnzelt den Weg. Sie hatte ihre alltägliche Lederbekleidung gegen ein fliederblaues Gewand mit engen Ärmeln getauscht. Rotbraunes Haar, das Arithon nie zuvor offen gesehen hatte, fiel wie eine unfertige Handarbeit über ihren Rücken. Dieser Eindruck sanfter Weiblichkeit traf ihn wie ein Schlag, und er blieb sprachlos stehen.

Seine momentane Verblüffung entging Dania vollends, als sie sich auf ihren abtrünnigen Sohn stürzte. »Jieret! Was ist in dich gefahren? Es beschämt mich zu sehen, daß du dich, als ein Knabe von zwölf Jahren, sorgloser verhältst als ein Kleinkind!«

Geschützt im Schatten des Zelteingangs unterbrach Arithon: »Der Junge war bei mir, und er war in Sicherheit.«

Die gnädige Frau Dania bedachte ihn mit einem flammenden Blick.

Die Art, in der sie brüsk von ihm abließ, zu schimpfen aufhörte und ihn ins Bett schickte, ließ für Jieret keinen Zweifel daran, daß, Prinz oder nicht, Arithon nun den ganzen Zorn seiner Mutter würde erleiden müssen. Da er sich aber auch der Folgen bewußt war, die ihn erwarteten, sollte er noch länger verweilen, beeilte er sich, hinter den Vorhang zu entkommen, der den Schlafraum abtrennte, den er mit seinen Schwestern teilte.

Dania schlug das Zelttuch zurück, ziemlich verärgert angesichts der königlichen Zügellosigkeit. Sie warf dem Schuldigen, der ihrem Zorn nur dadurch entging, daß er stocksteif in der Dunkelheit verharrte, einen strengen Blick zu.

Wieder erinnerte sie sich daran, wie beunruhigend und schwierig Arithon sein konnte, und Caolle hatte schon früh bemerkt, daß er seine Nerven nach der Vereidigung möglicherweise mit Alkohol oder anderen Lastern beruhigt haben mochte, also beschloß sie zu schweigen und beschäftigte sich statt dessen damit, die Kerzen im Zelt anzuzünden.

Während frisch entzündete Flammen auf den zarten Stickereien ihres Leibchens und der Säume ihres Gewandes spielten und ihr Haar in noch wärmerer Farbe aufleuchten ließen, rang sie sich ein freundliches Willkommenslächeln ab.

»Steiven wird bald zurück sein«, sagte sie. Als Arithon sich noch immer nicht rührte, forderte sie ihn geradeheraus auf hereinzukommen: »Tretet ein und macht es Euch bequem, während wir auf ihn warten.«

In Anerkennung ihrer heroischen Leistung, nicht zu nörgeln, schlüpfte er zur Tür hinein, obwohl ihm bewußt war, daß sie ihre Schlüsse aus seiner Erscheinung ziehen würde. Sie pflegte ihn viel zu häufig zu taxieren, als daß ihm dabei noch wohl sein könnte. Mit einem verunglückten Lächeln stellte er fest, daß ihr Rückzug ihn geschlagen hatte; nicht ein einziges Kissen in dem Zelt lag weit genug im Schatten, seinen Zustand zu verbergen. Absolut nicht willens, sich zu setzen, zählte er die Kerzen. Während Dania in den Schlafraum blickte, um dafür zu sorgen, daß Jieret wirklich im Bett landete, ließ er seiner inneren Unruhe ihren Lauf und begann, auf und ab zu gehen.

Dieses Zelt war nicht so edel wie jenes, das sie in dem anderen Lager hatten zurücklassen müssen. Ohne die Wandbehänge, die edlen Teppiche und die massiven Möbel zeugte der Wohnraum jedoch noch immer von einer zivilisierten Ansiedlung. Eine Ecke, die Jieret dazu genutzt hatte, Spielzeug für seine Schwestern zu schnitzen, war mit Holzsplittern und Rinde übersät. Auf einer aus Riedgras gewebten Matte aus Riedgras lag ein Buch, und gleich daneben stand eine halb heruntergebrannte Kerze. Die Schrift leuchtete im übermäßigen Kerzenschein in leuchtenden Farben auf, während er vorüberschritt. Die dahinterliegende Wand war mit einem Bild von einer Hirschjagd bemalt worden. In der Ecke, gebettet auf ein Kissen auf einer pflanzenfasergepolsterten Pritsche, lag einsam und allein die Lyranthe Hallirons.

Silberne Saiten glitzerten wie Perlen im Licht, so zahlreich und funkelnd wie die Kerzen selbst. Arithon biß die Zähne zusammen, dennoch gelang es ihm einfach nicht, sich abzuwenden. Einlegearbeiten aus Topas und kleine Smaragde lockten seine Aufmerksamkeit auf die Intarsien, die sich vom runden Boden des Klangkörpers den Hals hinauf bis hin zu den Reihen der Ebenholzwirbel zogen.

Ehe die Vernunft ihn aufhalten konnte, hatte er sich

schon gesetzt. Er streckte seine Finger aus und strich sanft über die Saiten.

Das Timbre, das seiner Berührung antwortete, stach ihm mitten ins Herz, so sehr glich es der Stimme des Instrumentes, das er in Etarra zurückgelassen und verloren hatte. Die Rune ihres Schöpfers, eine Einlegearbeit aus Perlmutt auf der Rückseite des Klangkörpers, war nicht zu sehen; aber der Klang war alles, was Arithon brauchte, um die Handwerkskunst Elshians zu erkennen.

Die Verlockung wurde unwiderstehlich.

Er hob die Lyranthe hoch, legte seine Hand an die silbernen Bunde und begann zu spielen.

Die Brandwunden von Lysaers Lichtblitzen, die Arithons rechte Hand versengt hatten, hatten kaum zu heilen begonnen. Behindert durch die Verletzung, die seine Beweglichkeit hemmte, schlug er eine rohe, ungleichmäßige Reihe Noten an. Verloren in seiner Verwirrung, beinahe schwebend vor Übermut, blieb ihm nur noch Raum für die Musik. Er dehnte seine steife Hand, fluchte leise, als der Wundschorf aufbrach, und dann legte er so stürmisch los, daß es schien, als würden die Zelthäute abheben müssen, um den wolkenverhangenen Himmel freizugeben.

Noten jubilierten durch die Stille, und ihr Klang, in einem unbefleckten Ausdruck reiner Schönheit, widersprach all seiner Unsicherheit und Pein.

Gerade von Jierets Bett zurückgekehrt, zogen die Klänge die gnädige Frau Dania in ihren Bann. Ob in Dur oder Moll, die Lyranthe erklang in einer ganz und gar persönlichen Vorstellung von der Grazie eines Schwerttanzes. In der stickigen, warmen Luft im Inneren des Zeltes erschauderte Dania vor Entzücken. Dieser Prinz vermochte mit seinem Spiel Zauber zu wirken. So gebannt, daß sie jede Furcht vor unschicklichem Benehmen verlor, lächelte sie anerkennend und trat näher zu ihm.

Mit einem lauten Klatschen schlug die Decke zum Schlafraum zu, doch ihr Versuch, auf ihre Anwesenheit aufmerksam zu machen, verhallte unbeachtet. Die Melodie baute sich auf, Noten verschmolzen und trieben auseinander, während Arithons Wange am Resonanzkörper des Instrumentes lag. Seine Augen waren geschlossen, sein ganzes Sein verschmolzen mit den Noten, die unter seinen Händen zu tanzen begannen.

Ein entglittener Finger zerstörte den Zauber. Eine Pause folgte, während derer er die Hand von den Saiten nahm. Dann senkte er sie wieder zu einer schmerzlichen, trübsinnigen Weise, die sich nahe am Rand der Dissonanz bewegte.

Mit unbefriedigter Sorgfalt brachte Arithon sodann die Saiten zum Schweigen. Dann drehte er seine Hand um und sah, daß seine Wunde wieder aufgebrochen war. Blutstropfen quollen aus ihr hervor.

Dania bemerkte, daß sie halbbetäubt war, war sie doch dem sinnlosen Drang gefolgt, den Atem anzuhalten. Sie tat einen weiteren Schritt, gerade in dem Moment, in dem der Prinz aufsah.

Der gefühlvolle Ausdruck seiner Augen traf sie mit der Gewalt einer Gewitterfront unter dem Grollen sommerlicher Donnerschläge.

Sie setzte sich ihm gegenüber. »Es war nicht meine Absicht zu lauschen. Aber ich muß zugeben, Ihr verfügt über eine Gabe, die selbst Halliron mit Neid erfüllen dürfte.«

Bei der Erwähnung des Meisterbarden blickte Arithon unsicher zu Boden. Hätte das Instrument in seinen Händen ihn nicht mit tiefer Ehrfurcht erfüllt, so hätte er vielleicht seinem ersten Impuls nachgegeben und es mit aller Gewalt von sich geschleudert. »Gnädige Frau, Euer Lob ist zu großzügig.«

Er tupfte seine wieder aufgeplatzte Wunde nicht an seiner Tunika ab. Kurzer Schrecken verunsicherte sie, als sie sich fragte, ob er es wissen konnte: Das Kleidungsstück hatte ihrem verstorbenen Bruder gehört. Seine Augen waren erneut auf sie gerichtet. Er sah und sie erkannte nur zu deutlich, daß ihre Intuition seine Absichten auf eine harte Probe stellte.

Dania überstand den peinlichen Augenblick, indem sie

ihr Kleid über ihren Knien zurechtzupfte. Blauer Stoff legte einen Ring aus Zwielicht über einer braunen Landschaft aus Flachskniekissen aus, und ihre Hände, gleich einem Vogelpaar, lagen gefaltet in ihrem Schoß. Schnell senkte Arithon den Kopf und hoffte, sein herabhängendes Haar würde den Ausdruck in seinem Gesicht verbergen. Sein Atem war nicht so leicht zu beruhigen; Steivens Frau war von einer lebendigen, magnetischen Schönheit, trotz ihres harten Lebens und der Fülle, die sie von ihren Schwangerschaften zurückbehalten hatte.

Die Tatsache, daß sie seiner Seele so mühelos auf die Spur kommen konnte, brachte eine Intimität mit sich, die verheerend auf seine durch die Drogen sensibilisierten Sinne wirkte und ihn zu schamlosem Verhalten provozierte.

Sich ihres schnellen, furchtsamen Blickes über alle Maßen bewußt, wandte er den Kopf.

»Etwas erfüllt Euch mit Besorgnis«, sagte sie. »Ist das der Grund, warum Ihr meinen Gatten sucht?«

Ihre Stimme hatte einen samtenen Klang, der an den Wind im hohen Gras erinnerte. Ein sanftes Beben erfaßte ihn, und er schloß geschwind die Augen, als der Rest des Tienellekrautes eine glühende Hitze durch seine Adern sandte.

»Manche Dinge spricht man besser nicht an.« Zu spät erwehrte er sich der erneut aufflackernden Visionen. Hellsichtigkeit erwachte, so deutlich und häßlich, daß sie ihm den Atem raubte. Die gnädige Frau Dania, ausgestreckt in schwarzem Humus, das Leder, das sie alltags zu tragen pflegte, zerrissen, so daß es den Blick auf ihre schlammbeschmutzten Hüften freigab, und ihre Kehle von einem Schwert aufgeschlitzt.

Vage bemerkte er, daß sie sprach. »Wenn es nach mir ginge, ich würde alle Waffen in Etarra im Sumpf von Anglefen versenken und Euch als Barden von Deshir anheuern.«

Arithon öffnete die Augen und warf ihr einen Blick zu, heiß und flüssig wie Messing in einem Schmelztiegel. Er sagte kein Wort, nahm nur die Lyranthe wieder an sich, wobei er seine innere Unruhe hinter einer trägen, gelangweilten Fassade zu verbergen suchte.

Dania ließ sich so leicht nicht täuschen. Ebensowenig vermochte sie den Druck zu übersehen, der ihn bedrängte und in einer Sanftheit wurzelte, die er an diesem Abend aus irgendeinem Grund nicht zu verbergen imstande war. Die Musik, die er mit seinen Händen zauberte, machte es ihr leicht, auf das Gespräch zu verzichten.

Er nahm die Erleichterung, die sie ihm so gestattete, mit einer Dankbarkeit an, die sich in E-Dur Ausdruck verschaffte, ehe er zu einem gleitenden Rausch tieferer Bedeutsamkeit überging, der sich in lyrischen, düsteren Tönen erging. Zerrissen zwischen seiner physischen Erschöpfung und den schaurigen Bildern, die sich dann und wann durch sein innerstes Wesen schlichen, sehnte Arithon Steivens Rückkehr herbei, auf daß er seine Arbeit beenden und sich endlich allein zurückziehen konnte. Er wollte in den Wald, wollte den Rufen der Ziegenmelker und den Plätschern des Wassers lauschen, um seine aufgewühlten Nerven zu beruhigen. Er benötigte absolute Konzentration, um die letzten Spuren des Giftes aus seinem Körper zu tilgen. Doch die letzte große Offenbarung, in der er die Mädchen und Frauen der Clans niedergemetzelt gesehen hatte, gestatteten ihm den dringend notwendigen Rückzug nicht.

Arithon kanalisierte seine Empfindungen ersatzweise in den Klang der Musik hinein, bis Schritte am Eingang seinen Rhythmus durcheinanderbrachten.

»Müßt ihr mich denn hintergehen?« Hallirons Worte zerstörten den Zauber, noch bevor der letzte Ton verklungen war.

Dania erschrak und zerrte ihr duftendes Kleid fort, um dem Barden Platz zu schaffen, sich zu setzen. »Wie lange seid Ihr schon hier?«

Arithon brachte den schwindenden Klang der Saiten gänzlich zur Ruhe und übergab Elshians Lyranthe ihrem Meister.

Mit einer spöttischen Handbewegung nahm Halliron

sein Instrument wieder an sich. »Ich habe alles gehört. Das vorangegangene Fragment auch.« Helle, harte Augen bedachten den Prinzen mit einem Ausdruck, so feindselig wie ein Messerstich. »Ich kenne die Stimme meiner Lyranthe besser als die meines eigenen Kindes. Ihr hättet wissen müssen, daß sie mich rufen wird. Hattet Ihr denn nicht den Schneid, mich zunächst zu fragen?«

»Es tut mir leid.« Arithons Hände ballten sich zu Fäusten. Er vergaß seine wieder aufgerissene Verletzung. »Ich war gedankenlos und egoistisch. Ich verspreche Euch, nie wieder aufdringlich zu sein.«

»Aufdringlich!« Dania hatte noch nie erlebt, daß die Stimme des Barden so wuterfüllt klang. »Ihr seid ein arroganter, manipulativer junger Narr! Beleidigt nicht meinen Verstand, indem Ihr versucht, mich hinters Licht zu führen. Es ist eine von Ath gegebene Gabe, die Ihr da versteckt habt. Ich sage Euch frei heraus: Ihr habt kein Recht, so ein Talent gewaltsam zu unterdrücken.«

Ruckartig lehnte Arithon sich zurück, und das Unbehagen war ihm deutlich anzusehen. Dem Barden war es gelungen, ihn zu schockieren, wie es nie zuvor jemand fertiggebracht hatte, und seiner Genesung von dem Schrecken mangelte es vollständig an Grazie und königlicher Haltung. »Das war nicht meine Absicht.« Ausnahmsweise zu betroffen, sich einer Täuschung zu bedienen, zuckte er ebenso heftig wie abwehrend mit den Schultern. »Natürlich ehrt mich Eure Fürsprache. Aber ich sah keinen Anlaß, Euch mit meinen unzulänglichen Fingerübungen zu belästigen.« Der Sarkasmus, dessen er sich in seiner Verzweiflung bediente, war dazu gedacht, seine endlosen Qualen zu unterdrücken. »Mein Schwert ist nun, wie Ihr Euch vielleicht erinnern werdet, den Belangen des Königreiches untertan.«

Halliron schüttelte seinen Protest einfach ab. »Die Technik Eures Spiels kann ohne Zweifel vervollkommnet werden.« Er legte die Lyranthe an seine Schulter, führte seine Finger an die Saiten und wiederholte einige Takte aus Arithons Spiel. Unter seiner Kunstfertigkeit erklang die Melodie mit einer Kunde, die das Herz mit reinem Schmerz erfüllte.

Unter dem Einfluß dieser Klänge preßte Dania die Finger an die Lippen, während der Prinz von Rathain leichenblaß wurde.

Halliron brachte das Instrument mit einem Schlag zum Schweigen, den der wundervolle Klangkörper wie zu einem Aufschrei verstärkte. »Wenn Ihr ein bißchen Mühe nicht scheut, so solltet Ihr mich übertreffen. Übt, unterwerft Euch lebenslangem Lernen, und kein lebender Mensch wird sich je mit Eurem Stil messen können.« Der Meisterbarde legte das Instrument entschlossen wieder in Arithons Schoß.

»Wenn, wenn, wenn!« Arithon schlug die Einladung aus. So heftig schob er die Lyranthe von sich, daß der Luftzug die Saiten zum Klagen brachte. »Wo ist Steiven?«

»Hört auf, auszuweichen.« Hartnäckig hielt Halliron am Thema fest. »Ich habe mein ganzes Leben lang gesucht, doch ich habe nie jemanden gehört, der über Eure naturgegebenen Fähigkeiten verfügt.«

Einem Peitschenhieb gleich sprang Arithon mit einer Geschwindigkeit auf, die die Trägheit, welche er seit seiner Ankunft zur Schau stellte, Lügen strafte. Das Schattengewebe geriet in Bewegung, als er sich erhob. Scharf wandte er sich an Dania: »Wenn Caolle abkömmlich ist, werde ich statt dessen mit ihm sprechen.«

Erschrocken versuchte sie instinktiv, ihn aufzuhalten. »Ihr habt noch nichts gegessen, Euer Hoheit. Laßt mich Wein und frisches Brot für Euch holen.«

Arithon schüttelte energisch den Kopf.

Er war ein Mann, der niemals zu Gesten griff, wenn eine verbale Entgegnung besser geeignet wäre. Alarmiert betrachtete Dania seine Miene. »Es geht Euch nicht gut.«

»Was nicht Eure Sorge ist, liebe gnädige Frau.« Arithon ergriff ihre Hände, küßte die Handrücken, wohl wissend, daß der kühle Schweiß und das leichte Zittern seiner Hände sie genug verunsichern würden, um sie zum Schweigen zu veranlassen. »Caolle oder Euer Gatte, egal welcher von ihnen. Aber ich muß jetzt sofort mit einem von ihnen sprechen.«

Stille antwortete ihm, ein harter Kampf persönlichen Willens, in dem Halliron schließlich einlenkte, wollte er doch vermeiden, daß die Clanmutter Deshirs dem Zorn des s'Ffalenn-Erben zum Opfer fiel. »Steiven und Caolle haben sich gemeinsam in das Zelt zurückgezogen, das als Waffenlager dient. Sie führen eine Inventur durch. Eine Unterbrechung wird ihnen vermutlich nicht allzu ungelegen kommen.«

Arithon schenkte dem Barden ein Lächeln von erstaunlicher Dankbarkeit. Dann küßte er erneut die Hände der gnädigen Frau. »Meine Empfehlung und mein Dank für Eure Gastfreundschaft.« Not, dringlicher als freundliche Gesten, trieb ihn an, als er ihre Hände losließ und hinausging.

Hinter ihm fiel die Eingangsdecke seufzend zurück und wehte den nächtlichen Duft taubenetzter Nadelgehölze herein. Die gnädige Frau Dania starrte in die vom Kerzenschein strahlendhelle Leere, die Arme verloren vor der Brust verschränkt. »Er bemüht sich sehr, uns glauben zu machen, er nähme uns nicht ernst.«

In wortloser Zustimmung ergriff Halliron ihre Schultern. Er drehte sie, so daß er sich ihr gegenübersetzen konnte, und schenkte ihr Wein ein. Dieses eine Mal in seinem Leben nicht geneigt, sich der Musik zuzuwenden, um seinen aufgebrachten Geist zu beruhigen, schenkte er einen zweiten Kelch für sich selbst ein. »Das Schicksal ist sein Feind, nicht wir.«

Er trank einen tiefen Schluck, um einen Kummer zu besänftigen, den er nicht ertragen konnte, Kummer, daß seine Suche nach einem Nachfolger endlich einen Mann hervorgebracht hatte, dessen Fähigkeiten seiner Schulung würdig waren und der doch keinen Gebrauch davon machen konnte.

Im trüben Licht einer einzigen Kerze kroch der Kriegshauptmann von Deshir durch das Zelt und zählte die federlosen Pfeile in ihren Behältnissen, während Steiven Zahlen auf einer Liste eintrug. Caolle sah zuerst auf, als die Decke am Eingang in Bewegung geriet und der kühlen Nachtluft Einlaß verschaffte. Ein Lächeln stahl sich in seine finsteren, wettergegerbten Züge. »Na, da schau her. Seht nur, wer da kommt.«

Arithon trat ein. Seit er aus dem Fluß getrunken hatte, hatte er nichts mehr dafür getan, sich den Drogenentzug zu erleichtern, und so war er, beladen mit zusammengerollten Pergamenten, nicht in Stimmung für unnötige Spitzfindigkeiten. Das Wasser hatte ihm kaum geholfen, und er wußte, daß ihm nicht viel Zeit blieb, mit den Männern zu reden, ehe die Erschöpfung ihn zwingen würde, sich zurückzuziehen. Zu schnellen Bewegungen getrieben, um das Wiederaufleben seiner Krämpfe zu verbergen, wählte er einen Tisch, auf dem Schwerter aufgereiht lagen, um die sich am Morgen die Waffenschmiede kümmern sollten. Er schob sie einfach zur Seite, wobei er genug Lärm veranstaltete, um Steiven entsetzt aufspringen zu lassen.

»Euer Hoheit?«

In der Eile kümmerte sich der Clanführer gar nicht mehr um seinen Kriegshauptmann.

Caolle warf einen Pfeil zur Seite, griff nach der Kerze und folgte ihm. Sein Mißfallen verstärkte sich noch, als Arithon eine Unzahl aufgerollter Pergamente auf den Tisch fallen ließ und dort hastig ausbreitete. Bei den so lieblos behandelten Pergamenten handelte es sich um taktische Pläne, das Ergebnis schwerer Arbeit und vieler Tage lautstark ausgetragener Diskussionen.

So wütend, daß ihm die Kehle anschwoll, schritt Caolle entschlossen heran. »Wenn Ihr dann für heute damit fertig seid, Trübsal zu blasen, könntet Ihr uns vielleicht mitteilen, wie der Name des Mannes lautet, der derzeit die Bogenschützen Etarras befehligt.«

Auf den Tisch gestützt, im Kampf gegen einen üblen Schwindelanfall, versuchte Arithon zu antworten. Seine

Kehle war inzwischen staubtrocken. Das Wasser aus dem Fluß hatte nicht ausgereicht, die Anforderungen des Entzugs zu befriedigen.

Er war sich darüber bewußt, daß ihn dieses Versäumnis nun in Gefahr brachte, durch die Nachwirkungen des Giftes das Bewußtsein zu verlieren, sollte er sich zu sorglos anstrengen, also blickte er sich um, doch er konnte keine Sitzgelegenheit entdecken.

»Oder hat das Schmollen Euer Gedächtnis getrübt?« stichelte Caolle. »Macht Euch nur keine Sorgen. Unsere Planung steht bereits.«

Ungehalten hob Arithon den Kopf. »Der Name des Kommandanten lautet Hadig. Und Ihr werdet Eure Taktik ändern müssen.«

Caolle stieß ein schroffes, lautes Lachen aus und wandte sich sogleich seinem Clanführer zu. »Dieser weibische Tagträumer meint, unsere Beratungen seien reine Zeitverschwendung. Sollen wir mit dem Zählen aufhören, nur damit er uns zeigen kann, wie man es besser macht?«

Arithon reagierte weder auf die Beleidigung, noch gab er Steiven die geringste Zeit, sich weitere Gedanken über seinen Zustand zu machen. Er zwang seine Hand zur Ruhe und deutete auf eine Reihe in Tinte geschriebener Symbole, die sein unbeständiger Geist in zerschmetterte Leiber, gebadet in geronnenes Blut, umwandelte. »Hier.« Er keuchte beinahe. »Und hier. Ich erlaube nicht, daß eines Mannes Mutter oder Kind sich der Armee Etarras in den Weg stellt.«

Die Lippen zu einem verächtlichen Ausdruck verzogen, sagte Caolle: »Ihr denkt, wir hätten ebensowenig Schneid wie die Städter.«

»Ich habe einen Eid geleistet.« Arithon sah ihm direkt in die Augen. »Und ich spreche aus Sorge.«

Caolle stellte die Kerze ab und stützte sich mit seinen großen Händen auf die Karten. »Ihr würdet einen hervorragenden Stadtgouverneur abgeben.«

»Ihr werdet mir zuhören«, entgegnete Arithon in einem leicht kommandierenden Tonfall. »Wollt Ihr Eure

Leute aus purem Stolz ins Verderben reißen? Mein Einspruch beruht nicht auf schlichter Sentimentalität.«

»Sentimentalität? Ja, seid Ihr denn blind?« Caolles vernarbte Faust krachte auf den Tisch, daß die Schwerter laut rasselten, während die Kerze ihr heißes, flüssiges Wachs über die Karten verspritzte. »Neunhundertsechzig von uns sind alt genug, eine Waffe zu führen. Dabei ist jeder Mann aus den Clans der nördlichen Wälder eingeschlossen, der, selbst mit Aths Hilfe, nicht früh genug hier sein kann, um uns noch beizustehen. Zehn zu eins steht es damit. Dharkaron der Racheengel könnte ein solches Risiko nicht mehr ausgleichen. Und Ihr spukt Gift und Galle in mein Gesicht mit Euren Einsprüchen?«

»Caolle. Vergiß nicht, daß du mit deinem obersten Herrscher sprichst.« Steiven kam mit Klappstühlen aus einer Feldausrüstung aus dem Schatten hervor. Er verteilte die Stühle um den Tisch und sagte scharf: »Euer Hoheit, wenn Ihr Veränderungen wünscht, so nennt uns die Gründe. Streitereien sind hier nicht von Nutzen.«

Der Clanführer setzte sich und konzentrierte sich mit eiserner Miene auf die Karten. Wenn eine Nacht in der freien Natur Arithon aus seiner Apathie gerissen hatte, so wollte er diese Veränderung keinesfalls ins Lächerliche ziehen. Dieses Prinzen Hand hatte geholfen, Desh-Thiere zu bannen; wenn die Macht, die er dazu gebraucht hatte, nun ebenfalls helfen konnte, so mußte er ihn dazu ermutigen, sie einzusetzen. Doch konfrontiert mit Arithons unsicherer Haltung, als jener sich einen Stuhl heranzog und darauf niedersank, fragte sich Steiven im stillen, ob Caolles Mutmaßung, der Prinz hätte sich zu einem königlichen Besäufnis zurückgezogen, nicht doch zutraf.

Arithon stützte das Kinn auf seine gefalteten Hände. »Ich habe eine Warnung erhalten«, sagte er übergangslos. »Das Leben jeder Frau und jedes Kindes wird verloren sein, wenn sie ausgesandt werden, sich gegen Lysaer zu stellen. Abschlachten beschreibt am ehesten, was geschehen wird. Ich konnte keine alternative Handlungsweise finden.«

Gnädigerweise schwieg Caolle, während Steiven sich mit der unausgesprochenen Tatsache magischer Hellsichtigkeit befaßte, wobei er ebenso zurückhaltend war, als würde er einem fast schon aufgescheuchten Reh nachsetzen. »Könnt Ihr etwas genauer werden?«

»Unglücklicherweise nicht.« Arithons Stimme nahm einen Ton an, der sich kaum von dem unangenehmen Klingeln in seinen Ohren unterschied. »Euer Sohn hat meine Beobachtungen unterbrochen. Durch ein kurzes Gespräch über seine Schwestern wurde diese Vision ausgelöst, aber seine Anwesenheit hat verhindert, daß ich mehr herausfinden konnte. Ich schlage vor, und das tue ich nicht leichtfertig, daß Ihr Schutzmaßnahmen ergreift.«

Steiven betrachtete seinen Prinzen und unterdrückte voller Verzweiflung den Gedanken, der sich in seinem Bewußtsein regte: daß sein eigenes Leben bereits verwirkt war. Es erschien ihm als grausame Ungerechtigkeit, daß die Loyalität gegenüber diesem Teir's'Ffalenn womöglich auch noch das Leben seiner Frau und seiner fünf Kinder fordern könnte. Er sagte jedoch nur: »Ihr wünscht, daß ich Frauen und Kinder vom Schlachtfeld fernhalte?«

»Das ist das mindeste.« Arithon klang überanstrengt.

»Selbstmord«, unterbrach Caolle. Er steckte seine breiten Daumen in seinen Gürtel und fuhr mit der Zunge über seine Zähne. »Wir können nicht die Furcht davor, wer sterben könnte, unser Handeln bestimmen lassen. Wenn wir erst anfangen, unsere Leute zurückzuhalten, bei wem wollen wir dann aufhören? Wir können es uns nicht leisten, wählerisch zu sein, während unsere Linien überrannt werden und all unsere Krieger auf dem Schlachtfeld fallen!«

»Es gibt Alternativen«, fiel Arithon ihm ins Wort. In diesem Augenblick ging die Kerze aus, obwohl niemand die Flamme zuvor gestört hatte.

Als Caolle sich vorbeugte, um nach dem Docht zu

sehen, hielt Steiven ihn instinktiv zurück. »Nicht. Erloschene Kerzen pflegen üblicherweise noch zu rauchen. Ich rieche aber nichts, demnach muß das Licht noch immer brennen.«

»Die Sonne kann ebenso leicht verdunkelt werden«, erklärte Arithons Stimme in der Dunkelheit. »Ich besitze die Herrschaft über die Schatten. Wenn ich auch nicht gewillt bin, mit Heimtücke zu töten, kann uns doch die Nacht zum Vorteil gereichen.«

Er ließ die gefangene Flamme wieder frei, und ihr ruhiges Licht glitzerte in vielfachen Reflexionen auf den Helmen und Rüstungen eines ganzen Dutzends bewaffneter Männer, die, aus dem Nichts herbeigerufen, in einer Reihe hinter dem Stuhl des Prinzen standen.

Caolle befreite sich aus dem Griff seines Clanführers. Angespannt richtete er sich auf, während seine Hände unter den Schwertern auf dem Tisch nach einer einzigen brauchbaren Klinge tasteten.

Arithons krächzendes Gelächter ließ ihn abrupt innehalten.

»Nur eine Illusion«, warnte ihn der Prinz. Seine Magie verpuffte in der Luft, während Caolle blinzelnd und mit dümmlichem Gesichtsausdruck zurückblieb, die Hände um den Griff eines schlecht ausbalancierten, antiken Schwertes geklammert.

In hartem Ton sagte der Prinz: »Ich bin kaum der grüne Junge, den Ihr Euch vorstellt. Dank der Erziehung meines Großvaters halte ich alle Möglichkeiten in Händen. Hört mich an und lebt. Oder ich trete zurück, widerrufe meinen Eid, enthebe Euch der Treue, des Schutzes und jeder Spur der Erinnerung an mich.«

Wie zum Hohn für den Zorn Caolles, der ihn mit einem einzigen Hieb hätte aufschlitzen können, blickte der Herr der Schatten dem erfahrenen Krieger mit zusammengepreßten Lippen und einem wütenden Ausdruck des Widerspruchs direkt in die Augen. Bis schließlich Steiven den Verdacht hegte, daß der Prinz keineswegs betrunken, sondern auf Streit aus war, und einschritt.

»Caolle, leg die Waffe nieder! Ob du nun verspottet wurdest oder nicht, ich kann keine Gewalt gegen einen Gast dulden, dem ich die Treue geschworen habe.«

Den Kopf eingezogen wie eine Bulldogge, beruhigte sich Caolle widerwillig. Mit glühendem Blick verfolgte er, wie Arithon einen Kohlestift ergriff und die Aufstellung der Streitmächte Deshirs in der Karte veränderte. Während die zarten, zittrigen Hände die Pläne mit neuen Strategien belebten, war der jähzornige Kriegsveteran gezwungen, seine Meinung über den s'Ffalenn zu revidieren. Schwach mochte er sein, doch er war auf beeindruckende Weise gerissen. Seine Hände zitterten, und seine Augen brannten unter halb gesenkten Lidern, als hätten seine angespannten Nerven ihn fiebrig werden lassen. Kampferfahrung mochte ihn jedoch genug abhärten, um einen anständigen Herrscher aus ihm zu machen, so dachte Caolle, doch diese Ansicht behielt er für sich.

Kurz bevor sie fertig waren, wurden sie unterbrochen. Plötzlich kam ein bewaffneter Kundschafter in Lederrüstung hastig aus tiefschwarzer Nacht herein. »Euer Hoheit, Lord Caolle. Die gnädige Frau Dania benötigt die Anwesenheit ihres Gatten. Euer Junge, Jieret, er hat schon wieder einen Alptraum und ist vor Kummer ganz von Sinnen.«

»Entschuldigt mich«, sagte Steiven, bereits auf den Beinen, ehe er so schwungvoll hinauseilte, daß die Pergamente hinter ihm in Bewegung gerieten.

Erleichtert, seine Botschaft abgeliefert zu haben, kam der Kundschafter ganz herein und setzte sich auf den Stuhl, den sein Clanführer gerade erst freigemacht hatte. Mit einem bedauernden Blick zuckte er die Schultern. »Möge Ath dem armen Jungen sein Leid erleichtern«, sagte er zu Caolle, ehe er Arithon erklärte: »Jieret hat das Zweite Gesicht, genau wie sein Vater.«

»Jieret ist von Natur aus hellsichtig?« Mit überkreuzten Armen hockte Arithon zusammengekauert an dem Tisch und schnappte mit großen Augen aufgeschreckt nach Luft. »In Aths Namen, warum hat denn bloß niemand daran gedacht, mir das zu sagen?«

Angesichts dieses unerwarteten Ausbruchs der Sorge, trommelte Caolle zynisch mit den Fingern auf seinen Schwertgurt, während der junge Kundschafter weit weniger mürrisch seufzte.

»Seid gewiß, das ist kein Geschenk für einen Knaben. Was auch immer er geträumt hat, es hat ihm das Herz gebrochen.«

»Ich werde Euch sagen, was er gesehen hat.« Arithon bedachte Caolle mit einem wütenden Blick. »Er sah, wie jeder seiner lebenden Verwandten abgeschlachtet wurde. Hätte ich gewußt, daß der Knabe das Zweite Gesicht hat, dann hätte ich ihm nie gestattet, bei mir zu bleiben. Ich war noch immer in Trance, und mein Geist war zu dieser Zeit weit geöffnet. Wenn er die Gabe hat, dann hat er diese Geschehnisse aus meinen Gedanken übernommen. Mein ist die Schande, wenn er irgendeinen Schaden genommen haben sollte.«

Weder die Erwähnung von Magie noch die Ausdrucksweise des Prinzen vermochten Caolle zu beeindrucken, der ganz einfach jede Art von Gefühlsausbruch verachtete. Er zog sein Abbalgmesser aus der Scheide und entfernte mit Expertenmiene im trüben Licht der Kerze einen Niednagel. »Ihr macht Euch unnütze Sorgen«, sagte er zu Arithon. »Deshirs Kinder sind nicht so zerbrechlich. Derartige Schwächen haben die städtischen Kopfjäger längst aus den Geschlechtern der Clanangehörigen getilgt.«

Offenbar ließ sich Arithon mit diesen Worten beruhigen, denn als der Kriegshauptmann wieder aufsah und seine Klinge in ihr Futteral zurückschieben wollte, war der Prinz anscheinend eingeschlafen. Seine schwarzen Haare fielen über das stützende Handgelenk, seinen anderen Arm hatte er über die Karten ausgestreckt; als wäre er gerade dabei gewesen, aufzustehen, ehe er vor seinem Schlaftrieb hatte kapitulieren müssen.

Wenn ihn die magischen Erkundungen ebenso erschöpft hatten, wie zuvor seine Flucht aus Etarra, so wäre jeder Mann, der versucht hätte, ihn zu wecken, ein Dummkopf. Das Gesicht in der Dunkelheit zu einer Miene des Ärgers verzogen, machte der Kundschafter eine entsprechende Bemerkung.

Caolle seinerseits erkannte widerwillig Arithons Beitrag zu ihrer Verteidigungsstrategie an: Er verfluchte seinen Herrscher nicht für den Gefühlsausbruch, sondern forderte lediglich in einem Tonfall störrischer Reserviertheit auf, Arithon in Steivens Wohnzelt zu tragen.

»Das ist jetzt schon das zweite Mal in einer Woche, daß wir schleppen dürfen, als wären wir Abdecker«, grummelte der Kundschafter. Die Kerze flackerte in dem Luftzug, den er verursachte, als er Steivens Stuhl zurückschob, sich vorbeugte und seine Unterarme unter Arithons Achseln schob. »Puh. Was hat er denn da an seinen Kleidern. Riecht wie verbrannte Kräuter oder so etwas.«

Caolle zuckte die Schultern. Die sonderbaren Gewohnheiten der Zauberer zu ergründen, lag außerhalb seines Fachgebietes, also ergriff er kommentarlos die königlichen Beine.

Während die beiden Männer ihren Prinzen um den mit Karten belegten Tisch manövrierten, stieß der Kundschafter ein atemloses Lachen aus.

»Wenigstens ist er klein genug, Ath sei Dank. So gut zu packen wie ein junger Hund. Wenn ich tatsächlich mein Schwert im Namen meines Herrn erheben muß, dann werde ich froh sein, wenn ich damit Städter umbringen kann.«

»Du wirst dein Schwert eher im zusätzlichem Wachdienst einsetzen dürfen!« schnappte Caolle, der endlich, nachdem er sich seinem Clanführer zuliebe lange zurückgehalten hatte, seiner schlechten Laune Luft verschaffen mußte.

»Zurück auf deinen Posten. Überlaß die Pflege unseres kleinen Prinzen mir.« Der temperamentvolle Kriegerhauptmann von Deshir warf sich den Prinzen wie ein Beutetier über die Schulter und stapfte schnaubend allein zu Steivens Wohnzelt.

Die vielen Kerzen, die Danias angezündet hatte, waren inzwischen heruntergebrannt, und die wenigen Stummel, die noch Licht verbreiteten, ertranken fast im flüssigen Wachs. Andere Kerzen waren gelöscht worden, um Vorräte zu sparen. Groß und weiß standen sie im düsteren Spiel der Schatten. Der Wert dieser Kerzen war Caolle ebenso bewußt wie der des Lebens auf seinen Schultern, folglich achtete er sorgsam darauf, nicht gegen sie zu stoßen, während er Arithon in die Ecke des Raumes schleppte, in der Hallirons Lyranthe noch immer ungeschützt, wenn nicht gar vergessen, auf einem Kissen ruhte.

Caolle entledigte sich seiner Bürde, zupfte eine Falte in der Kleidung des Prinzen zurecht und sah von da an seine Pflicht gegenüber seinem obersten Herrscher als getan an.

Als er den Unterarm hob, um sich die Stirn abzuwischen, drang der Geruch, der an seinen Ärmeln haftete, in seine Nase, und er hätte beinahe ausgespuckt. Der fremdartige Gestank von irgendeinem obskuren magischen Ritual des Prinzen hatte sich auf ihn übertragen. Caolle wirbelte herum, wollte draußen nach Luft schnappen, als sein Blick auf den Durchgang zu dem abgetrennten Schlafraum der Kinder fiel, aus dem genau in diesem Augenblick Steiven wieder zurückkam.

Um möglichen Fragen über den Prinzen zu entgehen, fragte Caolle sogleich: »Hat Jieret sich beruhigt?«

Steiven seufzte, schritt über die knisternde Birkenrinde und entkorkte die Weinkaraffe, die seine Frau zuvor dem Meisterbarden dargeboten hatte. »Er ist wieder klar. Halliron erzählt ihm eine Geschichte. Wenn wir Glück haben, sucht er sich eine langweilige aus, die den Jungen wieder in den Schlaf wiegt.«

»Dann war der Alptraum also eine Vision?« In alter Gewohnheit lehnte sich Caolle mit seinen breiten Schultern an den Mittelpfosten und betrachtete seinen Herrn, gegen den er sich einst aufgelehnt hatte, dem er nun aber bedingungslos diente. Kein Mann vermochte zu sagen, an welchem Tag aus Pflichtbewußtsein echter Respekt erwachsen war, doch die Frage, wer von beiden der Ranghöhere war, hatte zwischen ihnen nie viel bedeutet. »Hat Jieret gesagt, was er geträumt hat?«

Mitten im Schluck setzte Steiven die Karaffe auf seinem Unterarm ab. Er schüttelte den Kopf. »Dania sagt, er hat nichts erzählt, nur den Namen von Fethgurns Tochter hat er erwähnt. Aber was Teynie mit einer üblen Voraussage zu tun haben kann, das mag Daelion, der Herr des Schicksals, wissen. Mein Junge kann es uns nicht sagen. Was auch immer Jieret geträumt hat, es war zu viel für ihn. Sein Geist hat sich der Erinnerung verschlossen, so wie es meiner einmal getan hat.« Er brach ab, wußte er doch wohl, daß Caolle sich erinnern würde: Es waren seine derben Hände gewesen, die ihn besänftigt hatten, in der Nacht, bevor sein Vater den Tod gefunden hatte.

Ein Schauer befiel Steiven. Sein Blick, schwermütig, voller Verstehen, ruhte auf seinem Kriegerhauptmann: Nur zu bald würden Etarras Truppen diese Täler überfallen.

Wortlos streckte Caolle die Hand nach der Karaffe aus. Steiven betrachtete ihn, während er trank, und in seinen Augen spiegelte sich eine so tiefe Sorge wider, wie sie nicht einmal sein engster Vertrauter je an ihm beobachtet haben konnte. »Wir müssen die Mädchen und Frauen heraushalten, so wie Arithon es wünscht. Seher oder nicht, aber seine Beobachtungen und Jierets Träume sind einander zu ähnlich, um bloßer Zufall zu sein.«

»Dann müssen die Knaben, die das zehnte Lebensjahr vollendet haben, die Gefallenen entwaffnen«, beharrte Caolle, und seine Augen unter den ungleichmäßigen Brauen vertieften sich zu Höllengruben, als die Kerze neben ihm verlosch. »Auf die paar Kinder können wir wirklich nicht auch noch verzichten.«

Steiven nickte und nahm den Wein wieder an sich. Die Flasche halb erhoben, hielt er inne. Als erwartete er Widerspruch, blickte er sich in dem finsteren Zelt um. »Wo ist der Prinz?«

Caolle deutete mit einer Kopfbewegung hinter seine

Schulter. »Dort. Eingeschlafen auf den taktischen Karten, also habe ich ihn hergebracht.« Deshirs Kriegerhauptmann verschränkte in Erwartung finsterer Blicke die Arme vor der Brust, als Dania und Halliron von Jierets Bett zurückkehrten.

»Nun gut.« Steiven seufzte. Ihm war bewußt, daß eine Rüge gegenüber seinem Kriegerhauptmann, der kräftig wie ein Bulle war, wenig fruchten würde. Schließlich stellte er sanft die Karaffe ab. »Unser Teir's'Ffalenn hat ein wenig Bequemlichkeit verdient, denke ich, nachdem er die letzte Nacht im Freien verbracht und Mücken erschlagen hat.«

Ein Kleiderrascheln, heftigeres Kerzenflackern, und die gnädige Frau Dania stand neben ihrem Gatten. »Arithon sollte schlafen«, sagte sie scharf. »Als er von hier weggegangen ist, schien es ihm nicht gutzugehen.«

Caolle lächelte. Während der Meisterbarde das Zelt durchquerte, um sich seine Lyranthe zu holen, ergriff er erneut die Karaffe und nutzte die Gelegenheit, Dania zu ärgern.

»Wenn es einem Mann nicht gutgeht, dann muß er noch lange nicht krank sein.« Er trank, ohne sie aus den Augen zu lassen.

Dania ließ sich nicht einschüchtern. Sie hegte den Verdacht, daß die hitzige Überheblichkeit des Kriegerhauptmannes doch zumindest eine Spur der Eifersucht barg. Vor dem Tag ihrer Hochzeit hatte Caolle sie nie zum Objekt seiner Gehässigkeiten gemacht. Ihr Gatte hielt sich wohlwissend zurück, denn niemand konnte den Kriegerhauptmann besser zur Ordnung rufen als seine Frau.

Dania preßte die Lippen zusammen, als sie erkannte, daß Caolles Abneigung gegen Arithon nichts anderes war: Er würde selbst einen Hund mit Verachtung strafen, wenn er es wagte, Steivens Zuneigung zu erringen. Als wäre er nur ein arroganter älterer Bruder, streckte Dania die Hand aus und entriß dem ergrauten Kriegerhauptmann die Karaffe.

»Und wovon meinst du, soll seine Hoheit betrunken sein, Flußwasser?«

Caolle würgte, um ein unpassendes Gelächter zu unterdrücken. »Er hat einen schwachen Kopf, unser königlicher Nachfahr', oder vielleicht nur einen schwachen Magen.«

Die Diskussion erfuhr ein rasches Ende, als Halliron aus der Ecke des Raumes schrie: »Ath, Schöpfer, *wie lange ist er schon in diesem Zustand*?«

Steiven wirbelte automatisch herum; Caolle hingegen mit wohlerwogener Bedächtigkeit. Halbverloren in den tiefen Schatten beugte sich der Meisterbarde über Arithon, eine Hand um das königliche Handgelenk gelegt, suchte er voller Sorge nach einem Puls.

»Beim Feuer von Sithaer, Mann.« Caolle rieb sich die Augen, die vor Müdigkeit und Überanstrengung brannten. »Ihr tut ja gerade so, als würde er sterben. Er ist doch lediglich eingeschlafen.«

»Er könnte sterben«, entgegnete Halliron, wobei seine geübte Stimme einen sarkastischen Tonfall annahm. »Habt Ihr denn den Geruch nicht bemerkt, der an ihm haftet?«

»Stimmt etwas nicht?« Steiven ließ die Hand sinken, die er um Danias Hüfte gelegt hatte, als seine Gattin Anstalten machte, neue Kerzen zu entzünden.

Halliron gab einen Zorneslaut von sich. Als Caolle nur unverschämt nichtssagend dreinschaute und Steivens Miene nichts als Verwirrung widerspiegelte, packte der Meisterbarde Arithons andere Hand und zerrte ihn in eine halbsitzende Position, die etliche Kissen zur Stütze erforderlich machte. Während seine Finger damit beschäftigt waren, die Ärmelstulpen des Prinzen aufzuschnüren, sagte er: »Habt Ihr je etwas über das Kraut des Wissens gelesen? Besonders über die Blätter einer Gebirgsblume namens Tienelle?«

»Sehergras?« Aufgeschreckt entriß Steiven Caolle die Karaffe und durchquerte eilends das Zelt. »Möge Ath uns beistehen. Nur nicht das Narkotikum, das die Zauberer benutzen ...« Er kniete nieder und berührte das kühle Fleisch des Prinzen. Plötzlich ergaben ganz unbedeutende Puzzlestücke ein Bild der erschreckenden und unerfreulichen Wahrheit. Der Prinz hatte von Beobachtungen berichtet. Wenn Tienellekraut ein Teil seiner Vorgehensweise gewesen war, so würde es nicht nur Visionen herbeiführen, sondern auch giftinduzierte Krankheit, gegen die es kein bekanntes Gegengift gab. Verärgert über des Prinzen Verschwiegenheit und ebenso über seine eigene lahme Erkenntnis, entfuhr Steiven ein Ausdruck, den er nie und nimmer unter seinem Dach, geschweige denn in Gegenwart seines Weibes benutzt hatte.

»Er hat uns erzählt, er sei darin geschult«, protestierte Caolle.

»Das muß er auch. Ich bezweifle, daß er vorhatte, uns durch Selbstmord zu verlassen.« Steiven hielt sich mit Mitleidsbekundungen zurück, während Caolle begann, auf und ab zu laufen.

Halliron fuhr mit seinen Untersuchungen fort, und nur die gnädige Frau Dania konnte die Tiefe seiner Sorge ermessen. Ihre Hände zitterten, während sie zum zweiten Mal in dieser Nacht eine Kerze nach der anderen entzündete, und der Meisterbarde erkundigte sich mißbilligend: »Wie lange habt Ihr gezaudert, nur um über ihn herzuziehen und seine Männlichkeit in Frage zu stellen?«

»Laßt das jetzt«, unterbrach Steiven. »Sagt uns nur, was getan werden muß.«

Gnadenlos und mit blutleeren Lippen verzog der Meisterbarde seinen Mund zu einem Lächeln, dazu gedacht, Caolle mitten im Schritt aufzuhalten. »Weckt ihn auf und fragt ihn«, schlug er vor. »Ich bin gewiß kein Zauberer. Weder meine Klänge noch Eure kühne Kampfeskunst sind geeignet, diesem gefährlichen Gift entgegenzuwirken.«

»Nun, seine Hoheit hat sich schließlich freiwillig geopfert«, schnappte Caolle. »Fordert mich nur nicht auf, ihn wachzurütteln. Ich bin wütend genug, ihm das Genick zu brechen.«

Niemand beachtete seinen Ausbruch. Dania stand mit dem Zündholz in Händen bewegungslos da. Halliron stützte des Prinzen Kopf, während Steiven die Karaffe hob und begann, Wein in die königliche Kehle des bewußtlosen Mannes rinnen zu lassen.

Arithon erwachte, klappte beinahe unter heftigem Husten zusammen, der sich sogleich zu einem Brechreiz steigerte. Während seiner Hustenanfälle keuchte er um Wasser.

Eine Schale wurde herbeigebracht. Er trank, und ihm wurde übel. Er trank wieder, seine Hände ineinander verkrampft, und er zitterte so sehr, daß Dania voller Verzweiflung leise weinte.

Diesmal blieb die Flüssigkeit in seinem Leib. Als der Herr der Schatten seine grünen Augen öffnete, ausdruckslos unter der gewaltigen Anstrengung, seine Reflexe zu kontrollieren, konnte niemand der Anwesenden sich noch länger der Tapferkeit verschließen, die der Prinz so lange hinter Faulheit zu verbergen gesucht hatte.

Arithon wußte das ebenfalls. Trotz seiner Schmerzen deutete seine Miene Enttäuschung über eine unterlassene Spitze an, als er Caolle direkt in die Augen blickte.

Solchermaßen neben einem Krankenbett kniend, schwieg der Hauptmann der Verteidigungslinien Deshirs; er umfaßte lediglich mit festem Griff die Schale, als könnte ihrem Metall ein Bein erwachsen und ihn in den Leib treten.

Kein Flackern berührte die Tiefe der s'Ffalenn-Augen, doch seine Lippen zuckten in einem verhärmten, doch frivolen Lächeln. »Ich stelle mich dann morgen zum Kampf«, erklärte Arithon herausfordernd und bereitete sich darauf vor, Schläge für sein Vorspiel falscher Tatsachen einzustecken.

Widerwillig erkannte Caolle, daß er seine Ansichten über den s'Ffalenn-Prinzen noch weiter würde revidieren müssen. »Spart Euch Eure Waffe für das Herzblut der Stadtgarde Etarras«, knurrte er.

Die Arbeit an den Verteidigungsanlagen ging ohne Unterlaß weiter, während Arithon sich von seinem entkräftenden Ringen mit dem Tienellekraut erholte. Er erhob sich nicht, um mit dem Hauptmann die Klingen zu kreuzen, sondern blieb auf Steivens dringende Anweisung hin im Bett. Mit zusammengepreßten Lippen nahm er zur Kenntnis, daß die Beteiligung der Knaben an der Schlacht eine Frage war, die jenseits königlichen Urteils lag.

Wenn seine erste Reaktion auch unangemessen still gewesen war, so war seine Antwort doch von typischem Eigensinn geprägt.

Er wartete, bis Dania ihm den Rücken kehrte, rief Jieret zu sich und fügte sich mit dem Schnitzmesser des Knaben eine Wunde am Handgelenk zu. Sodann, noch im Bett, schwor er einen Blutpakt der Freundschaft mit dem einzigen Sohn seines Caithdeins.

Nur Minuten später mit dem Zorn des Vaters konfrontiert, blickte Arithon mit kummervoller Zuwendung von seinen Kissen auf.

»Das ist das Beste, was ich für Euch, den ich wie einen Bruder liebe, tun kann. Ich kann versuchen, dafür zu sorgen, daß Euer Erbe lebt, um Euer Geschlecht und Euren Titel weiterzuführen.«

Sprachlos vor Emotionen wirbelte Steiven auf dem Absatz herum und flüchtete aus der Nähe des Prinzen. Da sein eigener Tod bereits besiegelt war, konnte sich der Fürst des Nordens keinen besseren Abschied von seinem Leben wünschen, außer vielleicht, diesen Mann, der ihm seine Gunst erwiesen hatte, besser kennenzulernen.

»Ath möge Euch Eure Bürde erleichtern, mein Prinz«, murmelte er. Dann stolperte er blindlings quer durch das Wohnzelt in die Arme seiner Gattin.

Dania beantwortete seinen Kuß mit einem bestürzten Aufschrei, schmeckte sie doch das Salz auf Steivens Lippen.

Beinahe erwürgt unter seiner festen Umarmung, löste sie sich von ihm, packte seine Hand und führte sie an, die Verschnürung ihres Leibchens zu lösen.

Steiven nahm ihre Einladung an. In ihrem, von der Sonne erwärmten, Schlafgemach gestattete er ihrer sanften Berührung und ihrem heißen Körper, ihn aus seinen Sorgen zu erlösen. Und doch wurde die Freude der Erlösung durch das Wissen getrübt, daß dieser Augenblick einer der letzten seiner Art sein würde.

Verwahrung

Dakar, der Wahnsinnige Prophet, blieb abrupt stehen und wischte sich über die Stirn. Fragend blickte er die kahlen Felsen hinunter ins Tal. Geschwächt und müde von der Anstrengung und der gewaltigen Höhe, sprach er zu einem Punkt mitten in der Luft: »Das nennt Ihr einen Pfad? Ich sage, das ist eine Mausefalle. Und ich hoffe, Ihr habt Schutzzauber eingerichtet. Wenn zufällig ein Dämon vorbeikommt und einen lockeren Stein verhext, so wird er ganz sicher einen Fehlgriff tun und mich treffen.«

Um so verärgerter, da sein Ausbruch keine Antwort erhielt, zerrte Dakar an den Riemen des Rucksacks, der sich über seinem Rücken wölbte wie der Panzer einer mißgestalteten Schildkröte. »Und außerdem: Ich glaube kaum, daß ihr Zauberer das Risiko eingehen wollt, mich abstürzen zu sehen, nicht solange ich das hier habe. Und ich weiß nicht, warum gerade ich zum Packesel der Bruderschaft berufen wurde!«

Eine Brise wehte durch die Gebirgsblumen neben Dakars Füßen, möglicherweise herbeigeführt durch Kharadmons unsichtbare Anwesenheit.

»Oh, hört doch auf«, meckerte Dakar. »Selbst ein Geiziger im Armenhaus hätte mehr zu sagen als Ihr. Warum erzählt Ihr mir nicht einfach, weshalb Asandir mich diesen Athverfluchten Nebelgeist auf den Gipfel des Rockfell schleppen läßt?«

»Du brauchst Bewegung?« stichelte Kharadmon. Ein Gänseblümchen fiel aus dem Nichts und blieb an Dakars linkem Ohr hängen.

Der Wahnsinnige Prophet wischte es fort. Die Schulter an den Berg gepreßt, kraxelte er voran, bis der schmale Pfad in eine enge Biegung mündete, die von Felsbrocken blockiert wurde. Dort ließ er sich die Gelegenheit nicht entgehen, sich zu Boden fallen zu lassen. Der Sitzplatz seiner Wahl war moosbewachsen. Angesichts der Nässe dieses eisigen Frühlings verzog er das Gesicht und schnaubte wie ein Walroß, doch seine Faulheit trug den Sieg davon. Ungeachtet der durchdringenden Feuchtigkeit bückte er sich und schüttelte den Rucksack ab. In seinem Inneren, umschlossen von knisternden Schutzbannen, lag Desh-Thiere in seinem steinernen Gefängnis. »Ich sollte das hier über die nächste Klippe schmeißen und dann zusehen, wie Ihr alle mit Zauberei jongliert, um es zurückzuholen«, meinte der Wahnsinnige Prophet boshaft.

»Versuch es!« forderte Kharadmon ihn auf.

Dakars Miene verfinsterte sich noch weiter. »Jeder verdammte Iyat hat mehr Sinn für Humor als Ihr.«

»Das hoffe ich.« Hinter ihnen verschwand der langsam fallende weiße Fleck, als der sich das Gänseblümchen aus der Ferne darstellte. Nur eine Sekunde später erschien Kharadmons Abbild mitten in der Luft. »Aber ich könnte auch dich über die Klippe werfen und schauen, wie oft und in welcher Entfernung du aufschlägst.«

»Tut das«, seufzte Dakar. »Brecht mir den Rücken. Ich hätte nichts dagegen, mich eine Weile hinzulegen, sechs Monate oder auch ein Jahr.«

Kharadmon strich sich über den pechschwarzen Bart, der an seinem Kinn wucherte. Buntgescheckte Haar flatterte in dem Wind, der von den höhergelegenen, schneebedeckten Hängen herabwehte, und seine grünen Augen blitzten voller Schärfe. »Du denkst, dein Herr und Meister hätte dich mißbraucht?«

»Nicht mich«, schnappte Dakar. »Ich habe es doch schon vorher gesagt: Prinz Lysaer.« Vorsichtig, um sich nicht das Mißfallen Kharadmons zuzuziehen, stemmte er sich wieder auf die Füße und lud sich mit märtyrerhaftem Blick seine Last wieder auf die wunden Schultern. »Zu Sithaer mit den großartigen Plänen Eurer Bruderschaft. Ihr habt einen guten Mann benutzt und dann zerstört.«

»Aha.« Kharadmon verschwand im Nichts. Als kalte

Brise, ungleich der natürlichen Luft, flog er den Berg hinauf, dem Wind entgegen.

Dakar blieb keine Wahl, als sich vorsichtig über einen Weg voranzutasten, der besser als Ziegenpfad geeignet gewesen wäre. »Offensichtlich seid Ihr anderer Meinung«, sagte er wütend.

Der körperlose Magier überraschte ihn mit einer Antwort. »Du weißt, wie Asandir an das Wild für sein Essen kommt.«

»Ich habe noch nie gesehen, daß er gejagt hätte.« Dakar bückte sich und fingerte einen Kieselstein aus seinem Stiefel. Dann schob er sich seitwärts um eine enge Biegung, das Hinterteil an den kahlen Felsen gepreßt, während sein Bierbauch über einem tiefen Abgrund schwebte. »Asandir geht nur hinaus und hockt sich irgendwo in ein Dickicht, bis schließlich ein Bock des Weges kommt, sich vor ihm hinlegt und für ihn stirbt.«

»Er projiziert seine Bedürfnisse und Wünsche«, korrigierte Kharadmon schroff. »Das Wild wählt sein Los ohne Zwang, und sein Schicksal und eines Mannes Hunger bilden ein Gleichgewicht.«

»Ihr wollt mir doch wohl nicht sagen, daß Lysaer das freiwillig getan hat«, protestierte Dakar.

Wieder führte der Pfad um eine spitze Kehre, und der vom Frost zerklüftete Felsen ragte leblos und kahl in die Höhe. Nur hier und da waren schwarze Flechten und Senfpflanzen zu sehen. Vor Dakar rief Kharadmon: »Nein. Dein Prinz hat sich den Umständen gebeugt, wie es sein angeborener Charakter von ihm verlangt hat. Die Bruderschaft hat ihm nichts abverlangt, was außerhalb seines naturgegebenen Willens und Trachtens gelegen hätte.«

Ängstlich betrachtete Dakar den vor ihm liegenden Weg, ehe er schließlich begann, auf Händen und Knien weiterzukrabbeln. Geröll, gelöst durch seine Bewegungen, polterte den Hang hinab, bis es schließlich tief in den Abgrund stürzte, der das Rockfelltal bildete. Trotz seines röchelnden Atems keuchte er: »Ihr könnt nicht behaupten ... daß ... Desh-Thieres Wesenheiten ...

irgendeinem Gesetz des Großen Gleichgewichts unterstehen.«

»Wenn es keine Öffnung für Desh-Thiere gegeben hätte, so hätte die Kreatur sich nicht halten können«, entgegnete Kharadmon.

Schweratmend hockte Dakar nun da und krümmte sich bei dem Versuch, die Lage der schmerzenden Riemen seines Bündels zu verändern. Nachdem seine Füße bereits mit Blasen übersät waren, war auch seine Stimmung gesunken. »Aber Sethvir hat zugegeben, daß der Fehler in der angeborenen Gabe der s'Ilessids liegt. Wäre Lysaer nicht dazu gezwungen, stets nach vollkommener Gerechtigkeit zu streben, dann hätte der Geist ihn auch nicht benutzen können.«

Frostig und ungerührt antwortete Kharadmon: »Wenn es so ist, dann wird unsere Bruderschaft wohl die Rechnung dafür bezahlen müssen.«

Dakar brauchte einen Augenblick, um die Kapitulation seines Gesprächspartners zu erkennen. »Na schön!« brüllte er und holte zum Todesstoß aus. »Warum habt Ihr dann Lysaer geopfert, wenn Ihr doch genau wußtet, daß er sich nicht schützen konnte?«

Das unstete Treiben der Brise, in dem sich Kharadmons Unbehagen offenbarte, mündete plötzlich in eine geheimnisvolle Ruhe. Selbst der Wind, der vom Gipfel herunterwehte, schien es nicht zu wagen, diesen beeindruckenden Kreis der Stille zu durchbrechen. »Weil«, krächzte es nach einer Weile, »nicht einmal Ath, der Schöpfer selbst, für sich in Anspruch nimmt, daß sein Tun in vollendeter Form dem Nichts entspringt. Es ist uns gestattet, Fehler zu machen, und dafür, mein fetter Prophet, solltest du täglich den Boden unter deinen Füßen küssen und dankbar sein.«

Zusammengekauert, wie ein Bär mit feuchten Hinterläufen, bereitete sich Dakar darauf vor, weiter zu streiten, als eine Stimme aus der Tiefe ihn ermahnte: »Besser, du kümmerst dich weniger um Lysaers Angelegenheiten und mehr um deine eigenen Aufgaben, die gerade in Gefahr geraten. Der Felsvorsprung, den du dir für deine dogmatischen Reden ausgesucht hast, ist nicht gerade sicher.«

Der Wahnsinnige Prophet gab ein schmutziges Wort von sich. Nicht allein der unsichere Grund trieb ihm den Schweiß aus den Poren, während er sich vorbeugte und vorsichtig in die Tiefe blickte.

Geräuschlos und elegant bummelte Asandir in einer Weise daher, als befände sich neben ihm kein vierzehntausend Fuß tiefer Abgrund. Gerade kam er um die Wegbiegung direkt unterhalb von Dakars Standort. Graues Haar, grauer Umhang, beide Handgelenke mit Talismanen, Armreifen aus weißlichem Metall geschmückt, erschien er von Kopf bis Fuß in silbrigem Glanz.

»Wo seid Ihr heute morgen hin verschwunden?« gab Dakar wütend zurück. »Ich habe Frühstück gemacht und feststellen müssen, daß Ihr fort wart, ohne mir einen Ton darüber zu sagen, was ich tun sollte.«

Asandir blieb stehen, die Brauen hochgezogen. Seine Lippen zuckten nicht, während er Dakar anblickte. Schließlich meinte er bissig: »Das ist kein Grund zu drohen, du würdest Desh-Thiere von einer Klippe werfen.«

»Ach, verdammt«, klagte Dakar. »Man kann wirklich keinen Ton sagen, ohne daß Ihr es hört.« Er hielt sich an dem Felsen fest und mühte sich wieder auf.

»Sethvir hat dich ebenfalls gehört.« Inzwischen hatte Asandir die Gurte des Rucksacks gelöst. Als Dakar brav seine Last abstreifte, übernahm der Zauberer wieder die Aufsicht über das Steingefäß des Desh-Thiere.

Erleichtert genug, keck zu werden, bedachte Dakar seinen Meister mit einem schrägen Blick. »Was macht Ihr da?«

Asandir war damit beschäftigt, die Länge der Gurte zu richten, damit sie auch an seiner schmaleren Gestalt passen würden. »Sollen das etwa Seemannsknoten sein?« Er ließ das Gewirr aus Schnüren liegen und rief mit weitaus mehr Erfolg seine Magie zu Hilfe, den Knoten zu entwirren.

»Ich bin schließlich kein Matrose, also muß ich auch nicht mit Tauen oder Nähahlen umgehen können.«

Geschah einem jeden Zauberer recht, so dachte Dakar, wenn er ihn unter solchen Umständen einfach im Stich ließ. Neidisch sah er dann zu, wie das Leder sich mit der Gewandtheit lebender Schlangen von selbst löste. »Wie habt Ihr das gemacht?«

Nun blitzten die silbergrauen Augen auf und maßen ihn mit scharfem, forschenden Blick. »Welche Frage willst du beantwortet haben?«

Hoffnungsvoll entgegnete Dakar: »Beide.«

Doch seit Etarra war Asandirs Stimmung absolut unversöhnlich. »Wenn ein Gipfel wie dieser bereits seit zwei Zeitaltern als Verlies dient, so diktiert uns die Vernunft, sicherzustellen, daß der Felsen noch immer bereit ist, der Feindseligkeit jener Wesenheit ausgesetzt zu sein, die wir hier einsperren wollen.«

»Und wie bringt man einen alten Stein dazu, als Kloake für menschliche Abfälle zu dienen?« höhnte Dakar.

Asandir blickte ihn ernst an. »Felsen überdauern all unsere Taten, und ihre lange Lebenszeit lehrt sie großen Respekt vor der Höflichkeit, eine Eigenschaft, die nachzuahmen auch dir dienlich sein könnte.«

»Behaltet Eure Steine und Bäume und Eure Höflichkeit zu beiden«, konterte Dakar. »Ich werde mir meinen Dank lieber für ein bezahlbares Weib aufsparen, falls wir uns hier oben nicht vorher den Hals brechen.«

Eine Veränderung im Ausdruck von Asandirs Blick gereichte Dakar zur Warnung, sich umzuwenden und wieder an den Aufstieg zu machen. Während sich allerlei Steine in seine Knie bohrten, schwor er im stillen, sich auf seine Fragen über die Magie zu beschränken, die Knoten zu lösen vermochte. Wenn ihn dann wieder einmal ein Pack verdorbener Iyats angreifen würde, so müßte er nicht erst seine Schnürsenkel aufschneiden, um sich der Stiefel zu entledigen.

Der Felsvorsprung endete an der Schneegrenze. Beim Anblick des Felsens und der steilen Steigung unter dem blauen Eis schluckte Dakar. »Wir werden dort nicht hinaufgehen.«

Niemand antwortete ihm. Blinzelnd rieb er sich den Schweiß aus den Augen. »Nun, ich werde jedenfalls nicht dort hinaufgehen.«

»Du kannst die Nacht auch hier verbringen«, stimmte Asandir zu. »Vielleicht wird es sogar ganz gemütlich, bis der Sturm kommt.«

»Was für ein Sturm?« Dakar blickte forschend gen Himmel, der sich in einem ungetrübten Aquamarinblau zeigte. Der Sonnenuntergang war nahe, doch die Luft roch nach Gletscher, nicht nach Schnee. »Da sind keine Wolken. Ich könnte direkt bis zum Mond spucken.«

Asandir kletterte nur schweigend weiter. Zappelig trat der Wahnsinnige Prophet von einem Fuß auf den anderen, während ein geheimnisvoller kalter Lufthauch aufwärtsstrebte, als auch Kharadmon an ihm vorbeizog.

Mit dem Ärmel seiner Tunika wischte sich Dakar das Gesicht ab und überdachte dann seine Lage. Die Höhe, auf die sie bisher hinaufgeklettert waren, war bereits beängstigend genug, und die südöstlichen Ausläufer von Rockfell standen wie eine Nadel im Wind. Scharf hoben sich am Horizont die niedrigeren Grate des Skyshielgebirges ab, während darunter zwei Hügelketten das Tal umrahmten. Weit, weit unten wanden sich die dunklen, gletschergespeisten Wassermassen des Flusses Avast durch die bewaldeten Schluchten.

Der Anblick allein ließ Dakar schwindeln. Er konnte natürlich warten, würde er aber nur für eine Sekunde einschlafen, so konnte er von dem Felsen stürzen, der das Ende des Pfades markierte. Über ihm türmten sich spitze Gesteinsmassen, so trostlos wie ein Alptraum, verloren in den Wolken, die im schwindenden Tageslicht golden leuchteten. Asandir war bereits nicht mehr zu sehen.

Schließlich resigniert und geschlagen schob Dakar seine feisten Hände in eine Felsspalte und zog sich langsam vorwärts. Immer wieder atmete er Schneeflocken ein, während er weiterkletterte. Die Augen zu Schlitzen verengt, die Zähne zusammengebissen, um ein Niesen zu unterdrücken, preßte Dakar einige Worte hervor und hoffte, daß Asandir sich seiner erbarmen würde. »Wie weit noch?« Seine Muskeln fühlten sich an, als wären sie mit glühendem Draht umwickelt.

Kharadmons Lachen antwortete ihm. »Nicht mehr weit, soweit du es nicht vorziehst, auf deinen Fingernägeln voranzukrabbeln.«

Auf einen üblen Streich gefaßt, riskierte Dakar mißtrauisch selbst einen Blick.

Dann lachte auch er laut auf. Keinen halben Schritt zu seiner Linken hatte irgendein launiger Bildhauer eine Treppe in den Felsen gehauen. Mit absurder Eleganz führten die schwarzen Marmorstufen, die zu beiden Seiten mit den überheblichen Bildern lauernder Scheusale verziert waren, weiter hinauf. Extravagant gedrechselte Pfosten hatten einst ein Geländer getragen, bis die Witterung schließlich das Messing zerstört hatte. Nun waren nur noch die Befestigungen erkennbar.

»Ich will verdammt sein«, rief Dakar aus. »Welcher Narr hat das denn gebaut?«

»Davien.« Als sinnierte er über die Eigenarten seines durchtriebenen Kollegen, erklärte Kharadmon: »Vor fünfzehn Jahrhunderten, als er die Grube in den Rockfellberg getrieben hat, hat Davien beharrlich behauptet, daß der Fels auf diesem Berg irgendwann beschließen könnte, ihn abzuschütteln. Er hatte recht, anzunehmen, daß jeder, der sich erdreistet, so weit heraufzusteigen, dies nur tut, um die Arbeit eines Zauberers zu verrichten.«

Während er seitwärts über die Felsoberfläche krabbelte, stand Dakar nicht der Sinn danach, über die verdrehte Logik des Verräters zu diskutieren. Er packte sich einen der Pfosten und zog sich auf die Stufen, gleich darauf schwand seine Erleichterung wieder, als die Bildnisse der Scheusale jeder seiner Bewegungen mit hungrigem Blick zu folgen schienen. Mißtrauisch prüfte er die Tritte. Alles, was Davien sonst geschaffen hatte, war nicht vertrauenswürdig und mit allerlei geschickten Fallen versehen; wenn diese Treppe harmlos oder gar sicher sein sollte, dann war sie die glorreiche Ausnahme. Beinahe wünschte sich Dakar, er würde wie ein Insekt am natürlichen Felsgestein kleben.

Feucht vom klammen Dunst brach Dakar durch die Wolken. Über ihnen spiegelte sich das Sonnenlicht auf dem spitzen Gipfel des Rockfellberges. Schwebend zwischen jenem Gipfel, der den Himmel zu tragen schien, und der darunterliegenden Welt sog Dakar nervös Luft in seine Lungen. Er hustete, was Asandir veranlaßte, ihm ungeduldig von oberen Ende der Treppe Daviens aus zuzuwinken.

Wie Lumpen wettergebleichten Segeltuches ruhte das Bündel, um das Dakar bei seiner Ankunft einen weiten Bogen machte, nun neben Asandirs Füßen. Mochte das Ding auch so harmlos aussehen wie eine Picknicktasche, konnte doch selbst die Wahrnehmung des Lehrlings Dakar sich der stechenden Ausdünstung all der Zauberbanne auch aus zwei Schritten Entfernung nicht verschließen.

Asandir hockte vor einer aufrechten schwarzen Steinplatte. Das Ohr an die spiegelglatte Oberfläche gepreßt, hatte er seine Handflächen zu beiden Seiten flach an den Felsen gelegt. Er machte den Eindruck, Stunden so verbringen zu können, während sein Schüler zitternd der eigenen Langeweile überlassen blieb.

Ein Greinen hallte durch die Luft.

»Kharadmon«, rief Asandir, ehe er ganz plötzlich ruckartig zurücktrat.

Dakar roch das Ozon. Dann wäre er beinahe gestürzt, als ein gleißender Lichtblitz sengend über den schwarzen Stein strich. Ein ganzes Netzwerk spiralförmig angeordneter Banne, eingemeißelt zwischen Runen, flammte auf der Oberfläche auf. Im blauen Licht der gebändigten Kräfte, deren Strahlen ihn blendeten und klein erscheinen ließen, stand Asandir bewegungslos da, während unter ihm die Wolken zu wogen begannen und den Rockfellgipfel mit amboßartigen Formationen gebirgiger Kumuluswolken umgaben.

Obwohl dies nur die Reaktion der Natur auf die gewaltigen Energien war, erfüllte die Ähnlichkeit mit den wallenden Nebeln Desh-Thieres Dakar mit schmerzlicher Furcht. Die Sonne war beinahe untergegangen. Der noch sichtbare Himmel erglühte aquamarinblau, und der Mond erstrahlte in einem ebenso übersinnlichen Licht wie das schneidende Feuer gewaltiger Zauber. Diese aber erklangen in hochtönender, kaum wahrnehmbarer Vibration, umgeben von dem silbrigblauen Schleier aufwallenden Nebels. Dann, so schnell, wie sie erwacht war, flackerte die Energie, flammte violett auf und schwand.

Wo zuvor der Felsen gewesen war, befand sich nun ein Tor.

Dakar begaffte es ungläubig. »Wie habt Ihr das gemacht?«

Asandir murmelte etwas über eine physische Neuanordnung und lud sich brüsk den Rucksack auf den Rücken. In der nächsten Sekunde verschwand er bereits in der schwarzen Höhle, die den Eingang in den Schacht von Rockfell darstellte.

Geblendet näherte sich Dakar nun vorsichtig. Von der Dunkelheit verschluckt, empfand er einen Druck, der ihn zu ersticken drohte. Dennoch strömte die Luft ungehindert in seine Lungen und wieder hinaus. Das Innere des Berges war trocken, eiskalt und roch nach Metallspänen und Staub. Hinter ihm erschien der Eingang als lichtgefüllter Kubus, so gefährlich vergänglich wie eine Tienellevision. »Ihr habt nicht zufällig Kerzen dabei?« fragte Dakar wehmütig.

Aus Mitleid schuf Kharadmon ein Licht. Sein Leuchten drang durch die Finsternis und offenbarte einen kahlen Raum, dessen Boden und Wände mit geschnitzten Bannrunen versehen waren. In der Mitte befand sich eine schräg gesetzte Platte, unter der eine Öffnung zum Vorschein kam, die in eine bodenlose Finsternis hinabführte. Die mit Spinnweben bedeckten Sprossen einer Leiter, deren Ende im Schatten verborgen lag, zeigten sich am oberen Rand.

Asandir stemmte den Sack mit dem Steingefäß und machte sich an den Abstieg. Ehe er drei Schritte getan hatte, gab schon das trockene Holz unter seinen Füßen nach. Splitter fielen in die Tiefe, und lange Sekunden verstrichen, ehe das Geräusch des Aufpralls zurückhallte und bewies, daß der Schacht einen Boden hatte.

Der Abgrund war von beängstigender Tiefe.

Ohne daran zu denken, daß er auf verrotteten Sprossen balancierte, die sich über eine endlose Tiefe legten, rief der Zauberer: »Kharadmon? Du wirst die Leiter verstärken müssen, sonst wird sich Dakar ganz sicher das Genick brechen.«

»Ich gehe dort nicht hinunter!« Halsstarrig verschränkte der Wahnsinnige Prophet die Arme vor der Brust.

»Wenn du das nicht tust, dann wirst du wahrscheinlich erfrieren«, erklärte Asandir pragmatisch, als er abwartete, während die Sprossen unter seinen Händen unter der Wirkung von Kharadmons Zauber rot aufflammten.

Dann ging er weiter, und sein Haar flog in der Luftströmung, die aus der Grube heraufdrang.

Dakar riß sich zusammen und schwang sich auf die Leiter, die in die unbekannte Finsternis hinabführte. Seine Hände hinterließen Schweißflecken auf dem Holz, das noch immer vom Zauber erwärmt war. Er zwang sich, hinabzusteigen, während Kharadmons Licht ihn begleitete, bis er schließlich von steinernen Wänden umgeben war.

Der Abstieg schien sich endlos dahinzuziehen. Die gemarterte Muskulatur, die noch immer seinen Leib tragen mußte, ließ seine Waden vor Überanstrengung zittern, und der Wahnsinnige Prophet konnte sich des Eindrucks nicht erwehren, daß dieser Schacht in eine Tiefe, noch jenseits der Wurzeln des Rockfellberges, getrieben worden war.

Der Aufprall, als sein Fuß den Boden berührte, hätte ihn vor Schreck beinahe aus der Haut fahren lassen. Er sah sich um. Der Schacht mündete in eine fünfeckige Kammer, deren Wände über und über mit untereinander verbundenen Siegeln und spiralförmigen Energiegittern bedeckt waren, welche die Augen brennen und den Kopf vor irrsinniger Benommenheit schwimmen ließen.

»Sieh nicht hin«, warnte Asandir. »Die Muster hier drin verwirren nicht nur, sie bannen auch. Du könntest in diesem Labyrinth der Schutzzauber einer so umfassenden Geistesverwirrung erliegen, daß nicht einmal ich fähig wäre, dich noch zurückzuholen.«

So stark war die Ausstrahlung der Magie in der Kammer, daß des Zauberers Warnung sie kaum zu durchdringen vermochte. Selbst Echos wurden von ihr abgefangen. Dakar riß sich gewaltsam von dem Anblick los und rieb sich die Augen, bis sie tränten. »Was ist hier zuletzt verwahrt worden?«

Kharadmon gab ein verächtliches Schnauben von sich. »Du solltest lieber fragen, was zuletzt von hier entkommen ist. Alles, was jemals hier eingeschlossen war, hat sich irgendwann auch wieder befreien können.«

»Nicht die Iyats«, widersprach Asandir. Er strich mit den Fingern über die Wände. Seine Berührung löste eine Vibration aus, die ein unangenehmes Kribbeln auf der Haut verursachte, doch vollkommen geräuschlos war. Grüne Funken tanzten in Folge dieser Kontaktaufnahme, und Dakar knirschte mit den Zähnen. Unbeeindruckt fügte der Zauberer hinzu: »Die sind befreit worden, wie du dich erinnern wirst, um Daviens Rebellion um weitere Zerstörungen zu bereichern.«

»Wir werden doch nicht hier übernachten?« unterbrach Dakar. Er litt unter Klaustrophobie und dem machtvollen Drang, sich zu übergeben.

Zerstreut blickte Asandir über seine Schulter. »Ich schlage vor, du versuchst zu schlafen. Du wirst dich besser fühlen, wenn du die Augen schließt, und die Überprüfung der Schutzzauber wird vermutlich den größten Teil der Nacht erfordern.«

»Ihr braucht mich gar nicht«, schimpfte Dakar. »Warum habt Ihr dann darauf bestanden, daß ich mitkomme?«

»Das hat Kharadmon dir doch bereits erklärt.« Ungehalten ließ Asandir von dem komplizierten Zauber ab. Er wandte sich um und bedachte Dakar mit einem Blick, aufgebracht genug, jenem eine Gänsehaut zu verursachen. »Dein Körper brauchte die Bewegung.«

Das wiederum erzürnte Dakar sehr. Tief atmete er ein, um seinen Zorn laut herauszuschreien.

Kein Wort kam über seine Lippen. Wie ein Fisch öffnete und schloß er mehrmals den Mund. Seine Augen traten hervor. Dann, wie in einem Anfall von Verlegenheit, zerfielen seine Züge zu einem Ausdruck der Enttäuschung, und seine Knie gaben nach. Sein Lehrmeister aus der Bruderschaft fing ihn auf, ehe er zusammenbrach.

Lachend ließ Asandir des Wahnsinnigen Propheten massigen Leib zu Boden gleiten, wo er nicht mehr im Wege war. »Welch passender Zeitpunkt.«

Kharadmons derbes Gelächter antwortete ihm sogleich. »Ganz recht!« Sein Bild entfaltete sich mit zufriedener Miene über Dakar. »Er wird die ganze Nacht schlafen. Gut. Dann werden wir ein bißchen Ruhe für unsere Arbeit haben.«

Das nächste, was Dakar wahrnahm, war Asandir, der ihn wachrüttelte.

»Steh auf«, drängte der Zauberer. »Du liegst auf einer Stelle, die wir für unseren letzten Schutzbann brauchen.«

Grummelnd gab Dakar nach einer Weile dem Drängen nach, das ihn wieder auf die Füße bringen wollte. Seine Glieder schmerzten von den Stunden, die er auf dem harten und kalten Stein zugebracht hatte, und seine Augen fühlten sich an, als bohre sich ein unerträgliches Licht durch sie hindurch. Einen Moment später machte er die Quelle für dieses Leuchten in der Mitte der Grube aus. Blinzelnd blickte er in das schmerzende, blendende Strahlen, in dem er kaum die schattenhaften Umrisse des Steingefäßes auszumachen vermochte, in dem der Nebelgeist gefangen war.

Nun erst bemerkte er das entsetzliche Prickeln seiner Haut und stellte fest, daß sich jedes einzelne Haar an seinem Körper aufgerichtet hatte. Während all der Zeit im Dienste Asandirs hatte er noch nie eine so gewaltige Präsenz von Macht erlebt. Zum ersten Mal in seinem Leben zu ehrfürchtigem Schweigen verdammt, gaffte er mit weit aufgerissenen Augen.

Hinter ihm hob sich Asandirs Stimme zu einer Beschwörung. Die Worte erklangen in einer Sprache, die, wie Dakar voller Unbehagen feststellte, nie auf Atheras Boden gesprochen worden war; und der Glorienschein des Lichtes, der sich einem Netz gleich um Desh-Thieres steinernes Gefängnis gelegt hatte, war nicht geschlossen. Während er hineinstarrte, schien er eher aus Lichtpunkten zusammengesetzt zu sein, die in miteinander verbundenen Spiralen herumwirbelten und deren Bewegung zu folgen die Augen schmerzen ließ.

Dann ergriff jemand seine Hand und zerrte ihn zurück. »Bedecke dein Gesicht. Sofort«, befahl Asandir. »Oder das energetische Strahlen von Kharadmons Bannen wird dich erblinden lassen.«

Dakar machte Anstalten, der Aufforderung nachzukommen, hielt dann aber inne. »Wartet«, sagte er ganz impulsiv. »Laßt mich helfen.«

»Unmöglich.« Asandirs knappe Antwort war eine Folge seiner Ermattung. Er bemühte sich um einen milderen Ton, als er hinzufügte: »Nicht einmal ich könnte das. Die Energien, die hier beteiligt sind, würden das Fleisch auflösen und verdampfen lassen. Dieser letzte Bann muß von Kharadmon allein gesetzt werden.«

Dakar bedeckte seine Augen und hörte, wie Asandir seinen Bruder informierte. Ein gewaltiger Blitz spaltete die Luft. Hitze flammte in der Kammer auf, stach in jedes Fleckchen unbedeckter Haut und hinterließ, begleitet von einem dichten Funkenregen, ätzendem Schwefeldunst.

»Jetzt kannst du wieder hinschauen«, sagte Asandir bald darauf.

Dakar senkte seine Hände und entdeckte das Steingefäß in der Mitte der Kammer, umgeben von einem Kreis kalten, blauen Lichtes. Wenngleich das Licht kaum wahrzunehmen war, galt dies doch nicht für seine Wirkung auf den Geist: Allein der Aufenthalt in der Nähe des Bannes verursachte ein durchdringendes, schmerzendes Unbehagen. Was für geheimnisvolle Unannehmlichkeiten die Bruderschaftszauberer auch nutzen sollten, um derartige Gefängnisse zu schaffen, Dakar wollte es gar nicht wissen.

Auch Asandir schien sich unter dem Einfluß der Resonanz des Bannes nicht recht wohl zu fühlen, denn er begann sogleich, die Leiter wieder hinaufzusteigen. Dakar eilte ihm nach, froh und glücklich, endlich der fürchterlichen Magie des Rockfellberges samt der außerordentlich gefährlichen Wesenheit, die nun hier gefangen war, entgehen zu können.

Die Morgensonne schien durch den Eingang herein, als Dakar die Leiter hinter sich gebracht hatte. Erleichtert wie nie zuvor in seinem Leben atmete er die kalte Luft und bemerkte kaum das Prickeln auf seiner Haut, als Kharadmon in Form eines eisigen Windzugs aus der Grube zu seinen Füßen hervorströmte.

»Geht es dir auch wirklich gut?« fragte Asandir seinen körperlosen Bruder.

Kharadmon spie einen Satz in der alten Sprache hinaus, der Dakar zu ungläubigem Staunen veranlaßte. Ehe jedoch der Wahnsinnige Prophet die Zeit hatte, die Kraftausdrücke des körperlosen Magiers zu würdigen, sagte Asandir: »Hilf mir, den Schacht wieder zu verschließen«, wobei er auf die massive, runde Platte deutete, die neben der Öffnung lag.

Mit düsterem Blick betrachtete Dakar den Felsen. »Erzählt mir nur nicht, ich würde Bewegung brauchen«, nörgelte er, noch bevor Kharadmon Gelegenheit bekam, ihn noch einmal zu peinigen.

»Weißt du«, sagte Kharadmon dennoch vergnügt, während Dakar den Stein hochstemmte, der schließlich mahlend unter dem Wirken brutaler Gewalt in Bewegung geriet, »du solltest vorsichtig mit diesem Stein umgehen. Ich zweifle ernsthaft daran, daß du an deinem Bierbauch vorbei erkennen kannst, wann du dir damit die Füße zerschmetterst.«

Hilflos, alle Muskeln angespannt und die Adern in seinem Nacken zum Platzen aufgeschwollen, blieb Dakar keine Wahl, als die Zähne zusammenzubeißen. Als die Grube schließlich wieder bedeckt war, war Dakar zu sehr außer Atem, sich zu einer Retourkutsche aufzuraffen. Sein Ärger mußte die ganze lange Zeit überdauern, während derer die Magier weitere Schutzbanne setzten. Stunden zogen dahin. Als die Bruderschaftszauberer damit fertig waren, Magie herbeizurufen und Schutzkreise für eine dauerhafte Versiegelung aufzubauen, war am Boden der Höhle nichts mehr von einer Grube zu erkennen.

Draußen, so nahm Dakar an, würden die beiden diesen erschöpfenden Prozeß ohne einen Schutz vor dem Wetter fortsetzen, bis die Felsoberfläche versiegelt und undurchdringlich wäre. »Bei Ath«, kommentierte er säuerlich. »Ihr habt genug Schutzmaßnahmen ergriffen, um selbst Dharkaron abzuwehren. Man sollte wirklich annehmen, daß sich der Rockfellschacht nach dieser Tortur als sicherer erweisen wird, als je zuvor.«

Asandir bedachte seinen Schüler mit einem schiefen Blick. »Das wäre schon möglich, weißt du. Wir müßten uns nur finsterer Techniken bedienen und den angeketteten Geist eines Ermordeten als Wächter zurücklassen.«

»O nein!« Dakar wich zurück und stürzte schwer auf das verzauberte Gestein. »Ihr habt mich doch wohl nicht zur Ertüchtigung durch das Gebirge gezerrt, nur um mich dann zu opfern.« Nichtsdestotrotz bewegte er seinen fetten Leib voller Eifer auf den Felsen jenseits des Eingangs.

Während die Bruderschaftszauberer sich weiter gewissenhaft ihrer Arbeit widmeten und die letzten Siegel über dem Felsen am Kopf von Daviens Treppe anbrachten, verharrte er in erstaunlicher Stille.

Gegen Mittag war der Rockfellgipfel gesichert. Die drei Besucher rückten ab und ließen des Verräters wachsame Scheusale und die dichten Wolken, die im Spiel frostiger Winde wogten, hinter sich. Mochte der Nebelgeist auch eingesperrt sein, das Ausmaß seiner Zerstörung mußte erst noch festgestellt werden. Und tief in einer lichtlosen Felsenhöhle, versiegelt unter beängstigenden Bannkreisen, brüteten die Geister Desh-Thieres in der Gefangenschaft und warteten darauf, daß ihr Rachefluch, der zwei Halbbrüder getroffen hatte, Früchte des Blutvergießens und kriegerischer Schlachten tragen würde.

Warnung

Durch die Beobachtungen im Färberlager bereits beunruhigt, durchwanderte Elaira das Wattgebiet von Narms. Um sie herum bildete das Zwielicht durch die Wolken und den feinen Nieselregen einen grauen Schleier. Das Rauschen der anrollenden Wellen legte sich über den Lärm bellender Hunde und die Flüche der Wagenlenker, die ihre Fischkarren vom Markt brachten. Die steife Brise von der Seeseite trug die endlosen Quengeleien der Kinder mit sich, ebenso wie die eintönigen Rufe der Holzhändler und der Knaben, die gedünstete Krabben, die in dicken Lagen Stroh warmgehalten wurden, verkauften. Weiter vorn durchstöberte ein Bettler den Bereich der Gezeitenmarke auf der Suche nach Treibgut und abgebrochenen Leisten der Fischkisten, die sich als Feuerholz eigneten.

Elaira hörte nur die Wellen und die Schreie der Seemöwen, die hier und da in das Wasser eintauchten und gleich darauf wieder davonflogen. Besorgt, wie sie war, empfand sie es ermüdend, etwas anderes vorgeben zu müssen. Sie würde nicht zum gemeinsamen Mahl mit Morriels Gefolge in die Herberge zurückkehren und essen, obwohl sie keinerlei Appetit verspürte. Sie weigerte sich sogar zu ruhen und sich voller Kummer unter Decken zu legen, die von dem salzigen Nebel durchfeuchtet waren, der des Abends über Narms aufstieg. In dieser einen Nacht würde sie ihrem Bedürfnis nach Schlaf nicht nachgeben, würde nicht die Augen schließen, nur um wieder von den feingemeißelten Zügen eines s'Ffalenn zu träumen, die sie in kummervoller Klage tadelten.

Sie hatte etwas getan, was nie vergeben werden konnte. Es war unmöglich, die Wirkung ihres Handelns rückgängig zu machen. Der Kreis der Ältesten hatte eine endgültige Entscheidung getroffen. Das formelle Urteil würde zur Mitternachtszeit versandt werden, wenn die Energieströme der Wege von der statischen Aufladung durch das Sonnenlicht am wenigsten gestört wurden. Der Beschluß der Obersten Zauberin über die latente Gefahr, die Arithon für die Gesellschaft darstellte, ließ keine mildernden Umstände gelten. Seine Taten würden in allen Einzelheiten verfolgt werden, und wann immer seine Pläne gehemmt werden konnten, sollten Korianizauberinnen handeln, um ihn zu behindern.

Elaira wich einem Haufen Tang aus, der wirr auf dem hellen Sand lag. Vor ihr hatte der Bettler innegehalten, um auf einem Felsen zu ruhen. Die Lumpen, die seine Kapuze hielten, flatterten im Wind. Grußlos ging sie an ihm vorüber, was ganz und gar nicht ihre Art war, hatten doch Menschen wie er ihr in frühester Kindheit die Familie ersetzt.

Sie umrundete einige Felsbrocken und suchte sich dann einen Weg über die Flutmauern, die den Hafen von Narms vor den Tücken der See schützten. Dort lagen die Langboote der Kaufleute und die Fischerboote geschützt vor Anker oder sicher an den Pollern am Kai vertäut im seichten Wasser. Schiffslaternen verbreiteten ihr schmutziggelbes Licht auf der vom Regen aufgewühlten See. An der Heckreling des nächstgelegenen Schiffes hockte eine Frau mit Ölzeug über den Beinen und schälte Gemüse für das Abendessen, wobei sie leise vor sich hin summte. Weiter hinten an den Docks schob ein gebeugter Großvater einen Schubkarren mit Kabeljau die Straße hinunter, während ein Knabe gemeinsam mit seinem Bruder Netze ausbesserte. Der Gestank der Fischabfälle und das Gezänk der Möwen, die zwischen feuchten Stützpfeilern hindurchflogen, trafen Elaira mit solcher Wucht, als wäre sie vor eine Mauer gelaufen.

Sie dachte darüber nach, daß der sicherere Weg vor ihr lag, doch stand ihr der Sinn mehr nach Abgeschiedenheit und einer Salzwasserpfütze, die die letzte Flut zurückgelassen hatte und mit deren Hilfe sie sich an einer verbotenen Erkundung versuchen konnte.

Sie zitterte unter ihrem feuchten Umhang. Das Vorhaben, das am Rande ihres Bewußtseins lauerte, war gefährlich, ja, sogar dumm. Trotzdem machte sie kehrt und wandte sich erneut dem Strand zu.

Nun war sie allein mit ihrer Versuchung. Der Bettler war fort, die Felsen, auf denen er gesessen hatte, waren mit Muscheln überzogen, die im Licht der Straßenbeleuchtung glänzten. Großer Lärm überlagerte die Brandung, als zwei Burschen Fässer von einem Bierrollwagen vor einer Taverne rollten. Lachend zechten Matrosen in einer Seitenstraße, während eine Hure mit schriller Stimme höhnte, sie sollten ihre Kühnheit in ihrem Bett beweisen. Vage nur drangen die Geräusche alltäglicher Verrichtungen an ihre Ohren, und sie vermochten sie nicht zu beruhigen. Im Bewußtsein, daß sie sich in den Monaten, während derer sie im Marschland von Korias die Kräuterkunde erlernt hatte, daran gewöhnt hatte, Stille vorzuziehen, seufzte Elaira. Seit ihrem unglücklichen Ausflug, um Asandir zu treffen, hatten sich die Dinge gar zu schnell verändert. Sie suchte sich eine Stelle aus, an der der Wind ungehindert von der See herüberwehte, hockte sich nieder und stützte den Kopf auf die Hände. Dort beobachtete sie die Brandung, doch in dieser Nacht ritten die Iyats nicht auf den Wellen, um ihre Energien an der Kraft der Winde und der Flut aufzuladen.

Feucht und finster brach die Nacht herein. Direkt vor ihren Füßen kräuselte sich zinnfarben die Flutlache, die sie herbeigesehnt hatte. Durch ihre eigene Unentschlossenheit hin- und hergerissen, fragte sie sich, für welche Loyalität sie noch leiden sollte: die gegenüber Arithon, die sie bereits gebrochen hatte; oder die andere, die sie durch einen Bund mit einem magischen Kristall als Korianizauberin in die Pflicht rief, einem Kristall, den Morriel gewiß nutzen würde, um sie zu zerstören.

Die Augen geschlossen, in ihren Ohren das Rauschen der See, überdachte Elaira die unveränderlichen Zwänge, die sie in ihrer Not gefangenhielten. War sie einst fähig gewesen, ihre Stimmung durch Leichtfertigkeit und Sarkasmus zu heben, so fraß doch heute Tag und Nacht der Kummer an ihr, einen Mann auf so unvergeßlich intime Weise kennengelernt zu haben. Ihr war keine Erlösung vergönnt. Diese eine Tat, getrieben von lebhafter Neugier, hatte sie zur Ausgestoßenen gemacht, und nun, von Morriel als Werkzeug mißbraucht, um Arithons Motive zu erkunden, konnte sie nicht mehr entkommen.

Doch damit verbunden war noch eine andere Verantwortung, die sie in Enithen Tuers Stube in Erdane auf sich geladen hatte.

»Mädchen, du zitterst ja, und das liegt nicht an der Kälte«, sagte eine freundliche Stimme aus dem Schatten.

Elaira erschrak. Dann schrie sie laut auf, als sich eine Hand sanft auf ihre Schulter legte.

Der Bettler hatte sie nicht alleingelassen, sondern stand, vor neugierigen Blicken und dem Wind geschützt, neben einem vom Seewasser zerfressenen Felsüberhang. Sein erster Anblick hatte sie getäuscht. Er war ganz in Schwarz gekleidet und trug keinerlei Schmuck, doch seine Kleider waren keineswegs zerlumpt. Was sie zunächst für eine ausgefranste Kopfbedeckung gehalten hatte, entpuppte sich nun als ein Rabe, der mit feuchtem Gefieder zusammengekauert auf der Schulter seines Herrn hockte und sie mit Augen betrachtete, die zu weise für einen Vogel waren.

»Wer seid Ihr?« platzte sie heraus. Doch noch ehe er etwas sagen konnte, kannte Elaira schon die Antwort. Sein Blick ruhte noch immer auf ihr, und er war zu ruhig und forschend, als daß er eine geringere Wahrnehmungsfähigkeit als die eines Bruderschaftszauberers begleiten konnte.

Krachend brach eine besonders große Welle in der Bucht. Gischtfinger krochen den Felsen herauf, ehe sie silbrig glänzend wieder zurückfielen.

Die Stimme des Mannes hatte das gleiche zeitlose Timbre wie das Rauschen der See. »Ich bin Traithe. Sethvir schickt mich, dir Nachricht von der Bruderschaft zu bringen.«

Als Elaira Anstalten machte, zu sprechen, hielt er sie

zurück. Wenn auch sein Gang vorsichtig und lahm war, konnten seine Hände dennoch kraftvoll genug zupacken, um blaue Flecken zu hinterlassen. »Nein. Sprich nicht. Du weißt, daß falsche Worte deinen Eid gegenüber deinem Orden in Gefahr bringen können.«

Von seiner schonungslosen Offenheit entsetzt, schwieg sie.

»Du mußt ganz klar verstehen«, sagte Traithe, »daß es meine Absicht ist, dich davor zu schützen, deine Loyalität auf diese Weise zu brechen.«

Von schuldbewußten Gedanken gepeinigt, mangelte es ihr an Feingefühl. Sie befreite sich aus Traithes Griff und trat zurück. »Meine Oberste Zauberin mag über meinen Gehorsam verfügen, doch nicht über meinen Geist!«

»Gut gesprochen.« Traithe setzte sich, was seinen Raben störte und zu einem gereizten Flügelschlag veranlaßte. Er hob seine narbige Hand, um das Brustgefieder des Vogels zu kraulen. Dann bedachte er sie mit einem schiefen Blick, gekränkt, beinahe wie ein Großvater, der bei einer kindischen Posse ertappt wurde. »Vergiß nur diese Wahrheit nie, tapfere junge Dame.«

Doch auch seine Bestätigung der natürlichen Ordnung vermochte ihren Eid, mit dem sie sich mit Leib und Seele an den Fokusstein gebunden hatte, nicht außer Kraft zu setzen. Ein Teil ihrer Selbst, den zurückzuholen Elaira die Macht fehlte, unterstand allein Morriels Kontrolle. Ihre Zerrissenheit zwischen jenen Verantwortlichkeiten, die Traithe umsichtigerweise nicht erwähnte, veranlaßte sie zu einem zornigen Eingeständnis. »Ath, erbarme dich. Ich war sechs Jahre alt, als der Ältestenkreis meinen Diensteid eingefordert hat. Immer wieder behaupten sie, daß die Weitergabe der Macht Beschränkungen unterliegen muß. Aber in jüngster Zeit verdächtige ich die Ältesten, daß sie ihre Schülerinnen deshalb in so jungen Jahren wählen, weil ihre Gaben dann besser formbar sind.«

Traithe streckte die Hand aus und berührte sie, nur ein kaum wahrnehmbares Streicheln seiner Finger auf ihrer

Hand. Trotzdem spürte sie seine Wärme und eine Ruhe, die ihr half, nachzudenken.

Elaira war nicht sicher, ob seine Freundlichkeit nicht etwas zu verbergen suchte, also suchte sie sich einen Felsen und setzte sich ebenfalls. »Tapferkeit hat mir vor zwei Tagen nicht helfen können.« Sie faltete ihre zitternden Hände vor den Knien, empfand sie doch unter dem offenen Blick des Zauberers Befangenheit.

»Wenn du von Arithon sprichst, so sei gewiß, daß er keinen Schutz benötigt.« Gereizt und darauf gefaßt, herunterzufallen, pickte der Rabe nach seines Meisters Ohr. Traithe bedachte ihn mit einer rüden Äußerung, die Elaira ein Lächeln entlockte.

»Besser.« Fältchen bildeten sich um die Augen des Zauberers, so als würde er gleich zu lachen beginnen. »Es war nicht ernst gemeint.« Er schob den Raben von seiner Schulter und beobachtete scheinbar äußerst aufmerksam, wie der Vogel, entrüstet krächzend, sich eine Nische suchte, in der er sich niederließ und seinen Kopf unter einem Flügel barg. »Laß mich dir sagen, was ich zu sagen habe, und dann werden wir sehen, ob dir das Herz nicht leichter werden wird.« So, wie es einst Asandir zu ihrer Beruhigung getan hatte, bückte sich nun Traithe und entfachte ein kleines Feuer. Der Brennstoff, den er benutzte, bestand aus dem zuvor gesammelten Strandgut. Zischend fing das feuchte Holz Feuer, und der Flammenschein umgab die Regentropfen mit seinem Licht.

Auf sonderbare Weise mit ihrem eigenen Schweigen zufrieden, fragte sich Elaira, ob in den Flammen ein Zauber der Stille freigesetzt worden war.

Traithe antwortete ihr, als hätte sie ihre Gedanken ausgesprochen. »Der Frieden, den du empfindest, entstammt dir selbst, doch er mag von dem Zauber des Verbergens verstärkt sein, der über diesem Ort zwischen den Felsen liegt.« Ausgelassen und verschwörerisch grinste er sie an. »Für deine Schwesternschaft gibt es dieses Feuer gar nicht.«

Elaira sagte: »Dann wißt Ihr von ...«

Er versiegelte ihre Lippen mit einem Finger. »Laß mich

erzählen, was wir wissen. Anderenfalls ...« Hier unterbrach er sich und ließ seine Hand sinken. Unergründlich wie ein Stein im Mühlteich studierte er sie einen Moment mit schräggelegtem Kopf, ehe er seinen Gedanken kraftvoll und offen weiterführte. »Anderenfalls, das hat Sethvir unmißverständlich klargemacht, wird der Kummer, den dir die Gewissensbisse zufügen, dich später dazu treiben, diese Flutlache doch zu benutzen. Du wirst versuchen, durch das Salzwasser, das dich nicht vor der Entdeckung schützen kann, einem meiner Brüder von den Machenschaften deiner Schwesternschaft Mitteilung zu machen, und er könnte dir zuhören.«

Noch ehe sie zu einer rationalen Reaktion fähig war, war sie schon aufgesprungen und drängte sich rückwärts gegen den Felsen, als wäre sie in die Enge getrieben worden. Selbst die Farbe ihrer Lippen war verblaßt.

Als hätte sie sich gar nicht gerührt, fuhr Traithe fort. »Ein solcher Akt wäre ein Verrat an den Richtlinien deiner Obersten Zauberin.« Scharf und mit brutaler Offenheit blickte er auf. »Ein unnötiger Verrat, meine tapfere Dame, *und deshalb wirst du dich wieder hinsetzen.* Morriel mag nicht über deinen Geist bestimmen, doch gehört ihr gewiß dein absoluter Gehorsam. Die Bruderschaft kann ihre eigenen Taten vor ihr verbergen, nicht aber die Handlungen, die du aus freiem Willen tätigst.«

Das Rauschen der Wellen über Sand und Gestein schien die ganze Welt auszufüllen, während Elaira am Rande einer panischen Flucht stand. Schließlich aber setzte sie sich doch, weil ihre Beine nachgaben; und weil Bruderschaftszauberer sich kaum zurückziehen und den Halbbrüdern gestatten würden, ein ganzes Königreich in den Krieg zu stürzen, wenn es dafür keine vernünftigen Gründe gab, denen eine kurzsichtige Einmischung von Seiten der Korianizauberinnen zuwiderhandeln würde. Elaira kapitulierte: »Sagt, was Ihr zu sagen habt.«

»Gut«, entgegnete Traithe. Weit weniger ernst als Asandir es war, lächelte er. »Zum einen ist es nicht nötig, daß du uns vor Ereignissen warnst, die Sethvir längst bekannt sind. In diesen Tagen kann Morriel keinen

Atemzug tun, ohne auf irgendeine Weise von Luhaine überwacht zu werden.«

»Ihr solltet mir nicht soviel Vertrauen entgegenbringen«, keuchte Elaira voller Überraschung.

Als stünde er vor einem Rätsel, zog Traithe die Brauen hoch. »Morriel ist sich dieser Tatsache bewußt. Es ist ein wunder Punkt, von dem sie nicht einmal Lirenda erzählt, also zweifle ich daran, daß sie dich drängen würde, ihn öffentlich zu machen. Außerdem, falls deine Oberste Zauberin beschlossen hat, sich mit Arithon s'Ffalenn anzulegen ...« Seine Augen glänzten vor übermütiger Bosheit, während er wehmütig die Schultern zuckte. »Wir sollten auf alle Fälle ehrlich sein. Ich behaupte nicht, daß sie sich zu entsprechenden Taten entschlossen hat. Sollte sie es aber tun, dann wird ihr Pack duldsamer Ältester großzügig mit den Konsequenzen bedacht werden.«

»Soll das heißen, daß Arithon geschützt ist?« Wider besseren Wissens gefesselt, rückte Elaira näher an das Feuer heran.

Traithe zupfte an den Falten ihres Umhangs, die der Wind gefährlich nahe an die Flammen geweht hatte. »Ich behaupte lediglich, daß der Teir's'Ffalenn wohl imstande ist, seine Interessen selbst zu wahren.« Als sie ihn mißtrauisch betrachtete, antwortete Traithe mit einem vergnügt verschwörerischen Blick. »Der Herr des Schicksals weiß, liebe gnädige Frau, daß selbst die Bruderschaft es nicht leicht hatte, diesen Geist zu bändigen. Laß mich dir erzählen, was geschehen ist, als Morriel einmal versucht hat, Arithon auszuspionieren.«

Wie ein gewöhnlicher, harmloser alter Mann wärmte er seine Hände am Feuer und machte sich daran, Elaira mit satirischer Genauigkeit zu erzählen, was vorgefallen war, als die Schutzbanne des Kielingturmes einmal während des Kampfes gegen den Nebelgeist durchdrungen worden waren.

Traithe schmückte die Geschichte nicht aus, sondern nutzte lediglich seinen Humor und seine Offenheit, um die verderbte Wahrheit in aller Schärfe zu enthüllen. Er ließ nichts aus. Nicht Lirendas heftige Demütigung noch Morriels arrogant übersteigertes Selbstvertrauen. Um so weniger verschwieg er Arithons zornige Reaktion angesichts der Tatsache, daß Elairas persönliche Gefühle als Werkzeug für die skrupellose Befriedigung unverfrorener Neugier mißbraucht worden waren.

Krampfhaft würgte Elaira an einem Heiterkeitsausbruch, der sich beinahe zu einem Anfall haltlosen Gelächters gesteigert hätte, während sie vergeblich versuchte, sich vorzustellen, wie Lirenda sich in ihren eigenen wirren Bemühungen verfing. »Ein angemessener Streich«, sagte sie, als sie wieder zu Atem gekommen war. Kummer hatte ihre Fröhlichkeit erstickt. »Ich bin ihre Jagdbeute.«

Sie, die mehr als alle anderen die Lehren des Korianizirkels in Frage gestellt hatte, war nun unwissentlich zu der unentbehrlichsten Gestalt im Zuge der heraufziehenden Konflikte geworden.

»Arithon weiß das«, sagte Traithe mit ernsthafter Offenheit. »Es gefällt ihm nicht. Sollte Morriel ihm noch einmal auf ähnliche Weise begegnen, dann wird er ihr mehr als nur eine harmlose Warnung verpassen. Hast du Zugang zu den historischen Schriften über die Hohekönige?«

Als sie nickte, sagte er: »Gut. Lies sie, dann wirst du sehen, welche Folgen es hatte, wenn frühere Sprosse der s'Ffalenns zu offener Feindschaft getrieben wurden. Ich begehe keinen Fehler, wenn ich dir verrate, daß Arithon in seinem Wesen all die machtvolle Loyalität eint, die seinem Geschlecht zu eigen ist. Außerdem verfügt er uneingeschränkt über Torbrands Gemüt.«

Das spärliche Brennholz war nun zu einem scharlachroten Nest aus glühender Kohle niedergebrannt. Elaira blickte den Zauberer an, dessen mitteilsame Ader gleich Wolken am Himmel kam und wieder verschwand. Traithe war wieder schweigsam geworden. Doch seine Augen wichen ihrem Blick niemals aus, und die Bereitschaft, ihr zuzuhören, schien von ihm auszustrahlen und Elaira förmlich einzuladen, eigene Fragen zu stellen. »Ihr wollt also von mir, daß ich Arithons Urteilsvermögen vertraue?«

»Ich will gar nichts«, widersprach Traithe freundlich. »Ich biete dir nur die Erkenntnis, daß Arithon durchaus imstande ist, sich selbst gegen jede Beeinträchtigung zur Wehr zu setzen, die die Korianizauberinnen durch dich vornehmen könnten. Und das wird er auch tun, ohne jemals deine eigenen Gedanken in dieser Sache in Frage zu stellen.«

Die Hände unter ihrem Umhang ineinander verkrallt, gluckste Elaira leise. »Ich verstehe. Er wird sich bei der ganzen Sache meinen Gelöbnissen nicht in den Weg stellen, also werde ich auch nicht verletzt. Wirklich nett. Ich sollte ihm gestatten, daß er mich beschützt, während ich danach strebe, eine pflichtbewußte Novizin zu sein.« Sie raffte ihre Kleider zusammen, um sich zu erheben, während sie an dem Kloß in ihrem Hals würgte, der diese neue Gewißheit begleitete: Diesmal hatte die Einmischung der Bruderschaft sie davor bewahrt, Korianigepflogenheiten zu durchbrechen. Tatsächlich konnte diese Maßnahme jedoch nicht mehr als ein Notbehelf sein. Traithes Sorgen hatten sie nur um so mehr in der Selbsterkenntnis bestärkt, die sie lehrte, daß die Gelöbnisse ihres Ordens so wenig zu ihrer Natur paßten, wie Krone und Königreich zu der Musik, die Arithon durch das Schicksal zum Schweigen zu bringen gezwungen war.

Während sie beobachtete, wie Traithe ganz mühelos vermittels seiner Magie Funken aus dem Feuer zum Erlöschen brachte, fragte sich Elaira, welche dieser beiden Konstellationen zuerst zerbrechen würde. Bald würde die Flut kommen. Die Flut würde die Asche mit sich nehmen und ihre Fußabdrücke aus dem Sand auslöschen.

Traithe erhob sich und weckte seinen Raben; der krähte wie ein verkaterter Trunkenbold und hockte sich benommen auf seines Meisters Handgelenk. Längst nicht so von seinem Vogel in Anspruch genommen, wie es den Anschein hatte, sagte der Zauberer plötzlich: »Du bist nicht allein, tapfere Dame. Und du bist auch nicht gänzlich das Spielzeug Morriels. Nicht mehr seit dem Tag, an dem du beschlossen hast, Asandir in Erdane aufzusuchen.«

»Ath«, sagte Elaira in dem aussichtslosen Bemühen, ihren Schmerz hinter einer zähen Fassade zu verbergen. »Und ich habe gedacht, diese eine Eskapade wäre der Ursprung all meiner Schwierigkeiten.«

Der Zauberer durchbohrte sie förmlich mit seinen gnadenlosen Blicken. »Niemals darfst du dich so klein machen!«

»Gebt acht auf ihn«, platzte sie in tief empfundener Sorge um den s'Ffalenn-Prinzen heraus.

Bereit, zu gehen, so unauffällig wie der Bettler, für den sie ihn erst gehalten hatte, streckte Traithe die Hand aus und strich ihr über die Wange, so wie es der Vater, den sie nie gehabt hatte, hätte tun können, um seine liebevoll umsorgte Tochter zu besänftigen. Als die Berührung endete, legte sie ihre Hand über die liebkoste Wange, und nun liefen ihr die Tränen ungehindert über das Gesicht.

»Eine Frau mit einem großen Herzen«, seufzte er mitfühlend. »Die Liebe in dir ist keine Schande. Da du dich fürchtest, zu fragen, sage ich dir: Es gibt kein Geheimnis zu bewahren. Die Bruderschaft hat sich in Etarra zurückgezogen, weil die Geistesgnade, die wir als Leben kennen, in Gefahr war, für immer aus dem Gleichgewicht zu geraten. Asandir hat deinen Geliebten wohl gedrängt, doch nie gezwungen. Arithon hat das Königreich seiner Musik aus eigenem, freien Willen vorgezogen.«

»Was?« Ungläubig und erfüllt von kalter Wut starrte Elaira ihn an. »Warum sollte er das getan haben?«

Plötzlich trostlos wie ein klarer Sternenhimmel im kältesten Winter, entgegnete Traithe: »Weil er nicht der Mann sein wollte, der der Rückkehr der Paravianer auf den Kontinent im Wege steht.«

»Nun«, sagte Elaira trübsinnig. »Um seinetwillen hoffe ich, daß die Wesen dieses Opfer wert sind.«

»Darüber wirst du selbst urteilen müssen.« Sehnsucht

legte sich über des Zauberers Miene. »Ich kann dir jedenfalls berichten, daß die Riathan Paravianer die einzige unbefleckte Verbindung zu unserem Schöpfer Ath sind, und ihre Rückkehr ist der Eckstein zukünftiger Harmonie in dieser Welt. Doch Worte sind ohne Bedeutung, solange es an der Erfahrung mangelt. Um zu verstehen, mußt du ebenso wie Arithon erst der leibhaftigen, lebendigen Präsenz eines Einhorns gewahr werden.« Nicht weit entfernt brach eine Welle. Von der aufkommenden Flut getrieben, sprühte die salzige Gischt, vermischt mit den gröberen Tropfen des Nieselregens, der nicht für eine Sekunde aufgehört hatte, auf sie hernieder. »Ich muß dich nun verlassen, meine tapfere junge Dame. Das Feuer ist aus, und auch die Banne über diesem Ort werden bald vergehen.«

Elaira wischte sich Tropfen von der Nase und bemühte sich darum, sich trotz ihres Unmuts höflicher Manieren zu befleißigen. »Ich schulde Euch Dank.«

Konturlos verborgen unter den Kleidern, unter denen auch der Rabe Zuflucht vor dem Regen gesucht hatte, schüttelte Traithe den Kopf. »Sei dir nur meiner guten Wünsche gewiß. Du wirst den Trost brauchen, fürchte ich. Ich wurde zu dir gesandt, weil ein Omen dem Hüter des Althainturmes verraten hat, daß, zum Guten oder zum Bösen, du der einzig lebende Geist bist, der Arithon jemals wirklich kennenlernen wird. Sollte dein Herr der Schatten dich enttäuschen oder du ihn, so wird großes Unglück hieraus erwachsen.«

Elaira hielt dem brennenden, fürchterlichen Drang stand, sich die Ohren zuzuhalten. »Und wenn keiner von uns beiden den anderen enttäuscht?«

Traithe streichelte seinen Vogel mit den Fingern, war dies doch zu diesem Zeitpunkt die einzige Möglichkeit, die sich ihm bot, ein lebendes Wesen zu besänftigen. »Ach, gnädige Frau, uns wurde diese Welt und der freie Wille anvertraut, da kann es niemals Garantien geben.« Bekümmert berührte er zum Abschied ihre Hand. »Zweifle nie. Deine Taten in den *Vier Raben* waren vollkommen richtig und angemessen.«

Er wandte sich ab und ging davon. Rasch ließen Wind und Regen ihn zu einem schnell dahinschreitenden Schatten vor waberndem Nebel und gischtweißer See werden. Elaira blieb allein zurück, bis die von der Flut herangetriebenen Wogen die Felsen überspülten und ihre Füße benetzten. Als sie schließlich ihre feuchten Röcke raffte, fühlte sie sich bereit, zu ihren Schwestern zurückzukehren. Die tiefe Trübsinnigkeit, die zuvor so schwer auf ihr gelastet hatte, war einer milderen Trauer gewichen, in der hier und dort die zuversichtliche, berauschende Verlockung heiteren Vergnügens aufflackerte.

Morriel mochte über ihre Loyalität und Dienstbeflissenheit gegenüber den Korianizauberinnen gebieten, doch wem Elaira ihr Herz schenken wollte, blieb einzig ihr selbst überlassen.

Abend

Gnudsog berichtet von der etarranischen Garde dem Kriegsrat am Rande des Strakewaldes: »Diegan und Lysaer haben sich geeinigt«, erklärt er den Offizieren, die auf der Wiese warten. »Wir werden morgen den sicheren Weg wählen, Flüsse und Quellen vergiften, um das Jagdwild zu töten, und jedes Lager methodisch aushungern. Pesquils Plan ist sehr gut. Kinder sind die Zukunft der Clans, und ohne Frauen wird die erbärmliche Brut aussterben ...«

Tief im Wald, in einem Tal voller Fallen, schärfen die Clanmänner unter Steiven s'Valerient Schwerter und Messer und wachsen ein letztes Mal ihre Bogensehnen; während Halliron, der Meisterbarde auf einer Lyranthe, der letzten ihrer Art, Balladen und fröhliche Weisen über bessere Tage spielt, um die Herzen der Männer mit einem Heldenmut zu inspirieren, an dessen Nutzen nicht einmal er selbst glauben kann ...

Zurück auf seinem Posten im Althainturm, richtet Sethvir seinen Blick auf den Rockfellgipfel, um die Schutzbanne zu überprüfen, die den Nebelgeist in Schach halten. Er findet keine Fehler, doch ein wenig Erleichterung für seinen Geist, denn obgleich Arithon auf seiner Ausbildung aufbauen und diese Sicherungen entwirren könnte, nachdem er zuvor so sehr gelitten hatte, um diese Übel zu unterjochen, ist es doch unwahrscheinlich, daß der Prinz von Rathain sich zu solchen Dummheiten würde hinreißen lassen ...

7
DIE SCHLACHT IM STRAKEWALD

Gekleidet in saubere Tuniken, deren Säume mit den Farben der Stadt, Rot und Gold, verziert waren, glänzend unter ihren polierten Helmen und dem eleganten Staat, frisch geschmiedete Waffen auf den Rücken geschnallt oder in Scheiden an der Seite baumelnd und gerüstet mit Kettenhemden, trugen die Männer der Garnison Etarras ihre Ausrüstung, die zum Preis von achthunderttausend Münzgewichten Feingold aus den Schatzkammern der Handelsgilden gefertigt worden war, als sie sich zusammenfanden und gleich nach der Morgendämmerung in Marsch setzten. Strahlend wie ein Saphir saß Lysaer in ihrer Mitte auf seinem haselnußbraunen Roß, das er auch ohne Zügel sicher beherrschte. Lordkommandant Diegan und Hauptmann Gnudsog führten die Flanken an, während sich die Bannerträger der großen Handelshäuser auf ihren schlanken Pferden gleich hinter ihm formiert hatten. Ihnen folgten vier Kompanien Infanterie und Reservesoldaten, aufgeteilt in disziplinierte Einheiten von vierundzwanzig Hundertschaften.

Lysaer schwieg. Mit der Würde, die sich seines einstigen Standes ziemte, von Kopf bis Fuß das königliche Abbild zurückhaltenden Stolzes, war er fest entschlossen, seinen ersten Angriff gegen den s'Ffalenn, der eine ganze Flotte in Dascen Elur vernichtet hatte, durch nichts zu bagatellisieren. Das Kämpfen war ein schmutziges

Geschäft. Weder Fahnen noch Technik oder Fanfaren konnten verbergen, daß von diesen Männern in all ihrem Glanz und ihrer Eleganz manch einer einen blutigen, schrecklichen Tod erleiden würde. Und doch mußte ein jedes Herz, das nicht aus Stein war, eine freudige Erregung erfassen angesichts der dahindonnernden Schlachtrösser. Dichtgedrängte Karrees der Truppen glänzten mit neunzig Lanzenreitern, vierhundert Armbrust- und Bogenschützen und etwa zweitausend Speerkämpfern. Ganz im Inneren ihres Schutzes rollten die Versorgungswagen einher, gefolgt von der taktischen Unterstützung, bestehend aus tausend Mann leichter Kavallerie, unter dem schwarzen Banner des nordischen Kopfjägerbundes.

Selbst das Wetter war ihnen gesonnen. Der letzte Frühlingsregen hatte aufgehört, und die Flüsse plätscherten seicht und gemütlich dahin.

Am Horizont stieg die Sonne auf, vor deren Licht sich im Osten die schwarzen Bäume am Rande des Strakewaldes abhoben. Für eine Weile, während sich die Luft erwärmte, marschierten die Truppen knietief durch den Nebel, der die Weiden mit seinem blaugrauen Dunst überzog. Spät erst hob er sich aus den Niederungen und gab den Blick auf die Ausläufer der Berge und das taubedeckte Gras des frühen Sommers frei, in dem hier und dort rote Blüten und wettergegerbte Felsen zu sehen waren. Wenn auch das Land felsiger war als Daon Ramon, trug doch die Ebene von Araithe die Jahreszeit gleich einem Umhang aus Seide, üppig bedeckt mit Blumen und einem, die Sinne überwältigenden, lebendigen Grün.

Lysaer blickte über das Land, das noch nicht von der voranpreschenden Menschenmenge seines Heeres zertrampelt worden war. In dem Land seiner Väter, Amroth, wäre ein so nahrungsreicher Grund längst von Schafen kahlgefressen worden. Er schwor sich, daß, sollten barbarische Raubzüge für das Fehlen der Schafherden verantwortlich sein, sein Feldzug gegen Arithon auch dies korrigieren würde. Erst danach stellte er bei einer verspäteten Neubeurteilung fest, daß auf diesen Bergen, wenn sie jemals als Weidegrund gedient hätten, überall Überreste von Steinmauern und Schafhürden zu finden sein mußten.

Doch dort war nichts, nicht einmal die Fundamente verfallener Landhäuser.

Diese Felder waren möglicherweise schon seit der Zeit der ersten Schöpfung Aths von Menschenhand unberührt geblieben. Die Frage, warum ein so sattes Weideland nicht genutzt wurde, verwirrte Lysaer, bis er durch Hufschlag von seinen Gedanken abgelenkt wurde, als ein Vorreiter in gestrecktem Galopp zurückkehrte.

Ruckartig ließ der Kundschafter sein Pferd kehrtmachen und zügelte es dann im Gleichschritt neben Gnudsog. »Euer Lordschaft«, salutierte er Diegan, ehe er sich an seinen Feldkommandanten wandte. »Hauptmann.« Doch als er seinen Bericht ablieferte, der so aufsehenerregend war, ihren Vormarsch aufzuhalten, blickte er Lysaer an.

Sechs Barbarenkinder waren dabei beobachtet worden, wie sie in einer Schlucht flußaufwärts der Furt durch den Tal Quorin Speerübungen vollführten.

»Ein Glückstreffer, Euer Hoheit«, sagte Diegan. Um Verlegenheiten vorzubeugen gönnte er Lysaer die Höflichkeit, ihn mit dem Titel anzusprechen, der ihm nach Geburt zustand. Da es keine Ehrentitel von niederem Rang gab, deren Benutzung von den Teilhabern an einer Konversation, wie sie nur unter Gleichen schicklich war, als erniedrigend hätte empfunden werden können, hatten sich auch andere Würdenträger Etarras dieser Wortwahl angeschlossen. »Daß wir die Barbaren so leicht finden und überraschend angreifen können.«

Einer Galionsfigur gleich saß Gnudsog unerschütterlich auf seinem Roß, doch nun runzelte er mißbilligend die Stirn. »Clankundschafter sind niemals so nachlässig.«

»Die älteren, sicher«, stimmte Lysaer zu. Sein klarer Blick richtete sich auf den Späher. »Aber Kinder? Was denkst du, wie alt sie waren?«

Die Antwort erfolgte ohne Zögern: Der Älteste hatte keinen Tag älter als zwölf ausgesehen.

»Die Ratten sollen sie holen und alles Unglück sich an ihre Fersen heften.« Gnudsog erschlug einen Moskito, dem gerade genug Zeit geblieben war, auf seinem Pferd zu landen, nicht aber, zuzustechen. »Deshirs Kundschafter kennen jeden Zentimeter dieses Landes. Höchstwahrscheinlich gehören sie zu einem Lager, das weiter weg im Hinterhalt lauert.«

»Gegen eine ganze Armee?« Diegan grinste, und die güldenen Verzierungen seines Helmes verliehen ihm gemeinsam mit dem Federschmuck an Zügeln und Zaumzeug das Aussehen eines tollkühnen Helden. »Die Chancen wären kaum fair verteilt.«

»Barbaren spielen nicht fair«, mischte sich verdrossen eine Stimme aus dem Hintergrund ein. »In dieser Gegend ziehen sie Gruben mit angespitzten Pflöcken vor, Fallen, die einem Mann die Eingeweide herausreißen oder versteckte Löcher, in denen die Achsen der Wagen brechen.« Elegant in seinem schwarzweißen Waffenrock über dem Kettenhemd, das vom Fett und vielen Jahren eifrigen Polierens stumpf geworden war, ritt Pesquil daher, um den Grund für die Verzögerung in Erfahrung zu bringen. Am Kopf seiner Kolonne zügelte er seinen von vielen Scharmützeln vernarbten Wallach, ein Pferd, das er wegen seiner großen Ausdauer besonders mochte. »Dann wollt Ihr also diese Kinder jagen, weil Ihr hofft, ein Kundschafterlager zu entdecken, das Ihr überraschend angreifen wollt, nicht wahr? Schön, versucht es nur. Dann werden wir Eure blutigen Leiber später finden.«

Lysaer betrachtete das Gefälle der Berge, die zu der Furt hin abfielen. Mit eisiger Höflichkeit sagte er: »Würdet Ihr Euren zehn Jahre alten Sohn als Köder den Waffen eines Kriegsgegners vorwerfen?«

»Vielleicht. Wenn die Karten zu meinen Gunsten fallen.« Blaß und pockennarbig hockte Pesquil auf seinem Pferd und zuckte erfüllt von nervöser Energie heftig mit den Schultern. »Ich habe schon Clanweiber gesehen, die ihre Neugeborenen zu Ködern gemacht haben, wenn sie sich einen Vorteil davon versprachen. Die bedächtige Vorgehensweise, für die wir uns entschieden haben, ist sicherer.«

Doch Diegan war nicht sehr angetan von dem Gedanken, den ganzen Sommer in einem Kriegslager damit zuzubringen, Fliegen zu erschlagen, wenn auch ein kühner Angriff einen Sieg versprach. »Schickt eine kleine Truppe leichter Kavallerie«, befahl er Gnudsog. »Wir werden sehen, wohin sie fliehen, dann können wir unser Heer hinterherschicken, wenn uns keine Gefahr droht.«

Pesquil riß sein Pferd so heftig herum, daß das Tier vor Schmerzen grunzte. »Dummköpfe«, murrte er. »Idioten.« Dann trieb er sein Roß in kurzem Galopp zurück zu seinen Kopfjägern.

Gnudsog sah ihm nach, die gewaltigen Hände über dem Sattelknauf verschränkt. Dann richteten sich seine Augen auf Lysaer. »Was denkt Ihr, Prinz?« Aus seinem Mund klang der Titel beinahe beleidigend.

Vornehm herausfordernd hob Lysaer den Kopf. »Schickt Eure Reiter«, schlug er vor. »Wenn es eine Falle gibt, dann sprengt sie mit geringstmöglichen Verlusten.«

»Ihr glaubt nicht an eine Falle.« Diegan beruhigte sein nervöses Roß. Dann, den Blick nachdenklich auf Lysaer gerichtet, winkte er mit einem golddurchwirkten Handschuh den Soldaten, sich zu rühren. »Warum?«

»Weil ich Arithon in einer Gasse zusammen mit einem Rudel Zwangsverpflichteter der Abdecker gesehen habe, als er sich unbeobachtet wähnte.« Hellhäutig wie eine Eisstatue im Licht der Morgensonne, legte Lysaer seine Hand auf den schwarzen Schwertgriff jener Waffe, die gerade erst für ihn angefertigt worden war. Gerüchte machten die Runde, daß auf der Klinge Arithons Name in spiegelbildlichen Runen eingraviert sein sollte, was ein Wunsch des Waffenschmiedes gewesen sein mochte, hatte er doch eine Waffe fertigen wollen, die den Tod eines Zauberers herbeiführen sollte. Lysaer jedenfalls wirkte weder abergläubisch noch furchtsam, sondern lediglich pragmatisch, als er sagte: »Der Herr der Schatten kennt nur wenige Skrupel. Aber ich kenne ihn gut genug, sicher zu sein, daß er keinem Hinterhalt zustimmen würde, für den kleine Kinder mißbraucht werden.«

Nun erwog Gnudsog die Angelegenheit erneut. »Ihr könntet recht haben.« Gestützt wurde diese Theorie durch die Organisation zur Befreiung der Abdeckergören. Arithons Bestechungen waren immerhin so großzügig gewesen, daß es harte Maßnahmen brauchte, um die Namen derjenigen in Erfahrung zu bringen, die ihm geholfen hatten. Etarras Hauptmann kratzte sich unter seinem rechten Schulterpanzer. »Dann laßt uns also den Beweis antreten, daß Pesquil ein Waschlappen ist.«

Vierzig Reiter wurden ausgeschickt, die Kinder zu verfolgen. Aus den hinteren Reihen sah Pesquil mit zusammengepreßten Lippen mit abschätzigen Blick zu, wie sie abrückten. »Dieser hochwohlgeborene Fatzke unter Gnudsogs Fittichen hört einfach nicht. Dann werden wir besser Abstand halten.«

Der berittene Offizier neben ihm hörte auf, mit dem Haar der Pferdemähne zu spielen, das auf seinen Sattel fiel, und blickte seinen Kommandanten mit geweiteten Augen an. »Denkt Ihr, sie werden das Heer da reinschicken? Und wir schicken unsere Kopfjäger hinterher?«

»Alle Fallen der Deshans müssen tief im Strakewald verborgen sein.« Den Kopf nachdenklich zur Seite geneigt, pulte Pesquil mit den Fingernägeln zwischen seinen Zähnen herum. »Wir werden reingehen, ja.« Er lachte kurz. »Mit zwei kompletten Divisionen der Garnisonstruppen vor uns und weiteren zwei, die an unseren Flanken entlangstolpern, wird was auch immer die Barbaren sich einfallen lassen haben, längst gesprengt sein, ehe wir dort sind. Selbst Steivens schmutzige Tricks können keine zehntausend Mann starke Truppe aufhalten, ohne dabei entdeckt zu werden. Wir werden uns unsere Belohnung in einem gesäuberten Gebiet verdienen.«

»Ich hoffe, Ihr habt Eure Schulden bei Daelion, dem Herrn des Schicksals, beglichen.« Mit einem Ausdruck lakonischer Resignation richtete der Leutnant die Zügel seines Pferdes. »Es heißt, wir kämpfen gegen einen Zauberer, der die Dunkelheit beherrscht. Was mich angeht, so habe ich bei Sithaer stets vorgehabt, als reicher Mann zu sterben.«

Als die leichte Kavallerie die Anhöhe über der Furt erreichte, packten sechs Knaben ihre Speere und rannten in den Wald hinein. Ob die Kinder ihre Eltern hintergangen hatten, um im Freien zu spielen, oder ob sie als Lockvögel fungiert hatten, wurde nur noch fragwürdiger, als die Reiter ihre Pferde antrieben, um den Burschen zu folgen. Doch jetzt waren sie nichts weiter als Jagdwild, und die Furcht um ihr Leben beschleunigte ihre Flucht. Über taubenetzte Wiesen folgten ihnen ihre Feinde mit gezogenen Waffen. Die Knaben rannten auf direktem Wege sicherem Schutz entgegen und sprangen unter Zuhilfenahme ihrer hölzernen Spielzeugwaffen über die kurvenreichen, sumpfigen Bachläufe hinweg.

Sie waren klein und leicht, gekleidet in Rehleder, das vor dem Hintergrund der Hügel kaum zu sehen war. Die stahlbeschlagenen Hufe der Pferde jedoch sanken tief in den weichen Torf ein, und die Reiter waren gezwungen, in einem Zickzackkurs über festen Grund zu reiten, wollten sie vermeiden, daß ihre Rösser sich im Sumpf die Sehnen verletzten. Sie brüllten, peitschten ihre Pferde, schwangen drohend ihre Säbel zu einem Schauspiel blutrünstiger Wut und Enttäuschung, waren ihre Befehle doch unmißverständlich. Die Clanjungen sollten verfolgt, nicht getötet werden. Die Soldaten mußten sie bis in den Strakewald hinein hetzen, so lange, bis sie müde waren. Dann erst sollten sie nachlassen und vorgeben, sie hätten aufgegeben. Spurensucher würden dann ihre Suche fortsetzen. Im verborgenen sollten die Kinder bis zurück zum Lager ihrer Eltern verfolgt werden. Es war ein wohlerwogener Plan, der den Kavalleristen behagte, die sorgsam ausgewählt worden waren. Sie alle waren selbst Väter, die das Morden der Kopfjäger tolerieren mochten, doch selbst keine Neigung verspürten, die Kinder zu erdolchen.

Von den Greueltaten, die zu seinem Handwerk gehörten, abgehärtet bis zur Verbitterung, war Gnudsog nicht der Mann, der unnötige Gefahren einging.

Gleich hinter dem letzten Nachzügler donnerten seine vierzig Reiter in die Haselnußsträucher und die jungen Bäume am Rand des Waldes. Verzweigte, dichtstehende Sträucher trennten die Kinder schnell von ihren Verfolgern. Krähen stoben von ihrer Mahlzeit in den Brombeerbüschen auf, flatterten umher und stießen heisere Warnschreie aus. Sperlinge flogen aufgeschreckt zwitschernd davon. Von Dornensträuchern und niedrigen Zweigen zerkratzt, drängten die Reiter entschlossen voran. Ihre schlammverkrusteten Rösser schoben sich durch dürres Geäst und Moos, und das gedämpfte Hufgetrappel vermischte sich mit dem dissonanten Klirren der Waffen, die über verborgene Granitblöcke strichen.

Vor ihnen, beinahe unsichtbar in ihren Kleidern aus Rehleder, rannten die Kinder in angsterfüllter Stille weiter. Nur ab und zu zeigte sich ein flachsfarbener Wirrkopf in dem vom Laub gefilterten Sonnenlicht.

Darauf bedacht, die Knaben nicht aus den Augen zu verlieren, sah der Anführer der Reiter den Speer gar nicht, der in schiefem Winkel im Boden vor ihm steckte. Sein Pferd wurde schneller, sprang über ein verrottetes Stück Holz und stürzte, mit der Schulter voran, gepfählt. Sein Todesschrei hallte qualvoll durch den Wald, während sein Reiter kopfüber gegen einen Ast prallte und sich das Genick brach.

Als erstes Opfer der Barbaren von Deshir starb er mit geöffneten Augen und dem Geschmack von Blut auf der Zunge.

Von den nutzlosen Zuckungen des sterbenden Pferdes angelockt, sammelten sich die Überlebenden am Ort des Geschehens, und während die Männer mit Sporen und Zügeln danach trachteten, ihre verängstigen Rösser zu beruhigen, sprach der erste unter ihnen die Wahrheit aus. »Er atmet nicht mehr.«

Wie betäubt gaben die Männer sich der hitzigen Diskussion hin, ob sie kehrtmachen und das Heer rufen oder das Ungeziefer niedertrampeln sollten, das von den eigenen Eltern zum Mord erzogen worden war.

»Beim Speere Dharkarons«, wütete einer der Reiter. »Ich sage, es wartet keine heimtückische Falle auf uns. Sonst hätten uns diese Ausgeburten Sithaers direkt hineingelockt, statt stehenzubleiben, um zu töten!«

Sein Aufschrei wurde von einem Offizier aufgenommen, dessen Autorität ihm kraft seiner Abstammung von etarranischen Würdenträgern verliehen worden war. »Wir werden uns an unsere Befehle halten und ihnen doch folgen. Einer von uns wird als unser Sprecher zurückreiten. Lord Diegan ist kein kleinkarierter Kopfjäger, der stets nur auf sein Geld sieht. Mag er also die Garnison losjagen oder sich selbst als Feigling der Lächerlichkeit preisgeben.«

Womit die Angelegenheit zu einer Frage der Ehre wurde, hatten doch die Faxen eines Knaben mit seinem Holzspeer es vermocht, einen Mann vor den Augen der gesamten Armee Etarras zu töten.

Mit zustimmendem Geschrei hießen die Männer den Plan gut, während der freiwillige Bote um Hilfe bat. Bereitwillige Hände hoben sogleich den brutal ums Leben gekommenen Mann hoch und banden ihn auf dem Sattel fest, auf daß er zu den Truppen zurückgebracht werden konnte.

Rasch und unhörbar waren die Kinder durch das Sumpfland längs des Tal Quorin den Blicken entschwunden. Doch in grünen Mooskissen und an den Wurzeln des Riedgrases sammelte sich Wasser in einer Vielzahl von Trittspuren. Diese Abdrücke eisenbeschlagener Hufe von Schlachtrössern wurden gleich wieder zertrampelt, als die ganze Macht des etarranischen Heeres sich ihren Weg bahnte. Bald war der Boden zu einer einzigen Schlammwüste voller saugender Löcher aufgewühlt, in der die Pferde ins Stolpern gerieten, während die Reiter fluchten, als ihre Troddeln und ihr Staat mit Schmutz bespritzt wurden. Lanzen bohrten sich in Rankendickichte, und am Ende schleppten sich die Fußtruppen hinterher.

Die Versorgungswagen hatten sie zurücklassen müssen. Gnudsog war dagegen gewesen, die Truppen das Flußufer hinaufzuschicken, doch war er klug genug, seine Ansichten nicht mit Gewalt durchzusetzen. Den Mund zu einem schmalen Spalt zusammengepreßt, führte er seine Lanzenreiter mit professioneller Entschlossenheit voran.

Die Mittagsstunde zog vorüber. Nirgends schien es einen Hinterhalt zu geben. Die Uferböschung wurde langsam steiler und der Boden fester, obwohl die Erde unter dem Blätterdach des Waldes noch immer nach Morast roch. Schwärme von Steckmücken machten den Männern zu schaffen. Immer weniger Brombeersträucher wuchsen im Schatten der Bäume, und je sicherer der Boden wurde, desto lebhafter und eifriger wurden die Soldaten. Gnudsog, der sich bereits seit einer Weile Gedanken darüber machte, daß die Truppen sich durch den schwierigeren Aufstieg über den Berghang am Flußufer drängeln würden, konsultierte Lord Diegan und erhielt die Erlaubnis, das Heer neu zu formieren.

»Mir gefällt die Sache ganz und gar nicht«, grummelte er, während er zusah, wie seine Männer durcheinanderliefen und sich trotz des schwierigen Geländes erneut ordentlich aufstellten. Die Garnison wurde neu aufgeteilt. Zwei Kompanien sollten sich zu beiden Seiten des Gebirgskammes durch die angrenzenden Täler vorarbeiten und die große Streitmacht im Flußtal flankieren. Gnudsog jedoch hörte nicht auf zu grübeln. »Zu leicht.«

Neben ihm hatte Diegan seinen Helm abgenommen, um den Helmbusch zu ordnen, der von niedrigen Zweigen durcheinandergebracht worden war. Nun zog er fragend die Augenbrauen hoch. »Muß denn immer alles kompliziert sein?«

»Hier? Und gegen Steivens Clans?« Gnudsog verzog angewidert die Lippen. »Ja!«

»Aber vielleicht hat der Clanführer das Kommando

abgegeben«, bemerkte Lysaer, den kühlen Blick aus seinen blauen Augen auf den altgedienten Hauptmann gerichtet und die Hände lässig überkreuzt am Knauf seines Schwertes.

»Nun«, Gnudsog räusperte sich, »dieses diebische kleine Wiesel von einem Zauberer ist schlau genug, wenn Euer Gewäsch vor dem Rat der Wahrheit entsprach.« Ohne sich um den Affront Gedanken zu machen, grinste er, wobei er seine gelben, unregelmäßigen Zähne entblößte. »Ihr werdet gemeinsam mit meinem Lordkommandanten mit der zweiten Division hinterherreiten. Und sollte sich herausstellen, daß Ihr die Trottel vom Rat hinters Licht geführt habt, dann ist das um so besser. Mir ist es lieber, schnell und mit einer Übermacht an Männern zu töten. Sollte ich mich irren, könnt Ihr mich gern degradieren, aber ich riskiere lieber meine Pension als Eure Köpfe.«

Den Helm halb erhoben, die Zügel locker über dem Unterarm, versteifte sich Lord Diegan in seiner glitzernden Uniform.

Lysaer entging nicht, daß der Lordkommandant protestieren würde, doch er erkannte auch die ernsthaften Bedenken, die Gnudsog zwar quälten, die anständig auszudrücken es ihm jedoch an Schliff fehlte, also mischte er sich diplomatisch ein. »Niemand verliert für seine guten Absichten seine Pension.« Er streichelte den Hals seines Pferdes, lächelte und sagte zu Diegan: »Da ich Eurem Rat die Wahrheit gesagt habe, sollten wir hinterherreiten. Ob dieses Clanlager nun überraschend geschlagen werden kann oder nicht, sollte Arithon s'Ffalenn dort sein, so müssen wir mit einem Gegenschlag rechnen, der mit Zauberei ausgeführt wird. Wir könnten gebraucht werden, um die mittleren Reihen zu unterstützen.«

»Meine Schwester wird Euch für einen Feigling halten«, warnte Diegan ihn.

»Dann soll sie das tun.« Lysaers Lächeln schwand nicht für einen Augenblick. »Das ist besser, als um mich zu weinen, wenn ich tot bin.« Lysaer wendete sein Pferd und machte sich auf den Weg zum Flußufer, um auf die zweite Kolonne zu warten. Diegan setzte sich mürrisch den Helm auf und ordnete eilig seine Zügel.

Kaum war Etarras Gardekommandant außer Hörweite, da fluchte Gnudsog erneut, doch diesmal schwang selten vernommene Bewunderung in seinen Worten mit.

»Putzen sich zu Schönlingen heraus wie alle, die mit ihrer Ahnentafel angeben«, vertraute er dem Feldwebel an, der neben ihm auf seine Befehle wartete. »Aber dieses königliche Bürschlein ist wirklich geschickt im Umgang mit Menschen. Er mag ein Versager im Schwertkampf sein, trotzdem möchte ich ihn nicht zum Feind haben.«

Unfähig, eine angemessene Entgegnung zu finden, ging es doch um Kritik an seinen Vorgesetzten, klagte der Feldwebel statt dessen über die Moskitos.

»Gut«, donnerte Gnudsog verärgert. »Blas das Horn zum Angriff! Die Clans erwarten uns, das weiß ich, also können wir sie ebensogut zum Blutvergießen herbeirufen.«

Gleich Wellen aus Lanzen und Wimpeln, so drängten sich die Soldaten flußaufwärts durch das dichte Unterholz. Halb verloren in dem Krachen der Rüstungen und dem Klirren des Zaumzeugs erklang die heisere Klage eines Eichelhähers.

Auf der anderen Seite des Tales antwortete ein weiterer Eichelhäher. Im Schatten junger Bäume hetzte Caolle, dessen Gesicht mit Kohle geschwärzt war, sechs atemlose Kinder den Berg hinauf in eine sichere Zuflucht. Dem Läufer, der neben ihm kauerte, flüsterte er hastig zu: »Alles klar.«

Unhörbar in seinen Stiefeln aus weichgeklopftem Rehleder, lief der Bote wieder los. Zweige glitten zurück an ihren natürlichen Platz im Dickicht, während Caolle zwischen den bebenden Blättern hindurch den Aufmarsch Tausender Soldaten aus Etarra beobachtete, die unterhalb seiner Position durch das Flußtal polterten. Caolle zählte, bis die letzte Kohorte und die letzte Reihe vorbeigezogen war.

Zwei Divisionen; das entsprach genau ihren Hoffnungen und Plänen. Die anderen beiden hatten sich von dem Heer getrennt, um in den Tälern zu beiden Seiten Stellung zu beziehen. Caolle lächelte.

Der Ruf eines dritten Eichelhähers hallte über das Marschland.

»Jetzt«, murmelte Caolle unhörbar. Die Hand, die er zum Befehl erhoben hatte, senkte sich, hob sich noch einmal und fiel dann herab.

Sein Kommando wurde gesehen und flußaufwärts von einem Dutzend Kundschafter weitergegeben, bis es das Ende eines ausgetrockneten Flußbettes erreicht hatte, das sich gleich einer Narbe über den Hügel zog.

»Lauft!« johlte ein barbarischer Fuhrmann. Krachend schlug seine Peitsche durch die Luft, und vier Pferde stemmten sich mit ihrem ganzen Gewicht gegen ihr Geschirr. Seile spannten sich um geölte Balken. Als die Zugspannung auf das Holz übergriff, bewegten sich die gewaltigen Stämme, die einen hölzernen Damm im Boden verankerten, mit saugenden Geräuschen im schlammigen Untergrund. Erneut trieb der Fuhrmann sein Gespann an. Das Blut in den Halsschlagadern der Pferde pochte heftig, und ihre Hufe bohrten sich tief in den Boden, als sie sich erneut voranstemmten.

Der erste Stützpfeiler gab nach, andere kippten, der Damm neigte sich vor, und an den Verbindungsstellen begann das Holz unter der Feuchtigkeit der ersten hervorgedrungenen Wassertropfen schwarz zu glänzen. Während der Damm krachend nachgab, befreite der Mann sein Gespann und trieb die Tiere in kurzem Galopp das Ufer hinauf.

Direkt hinter ihnen brach der Damm. Große Stämme flogen wie Splitter durch die Luft, getrieben von der wilden Gewalt des Wassers, die während der letzten regnerischen Wochen bezähmt worden war. Donnernd eroberte sich ein wilder Strom seinen angestammten Flußlauf zurück. Kaum außer Reichweite, beruhigte der

Clanfuhrmann seine Pferde und blieb stehen. Während der Strom gleich einem bösen Geist talabwärts raste und Birken und Holunder entwurzelte, tat sein Herz aufgeregte Sprünge. Das Donnern des herniederstürzenden Wassers antwortete ihm von fünf anderen Orten rund um das Tal, wo weitere Rückhaltebecken innerhalb der Wasserscheide des Tal Quorin gleichzeitig eingerissen worden waren, um den Wassermassen zu gestatten, getrieben von ihrem Gewicht und der Erdanziehungskraft, über die mit Felsgestein durchzogenen Flußläufe niederzudonnern. Die Ebene am Ufer des Flusses verwandelte sich in einen reißenden Strom aus Felsbrocken und weißschäumenden Fluten.

Am Ufer des Flusses Tal Quorin flüchteten die Vögel aus dem Marschland. Eine Rehherde rannte durch das Gestrüpp davon und schwenkte dann in neuer Furcht herum, als der Geruch der näherrückenden Truppen sie erreichte. Zu diesem Zeitpunkt begannen die vordersten Pferde zu schnauben, zu tänzeln und zu scheuen, während die Männer fluchten, den Tieren die Sporen in die Seiten rammten und Gnudsog mit hochgerecktem Kinn lauschte.

Zu spät hörte er, was die feinen Sinne der Tiere schon vor ihm wahrgenommen hatten: das Dröhnen des Donners, ohne ein Wölkchen am Himmel. Es war ein tiefes Grollen, und es kam näher, gewichtig genug, die Erde zum Beben zu bringen.

Mit eisernem Griff hielt er die Zügel in Händen, und als sein Kundschafter wild brüllend und gestikulierend durch das Gebüsch brach, riß er sein Pferd auf den Hinterbeinen herum und knallte seitwärts in das zierlichere Tier des Boten.

»Reite weiter!« schrie er. »Such Lord Diegan und den Prinzen, und sag ihnen, sie sollen sich oben auf dem Berg in Sicherheit bringen!« Gleich darauf bellte er Befehle für seine Truppen, den Rückzug anzutreten, obgleich die Reihen durcheinandergeraten waren und die Hälfte der Schlachtrösser, halb wahnsinnig vor Angst, gegeneinanderprallten, als sie ihrem Fluchttrieb nachgaben.

Durch ihre große Zahl am Rückzug gehindert, sahen die vordersten Reihen die Flut kommen.

Sie rauschte heran wie eine hoch aufragende, herabstürzende braune Mauer, bewehrt mit Pfählen, entwurzelten Bäumen und allerlei ausgerissenem Gestrüpp. Der Vorhut der etarranischen Armee blieb gerade noch ein Sekundenbruchteil des Entsetzens, doch keine Möglichkeit zur Flucht.

Das Wasser brach über sie herein.

Männer, Tiere, leuchtende Wimpel wirbelten durcheinander, als hätte sie die von Baumstämmen verstärkte Faust des Verderbens getroffen. Pferde schrien, kopfüber im Wasser, und ihre Schreie mischten sich mit denen ihrer Reiter, die niedergemäht wurden, zerquetscht von den Leibern ihrer Reittiere. Das schäumende Wasser, das über die Ufer des Tal Quorin raste, donnerte gleich einer Walze der Vernichtung weiter und riß alles aufrecht Stehende mit sich. Ohne Ausnahme zerschmetterte es lebendiges Fleisch, zerschlug die Schäfte der Lanzen, pfählte, weidete aus und schlug auf alles mit einer zornigen Gewalt hernieder, wie kein Mensch sie je erlebt hatte.

Mit vernichtender Wucht bahnte sich die Flut ihren Weg, und dabei riß sie die verstümmelten Schlachtrösser, die nassen Banner und die zerstückelten, sterbenden Männer mit sich. Nur die äußersten Flanken der ersten Division blieben verschont.

Von Gnudsogs herbeigeeiltem Boten vorgewarnt, lief Diegan nicht in wilder Flucht davon und ließ die zweite Kompanie im Stich. Statt dessen erteilte er in rascher Folge Anordnungen, kommandierte vier vertrauenswürdige Männer ab, Lysaer aus der Gefahrenzone zu geleiten und ließ dann die Männer antreten, damit sie sich schnell aus der Nähe des Flußufers zurückziehen konnten.

Der Boden war schlüpfrig. Das Geräusch vieler Männer und Pferde, die alle gleichzeitig stehenblieben, erstickte selbst die lautesten Rufe, und Diegan verfügte nicht über Gnudsogs dröhnende Bullenstimme. Als nun die vier Männer, die er fortgeschickt hatte, den Prinzen zu begleiten, sich statt dessen um sein eigenes Pferd herum aufstellten und beharrlich nach den Zügeln verlangten, dachte er zunächst, sie hätten seine Anordnungen falsch verstanden.

»Der Prinz«, brüllte er in glühender Erregung. »Ich sagte, ihr sollt seine Hoheit Lysaer eskortieren.«

Die Männer schienen noch immer taub zu sein.

Lord Diegan wirbelte in seinem Sattel herum. Mißtrauen glitzerte so strahlend in seinen Augen wie die Juwelen an seiner Kleidung.

Dann erblickte er Lysaers unerbittliche Miene. »Geht! Dies war mein Fehler. Es ist mein Kampf. Laßt mich retten, was ich noch zu retten vermag. Denn ich fürchte, das Schlimmste kommt erst noch.«

Zornig und keineswegs gewillt, seinen Posten als Befehlshaber aufzugeben, zerrte Lord Diegan an den Zügeln, um sein Pferd zu wenden. In seinen Händen erschlafften die Zügel. Seine eigenen Männer hatten das Leder an den Ringen der Beißstange abgeschnitten. Nun begingen sie den Verrat, sein Pferd vom Fluß weg zu führen.

»Sithaer soll Euer königliches Gehabe holen!« schrie Lord Diegan.

Lysaer winkte ihm nur unbekümmert nach, während er gleichzeitig eine Reihe Anweisungen ausrief, in deren Folge die Truppen wundersamerweise ordentlich Aufstellung nahmen. Während Lord Diegan hinauf in den Wald gezerrt wurde, dachte er gehässig, wie unfair es doch war, daß ein Mann allein mit all diesen Gaben, seiner Attraktivität, seiner Härte und diesen vortrefflichen Führungsqualitäten gesegnet war. Grollend und resigniert schloß er, daß das vielleicht der Grund war, warum die Bruderschaft darauf bestanden hatte, die Monarchie wieder einzuführen.

Drei Viertel der Männer hatten sich vom Fluß bereits zurückgezogen, als die Flut aus dem schmaleren Verlauf eines höher gelegenen Tales hervorbrach und die sumpfige Ebene für sich beanspruchte. Trotz seiner Last aus verschlungenen aufgeschlitzten Pferdekadavern und zerschmetterten Männern hatte der Zorn des Tal Quorin nichts von seiner Gewalt eingebüßt. Die Fluten, in denen zerfetzte Banner und leblose Körper trieben, stürzten auf die zweite Division der Stadtgarnison Etarras hernieder.

Lysaer hörte das Rauschen, fühlte das gewaltige Beben der mißhandelten Erde, das durch den Leib seines Pferdes zu ihm heraufdrang. Obwohl jeder Nerv in seinem Körper angespannt darauf wartete, daß das Unheil über ihn hereinbräche, fuhr er fort, mit klarer, ruhiger Stimme präzise Anweisungen zu erteilen, um die nächste Kohorte Pikeniere in Sicherheit zu bringen.

Die Männer, die Diegan mit Gewalt in sichere Höhe oberhalb des Marschlandes gezerrt hatten, mußten hilflos mit ansehen, wie das Wasser auf ihre Freunde niederdrosch. Sie sahen die Furcht in den Gesichtern ihrer Gefährten in den vorderen Reihen, die ausweglos in der Falle saßen, und sie konnten nichts tun, um dem irrsinnigen Ausbruch der Panik Einhalt zu gebieten oder die Tragödie aufzuhalten, die die Ordnung zerstörte, welche entgegen aller Wahrscheinlichkeit bis zu diesem Augenblick bewahrt worden war. Und sie sahen, mancher von ihnen mit Tränen in den Augen, wie der Prinz auf seinem so hervorragend geschulten Pferd um seinen Halt kämpfen mußte.

Der Lordkommandant, den sie vor der Vernichtung gerettet hatten, hörte nun auf, sie zu bekämpfen, und schlug immer wieder mit der Faust auf seinen Oberschenkel ein. Keiner von ihnen konnte irgend etwas tun. Der braune Wallach war von den besten Pferdetrainern des Kontinents nach strengsten Richtlinien abgerichtet worden. Doch als das Wasser hungrig herniederdonnerte, gab er, frei von Zügeln, seinem Instinkt nach. Der Lordkommandant und seine Eskorte im Wald beobachteten, wie das Tier sich aufbäumte und gleich darauf wie ein Pfeil durch Stroh geradewegs in die dichtgedrängten Linien hinter ihm rannte. Brodelnd wandte sich das Heer zu einer wilden, wahnsinnigen Massenflucht. Männer ohne Pferde wurden niedergetrampelt, Kameraden weggestoßen, ja, sogar niedergestochen, als die Soldaten darum kämpften, sich auf größere Höhen zu retten. Dann, mit einem Schlag, schlossen sich die Fluten über ihnen, erstickten die Schreie, das Gebrüll und alle anderen Äußerungen verzweifelter Gegenwehr sterblicher Wesen.

Weil Pferde und Reiter sich mit der Flut bewegten, töteten die Wassermassen sie nicht sofort. Köpfe durchbrachen die Oberfläche, und, heraufgewirbelt in seinem Ringen, wurde das edle Haupt des braunen Wallachs sichtbar, ein Auge so verdreht, daß nur mehr Weiß erkennbar war, neben ihm ein anderer Kopf, naßglänzend und blond. Lysaer hatte seinen Helm abgelegt, doch er konnte sich nicht von dem Kettenhemd befreien, das ihn in die Tiefe zog. Gleich darauf wurde ein Stamm herbeigetrieben, vielleicht war es auch ein untergetauchter Leichnam, verfangen in abgerissenem Zaumzeug, schlug auf die Schwimmer auf und behinderte sie. Das Pferd wurde herumgewirbelt und ging in der saugenden Strömung des Wassers unter. Vom Reiter war nichts mehr zu sehen.

Eisige Wut packte Lord Diegan. »Du und du!« sagte er mit zusammengebissenen Zähnen zu den Männern, die noch immer das Zaumzeug seines Pferdes hielten. »Knotet meine Zügel an die Bißstange.« Heftig schlug er den Männern die Lederriemen in die Gesichter, ohne sich darum zu kümmern, ob er womöglich ihre Augen verletzte. Dann trieb er sein Pferd zum Ufer hinunter, und mit einem Schrei, der selbst das Rauschen der schwarzen Wassermassen des Tal Quorin übertönte, riß er das Kommando wieder an sich. »Etarraner! Zu mir! Formiert euch neu!«

Irgendwo stromaufwärts lauerten die Clanmitglieder, die diese Katastrophe ausgelöst hatten. Sie sollten einen grausamen Tod erleiden, das schwor Diegan, während er versuchte, die Verluste zu zählen und dabei immer noch mehr Elend sehen mußte. Kaum ein Viertel der ersten und zweiten Kompanie der Garde Etarras war noch auf den Beinen. Diese wenigen wateten tropfnaß auf das Ufer zu. Mit sich schleiften sie die Verstümmelten und Sterbenden, die es trotz allem doch besser getroffen hatten, denn der Schrecken war mit der Flutwelle noch nicht zu Ende. Für die Truppen, die Lysaers wohlerwogene Anweisungen aus der Gefahr des Ertrinkens gebracht hatte, boten die Berghänge nun einen erbärmlichen Hafen. Dort, wo das Flußufer einen festen und einladenden Eindruck machte, wimmelte es nur so vor tödlichen Fallen. Der Boden gab unter den Hufen der Schlachtrosse der Lanzenreiter nach. Ihre Schreie gellten durch die Luft, als sie sonderbar verdreht in die Gruben stürzten, in denen zugespitzte Pflöcke sie erwarteten.

»Bleibt in der Ebene!« brüllte Diegan. Mit roher Gewalt trieb er sein Pferd vom trockenen Grund fort. Bis zum Sattelgurt im Wasser bahnte er sich seinen Weg, um die verstreuten Überlebenden einzusammeln. Die Pferdedecke saugte sich mit Wasser voll und zerrte bei jedem Schritt an dem Tier. Mit dem Messer trennte er den feuchten Stoff ab. Da das Tuch das Wappen seines Hauses trug, fischte ein zerschrammter, blutender Leutnant es unbeholfen mit seinem abgebrochenen Langspeer aus dem Wasser. Um die triefende, schlammbeschmutzte Standarte herum, mühten sich die Soldaten der zweiten Kompanie, ihre zerstörten Reihen wieder aufzubauen. Sie versammelten sich, schleppten stöhnende Verletzte mit sich und versetzten den Pferden, die sich nicht mehr aufrichten konnten, geschickt den Gnadenstoß. Die Flutwelle hatte ihren Höhepunkt hinter sich und floß ab, hinterließ eine schäumende Fläche schlammiger Stromschnellen, die sich ihren Weg um Unebenheiten bahnten, die nicht von Felsen, sondern von Fleisch, Knochen und Muskeln der tapferen Soldaten Etarras, ihren achtzehnhundert Lanzenreitern, ihren seidenen Bannern, ihren handverlesenen Rekruten und ihren Kettenhemden und Waffen herrührten, die gerade erst mit dem Geld der Händler gekauft worden waren.

Als der Strom langsamer wurde und nur mehr träge dahinfloß, wurden die getöteten Opfer des vorangegangenen Blutbades wieder zum Vorschein gebracht. Vom Leib eines von Barbaren gezüchteten braunen Wallachs war nichts zu sehen, noch entdeckte einer der Männer aus Diegans Kompanie eine Spur seines königlichen Reiters.

Niemand sprach von Lysaer; doch seine Abwesenheit lastete schwer auf der Ruhe, die eintrat, als das Donnern des Tal Quorin verstummte. Am Ufer fuchtelten Bogenschützen mit abgebrochenen Pfeilen und gedehnten Bogensehnen herum. Knietief durch den Dreck und niedergedrücktes Riedgras stolpernd, zogen die Pikeniere ihre Dolche und schnitten die nassen Banner ab, die die Balance ihrer Waffen störten, grimmig entschlossen, die Feinde zu suchen und zu töten. Kaum ein Mann blutete nicht. Kaum ein Pferd war nicht lahm.

Doch der einzige Aufschrei, den sie hörten, war der ärgerliche Ruf eines Eichelhähers.

Etwas peitschte durch das Blätterwerk. Ein Mann stolperte und brach zusammen, und rund um ihn herum begannen andere zu schreien.

Die Clanbrut schoß mit Pfeilen auf sie.

Ein weiterer Mann brach zusammen und stürzte gegen Diegans Pferd. Während er noch darum kämpfte, das Scheuen des aufgeschreckten Tieres abzufangen, fühlte er einen Windzug an seiner Wange. Die Pfeile flogen nicht in Massen, sondern einzeln, abgeschossen von einer geschützten Stelle weiter oben am Berg. Die Schäfte jagten durch das fahle Laub der Birken, wimmerten durch die windstille Luft, um sich, geführt von der böswilligen Treffsicherheit der Clanschützen, in die Reihen der Gestrandeten im Marschland zu bohren.

Diegan brüllte Anweisungen für einen vernünftigen Gegenzug, einen Rückzug ins Wasser, wo sie hinter Felsen und von Sträuchern aufgehaltenen Leibern toter Pferde Deckung nehmen konnten. Doch während er die flache Seite seines Schwertes benutzte, um sein erschöpftes Pferd in das Schilfbett zu treiben, folgten ihm nur wenige erfahrene Männer.

Die Heißblütigen und die jungen Rekruten hingegen

wandten sich, getrieben von Blutdurst und Rachsucht, der Quelle des Beschusses zu.

Die Fallgruben und Schlingen, die sie überall erwarteten, forderten ihr unvermeidliches Opfer unter den Leben der Soldaten. Steivens Kundschafter zeichneten sich durch heimtückischen Erfindungsgeist aus, und erneut hielten sie blutige Ernte, und der Wald hallte von den Schreien der Städter wider, die niedergemetzelt wurden und starben, ohne daß sie auch nur einen einzigen Schlag zu ihrer Verteidigung hätten führen können.

Vierhundert Meter stromabwärts durchstreifte Major Pesquils Vorhut zu Fuß das von trübem Wasser überflutete Marschland, durch das sich gelbe Lehmspuren zogen. Dort fanden die Männer Lysaer s'Ilessid. Gestrandet stand er naß und zitternd auf einem Sandhaufen, umgeben von dahinströmendem Wasser. Einer seiner Unterarme war blutüberströmt. Sein Gesicht war zerkratzt, seine Kleider zerfetzt. Auch sein Schwert war scharlachrot, wenngleich seine rechte Hand, die mit hartem Griff den Knauf umklammerte, unverletzt zu sein schien.

Halb dem Stoff entrissen hingen seine Saphire gleich blauen Klumpen von seinem Waffenrock herab und funkelten in kaltem Feuer bei jedem seiner rasselnden Atemzüge. Zu des Prinzen Füßen, so schlammverkrustet wie seine Stiefel, lag der Kadaver seines edlen braunen Wallachs, in dessen schlankem Rumpf ein Pfahl steckte. Seine Kehle war durchschnitten worden, und gierige Fliegen saugten an seinen gebrochenen Augen.

Knietief in dem Strom, der mit seiner Fracht aus Schutt noch immer tückisch war, sprach ihn der Kundschafter, der ihn entdeckt hatte, taktvoll mit so leiser Stimme an, daß er kaum zu hören war. »Euer Hoheit?«

Lysaer wirbelte herum. Ein schwarzer Bluterguß zierte sein Kinn. Der Rest seines Gesichtes war so fahl wie bleiche Knochen, und seine Augen blickten so hell und leer wie seine Juwelen. Unbeholfen mit einem Lumpen verbunden, blutete sein Arm aus einer klaffenden Wunde. Von vorn erkannte der Soldat, daß sein rasselnder Atem durch einen weiteren Bluterguß verursacht wurde, der pflaumenblau gegen die aufgerissenen Metallringe seines Kettenhemdes drückte.

Der Kundschafter, dem Verletzungen nicht neu waren, fügte nun hinzu: »Ihr scheint Euch das Schlüsselbein gebrochen zu haben.«

Er erhielt keine Antwort. Ein kaum wahrnehmbares Zittern erfaßte den Körper des Mannes vom Kopf bis zu den Füßen.

»Das ist der Schock. Ihr müßt Euch setzen.« Der Kundschafter trat eilends vor, darauf gefaßt, daß sein Schützling jeden Moment das Bewußtsein verlieren könnte.

»Nicht hier.« Als gäbe es all die Leichen gar nicht, die wie alte Lumpen das Wasser besudelten, richtete Lysaer seinen Blick wieder auf das Pferd zu seinen Füßen. »Niemals hier.« Hinter ihm rollte ein Klumpen aus Balken und Strauchwerk durch den Fluß. Sonnenstrahlen glitzerten silbrig auf der Spitze eines Langspeeres, dessen nasser Wimpel sich über die Wange eines Leichnams gelegt hatte, der aussah, als hätte er den Mund zu einem Ausdruck ungläubigen Staunens aufgerissen: Sein ganzer Unterkiefer war abgerissen. Lysaer ließ sein Schwert fallen, hob die Hand und bedeckte eine Gesichtshälfte.

Da er aussah, als könnte er jeden Augenblick zusammenbrechen, wagte sich der Kundschafter näher heran und griff nach dem königlichen Ellbogen, den Prinzen zu stützen.

Erschaudernd schrak der Prinz zurück. Lysaers Kopf ruckte hoch. Er riß sich los, und nun sah der Kundschafter mit Grausen, daß sich seine Hoheit keineswegs in einem Zustand der Verwirrung befand, vielmehr litt er unter einer Abscheu vor sich selbst, die zu schauen kein gesunder Geist gewachsen war.

»Ich habe gefehlt«, sagte Lysaer mit eben jener selbstverdammenden Klarheit. »Möge Daelion sich meiner erbarmen, jeder Mann, der hier gestorben ist, hat sein

Leben für einen Irrglauben und für meine idealistische Dummheit gelassen.«

Pesquils Kundschafter rang nach Worten, ihm eine besänftigende Antwort zu geben. »Die Taktik der Clans ist stets ehrlos, Euer Hoheit.«

Doch es war nicht die Berührung mit den Kampfesstrategien der Barbaren, was Lysaers Herz in Rage brachte; es war das Wissen, dargeboten von zwei Kompanien unbarmherzig massakrierter Menschen, daß er meisterhaft getäuscht worden war.

Arithon war so trickreich, daß seine Vorfahren in Karthan vergleichsweise wie simple Gemüter erschienen. Diese Falle, für die Kinder als Köder gedient hatten, bewies, daß die Szene mit dem schattengewirkten Zweimaster in der dunklen Gasse in Etarra, *nichts anderes als eine sorgsam geplante und umsichtig eingefädelte Täuschung war*. Hier, über dem Kadaver eines Pferdes, inmitten eines Flusses, der noch immer von dem Gemetzel angeschwollen war, erkannte Lysaer, daß die Freude, die Leidenschaft und die qualvolle Selbstaufopferung, die Arithon den Gören im Abdeckerbezirk gezeigt hatte, nichts zu bedeuten hatte, gar nichts. Es war nur eine weitere List gewesen, ein weiteres Schauspiel seiner diabolischen, trickreichen und überaus geschickten Tücke.

Dieser Mann, der Bastard der Schatten, hatte keine Skrupel, nur eine unheilige Leidenschaft für Lügen der Art, wie sie das Mitgefühl eines anderen erschleichen konnten, und kaum war ihm das gelungen, wandte er sich gewissenlos ab und ließ allen Anstand fallen.

Abgesehen von dem Fluch des Desh-Thiere, verschrieb sich Lysaer voll und ganz moralischem Ansinnen. Sein Halbbruder, überaus gerissen und ein begabter Magier dazu, war ein Pesthauch, eine Gefahr für die Gesellschaft. Auf einem Kontinent, durchzogen von Barbarenlagern, deren ein jedes eine bereitwillige Waffe in Arithons Händen war, gab es keine Grenzen für die Zerstörungen, die er heraufzubeschwören sich noch entschließen würde.

Lysaer rührte sich wieder. Betäubt von dem Schmerz,

den das Ausmaß seines Fehlers über ihn gebracht hatte, bückte er sich und hob sein Schwert wieder auf. Die Klinge säuberte er an seinem Waffenrock, des Kundschafters vorangegangene Bemerkung ignorierte er schlicht. »Mein Pferd ist tot«, sagte er brüsk. »Ich werde ein anderes brauchen.«

»Niemand wird zu Pferde mit meinen Kopfjägern gehen«, unterbrach eine gestrenge Stimme aus dem Hintergrund. Ungesehen und unbemerkt war Major Pesquil zu dem Sandhaufen gewatet, gefolgt von etlichen seiner Kundschafter.

Die Verspätung seines Patrouillengängers war aufgefallen und mit solcher Inbrunst berichtet und verfolgt worden, daß seine Untergebenen sich der Wichtigkeit ihres Standes gewiß sein konnten.

Lysaer ging nicht auf seine Anmaßung ein. Mit großen Augen, in denen sich eine gelassene Offenheit spiegelte, blickte er nun den Kommandanten des Bundes etarranischer Kopfjäger an. »Dies war mein Fehler. Da meine Dummheit zu dieser Katastrophe geführt hat, bin ich bereit, auf Euch zu hören. Doch in einer Sache werde ich nicht weichen. Arithon s'Ffalenn wird aufgehalten werden. Und getötet. Und wenn Ihr es für notwendig erachtet, Kinder abzuschlachten, um Steiven einer seiner Waffen zu berauben, so werde ich Euch nicht länger im Wege sein.«

Pockennarbig und vor nervöser Energie zuckend, zog Pesquil die schwarzen Brauen in die Höhe. Sollte er verblüfft gewesen sein, so hatte dies keine Auswirkungen auf seine spöttelnde Neugier. »Hat Lord Diegan überlebt?«

»Das hoffe ich. Ich habe ihn ans Ufer in Sicherheit geschickt und mit ihm alle Männer, die ich noch aus der Gefahrenzone bringen konnte.« Mit bissiger Höflichkeit setzte er hinzu: »Ist die Vernehmung damit beendet?«

Nun war Pesquil tatsächlich erstaunt und nicht gewandt genug, seine Verwunderung zu verbergen.

Abwehrend doch kultiviert, sagte Lysaer: »Wenn es mir schon an Urteilsvermögen gemangelt hat, so war es meine erste Pflicht dafür zu sorgen, daß die Männer ihren Kommandanten deshalb nicht verlieren.«

Das schmale, verdrehte Band, mit dem sich Pesquil zur Schlacht geschmückt hatte, klatschte auf seine Wange, als er ruckartig den Kopf schüttelte. »Zu Sithaer mit Eurer Ehre. Ich frage mich nur, wie Ihr es geschafft habt, daß irgendein Abkömmling etarranischer Würdenträger damit einverstanden sein konnte, von Euch Befehle entgegenzunehmen.«

Nun ruckten Lysaers Augenbrauen hoch. »Stellt Euch ganz einfach vor, daß es ein paar Vorzüge gibt, wenn man als Thronerbe geboren und erzogen wird.« Einen Herzschlag später lächelte er. »Die niederträchtige Arroganz, die jeden Widerspruch im Keim erstickt, ist einer davon.«

»Hah!« Pesquil schlug sich verächtlich auf die Schenkel; um ihn herum jedoch mußten die Männer, die ihn am besten kannten, ihr Grinsen verbergen. Lysaer sah es trotzdem und wußte, daß sie einander nun verstanden. Also ließ er sich nicht aus der Ruhe bringen, als Pesquil erklärte: »Na schön, Prinz. Ihr werdet nicht mehr viele Vorteile ausspielen können, wenn ihr weiterhin blutet und bäuchlings auf dem Rücken des geforderten Pferdes festgebunden werden müßt.«

Steif, da eine Berührung in aller Öffentlichkeit seiner Würde widerstrebte, streckte Lysaer den schlecht verbundenen Arm aus, von dem nun scharlachrote Tropfen herabfielen. Der Mann, den Pesquil herbeiwinkte, trat vor und nahm sich nach einem raschen, prüfenden Blick der Wunde an. Verband und zerbrochener Unterarmpanzer wurden entfernt, die Verletzung untersucht und ordentlich bandagiert.

Von all den Männern wagte nur Pesquil einen Kommentar abzugeben. »Ihr habt Glück gehabt. Der Schnitt ist tief, verläuft aber parallel zum Muskel. Ihr werdet eine Narbe zurückbehalten, doch keine Behinderung.«

Weder dankbar noch erleichtert wandte Lysaer den Kopf ein wenig zur Seite, als auch sein Schlüsselbein untersucht und der Arm, den er nicht für den Schwertkampf brauchte, mit Hilfe einer Schlinge stillgelegt wurde.

Unter dem Kettenpanzer an seinem Hals wurde seine Halsschlagader sichtbar, nachdem die störende Wattierung mit einem Messer entfernt worden war. Sein Puls schlug heftig und rasch vor Zorn. In fast gleichmütigem Ton sagte er: »Wie viele Männer, denkt Ihr, haben das überlebt?«

»Keiner.« Pesquil blickte mit zusammengekniffenen Augen über das schmutzige Wasser, während ein wildes Durcheinander aus Strauchwerk vorbeigetrieben wurde, gefolgt von einem Leichnam, der sich in einem Netzwerk zerrissener Geschirre verfangen hatte. »Es wird sicher auch Fallen gegeben haben. Gruben, Fallstricke und gespannte Speere, die den Männern die Bäuche aufschlitzen. So arbeiten die Clans von Steiven, gegen die Ihr aufmarschiert seid.«

Als Lysaer seine Worte noch immer stillschweigend ertrug, verzog Pesquil die Lippen zu einem höhnischen Grinsen. »Ach, Gnudsog, denkt Ihr. Warum sagt Ihr das nicht gleich? Der altgediente Kämpfer, der es für angebracht hielt zu schweigen, trotz seiner Jahre und all seiner Erfahrung ...« Mitleidig studierte der Offizier, der die Kopfjäger Etarras durch ihre Laufbahn teuflischer Besessenheit geführt hatte, Lysaers Miene. »Ihr solltet etwas über Gnudsog wissen: Sein Bruder und sein kleiner Sohn sind von den Barbaren getötet worden. Sie sind gemeinsam mit einem Händlerzug gefallen, als sie unterwegs zu der Hochzeit eines Cousins in Oststadt waren. Etarras großer Hauptmann hat seine Karriere als Kopfjäger begonnen, wie Euch jedermann bereitwillig erzählen wird. Er hat aufgehört, weil es ihm *zu viel* Freude bereitet hat. Einmal hat er mir erzählt, daß er die Jagd mehr liebte als sein eigenes Leben.« Verdrossen und widerborstig, da ihm der Prinz keinen weiteren Angriffspunkt bot, sondern ernsthaft lauschte, wozu sich kein anderer hochwohlgeborener Sproß herabgelassen hätte, schürzte Pesquil die Lippen. »Wenn er gehofft hat, er könnte ein paar Barbaren umbringen, dann war das für

Gnudsog Grund genug, jeden einzelnen Soldaten Daelion und den Gruben von Sithaer auszuliefern.«

»Ich war der Mann, der das getan hat«, korrigierte Lysaer mit einem Anflug der Verbitterung; der Kundschafter war mit den Verbänden fertig und zog sich zurück, peinlich berührt ob der Tatsache, daß die beiden Männer sich unterhielten, als wären sie vollkommen allein. »Ich dachte, wir könnten auf Euch warten und Euch erzählen, was noch zu tun übrig ist. Aber noch haben wir die Kompanien an unseren Flanken.«

Pesquil lachte leise.

»Haben wir die?«

Und vor ihm verschleierte sich Lysaers Blick, als eine eisige Erinnerung ihn überkam: Der Fluß mochte schlimm gewesen sein, doch noch stand ihnen die Begegnung mit den Schatten bevor. Er atmete tief durch, um sich zu sammeln. »Fürchtet Ihr Euch davor, es herauszufinden?«

»Nein.« Nachdem nun die Entscheidung gefallen war, bedeutete Pesquil seinen Männern durch eine Handbewegung, sich zu zerstreuen. Als sie sich geräuschlos verteilten und verschwanden, um ihrer Pflicht zu gehorchen, trat ihr Anführer rückwärts in das seichte Wasser des Tal Quorin. »Dann kommt, Euer Hoheit«, forderte er den Prinzen auf. »Aber diesmal werden wir die Deshans auf meine Weise jagen.«

Verstohlen arbeiteten sie sich flußaufwärts, vorbei an den ausgestreckt daliegenden Toten, deren Münder und Augen mit Schlamm bedeckt waren; vorbei an scharlachrot verfärbten Pfützen und zerbrochenen Schwertern und an den Schlachtrossen, deren Leiber sich auftürmten wie die gestrandeter Wale, wären da nicht die Riemen der Brustplatten, die Sattelgurte und verbogenen Steigbügel gewesen. Lysaer scheute nicht vor dem Gemetzel zurück. Als Pesquil verlangte, daß er die Juwelen von seinem Waffenrock abreißen sollte, damit sie nicht in der Sonne glitzern konnten, gehorchte er, denn in diesen Wäldern erwarteten sie die Clankrieger. Stromaufwärts konnten sie Rufe und die hohen, schrillen Todesschreie sterbender Pferde hören, die immer lauter an ihre Ohren drangen, je weiter sie voranschritten.

Die Barbaren mordeten noch immer.

Lysaer war nun nicht mehr blaß, sondern kreidebleich. Es kostete ihn jeden Funken Selbstkontrolle und eine Demut, die ihm mehr abverlangte als der Mut, stillzuhalten, bei Pesquil zu bleiben, sich geräuschlos von einem Riedgrasdickicht zu dem schattigen Tümpel hinter einer Baumfalle zu schleichen, vorsichtig bei jedem Schritt, damit ihre Stiefel nicht durch die Wasseroberfläche brachen und Geräusche verursachen konnten.

Wieder blieben sie stehen. Lysaer mußte die Zähne zusammenbeißen, um dem Schmerz aus seinen Schnittwunden und Quetschungen standzuhalten und die brennenden Stiche zu überstehen, die ihn peinigten, wenn etwas seine Körperseite oder sein Schlüsselbein berührte. Bewegung kam kaum wahrnehmbar in die Weidenwedel am Flußufer. Ein Kundschafter kehrte zurück. Mit gesenktem Kopf nahm Pesquil seinen Bericht entgegen.

Lysaer konnte die Worte nicht hören, obgleich in den umgebenden Wäldern kein Vogel sang. Auch das Rauschen und Donnern des Hochwassers war längst verstummt, und überall flogen blutgierige Moskitos durch die Luft. Sie schlugen gegen seine Nase und seine Ohren, kreisten wild um ihn herum, und wann immer er einatmete, mußte er gegen einen Niesreiz ankämpfen.

Auch stromaufwärts war es nun still.

Knöcheltief im flachen Wasser mußte Lysaer sich heftig zusammenreißen, um nicht krampfartig zu zittern, was nichts mit Kälte oder Schock zu tun hatte. Einige Momente zogen dahin, bis er bemerkte, daß Pesquil ihn aus halbgeschlossenen Augen anstarrte.

Unter diesem prüfenden Blick rettete ihn nur seine Erziehung bei Hofe davor, in drängendem Ton zu sprechen. »Ihr habt Neuigkeiten?«

Pesquils Oberlippe zuckte, ehe er den Mund zu einem einseitigen Lächeln verzog, das keinen Funken Humor enthielt. »Schatten«, sagte er klar und deutlich. »Schatten und Fallen im Westen von uns. Noch mehr Fallen und

Bogenschützen hinter dem Bergkamm im Osten. Unsere Flanken sind nicht ungeschoren davongekommen. Aber im Gegensatz zu den Männern, die im Tal Quorin ertrunken sind, leben von ihnen noch genug, sich zum Kampf zu stellen.«

Arithon war hier. Diese Bestätigung seiner Ahnung löste in Lysaer eine wirre Vorfreude aus.

In einem Gewaltakt der Selbstbeherrschung, schlimmer noch als bisher, gelang es dem Prinzen, sein Schwert nicht in vom Fluch getriebener Mordlust aus der Scheide zu reißen. Noch immer starben Etarras Soldaten wegen seines Fehlers. Ihre Not verlangte vorrangig nach seiner Verantwortung. »Dort in dem Tal waren vor kurzer Zeit noch Überlebende.«

»Ich weiß.« Pesquil drängte weiter voran und barg seine Bewunderung hinter einer Fassade leichten Hohnes. »Wir werden erst weiter stromaufwärts gehen, wenn es Euch beliebt.«

Die Sonne brannte auf sie hernieder, und allmählich ließ der Strom herabstürzenden Wassers nach. Hier und dort schob sich Sumpfgras aus dem Boden hervor, der von der Strömung zu einem Fischgratmuster aufgeschwemmt war und dessen schlammige Oberfläche nun langsam wieder trocknete. Still und ruhig war die Luft über dem Wald. Lysaer ärgerte sich, daß sie nur langsam vorankamen, weil Pesquil darauf beharrte, äußerst vorsichtig weiterzugehen und stets in Deckung zu bleiben. Wie die Ausbeute eines Lumpensammlers lagen auf den im Sonnenschein glitzernden Untiefen die schlaffen Körper der getöteten Soldaten aus Etarras Garnison, doch gab es sonderbarerweise weder verwundete noch lebende Pferde. Nicht alle Toten waren ertrunken; nicht alle trugen aufgequollene Wunden. Lysaer hielt inne, als er gerade über einen Unteroffizier hinwegsteigen wollte, und das, was seine Augen sahen, schlug ihm wie ein schwerer Hieb auf den Magen.

Des Mannes Kehle war aufgeschlitzt worden.

Während er noch an dem gewaltigen Ausbruch der Übelkeit würgte, fühlte Lysaer, wie sich eine Hand auf seinen Rücken legte und ihn gewaltsam vorandrängte. »Was für eine Überraschung«, kommentierte Pesquil säuerlich. »Ihr habt doch tatsächlich geglaubt, daß der Fluß allein all das hier hätte anrichten können, nicht wahr?«

Die Hitze, die flimmernden Reflexionen im nassen Schlamm, die Tropfen, die von den Blättern der Bäume herabfielen, sie alle schienen sich verschworen zu haben, Lysaer zu verwirren. Mühsam unterdrückte er das Schwindelgefühl, wobei er sich erzürnt fragte, wie lange es noch dauern würde, bis er wieder über etwas Ähnliches wie seine gewohnte Selbstkontrolle verfügen würde. »Wer auch immer das getan hat, kann unmöglich zwei komplette Divisionen umgebracht haben, ohne dabei auch nur einen einzigen Mann zu verlieren.«

»Beinahe«, murmelte Pesquil, ehe er stehenblieb, um den Bericht eines weiteren Kundschafters entgegenzunehmen. »Zumindest ist Lord Diegan noch am Leben. Er ist flußabwärts in Sicherheit, aber er kann nicht kämpfen. Mein Heiler zieht ihm gerade eine Pfeilspitze und diverse Bruchstücke seines Kettenhemdes aus dem Leib.«

Doch auch die Nachricht, daß der Lordkommandant von Etarra überlebt hatte, vermochte Lysaer kaum zu erleichtern.

»Ich habe keine toten Barbaren gesehen.«

»Ich schon.« Leise war der Kundschafter wieder verschwunden, und Pesquil betrachtete eingehend den vor ihnen liegenden Waldgürtel. »Aber es waren nur wenige, mein Prinz. Kein Clankrieger kämpft, wenn er sich auch eines Hinterhalts bedienen kann. Er wird seine Deckung nicht verlassen, ehe sein mörderisches Werk nicht vollendet ist, und auch dann bleibt er stets wachsam. Ihn zu stellen ist nur möglich, wenn Ihr Euch nahe an ihn heranschleicht, ohne daß er Euch auch nur einmal zu sehen bekommt. Ihr selbst müßt in Deckung bleiben und geduldig wie der Allmächtige abwarten.« Plötzlich hielt Pesquil Lysaer an der Schulter fest und blieb stocksteif stehen. »Antwortet nicht«, flüsterte er scharf und, als sich der Prinz unter seinem Griff versteifte: »Bewegt Euch nicht.«

Seine Aufmerksamkeit richtete sich auf den Schatten, fort von der sonnenbeschienenen Weite der Ebene. Auch Lysaer beobachtete den Wald. Jenseits der Moskitoschwärme, die die Sonne verdunkelten, unter den silbrigen Birkenzweigen mit dem kupferfarbenen Laub, sah er die klaffenden Löcher im Boden und die aufgeworfene Erde überall dort, wo Pferde um Halt gerungen hatten, als der Boden unter ihren Hufen nachgegeben hatte. Er sah das weißliche Schimmern eines fallengelassenen Schwertes; die goldenen Fransen, die einst einen Putz geziert hatten; und er sah die unzähligen Toten, die Arme von sich gestreckt oder die erschlafften Hände um den Schaft des Pfeiles gelegt, der sie gemeuchelt hatte. Getrieben vom harten Schlag des Pulses in seinen Adern und einem Zorn, zu bitter, ihm Ausdruck zu verleihen, zwang sich Lysaer zu einer erschöpfend eingehenden Betrachtung, zwang sich ohne Unterlaß aus den niedergetrampelten Sträuchern und den scharlachrot verfärbten Pfählen und all den geschändeten Leibern das Schicksal der Männer abzulesen, die dem Fluß entkommen waren. Steivens Clankrieger waren ausgesprochen gründlich vorgegangen.

Aus der Finsternis erklang das Winseln eines Mannes. Lysaer spannte sich, wollte sich erheben und bereitete sich darauf vor, Überlebenden zu Hilfe zu kommen. Pesquil riß ihn so gewaltsam zurück, daß die gebrochenen Enden seines Schlüsselbeines ebenso wie eine gebrochene Rippe auf der linken Seite seines Körpers, die dem Kundschafter, der ihn bandagiert hatte, entgangen waren, schmerzhaft erschüttert wurden. Gleich darauf legte sich Pesquils schwielige Hand über sein Gesicht und erstickte selbst die zischend ausgestoßene Luft, den einzigen Schmerzenslaut, der über seine Lippen kam.

Mit einem Knoblauchhauch flüsterte Pesquil kaum hörbar: »Bleibt still. Eine falsche Bewegung, das kleinste Geräusch, und Ihr werdet uns alle umbringen.« Er behielt seinen erstickenden Griff bei, während, wie zur grausamen Bestätigung, das Leiden des unbekannten Soldaten mitten im Schrei abgeschnitten wurde.

Nun folgte ein brodelndes Ächzen, dessen Ursprung nicht mißdeutet werden konnte. Irgendwo ganz in der Nähe waren die Barbaren gerade damit beschäftigt, die Kehlen der Verwundeten aufzuschlitzen.

Langsam und bedächtig ließ Pesquil seine Hand sinken.

Während Lysaer sich die Wange rieb, auf der die Panzermanschette Pesquils sichtbare Spuren in einer verschorften Wunde hinterlassen hatte, blickte er den Mann mit einem Ausdruck unterdrückter Enttäuschung an.

Gewandt wie eine Schlange sandte der Kommandant der Kopfjäger Etarras eine Reihe von Signalen in Form lautloser Gesten an die verborgenen Reihen seiner Kundschafter.

Dann berührte er Lysaers Handgelenk und kroch tiefer in den Wald hinein.

Nun schlichen sie noch vorsichtiger voran als zuvor. Da zwischen den Bäumen und unter den Matten bodenbedeckender Pflanzen noch immer nicht ausgelöste Baumfallen und Fallgruben auf sie lauern mochten, bekam Lysaer Gelegenheit zu lernen, wie ein Kopfjäger die Erde mit der Waffe prüft, ehe er voranschreitet, wobei er stets den Blick gesenkt hielt, um jeden Ast, jede Ranke und jede lockere Wurzel frühzeitig zu bemerken, die den Mechanismus einer Falle in Bewegung setzen mochte. Der Duft knospender Sommerblüten mischte sich unangenehm mit dem neuen Geruch des Todes, und oft drang aus den Mooskissen unter ihren Händen und Füßen ein Schwall frischvergossenen Blutes heraus. Immer dunkler wurde es. Vor ihm, konzentriert nach vorn starrend, hielt Pesquil inne. Mit äußerster Vorsicht, um nur kein Geräusch zu verursachen, zog er langsam und schweigend seine Waffe.

Lysaer kroch neben ihm her und folgte seinen Blicken.

Hinter einem Gewirr aus Birkenzweigen und dunkleren Tannen war eine Gruppe leichtfüßiger Knaben mit den Gefallenen Etarras beschäftigt. Gekleidet in Rehleder, bewegten sie sich so verstohlen wie wilde Tiere, als sie, wie Lysaer vermutete, die Waffen der Männer stahlen; dann jedoch nahm ein vielsagendes Aufblitzen von Stahl seinen Blick gefangen. Ungläubiges Entsetzen schüttelte ihn.

Der tiefe Schatten des Dickichts verbarg die Tatsache nicht länger seinen Blicken, daß die Hände der Knaben bis zu den Unterarmen scharlachrot leuchteten. Kleine Finger und scharfe Dolche sorgten dafür, daß die verwundeten Städter sich niemals wieder erholten. Mit weit aufgerissenen Augen beobachtete er, wie ein Sohn der Clans von Deshir dem Flehen eines Mannes mit einem geübten Schnitt durch seine Luftröhre ein Ende bereitete. Andere Opfer, die bewußtlos dalagen oder mit dem Gesicht nach unten vor Schmerzen leise stöhnten, starben ebenso schnell an einem gut plazierten Stich in den Hals. Das Gemetzel spielte sich in lautloser Eile und mit einer unbarmherzigen Präzision ab, für die es keinen Vergleich gab.

»Kleine Biester!« keuchte Lysaer leise.

»Zeit zur Vergeltung«, flüsterte Pesquil. »Diesmal haben wir sie. Hier wird es keine weiteren Fallen geben.«

Mit geübter Sorgfalt verteilten sich die Kopfjäger Etarras, und schon bald war die kleine Anhöhe dreifach von den bewaffneten Männern umzingelt. Als Pesquil ihnen bedeutete, anzugreifen, rückte lediglich der innere Ring vor. Sie drangen auf die Kinder ein, um zu töten, und kümmerten sich nicht darum, ob das ein oder andere entkam.

Die zurückgebliebenen Männer würden jeden flüchtenden Knaben wieder einfangen.

An vorderster Front hieb Lysaer mit dem Schwert auf die Reihe schützend erhobener Dolche in den Händen der Burschen ein, ohne dabei länger zu zögern, als es ein Mann tun mochte, der Ratten erschlug.

Dies war kein Kampf, es war eine Exekution, die Leben, die er auslöschte, von besudelter Abstammung. Die Erfordernisse königlichen Standes ließen einen Mann abstumpfen gegenüber grausamen Entscheidungen: wenn es ihn schmerzte, so durfte er es nicht zeigen, wenn es ihn zermürbte, hatte er nicht die Befähigung zu regieren.

Wenn Arithon s'Ffalenn Kinder in die Schlacht entsandte, so lastete deren Tod auf seinem Gewissen.

Erste Beute

Auf einer kleinen Erhebung inmitten des Tales, das an den Flußlauf des Tal Quorin angrenzte, saß der Halbbruder, den Lysaer zu töten geschworen hatte, neben fünf von Steivens Bogenschützen auf einer Lichtung. Neben seiner Schulter kniete Jieret und hielt voller Unruhe einen Bogen in Händen, wobei er eine nervöse Tapferkeit zeigte, die der erwachsener Männer nicht nachstand. Arithon selbst trug keine Waffe. Mit leeren Händen und angezogenen Beinen hockte er am Boden, die Unterarme locker über die Knie gelegt. Den Kopf gebeugt und die Lider halb geschlossen, sah er aus, als dämmerte er dem Schlaf entgegen.

Tatsächlich hatte er sich aus purer Notwendigkeit von seinen äußeren Sinneswahrnehmungen gelöst.

Läufer der Clans hatten die Nachricht gebracht, daß der s'Ilessid-Prinz zusammen mit der verlorenen Division marschiert war, die am Ufer des Tal Quorin vorgerückt war.

Seinen edlen braunen Wallach hatten sie untergehen sehen, doch es hatte nie einen Zweifel daran gegeben, daß sein Reiter nicht nur die Flut, sondern auch die Fallen überlebt hatte.

Noch immer zerrte der brennende Drang des Fluches Desh-Thieres heimtückisch an Arithons Willenskraft. Er fühlte ihn stets wie einen unermüdlichen Druck, der sich gegen jede Vernunft stemmte, einen Schmerz, der all sein Streben und Denken unterwanderte. Gleich einer krankhaften Begierde spielte das Wissen um Lysaers Gegenwart mit seinen Nerven, so launisch wie ein Funke, der trockenem Holz gefährlich nahe war.

So bedeutsam war dieser Alptraum, daß er seinem Halbbruder nicht lebend begegnen und doch den Zugriff auf seinen freien Willen behalten konnte. Wäre nicht das Überleben der Clans von Deshir von seiner Gabe abhängig gewesen, er hätte weit von diesem Ort entfernt sein müssen.

»Hey, Jieret«, schalt einer der Kundschafter, als der Knabe die Spannung seiner Bogensehne prüfte und mit angelegtem Pfeil so tat, als würde er zielen. »Verschwende deine Schüsse nicht, Junge. Such dir die Pfeile heraus, die deiner Größe angemessen sind, und denke daran, daß wir keine Gelegenheit haben werden, sie auszutauschen!«

»Das weiß ich auch«, entgegnete der Knabe mit finsterem Blick, und seine Finger wanderten über die frische Darmsehne seines Bogens auf und ab und auf und ab. Wie die Männer trug er sein Haar zurückgebunden, und er bemühte sich sehr, seine Furcht nicht zu zeigen. Schon seit dem hellseherischen Traum, der seiner Erinnerung entglitten war, war er übellaunig und schwer im Zaum zu halten.

Ein Wort von Arithons Lippen hätte ihn vielleicht besänftigen können. Aber der Herr der Schatten konnte zu diesem Zeitpunkt keinen Funken Aufmerksamkeit für irgend jemanden erübrigen. Kein Magier würde freiwillig seine feinere Wahrnehmung über ein Schlachtfeld gleiten lassen. Die Qualen, die die Seelen erlitten, wenn sie unter dem ungezügelten Schmerz tödlicher Wunden dem Leben entrissen wurden, konnte jegliche Vernunft zerrütten, und das hatten sie schon oft genug unter Beweis gestellt. Unter dem Schutz von Barrieren, so gewaltig wie die, die er während des nervenzermürbenden Aufenthaltes in Ithamon aufgebaut hatte, sandte Arithon seine Magie mit der Präzision eines Uhrmachers hinaus, der sich durch all die vielen Rädchen zur Hauptfeder vortastet.

Während der vorangegangenen Nacht war er barfuß durch das Tal gelaufen, hin und her auf dem vertrauten Boden, hatte Banne gelegt und in zerbrechlicher Spannung mit der unterschwelligen Anziehungskraft der Himmelsrichtungen verknüpft. Diese Eiche, jener Stein, von Osten nach Westen, eine schützende Linie aus Gestrüpp, Schößlingen und alten Bäumen; tausend

Punkte in der Landschaft wurden zu seinen Erkennungsmalen. Nun ließ er seine Aufmerksamkeit über das zart gesponnene Netz seiner nächtlichen Arbeit gleiten; er veränderte die Banne oder ihre Lage, geleitete sie aus der Wachsamkeit in einen Dämmerzustand, trug Sorge dafür, daß ihre gemeinsame Wirkung aufs genaueste ausbalanciert war, um ein Netzwerk aus Schatten über das Tal zu legen.

Diese Strategie, die er unter Qualen den Früchten seines Tienellerausches abgerungen hatte, verstärkte er, indem er die Luft selbst krümmte und die natürliche Akustik verfälschte.

Wenn er auch seine Fähigkeiten nicht direkt einsetzte, um Leben auszulöschen, so war der Unterschied doch nur sehr gering.

Durch seine Hand stolperten die sauberen Reichen der rechten Flanke von Etarras Truppen abrupt in tiefste Dunkelheit. Felsen, sumpfige Pfuhle und dichte Haine aus Zwergahorn stürzten ihren Vormarsch in ein Chaos. Fragende Rufe gingen zwischen den gepeinigten Soldaten hin und her, während die Befehle der Offiziere in Echos aufgesplittert wurden und, statt die versprengten Truppen zu sammeln, ganze Kohorten auf Abwege in felsige Schluchten und morastige Täler stolpern ließen.

Die Schatten selbst widersetzten sich den Gesetzen der Natur. Ein Städter, der sich umwandte, um zurückzugehen, fand sich im klaren Sonnenschein wieder. Wenn er seiner Furcht und seinen Instinkten folgte und auf direktem Wege die Flucht antrat, würde er auf kein weiteres Hindernis treffen. Jeder etarranische Soldat aber, der hochmütig genug war, diese Gnadenfrist zu nutzen, um seine Orientierung wiederzugewinnen, wurde schon im nächsten Augenblick von der Finsternis verschluckt. Blind und richtungslos brachen sie durch Zweige und Morast, renkten sich die Fußgelenke aus, schlugen ihre Schienbeine blau an herzlosen Felsbrocken und aufragenden Wurzeln. Die Landschaft selbst führte sie nordwärts, wo sie schließlich, arg mitgenommen und orientierungslos, in die blendende Helligkeit des plötzlich wieder ungehindert herabscheinenden Sonnenlichtes hinaustaumelten.

Pfeile erwarteten sie in lautlosem, gleichmäßigem Flug, abgeschossen von verborgenen Clanschützen. Soldaten schrien, strauchelten und starben; andere, durch die Schreie ihrer Gefallenen vor dem Hinterhalt gewarnt, zogen sich wieder in den Schutz der Schatten zurück, wo sie von ihren eigenen Kameraden niedergestochen wurden, die zu sehr aus der Fassung geraten waren, um die Farben der Stadt noch von dem Rehleder der Feinde zu unterscheiden.

Bestürztes Rufen und qualvolles Stöhnen verfing sich in dem Netz komplizierter Beschwörungen, von dem es als Echo zurückgeworfen wurde. Wie den Abfluß des Wassers zur Ebbe empfand Arithon des stete Zehren an seinen Energiereserven. Gleich einem tödlichen Frost zur unpassenden Jahreszeit vermischte sich die Magie, die ihn sein Großvater gelehrt hatte, auf schauerliche Weise mit Mord. Am schlimmsten war es dann, wenn die Magie schwand und sterbende Männer wie Fische im Netz zuckten und ihren letzten Atemzug aushauchten. Als hätte er Seide um eine heißbrennende Flamme gewunden, arbeitete Arithon sich durch ein gefährliches Paradoxon, gab er sich doch bis zum Äußersten feinsinniger Wahrnehmung hin, während er sich gleichzeitig – nach außen blind und taub scheinend – in sich selbst versenkt und striktem Schweigen verpflichtet hatte. Er hörte die Spötteleien der Bogenschützen, die neben ihm die Pfeile sortierten und Wasserschläuche weiterreichten, doch er antwortete ihnen nicht. Von Zweifeln bedrückt und sich durch seine messerscharfe Wahrnehmung doch der Tatsache bewußt, daß nie mehr Städter auf einmal durchkommen durften, als die Schützen bewältigen konnten, wehrte Arithon die Schwäche ab, die sich schmerzlich durch sein Innerstes bohrte. Sollte er abgleiten, sollte er die Spur nur eines einzigen Lanzenreiters oder Söldners verlieren, so konnten Steivens Clans nur allzu leicht überrannt werden. Gefangen in der Konzentration, die notwendig war, exakt zu wählen, welches

Opfer aus den Schatten befreit werden sollte, fühlte er zunächst nichts, als sich in der Nähe des Flusses der Lebenssaft der Söhne der Clans von Deshir über die Erde ergoß.

Doch der junge Jieret, der über das Zweite Gesicht verfügte, schrie laut auf. »Ath! Ath, es ist Teynie!« Er schleuderte seinen Bogen von sich und zerrte an Arithons Schulter, gepeinigt von maßlosem Entsetzen. »Schnell! Sie wird sie alle verraten!«

Benebelt und unter der Last des verschachtelten Labyrinths der Schatten und Schutzzauber, hörte Arithon weder seine Worte noch fühlte er seine drängende Berührung. Dennoch erwachte er aus seiner Trance. Der Eid, den er gegenüber Steivens Sohn abgelegt hatte, war ein Blutschwur gewesen, und für einen geschulten Zauberer bedeuteten derartige Rituale eine engere Bindung als nur ein bloßes Versprechen; sein Leben und das des Jungen waren auf heikelste Art miteinander verbunden. Wie ein Mann, der aus tiefster Bewußtlosigkeit erwacht, mußte er sich erst einmal sammeln, ehe er seine Umgebung wieder voll wahrnehmen konnte, doch er war nicht schnell genug.

Verloren in seiner Furcht und seinem entsetzlichen Schmerz, drängte Jieret sich an den Bogenschützen vorbei und sprang über die Umpfählung, die ihnen als Deckung diente.

Ihm blieb keine Zeit, seine Entscheidung zu überdenken. Arithon ließ von den Bannen ab, ließ sie zu einer gleißenden Kaskade mißbrauchter Energien zusammenbrechen.

Die Schattenbarriere, die sich ohne großen Aufwand stabilisieren ließ, wandelte er eilends in einen lichtlosen Mantel über dem Tal, der die Truppen Etarras wenigstens hier und dort behindern würde. »Ihr seid auf euch selbst gestellt«, erklärte er den Bogenschützen hastig. »Bleibt oder zieht euch zurück, ganz wie ihr es für richtig haltet, aber schickt zumindest einen Läufer aus, der eure Kameraden warnen kann.«

Dann war auch er über die Pfähle gesprungen und

rannte hinter Jieret her, wobei sein Schwert frei in der Luft glänzte.

Die Hälfte der Kundschafter, die den Posten mit ihm gemeinsam bezogen hatten, verweilte dort. Die anderen packten sich ihre Waffen und folgten, wobei sie alle Kameraden in Sichtweite herbeiriefen. »Jieret ist davongelaufen, und der Prinz folgt ihm. Teilt euch auf und kommt mit uns. Sie werden Hilfe brauchen.«

Während er an Holunderbüschen und allerlei dürrem Gestrüpp vorbeihastete, blieb Arithon keine Zeit, Bedauern zu empfinden. Nun, da Jierets Gabe ihn eine Vision hatte auffangen lassen, die ihn zu dem Gemetzel an den Unschuldigen von Deshir führte, trugen alle vorausgeplanten Verläufe aus den tienellegestützten Beobachtungen unbekannte Auswirkungen in sich.

Aber auch wenn die Clans von Deshir verloren sein sollten, hatte er geschworen, daß Steivens Sohn verschont bleiben würde.

Er konzentrierte all seine Kraft auf seine Schritte, brach durch einen letzten Birkenhain und holte endlich den davongelaufenen Knaben ein. Als er schließlich neben ihm war, bemühte er sich nicht, ihn aufzuhalten, sondern glich sich seinem Tempo an und führte den Jungen in sanftem Bogen zu den höher gelegenen Wäldern. »Gut. Dort hinauf. Das ist besser. Weniger Pikeniere, und vergiß den Sumpf nicht.«

Jieret würgte ein Schluchzen ab und stürzte mit einem zornigen Sprung, der ihm das Gleichgewicht raubte, durch einen Wasserlauf.

Als er stolperte, fing Arithon ihn auf und half ihm über die moosbewachsenen Steine am Ufer. Trotz seines schweren Atems hörte er nicht auf zu sprechen. »Erzähl! Was ist mit Teynie? Wir sind Blutsverbündete. Ich habe geschworen, für dich da zu sein.«

»Die Zelte!« Jieret drängte durch einen Zaubernußstrauch, dessen weiche Stacheln an seinem Wams hängenblieben. »Sie wird die Kopfjäger zu den Zelten führen.«

Getroffen von einer Welle der Hellsichtigkeit, wehrte

Arithon die Zweige ab, die ihm ins Gesicht schlugen. Dann packte er fest die Hand des Knaben. »Sprich nicht«, keuchte er. »Denke nur an das, was du geträumt hast, und stell dir vor, daß ich es auch sehen kann!«

Doch die Furcht hatte die Vision an den äußersten Rand von Jierets Wahrnehmungsbereichen getrieben. Kaum hatte Arithon sich geöffnet, um sich der Not des Knaben anzunehmen, da überwältigte ihn auch schon die Bindung des Blutpaktes. Jierets Entsetzen wurde zu dem seinen. Die hellseherische Vision, die ihm seine Tienellebeobachtung nur in Fragmenten dargeboten hatte, entfaltete sich nun in ihrem ganzen Schrecken. Der von Sträuchern bewachsene und von Rinnsalen durchzogene Berghang entglitt seiner Wahrnehmung, als ihm sein magischer Blick einen anderen Ort zeigte ...

... einen Ort mit aufgewühlter Erde und niedergemetzelten Körpern, einen Ort, an dem Pesquils Kopfjägertruppe ihre Spuren in der blutigen Erde hinterlassen hatte. Rasch und schweigsam tauschten sie ihre Schwerter gegen Dolche aus und sicherten sich die Skalps, mit deren Hilfe sie ihre Belohnung für die Morde einfordern konnten.

Die Leiber, die an den Haaren für diesen letzten Schnitt hochgerissen wurden, waren klein, die mit Blut und moderndem Laub beschmierten Gesichter noch nicht vom Leben und den Jahren gezeichnet ...

Knaben, erkannte Arithon, und der Schmerz ließ fast seinen Herzschlag aussetzen. Hart stolperte er über einen Stein, fühlte, wie Jierets Griff ihm half, sein Gleichgewicht zu wahren. Die äußere Wahrnehmung kehrte abrupt zurück, und mit ihr die erschreckende Erkenntnis totaler Hilflosigkeit. Es war bereits geschehen, die Söhne Deshirs waren tot. All die Knaben, die auszusenden Caolle verlangt hatte, weil erwachsene Männer nicht entbehrt werden konnten, um die verwundeten Feinde zu töten, lagen entstellt und tot darnieder. Unter ihnen wäre auch Jieret gewesen, hätte es nicht den Blutpakt der Freundschaft gegeben.

»Jieret, sie sind schon fort«, keuchte Arithon niedergeschlagen. »Es ist zu spät.«

Doch Jierets schweigsames, heftiges Kopfschütteln zwang die unerfreuliche Erinnerung in sein Bewußtsein, daß das besagte Mädchen in der entsetzlichen Szene nahe dem Fluß nicht aufgetaucht war. Bedrängt von einem neuen Ansturm der Verzweiflung, fragte sich Arithon, wieviel der Geist eines starken Menschen zu ertragen imstande war. Die Fehde zwischen Karthan und Amroth hatte Scheußlichkeiten genug mit sich gebracht, seinen Widerstand gegen jedes Leiden für alle Zeiten zu brechen. Der Haß zwischen den Städtern und den Clans jedoch war noch viel bösartiger.

Kriechtiere knirschten unter seinen Füßen, während er sich auf den Gebirgskamm hinaufkämpfte. Neben ihm schleppte sich Jieret voran, die Augen starr und weit, als würde endloses Grauen schauen, doch ihm fehlte der Atem, sein Leid zu beklagen.

Wann würde der Augenblick kommen, an dem auch das stärkste Herz zurückscheuen und sich selbst vor der leichtfertigen Zerstörung schützen würde? Weiterzumachen bedeutete, zu riskieren, jeden Fetzen seiner Rechtschaffenheit an Desh-Thieres Fluch zu verlieren. Arithon fluchte, erfüllt von furchtsamer Pein. Mit festem Griff umklammerte er sein Schwert, stählte seine müden Nerven und durchbrach die letzte schützende Barriere, die ihn von dem trennte, was Jieret in seinem Traum gesehen hatte. All die besonnene Vorausplanung war plötzlich zunichte gemacht, als er sich mit seiner magischen Wahrnehmung direkt vortastete.

Diszipliniert, effizient und viel zu versiert im Umgang mit den Clans in den Wäldern, um sich mit Verzögerungen aufzuhalten oder unnötige Geräusche zu verursachen, erteilte Pesquil Anordnungen in rascher Folge.

Seine Männer verstauten die bluttriefenden Trophäen in ihren Jagdtaschen. Ganz in der Nähe schwang ein starker, aufrechter Mann ein Schwert mit spiegelbildlichen Runen auf der Klinge und biß die Zähne zusammen, um dem Schmerz seiner gebrochenen Knochen standzuhalten.

Umrahmt von diesem Ort, im Angesicht der Leiber niedergemetzelter Kinder, war es doch dieser Mann allein, dessen Gestalt sich gleich einer Flamme vor einem Brandmal abhob, der die Muster des Fluches Desh-Thieres weckte. Im Gegenlicht der Sonne woben die weichen, fedrigen Piniennadeln den Hintergrund für das in Unordnung geratene blonde Haar und das königliche Profil, das zwar geschunden und zerkratzt war, doch keinen einzigen Funken der Reue zeigte ...

Arithon keuchte entsetzt, als wäre er geschlagen worden. Seine Schritte stoppten trotz Jierets Mühen, seinem Rufen und Zerren, ihn weiterzudrängen. Er hörte nichts, fühlte nichts, außer der Nervenanspannung und dem Drang anzugreifen.

Vision und Reflexe vermischten sich, und Alithiels Klinge wirbelte durch die Luft. Dann rief der reißende Klang des Schwertes, das durch Äste und Farnkraut sauste, seine verwirrten Sinne in die Wirklichkeit zurück.

Schwer atmend stand Arithon da, und der Schweiß lief in Strömen über seinen Körper. Er atmete tief durch, einmal, zweimal, die Hand zitternd um seinen Schwertknauf gelegt, den er so fest umspannte, daß die Knöchel weiß hervortraten. Endlich konnte er seine Finger zur Ruhe bringen und seinen Geist zwingen, den Wahnsinn abzuschütteln. Mit geschlossenen Augen und wie im Fieber zitternden Lidern, rief Arithon all seine geschulte Magie herbei, um dem brennenden Drang zu widerstehen, Jieret von sich zu stoßen und loszustürmen, nicht um zu retten, sondern um zu morden. Durch und durch ging ihm die schmerzliche Erkenntnis, daß er etwas Schlimmeres als nur Tränen geschmeckt hatte. Gefährlich wenig hatte er die Verwüstung bedacht, die sogar eine indirekte, geistige Beobachtung seines Halbbruders im Innersten seines Seins auszulösen vermochte.

Erschöpft vor Verzweiflung, weil es keinen Ausweg aus diesem Dilemma gab, sammelte er die Überreste seiner Selbstkontrolle.

Standhaft und kampfbereit umringten ihn außer Jieret elf Clankrieger, die fraglos ihre Verteidigungsstellungen verlassen hatten, um ihn zu unterstützen. Gefangen in Sorge und dem Kampf um seine Würde, stellte ihre Zuwendung eine Versuchung für ihn dar, der sein fluchgezeichneter Geist kaum widerstehen konnte.

Von dem Bruch, der sich in seinen Charakter gegraben hatte, erzürnt wie eine getretene Katze, wollte er sie zunächst mit Worten davonjagen, sie auffordern zu packen, um nicht mutwillig ihre Sicherheit zu gefährden. Demut hielt ihn zurück, und Kummer. Wenn Deshirs Frauen und Töchter noch bedroht waren, so hatten diese Männer wohl das Recht, sie zu verteidigen, und er mußte die Courage aufbringen, herauszufinden, auf welche Art sie das tun konnten.

Wortlos verlagerte er seinen Griff um Alithiels Knauf und drückte ihn in Jierets zurückschreckende Hände. Dann legte er seinen Schwertgürtel ab und streckte ihn dem nächststehenden Kundschafter entgegen. »Nimm das. Fessele meine Füße. Jemand anderes soll eine Bogensehne lösen und mir die Hände stramm auf dem Rücken zusammenbinden.«

Die Clankrieger betrachteten ihn mit Unverständnis.

»Tut es!« schnappte Arithon. Salziger Schweiß brannte in seinen Augen, vielleicht waren es auch Tränen. »Möge Dharkaron euch holen. Es ist notwendig.«

Die Gürtelschnalle entglitt seinen Fingern und reflektierte strahlend das Sonnenlicht. Niemand rührte einen Finger, ihn von seiner Last zu befreien.

»Bei der Gnade Aths, fesselt meine Hände!« schrie der Prinz, und seine Stimme schwankte vor Schmerz und Trauer. »Ich muß mich in eine sehr gefährliche Trance versetzen, und ich kann nicht abschätzen, was geschehen könnte, wenn ich frei bin.« Er wartete nicht länger, sondern wandte sich zu Jieret um. »Ich bitte dich, tu, was ich sage.«

»Verlangt so etwas nicht von einem Knaben!« Ein vernarbter Mann mit derben Zügen drängte sich nach vorn, bereit, voller Zorn einzugreifen.

Arithon verkniff sich die Bemerkung, daß bereits schlimmere Dinge erbeten und getan worden waren. »Bindet mich straff«, drängte er statt dessen, als der Mann sich bückte und versuchsweise den Gürtel um seine Knöchel legte.

»Ihr müßt verrückt geworden sein«, murmelte jemand aus dem Hintergrund.

Mit Glut in den Augen antwortete Arithon: »Ja.«

Er hatte keine Zeit für Erklärungen. Zu Jieret, der breitbeinig, die beinahe schwarze Klinge auf dem Unterarm, neben ihm stand, sagte der Herr der Schatten ruhig und voller Mitgefühl: »Du hast einen Eid geleistet. Nun hör mir zu! Ich werde versuchen, durch Zauberei herauszufinden, was am Fluß vor sich geht. Du mußt mein Schwert bereithalten. Wenn Krämpfe meinen Leib befallen, rufst du meinen Namen. Falls du mich so nicht wecken kannst oder eine meiner Fesseln reißt, dann mußt du mit dem Schwert tief genug zustechen, um mein Blut fließen zu lassen.«

»Aber warum?« donnerte ein Mann in abwehrendem Ton.

Arithons Aufmerksamkeit blieb bei dem Jungen.

Auch unter seinem scharfen, forschenden Blick, schwankte der Junge nicht. Die Stahlringe an seiner Knabenrüstung reflektierten im Rhythmus seiner hastigen Atemzüge das Licht, und seine braungrauen Augen wandten sich nicht für einen Moment ab. Von all den Menschen wußten nur er und Arithon von dem Gemetzel, welches das Moos am Tal Quorin in Blut getaucht hatte. Verstehen herrschte zwischen dem Prinzen, und seinem, ihm durch einen Blutschwur verbundenen, Schützling. Beide wußten, daß die Männer nichts von diesen Greueltaten erfahren durften. Das kleine, kantige

Kinn, das dem von Steiven so sehr ähnelte, und das rote Haar, das dem Danias glich, ließen Arithon vor Kummer zusammenzucken.

»Wirst du mir vertrauen?« fragte er. Von Mann zu Kind machte er doch nicht einmal den Versuch, seine bösen Ahnungen zu verbergen. »Um deiner Familie willen, kannst du das tun?«

Mit schwacher Stimme entgegnete Jieret: »Ich werde es versuchen.«

Für eine Sekunde glätteten sich die gestrengen Züge des s'Ffalenn; gerade Lippen verzogen sich beinahe zu einem Lächeln. Dann verschränkte Arithon die Hände hinter dem Rücken und wartete voller Ungeduld, während einer der Bogenschützen ihn schüchtern fesselte. »Wenn ihr überleben wollt«, sagte er abschließend in sanft bedrohlichem Ton. »Dann haltet euch genau an meine Anweisungen.«

Die Bogensehne wurde festgezurrt und die Fesselung überprüft. In weiter Ferne trällerte eine Drossel. Zitternd strich die Brise durch Farne, Birken und Holunderbüsche, und der Duft der Pinienbäume und der Erde erfüllte die Sinne wie die Umarmung einer Mutter. Arithon hielt die Augen fest geschlossen. In wilder Hast glitt er in den Trancezustand, ehe Nerven und Kraft ihn beide verlassen konnten. Die Männer, die sich um ihn versammelt hatten, waren ohne Bedeutung, er fühlte auch nicht die Blätter, die über seinen Körper strichen, als seine Knie nachgaben und er zu Boden sank. Ganz ungezwungen lag er da, und sein Bewußtsein weilte an einem anderen Ort ...

Hinter einem Tannendickicht der Sicht entschwunden, hustete jemand, als würde er sich übergeben müssen. Gerade noch über den Leichnam eines Knaben gebeugt, der sich Glücksbringer um den Hals gebunden hatte, richtete Pesquil sich auf und lauschte. Rund um ihn herum taten seine ausgesprochen zufriedenen Männer, die besudelt waren wie Arbeiter in einem Schlachthof, das gleiche. Das Geräusch wiederholte sich nicht. So oder so ungeduldig und besorgt, von einer unbemerkten Patrouille von Steivens Kundschaftern entdeckt zu werden, befahl Steiven seinen Leutnants, das Gebiet zu sichern und das Gebüsch zu durchsuchen.

Ehe sich ihre Reihen jedoch geschlossen hatten, kam ein Kind aus dem Gebüsch geschossen und rannte so schnell es konnte ins offene Gelände hinaus. Dieses Kind trug keinen Dolch. Statt der ledernen Jacke mit den Ösen und Knochenscheiben, trug es eine Tunika, an der Flußschlamm und Dornenranken klebten. Kaum sieben Jahre alt rannte das Kind voller Panik vor den Kopfjägern und ihren schrecklichen, blutbesudelten Schwertern davon. Eine viel zu große Fuchsfellkappe zeigte mit einem hüpfenden, zinnoberroten Punkt deutlich an, wo das Kind aus dem hellen Sonnenlicht in die Finsternis des Waldes flüchtete.

»Hinterher!« befahl Pesquil rasch, wobei er die Zähne zu einem Lächeln entblößte, das sich zu einem leisen Pfiff steigerte, als die neue Jagdbeute sich unter einer herabhängenden Ranke hinwegduckte.

Die Fellkappe fiel herab und offenbarte eine krause Mähne schwarzer Haare.

»Beim Rad des Daelion!« rief Lysaer. »Das ist ein Mädchen!«

»Offensichtlich.« Pesquil hob sein Schwert. »Kommt. Der Wert eines Skalps richtet sich nicht nach dem Geschlecht, und wenn ich recht habe, dann werden wir bald das Lager finden, wegen dem Gnudsog sterben mußte.«

»Dann sollte sie gar nicht hier sein?« Lysaer preßte seinen verbundenen Arm an seine Rippen, um sich auf die Verfolgung vorzubereiten. »Auch nicht als eine Art Späher?«

»Wahrscheinlich ist sie ihrem Bruder hinterhergelaufen.« Von Eile getrieben und mit einem bösartigen Funkeln in den Augen, warf Pesquil dem Prinzen einen gehässigen Blick zu. »Wollt Ihr nur reden, oder wollt Ihr an dem Spaß teilhaben?«

Lysaer biß vor Schmerz die Zähne zusammen und hielt ergrimmt mit den Kopfjägern Schritt.

Die Vision verschwand.

Ein Aufschrei wahnsinniger Enttäuschung entrang sich Arithons Kehle. Schmerz bohrte in seiner Schulter, gefolgt von einem Aufblitzen weißen Lichts. Ein Klang von reinster Harmonie sprengte den trostlosen Wahnsinn mit einer Gewalt, die sich in seine Knochen bohrte. Er fiel weinend und keuchend zurück, nicht vorbereitet auf das zerrende Herzensleid, mit dem die donnernde Brillanz paravianischer Zauberkraft schwand und ihn leer und einsam zurückließ.

Die Erde unter ihm fühlte sich brüchig an, als er die Augen öffnete und das schnell verblassende Glimmen der Einlegearbeit in der Klinge seiner eigenen Waffe erblickte. Wie ein Stab aus Rauchglas schwebte Alithiel über ihm, die Spitze in sein eigenes Blut getaucht. Jieret hielt ihren Knauf in zitternden Fingern, und Tränen liefen in Strömen über seine Wangen.

»Es ist alles in Ordnung.« Bestürzt, seine Stimme so heiser zu hören, mußte er nicht erst in die verlegenen Gesichter der Kundschafter sehen, um zu wissen, daß er wie ein wildes Tier geheult hatte. An den frischen Hautabschürfungen erkannte er, daß er heftig an seinen Fesseln gezerrt hatte. Und nichts war in Ordnung, absolut nichts. Die Leben, die in den Fluten des Tal Quorin vergeudet worden waren, waren lediglich der Auftakt zu der wahren Katastrophe. In dieser zweiten geistigen Begegnung mit Lysaer hatten nur die geheimnisvollen Banne seines Schwertes verhindern können, daß er voll und ganz dem Fluch Desh-Thieres zum Opfer gefallen war. Für den Augenblick war er Herr seiner Sinne. So lange er Abstand hielt und die Nutzung seiner magischen Wahrnehmungsfähigkeit strikt vermied, konnte er sich dem Drängen widersetzen, das ihn durchströmte, ihn trieb, ihn stach, ihn hetzte, sich zu erheben und loszulaufen, seinen Halbbruder zu finden, ihn zum Kampf zu fordern und so lange zu kämpfen, bis einer von ihnen oder gleich beide tot wären.

Jieret schaute schweigend und aufrecht auf seinen prinzlichen Herrscher nieder, dem er unter Qualen vertraute, während ein reumütiger Kundschafter niederkniete, um seine Hilfe anzubieten. Als er Arithon half, sich aufzusetzen, zerrte die Bewegung an seiner Schulter, aber der Kratzer war sauber und nicht tief.

»Ihr könnt die Fesseln lösen«, sagte Arithon sanft. Dann fügte er einige Anweisungen hinzu, eilends nach Caolle zu schicken, wobei er sich bemühte, den Männer das Gefühl zu vermitteln, es würde nichts ausmachen, daß keiner von ihnen sich die Mühe machte, ihm in die Augen zu sehen.

»Eure Hände, sie sind aufgerissen und blutig«, sagte der Mann, der sich um seine Handfesseln kümmerte. »Jedenfalls die Narben.« Er verstummte, dann platzte er heraus: »Habt Ihr so etwas schon zuvor versucht?«

Die schüchterne Ehrfurcht in seiner Stimme erfüllte Arithon mit Grausen. »Ath, nein!« Er sparte sich Erklärungen, trat den Gürtel von seinen Knöcheln fort, erhob sich und nahm die Bürde seines Schwertes wieder an sich.

»Lauft«, rief er, und während er sich des bitteren Gefühls der Hoffnungslosigkeit erwehrte, rannte er selbst los. Sie waren weit entfernt von der Grotte, in der die Mädchen und Frauen Deshirs verborgen waren, viel zu weit, um noch irgend etwas ausrichten zu können. Doch in dem Wissen, daß Pesquils Kopfjäger Fethgurns Tochter in wilder Hatz verfolgten, mußte er den Versuch wagen; denn wenn die Clanmänner von Deshir einen solch gewaltigen Verlust erleiden sollten, so würde der Kummer der Ehemänner, der Verwandten und Väter zweifellos ein neues Blutbad heraufbeschwören.

Letzte Beute

Das Mädchen, das Pesquils Kopfjäger in Aufregung versetzt hatte, führte die Männer während einer mühsamen Jagd flußaufwärts. Oberhalb der Stelle, an der der große Hinterhalt ausgelöst worden war, verengte sich das Tal. Das Bett des Tal Quorin spaltete den Strakewald in einer steilen Schlucht. Aus hochgelegenen Quellen stürzte Frischwasser über Rinnsale zum Fluß hinab. Hier warfen dichte Reihen sonnenbeschienener Felsen ihren Schlagschatten über das Gelände.

Pesquil hatte nichts übrig für Geländeformationen, in denen auch nur die geringste Gefahr bestand, daß Geräusche in wilden Echos widerhallen konnten. Felsspalten in den Klippen gingen in schmale, unebenmäßige Höhlen über, von denen jede geeignet war, ein verborgenes Lager zu beherbergen. Jede dieser Grotten zu durchsuchen, wäre ein aussichtsloses Unterfangen gewesen.

»Wir sind zu viele, um sie überraschend anzugreifen«, klagte er Lysaer ärgerlich. »Die Clanleute, die sich hier verkrochen haben, werden uns nicht wie verschreckte Mäuschen erwarten.«

Während Pesquil über ein Dutzend Felsspalten sprach, in denen sich Clanwachen verbergen konnten, kämpfte Lysaer mit seiner schwindenden Konzentration. Er fühlte sich schwach. Seine Blutergüsse waren stark geschwollen und verursachten einen permanenten Schmerz in seinen gebrochenen Knochen. Auf dem Verband an seinem Handgelenk hatte sich ein frischer, feuchter, roter Fleck gebildet, und er fragte sich, wieviel Blut er verloren haben mochte. Er war nicht weniger zornig als zuvor, aber seine Reserven waren erschöpft, und die Wut allein reichte nicht mehr aus, ihn zu stützen.

Pesquil war inzwischen fertig mit seinen Vorkehrungen und bereitete sich auf den Augenblick vor, in dem das flüchtende Mädchen erneut in das offene Gelände hinauslaufen mußte, wozu er seinen besten Armbrustschützen herbeiholte.

»Der Schuß muß sitzen«, wisperte er leise. »Ich will, daß es so aussieht, als sei sie lediglich gestürzt.«

Lysaer bewunderte die ruhige Hand des Schützen, als er den Pfeil anlegte, zielte und beinahe liebevoll den Abzug betätigte.

Das Klicken und das Zischen des abgeschossenen Pfeiles vermengte sich mit dem Säuseln hinabströmender Wassermassen.

Weiter oben am Hang strauchelte das Kind in vollem Lauf.

»Perfekter Schuß!« sagte Pesquil.

Der Pfeil hatte ihren Rücken in dem weichen Fleisch zwischen den Rippen und der Hüfte durchschlagen. Ihr schriller Aufschrei hallte in vielfachen Echos von Felsen zu Felsen, als sie auf die Knie fiel. Mitgezerrte Steine und eine rasch verwehende Staubwolke markierten die Stelle, an der sie gestürzt war. Das Mädchen jedoch hing auf einem Vorsprung am Ufer. Einer ihrer erschlafften Arme baumelte haltlos über dem Fluß.

Von ihrem Aussichtspunkt im Dickicht konnten sie ihr dunkles Haar erkennen, das sich um ihren Kopf verteilte, die herabhängenden Strähnen glänzend naß von der Gischt der Strömung.

»Verdammt.« Pesquil wischte sich den Schweiß vom Gesicht und rieb seine Handflächen an seiner Lederrüstung ab. »So ein Pech. Wäre sie in den Fluß gestürzt, hätten sie vielleicht nicht mit einem Attentat gerechnet.«

Lysaer s'Ilessid erstickte jedes Aufflackern von Abscheu im Keim. Pesquils Strategie war unangreifbar; und seine Mühen waren nicht vergebens. Hoch oben am Felsen verließ eine ledergekleidete Frau ihre Zuflucht, um dem Kind zu Hilfe zu eilen, das scheinbar das Opfer eines Fehltrittes geworden war.

In angespanntem Schweigen, das durch die Tatsache, daß er es nicht einmal wagte, nervös zu zappeln, um so gefährlicher erschien, verbrachte Pesquil einen Augenblick mit wilden Überlegungen. Er wartete, bis die Kundschafterin den gefährlichsten Teil des Abstiegs hinter sich gebracht hatte, ehe er den Schützen am Handgelenk berührte. »Noch einmal«, flüsterte er. »Aber dieses Mal nicht so sauber. Sorg dafür, daß sie schreit!«

Gedämpft unter einem geliehenen Wappenrock spannte der Schütze seine Waffe. Mit ausdruckslosem Gesicht und schweigsamer Konzentration wählte er einen neuen Pfeil und strich die Federn glatt. Dann hob er die Armbrust und schoß absolut gelassen noch einmal.

In den Leib getroffen und vor Schmerzen schreiend, stürzte die Frau mit den Armen rudernd hinab.

»Bewegt euch!« befahl Pesquil seinen Männern. »Schnell, verteilt euch und laßt die Felsen nicht aus den Augen.« Neben ihm legte der Schütze einen neuen Pfeil ein. Seine Anweisung lautete, die Frau sofort ins Jenseits zu befördern, sollte ihr Geheul auch nur im mindesten zusammenhängend klingen.

In der zerknautschten, feuchten Wattierung unter seinem Kettenhemd schwitzend und wundgescheuert, knirschte Lysaer mit den Zähnen und enthielt sich eines Kommentares. Auch Abscheu entließ einen Mann nicht aus seiner Verantwortlichkeit. Im Sinne seiner beeidigten Absicht, Arithon s'Ffalenn zu zerstören, hatte er Pesquils Überfall auf das Clanvolk gebilligt. Ganz gleich, wie wenig ihm das auch gefiel, gebot ihm die Pflicht, die Sache bis zum Ende durchzustehen.

Erneut betätigte der Armbrustschütze den Auslöser. In der wiedereingetretenen Stille erklang erneut das Brodeln und Säuseln des Flusses, der sich seinen Weg durch Untiefen und um Felsen herum bahnte. Pesquil spielte mit einem grünen Zweig, während seine Späher ihm berichteten.

An drei verschiedenen Stellen zwischen den Felsen war Bewegungen entdeckt worden. Im Schutz einer unterhöhlten Uferböschung, von der aus die Stümpfe alter Bäume sich trunken auf der wirbelnden Oberfläche des Stromes spiegelten, schickte Pesquil seine Kopfjäger erneut auf die Pirsch. Auf der Basis ihrer Erkenntnisse nutzte Pesquil seinen nunmehr blattlosen Zweig, um zwischen seinen Füßen eine grobe Karte auf die Erde zu zeichnen. »Wir werden folgendermaßen vorgehen.« Die Anweisungen, die er seinen Leuten nun gab, löschten jeden Gedanken daran aus, daß er seine Position durch die Gefälligkeit etarranischer Würdenträger erhalten haben könnte.

Mit einer Geschwindigkeit, die Lysaer schier unglaublich erschien, wurden die Kopfjägerverbände herbeigerufen, die stromabwärts gewartet hatten. Gleich darauf verteilten sie sich dergestalt, daß sämtliche Klippen über der Schlucht von Armbrustschützen besetzt waren. Pesquils Plan funktionierte wie ein Uhrwerk: Der frontale Angriff diente nur der Ablenkung; gleich bei den ersten Kampfhandlungen erfuhren sie, daß sich in den Grotten nur weibliche Krieger und kleine Kinder aufhielten; doch Pesquil vermochte das nicht zu beruhigen. Ehe er gemeinsam mit Lysaer den Fluß mit Hilfe gespannter Seile überquerte, bemerkte er mit affektiertem Grinsen: »Mann, nun denkt nur nicht, wir könnten mit einem einfachen Sieg rechnen. Clanschlampen kämpfen wie Teufel.«

Auf der anderen Seite des Flusses teilten sich die Männer in Gruppen auf, um den Felsen zu erklimmen. Angesichts Lysaers verbundenem Arm, kommandierte Pesquil Kundschafter dazu ab, einen einfacheren Weg für ihn zu suchen. Schmerz und Erschöpfung überlagerten nun den ersten dumpfen Schock der Verwundung, und Lysaer bewegte sich, grau im Gesicht, nur noch mühsam voran. Trotzdem wollte er nicht zulassen, daß die Männer langsamer gingen. Mit unsicheren Schritten, ständig in Gefahr zu stürzen, arbeitete er sich stöhnend bergan, vorbei an verkrüppelten Kirschbäumen, deren Früchte grün geblieben waren; über geborstene und verwitterte Granitblöcke, verwachsene Sträucher und ausgewaschene Felsspalten, in denen kleine Steine unter seinen Füßen nachgaben, und jeder falsche Schritt ließ ihm den Atem stocken. Die Kopfjäger, die ihn begleiteten, mochten diese Aufgabe zunächst verschmäht haben, doch als sie schließlich den Grat erreicht hatten und dort ihren Kommandanten wiedertrafen, hatte Lysaers Entschlossenheit ihren Respekt errungen.

Inzwischen wurden die Männer voll und ganz von ihrer Arbeit in Anspruch genommen. Der erste Angriff wurde durch Armbrustschützen gestützt, die hinter ihnen Position bezogen hatten und nun auf die letzten lebenden Ziele anlegten, die noch an den Steilhängen der Schlucht in der Falle saßen. Unten, zwischen Farnwedeln und wild herabhängenden Efeuranken, erkannte Lysaer die ausgestreckten Leiber, blutig und so zerschmettert, daß nichts Weibliches mehr an ihnen zu erkennen war, andere beinahe unversehrt, von den gefiederten Pfeilen abgesehen, die blutige Flecken auf den Rückseiten ihrer Rehlederjoppen verursacht hatten. Halbverrückt vor Schmerzen und viel zu erschöpft für starke Empfindungen, fühlte Lysaer sich miserabel und weinerlich. Zum ersten Mal in seinem Leben verstand er seinen Vater, den König, der ebenso gezwungen gewesen war, vernichtende Angriffe auf Dörfer zu befehlen, die mit den s'Ffalenns im Bunde standen. Daß derartige Überfälle meist zu nichts führten, hatten seinen Vater ein Leben lang mit Kummer erfüllt. Sein Sohn, der auch im Exil in einem fremden Land nicht versagt hatte, schaute nun seine Toten mit trübem Blick und bemühte sich, nicht darüber nachzudenken, ob manche dieser Frauen schwanger gewesen waren.

Ein Leutnant der Kopfjäger berührte ihn an der Schulter. »Kommt mit mir. Die kampffähigen Frauen sind geschlagen, und unsere Späher berichten, daß die Zelte umstellt sind.«

Sie würden die Zelthäute niederbrennen, schloß Lysaer. Er hielt sich seine wunde Körperseite und ging steif voran. Später erinnerte er sich kaum noch an die Wanderung über den Grat. Die tiefstehende Sonne schmerzte in seinen Augen, und Wellen der Übelkeit erschwerten ihr Vorwärtskommen.

Pesquil schien selten gut gestimmt zu sein. Spielerisch handhabte er seinen Dolch, der neben dem Knauf aus

Knochen auch über eine ganz besondere, gekrümmte, scharfe Klinge verfügte. Nun, da die Notwendigkeit für Stille und den Überraschungseffekt nicht mehr gegeben war, gab er sich mitteilsam und überschwenglich, scherzte ausgelassen mit seinen Leutnants.

Auch die Männer machten einen geradezu überschwenglichen Eindruck. Zu ausgezehrt, ihren Gesprächen zu folgen, betrachte Lysaer flüchtig die Hochebene, auf der sie innegehalten hatten. Die Sonne stand nun recht tief und überließ die Schlucht einer verfrühten Dämmerung. Hinter schützenden Felswänden und in der Deckung hinter Umpfählungen und Dickichten, lagen dicht gedrängt die buntbemalten Lederzelte der Clans. Schwach erklang aus ihrem Inneren das Weinen eines Babys, das jedoch sogleich wieder verstummte.

Lysaer entdeckte einen alten Ahornbaum mit breitem Stamm, der ihm Platz bot, sich anzulehnen, während die Männer um ihn herum pfiffen, lachten und Feuer entzündeten. Selbst viel zu müde, sich ihren Aktivitäten anzuschließen, blieb Lysaer einfach sitzen und sah zu, wie die Männer Pfeile umwickelten, Sehnen auf die Bogen spannten, und die wollummantelten Pfeilspitzen mit Öl tränkten.

»Also gut.« Hohlwangig, die Hände auf die Hüften gestemmt, nur ein verschwommenes Profil vor den Schwaden schwarzen Rauches im Wind, erteilte Pesquil den Befehl: »Räuchert sie aus!«

Lose wurden gezogen. Murrend ergriffen die Verlierer die Bogen. Heimtückisch benebelt wie von einem beginnenden Delirium, bemerkte Lysaer kaum den Einschlag der Pfeile, bis der Gestank brennender Häute aus der Schlucht heraufdrang. Die Zelte brannten wie Zunder. Hitze strahlte in Wellen aus der Tiefe herauf. Orangefarbenes Licht spielte auf der Felsoberfläche, und oberhalb des felsgesäumten Beckens fingen die gerade noch grünen Blätter an zu schrumpfen und zu welken. Lysaer schloß die Augen, um sich vor der heißen, flimmernden Luft zu schützen, und war sich der Schreie nur vage bewußt. Die Bogenschützen fingen nun an zu schießen, um Babys zu töten, und die verzweifelten Klagen der beraubten Mütter schrillten in seinen Ohren.

Pesquils herber Sarkasmus drang zu ihm hindurch. »Ihr scheint ja nur wenig überwältigt zu sein.«

Lysaer richtete sich auf und zwang seine Augen, klar zu sehen. Tatsächlich hörte er nun viele Schreie, hoch und in einem Tonfall, der nichts mit den Klagen in einem offenen Kampf gemein hatte, wie er sie vor nicht langer Zeit gehört hatte; auch handelte es sich nicht um das unmißverständliche Weinen Neugeborener. Seine Schwäche wich dem Zorn.

»Ihr tötet sie nicht sauber«, schimpfte Lysaer und stieß sich heftig von dem Baum ab.

»Töten?« Pesquil grinste verblüfft, doch mit ungezähmten Vergnügen. »Das hatten wir gar nicht vor. Jedenfalls nicht mit den hübscheren Weibern. Meine Männer haben vollendet, wozu die Garnison von Etarra nicht imstande war. Denkt Ihr nicht, daß sie nun auch ein bißchen Spaß verdient haben?«

Lysaer drängte sich an ihm vorbei bis zum Rand des Abgrunds. Das Geräusch heftiger Schläge hallte von den Felswänden wider.

Ein Mann lachte schallend, während eine Frauenstimme weinend Beschimpfungen ausstieß.

»Du solltest sie lieber knebeln«, empfahl ein anderer ermutigend. »Sonst nagt sie dir noch aus purer Böswilligkeit das Gesicht ab.«

Ein Blick reichte vollkommen. Lysaer wich entsetzt zurück. Bleich bis auf die Lippen, nahm er eine beängstigende Haltung ein. »Ruft sie zurück.«

Pesquil streichelte sein sichelförmiges Messer. »Zum passenden Zeitpunkt, Prinz. Ihr müßt Euch keine Sorgen machen. Meine Männer sind gewiß nicht sentimental. Sie können auch dann noch gut genug töten, wenn sie ihren Spaß gehabt haben. Wir werden ganz sicher keine von den Schlampen mit nach Hause nehmen.«

Mehr Gelächter erklang aus der Schlucht, begleitet von einem Schluchzen, das nicht nach einer erwachsenen Frau klang. Lysaer zuckte nicht einmal. »Ruft Eure Männer zurück.« Hastig atmete er ein. »Oder ich werde es tun.«

»Soviel Skrupel?« säuselte Pesquil. Dann, als Lysaer das Schweigen zu durchbrechen drohte, schwand der Spott und der Major wirkte abrupt wie steingemeißelt. »Mann, Mann, Ihr könnt das doch nicht ernst meinen.« Mit einer raschen Bewegung riß er Lysaer genau in dem Augenblick, in dem er die Männer rufen wollte, an der Schulter zurück.

Knochen verschoben sich unter seinen Fingern. Keuchend wich Lysaer in gebückter Haltung zurück, die Augen geweitet vor Schmerz und Zorn.

»Meine Männer werden sich von Euch keine Befehle erteilen lassen«, warnte Pesquil ihn. Noch immer hielt er den sichelförmigen Dolch in der Rechten, nun aber in einem unmißverständlich drohenden Winkel. »Prinz.«

Lysaer schlug mit seinem gesunden Arm zu und befreite sich aus dem Griff des Kommandanten. Die Klinge vor seinem Zwerchfell hätte ebensogut gar nicht vorhanden sein können, schenkte er ihr doch nicht die geringste Beachtung. »*Ruft sie zurück*!«

»Ath, was seid Ihr doch für ein verweichlichter Narr.« Als spräche er mit einem Idioten, sagte Pesquil: »Ihr wolltet doch, daß die Barbaren sterben, oder etwa nicht? Und den Hals eines Schwarzmagiers? Gut, dann laßt meine Männer ihre Arbeit tun! Wenn sie den Mädchen keine Gewalt antun und dabei eine Menge Lärm veranstalten, wie sonst, denkt Ihr, daß wir die achthundert Väter und Brüder aus ihrer Deckung aufscheuchen und in Reichweite unserer Waffen bringen sollten?«

»Ihr habt so etwas schon früher getan«, quetschte Lysaer zwischen zusammengebissenen Zähnen hervor, gepeinigt von den Krämpfen in seinen überlasteten Muskeln.

»O ja, viele Male. Obwohl ich zugeben muß, daß wir nie so eine große Auswahl hatten.« Das höhnische Grinsen war wieder da. Vom Schweiß benetzt, glänzten Pesquils Pockennarben orangefarben. Unten in der Schlucht brannten die Zelte unter einem schimmernden Flammenmeer. Nichts konnte unter ihrem Obdach noch überlebt haben. Jenseits der Brände, die die Haltetaue der Zelte zerfraßen, neben einem Kreis rotverfärbter, regloser Bündel, zerrissen die Männer wild brüllend die Rehhäute. Pesquil richtete seinen Blick auf den Dolch, dessen Spitze noch immer auf den Prinzen zeigte. »Das ist eine erprobte Taktik, *Euer Hoheit*.«

Lysaer richtete sich schweratmend auf. Sonnenlicht durchdrang die Baumkronen und zauberte leuchtende Reflexe auf sein güldenes Haar, und der Wind trieb bronzefarbenen Blütenstaub über seine zerschundene Wange. Die Prügel, die er hatte einstecken müssen, hatten seine elegante Erscheinung zerstört. Nichts Würdevolles haftete seinem zerfetzten Wappenrock und dem schlammverkrusteten Kettenhemd oder den schweißbedeckten, schwarzglänzenden Blutergüssen an Hals, Kinn und Schläfe an. Trotz allem umgab ihn noch immer eine machtvolle Aura der Erhabenheit, die selbst Pesquil zu erneutem Nachdenken Anlaß gab.

Der s'Ilessid-Prinz hatte während ihres Streits nicht einmal die Hand an sein Schwert gelegt. Er wog die Umstände ab und urteilte mit der einsamen Arroganz eines wahren Königs. Schließlich wandte er der silbernen, sichelförmigen Klinge den Rücken zu und rief seine angeborene Gabe der Herrschaft über das Licht herbei.

Gleich einem feurigen Blitz bohrte sich sein Licht in die Schlucht hinab und jagte in das verkohlte, geschwärzte Leder der Zelthäute. Flammen explodierten. Funken stoben auf und ein Sperrfeuer tiefklingender Donnerschläge erschütterte die Luft. Wo gerade noch Häute in Flammen gestanden hatten, brannte nun nichts mehr. Wenn auch dieser Blitz niemandem ein Leid zugefügt hatte, zeigte sich doch am Boden, inmitten aschebedeckter Zeltpfosten, unter dunklen Rauchschwaden ein verkohlter Kreis, wo gerade noch die niedergemetzelten Leiber kleiner Kinder gelegen hatten.

Die Schreie aus der Schlucht waren verstummt. Mitten im Akt der Begierde fühlten die Männer plötzlich, wie das Fleisch geschändeter Mädchen durch die Hitze zusammenschrumpfte, und während sie voller Entsetzen zurückwichen, bemerkten sie erst ihr versengtes Haar, die Verbrennungen ihrer Haut und die Brandmale auf den äußeren Teilen ihrer Rüstungen.

In dem bestürzten Schweigen, nur durchbrochen durch ein leises, furchtsames Wimmern, erteilte Lysaer knappe Befehle: »Städter! Bedeckt Eure Blöße und laßt ab. Diejenigen von euch, die bekleidet sind, werden einen Kreis bilden, in dessen Innerem sie alle Mädchen und Frauen beschützen werden. Ihr werdet sie nicht mehr berühren als notwendig. Um eures eigenen Lebens willen, tut was ich sage.«

»Ihr könnt sie doch nicht gehen lassen«, protestierte Pesquil, in dessen leicht zitternder Stimme nichts mehr von dem vorangegangenen Spott zu hören war.

Lysaer sah ihn an. »Nein.« So bar jeder Verächtlichkeit wie Dharkaron, der Racheengel, fügte er hinzu: »Aber ich will sie ehrenvoll töten.«

»Und aus welchem Grund, Hoheit?« Nun wieder starrsinnig wie eh und je trieb Pesquil seinen Dolch bis zum Heft in den Schmutz. »Wir müssen immer noch mit den Clanmännern fertig werden.«

»Sie werden kommen.« Sein leidenschaftsloser Blick richtete sich wieder in den Abgrund hinab, in dem die halbnackten Mädchen und Frauen nun zusammengetrieben wurden. »Ich werde Steivens Barbaren herbeilocken. Und wenn ich das tue, so seid versichert, daß der s'Ffalenn-Bastard mit seinen Schatten keine andere Möglichkeit hat, als mit ihnen zu gehen.«

Drei Täler

Schweißüberströmt nach einem anstrengenden Lauf, erreicht der Bote, der aus dem westlichen Tal geschickt worden ist, die Brustwehr, an der Caolle und die Mehrzahl der Clankrieger Deshirs sich ohne die Unterstützung durch Zauberei oder Flut der rechten Flankendivision erwehren, die über dreimal soviel Männer verfügt. »Sagt Lord Steiven«, ruft er, »Euer Prinz schickt mich. Arithon denkt, Ihr solltet wissen, daß die Katastrophe, die er vorhergesehen hat, nicht aufgehalten werden konnte ...«

Durch die Wälder hastend, unterwegs zu der Schlucht, in der die Frauen und die kleinen Kinder zu ihrem Schutz verborgen worden waren, hören Arithon, Jieret und elf Clankrieger Schreie und Männergebrüll, das ganz plötzlich aufhört, als ein Lichtblitz durch die Bäume fährt; Donnerschläge erschüttern die Erde und ersticken Arithons entsetzte Abwehr: »*Lysaer, o Ath, nicht Lysaer*!«

In dem Tal, westlich des Tal Quorin, zerfällt eine schattengewirkte Barriere, und eine halbe Kompanie vormals belagerter etarranischer Soldaten gruppiert sich neu, um nun ungehindert und wildentschlossen eine Handvoll feindlicher Clankrieger anzugreifen, die sich nicht länger hinter Zauberei verstecken und ungestraft ihrem Zerstörungswerk nachgehen kann ...

Wollt' nie sich vermählen,
Nicht ruh'n noch Muße tun,
Sondern erlösen der Toten verwirrte Seelen,
Und schmücken ihr kaltes Fleisch mit Blumen.

Letzte Strophe,
Ballade von der Prinzessin von Falmuir

8
GIPFEL

Donnergrollen war zu hören, Lichtblitze verhüllten die Schlucht, und gesunde Bäume verbrannten zu ausgezehrten Skeletten. Auf sicherem Grund, weit genug entfernt, hoch oben auf dem Felsgrat, wurde Arithon durch ein Flackern aufgehalten. Schnell packte er den Jungen Jieret am Kragen seiner Lederrüstung und zog ihn mit einer Verzweiflung, zu furchtbar, ausgesprochen zu werden, fest in seine Arme. Rund um die Gestalten, die einander fest umklammert hielten, flackerten die Blitze auf, ehe das Licht wieder erstarb. Böen erlagen dem Niedergehen abgelöster Blätter, während Echos durch die Kette der Täler des Tal Quorin hallten. Arithon preßte seine Wange in das rote Haar, und die Waise im festen Griff seiner Hände, das Kind, mit dem ihn ein Blutschwur verband, schluchzte hemmungslos an seiner Schulter.

Als die Clankrieger, die sie in ihrer Hast hinter sich

gelassen hatten, sie wieder einholten, gab es nichts weiter zu tun, als rasch die Hoffnung zu vergessen. »Es ist vorbei. Wir sind zu spät gekommen. Bleibt hier.«

Der Widerhall der Lichtdetonation donnerte heran und wich schließlich der Stille. Arithon starrte in die Ferne, als drei ältere Männer einen jungen Krieger aufhielten, der in blinder Wut in die Schlucht rennen wollte.

Zappelnd im festen Griff der Männer schrie er dem Prinzen seinen wilden Protest entgegen. »Sie können nicht alle tot sein. Manche von ihnen können ein Schwert führen.«

Eisig schnitt ihm Arithon das Wort ab. »Sie sind tot. Alle. Du kannst ihnen nicht mehr helfen.«

Niemand konnte das. Zu plastisch hatte Jierets Vision ihm die grausame Wahrheit gezeigt, niedergestürzte Leiber, versengt, Fleisch und Knochen innerhalb eines Augenblicks bis zu Unkenntlichkeit verbrannt. Zu dem Kundschafter, der noch immer mit ihm streiten wollte, sagte Arithon nur: »Es sind die Männer eurer Clans, denen wir nun beistehen müssen.«

Unbehaglich bewegte sich Jieret an seiner Brust. »Unser Herrscher spricht die Wahrheit.« Obwohl vom Ärmel des Prinzen gedämpft, war seine tiefbetrübte Verkündung doch klar und deutlich vernehmbar. »Ich hatte eine Vision. Niemand im Tal hat überlebt.«

Bestürzt schweigend gab der Kundschafter nach, und seine wachsamen Kameraden ließen von ihm ab. Auf Jierets Druck hin löste auch Arithon seine Arme von dem Knaben. Mit seiner freien Hand umfaßte er das Kinn des Jungen und blickte ihm forschend in die Augen.

Jieret hatte es gesehen, seine gnadenlose, unfreiwillige Vision hatte ihm drei verbrannte Schwestern gezeigt, eine vergewaltigt, und seine Mutter, deren blutiger Leib auf den toten Blättern ruhte. Die Erinnerung an diesen Traum hatte eine Härte in seine Gesichtszüge gegraben, die ihn möglicherweise nie wieder verlassen würde.

»Ich hätte dich davor geschützt, wenn ich es gekonnt hätte«, sagte er in so gequältem Ton, daß nicht ein Mann ihm lauschen mochte.

Jieret blickte auf in die grünen Augen, die ihm keine Barrieren entgegenbrachten. Angesichts einer Tiefe und eines Mysteriums, dessen Hinderlichkeiten sich seinem Verständnis entzogen, konnte er sich nur auf den einen Schmerz beziehen, den sie teilten: »Aber, mein Gebieter, seht Ihr denn nicht, daß Ihr das getan habt?«

Arithon wich zurück. »Ath«, keuchte er in dem erstickten Tonfall reinsten Zornes. »Laßt mich nur nicht in die Nähe meines Halbbruders kommen.«

Den Kundschaftern, die nichts als eine Zurückweisung erkennen konnten, verstanden sie doch nicht das Ausmaß des Irrsinns und der Grausamkeit, in das Desh-Thieres Fluch ihn zu treiben vermochte, sagte er schlicht: »Lauft. Zurück, stromabwärts. Findet Caolle. Sorgt dafür, daß die Männer den Schluchten fernbleiben.«

»Ich werde gehen.« Der junge Kundschafter drängte sich vor, wild entschlossen seinem Kummer durch Aktivität zu entgehen. »Unterwegs kann ich die Knaben zurückrufen.«

Jieret gab einen Laut des Protests von sich, während Arithon jenseits allen Feingefühls den Kopf schüttelte und sagte: »Vergiß sie. Lauf nur direkt zu deinem Kriegshauptmann.«

»*Vergiß sie*!« Wutentbrannt wollte der Kundschafter sich auf ihn stürzen. »Was sagt Ihr da?«

»Daß ihnen nicht mehr geholfen werden kann.« Nicht die Spur einer Reaktion zeigte sich in Arithons Haltung. Ermattung lag auf seinen Zügen, und es schien ihm völlig gleich zu sein, ob er angegriffen wurde. »Es tut mir leid. Geh jetzt und hör auf, nachzudenken.«

Hätte Jieret nicht zwischen ihnen gestanden, so hätte der Kundschafter sich auf den Prinzen gestürzt. Beschämt von der aufrechten Loyalität des Knaben und der ungläubigen Lähmung, die seine Kameraden ergriffen hatte, sah er den Prinzen an, der, wie er befürchtet hatte, die ganze Macht Etarras gegen sie aufgebracht hatte. »Es tut Euch leid! Das reicht nicht!« Dann wirbelte er herum und rannte blindlings davon.

»Macht Euch nichts aus ihm.« Weißhaarig und vernarbt, von stoischer Härte, bekundete der Kundschafter Madreigh seine Sympathie. »Der Junge ist kein schlechter Kerl, er ist nur erzürnt. Nächsten Monat hätte er heiraten sollen.« Bereitwillig akzeptierten die anderen den Mann, der zurückhaltend mit den Fingern über die Klinge seines Schwertes strich, als ihren Sprecher. »Sollten wir einen zweiten Boten zu Steiven schicken?«

Arithon rührte sich nicht, schloß nur gequält die Augen.

»Ath!« entfuhr es Madreigh. »Vergeßt, daß ich gefragt habe.« Dann, ganz plötzlich, hielt er erschrocken den Atem an, packte Arithons Handgelenk und hielt es fest umklammert. »Es gibt Ärger.«

Ein metallisches Klicken durchdrang die Stille. Der Kundschafter, den sie eben erst fortgesandt hatten, war gerade fünfzig Schritte weit gekommen, ehe er zu Boden stürzte, den Pfeil einer Armbrust in seiner Kehle.

Arithon befreite sich aus dem Griff und schleuderte Jieret hinter sich. »Junge, du hältst dich da raus, wie es dir dein Herrscher, wie ich es dir befohlen habe.« Zischend wirbelte sein Schwert in kampfbereite Position, während er rückwärts zu dem größten Baum in der Nähe schlich, einer alten Buche, an deren Rinde junge Böcke ihr Sommergeweih erprobt hatten. Er nutzte seinen Körper als Schild für Steivens Nachfahren, während die Kundschafter um ihn herum nähertraten, um einen schützenden Kreis um sie zu bilden.

Ihre Eile bei dem Versuch, die belagerten Frauen zu erreichen, konnte sie in eine perfekte Falle geführt haben. Überall konnten verborgene Truppen im Hinterhalt liegen. Armbrustschützen bildeten die größte Gefahr, Schatten den sichersten Schutz. Doch Arithon wagte nicht, seine Gabe einzusetzen, würde er doch so Lysaer seine Anwesenheit verraten und ihn zu einer unkontrollierten Konfrontation, getrieben von dem Zwang des Fluches Desh-Thieres, einladen.

Drei Clankrieger mit Bogen und wohlgefüllten Köchern kletterten den Baum hinauf, um den Armbrustschützen zu erschießen. Den kleinsten von ihnen stützte

Arithon, um ihm den Aufstieg zu erleichtern. Unterdessen dachte er angestrengt nach. »Sie haben doch ihre Pfeile, worauf warten sie also? Warum erschießen sie uns nicht gleich hier an Ort und Stelle?«

»Es sind Kopfjäger.« Grimmig ließ Madreigh die Zähne aufblitzen. »Wenn sie uns mit ihren Pfeilen töten, müssen sie sich hinterher um die Skalps streiten.«

Vermutlich standen die besten Armbrustschützen der Kopfjäger noch immer oben auf dem Grat, oder sie befanden sich unten in der Schlucht, wo sie bald abkommandiert werden würden.

»Der Pfeil hat rote Federn«, warf Jieret ein.

»Wir haben es mit Pesquils Männern zu tun«, erklärte daraufhin ein anderer Kundschafter. »Wir sind bereits umzingelt. Sie werden uns mit ihrer zahlenmäßigen Überlegenheit zum Nahkampf fordern.« Mit einer Bewegung seines stoppeligen Kinns deutete er auf die herausragende Waffe in der Hand seines Herrschers. »Ich hoffe, Ihr seid ein guter Schwertkämpfer.«

»Das werden wir gleich erfahren.« Arithon konnte sie nicht ermutigen, indem er sie durch seine Magie beschützte. Jeder Bann gegen einen Angriffsverband erforderte Zeit und Konzentration, doch ihm blieb kein Augenblick mehr, um zu reagieren. Über den Steilhang, der zu dem Felsgrad hinaufführte, huschten Schatten, gelegentlich blitzte Metall auf. Aus diesen vereinzelten Bewegungen erwuchs bald eine ganze Angriffswelle ihrer Feinde. Einen Augenblick, bevor sie zuschlugen, sah Arithon noch schlimmeres Übel: Das ferne Klirren der Waffen hatte die Kundschafter an den Flußarmen stromabwärts aus ihrer Deckung gelockt.

»Caolles Leute?« Aufgeschreckt fügte Madreigh hinzu: »Bei Ath, was kann sie nur getrieben haben, ihre Deckung zu verlassen? Etarras Garnisonssoldaten sind noch immer hinter ihnen. Sie werden an zwei Fronten kämpfen müssen, und das wird sie auseinandertreiben.«

Diese Tatsache stand außer Zweifel, das wußte auch Arithon. Aber selbst umsichtige Befehlsgewalt war nicht imstande, Väter im Zaum zu halten, die gerade erst ihre niedergemetzelten, skalpierten Söhne entdeckt hatten; Männer, die sich stromaufwärts den Verbänden der Kopfjäger gegenübersahen, und angriffen, ohne zu wissen, daß sie ihre Familien in der Schlucht nicht mehr retten konnten.

»Wenn du ein Gebet sprechen willst, dann bitte Ath, daß Steivens Männer nicht bei ihnen sind«, sagte Arithon.

Dann waren die Feinde da. Ein grobschlächtiges Gesicht, ein Schwert und ein Paar schmutzige Panzerhandschuhe erforderten Arithons ganze Aufmerksamkeit. Alithiel surrte einmal, zweimal in raschen Hieben. Sein Gegner war groß und schwer zu packen. Arithon stürzte vor, wehrte eine weitere Attacke ab. Sein Gegenstoß war gezielt, ein unauffälliges Sprungbrett für die folgende Finte. Nun wich er dem nächsten Streich aus und erledigte seinen Gegner. Schnell riß er Alithiel aus dem stürzenden Leib des sterbenden Kopfjägers heraus und wehrte mit atemberaubender Geschwindigkeit den nächsten Angreifer ab.

Selbst unter Druck, drehte sich der Clankrieger neben ihm, um Arithon zu schützen, während er sich wieder aufraffte. »Elwedd hat offensichtlich seinen Einsatz verloren. Woher wußte der Meisterbarde, daß Ihr gut mit dem Schwert seid?«

»Laß uns das hier überleben, dann können wir ihn fragen«, entgegnete Arithon.

Mit einem freudlosen Grinsen gab der Kundschafter zu verstehen, daß Arithon geschickt genug war, Jieret ganz allein zu verteidigen.

Was nicht viel zu bedeuten hatte, waren doch die Kopfjäger zahlenmäßig schon jetzt zu überlegen, geschlagen zu werden, und in jeder Sekunde tauchten noch mehr von ihnen auf. Arithon sah sie. Gegen den Baumstamm gedrängt und gezwungen, kurze Schläge auszuführen, wurde sein Kampfstil immer verkrampfter. Moos und Wurzeln erschwerten die Beinarbeit, und die gefallenen Feinde taten das Ihre, um die Probleme zu verschärfen. Die Bogenschützen auf dem Baum sollten es leichter haben, trotzdem hing einer von ihnen bereits mit dem Kopf nach unten tot in den Zweigen. Der Armbrustschütze der Kopfjäger war noch immer aktiv. Arithon konnte nicht über das Kampfgebiet hinausblicken, um ihn zu lokalisieren, und schon riß ein weiterer Pfeil Blätter und Baumrinde mit sich.

Es war unausweichlich, daß noch mehr Armbrustschützen auftauchen würden, und es war kaum damit zu rechnen, daß Caolles Männer ihnen zu Hilfe kamen, um Steivens Sohn zu retten, konnten sie doch nicht wissen, in welcher Gefahr er schwebte. Arithon schlug eine Klinge nieder, die auf ihn einzudringen drohte, und erkämpfte sich einen schlüpfrigen Halt in dem feuchten Laub. Ein freundlich gesonnener Pfeil bohrte sich von oben in den konischen Helm des Viehs neben ihm, das ihn gerade zu fassen bekommen hatte. Mit einem blauen Fleck und ein paar Kratzern kam Arithon davon. Hinter ihm zog Jieret seinen Dolch, fest entschlossen, sich in den Kampf zu stürzen.

»Nicht jetzt«, sagte Arithon. »Jieret, dies ist nicht dein Kampf.«

Drei Schwerter kamen auf ihn zu. Er duckte sich unter dem einen hinweg, fühlte, wie die flache Seite des zweiten auf seine verwundete Schulter krachte und konzentrierte seine Abwehr auf die dritte. Stahl gegen Stahl stand er einem Feind gegenüber, und, während er seine linke Seite dem Schicksal überlassen mußte, sah er keine andere Möglichkeit als die, die ihn in Karthan zugrunde gerichtet hatte.

Er mußte seine Magie einsetzen, um zu töten, oder er war gezwungen, Jieret und Steivens gramgeplagte Männer dem Fluch Desh-Thieres zu opfern.

Arithon verdrehte das Handgelenk, und fühlte, wie der Stahl Alithiels die Waffe seines Gegners berührte.

Der Kopfjäger hatte mit dem Vorstoß gerechnet, der ihn entwaffnen sollte. Stämmig und gut geschult, gab er dem Druck nach und grunzte dann überrascht, als Arithons Tritt mit dem rechten Fuß seiner Abwehr zusätzlichen Schwung verlieh und ihn seitwärts zum

Stolpern brachte. Er krachte gegen andere Kopfjäger, die mit ihren Schwertern auf eine freie Stelle zielten, die nicht mehr vorhanden war. Aufgeschlitzt, halb zerfleischt, ging er zu Boden, riß zwei Klingen mit sich in den Schmutz und brachte einen dritten Mann aus dem Gleichgewicht, der daraufhin gegen die nachdrängenden Angreifer aus seinen eigenen Reihen prallte.

Während die Kampfhandlungen sich für einen Augenblick von ihm fort verlagerten, ließ Arithon sein Schwert fallen, sprang auf, packte einen Ast des Baumes und schwang mit aller Kraft herum. Sein Stiefel traf einen weiteren Angreifer und schleuderte ihn gegen den Feind, der Madreigh attackierte. »Beschütze Jieret«, befahl Arithon. »Was getan werden muß, kann ich so nicht tun.«

»Habt Ihr die notwendige Magie für ein Wunder?« grunzte der Clankundschafter, dessen Klinge nicht für einen Moment zur Ruhe kam. Er sprang an die Stelle, die der Prinz aufgegeben hatte, täuschte und schlug zu. Blut spritzte auf das Laub, den Baumstamm und auf Jieret nieder, der von seinen Beschützern angerempelt wurde, während er zusah, wie sein Herrscher den Bogenschützen nachzog, die inzwischen alle drei, von Armbrustpfeilen getroffen, tot im Baum hingen.

Ein weiterer Pfeil riß die Rinde des Baumes knapp neben Arithons Kopf auf. Er ignorierte ihn und bedachte Jieret mit einem raschen Lächeln, das eher besorgt denn beruhigend wirkte. Mit den geübten Bewegungen eines Seemanns zog er sich auf einen Ast und setzte sich nieder.

Unter ihm kämpfte Madreigh, halb blind von dem Blut, das aus einer Schnittwunde über seinem rechten Auge lief.

Arithon zog das Messer, das er an seinem Gürtel trug, zielte, warf, und traf einen Gegner, der soeben zu einem niedrigen, auf Jieret gerichteten Schwerthieb angesetzt hatte.

Madreigh setzte seinem Angriff mit einem gezielten Tritt in das Gesicht des gestürzten Mannes ein Ende. Von

Klingen bedroht, rief er: »Wenn Ihr einen Weg wißt, uns zu retten, dann tut es.«

Schon lagen zwei weitere Clankrieger im Sterben, und ein Verwundeter würde ihnen bald folgen. Schmerzlich zerrte die Verschwendung solcher Tapferkeit an ihm, doch er beruhigte seine Nerven und richtete all sein Streben auf emotionslose Absicht. Der Armbrustschütze mußte als erster ausgeschaltet werden.

Er suchte die Wälder nach seinem Versteck ab, konnte es aber nicht finden. Dies war ein herber Rückschlag, mußte er sein Ziel doch ohne einen breiten Einsatz seiner Schatten erreichen. Auch konnte er sich keine umfassenden Illusionen leisten, die eine ganze Armee in die Flucht schlagen würden. Wenn es ihm nicht gelang, inmitten der Clans seine Anonymität zu wahren, so wäre alles verloren, was zählte.

Umgeben von Kampfhandlungen, die seine Konzentration in Mitleidenschaft zogen, distanzierte Arithon dennoch sein Fühlen, wandte sich von der äußeren Wahrnehmung ab und verschloß sich gegenüber allem, was außerhalb der Luft in der direkten Umgebung seiner Person lag. Der Bann, den er wob, war riskant und kompliziert, bedeutete eine Verschmelzung schwarzmagischer Künste mit göttlicher Erleuchtung, wie er sie nie angewandt hätte, um sein eigenes Leben oder das seines Vaters zu schützen.

Doch gegenüber den Clans von Deshir hatte er einen Eid geschworen. Steivens Männer hätten sich dieser vernichtenden Gewalt nie gegenüber gesehen, wäre da nicht seine Verbindung mit Rathain.

Die Mächte, derer er sich bediente, waren einem jeden rechtschaffenen Magier verboten. Die kleinste Fehlkalkulation, nur ein falscher Schritt, und der Strudel, den er heraufbeschwor, könnte ihn selbst, den Baum und den letzten von Jierets Beschützern mit sich reißen. Trotz seiner Gewißheit, daß die Städter schießen würden, wenn sich ihnen nur ein Mann als Ziel bot, lauschte Arithon angestrengt den entferntesten Bereichen seines Wissens. Seine Aufmerksamkeit mußte so fest wie geflochtener

Draht sein. Er durfte weder die Wunde in seiner Schulter fühlen, noch auf das erstickte Würgen eines Sterbenden achten, nicht einmal einen Gedanken durfte er darauf verwenden, daß all seine Clankrieger bereits tot darniederliegen mochten. Verbunden mit gefährlichen Energien, berührte Arithon die Luft, *wurde* Luft, wurde eins mit ihren Strömungen und den zarten Brisen, die durch die zahllosen Blätter der Bäume wehten.

Luft fühlte sich lebendig an. Sie registrierte Schreie wie einen Rhythmus, konzentrisch wie ringförmige Wellen auf einer durchbrochenen Wasseroberfläche. In der Luft herrschte Frieden und die unfaßbare Schönheit der Weltenordnung des Schöpfers Ath, bis eine Unruhe aufkam, hastend und auf Tod bedacht, wie ihn nur der menschliche Erfindungsreichtum ersinnen konnte.

Arithon schloß das Netz eines Bannes, der gerade erst aufgebaut war, ohne daß er ihn auf Schwachstellen hätte überprüfen können. Zu schnell, sich noch zu sorgen, zu spät für Reue, zu spät, ihn abzuwehren, flog der Pfeil des Kopfjägers heran.

Er war klein, der Pfeil, kaum mehr als eine Handspanne aus Holz und Stahl, Draht, Leim und gefärbten Federn und doch ein Schaft, gekerbt und mit Widerhaken versehen, getrieben von einer Gewalt, die Rüstungen zu durchbohren vermochte. Jeder einzelne Partikel seiner Substanz hatte einen Namen, jedes Stäubchen seiner Masse verfügte über eine Energiesignatur, für die Arithon Aths eigene Ordnung verändert hatte, um einen Bannzauber zu wirken.

Die Natur selbst gebot, daß jede auflösende Magie eine den Naturgesetzen entgegenstehende Neigung zur Zerstörung beinhaltete. Im Widerspruch zum Großen Gleichgewicht und in Einklang mit dem Chaos neigten die fragilen Strukturen dazu, gefährliche, nicht zu bändigende Fehlschläge herbeizuführen.

Arithons Bemühungen konnten nur durch einen Wirrwarr aus geheimnisvollen Tricks und Widersprüchen Erfolg zeitigen, durch eine Lücke im Weltengefüge, nur getragen von einer theoretischen Annahme zerbrechlicher Voraussetzungen: Das Objekt, daß es zu zerstören galt, war selbst zum Töten gemacht, und seine Existenz mußte ausgelöscht werden, ehe es das Leben des Beschwörers vernichten konnte.

Alles, wirklich alles, hing nun davon ab, ob der Armbrustschütze der Kopfjäger einen tödlichen Pfeil abgeschossen hatte.

Und falls der Bogenschütze so zielgenau war, falls sein Pfeil nicht vom Wind abgelenkt wurde, falls der Bann den Pfeil zerstören würde, ehe er sich in das lebendige Fleisch bohren konnte, so würde noch immer das Ergebnis eine gefährliche Instabilität bergen. Die Schutzbanne, die dazu dienten, die bösartigen Auswirkungen der Auflösung zu begrenzen, waren keineswegs unfehlbar.

Als der Pfeil in seine Schutzbanne eindrang, empfand Arithon nichts als Zweifel und schreckliche Angst.

Irgendeinen Teil der Schöpfung Aths aufzulösen forderte einen grausamen Preis. Arithon schauderte und preßte seinen Handrücken gegen die Lippen, um den Schrei zu ersticken, der sich seiner Kehle entringen wollte, als das gefangene Sein in einer schmerzhaften Explosion detonierte. Gebunden an seine Beschwörung, fühlte Arithon, wie sein Körper in Krämpfen zuckte, die nicht einmal vor dem Mark in seinen Knochen haltmachten, als Naturgesetze und Materie sich in einem rasenden Tosen wilder Energien auflösten. Ebenso fühlte er, wie die Vernetzung seiner zerstörenden Beschwörung an seinen Schutzbannen kratzte, darauf brannte, einzudringen, sie zu zerreißen und seinen Leib zu zerstören und mit ihm alles andere, das sich in Reichweite ihrer Macht befand. Als wäre er von Magma umschlossen, entließ er erhitzt die zweite Ebene seines Schutzzaubers.

Er dirigierte sein schauriges Paket zerstörerischer Magie durch die Luft, zurück auf der Spur verwehter Luftwirbel, die den Weg des Pfeiles markierten, und baute einen magischen Bann von der Resonanz geschmiedeten Eisens auf.

Zischen hallte durch die Luft in der Umgebung jener Energie, die keinen physikalischen Pfeil geleitete.

Schweißüberströmt und so erschöpft, als wäre er ausgepeitscht worden, öffnete Arithon die Augen. Während jeder Nerv in seinem Körper zum Zerreißen gespannt war, wartete er.

Bis, im Schatten einer Erle, die Armbrust in den Händen ihres Besitzers explodierte.

Holz splitterte. Draht und Metall rissen auf und schälten dem Kopfjäger die Haut vom Gesicht. Erstickt keuchend brach er zusammen. Löcher hatten sich in seine Brust und seinen Bauch gebohrt, und Blut lief wie frische Tinte über die fahlgrünen Blätter der Bäume. Der einzige Teil der Waffe, der nicht vollkommen zerstört war, war der Auslösehahn, der erste Stahl, der mit dem Bann in Kontakt gekommen war und seine begrenzte Macht freigesetzt hatte.

Daß zumindest die Begrenzungen gewirkt und die unheilvolle Zerstörung beendet hatten, die von seinem Zauber hätte ausgehen können, erfüllte Arithon mit Erleichterung. Zitternd und keuchend klammerte er sich an dem Ast fest und hoffte, daß dort draußen nicht noch mehr Schützen lauerten. Wenn noch mehr von ihnen da waren, so hätte dies das Ende für die Clans von Deshir bedeutet. Er verspürte jedenfalls keinerlei Verlangen, derartige Verteidigungsstrategien noch einmal zu wagen. Erschüttert von der nervenzerfetzenden Wirkung bedauerte er das Opfer, dessen Tod nicht notwendig gewesen war, das jedoch in dem Bruchteil eines Augenblicks, den das Zerstörungswerk gedauert hatte, nicht aus dem Einflußbereich der Mittel hatte entfernt werden können, welche die Waffe vernichtet hatten.

Unter der Buche ging indessen der Kampf unvermindert weiter. Die Opfer des Kampfes türmten sich zu einer grauenerregenden Anzahl. Nur noch fünf Clankrieger waren auf den Beinen. Madreigh kämpfte auf einem Knie hockend, der rechte Arm hing nutzlos an seiner Seite, die Klinge führte er abwehrend mit der Linken. Jieret hatte Alithiel vom Boden aufgehoben und wartete gefaßt darauf, daß auch der letzte seiner erwachsenen Beschützer fallen würde.

Erneut mußte Arithon sich der Verlockung erwehren, auf das einfachste Mittel zurückzugreifen. Wen auch immer er durch seine Schatten vor dem Tod retten würde, den könnte er später unter dem Einfluß des Fluches Desh-Thieres ohne Bedenken umbringen. Nichts konnte die Gefahr rechtfertigen, Lysaer herbeizulocken. Solchermaßen in seiner Entscheidung eingeschränkt, kämpfte Arithon um seine Konzentration, die wie durch ein Sieb gepreßt zu sein schien. Die Notwendigkeit trieb ihn dazu, erneut über die sicheren Grenzen hinauszugehen und der Einheit der Schöpfung weiter Gewalt zuzufügen, für die er später teuer würde bezahlen müssen.

Daran durfte er nicht denken. Jetzt war nichts anderes wichtig, als Jierets Leben und nach ihm das all der anderen Clanmitglieder, die noch gerettet werden konnten.

Klamm vor Kälte und ausgehöhlt von einer Erschöpfung, die wie die Nachwirkungen eines schweren Fiebers an ihm zehrte, legte Arithon die Wange an den Stamm des Baumes. Er schloß die Augen, atmete den pfefferähnlichen Duft feuchter Rinde und ließ diesen Eindruck mit seinem Sein verschmelzen. Ruhe erfüllte seinen Geist. Seine verkrampften Hände entspannten sich und ertasteten den schläfrigen Fluß des Lebenssaftes. Seine Gedanken wurden zu einem Flüstern der Blätter, dem Flug der pollentragenden Bienen im Sonnenschein, den sich entfaltenden Keimlingen, die mit jedem Jahr ein wenig kräftiger wurden, bis sie schließlich eine stattliche Krone und starke Äste hervorbringen würden. Sein Bewußtsein zog herab in die dichte, schwarze Tiefe der Erde und das fest verankerte Netzwerk der Pfahlwurzeln.

Durch die untadelige Essenz des lebendigen Baumes wirkte Arithon seinen Zauber. Wie die Knospen, die Blätter und Zweige, die alle von dem Baum fort zu neuem Wachstum strebten, spann er zarte Bannketten, die von dem Stamm fortstrebten, der nun jedem Kämpfer, der sein Holz nutzen würde, sich den Rücken freizuhalten, verschonen würde. Doch alle Angreifer, die auf den Baum zukamen, sollten in eine subtile Falle geraten, ihre

Augen sollten abgelenkt und ihre Gedanken träge wie Sirup werden, ehe sie schließlich die schläfrige Fließgeschwindigkeit des Harzes annahmen.

Ein menschlicher Geist, umgarnt von dem Bewußtsein eines Baumes, mußte schlafen, gefangen in Träumen, die die Zeit in erhabenem Rhythmus maßen, Träumen von klarem Sonnenschein und silbernem Schnee, von Jahreszeiten, die gleich den regenbenetzten Blättern im Herbstwind vorüberschwebten.

Was das bedeutete, das wußte Arithon nur zu gut, daß die Deshans, die noch auf den Beinen waren, ihre Opfer in dem Sekundenbruchteil erschlagen würden, in dem ihre Reflexe erlahmten und ihre Schwerter niedersanken. Anders als bei den Städtern, die im angrenzenden Tal im Labyrinth der Schatten gefangen waren, würde es für diese Soldaten keine Gnade geben. Ihr Schicksal lag nicht mehr in ihren Händen, und es würde für sie nicht einen einzigen Augenblick geben, in dem sie noch beschließen konnten, zurückzuweichen.

Mühevoll löste Arithon sein Bewußtsein aus dem Baum, der ihn mit einer Zuflucht sonnendurchfluteter Vergessenheit lockte. Zu schnell öffnete er die Augen. Ein Teil von ihm, der noch immer mit dem trägen Fluß des Lebenssaftes und dem Frieden der Erde selbst verbunden war, wurde gewaltsam in den Lärm und den Blutgeruch des animalischen Gemetzels gerissen. Unter ihm verschwanden die Wurzeln der Buche unter den Leibern toter Männer, in deren weit aufgerissenen, träumerischen Augen sich Rinde und Äste und Blätter vor dem Hintergrund des blauen Himmels spiegelten.

Arithon würgte und zwang sich, seine gereizten Nerven wieder unter Kontrolle zu bekommen. Mit schweißnassen Händen umklammerte er den Ast und machte sich voller Abscheu und Schuldgefühlen daran, die Früchte seiner Beschwörung zu nutzen.

Madreigh lag verwundet am Boden, Jieret stand neben ihm, Alithiel, dessen Klinge blutverschmiert war, noch immer fest in Händen. Zwei Clankrieger, beide verwundet, waren noch auf den Beinen, während außerhalb des schützenden Baldachins der Buche die Feinde auf die Knie fielen, verloren waren für ihren Geist und ihre Sinne. Hinter jenen hielten andere Kopfjäger inne, erfüllt von Furcht über jene unsichtbare Macht, die ihre Kameraden niedergeschmettert hatte. Bald schon würde Zorn ihre Befürchtungen zerstreuen und sie zu einer energischen Vergeltung treiben.

»Seht euch nicht um. Seht den Baum nicht an«, wies Arithon die überlebenden Clankrieger an. Dann bat er seine tauben Glieder, sich zu bewegen, und probierte, ob seine zitternden Finger noch zu greifen imstande waren. Irgendwie gelang es ihm, sich von dem Baum herunterzuschwingen. Hände versuchten ihn zu stützen, als er schwankte. Ungeduldig schob er sie von sich. »Glaubt nicht, was ihr seht. Die Verstärkungstruppen werden allein mein Werk sein.« Er wand seine klebrige Klinge aus Jierets Griff. »Lauft, und seht euch auf keinen Fall um.« Als der Knabe ihn angstvoll anstarrte, fügte er hinzu: »Ich werde bei dir sein. Geh jetzt.«

Mit einem leichten Klaps auf Jierets Schulter verlieh er seiner Anweisung Nachdruck. Dann, gestützt auf Alithiel, um nicht sein Gleichgewicht zu verlieren, ging er langsam in die Knie, senkte den Kopf und begann, Illusion zu wirken.

Selbst in diesem Zustand der Erschöpfung ließ seine Gabe ihn nicht im Stich. Nun, da er allein war und das Risiko nur mehr ihn selbst betraf, wagte er es, in begrenztem Umfang Schatten herbeizurufen. Gleich Wasser durch einen Katarakt strömte Dunkelheit aus ihm hervor. Und so, wie er es in einer Nacht in Steivens Waffenlager getan hatte, so fügte er die Schatten auch jetzt zur Gestalt von Kriegern.

Aus Strauchwerk und Dickichten traten sie mit schimmernden Waffen hervor, gespannte Bogen in ihren Händen. Mochte es ihren Gesichtern auch an Eigenart mangeln, mochte ihr Auftritt von unmenschlicher Stille sein, so gingen derartige Feinheiten doch in den Schreien und den Kampfgeräuschen unter, die aus den Schluchten des Tal Quorin herüberhallten. Nach dem Auftauchen der

Verstärkung der Clankrieger, die doch nur der heimlichen Flucht dreier Überlebender diente, waren die Kopfjäger, die nicht bereits dem Schlafbann anheimgefallen waren, nicht geneigt, sich Zeit für eine eingehende Betrachtung zu nehmen. Gegenüber einer Überzahl Bogenschützen, Schattenmännern, die in die Knie gingen und mit ihren Pfeilen auf sie anlegten, griffen diejenigen unter Pesquils Männern, die noch klar bei Verstand waren, zu der einzig klugen Strategie, sich schnellstens eine Deckung zu suchen.

Hätten die Pfeile nicht lediglich aus der Verzweiflung entsprungenen Phantasiegebilden bestanden, wäre die panische Hast der Männer beinahe lustig gewesen.

Arithon sah auf, bemühte sich, die Kraft zu finden, sich zu erheben und Jieret zu folgen. Beides gelang ihm nicht. Seine Fehleinschätzung war nicht verwunderlich, bedachte man die Grenzen, die er überschritten hatte. Vor seinen Füßen, die sich seinem Willen widersetzten, lag Madreigh, und aus einer Wunde in seiner Brust ergoß sich mit jedem Atemzug ein Schwall frischen Blutes auf sein Rehlederwams.

»Ath«, stöhnte Arithon und blieb sitzen. Von dumpfer Schwäche erfüllt, blickte er in die Augen des Mannes, die noch immer klar waren, trotz des Leidens, das ihn jeglicher Erkenntnis hätte berauben sollen.

»Mein Gebieter.« Madreigh atmete rasselnd ein. »Geht. Folgt dem Knaben. Ihr habt einen Eid geschworen.«

Eine vernichtende Wahrheit; eine, der Arithon verpflichtet war. Und doch war er durch den unrechten Gebrauch seiner magischen Kräfte vollkommen erschöpft. Da es ihm nicht gelang, sich zu diesem Zeitpunkt aufzuraffen, tat er, wonach es ihn verlangte, und griff nach Madreighs Handgelenk. Flüsternd, einem geisterhaften Hauch gleich, sagte er: »Ich bin auch an Rathain durch einen Eid gebunden, doch du stirbst dafür.«

Unfähig zu sprechen, blickte Madreigh ihn an.

Arithon spreizte die erschlafften, schon jetzt kalten Finger des Clankriegers und preßte sie an die Rinde der Buche. Seine eigenen Hände legte er über die des Mannes. Dann, mit einer Anstrengung, die seinen Geist in Dunkelheit zu hüllen drohte, rief er das rasch verblassende Glimmen seiner Magie herbei und ließ es gleich einem Gnadenstoß in das Bewußtsein des Sterbenden fließen.

Schlaf erfaßte die gepeinigte Gestalt Madreighs. Die Züge in dem Gesicht unter den wirren grauen Haaren glätteten sich, und alle Sorgen verflüchtigten sich in der sonnendurchfluteten Heiterkeit alter Bäume.

Erschöpft und voller Bedauern entspannte Arithon seine Finger. Halbbenommen von der Ermattung betrachtete er den Kreis still darniederliegender Toter, gekleidet in Leder und Blut; andere trugen die feine Wolle der Städter und Kettenhemden, in denen sich Grashalme und allerlei Schmutz verfangen hatten. Der einzige Tadel, dem sich ein Zauberer fügen mußte, so erkannte Arithon betrübt, lag in seinem eigenen Verhaftetsein mit der Wahrheit und der Selbstdisziplin. Kein visionärer Geist war davon befreit. Schöpfung und Zerstörung lagen auf derselben Linie, und niemand konnte Aths Energien nutzen, ohne ein ebenbürtiges Maß zersetzender Mittel freizulegen.

Das Blut war aus seinem Kopf gewichen. Würde er nun versuchen, sich zu bewegen, so würde er lediglich einen spektakulären Sturz riskieren. Ohne die Schreie und das Kreischen des Metalls noch länger wahrzunehmen, stützte er sein Kinn auf und gab sich dem Schaudern hin, das ihn so machtvoll peinigte. Er hatte nicht aus Habgier oder Selbstsucht gehandelt, sondern seine Pflicht erfüllt, wie es sein Eid gegenüber den Deshans von ihm verlangt hatte. Doch die Pflicht reichte nicht aus, zu rechtfertigen, welche Leben einfach im Stich gelassen und welche geopfert werden sollten, um andere zu schützen: Steivens Clanmitglieder, die letzten Überlebenden einer grausamen Verfolgung, oder Pesquils Kopfjäger, die noch immer erhitzt waren von der Orgie ihrer Bluttaten. Keine Antwort war wirklich zufriedenstellend. Kein Gesetz besagte, daß Gerechtigkeit mit Barmherzigkeit einhergehen mußte.

Die Vergehen dieses Tages nagten an seinem s'Ffalenn-Gewissen, wie das Wasser imstande war, selbst Granit zu Sand zu zermahlen. Durch einen Nebel, der sich dem Lauf der Zeit entzog, erkannte Arithon, daß der rhythmische Fluß aus der Brust Madreighs versiegt war. Es mangelte ihm an Kraft, festzustellen, ob der Tod dies verursacht hatte, oder ob sich die Lebenssäfte auf einen langen Winter vorbereiteten.

Endlich gelang es ihm, sein Schwert wieder an sich zu nehmen und die Kontrolle über seine Beine zurückzuerlangen, ehe die Orientierungslosigkeit, die ihn mit sich gerissen hatte, schwand und die Kette betäubender Gedanken riß. Seine Sinne wandten sich wieder dem Augenblick zu. Die klirrenden Geräusche der Schlacht umgaben ihn nun von allen Seiten, und Pfeile flogen in flachem Bogen vorbei und rissen die rottende Laubdecke des Waldbodens auf.

Dies waren keine Schatten. Die Buche an seiner Hüfte war massiv. Noch immer nicht sehr sicher auf den Beinen, lehnte Arithon sich mit dem Rücken gegen den Stamm. Wenngleich er erwacht war und sich wieder den Notwendigkeiten seiner Verpflichtung zuwenden wollte, befand sich doch sein Geist in einem Stadium der Verwirrung. Unzusammenhängende Details glitten durch seine Wahrnehmung: Die Sonne stand tiefer; kupferne Blätter bebten im Abendrot, als wären sie blutbenetzt; das Krakeelen und Lärmen war beunruhigend, weil es von echten Kämpfern verursacht wurde, nicht von schattengewirkten Illusionen. Clankrieger, Kopfjäger und unzusammenhängende Gruppen von Garnisonssoldaten waren damit beschäftigt, sich gegenseitig mit einer Grausamkeit zu bekriegen, die einem Kampf zwischen Bulldoggen nicht nachstand.

Caolle hatte Verstärkung geschickt. Arithon erkannte, daß die Clankrieger zu Steivens Truppe gehörten, und sie schlugen eine glücklose Schlacht. Für ihre Frauen, ihre Kinder, für die Söhne, die niedergemetzelt im Flußtal lagen, verlangten sie von Rache getrieben nach den Leben der Kopfjäger.

Selbst wenn es sie ihren letzten lebenden Clanangehörigen kosten würden, sie würden nicht zulassen, daß Pesquils Männer den Strakewald mit den Skalps ihrer Liebsten verließen, um sich ihre Belohnung abzuholen.

Vergeudung über Vergeudung, dachte Arithon bei sich, und der Zorn brachte ihn wieder zu klarem Verstand. Als beeidigter Herrscher Rathains mußte er sie aufhalten, sie auseinanderbringen, sicherstellen, daß Jieret ein Erbe antreten konnte, für das es sich zu leben lohnte.

Vorsichtig, um nicht auf die Leiber der Gefallenen zu treten, begab sich Arithon mitten hinein in das Kampfgetümmel, das zwischen den Bäumen hindurch in Strauchwerk und Unterholz stattfand. Wie Silber hob sich das Flackern der Schwerter und Kettenhemden vor der aufziehenden Dunkelheit ab. Bald lenkte er die Aufmerksamkeit des ersten Kopfjägers auf sich. Er kämpfte, parierte, tötete in rhythmischen Hieben, und die ganze Zeit über suchte er mit Blicken das Handgemenge nach wenigstens einem von Steivens Offizieren ab. Er hatte einen vagen Plan, wie er, mit ein bißchen Unterstützung, seine Magie einsetzen konnte, um Verwirrung zu säen und die Kämpfenden voneinander zu trennen. Er mußte die rasenden Clankrieger unter seine Kontrolle bringen, mußte sie bezwingen, notfalls mußte er sie alle mit einem Schlafzauber belegen. Dann jedoch, während seine überanstrengten Muskeln unter der Wucht seines Parierschlages schmerzten, mußte er erkennen, daß das Letzte nichts als eine Narretei war. Seine vorangegangenen Banne hatten einen Schaden hinterlassen, und er konnte sich glücklich schätzen, überhaupt auf seinen Füßen zu stehen.

»Arithon! Herr!«

Der Ruf kam von rechts, aus der Richtung des Hanges, der zu der Schlucht hin abfiel. Der Herr der Schatten schlug einen Angreifer zurück und wirbelte herum. Hier und dort streifte ein Pfeil durch die Luft und bohrte sich durch die Schleier tiefhängender Blätter. Durch eine

Wolke abgerissener Blätter und von der Sonne kaum durchdrungener Dämmerung versuchte er den Mann zu entdecken, der ihn gerufen hatte, konnte ihn aber nirgends finden.

Statt dessen fiel sein Blick auf eine Gruppe Kopfjäger, angeführt von einem pockennarbigen Mann mit einem schlammverkrusteten Kettenhemd und einem anderen, groß, aufrecht, elegant, trotz seines zerfetzten Wappenrockes mit dem güldenen Wahrzeichen, das ebenso hell aufleuchtete wie sein Haar.

Lysaer.

Sie entdeckten einander in demselben Moment.

Arithon fühlte, wie die Luft seinen Lungen entwich, als hätte er einen Schlag erhalten. Dann schaltete Desh-Thieres Fluch alle Vernunft aus. Er rannte, die Luft prickelte auf seinen senkrechtstehenden Nackenhaaren wie die statische Aufladung vor einem Gewittersturm. Das Schwert erhoben, die Lippen zu einem Ausdruck primitiven Hasses verzogen, stürmte er voran, um seinen Halbbruder zu überwältigen, ohne Rücksicht auf alles, was ihm unterwegs begegnete.

Ein gewaltiger Blitz ließ die Bäume erstrahlen. Lysaer, so sehr von dem Fluch getroffen wie er selbst, hatte seine Gabe des Lichts gerufen.

Arithon stieß ein rauhes Gelächter aus. Sie waren ebenbürtig. Kein Blitz, keine Flamme, keine Feuersbrunst, die seine Schatten nicht im Zaum halten konnten. Strakewald konnte brennen oder zu einem ausgedörrten Ödland gefroren werden, und all ihre Anhänger und Armeen würden wie Spreu im Wind der gewaltigen Vernichtung zum Opfer fallen. Am Ende würden Lysaer und er selbst einander mit gezogenen Klingen gegenüberstehen, und niemand wäre mehr am Leben und könnte sie aufhalten.

Lysaer hob seine rechte Hand, und die Kopfjäger in seiner Begleitung verteilten sich.

Seine eigene Begierde auskostend, wurde Arithon langsamer. Er fühlte eine Berührung an seiner Schulter, hörte Gebrüll in seinen Ohren. Besessen von dem Fluch schüttelte er die Behinderung ab und schlug mit dem Handrücken nach der Person, die ihn aufgehalten hatte, wer auch immer es sein mochte.

Als der Lichtstrahl sich von Lysaers Faust löste, ließ er ihn kommen, ein gewaltiger Peitschenschlag blendender Helle, der den Wald in zwei Teile zerlegte. Im hellen Schein erkannte er, daß die Männer in Lysaers Nähe niedergekniet waren und weißlich glänzende Waffen erhoben hielten. Mit unvermindertem Triumphgefühl erkannte Arithon die Armbrüste.

Arithon spielte mit ihnen, benutzte seine magisch geschulte Finesse, um Schatten zu wirken, so feinsinnig, daß sein Feind ihnen nie gewachsen sein konnte. Die zielenden Kopfjäger verloren so vollkommen ihr Sehvermögen, daß es zweifelhaft schien, ob sie je hatten sehen können.

Manche ließen schreiend ihre Waffen sinken. Die anderen schossen ein wildes Sperrfeuer ungezielter Pfeile ab, die sich zischend durch eine Walze zunehmender Glut bohrten.

Arithon lachte und sah zu, wie Lysaers eigenes Feuer die Pfeile vollständig verbrannte. Dann stoppte er die Energie, die sich gegen ihn richtete, mit einem sauberen Schleier aus Schatten, so wie er einst den Feuerstoß des angreifenden Khadrim abgewehrt hatte. Es kümmerte ihn wenig, daß seine überanstrengten Nerven seinen Leib erzittern ließen, weidete er sich doch in vollen Zügen daran, alles Licht zu ersticken, als wäre es nie dagewesen.

Die Erde erbebte unter einem gewaltigen Donnerhall. Währenddessen stand Arithon aufrecht da, von den magischen Fesseln getrieben, die ihn versklavt hatten, und enthielt sich aller Gegenmaßnahmen. Stahl versprach die schnellste Befriedigung, und mit Alithiel in Händen wartete Arithon ungerührt am Rande der zu Kohle verbrannten Grasnarbe.

»Willst du kämpfen?« rief er höhnisch. »Oder willst du außer Reichweite bleiben und mit deinem Feuerwerk spielen, nur um Zeit zu verschwenden und anzugeben?«

»Schandfleck!« entgegnete Lysaer ebenfalls brüllend. Sein sonst so attraktives Gesicht war zu einer Maske des Hasses verzerrt. Schnittwunden und Prellungen taten ein Übriges, ihn wie wahnsinnig aussehen zu lassen. »Weber der Dunkelheit und Kinderschänder. Einem Verbrecher wie dir gebührt keine Ehre.«

Ohne eine Miene zu verziehen, trat Arithon einen Schritt vor, und als allmählich die Distanz kleiner wurde und die Kopfjäger voller Furcht davonstolperten, erkannte er, daß Lysaer nicht gesund aussah. Sein linker Arm war unter dem schmutzigen Samt verbunden, und er hing in einer Schlinge, als wäre er verletzt. Wilde Erregung ergriff Besitz von ihm, als er erkannte, daß sein Feind geschwächt war. Voller Spott rief er: »Ist das dein Schwert? Glaubst du wirklich, umgekehrte Runen würden meinen Tod bewirken?« Einladend spielte er mit Alithiel. »Finde es heraus. Stell dich zum Kampf!«

»Warum sollte ich mit einem Bastard die Klingen kreuzen?« Mit spiegelbildlicher Besessenheit in den Augen riß er verächtlich erneut die Hand in die Luft.

Mit seinen feinen Sinnen nahm Arithon in dem Luftzug, der über seine Haut strich, die Macht wahr, die Lysaer ansammelte, um sein Licht zu rufen. Sein nächster Streich würde mehr als nur ein tödlicher Blitz sein, er wäre so verheerend wie einst, während ihrer Bemühungen, den Nebelgeist zu unterwerfen. Dennoch konnten die Schatten ihn abwehren, aber die Bäume des Strakewaldes würden in weitem Umkreis Feuer fangen, Clanmitglieder und Wild würden in einer wilden Feuersbrunst getötet werden, die Erde selbst zu Schlacke verbrennen.

Seine magisch geschulten Instinkte schlugen mit aller Macht Alarm, doch gegen die überragende Gewalt des Fluches Desh-Thieres verlor jegliches Unbehagen seine Stimme. Sein ganzes Sein strahlte nur noch Haß aus, sein Eid gegenüber Rathain waren nur noch bedeutungsleere Worte, gleich dem trockenen Rascheln des Windes. Solange Lysaer vor ihm stand, hatte er nur Augen für seinen Feind. Wie eine Marionette würde er sich dieser blonden Nemesis entgegenstürzen, die sich gegen ihn gewandt hatte. Ihre Schwerte würden sich kreuzen, bis einer von ihnen starb, und welche Hindernisse es auch zuvor aus dem Weg zu räumen galt, sie waren doch nur ein kleines Opfer für diesen Zweck.

In ihrer Stille schien die Luft doch zu summen. Die Einlegearbeit in Alithiels dunkler Klinge schien nur mehr ein substanzloser Schriftzug in der Finsternis zu sein. Nun, da das Schwert von bösem Zauber und Feindschaft geführt wurde, blieb der Sternenzauber von paravianischer Hand stumm. Weitaus mehr zermürbt, als der Fluch ihn erkennen lassen wollte, gab sich Arithon wie unwillkürlich seiner magischen Wahrnehmung hin. Seine Aufmerksamkeit verknüpfte sich mit den Litaneien von Blättern und Zweigen, von Männern, die noch immer einen sinnlosen Kampf kämpften, noch immer verfangen im Töten, neben dem Tanz des Lichtes, der alles Leben zu schmelzen vermochte. Die Erde unter seinen Füßen schimmerte in dem Mysterium der Wiedergeburt, doch nicht einmal das vermochte ihn wieder zu versöhnen.

Der Drang, geboren aus Desh-Thieres Fluch, überragte alles.

Auf Lysaers erhobener Handfläche brannte Licht, leuchtete dann grell auf, ehe schließlich ein Kern heißer, blendender Strahlen hervorbrach. Das Licht wuchs weiter, sprühte, wütete und überzog den Wald mit der verheerenden Hitze seiner Blitze. Lysaer war nun allein, seine verbündeten Kopfjäger von dem gewaltigen Zorn seines Angriffs in die Flucht geschlagen.

Ihm gegenüber, nur mehr eine windgepeitschte Silhouette, eine Hand lässig auf dem Schwertknauf, starrte Arithon ihn herausfordernd an. Ohne Rüstung, nur in die schmutzige Lederkleidung gehüllt, die jeder von Steivens Kundschaftern trug, machte er einen geschwächten Eindruck; bis, halb verdeckt unter gelösten Strähnen schwarzen Haares, er seine Lippen zu einem Ausdruck verzog, der keinerlei Bedauern zuließ, nur spöttische Unduldsamkeit.

Die gleißende Helligkeit riß die Züge des s'Ffalenn mit unverkennbarer Klarheit aus dem Dunkel. Die distanzierte Zuversicht, die offenbar vollkommen gefühlskalte Arroganz in diesem Gesicht brachte mit einem Schlag die Erinnerung an die Manipulationen zurück, mit denen er Amroths König und seinen Rat hinters Licht geführt hatte. Überwältigt von einer Woge tiefster Abneigung kreischte Lysaer ihm seine ultimative Drohung entgegen: »Bei Ath, du gewissenloser Bastard wirst mit deinen Schlichen kein weiteres Unheil mehr anrichten. Diesmal, koste es, was es wolle, werde ich dafür sorgen, daß meine Leute Gerechtigkeit erfahren.«

Wenngleich diese Gerechtigkeit durch das Wirken von Desh-Thieres Fluch auch vollends zerstört war, so gab sich Lysaer ihr doch mit zustimmender Billigung hin. Er schrie, überließ sich seiner Leidenschaft und sandte seinen Blitz aus.

Arithon schwankte, als er den Angriff abwehrte. Gefangen in einem kuriosen Triumphgefühl, noch immer der magischen Wahrnehmung zugewandt, erkannte er in absoluter Klarheit, daß der Fluch seinen Halbbruder übermannt hatte. Lysaers Angriff hatte alle Bande des gesunden Menschenverstandes und des Selbstschutzes gesprengt. Wie in Mearth, als widrige Umstände ihnen den Weg durch das Weltentor versperrt hatten, konzentrierte der s'Ilessid-Prinz auch jetzt sein ganzes Sein auf die zerstörerischen Aspekte seiner Gabe.

Das Licht, das er selbst gerufen hatte, würde ihn martern. Strakewald würde mit den Armeen und den Überlebenden der Clans mit einem Streich ausgelöscht werden. Ob Arithon sich selbst mit Hilfe seiner Schatten würde retten können, war eine Frage von nur mehr rein akademischer Bedeutung. Desh-Thieres Absichten jedoch würde gedient werden.

Wenigstens einer der beiden Halbbrüder, die ihn gebannt hatten, würde vom Antlitz Atheras getilgt werden.

Arithon heulte auf, angesichts der Ironie. Zu des Nebelgeistes wilden Triumphes in den Wahnsinn getrieben, streckte er beide Arme weit aus, wartete höhnisch darauf, daß das Licht ihn holen käme, um es mit seinen Schatten zu blockieren und zurückzuschleudern, auf daß sein Feind in einem grimmigen Feuer der Selbstopferung zugrunde ginge.

In diesem Augenblick verzehrter Selbstkontrolle, in der ekstatischen Sicherheit, den Sieg davonzutragen, fühlte Arithon, wie etwas seinen Schwertarm packte, und seine Hüfte prallte gegen etwas Bewegliches. Wutentbrannt und aus dem Gleichgewicht gebracht, blinzelte er in das näherkommende Lodern weißer Glut. Wer auch immer sich eingemischt hatte, er würde dafür sterben.

»Euer Hoheit, Prinz von Rathain, wir sind eidgebunden!« schrie die schrille Stimme eines Knaben voller Furcht. »Ich kam zurück, weil Ihr mich gebeten habt, Euch von Eurem Halbbruder fernzuhalten.«

Ein Blutpakt, geschworen von einem Zauberer, knüpfte seine Bande in den lebendigen Geist.

»Sithaer, *Jieret*!« brüllte Arithon, und der Schrei löste sich aus seiner Kehle, als der Triumph der Rache Desh-Thieres unter seinem Pakt mit Steivens Sohn brüchig wurde. Das unheilige Entzücken eines Augenblicks wurde zur Qual, als das versklavte Bewußtsein und die Wahrheit zwischen gegnerischen Gebietern hin und her gerissen wurden. Dann die Ironie: Jeder Schatten, gewirkt zum Schutz des Knaben, würde auch den s'Ilessid-Prinzen vor dem Schmiedefeuer abschirmen, das der Fluch provoziert hatte.

Hin- und hergerissen zwischen der persönlichen Sorge und dem Zerren fluchgeborenen Drangs, schmerzlich getroffen von der betäubenden Gewißheit, daß das Entsagen vor dem Gewissen der s'Ffalenns in Verbindung mit dem Verrat an Jieret Lysaers Tod und damit seine endgültige Freiheit erkaufen würde, zwang Arithon seinen Willen, sich der Magie Desh-Thieres entgegenzustellen.

Zu allem Übel und Hohn würde sich dieses Paradoxon selbst erneuern können. Lysaer verfügte nicht über eine

Ausbildung, die es ihm erlauben würde, zu verstehen oder gar zu kontrollieren, wie Desh-Thieres Fluch auf seinen Geist Einfluß nahm. Sich seiner Rechtschaffenheit gewiß und in der Überzeugung, Gerechtigkeit zu wirken, würde Lysaer sein Überleben nutzen, so lange keine Mühen zu scheuen, bis sich eines Tages die Greueltaten wiederholen würden. Diese überwältigende Sinnlosigkeit ließ alles Streben zu einem Spielball des Hohns verkommen, kam doch dieser Aufschub überdies vielleicht zu spät. Eines Opfers schwache Bemühung um Erbarmen mochte am Ende doch nur einen Fehlschlag herbeiführen.

Nur einen Sekundenbruchteil von dem vernichtenden Schlag entfernt, riß Arithon Jieret an sich, hinter die schützende Klinge seines Schwertes.

Der Schmerz totaler Erschöpfung, der gierige Sog an seinen Reserven, die längst überbeansprucht waren, schien seinen Geist und seine Reflexe zu lähmen. Verstockt kämpfte Arithon, rief und kommandierte seine Gabe zu schier unmöglicher Leistung. Der Fluch zerrte an ihm, behinderte ihn. Ständig rang er mit seinen tückischen Strömungen, während seine Schatten aufflackerten und sich endlich verwoben. Dunkelheit stieg auf wie ein heulender Sturm, freigesetzt, um sich wild auf die Ströme ungebändigten Lichts zu stürzen. Die Luft selbst schien in größter Qual zu schreien, als die Gaben der beiden Halbbrüder aufeinanderprallten.

Bewaffnete Männer fielen wimmernd mit dem Gesicht nach unten zu Boden, vergessen waren ihre Waffen, als sie ihre Arme schützend über ihre Köpfe legten. Bäume wurden durch die Luft gewirbelt und von den Flammenzungen wilden Feuers zersplittert. Noch immer in seiner magischen Wahrnehmung gefangen, hörte Arithon das Kreischen der ihrem Platz gewaltsam entrissenen Naturgewalten. Er fühlte, wie die Kälte seiner eigenen Beschwörung lebendiges Grün gefrieren ließ. Dazwischen hörte er Schreie, die menschlichen Ursprungs waren. Er stöhnte, weinte, plünderte Intuition und Wissen, um seinen Reserven gnadenlos die Kraft zu entringen, die er brauchte, um dem Schrecken entgegenzuwirken. Die Fäuste auf Jierets Rücken gepreßt, die Augen starr und die Sinne gefangen in stetem Wirbel, dehnte Arithon seine Schutzbarrieren.

Und wie er es schon einmal in Etarra getan hatte, umhüllte er nun den Strakewald mit Dunkelheit.

Er konnte nicht sehen, welchen Schabernack das Schicksal trieb; konnte nicht sehen, daß Lysaer, geschwächt von Blutverlust und Anstrengung, zusammengebrochen war und daß Pesquil und ein pflichtbewußter Leutnant sich soeben bemühten, ihn aus dem Gefahrengebiet zu zerren. Arithon konnte die Luft nicht atmen, nicht den Geruch von toter Erde und Feuer erfassen. Er konnte kaum mehr aufrecht stehen, so sehr erschöpften ihn die Anforderungen, die das Wirken der Schatten an ihn stellte.

Jieret sagte etwas. Unverstanden trieben die Worte durch sein Dasein. Dann griffen Hände nach Arithons Armen und Schultern, hoben ihn, stützten seine Beine, die sein Gewicht nicht länger zu tragen vermochten.

Eine Berührung, es mußte Jieret sein, schob seine Finger von dem Schwertknauf weg und hielt sie in ruhiger Wärme.

»Ath«, keuchte ein Kundschafter voller Schrecken. »Seid Ihr sicher, daß er nicht verletzt ist?«

»Laß ihn in Ruhe«, schnappte eine andere Stimme, möglicherweise Caolles. »Wenn er die Kontrolle über die Schatten verliert, dann wird jeder unserer Leute in diesen Wäldern dem Untergang geweiht sein.«

Arithon behielt die Kontrolle. Mit einer Entschlossenheit, die ihn auszehrte, klammerte er sich an sein Bewußtsein und seine Kunst. Verdrehte Eindrücke wirbelten durch seinen Geist, Bilder von umgekippten Bäumen und Wasserfällen, von verkohlten, gerösteten Leibern auf verbranntem Boden. Sie ließen ihn laut aufschreien.

Diese Visionen mußte ihm seine magische Wahrnehmung beschert haben; er betete darum, daß es so war. Als es ihm nicht gelang, zu unterscheiden, zwang er seine vernebelten Sinne, ihm zu beweisen, daß Dunkelheit, so undurchdringlich wie Filz, sternenlos, lichtlos den Strakewald mit ihrem Schutz bedeckte, der kein erneutes Ausbrechen des Feuers zulassen würde.

Unbestimmbare Zeit später atmete er zitternd ein. »Sind wir jetzt in Sicherheit?«

»Bald«, antwortete Jieret oder vielleicht auch Caolle. Ohne Widerhall erklang das Wort über dem Wehklagen von achttausend Toten.

Irgendwann danach entglitten auch die letzten Reste der Wahrnehmung Arithons Kontrolle. Die Dunkelheit, die herbeigerufenen Schatten drangen nur mehr verschwommen durch sein verwirrtes Bewußtsein, und dann wußte er gar nichts mehr.

Arithon erwachte auf dem Rücken liegend. Über ihm funkelten die Sterne wie Juwelen zwischen den Blättern einer Eiche. Ein leiser Aufschrei entrang sich seiner Kehle, als Alptraum und Verstand aufeinandertrafen und ihm im ersten Augenblick den Eindruck vermittelten, er sähe eine tote Landschaft aus Asche und Kohle vor sich.

Dann drang der süße Duft der Lebenssäfte und des Pinienharzes aus der Ferne an seine Sinne. Neben ihm sagte jemand sanft: »Strakewald ist noch immer grün. Eure Schatten haben ihn gerettet. Und es gibt Überlebende aus den Clans.«

Arithon hatte nicht die Kraft, seiner Verbitterung darüber Ausdruck zu verleihen, daß es nur wenige sein konnten, unter denen keine Frau und kein Kind war. Für lange Zeit konnte er nichts anderes tun, als die Augen schließen und in aller Stille bitterlich weinen.

Gnadenlos vertrieben die Tränen den Dunst aus seinem Geist. Verwundet und vollkommen unfähig, sich in die Losgelöstheit zu flüchten, sah er sich gezwungen, die ganze Wahrheit in Erfahrung zu bringen.

»Jieret?« fragte er zuerst, und das Wort war kaum mehr als ein heiseres Stöhnen.

»Neben Euch«, lautete die beruhigende Antwort. »Er schläft. Von ein paar angesengten Haaren abgesehen, ist ihm nichts passiert.«

Arithon seufzte leise. »Steiven ist gefallen. Wo?«

»Was macht das noch aus?« Die Stimme klang nun gereizt, und eine Bewegung in der Dunkelheit offenbarte ihm die Gestalt eines Clankundschafters, der mit überkreuzten Beinen nicht weit entfernt saß.

Stur und schweigend wartete Arithon.

»Na schön«, ließ der Kundschafter sich erweichen. »Caolle sagte, Ihr solltet ruhen, aber ehe Ihr mir Schwierigkeiten macht, werde ich es Euch sagen.«

Arithons Mundwinkel zuckten skeptisch. »Caolle hat nichts Derartiges gesagt.«

Verblüffung legte sich über die Stille. »In Ordnung«, seufzte der Mann schließlich. »Caolle hat Euch verflucht, aber Jieret hat darauf bestanden, daß Ihr Euch ausruhen müßt.«

Der Knabe also, nun der Fürst von Deshir, Caithdein eines Königreiches, als Waise von knapp zwölf Jahren in die Nachfolge der Dienerschaft Rathains gestürzt. Schnell erfuhr Arithon nun, was geschehen war. Gleich nach seiner ersten Warnung hatte Steiven seinem Kriegerhauptmann Befehle erteilt, von denen befreit zu werden, jener auf Knien gebettelt hatte: Ihm war aufgetragen worden, sich mit einer Streitmacht von dreihundert handverlesenen Männern zurückzuziehen. Steiven s'Valerient hatte dann die übrigen Krieger in ihrem schicksalhaften Rachefeldzug in den Schluchten angeführt.

»Er war einer der ersten, die gefallen sind«, sagte der Kundschafter ermattet, die Hände angespannt um seine Knie geschlungen. »Ein Armbrustpfeil hat ihn getroffen, noch ehe wir den Morast hinter uns hatten, und das war gut so. Er hat weder die Brandschäden noch das Schicksal seiner Gemahlin im Tal schauen müssen.«

»Ich weiß, wie sie gestorben ist«, krächzte Arithon. »Caolle hat sich dem Befehl widersetzt, richtig?«

Gepeinigt von der Erinnerung an die Grausamkeiten nahe dem Tal Quorin zuckte der Kundschafter die

Schultern und erzählte: »Die dreihundert Krieger beschrieben einen großen Bogen und näherten sich dem Tumult von der stromaufwärts gelegenen Seite. Glücklicherweise haben sie das getan. Jieret und zwei verwundete Kundschafter hätten Euch kaum allein da rausholen können.«

Schweigend nahm Arithon diese Information auf. Wenn er sonst auch nichts getan haben mochte, so hatten seine Schatten doch wenigstens diese Clankrieger gerettet, die Steiven zum Überleben ausgewählt hatte. Nach einer Weile fragte er: »Und jetzt?«

»Der Verband der Kopfjäger ist größtenteils zerstört, und Lysaers Etarraner sind auf dem Rückzug. Wir nehmen an, daß sie sich außerhalb des Strakewaldes neu formieren. Diejenigen, die noch nicht vollends mit den Nerven am Ende oder verwundet sind, werden vermutlich bleiben und Gift auslegen, um das Wild zu töten und uns auszuhungern.« Eine Brise strich durch die Bäume, und sie trug den beißenden Geruch der Asche mit sich. Der Kundschafter zog seinen Dolch und prüfte die Klinge mit dem Daumen, suchte immer und immer wieder nach Beschädigungen. »Caolle wird ihnen die Genugtuung nicht gönnen. Er plant, Strakewald zu verlassen und sich Herzog Marls Leuten in Fallowmere anzuschließen.«

Irgendwo im Erwachen des neuen Tages sang eine Spottdrossel eine kurze Melodie, und eine Eule auf der Jagd stieß einen klagenden Ruf aus. Jieret bewegte sich in seinem Traum, und der Kundschafter schnitt schweigend Furchen in ein Stück Holz.

Arithon lag still da, während andere Dinge seine Aufmerksamkeit weckten. Sein Leib war noch immer in die blutgetränkte Lederkleidung gehüllt, doch irgendwer hatte sich vorsichtig seiner Verletzungen angenommen und sie verbunden. Das gelegentliche kurze Aufflackern magischer Wahrnehmung identifizierte die saubere Arbeit als Caolles Werk. An dem sonderbaren hellen Flackern am Rande seiner Wahrnehmung und seiner derzeitigen Unfähigkeit, sich auf die physikalischen

Aspekte der Realität zu konzentrieren, erkannte er, daß er noch immer an den Auswirkungen der nervlichen Überlastung litt. Sein übermäßiger Mißbrauch magischer Fähigkeiten hatte einen Schaden hinterlassen, der über das Leiden des Körpers hinausging. Seinen Gedanken haftete eine jähe Sprunghaftigkeit an, als befände er sich am Rande des Deliriums. Auch der Fluch selbst hatte üble Verwüstung hinterlassen. Überdies hatte seine Abwehr mit Hilfe der Schatten an seinen Kräften gezehrt, als er sich dem gewaltigen Zerren der Versklavung entzogen und seinen freien Willen zurückerobert hatte.

Er wagte nicht daran zu denken, wieviel Zeit vergehen mußte, bis er fähig wäre zu schlafen, ohne von Alpträumen heimgesucht zu werden. Nagender Schmerz in seinen Knochen machte ihm deutlich, wie sehr er seine Reserven erschöpft hatte. Die Qualen und schlichte Ruhelosigkeit trieben ihn schließlich dazu, seinen kreisenden Gedanken ein Ende zu setzen und aufzustehen.

Der Kundschafter hörte auf zu schnitzen. Das Messer blieb in der Luft hängen, als er fragend sein Kinn vorreckte. »Was, bei Sithaer, habt Ihr vor?«

Im Davongehen antwortete Arithon ihm über seine Schulter hinweg in gleichmütigem Ton mit einem Zitat aus einer Ballade: »›*Erlösen der Toten verwirrte Seelen, und schmücken ihr kaltes Fleisch mit Blumen.*‹« Es war ihm gleich, ob er paravianisch gesprochen hatte; er war am Boden zerstört und konnte die Worte nicht übersetzen.

Als sähe die Natur Licht als einen Fluch, war in dieser Nacht nach dem Angriff der Etarraner kein Mond über dem Strakewald zu sehen. Im fahlen Sternenlicht und dem flackernden Schein kleiner Fackeln schritten Caolle und die Überlebenden der Clans von Deshir über die Leichenfelder. Sie waren noch immer bewaffnet. Die stöhnende Gestalt am Boden mochte einem Verwandten gehören, doch ebensogut konnte es ein Feind sein; die Hand, die sich im Schlamm zu ihren Füßen bewegte, mochte um Beistand betteln, doch sie konnte auch einen Dolch halten, bereit, zuzustechen. Kundschafter, deren Urteilsvermögen von Müdigkeit niedergerungen war, kontrollierten Holzscheite, die wie gefallene Clankrieger aussahen, überprüften Rinnsale, die sich verschworen hatten, die Leiber ihrer Kameraden zu verbergen. Rufe hallten über Morast und Berghänge, Entscheidungen, geprägt von kaum zu lindernder Pein, mußten getroffen werden: Sollte nach einem Heiler geschickt werden, oder war es besser, unerträgliches Leid mit einem Gnadenstoß zu beenden?

Jeder Einsatz des Messers unterstrich die Sorge, um die Anzahl derer, die noch übrig waren.

So leise, wie nur ein Mann, der im Wald zur Welt gekommen und aufgewachsen war, sich durch dichtes Gestrüpp bewegen konnte, wachsam, um sich stets den Rücken freizuhalten, erblickte Caolle manchmal lebende Feinde, Männer, die seit Stunden durch Schluchten und Dickichte irrten, verloren, furchtsam und allein. Städter, außerhalb ihrer gewohnten Umgebung, die schreckhaft waren und ständig damit rechneten, die Strafe für ihre Taten erleiden zu müssen.

Nachdem ein Tal durchstöbert war, erschienen die verbliebenen Schlachtfelder, die es zu durchsuchen galt, wie eine Qual für die Verdammten.

Feuchte Kleider, stumpfe Klingen und Hände, deren überanstrengte Sehnen schmerzten, taten nichts dazu, Caolles trübe Stimmung zu verbessern. Er war schon über fünfzig Jahre alt, und diese Schlacht konnte selbst das Durchhaltevermögen der Jungen brechen. Als er sich nun über einen weiteren Leichnam in einem Kettenhemd, so neu, daß es noch ganz silbern leuchtete, beugte, verfluchte er die Laune des Schicksals, die ihn anstelle von Steiven am Leben gelassen hatte. Noch waren die verlorenen Freunde nicht gezählt, die dem Rad des Schicksals anheimgefallen waren, und niemand wollte die Zahl der Angehörigen benennen, die er in der Not mit seinem eigenen Messer hatte töten müssen.

Vor ihm ragten die zerklüfteten Felsenklippen, deren

schattige Hänge sich zum Eingang der Schluchten hin verengten, vor dem Himmel auf. Auf dem verbrannten Boden des dahinterliegenden Tales warteten keine Überlebenden mehr auf Hilfe, nur der Tod raschelte wie trockenes Papier im Wind. Caolle wandte sich zu Halliron um, der neben ihm ging: »Vielleicht wollt Ihr lieber umkehren.«

Beschmutzt wie die Clanmänner, wenngleich in reichverzierte Seide gekleidet, die Lyranthe sicher über die Schulter geschnallt, antwortete der Meisterbarde: »Ich werde nicht gehen.« Er schob sich durch einen Hain niedriger Ahorngewächse. »Ihr solltet Euch nicht noch im nachhinein quälen.«

Gepeinigt atmete Caolle ein. »Ich hätte zuhören sollen. Wir hätten uns verteilen und die Frauen an einem anderen Ort in Sicherheit bringen können.«

»Die Männer wären dennoch tot, und die zerstörten Familien hätten kaum überleben können.« Mit stiller Gewißheit fügte Halliron hinzu: »Eure Kinder wären in Etarra umgekommen, das hat Arithon mir erzählt. Er sah, wie sie hingerichtet wurden, als er die Tienellevisionen hatte.«

Wenig begeistert, daran erinnert zu werden, schob sich Caolle an ihm vorbei. »Bei Ath, wenn Ihr mir schon nachlaufen müßt, könntet Ihr wenigstens aufhören zu reden.« Die zähe Verläßlichkeit des Barden beeindruckte ihn dennoch. Zwar war er kein Krieger, doch er war stets zur Stelle, wenn er gebraucht wurde. Wenn er auch in diesem vom Feuer verzehrten Schlachthaus kaum etwas tun konnte, um den Verwundeten und Sterbenden zu helfen, so war doch seine uneingeschränkte Hilfsbereitschaft Grund genug, ihn mitgehen zu lassen.

Das sonderbare Paar ging gemeinsam weiter, der stämmige ergraute Krieger erfüllt von schmerzlicher, mißtrauischer Verbitterung und der schlanke Musiker, dessen hübsche Stiefel und höfische Kleidung nicht für das unebene Gelände geeignet waren, dessen Würde jedoch unter dem unpassenden Rahmen keineswegs gelitten hatte.

Sie fanden einen toten etarranischen Pikenier. Der Mann lag nicht, wie er gefallen war. Jemand hatte seine Waffe zur Seite gelegt, seinen Helm abgenommen und sein Gesicht gen Himmel gerichtet. Mit geschlossenen Augen ruhte er nun in gerader Haltung, die Hände über der Brust gefaltet.

»Sonderbar.« Caolle hustete, als der Gestank der Asche ihn peinigte. »Von uns würde sich keiner die Mühe machen. Der Bursche muß einen Kameraden gehabt haben.«

Halliron schwieg und starrte mit hocherhobenem Kopf in die Finsternis über der Schlucht.

»Ihr wißt doch etwas«, beschuldigte ihn Caolle.

»Vielleicht.« Halliron drängte voran.

Nach dem fünften derartigen Leichnam, diesmal der eines Clankriegers, wurde die Unstimmigkeit allmählich lästig. Caolle blieb breitbeinig in dem Moos stehen, in dem der tote Kundschafter sorgsam hergerichtet worden war.

»Ihr habt noch nie von der Ballade von Falmuir gehört, nehme ich an«, sagte Halliron milde. »Ich glaube, das ist es, was wir hier sehen.«

»Ballade?« Caolle rieb sich das Gesicht mit den Handrücken, als könnte er so seine Müdigkeit vertreiben. »Ihr habt Euch eine verdammt merkwürdige Zeit ausgesucht, um über Musik zu sprechen.«

Halliron war ebenfalls stehengeblieben. Warm glühte ein herausfordernder Funke in seinen Augen. »Und Ihr beurteilt jeden Mann, der Euch begegnet, ganz selbstverständlich nach seinem kriegerischen Potential?«

»Das ist etwas anderes.« Caolle seufzte. »Vielleicht auch nicht.« Er überprüfte den Sitz seines Schwertes und seiner Messer, ehe er vom Fluß weg in den Schatten schritt. »Was sollte ich also über Falmuir wissen?«

»Daß dort zwei Städte zu den Waffen gegriffen haben, im Streit um das Vorrecht, eine Prinzessin zu ehelichen.« Halliron verlangsamte seine Schritte, als er eine Anhäufung getrockneter Flußkiesel hinter sich bringen mußte, auf denen ein Fehltritt leicht zu gebrochenen Knochen führen konnte. »Das Mädchen«, fuhr er dann fort, »hatte das Zweite Gesicht. Sei bat ihren Vormund, er möge sie mit einem unbeteiligten Freier verheiraten, um den Frieden zu wahren, auch wenn sie damit ihren Erbanspruch verwirkte. Aus Selbstsucht und Machtgier wurde ihr Wunsch abgelehnt, und es kam zu einem Krieg, so verlustreich wie dieser.«

Caolle drang tiefer in den Hohlweg ein, auf dem sie sich befanden, und in der Dunkelheit konnte sich sein Mißfallen nur in Worten Ausdruck verschaffen. »Diese Etarraner hätten sich lediglich benehmen und daheimbleiben müssen. Ihre Stadt ist schließlich nicht angegriffen worden.«

Wahr, und dennoch streitbar, ging man von der Sichtweise der Stadtbevölkerung aus, die von Schatten terrorisiert worden war und kaum Grund zur Annahme hatte, daß diese niemandem etwas tun würden. Halliron, der in seiner Erzählung unterbrochen worden war, sann über die Gründe für Caolles Unduldsamkeit nach. »Ihr vermutet, daß wir in einen Hinterhalt laufen?«

»Was sonst?« Der Hohlweg verengte sich. Mit kraftvollen Bewegungen, doch so geschmeidig wie ein Raubtier, zog Caolle sein Messer. Je weiter sie den Fluß hinter sich ließen, desto leiser wurde auch das Rauschen des Wassers. In der vor ihnen liegenden Finsternis lagen die Gefallenen dicht gedrängt auf dem taufeuchten Boden. Clankrieger und ihre Gegner waren in schweigenden Reihen angeordnet, die Köpfe nach Norden, die Füße nach Süden gewandt, die Waffen den gefalteten Händen entwunden.

Caolle überprüfte dennoch jeden einzelnen von ihnen, um sich zu vergewissern, daß keiner der Männer noch atmete.

Leise raschelten die Sohlen ihrer Stiefel über den Boden, als Halliron sagte: »Ihr werdet nicht finden, was Ihr erwartet.«

»Das werden wir ja sehen.« Gereizt wie ein Wolf, der in seinem Bau aufgescheucht wurde, klammerte sich Caolle an seine Wachsamkeit.

Durch die Haltung des Kriegerhauptmanns gewarnt, wandte sich Halliron vorerst von Balladen und Gespräch ab. Der Boden des Hohlweges war gefährlich schlüpfrig. Dort, wo Rehe ihre Tränken zurücklassen sollten, erklang nun nur das einsame Zirpen der Grillen. Lediglich Fledermäuse schwirrten noch in ziellosen Kreisen zwischen den schroffen Felswänden umher.

Und das Moos, das den Pfad mit dichten Kissen bedeckte, war zu pergamentartiger Trockenheit ausgedorrt. Bäume hatten sich in vom Feuer zerfressene Skelette verwandelt, während die Schlucht vor ihnen nur mehr eine von schwarzer Asche überzogene Steinwüste war.

Der Gestank vergiftete die Luft.

Im Inneren der Öde, in der die Zelte gestanden hatten, kniete, gleich einer geisterhaften Silhouette, ein Mann am Boden.

Zischend sog Caolle die Luft zwischen seinen zusammengebissenen Zähnen hindurch ein. Seine Messerhand hob sich, und wurde gleich darauf von Halliron am Wurf gehindert.

Sonderbar gedämpft erklangen seine eindringlichen Worte: »Nicht. Das ist kein Feind.«

»Seine Hoheit, der Prinz von Rathain. Ich sehe es.« Dennoch wich die Spannung nicht aus Caolles Arm. »Bei Ath, ich könnte ihn wirklich umbringen! Warum um alles in der Welt kümmert er sich um die Leichen, solange unsere Verwundeten noch nicht gefunden sind und leiden müssen?«

»Ihr mißversteht ihn, so wie Ihr es immer getan habt.« Der Meisterbarde löste seinen Griff von Caolles Arm und sprang so hastig zurück, daß der Clanhauptmann sich nach im umwandte.

»Und Ihr tut das nicht.« Caolle unterstrich sein Mißtrauen durch eine heftige Geste mit seinem Messer.

Halliron wich ihm nicht aus. Die nächtliche Brise zerzauste sein weißes Haar, und sein Gesicht, von tiefen Schatten durchzogen, blieb vollkommen ernsthaft. »Im Augenblick nicht, aber ich denke, es wird das beste sein, wenn wir Euren Herrscher nicht stören.« Dann, in beinahe ehrfürchtigem Tonfall, fügte er hinzu: »Es ist wie in Falmuir. ›*Erlösen der Toten verwirrte Seelen, und schmücken ihr kaltes Fleisch mit Blumen.*‹« Auf Caolles verblüfften, verärgerten Blick hin, sagte der Meisterbarde: »Prinz Arithon ist ein Zauberer, wißt Ihr was das bedeutet?«

»Wie sollte ich denn wohl?« Caolle wandte ihm die Schulter zu, und sein Profil hob sich scharf vor der Dunkelheit der rußgeschwärzten Schlucht ab. »Töten ist mein Handwerk, nicht übersinnliche Tricks mit Gift und Schatten.«

Und hinter der Härte des Hauptmanns erkannte Halliron die Gram über all die schmerzhaften Verluste, die sich messerscharf in seine Seele bohrte. Ein Clanführer war tot, ebenso wie Dania und ihre vier Töchter, die Caolle geliebt hatte, als wären es seine Frau und seine Kinder gewesen. Er fühlte sich in seiner Gegenwart beraubt, und vor ihm lag eine freudlose, öde Zukunft. Und eine schwierige Aufgabe mußte aus Liebe noch einmal gemeistert werden. Da war wieder ein kleiner Junge, der auf die Last vorbereitet werden mußte, eines Tages die Clans des Nordens zu führen. Erst Steiven selbst und nun, zu einem Zeitpunkt, da er alt und der Not müde war, Steivens verwaister Sohn.

Daß ein mürrischer Charakter wie Caolle verärgert darüber war, solchermaßen verlassen zurückzubleiben, konnte Halliron wohl verstehen. Dennoch durfte nicht zugelassen werden, daß dem Teir's'Ffalenn alle Schuld an der Tragödie von Deshir zugeschoben wurde. Hier und jetzt in der Finsternis, inmitten verbrannter Erde, bedeckt mit den Toten der Schlacht, zog er sein Instrument aus der schützenden Hülle hervor.

»Ath, schon wieder Balladen?« schnappte Caolle. Er machte Anstalten, vorwärts zu stürmen, doch der Barde packte ihn sogleich am Handgelenk. Trotz seiner höfischen Haltung konnte Halliron äußerst gewandt sein, wenn es notwendig war.

»Ihr werdet ihn nicht anrühren«, sagte der Barde, wobei er auf den Mann deutete, der noch immer auf den

Knien hockte und weder aufgesehen noch irgendwie anders zu verstehen gegeben hatte, daß er sie gehört hatte. »Setzt Euch, Caolle, und hört die Geschichte von Falmuir. Danach mögt Ihr tun, was Euch gefällt.«

Erschöpft gab Caolle schließlich nach. Zwar weigerte er sich zu sitzen, doch blieb ihm keine Wahl, als zuzuhören, wie es ein jeder Mann mußte, wenn ein Minnesänger von Hallirons Format seine Kunst zum Besten gab. Für einen Meisterbarden waren die Grenzen der magischen Wahrnehmung und der Musik zu einem einzigen Strang miteinander verflochten. Die Lyranthe war ein Werk paravianischer Magie, und unter so überragend kunstfertigen Fingern entfaltete sie einen Zauber, dem sich niemand entziehen konnte.

Schon bei den eröffnenden Akkorden wandte Caolle den Blick ab. Als die ersten Verse erklangen, bestand seine steife Haltung nur mehr aus Stolz und Täuschung. Als sich schließlich die Spannung der Hand, die das Messer hielt, löste und der feindselige Ausdruck aus seinem Gesicht schwand, hörte er von der Belagerung von Falmuir, in der eine Prinzessin allein auf das Schlachtfeld hinausgegangen war, auf dem ihre toten Bewacher und ihre Feinde lagen. Verzaubert von dem Gewebe aus Worten und Tönen lauschte Caolle mit feineren Sinnen in Demut der Legende, die sich hier in der Schlucht der Toten von Deshir wiederholte.

Irgendwann wanderte sein Blick wieder zu Arithon zurück. So wie es eine Prinzessin einst voller Kummer über den furchtbaren Verlust getan hatte, kniete nun der Herr der Schatten inmitten der verbrannten Überreste seiner schutzbefohlenen Untergebenen. Seine zarten Hände waren mit der schwarzen Asche beschmutzt, die jede der Leichen bedeckte, die er zur Ruhe gebettet hatte. Auf seinen hohlen Wangen glänzten Spuren von Tränen. Er sprach. In jeder Silbe klang Barmherzigkeit mit, und jedes Wort, das über seine Lippen kam, formte einen Namen. Er rief sie in Liebe, und sie kamen zu ihm, die Seelen kleiner Babys, stillschweigender Frauen, Seelen von Mädchen und Großmüttern, Töchtern und Ehefrauen, grausam dem Leben entrissen, heimatlos und verwirrt. Sie bildeten ein Netz unterschwelligen Lichts um ihn herum, nicht mehr als verbrannte Leichen, sondern in ihrer heilen Gestalt, nicht mehr bekümmert, sondern froh, als er in paravianischer Sprache lyrische Worte formulierte, die das Grauen bannten, dem sie zum Opfer gefallen waren.

Arithon gab ihnen ihren Tod zurück, befreit vom Grauen des Mordens. Jede einzelne Seele hegte er, besänftigte ihre Erinnerungen. In bedingungslosem Erbarmen, das keinen Platz für Kummer ließ, wurden sie schließlich vollkommen frei für den Frieden der tiefsten Mysterien Aths.

Bald schon verlosch auch die letzte sanft leuchtende Erscheinung; nur ein Mann allein blieb zurück und kam unsicher wieder auf die Beine; und der traurige Gesang Hallirons beendete die letzten Zeilen der Geschichte der Prinzessin von Falmuir: »›*Wollt' nie sich vermählen, nicht ruh'n noch Muße tun, sondern erlösen der Toten verwirrte Seelen, und schmücken ihr kaltes Fleisch mit Blumen.*‹«

Doch dort in der Schlucht der verbrannten Erde gab es keine Leiber mehr, die beerdigt werden konnten, auf daß ihre Gräber mit Blumen geschmückt würden. Caolle strich sich mit dem Handrücken über die Wangen, während seine Finger noch immer das Abdeckermesser umspannten. Mit einer ruppigen Geste deutete er auf den Prinzen und sagte ebenso schroff: »Der Mann ist schon einmal zur Ruhe geschickt worden. Wenn er hier draußen in Ohnmacht fällt, wird er sich noch den Kopf auf den Felsen wundschlagen.«

»Laßt ihn.« Halliron brachte seine Saiten zum Verstummen. »Seine Taten spenden einen Trost, den wir nicht bieten können.«

»Trotzdem braucht er Erholung«, grollte Caolle. »Aber, bei Daelion, ich habe gar keine Lust, mich als königliches Kindermädchen zu versuchen.«

Im Einklang mit der Veränderung in Caolles Schimpftirade, packte der Meisterbarde sein Instrument wieder ein. Zu würdevoll, sich in humorigen Beschuldigungen zu ergehen, wartete er schweigend, bis Caolle sein Messer in die Scheide zurückgeschoben hatte. Dann folgten sie Arithon auf seinem Weg aus der Schlucht und kümmerten sich um die Lebenden, während Rathains Prinz sich den zahllosen Toten zuwandte.

Die Nacht verging. Auf des Barden Gesicht war jede schlaflose Stunde zu erkennen, und Caolles Miene erinnerte an knitterndes Leder. Als die Morgendämmerung hereinbrach und die Vögel im Wald unberührt von der Menschen traurigem Kampf ihre Lieder zu singen begannen, erreichten sie ein kleines Tal, dessen Boden bedeckt war von den Schäften gefallener Pfeile, und dahinter sahen sie eine breite Buche, um die herum die Männer so dicht gefallen waren, daß einer über dem anderen zum Liegen gekommen war, als wären sie nichts weiter als sturmgetragenes Strandgut.

Aus der Versunkenheit erwacht, die ihn während des ganzen Weges durch die Schlucht gestützt hatte, streckte Arithon ganz plötzlich die Hand aus und berührte Halliron am Unterarm. »Laßt mich hier allein arbeiten. Unter diesen Gefallenen werdet Ihr keine Überlebenden finden.«

Einen Menschen mit einer Klinge zu früh aus dem Leben zu reißen, war nicht das gleiche, wie Magie zu nutzen, um seine Geschicke zu verändern, sein Los durch den Mißbrauch jener Kräfte zu manipulieren, die das Leben stifteten. Die Seelen jener Männer zu erlösen, die zu Jierets Verteidigung niedergestochen worden waren, war ein kostspieliges, ermüdendes Unterfangen, das ihm mehr abverlangte als alles, was er zuvor vollbracht hatte.

Denn diese Toten hießen seine Einmischung nicht willkommen, sie wichen voller Angst vor Arithon zurück. Er war mehr als nur ihr Mörder; er war der Meister, der sie auf einer Ebene geschlagen hatte, die ihr eigenes Bewußtsein nicht hatte schützen können. Sie lange genug an sich zu binden, um ihnen die Erlösung zu schenken, verlangte von ihm, sich ihnen in seinem ganzen Wesen zu offenbaren. Er mußte seine Abwehr sinken lassen, mußte zulassen, daß sie ihm Schmerzen zufügten, bis seine passive Haltung sie ruhig und friedlich werden ließ.

Und als der paravianische Segen sie in die Erlösung entschweben ließ, konnte er nicht an ihrem Frieden teilhaben. Arithon sah betrübt und verfolgt aus, und seine kummervolle Reue hatte ihm nicht einmal Tränen gelassen.

Lange, bevor er fertig war, mußte Halliron sich eingestehen, daß er nicht länger zusehen konnte.

Caolle, der nicht die Gabe hatte, das Ausmaß der Vorgänge zu erkennen, sah nur, daß Arithon litt. »Warum tut er das? Warum denn nur?«

Doch die Antwort, die ihm der Barde gab, konnte dem Hauptmann nicht weiterhelfen, lautete sie doch, daß sein Prinz nicht nur ein König, sondern auch ein Musiker sei. Caolle verstand lediglich, daß der Kern dieses Mysteriums sich seinem Zugriff entzog.

Als der Hauptmann, der geglaubt hatte, alle Formen menschlichen Leidens zu kennen, die schreckliche Stille nicht länger ertragen konnte, sprach er die größte Anerkennung aus, derer er fähig war: »Arithon ist ein größerer Herrscher als Steiven.«

»Du kannst das erkennen«, sagte der Meisterbarde. »Du bist privilegiert, denn viele werden das nicht tun, und die meisten werden Verbündete sein.«

Inzwischen waren die toten Städter und die meisten gefallenen Clankrieger gezählt. Nur Madreigh fehlte noch, der mit offenen Augen, entspannten leeren Händen und einem klaffenden Loch in der Brust ausgestreckt am Boden lag. Mit schmerzendem Leib und tobendem Geist hielt Arithon für einen Moment mit angehaltenem Atem inne. Er blickte auf das Gesicht dieses einen Kameraden herab, das nicht zu einer Maske erstarrt war, sondern den ewigen Frieden des Wechsels der Jahreszeiten widerspiegelte.

Dieser Mann hatte ihm den Rücken freigehalten, als er, für Jieret, Verderben herbeiführende Beschwörungen formuliert hatte. Ein Schrei entglitt Arithons Kehle, noch ehe seine schwerfälligen Gedanken ihn aufhalten konnten. »Dharkaron, der Racheengel, ist mein Zeuge, du hättest Besseres verdient als dieses Schicksal!«

Von Krämpfen geschüttelt, schob er das graue Haar des Mannes zurück und umfaßte Madreighs Gesicht mit seinen Händen. Blind gegenüber dem Licht des neuen Tages, taub vor Kummer, schloß er die Augen und sprach einen Namen, und er traf nicht auf Leere und Verwirrung, sondern auf den fortdauernden Niedergang eines Frühlingsregens, auf Schnee und auf wärmendes Sonnenlicht. Er begegnete dem Frieden der Bäume.

Die Erkenntnis traf ihn wie ein Schock. Der Zauber, der mehr als fünfzig Männer umgarnt hatte, um einen zu verschonen, hatte ganz ohne Absicht ein weiteres Leben bewahrt.

Rathains Prinz legte den Kopf in den Nacken. Halliron und Caolle beugten sich über ihn. Sein Gleichgewichtssinn geriet ins Schwanken, und vor seinen Augen zog tiefe Finsternis herauf gleich dem Tadel des Dharkaron. »Diesen Mann habe ich auch noch retten können«, sagte er, als würde er um Vergebung flehen. »Behandelt ihn sorgsam. Ich werde um sein Leben beten.«

»Herr«, sagte Caolle. Rasch kniete er nieder; und als das Bewußtsein den Prinzen verließ, war er dort, um Arithon in seinen Armen zu bergen.

Erster Beschluß

Als bei Sonnenaufgang der Wind über die felsige Ebene von Araithe fegte, hing über den Tälern wíe schon in der vorangegangenen Dämmerstunde noch dichter Nebel. Nur das leise Plätschern der Tautropfen auf den Felsen durchbrach das Stöhnen der verwundeten Soldaten. Eingehüllt in die Fetzen seines Wappenrocks kniete Lysaer, der seine Decke längst hingegeben hatte, um Ersatz für fehlendes Verbandsmaterial zu liefern, neben einem zitternden Lanzenreiter, und er hielt seine Hand, während der Mann in irrsinnigem Schmerz um sich zu schlagen versuchte.

»Delirium«, sagte der Heiler. Dieses Opfer litt unter Wundfieber, nicht wie viele andere unter dem Wahnsinn, den Zauberei und Schatten über sie gebracht hatten. Die rauhen Hände hilflos und leer, richtete sich der Heiler neben seinem Patienten auf. Er hatte längst seine Tasche zurückgelassen, enthielt sie doch keine Medizin mehr, die er hätte verteilen können. Auch Nadeln waren nutzlos, wenn es an Zwirn mangelte, und die unzähligen Verwundeten der letzten Nacht hatten auch seinen Vorrat an wohlmeinenden Phrasen erschöpft.

Nicht einmal während seines ganzen Lebens als Heiler hatte er es erlebt, daß ein Krieg so viele Opfer forderte. Zu dem Prinzen, der sich noch immer fest entschlossen zeigte, den Verwundeten Linderung zu schenken, sagte er: »Ich bezweifle, daß der Bursche weiß, warum Ihr hier seid. Die Wagen sind beladen. Wollt Ihr Lord Diegan noch sehen, ehe er abfährt?«

»Ich werde gleich zu ihm gehen.« Lysaer hielt den Kopf gesenkt, und die feuchten Spitzen seiner Haare lagen auf der Schlinge, in der sein Arm steckte, während der Heiler ihn mit einem Blick zorniger Anerkennung studierte, ehe er, überdrüssig und erschöpft, schließlich aufgab und davonging. Zwar mochte dieser sterbende

Soldat jenseits allen Trostes sein, doch der Prinz, der die Männer in die Schlacht im Strakewald geführt hatte, brauchte ein wenig Zeit, um nachzudenken.

Lysaer vergrub sein Gesicht in der Hand, die nicht von Verbänden verschnürt war. Aus weiter Ferne erklang der Schlag einer Fuhrmannspeitsche, vermischt mit dem Brüllen eines Pferdes; noch ein Offizier, der darum rang, die Paranoia zu zügeln, den Wahnsinn, ausgelöst durch Männer, die ihren blanken Stahl gegen nichts als Schatten gezogen hatten.

Niemand, der es im Strakewald mit Arithons Magie zu tun bekommen hatte, würde der Dunkelheit je wieder angenehme Seiten abringen können.

Diener, die Kübel zu den verwundeten Soldaten schleppten, beobachteten Lysaer, der in einer Pose der Verzweiflung am Boden saß. Leise bekundeten sie ihr Mitgefühl für den erschöpften Prinzen, denn alle im Lager wußten, daß er nicht geruht hatte. Gemeinsam mit Pesquil hatte er daran gearbeitet, eine Liste der Gefallenen zusammenzustellen, die doch zu zahlreich waren, um alle erfaßt zu werden. Trotz seines Unbehagens hatte er am Flußufer die Stellung gehalten, um jede neue Welle erschöpfter Soldaten aufzumuntern, die dem Wald lebend entkommen waren. Er war neben Tragen gelaufen, hatte beruhigend mit Verwundeten gesprochen. Seine gebrochenen Knochen hatten ihn nicht davon abgehalten, Streitigkeiten zu schlichten und mit Hilfe seiner Gabe ein gleichmäßiges Licht zu erzeugen, um die um sich greifende, hysterische Angst niederzuringen. Im Laufe einer langen, furchtbaren Nacht hatte er die Furcht der Männer gelindert und seine Hände gemeinsam mit dem Heiler in Blut getaucht, um offene Wunden zu reinigen und Blutungen zu stillen. Was immer die Männer auch vom Königtum halten mochten, sie wußten gewiß, daß dieser Prinz keine Sonderbehandlung duldete.

Den Prinzen auf diese Weise noch immer im trüben Grau des Morgens unter den Männer zu sehen, veranlaßte so manchen, sehnsuchtsvoll danach zu streben, seinen Wünschen zu dienen. Daß Etarras Schutz und Sicherheit die erste Stelle in seinem Denken einnahmen, würde keiner der Überlebenden je in Frage stellen. Ohne Lysaers Licht wären noch viel mehr Männer in den Schluchten zu Tode gekommen oder hätten sich in den irrsinnigen Qualen verloren, die Arithons magisches Labyrinth über die Truppen im westlichen Tal gebracht hatte.

Hätte es Prinz Lysaer nicht gegeben, so wäre selbst Lord Diegan nicht lebend vom Ufer des Tal Quorin zurückgekehrt.

Aufgeregt spekulierend und von heftigem Zorn erfüllt, zeigten die Garnisonssoldaten deutlich, wen sie für das Gemetzel verantwortlich machten. Sie jubelten dem Prinzen zu, schwangen ihre Waffen und verfluchten den Schattenmacher, den zu überwältigen ihnen nicht gelungen war.

Von seinen Betrachtungen beunruhigt, rührte sich Lysaer wieder. Zu seinen Füßen warf sich der Soldat stöhnend hin und her. Ein Pfeil, der nur beinahe tödlich getroffen hatte, ragte aus seinem Unterleib hervor. Sein Leiden würde noch länger andauern, und später würde irgendein feuriges Barmädchen, das seinen Schmuck trug, ohne einen Abschiedskuß auf seine kalten Lippen allein zurückbleiben müssen. Da nicht einmal genug Wagen für die Verwundeten zur Verfügung standen, mußten die Toten an Ort und Stelle begraben werden, mitten in der harten Erde zwischen den Felsbrocken, nur mit aufgestapelten Kieseln anstelle von Grabsteinen.

»Ich werde dafür sorgen, daß du gerächt wirst«, gelobte der Prinz, von glühender Aufrichtigkeit erfüllt. Dann berührte er den Mann sanft an der Schulter und erhob sich.

Während der Dunkelheit hatten die Schreie und der Lärm zurückkehrender Nachzügler, vom Nebel unheimlich verstärkt, das Lager erfüllt. Im Laufe der Nacht hatte sich das Ausmaß der Katastrophe erst noch undeutlich abgezeichnet und war in seiner Schwere noch immer zu leugnen gewesen. Nun aber, als es allmählich heller wurde und der Nebel sich lichtete, zeigte sich das Übel in seiner ganzen, schrecklichen Tragweite. Zwei Drittel eines gewaltigen Heeres von zehntausend Bewaffneten, das ausgezogen war, einen leichten Sieg zu erringen, waren in einer einzigen Schlacht gefallen. Lysaer schritt durch die Reihen, als der Schock der Erkenntnis das Lager erschütterte und die Stimmen der Männer in schrillem Unglauben durcheinanderbrüllten. Die wenigen verbliebenen Offiziere bemühten sich, Kummer und Entsetzen durch Arbeit zu lindern, während andere gebrochene, schweigende Männer stützten, die sich an den Kochstellen für Zwieback und Fleisch anstellten.

Erzogen zu herrschen und auf die Anforderungen der Führung vorbereitet, teilte Lysaer die Last der Männer, wo er nur konnte. Er sprach mit ihnen, berührte sacht ihre Schultern, und einmal besänftigte er einen Mann, der wild mit seinem Dolch herumfuchtelte und jedermann gegenüber wütete, er würde ein Überfallkommando zusammenstellen, um in den Strakewald zurückzugehen. Voller Mitgefühl mit den Männern, doch besessen von seiner eigenen Selbstbeherrschung, betrachtete der s'Ilessid-Prinz die kümmerlichen Überreste der Garnison von Etarra.

Wo auch immer er vorüberging, erfüllte seine unangreifbare Selbstsicherheit die Männer mit stiller Ehrfurcht. Siebentausend Tote vermochten sein Gleichgewicht nicht ins Schwanken zu bringen. Er konnte Entsetzen darüber empfinden, daß Arithon sich skrupellos kleiner Kinder bedient hatte, doch er verspürte nicht das geringste Bedauern darüber, daß die Sicherheit der Stadt die vollständige Eliminierung der Barbarenfrauen und ihrer Kinder erforderlich gemacht hatte. Schließlich würde sich keine Stadt von einer solchen Niederlage erholen können, solange die Bürger in dem Glauben leben mußten, daß ein solches Morden jederzeit wieder geschehen mochte.

»Euer Hoheit, habt Ihr schon etwas gegessen?« Ein fetter Koch zupfte schüchtern an seiner Schulter, eifrig darum bemüht zu gefallen.

Freundlich neigte Lysaer den Kopf. »Ich habe nicht einmal bemerkt, daß ich hungrig bin.« Er ließ sich zu einer Feuerstelle führen und probierte höflich von der Suppe, die ihm gereicht wurde.

Als die Flammen seinen Blick gefangennahmen, spukten sogleich schaurige Assoziationen durch seine Gedanken, und er erlebte noch einmal den Augenblick, *in dem er tatsächlich bereit gewesen war, sich selbst zu zerstören, nur um dem Herrn der Schatten den Tod zu bringen.*

Wenngleich auch kein Preis zu hoch erschien, um den s'Ffalenn-Bastard vom Antlitz der Erde zu tilgen, ehe noch mehr Unschuldige seiner Tücke zum Opfer fallen konnten, war doch die Selbstopferung, bei Tageslicht und in kalter Ernüchterung betrachtet, mehr ein Akt hitzköpfiger Dummheit. Lysaer schauderte und stellte seine Suppenschale klirrend auf das Brett, auf dem der Koch seine Utensilien ausgebreitet hatte. Es konnte keine Garantie dafür geben, daß Arithon während dieses Schlagabtausches den Tod gefunden hatte. Möglicherweise war er klug genug gewesen zu entkommen; die Ausbildung in Rauven verlieh ihm manchen Vorteil.

Noch immer hielt die schaurige Verunsicherung vor, die ihn daran zweifeln ließ, daß es seine eigene Entscheidung war, den Märtyrertod zu riskieren.

Einst, in der Segelkammer der *Briane* und an einem anderen Tag in der Roten Wüste, hatte Arithon seine magischen Kräfte genutzt, den Geist seines Halbbruders zu verwirren. Von Zweifeln geplagt, dachte Lysaer angestrengt nach. Hatte der Bastard im Strakewald ein ähnliches Spiel mit ihm getrieben? Wenn sich Spott und Trieb mit Magie verbanden, den einzigen Mann auszulöschen, der über das Licht gebot und ihm gefährlich werden konnte, so führte die Bösartigkeit eines solchen Tuns zu einem erschreckenden Ergebnis.

Wieviel besser wäre es doch für Arithon, könnte er die Macht erringen, mit dieser Welt zu spielen, wie es ihm gefiel, und gleichzeitig seinen Feind in die Selbstvernichtung treiben? Zornige Schuldzuweisungen heizten Lysaers Gemüt an. Hätte er nicht durch den Blutverlust das

Bewußtsein verloren, dann wären weit schlimmere Schrecken als der Tod von siebentausend etarranischen Soldaten über Athera gekommen.

»Euer Hoheit?« unterbrach ein Bote seine Gedanken.

Lysaer blickte auf und erkannte die Uniform mit dem schwarz-weißen Wappen der Kopfjäger. Sofort packte ihn Reue, konnte der Bursche doch schon seit einigen Minuten dort gestanden und darauf gewartet haben, daß er auf ihn aufmerksam wurde. »Hat Pesquil dich geschickt?«

»Die Wagen sind bereit, abzufahren, Euer Hoheit.« Verlegen ob der intensiven Aufmerksamkeit Lysaers betrachtete der Bursche das Gras, das an dieser Stelle, nach dem Durchmarsch der Männer auf der Suche nach ein wenig Erleichterung von ihren Leiden, niedergetrampelt und schlammbedeckt war. »Major Pesquil sagt, Lordkommandant Diegan sei erwacht. Er erwartet Euch.«

Lysaer sammelte genug Kraft, dem Boten ein beruhigendes Lächeln zu gönnen. »Würdest du mich zu ihm führen?«

Die Miene des Burschen erhellte sich. »Sofort, Euer Hoheit.«

Gemeinsam durchquerten sie das Lager. Der Nebel verzog sich nun rasch. Pferdeknechte hatten die Aufgaben erschöpfter Boten übernommen, hatten sie doch sonst angesichts der so beunruhigend dezimierten Anzahl der Pferde kaum etwas zu tun. Manch ein Signalfeuer war inzwischen gelöscht worden. Inmitten des regen Kommens und Gehens zwischen den schiefstehenden Gerüsten zur Aufbewahrung der Waffen und den großen Offizierszelten, bereitete sich eine berittene Patrouille auf das Ausrücken vor. Die näher gelegenen Gebiete mußten zu Fuß durchsucht werden, waren gesunde Pferde doch Mangelware geworden.

Lysaer würdigte alle Vorgänge mit dem sicheren Blick eines Führers, und wenn er Vorschläge unterbreitete, begegneten ihm die Männer mit fügsamer Achtung und Respekt. Sorgsam achtete er darauf, jeden Gruß mit einem Nicken, einem Lächeln oder, wenn er den Mann kannte, mit einem Namen zu beantworten. Pesquils junger Bote war über die Maßen beeindruckt.

In kleinen Gruppen unterhielten sich die Männer, begleitet von dem Kreischen der Schleifsteine, mit denen die kampferfahrenen Pikeniere ihre Ausrüstung pflegten. Nur wenige bedauerten die Verluste. Die weitaus meisten schliefen, ausgebreitet auf dem feuchten Boden, und längst schon waren ihre Decken anderen Zwecken zugeführt worden, waren als Behelfstragen und Pritschen für die Verwundeten benutzt worden, ehe sie als grobes Verbandsmaterial gedient hatten. Abseits der gelagerten Vorräte, die in aller Eile von den Wagen abgeladen und von den Wagenführern mit Segeltuch bedeckt worden waren, ließen Lärm und Wirrwarr der Nacht allmählich nach. Im hellen Tageslicht waren die grünen Rekruten, die zugesehen hatten, wie ihre Kameraden niedergemetzelt wurden oder ertrunken waren, nicht mehr so sehr darauf erpicht, Erleichterung durch Streiterei und Großmäuligkeit zu suchen. Nur das Kreischen aus den Zelten der Soldatenhuren mischte sich dissonant mit dem Schluchzen der Flüchtlinge aus dem westlichen Tal, die noch immer unter dem Schrecken der Finsternis litten.

Lysaer erkannte, daß das Herz der Armee überlebt hatte. Mit einer behutsamen Vorgehensweise könnte man diese Männer zu einer neuen Truppe von beachtlicher Stärke formieren. Es fehlte ihm nur an einer Ausrede, zu bleiben; seine Autorität stand längst nicht mehr in Frage.

Der Wagenzug, der zurück nach Etarra fahren sollte, wurde zusammengestellt, und seine fünfzig Mann starke Eskorte der Lanzenreiter befand sich in hektischer Bewegung, während die Männer noch in letzter Minute ihre Ausrüstung in Ordnung brachten. Am Kopf der Kolonne flatterte eines der wenigen Banner im Wind, die nicht in den Fluten versunken waren. Pesquil bellte Befehle, unterstrichen von einem wahren Feuerwerk nervöser Gesten, um einen Reiter auszuschicken, der Gouverneur

Morfett Bericht erstatten sollte. Ein Maultier stemmte sich gegen seine Halteleine, um zu grasen, auf dem Rücken ein schlaffes Bündel in den Farben der Stadt: Hauptmann Gnudsogs sterbliche Überreste, die in dem Garten der Mausoleen beigesetzt werden sollten, welcher nur den höchsten Ehrenbürgern der Stadt vorbehalten war.

Verwundete, die meisten privilegiert oder von hochherrschaftlicher Herkunft, hockten auf den Wagen. Der wenige Platz, der noch verblieben war, war Männern zugefallen, die über besondere, unverzichtbare Fertigkeiten verfügten oder von hohem Rang waren. Nur widerwillig war zudem die Ausrüstung verladen worden, die für die Heimreise notwendig war.

Der Wagen, der mit der Pferdedecke des Lordkommandanten bedeckt war, war nicht schwer zu finden. Lysaer entließ seinen jungen Führer mit lobenden Worten, die diesem die Röte ins Gesicht trieben. Dann überquerte er das freie Feld, passierte Männer in hitzigem Disput und schickte einen zögerlichen Diener davon.

Lord Diegan lag unter warmen Decken. Wirres Haar umrahmte ein ausgezehrtes Gesicht mit Augen, die, unter der noch fortdauernden Wirkung eines Schlafmittels, hin- und herwanderten. Fragend murmelte er etwas, als Lysaers Schatten über ihn fiel. Erst als er das sonnenbeschienene güldene Haar des Prinzen erkannte, wurde er ruhiger.

Freundlich sagte der Prinz: »Ich bin da.«

»Euer Hoheit?« Mühsam rang sich Diegan ein verunglücktes Lächeln ab, das sich zu einer Miene des Unbehagens wandelte. Es fiel ihm furchtbar schwer, sich zu konzentrieren.

»Macht Euch keine Mühe«, sagte Lysaer. »Ich werde für uns beide sprechen.«

»Wir haben Gnudsog verloren.« Der Lordkommandant zupfte an seiner Decke. »Habt Ihr das gewußt?«

Lysaer packte die unruhige Hand und hielt sie sanft fest. Mit klarer, fester Stimme sagte er: »Pesquil hat das Kommando über die Garnison übernommen. Von seinen

Leuten sind noch zwanzig übrig, die die Soldaten über die Taktiken der Barbaren informieren werden. Wir haben noch genug Männer, um unser ursprüngliches Ziel zu erreichen. Wenn Ihr noch immer wollt, daß die Deshans vernichtet werden, dann werden wir ihre Quellen vergiften und das Wild flußabwärts treiben und töten. Wenn sie nichts mehr zu jagen haben, dann werden die wenigen Überlebenden der Clans bald ausgehungert sein und den Wald verlassen. Der Norden wird von dieser Pest befreit werden. Nie wieder soll eine solche Katastrophe wie die am Tal Quorin die nördlichen Ländereien heimsuchen können.«

Rötliche Flecken erschienen auf Diegans Wangen. »Es heißt, Ihr würdet bei der Truppe bleiben wollen?«

Lysaer tätschelte des Lordkommandanten Hand und ließ ihn schließlich los. »Ich muß bleiben. Wenn ich auch keine Waffe tragen kann, so kann ich doch meine Gabe des Lichts nutzen, um unseren Vorstoß gegen Zauberei zu schützen.«

Geschwächt fluchte Diegan. »Dann hat er also überlebt.«

Unausgesprochen hing der Name des Herrn der Schatten zwischen ihnen, als Lysaer ergrimmt entgegnete: »Wir haben nicht verloren. Die Clans von Deshir sind am Ende, es wird keine neue Generation mehr geben. Und jetzt kennt Eure Stadt auch die Zahl ihrer Feinde.«

Lordkommandant Diegan schloß die Augen. Ein Stirnrunzeln zerrte an seinen Brauen, und die Müdigkeit schien sich schmerzhaft in seine Knochen zu graben. »Der Piratenbastard. Ihr wißt, daß wir ihn allein nicht erledigen können. Ohne Eure Gabe des Lichts würde jede Armee, die in den Kampf geschickt wird, verwünscht und brutal abgeschlachtet werden.«

Lysaer war weise genug, dieses Thema nicht weiter mit einem Mann besprechen zu wollen, der nicht nur krank im Herzen, sondern auch an seinem Leibe war, und überdies unter Drogen stand. Schwer hing eine unausgesprochene Klage zwischen ihnen: Lysaer hatte Diegan am Ufer des Tal Quorin in Sicherheit bringen lassen, ehe er sein eigenes Leben in den Fluten riskiert und unbeabsichtigt die Männer einer furchtbaren Gefahr preisgegeben hatte. Sich der Tatsache bewußt, daß Lord Diegan sich wieder gesammelt hatte und ihn mit zorniger Schärfe betrachtete, lächelte Lysaer. »Ich habe die ganze Nacht über Zeit gehabt, über mein Versagen zu sinnieren, und ich gebe Euch mein Wort: Ich werde mich nicht wieder an der vordersten Front in Gefahr bringen. Wenn Ihr wieder einen Feldzug anführt, so werden wir jeden Vorteil zu nutzen wissen. Es wird Jahre dauern, ihn vorzubereiten. Ich möchte Euch vorschlagen, die Kopfjägerverbände einzusetzen, damit sie die Garnisonssoldaten unterrichten. Später könnten sie dann durch kleine Aufmärsche gegen die Barbaren ihre Kampfkenntnisse verbessern. Und wenn das Heer dann bereit und perfekt ausgerüstet ist, dann könnt Ihr Boten aussenden, um Verbündete zu gewinnen. Etarra sollte diese Bürde nicht allein tragen müssen.«

Unbehaglich verlagerte Diegan sein Gewicht. »Ihr habt nichts über Euch gesagt.«

»Ich bin königlicher Abstammung«, sagte Lysaer und blickte den Mann mit seinen blauen Augen offen an. »Früher habt Ihr das für eine Verpflichtung gehalten.«

Lordkommandant Diegan stieß einen heftigen Fluch aus und krümmte sich sogleich unter schmerzhaften Muskelkrämpfen zusammen. »Wenn ich Gouverneur Morfett dazu bewegen kann, Euch offiziell und mit dem Siegel der Stadt einzuladen, würdet Ihr dann bleiben?«

Lysaer lächelte. »Tut das, und ich werde Euch dabei unterstützen, Städte in ganz Rathain zu mobilisieren. Dann werden wir erneut gegen Arithon s'Ffalenn marschieren, und dann werden wir so viele sein, daß all seine Zauberei ihm nicht mehr helfen wird.«

Lordkommandant Diegan entspannte sich unter seiner Decke, und seine Augen verschleierten sich in drogenumnebelter Nachdenklichkeit. »Euer Plan gefällt mir. Stimmt Pesquil dem zu?«

Lysaer lachte. »Pesquil hat Eure Schreiber schon dazu gebracht, schauerlich dahingeschmierte Botschaften für alle Kopfjägerverbände des Kontinents abzufassen, ehe auch nur die Gefallenen gezählt waren.« Für Pesquil stellte der beinahe totale Verlust seiner Männer einen wunden Punkt dar, der nur von regelmäßigen Ausbrüchen der Freude darüber gemildert wurde, daß, nach all den Jahren, in denen die Stadt sie spärlich ausgerüstet in den Kampf entsandt hatte, Steiven s'Valerients Herrschaft über den Strakewald endgültig gebrochen war.

»Ich werde mich wohl mit den Schriften über Kampfstrategien befassen müssen«, klagte Diegan wenig begeistert. »Sie sind ausufernd und langweilig, nehme ich an. Sicher keine ansprechende Belustigung für Abendgesellschaften.« Doch die kommende Saison würde so oder so recht trist verlaufen, waren doch viele der Damen allein zurückgeblieben. Für einige Minuten dämmerte Diegan vor sich hin, während der Prinz, der weit mehr über Armeen und die Kunst der Heerführung wußte als er, mit taktvollem Respekt neben ihm stand. Schließlich, die Augen geschlossen, murmelte Diegan: »Kommt im Herbst gesund zu uns zurück. Meine Schwester, die gnädige Frau Talith, wird auf Euch warten.«

»Sagt ihr ...« Lysaer unterbrach sich, erfüllt von würdiger Freude, während der Hauptmann am Beginn der Kolonne Befehle brüllte, fluchende Fahrer ihre Peitschen schwangen und die Wagen sich allmählich ächzend in Bewegung setzten. Die Sonne ließ das Haar des Prinzen schimmern wie die Ware eines Seidenspinners, als er aus tiefstem Inneren sagte: »Ich werde zurückkehren und der gnädigen Frau den Hof machen. Nicht einmal dem Herrn der Schatten und seiner Finsternis darf es gestattet sein, mich von ihr zu trennen.«

Letzter Beschluß

Aus den Fallgruben, aus denen die Pfähle entfernt worden waren, wurden nun Gräber für die Gefallenen. In Windeseile vollbrachten die Clanmänner von Deshir ihr Werk, legten ihre geliebten Angehörigen auf die Leiber toter Pferde oder die Überreste der noch immer mit ihren federbuschgeschmückten Helmen und ihren Kettenhemden bekleideten Feinde. Auf den Feldern, auf denen Tausende von Toten lagen, gab es mehr zurückgelassene Waffen, als Männer, sie zu führen; und ihre lange und bittere Erfahrung verbat es den Männern, sich Zeit für die Beerdigung ihrer Gefallenen zu nehmen, stellte dies doch nur eine weitere Gefahr für die Lebenden dar.

Von der neunhundertsechzig Menschen zählenden Bevölkerung des Strakewaldes hatten kaum zweihundert Männer überlebt, und die Hälfte von ihnen war verwundet. Nur vierzehn Knaben im Alter von Jieret hatten Etarras Vorstoß gegen Arithon lebend überstanden. Das Wasser des Tal Quorin war schmutzig und stank, und die einst grüne Decke alter Bäume lag umgestürzt, vom Feuer gezeichnet und noch immer schwelend darnieder.

Wenn die Jäger sich nicht weit in das Labyrinth der Schluchten abseits des Tal Quorin vorwagten, fanden sie kaum noch Wild, um ihre Töpfe zu füllen.

Ebenso hungrig und müde wie die Männer, die ihre Familien und ihre Mittel, ihre Rechte an dem Land verloren hatten, hob Arithon s'Ffalenn einen moosbewachsenen, schlammverkrusteten Stein vom Boden auf und legte ihn an den Steinhaufen, der das Grab von Steiven, dem Herzog des Nordens, Caithdein und Hüter von Ithamon, markierte. An seiner Seite ruhte seine geliebte Gemahlin Dania, deren scharfer Verstand und unfehlbare Intuition nun keinen Menschen mehr provozieren und erfreuen würden. In stummem Gedenken wischte sich der Herr der Schatten die schmutzigen, aufgerissenen Finger an dem Leder ab, das sie ihm in ihrer Güte überlassen hatte. Dann legte er einen Arm über die Schultern des Knaben, der bewegungslos neben ihm verharrte.

»Deine Eltern waren gute Menschen, Jieret. Ich bin stolz, daß ich sie kennenlernen durfte. Vergib mir, wenn ich deinen Erinnerungen an das Beispiel, das sie gaben, nicht immer gerecht werden kann.« Unter seinen Händen zitterte das Kind.

Taktvoll ließ Arithon ihn gehen.

Jieret schob seine Ärmel zurück und zog das Schnitzmesser hervor, das er benutzt hatte, um Spielzeug für seine Schwestern zu fertigen. Wie einen Talisman drehte er es wieder und wieder in seinen Händen, während der Prinz von Rathain, sorgsam darauf bedacht, den Tränenfluß des Knaben nicht zu beobachten, auf der Erde kniete, die noch immer von den Hufen schwerer Schlachtrösser aufgeworfen war. »Gib es mir«, sagte er sanft, ehe er den Dolch aus dem Griff des Jungen wand. Mit einer Sorgfalt, die seine ganze Aufmerksamkeit zu erfordern schien, begann er, Runen der Segnung und des Schutzes in den Flußschiefer zu kratzen, der den Steinhaufen krönte.

Das Muster, das für das Ritual einer magischen Verknüpfung notwendig war, war von einer besonderen Schönheit. Jede Linie nahm die Gedanken in strenger Schlichtheit gefangen und spendete so auf ganz eigene Weise Trost. Während Arithon die komplizierten Winkel, Kreisbögen und verschlungenen Lettern in den Stein ritzte, sprach er: »Ein Königreich und sein Prinz sind stets nur so stark, wie es ihr Behüter ist. Caithdein, wenn du das Alter erreicht hast, so werde ich mich geehrt fühlen, den Eid auf deine Klinge zu leisten. Ich kann schon jetzt sagen, daß du dem Prinzen dieses Landes gedient hast. Wäre dein Mut nicht gewesen, so wäre das königliche Geschlecht von Rathain untergegangen, und deines Vaters edle Taten wären umsonst gewesen.«

Jieret wischte sich mit dem Handrücken über die Wange. Rotes Haar drang wie Draht zwischen den Lagen des Verbandes hervor, den sie aus dem Stoff des seidenen Hemdes geschnitten hatten, das Sethvir für die Krönungszeremonie angefertigt hatte. Begabt mit der scharfsinnigen Auffassungsgabe seiner Mutter, sinnierte der Knabe unbeirrt über dem Grabe, ehe er sich mit Worten, die nicht zu seinem Alter passen wollten, an den Prinzen wandte: »Euer Hoheit, meines Vaters Leben war nicht vergebens, stand es doch in Euren Diensten. Er hat mich das verstehen gelehrt, als er mir sagte, daß er wüßte, er würde sterben. Eines Tages, vielleicht noch bevor ich das Alter erreicht habe, werdet Ihr mich erneut brauchen.«

Sonderbar verwirrt hielt Arithon inne. »Nun, was das betrifft, Ath behüte. Ich hoffe, du irrst dich.« Das Symbol auf dem Stein war nun fertig. Er hob die Klinge und studierte die ausgewogene Geometrie des Musters, die er bereits erlernt hatte, als seine Hände kaum alt genug waren, eine Kreide zu halten. Doch anders als bei seinen Kritzeleien auf der Schiefertafel im Studierzimmer seines Großvaters fühlte er nun keinen unterschwelligen Energiefluß. Ob seine Runen im Strakewald von der Macht durchdrungen waren oder ob die Linien nichts weiter als ein hübsches Bild, gemalt aus der Erinnerung, darstellten, konnte er nun nicht mehr feststellen. Das merkwürdige Aufflackern magischer Wahrnehmung, das ihn nach dem Wirken des großen Bannes gepeinigt hatte, war immer schwächer geworden und schließlich ganz verschwunden, bis er nicht mehr fähig war, irgendeine Vision herbeizuführen.

Die Selbstdisziplin, die er in Rauven erlernt hatte, war ihm geblieben; doch für die Kunst, deren Meister er gewesen war, waren seine Sinne taub und blind geworden. Arithon sah von der Essenz der Bäume und der Luft nun nicht mehr als jeder andere Mann auch.

Kummer quälte ihn, so schwer, daß er ihn mit niemandem teilen konnte. Nicht zum ersten Mal, seit er sich entschlossen hatte, sein Erbe als Nachfahre der s'Ffalenns anzutreten, vermißte er schmerzlich den Rat seines streitbaren s'Ahelas-Großvaters, der vielleicht noch immer im Hauptturm von Rauven lebte. Doch Dascen Elur und seine riesigen Ozeane lagen weit hinter ihm, verloren für alle Zeit. Hier aber breitete sich ein Land aus, dessen Himmel, dessen Berge und Flüsse Geheimnisse bargen, die er bisher kaum hatte studieren können. Solchermaßen gewaltsam an weiteren Entdeckungen gehindert, fühlte sich Arithon, als wäre ihm ein Arm oder ein Bein genommen worden; oder als wäre er ein Künstler, der inmitten einer Halle voller Meisterwerke urplötzlich farbenblind wird.

Über dem Hang, im sonnendurchfluteten Gewirr flechtenüberwachsener Baumstämme, erschollen die vielschichtigen Harmonien einer Lyranthe, die gerade gestimmt wurde. Gleich einer persönlichen Signatur erklangen Hallirons bevorzugte Quinten, und das Geräusch ähnelte dem wohltönenden Klingeln herabfallender Münzen. Jede Note bohrte sich in Arithons Wahrnehmung, so klar unterscheidbar wie die Einstiche von Pfeilen. Wie zum Ausgleich für den Verlust seiner magischen Sinne, hatte sich seine Empfindlichkeit gegenüber Tönen enorm verstärkt. Nie zuvor war der Gesang der Vögel in solcher Klarheit an seine Ohren gedrungen, und nie hatte das Klirren von Spitzhacke und Spaten, mit deren Hilfe die Gräber geschlossen wurden, so schauerlich dissonant geklungen.

Noch immer kniend stieß Arithon Jierets Messer in den Schmutz und senkte den Kopf. So wie er in der vorangegangen Nacht seine Hände auf kaltes Fleisch gelegt hatte, berührte er nun alte Steine und besänftigte seine innere Wahrnehmung. Er selbst hatte das Ritual vollführt, das den aus dem Leben gerissenen Seelen dieser, seiner verlorenen Freunde Freiheit gegeben hatte. Ein wenig verbliebener Friede sollte noch von den Gebeinen, die nun von Erde umschlossen waren, ausgehen.

Nichts; er fühlte überhaupt nichts.

Arithon seufzte. Nur die Spannung in seinen Schultern deutete auf den Zwiespalt hin, der schmerzlich an ihm zerrte. Selbst die Steine des Grabmals waren stumm. Dort, wo jedes einzelne Sandkörnchen aus dem Flußtal in den Schwingungen der großen Energie erklingen sollte, die alles Sein umschloß, antworteten ihm diese Steine nur mit dem Kratzen rauher Kanten an der empfindlichen, seit Etarra kaum verheilten Brandwunde. Arithon blieb nur noch die Erinnerung, er berührte nichts mehr von der wahren Realität, wie sie sich allen Zauberern erschloß, sondern sah nur noch das beschränkte Spektrum des für das menschliche Auge sichtbaren Lichts. Die geisterhafte Resonanz, die das Leben der Paravianer in diesem Land zurückgelassen hatte, die Resonanz, die Asandir ihm in den Bergen von Caith-al-Caen erschlossen hatte, würde ihn nun nicht mehr erregen oder peinigen können. Wenn er es wollte, so könnte er jetzt durch die Ruinen von Ithamon schlendern, ohne von dem Spuk verfolgt zu sein.

Die Herrschaft über die Schatten war ihm geblieben; doch er verfügte nicht über das Wissen, ob die Zeit den Schaden an seinen anderen Gaben lindern würde.

»Sie fangen an.« Jieret berührte des Prinzen Handgelenk, um ihn aufzuwecken. Die Schatten hatten ihren Winkel verändert. Es war ein Zeitraum vergangen, den abzuschätzen Arithon schwerfiel. Inzwischen hatten die Überlebenden von Deshir ihre Werkzeuge niedergelegt und sich in einem Kreis aufgestellt, um ihre Toten auf ihre Art zu würdigen.

Arithon zog Jierets Messer aus der Erde und erhob sich. »Ich werde von hier aus zuhören.« Gerade wollte er dem Knaben das Messer zurückgeben, als er plötzlich zögerte. »Überläßt du mir das?« fragte er. »Es ist der Stahl, mit dem wir unseren Blutpakt besiegelt haben; ich würde es gerne behalten und benutzen. Damit du weißt, daß ich oft an dich denke.«

»Ihr werdet uns verlassen.« Es war eine Feststellung, und Jieret klang nicht einmal überrascht. Noch nicht ganz ein Mann und doch schon mehr als ein Knabe, verbot sein Stolz ihm zu fragen, warum. Mit einer Haltung, die schmerzliche Erinnerungen an Steiven weckte, sagte er: »Ihr vergeßt scheinbar, daß ich Euch diese Klinge bereits angeboten hatte.«

Arithon warf die Waffe in die Luft und verfolgte

gebannt ihren Flug und das Aufblitzen der Verzierungen im Knauf, als sie schließlich wieder herabfiel und in seiner Handfläche landete. »Als ich mit den Tienellebeobachtungen fertig war, ich erinnere mich.«

»Es ist ein gutes Messer, um Flöten aus Weidenzweigen zu schnitzen. Ich werde es jetzt wohl nicht mehr brauchen.« Und er deutete auf seine Ersatzklinge, einen schmalen, gekrümmten Dolch, den er in einer Scheide am Leib trug. »Möge Ath mit Euch sein, mein Prinz.«

Arithon schob das Messer in die enge Verschnürung aus Leder, mit der seine Hemdsärmel verschlossen waren. Dann zog er Jieret zu sich heran, schloß ihn impulsiv in die Arme und schob ihn dann sogleich wieder von sich, um ihn zu seinen Leuten zu schicken.

Unter dem harten Licht der Sonne, das durch das Gitterwerk der Zweige herabfiel, deren Blätter verbrannt worden waren, hielten Deshirs Clankrieger, noch immer in ihre vom Krieg gezeichneten, zerfetzten Lederjoppen gehüllt, einander an den Händen. Der Kreis öffnete sich, um Jieret hereinzulassen, und dann noch einmal, als eine stämmige Gestalt in Lederrüstzeug mit beschlagenen Riemen aus ihm hervorbrach – Caolle, wie Arithon an der Wucht seiner Schritte erkannte. Der Clanhauptmann verfügte durchaus über Feingefühl und eine scharfe Auffassungsgabe, doch ohne die schwesterliche Überempfindlichkeit Danias nahm er eher die Haltung eines Steinbrockens ein.

Inmitten des Kreises, unpassend in der eleganten, goldgezierten schwarzen Seide seiner zerschlissenen höfischen Kleider, stand Halliron. Mit der Lyranthe in Händen rief er den Hauptmann.

Doch nun, da Steiven tot war und er selbst die Verantwortung für die Clans zu tragen hatte, beugte Caolle sich niemandem mehr. Mit fliegenden Stiefelstulpen stampfte er über die verbrannte Erde, die Schultern hochgezogen und das Kinn streitbar und kampfbereit vorgereckt.

Hinter ihm sprach jemand Worte des Erbarmens, und schweigend schloß sich der Kreis wieder.

Mürrisch nach den Anstrengungen und dem Mangel

an Schlaf, von brennenden Zweigen verwundet und bedeckt von den roten Malen unzähliger Mückenstiche, machte Caolle einen mordlüsternen Eindruck. »Ihr werdet uns verlassen«, knurrte er anklagend.

Arithon mußte ein Winseln zurückhalten, als der barsche Ton seine überempfindlichen Sinne marterte, doch er empfand keinen Zorn. »Ich muß.« Mit einer standhaften Direktheit, die es dem Mann unmöglich machte, loszupoltern, blickte Arithon ihm in die Augen. Aus dem Kreis hallte der sanfte, traurige Klang der Lyranthe herüber: Halliron intonierte die ersten Noten des rituellen Gesangs, mit dem die Toten Deshirs der Erinnerung anheimgegeben wurden. Dies war das erste Mal, daß die Clanmänner ihre Gefühle offen zeigten, und es würde unwiderruflich auch das letzte Mal sein.

Die Flucht in das Asyl nach Fallowmere würde gleich im Anschluß an die Zeremonie beginnen.

Caolle wartete, grollend und unduldsam. Dann, als das ergreifende Spiel des Meisterbarden sogar sein brummiges Gemüt traf, verhakte er seine mächtigen Daumen in seinem Schwertgürtel. »Ihr könntet uns wenigstens verraten, aus welchem Grund.«

Unbeirrt betrachtete Arithon ihn noch immer. »Ich denke, das wißt Ihr bereits. Dort, wo ich hingehe, werden auch Lysaers Armeen hingehen.« Er atmete tief durch.

Als bereitete er sich darauf vor, mit Beschimpfungen oder Ausflüchten konfrontiert zu werden, verschränkte Caolle die Arme vor der Brust und umspannte mit den Händen seine muskulösen Unterarme. Er war ein Mann, der seine Kleidung weit und seine Gürtel eng mochte; um so schneller vermochte er die Waffen zu ziehen, die er sichtbar am Leibe trug, während all die, die nicht sichtbar waren, unbeachtet blieben. Er betrachtete seinen schweigsamen Herrscher, und der Blick aus seinen schwarzen Augen war eisern.

Der Prinz von Rathain blieb standhaft. Voller Aufrichtigkeit, wo er zuvor noch geheimnisvoll gewesen war, sagte er: »Ich kann Eure Verluste nie wiedergutmachen, und ich werde Euch auch nicht mit Versprechungen hinters Licht führen, die zu halten ich nicht die Macht habe. Ihr habt mein Leben gerettet und mir ein Königreich geboten. Euer Herzog hat mir seine Freundschaft geschenkt, die noch wertvoller als alles andere ist. Zum Dank habe ich mein Wort als Teir's'Ffalenn gegeben, die Gaben nicht sinnlos zu vergeuden.«

Seine Sanftheit verbarg einen Willen so hart wie Stahl wie Caolle mit Respekt erkannte. Er erinnerte sich an die Ballade von Falmuir und den schaurigen Anblick in der Schlucht. Eine vage Ahnung veranlaßte ihn, nicht gekränkt zu sein, daß sein Prinz selbst nach der Begegnung mit den Armeen Etarras noch immer zu zurückhaltend war, den Clans sein volles Vertrauen zu schenken.

Auf der Lichtung, in der Mitte des Kreises, erhob Halliron seine Stimme zu einem Tonfall reinster Sorge. Von der Musik überwältigt, verlor Arithon vollends die Fassung. Er schluckte krampfhaft und wandte sich halb ab, beschämt ob der Tränen, die er nicht zurückhalten konnte. Die Musik brach seinen Willen, und seine Gefühle für diese harten, unbeugsamen Männer zerstörten ihn noch weiter. Dann fühlte er Caolles Hand auf seiner Schulter, eine Geste, derer er sich schon so oft bedient hatte, um Jieret zu besänftigen.

»Ihr könntet mein Bollwerk sein«, gab Arithon, verwundbar wie selten zuvor, zu. »Aber nicht gegen Lysaer. Jeder, der mich schützt, wird zu einem Ziel für seine Armeen. Ich kann nicht zulassen, daß Eure großherzigen Clans um meinetwillen ausgerottet werden. Darum bitte ich Euch, mich gehen zu lassen, allein und ohne Eure Unterstützung, bis die Zeit gekommen sein wird, da ich zu Euch zurückkehren und Euren lang gehegten Hoffnungen entsprechen kann, eine Stadt des Friedens auf den Fundamenten von Ithamon zu errichten.«

»Ich habe Euch falsch eingeschätzt.« Caolle zog seine Hand zurück, und für lange Zeit war auf der Lichtung nur noch die sich hebende und senkende Stimme des Meisterbarden zu hören. Beide Männer lauschten dem wundervollen Gesang, jeder von seinen eigenen reumütigen Gedanken verfolgt. Dann strich Caolle sein schmutziges, eisengraues Haar zurück. »Das hat nun ein Ende. Doch im Gegenzug erbitte ich Eure Erlaubnis, die Clans von Fallowmere und nach ihnen alle anderen auf dem ganzen Kontinent in Kampfbereitschaft zu versetzen.«

»Ich bin dagegen.« Arithon wirbelte herum. Wenn auch seine Augen unter einem Schleier unvergossener Tränen funkelten, so war doch seine Härte der einer gezogenen Klinge vergleichbar. »Ich will nicht, daß in meinem Namen noch mehr Blut fließt.«

Caolle steife Haltung verlieh selbst noch seinem Schweigen Aussagekraft.

Und Arithon gab ihm ein Zeichen, das er seinem tiefsten Inneren entrungen zu haben schien. »Meine Frau und meine Kinder sind nicht von den Kopfjägern ermordet worden.« Mit einer Sanftmut, der Caolle noch vor kurzer Zeit mit Verachtung begegnet wäre, verfolgte er die Linien der Rune im Gedenkstein des Clanführers mit Fingern. »Mein Verlust ist nicht der Eure. Ich sage Euch, daß sich die Tragödie wiederholen wird, wenn Ihr eine Armee aufstellt. Aber ich bin nicht kaltblütig genug, vielleicht bin ich auch kein wahrer König. Ich verfüge nicht über die Gemeinheit, Euch zurückzuweisen. Wenn Ihr auch auf meine Billigung verzichten müßt, meinen Segen sollt Ihr haben. Geht mit Aths Gnade, Hauptmann. Und sorgt gut für Jieret, den ich liebe wie einen Bruder.«

Zum Zeichen der Freundschaft streckte Caolle seine Hände aus und akzeptierte den doppelten Handschlag des Prinzen. Während das Klagelied durch den Laubwald hallte, taxierte Caolle seinen Herrscher über den festen Griff ihrer Hände hinweg. Der schmale Körperbau und die zarten Knochen, grüne Augen, tief und voller Geheimnisse, trügerische Oberfläche über verborgener Stärke. Beinahe zu spät hatte Caolle die kompromißlose Rechtschaffenheit des Mannes erkannt. Worte hätten ihn nie dazu zwingen können, zuzugeben, daß der Erbe des Throns von Rathain nicht nur ein würdiger Anwärter auf die Herrschaft war, sondern überdies auf tragische Weise an ein Schicksal gebunden, das ihn zwang, seine wahren Talente zu verleugnen. »Eines Tages werdet Ihr für unsere Gefolgschaft dankbar sein, Euer Hoheit. Wir geben uns gern für Euch hin. Das ist nicht so, wie in Tysan, wo Maenalle s'Gannley einem s'Ilessid die Treue schwören muß, ohne vorher gewarnt zu sein.« Er ließ Arithons Hände los und trat einen Schritt zurück. »Möge Ath Euch vor allem Übel bewahren.«

»Und Euch ebenso.« Arithons Lippen verzogen sich zu einem sanften, beinahe warmen Ausdruck. »Wir waren Gegner, doch das bereue ich nicht. Hätte ich eine Wahl, so würde Euer Schwert verrosten, weil es nicht mehr gebraucht würde, selbst wenn Ihr mich deswegen verabscheuen mögt.«

Caolles Kinn zitterte kurz. Nur mit Rücksicht auf das Klagelied, das noch immer fortdauerte, gelang es ihm, einen Ausbruch rauhen Gelächters zu unterdrücken. »Mein Schwert«, sagte er dann mit fester Stimme, »wird erst verrosten, wenn ich tot bin. Möge Dharkaron mich für meine Dummheit strafen, wie konnte ich nur einem so verträumten Narren die Treue geloben?«

»Ihr seid reingelegt worden«, entgegnete Arithon grinsend. »Lord Steiven hat uns beide hinters Licht geführt.« Dann wandte er sich ab und ging ohne ein weiteres Wort fort vom Ufer des Flusses.

Caolle beobachtete ihn aus zusammengekniffenen Augen, und eine Spannung, wie eine zur Faust geballte Hand, legte sich auf seine Kehle. Als Halliron die Saiten zur letzten Strophe des Klageliedes stimmte, flüsterte der Hauptmann der Clankrieger von Deshir: »Geht hin in Frieden, mein Prinz.«

Sanft drangen die leiser werdenden Klänge des Liedes herüber, gedämpft unter den letzten Noten, bis sie schließlich im Rascheln angesengter Blätter verhallten. Zu diesem Zeitpunkt war der Teir's'Ffalenn in seiner zerlumpten schwarzen Tunika bereits außer Sichtweite. Ob es die Bäume waren, die ihn vor den Blicken verbargen, oder seine Schatten, vermochte Caolle nicht zu unterscheiden.

Die Abenddämmerung brach über den Strakewald herein. Im klaren, silbrigen Licht unter den Bäumen, die sich wie Filzstreifen in einem Bett aus Kobalt vor dem Himmel abhoben, saß Arithon auf einem Buchenstamm. Er hatte die Knie angezogen und hielt sie mit seinen Armen umschlungen. Lose flatterten seine Stulpenbänder über seine Hände, als die Frösche im Morast zu ihrem ersten, ungleichmäßigen Chor ansetzten. Er genoß die Stille, als der Tag zu Ende ging und allmählich der Nacht Platz schaffte. Der erste Stern wurde am Himmel sichtbar, ein gleißender Stecknadelkopf zwischen Pinienzweigen; Arithon betrachtete seine einzigartige Schönheit ohne die magische Wahrnehmung, mit der er seine Geheimnisse hätte enthüllen können.

Es war noch genug Zeit, zu entscheiden, wohin er gehen sollte. Diesen Augenblick wollte er damit zubringen, seinen Gedanken nachzuhängen und dem süßen Gesang der Drosseln zu lauschen. Mit geschlossenen Augen gab er sich ganz dem steten Wispern der Piniennadeln in der sanften Brise hin.

Es gab niemanden, dem er hätte Rechenschaft ablegen müssen. Nichts belastete ihn, außer seinem flammenden Gewissen und einem Schwert, das er nur zu gern gegen die Lyranthe eingetauscht hätte, die er in Etarra hatte zurücklassen müssen, selbst wenn er sein Augenlicht dafür hätte geben müssen.

Völlig losgelöst und entspannt rechnete Arithon mit gar nichts, bis direkt hinter seiner Schulter ein Zweig geräuschvoll brach.

Er wirbelte herum, sprang auf, und stand sogleich von Angesicht zu Angesicht einer Gestalt gegenüber, deren Juwelen und goldene Ketten im schwindenden Tageslicht glitzerten.

Topasgeschmückt stand Halliron, der Meisterbarde, vor ihm, ein sicheres Zeichen dafür, daß er seinen Aufenthalt bei den Clans nun als beendet ansah. Die edlen Knöpfe, mit denen sein Mantel geschlossen war und die seine vornehm geschnittenen Ärmel hielten, glänzten selbst noch im schwachen abendlichen Licht.

Gelassen, die von Venen durchzogenen Hände über den Gurt seiner Lyranthe gefaltet, sagte der Meisterbarde: »Dies ist kein guter Zeitpunkt für die Einsamkeit, Euer Hoheit.«

Arithon brauste ärgerlich auf: »Noch weniger ist es ein guter Zeitpunkt für Gesellschaft, nachdem beinahe achttausend Menschen sinnlos ihr Leben verloren haben.« Da der Barde offenbar gedacht hatte, er würde grübeln, beschloß Arithon, diesen Eindruck zu verstärken, um den Musiker loszuwerden. »Ich habe nicht um Euer Mitgefühl gebeten. Überdies dachte ich, ich hätte mich Caolle gegenüber klar ausgedrückt.«

Hinter seinen weit auseinanderstehenden Vorderzähnen schnalzte Halliron mit der Zunge. »Kein Grund, aufbrausend zu werden.« Nicht geneigt, sich so kurz abspeisen zu lassen, setzte er sich auf den Stamm, den der Herr der Schatten gerade erst freigemacht hatte. Vor dem Hintergrund seines dunklen Wamses glänzte das fahlweiße Haar wie Waschseide auf seinen Schultern. »Ich dachte, es könnte nicht so falsch sein, Euch zu fragen, ob Ihr mich auf der Reise begleiten mögt. Fallowmere ist nicht besonders anziehend für mich. Außerdem bin ich schon viel zu lange im Norden geblieben.«

Solchermaßen zu einer beeindruckenderen Vorstellung gezwungen, schrak Arithon zurück. »O nein.« Seine Stimme klang, als hätte ihn jemand verwundet oder als würde er vor einer verborgenen Furcht zurückscheuen. »Ich werde niemandes Begleiter sein, nicht nach dem, was hier geschehen ist. Ihr solltet meine Beweggründe besser als alle anderen verstehen.«

»Ihr seid gewiß nicht der erste Prinz, der auch in Kriegszeiten an seinen Eid gebunden ist.« Goldketten bebten, als der Barde die Schultern zuckte. »Daelion weiß, daß Ihr auch nicht der letzte sein werdet. Und es wird Euch nicht gelingen, mich mit diesem Schauspiel des Selbstmitleides zu vertreiben, ganz gleich, wie sehr Ihr Euch auch bemüht.«

Arithon versteifte sich. »Ich denke, Ihr habt nun genug gesagt.« Die Worte waren als Warnung gedacht, Halliron ignorierte sie, indem er unbeeindruckt auf dem Stamm sitzenblieb. Die Drosseln im Wald waren inzwischen verstummt. Mehr Sterne strahlten nun zwischen den Zweigen auf die Erde, und die Frösche sangen ihr rauhes Lied. Das Gleichgewicht war fort; unbemerkt war das Zwielicht verloschen, und die nun eingetretene Dunkelheit verschluckte sogar das Funkeln des Topasschmucks.

Die zarte Hülle des Friedens, die sich so leicht über ihn gelegt hatte, brach so plötzlich wie unwiderruflich. In die drückende Stille hinein sagte Arithon gequält: »Ath, hilf mir, ich mußte doch bleiben. Hätte ich nicht die Schatten gerufen, denkt Ihr denn, daß dann irgendein Clankrieger überlebt hätte, um Euer Klagelied für die Toten Deshirs zu hören?«

»Nun, das liegt jetzt hinter uns«, entgegnete Halliron sanft. »Schuldgefühle nützen niemandem. Das einzige, was ein Mann seiner Vergangenheit abringen kann, ist die Kraft, seine Zukunft zu sichern. Ihr könnt dafür Sorge tragen, daß dieselben Umstände niemals wieder eintreffen können.«

»Ich dachte, daß ich genau das getan hätte.« Arithons Zorn verstärkte sich zu einem Grad, der nur noch Schmerz empfinden ließ. Noch immer quälte ihn der Gedanke, daß Lysaers Tod und damit das Ende der magischen Bande Desh-Thieres durch Jierets Leben hätte aufgewogen werden müssen. Mit rauher, dünner Stimme sagte der Herr der Schatten: »Werdet Ihr nun gehen? Ich bin sicher, ich kann auch ohne Euren Rat überleben.«

»Das mag schon sein. Nur war ich derjenige, der hier als Bittsteller erschienen ist.« Der Meisterbarde faltete die geschmeidigen Hände und betrachtete mit feierlichem Ernst den Boden zu seinen Füßen. »Wenn Ihr Eure Ohren nutzt und Euer s'Ffalenn-Gewissen zum Schweigen bringt, so werdet Ihr erkennen, daß ich ein alter Mann bin. Ich brauche eine starke Hand, wenn mein Ponykarren im Sumpf steckenbleibt. Außerdem sollte jemand bei mir sein, wenn während der Nächte auf meiner Wanderschaft der Regen mein Feuer erstickt.« Ein schelmischer Zug schlich sich kurz in sein

Gesicht, als er aufblickte. »Ganz zu schweigen von der Tatsache, daß Euer Talent nach Unterricht verlangt. Wenn Eure Finger je mehr als nur ein Versprechen bieten sollen, so biete ich Euch den niederen Stand eines Bardenschülers an, Euer königliche Hoheit. Werdet Ihr annehmen?«

Mit einem Ausdruck sturer Ablehnung, doch ohne seine steife Haltung, starrte Arithon ihn an. Dann setzte er sich auf eine Baumfalle, schlug sich den Ellbogen an einem Ast an und verhakte den Fuß in der Schwertscheide, die er vollkommen vergessen hatte. Ein wenig außer Atem, fluchte er erzürnt.

Milde amüsiert, aber auch sonderbar angespannt und verletzbar, kicherte Halliron leise. »Ist die Entscheidung denn so schrecklich? Ihr könnt mir doch wohl kaum erzählen, Ihr wäret überrascht.«

»Nein.« Ein Geräusch, wie ein Würgen oder ein unterdrücktes Lachen entrang sich Arithons Kehle. »Hat der Barde Felirin das zweite Gesicht?«

»*Was*?« Nun verlor der Meisterbarde die Fassung. Sein Herz spiegelte sich in seinen Augen, und während er gegen panikartiges Zittern ankämpfte, hielt er die Hände so fest gefaltet, daß die Knöchel weiß hervortraten.

Arithon blickte ihn an und grinste. »Nun, ganz einfach. Felirin hat mir ein Versprechen abgerungen, für den Fall, daß Ihr mir jemals eine Ausbildung anbieten solltet.«

»Und?« fragte Halliron in ersticktem Ton. Er hatte beide Hände an seine Kehle gelegt, als könnte er sich so das Atmen erleichtern. »Und?«

»Ich werde wohl zustimmen müssen«, sagte Arithon. »Ich habe in der jüngsten Zeit vieles getan, aber ich habe sicher keinen Eid gebrochen, und überdies ist meine Rechnung bei unserem Herrn des Schicksals bereits hoch genug.«

»Ihr seid ein Teufel!« Halliron sprang so hastig auf, daß sein Instrument einen protestierenden Baßton erklingen ließ. »Und mich laßt Ihr in dem Glauben, Ihr würdet ablehnen.«

»Und Ihr habt mich glauben lassen, Ihr wäret lediglich gekommen, um mir Vorträge zu halten.« Arithon lachte nun, und die Freude, die aus ihm hervorbrach, vertrieb auch die letzte Spur von Abneigung. »Mögen die Dämonen mich holen, aber ich wollte Euch dafür umbringen.«

»Nun, die Chance habt Ihr nun vertan. Ihr tragt die größte Klinge Atheras und denkt nicht einmal daran, sie zu nutzen.« Mit entschlossenen Schritten machte Halliron sich auf den Weg. »Mein Pony und der Wagen liegen in einer Lichtung im Gestrüpp stromaufwärts versteckt. Wenn wir sie erst einmal gefunden haben, werde ich uns einen kräftigen Tee brauen.«

Dann blieb er so abrupt stehen, daß Arithon beinahe gegen ihn geprallt wäre.

»Nein«, sagte Halliron, und seine ausdrucksstarke Stimme klirrte sonderbar. »Nein. Ich brauche keinen Tee. Die Wahrheit ist, daß ich überhaupt keinen Tee will.« An Ort und Stelle in der Dunkelheit löste er die Verschnürung von der Hülle aus geöltem Leder. »Spielt mir die Weise, um die ich Euch einmal gebeten habe.« Ohne eine Antwort abzuwarten, legte er seinem Schüler das Instrument in die Arme.

Arithon liebkoste den verschnörkelten Klangkörper, atmete die Luft, die nach Wachs, Harzen und edlem Holz roch.

Er konnte nicht sprechen, fürchtete sich, sich zu bewegen, um nur nicht das fragile Glücksgefühl zu zerstören, das ihn ergriffen hatte. Halliron, der Meisterbarde, hatte ihm sein Instrument in die Hände gelegt und ihm angeboten, was sein Herz mehr als alles andere ersehnte.

Unbeobachtet in der würzigen Luft einer Sommernacht, riskierte die scheue Drossel ein letztes, lyrisches Arpeggio. Grillen zirpten ihr Lied, ungestört von näherkommenden Schritten. Nach einem Augenblick zerbrechlicher Anspannung, verlor Arithon seine Furcht. Endlich mochte er glauben, daß niemand aus dem Wald hervortreten und ihn mit etwas konfrontieren würde, dem sich zu entziehen, sein Gewissen nicht zulassen konnte.

Für diese Nacht und für noch viele andere war er frei. Er konnte dasitzen, seine Hände an die silbernen Saiten führen und endlich seinen Kummer und seine Sorgen der Musik anheimgeben.

Spiegelbilder

Im Sumpf von Mirthlvain begleiten Asandir und Dakar Verrains Kontrollgang durch die schwarzen Pfuhle, um die Wiederkehr der Methschlangen zu ihrem herbstlichen Laichen zu kontrollieren; Traithe und Kharadmon treffen in Shand ein; und während die Bruderschaft ihre Hoffnungen für den Süden auf einen verbliebenen Prinzen setzt, der im Verborgenen aufgewachsen ist, folgt der Hüter von Althain den Spuren zweier verfluchter königlicher Erben, die überlebt haben, und er wartet gegen jede Hoffnung auf ein Zeichen, daß die Prophezeiung der Schwarzen Rose noch immer zutreffen könnte ...

In Korias präsentiert die Erste Zauberin Lirenda ihrer Herrin Morriel in der Stunde nach Sonnenaufgang die Berichte der Wegwachen; und die unerfreuliche Neuigkeit lautet, daß die Novizinnen, die mit den Beobachtungen der Vibrationen des fünften Weges betraut waren, die Spur des Herrn der Schatten verloren haben ...

In dem lichtlosen Schacht im Rockfellgebirge, versiegelt unter dreifachen Bannen, schmachtet der Nebelgeist, der einst die Sonne von Athera ferngehalten hat, in seinem Gefängnis; und falls er weiß, daß der große Fluch, mit dem er zwei Halbbrüder zerstören wollte, bereits einmal versagt hat, so überdauert er die Zeit in endlosem Haß ...

ENDE

Glossar

ADON – Statue des Zentaurenkönigs, einem der Zwillingskinder, die die königliche Linie von Paravia im ersten Zeitalter begründeten. Die Statue bildet eine Seite des Bogens des Aufrechten Tores auf der Straße zum Paß von Orlan, im Fürstentum Camris in Tysan.
Aussprache: Ei-don
Ursprung: *Daon* – Gold

ALATHWYR TURM – einer der fünf Türme, die von den Paravianern in der Mitte des ersten Zeitalters in Ithamon, der Hauptstadt von Daon Ramon und Rathain, erbaut wurden. Seine kunstvolle Gestalt aus weißem Alabaster unterliegt der Herrschaft der Tugend der Weisheit. Er ist der nördlichste der vier Türme, die im Dritten Zeitalter noch immer stehen; im allgemeinen Sprachgebrauch werden die Türme auch als Türme der Himmelsrichtungen oder Sonnentürme bezeichnet.
Aussprache: Ah-lath-weer (der Buchstabe A wird als kurzes Ä gesprochen). Die Betonung liegt auf der mittleren Silbe.
Ursprung: Weisheit: *Alath* – Wissen; Wyr – alles, Summe

ALITHIEL – eine der zwölf Klingen von Isaer, die der Zentaure Ffereton s'Darian im Ersten Zeitalter aus dem Metall eines Meteoriten geschmiedet hat. Nachdem die Klinge in den Besitz der Paravianer geraten war, erhielt sie den zusätzlichen Namen: Dael Farenn oder Königmacher. Seine Eigentümer hatten die Tendenz, Erben einer königlichen Linie zu werden. Schließlich wurde sie zu Beginn des Zweiten Zeitalters dem Kamridian s'Ffalenn für seine Verdienste um die Verteidigung der Prinzessin Taliennse verliehen.
Aussprache: Ah-lith-ee-el
Ursprung: *alith* – Stern; *iel* – Licht/Strahl

ALTHAINTURM – Spitzturm am Rande der Rohrdommelwüste. Er wurde zu Beginn des Zweiten Zeitalters als

Archiv für die historischen Schriften Paravias erbaut. Nach der Rebellion im Dritten Zeitalter Lagerstätte für die Archive aller fünf Königshäuser, untersteht der Obhut von Sethvir, Hüter von Althain und Bruderschaftszauberer.

Aussprache: Al-thain

Ursprung: *alt* – letzte, *thein* – Turm, Zuflucht, heilige Stätte. Altparavianische Aussprache: alt-thein (thein gesprochen ›Si-en‹)

AMROTH – Königreich in der Splitterwelt Dascen Elur, jenseits des Westtores, regiert von den s'Ilessid-Nachkommen des Exilprinzen, der zur Zeit der Rebellion im Dritten Zeitalter gleich nach der Eroberung des Landes durch den Nebelgeist durch das Weltentor geschickt wurde.

Aussprache: Am-roth (›roth‹ gesprochen wie ›Roß‹)

Ursprung: am – Daseinszustand, *roth* – Bruder, ›Bruderschaft‹

ANGLEFEN – Sumpfgebiet in Deshir, Rathain. Die gleichnamige Stadt an der Flußmündung verfügt über einen Hafen am Golf von Stormwell. Es handelt sich dabei um eine von sechs Hafenstädten, die die Seehandelswege mit Etarra verbinden.

Aussprache: Angle-fen

Ursprung: Nicht paravianisch.

ARAETHURA – Grasebene mit gleichnamigem Fürstentum im Südwesten Rathains. Während des Zweiten Zeitalters weitgehend von Riathan Paravianern besiedelt. Im Dritten Zeitalter vorwiegend von Schäfern als Weideland genutzt.

Aussprache: ar-eye-thoo-rah

Ursprung: *araeth* – Gras, era – Ort, Land

ARAITHE – Ebene im Norden der Handelsstadt Etarra, im Fürstentum zu Fallowmere, Rathain. Im Ersten Zeitalter von den Paravianern für die Erneuerung der Mysterien und die Kanalisierung der Energien des Fünften Weges genutzt. Die dort aufrecht stehenden Steine stehen mit der Macht von Ithamon und der Festung auf der Methinsel in Verbindung.

Aussprache: Araithe, gesprochen ›Areiß‹
Ursprung: *areithe* – verstreuen, schicken, bezieht sich auf die aufrechten Steine und deren Verbindung zu den Kräften des fünften Weges.

ARITHON – Sohn des Avar, Prinz von Rathain. 1504. Teir's'Ffalenn, Nachfahre des Begründers dieses Geschlechts, Torbrand, im Jahr Eins des Dritten Zeitalters. Außerdem der Herr der Schatten und Banner Desh-Thieres.
Aussprache: Ar-i-thon – im Klang ähnlich dem Wort ›Marathon‹
Ursprung: *arithon* – Schicksalsschmied, Visionär

ASANDIR – Bruderschaftszauberer. Auch ›Königmacher‹ genannt, da jeder Hohe König im Zeitalter der Menschheit (Drittes Zeitalter) von ihm gekrönt wurde. War nach der Eroberung des Landes durch den Nebelgeist als Vermittler für die Politik der Gemeinden auf dem Kontinent tätig. Auch als Dämonenbanner bekannt, aufgrund seines Rufes, die Iyats bezwungen zu haben; großer Reformer während der letzten Taten des späten Zweiten Zeitalters, als die Menschen zum ersten Mal auf Athera landeten.
Aussprache: Ah-san-deer
Ursprung: *asan* – Herz; *dir* – Stein, Felskern

ATAINIA – Nordöstliches Fürstentum von Tysan
Aussprache: Ah-tay-nee-ah
Ursprung: *itain* – das Dritte, *ia* – Endsilbe für die dritte Domäne, aus dem Altparavianischen *i tainia* entstanden.

ATH, SCHÖPFER – Ursprüngliche Macht über alles Leben.
Aussprache: Ath, ›th‹ wie im Englischen
Ursprung: *ath* – primär, zuerst (im Unterschied zu *an*, eins).

ATHERA – Name des Kontinents, auf dem die fünf Königreiche liegen, eine der beiden großen Landmassen des Planeten.
Aussprache: Ath-air-ah
Ursprung: *ath* – ursrüngliche Macht; *era* – Ort, ›Aths Welt‹.

ATHLIEN PARAVIANER – Sonnenkinder, kleine Rasse Halbsterblicher, erinnern an Kobolde, verfügen aber über große Weisheit und sind Hüter des Großen Mysteriums.

Aussprache: Ath-lie-en

Ursprung: *ath* – ursprüngliche Macht, *lien* – zu lieben, von Ath geliebt.

ATHLIERIA – Mythologische Entsprechung unseres Himmels/tatsächlich eine Dimension außerhalb des physischen Seins, die von den Geistern nach dem Tode bewohnt wird.

Aussprache: Ath-lie-aer-ie-ah

Ursprung: *ath* – ursprüngliche Macht, *li 'era* – gesegneter Ort oder harmonisches Land/li – gesegnet durch Harmonie

AVAR S'FFALENN – Piratenkönig von Karthan, einer Insel der Splitterwelt Dascen Elur jenseits des Westtores. Vater des Arithon, auch der 1503. Teir's'Ffalenn in der Nachfolge von Torbrand, der die königliche Linie derer zu s'Ffalenn im Jahr Eins des Dritten Zeitalters begründet hat.

Aussprache: Ah-var, mit scharfem ›v‹

Ursprung: *avar* – vergangene Gedanken/Erinnerungen

BRIANE – Name des Kriegsschiffes, das im Kampf gegen den Zweimaster unter dem Kommando Avars von Karthan lahmgelegt wurde. Auf dem Schiff geriet später Arithon s'Ffalenn in Gefangenschaft und wurde zur Südinsel und von dort nach Port Royal in der Splitterwelt Dascen Elur gebracht.

Aussprache: Bry-anna, ›y‹ wie ›ei‹

Ursprung: *brianne* – Möwe

BRUDERSCHAFT DER SIEBEN – Zauberer, die einen Eid leisteten, die Gesetze des Gleichgewichts aufrechtzuerhalten und das erleuchtete Denken in Athera zu fördern.

BWIN EVOC S'LORNMEIN – Gründer des Geschlechts, aus dem die Hohen Könige von Havish seit dem Jahr eins des Dritten Zeitalters entstammen. Die Magie der Bruderschaft stattete ihn mit dem Attribut der Enthaltsamkeit aus.

Aussprache: Bwin-ee-vok, lorn-mein.

Ursprung: *bwin* – stark; *evoc* – Auslese

CAILCALLOW – Kraut, das in Marschlandschaften wächst und fiebersenkend wirkt.

Aussprache: ›w‹ am Ende ist tonlos

Ursprung: *cail* – Blatt; *calliew* – Balsam

CAITH-AL-CAEN – Tal, in dem die Riathan Paravianer (Einhörner) die Tag- und Nachtgleiche und die Sonnenwende begehen, um *Atbael* oder das Schicksal des Lebens in der Welt zu erneuern. Außerdem wurden dort zuerst die Wintersterne von den Ilitbaris Paravianern benannt und ihre schwingende Essenz in Worte gefaßt. Verfiel gegen Ende des Dritten Zeitalters und wird seither auch CASTLECAIN genannt.

Aussprache: Cay-ith-al-cay-en, musikalischer Klang, hoch auf den ersten beiden, tief auf den letzten beiden Silben, Betonung auf der zweiten und der letzten Silbe.

Ursprung: *caith* – Schatten, *al* – vorbei, *caen* – Tal, ›Tal der Schatten‹.

CAITHDEIN – Paravianischer Name für den ersten Berater eines Hohen Königs; auch: derjenige, der als Regierender oder Diener den gekrönten Herrscher in seiner Abwesenheit vertritt.

Aussprache: Kay-ith-day-in

Ursprung: *caith* – Schatten; *d'ein* – im Schatten des Stuhls, hinter dem Thron.

CAITHWALD – Wald in der Gegend von Taerlin, im südöstlichen Fürstentum Tysan.

Aussprache: Kay-ith-wald

Ursprung: *cai th* – Schatten, ›Wald der Schatten‹

CAL – Name des Sterblichen Sethvir vor seinem Bund mit der Bruderschaft der Sieben.

Aussprache: Kal

Ursprung: Nicht paravianisch, ähnl. dem lat. Kalumet

CAMRIS – Zentrales Fürstentum im Norden Tysans. Regierungssitz war ursprünglich die Stadt Erdane.

Aussprache: Kam-ris.

Ursprung: *caim* – Kreuz; *ris* – Weg, ›Kreuzweg‹

CAOLLE – Kriegsherr der Clans von Deshir, Rathain. Erhob sich zunächst gegen, diente aber dann Lord Steiven, dem Herrscher des Nordens und *Caithdein* von Rathain.

Aussprache: Kay-oll-e, mit kaum hörbarem ›E‹

Ursprung: *caille* – stur

CASTLECAIN – Bezeichnung für Caith-al-Caen in der Alltagssprache, Tal der Schatten, siehe oben.

Aussprache: castle-cane

CASTLE POINT – Hafenstadt am westlichen Ende der Großen Straße des Westens in dem Füstentum Ataina, Tysan.

CIANOR SONNENKÖNIG – Geboren im Jahr 615 des Ersten Zeitalters in Caith-al-Caen. Überlebte beide Massaker von Leorne (ausgelöst von den Methuri oder Haßgeistern aus dem Mirthlvain-Sumpf) im Jahr 815 und führte den Vergeltungsschlachtzug in der Ebene von Bordirion an (die zu Beginn des Zweiten Zeitalters dem Sumpf zum Opfer fiel). 826 wurde Cianors Heer bei Erdane von Khadrim besiegt; Cianor zog sich schwer verletzt nach Araethura zurück. Verkrüppelt, aber am Leben, verfolgte er die Ankunft der Bruderschaft der Sieben bei der Entstehung des Kratersees im Jahr 827 des Ersten Zeitalters. Geheilt von den Zauberern der Bruderschaft. 902 zum Hüter der Annalen ernannt; stabilisierte die politischen Verhältnisse des Reiches nach dem Mord an dem Hohekönig Marin Eliate im Jahr 1542 des Zweiten Zeitalters. 2545 im Zweiten Zeitalter zum Hohen König von Athera gekrönt. Starb, als ein Aufstand der Khadrim im Jahre 3651 des Zweiten Zeitalters ihn erneut zu den Waffen rief.

Aussprache: Key-ah-nor

Ursprung: *cianor* – scheinen, strahlen

CIERL-ANKESHED – Gift verschiedener Methschlangen, führt zu Nervengewebszersetzung. Sofortige Para-

lyse, Todeseintritt aber erst nach Tagen. Das Gift, für das es kein Antidot gibt, ist ätzend und kann über die Haut aufgenommen werden.
Aussprache: Key-earl-an-kesh-id
Ursprung: *cierl* – Nerv; *ankeshed* – Schmerz, Lähmung

CILADIS, DER VERLORENE – Bruderschaftszauberer, der den Kontinent im Jahre 3462 des Dritten Zeitalters verließ, um sich auf die Suche nach den Paravianern zu machen, die nach der Rebellion verschwunden waren.
Aussprache: Kill-ah-dis
Ursprung: *Cael* – Blatt; *adeis* – Flüstern, Verbinden, *cael 'adeis,* umgangssprachlich für ›beständige Freundlichkeit‹

CILDORN – Stadt in Deshir, Rathain. Berühmt für Teppiche und Webwaren. Ursprünglich paravianisch, an einem Kraftknoten des dritten Weges gelegen.
Aussprache: Kill-dorn
Ursprung: *cisal* – Faden, *dorn* – Netz, ›Wirkware‹, ›Gewebe‹

CORITH – Insel im Westen der Küste von Havish im Westmeer. Erster Ort, an dem die Sonne auf die Niederlage Desh-Thieres herabgeschienen hat.
Aussprache: Kor-ith
Ursprung: *cori* – Schiffe; *itha* – fünf, steht für die fünf Häfen, die die alte Stadt überragt.

DAELION, HERR DES SCHICKSALS – ›Gottheit‹, gebildet durch einige Moralismen, die das Schicksal der Seele nach dem Tod bestimmen sollen. Wenn Ath die ursprüngliche Macht, die Lebenskraft ist, dann ist Daelion die Richtschnur für die Manifestation des freien Willens.
Aussprache: Day-el-ee-on
Ursprung: *dael* – König oder Herrscher; *i'on* – des Schicksals.

DAEL-FARENN – Königmacher, anderer Name für das Schwert Alithiel; auch: einer der vielen paravianischen Namen für den Bruderschaftszauberer Asandir.
Aussprache: Day-el-far-an
Ursprung: *dael* – König; *feron* – Macher

DAELTHAIN – fünfter Turm der Himmelsrichtungen oder Sonnenturm, von den Paravianern an der Zitadelle von Ithamon erbaut. Es war der Turm des Königs, der über die Tugend der Gerechtigkeit wachte. Stürzte am Tag des Mordes an Marin Eliathe ein. Im Verlauf der Rebellion verfiel die Ruine weiter, bis zum Zeitpunkt der Niederlage des Nebelgeistes nur noch das Fundament übrig war.

Aussprache: Day-el-they-in

Ursprung: *dael* – König oder Herrscher; *thein* – Turm, Zuflucht, heilige Stätte.

DAELTIRI – Schwert der s'Ilessid Hohekönige. Im Jahre 1240 des Zweiten Zeitalters von paravianischen Handwerkern geschmiedet, um Jaest s'Ilessids Gewinn der Krone von Avenor der Freundschaft zu gedenken.

Aussprache: Day-el-tie-rie

Ursprung: *dael* – König, Herrscher; *tieri* – Stahl

DAENFAL – Stadt in Rathain, die das Nordufer mit dem südlichen Zipfel vom Ödland von Daon Ramon verbindet.

Aussprache: Day-en-fall

Ursprung: *daen* – Ton, Lehm; *fal* – rot

DAKAR, DER WAHNSINNIGE PROPHET – Lehrling des Bruderschaftszauberers Asandir. Folgte während des Dritten Zeitalters dem Feldzug gegen den Nebelgeist. Trotz seiner wenig glaubhaften Prophezeiungen soll es Dakar gewesen sein, der den Untergang der Könige von Havish früh vorausgesagt hat, damit die Bruderschaft den Thronerben in Sicherheit bringen konnte. Von ihm stammt die Prophezeihung des Westtores, die das Verderben des Nebelgeistes vorhergesagt hatte. Außerdem ist er für die Prophezeiung der Schwarzen Rose verantwortlich, die zur Wiedervereinigung der Bruderschaft führen sollte.

Aussprache: Dah-kar

Ursprung: *dakiar* – ungeschickt

DANIA – Gattin des Regenten von Rathain, Steiven s'Valerient.

Aussprache: Dan-ie-ah

Ursprung: *deinia* – Sperling

DAON RAMON, ÖDLAND VON – zentrales Fürstentum von Rathain. Dort gebaren die Riathan Paravianer (Einhörner) ihren Nachwuchs und zogen ihn groß. Die Bezeichnung *Ödland* wurde dem Namen erst nach dem Siegeszug des Nebelgeistes hinzugefügt, als der Fluß Severnir von einem Sonderkommando aus Etarra bereits an der Quelle umgeleitet wurde.

Aussprache: Day-on-rah-mon

Ursprung: *daon* – Gold; *ramon* – Hügel/Düne

DARI S'AHELAS – Prinzessin von Shand. Floh zur Zeit des Siegeszuges des Nebelgeists durch das westliche Verbannungstor, um der von Davien geführten Rebellion zu entgehen. Sethvir unterrichtete sie in den grundlegenden Künsten der Macht, um die Überlebenschancen ihrer Blutlinie zu vergrößern. Ihre Nachfahren regierten Rauven in der Splitterwelt Dascen Elur.

Aussprache: Dar-ie

Ursprung: *daer* – Schneiden

DASCEN ELUR – Splitterwelt jenseits des Westtores, in erster Linie bestehend aus Ozean und einige Archipeln. Umfaßt die Königreiche von Rauven, Amroth und Karthan, in denen die Erben dreier Hohekönige in den Jahren nach dem großen Aufruhr Zuflucht fanden.

Aussprache: Das-en el-ur

Ursprung: *dascen* – Ozean; *e'lier* – kleines Land.

DAVIEN, DER VERRÄTER – Bruderschaftszauberer, verantwortlich für den großen Aufstand, der nach dem Sieg Desh-Thieres zum Untergang der Hohekönige führte. Geahndet und zur Körperlosigkeit verdammt durch das Urteil der Bruderschaft im Jahre 5129 des Zwelten Zeitalters. Seither im selbstgewählten Exil. Zu seinen Werken zählt die *Fontäne der Fünf Jahrhunderte* bei Mearth in der Splitterwelt der Roten Wüste jenseits des Westtores; der *Rockwellschacht*, der von den Zauberern zur sicheren Verwahrung schädlicher Dinge genutzt wurde; die Stufen auf dem Gipfel von Rockwell und der Tunnel von Kewar in den Mathornbergen.

Aussprache: Dah-vie-en

Ursprung: *dahvi* – Dummkopf, Fehler; *an* – ein Gescheiterter.

DESH-THIERE – Nebelgeist, der im Jahr 4993 des Dritten Zeitalters durch das Südtor nach Athera eindrang, aber von dem Bruderschaftszauberer Traithe aufgehalten wurde. Besiegt und für fünfundzwanzig Jahre in West Shand gefangen, bis die Rebellion den Frieden zerstörte und die Hohekönige gezwungen waren, sich von den Verteidigungslinien zurückzuziehen, um sich um ihre niedergehenden Reiche zu kümmern.
Aussprache: Desh-thie-air-e (letztes ›e‹ fast tonlos)
Ursprung: *desh* – Nebel; *thiere* – Geist, Gespenst
DESHANS – Barbarische Clans, die im Strakewald das Fürstentum Deshir, Rathain, besiedeln.
Aussprache: Desh-ie-ans
Ursprung: *deshir* – nebelhaft, verschwommen
DESHIR – Nordwestliches Fürstentum von Rathain.
Aussprache: Desh-ier
Ursprung: *deshir* – nebelhaft, verschwommen
DHARKARON, DER RÄCHER – Auch Aths rächender Engel der Legende. Fährt eine von fünf Pferden gezogene Kutsche, um die Schuldigen nach Sithaer zu bringen. Nach den Lehren der Athkundigen ist Dharkarons Aufgabe das düstere Band, das die Sterblichen mit Ath zu verwebt, der ursprünglichen Macht, welche die Selbstgeißelung und die Wurzel der Schuld kreiert hat.
Aussprache: Dark-air-on
Ursprung: *dhar* – Böse; *khiaron* – jemand, der richtet.
DIEGAN – Kommandeur der Garnison von Etarra. Titularkommandant des Kriegsheeres, das gegen die Deshans gesandt wurde, den Herrn der Schatten zu besiegen.
Aussprache: Die-gan
Ursprung: *diegan* – Dandyschmuck, Ornament.
DURMAENIR – Zentaure, Sohn des Waffenschmiedes, der die zwölf Klingen von Isaer angefertigt hat. Das Schwert Alithiel war für Durmaenir gemacht worden, der im Kampf gegen die Khadrim im Ersten Zeitalter zu Tode kam.
Aussprache: Dur-may-e-nier
Ursprung: *dir* – Stein; *maenien* – gefallen

EDAL – zweitjüngste Tochter von Steiven und Dania s'Valerient.

Aussprache: Ie-doll

Ursprung: Vorsilbe ›e‹ steht für ›klein‹; *dal* – lieblich.

ELAIRA – Novizin bei den Zauberinnen von Koriathain. Eigentlich war sie ein Straßenkind aus Morvain, das gekauft wurde, um eine korianische Erziehung zu erlauben.

Aussprache: Ie-layer-ah

Ursprung: Vorsilbe ›e‹ steht für ›klein‹; *leare* – Grazie.

ELDIRS S'LORNMEIN – Prinz von Havish, letzter überlebender Sproß der königlichen Linie derer zu s'Lornmein. Wuchs als Wollfärber auf, bis die Zauberer der Bruderschaft ihn für die königlichen Aufgaben schulten, die er nach dem Untergang des Nebelgeistes zu erfüllen hatte.

Aussprache: El-dier

Ursprung: *eldir* – nachdenken, überlegen, abwägen.

ELSHIAN – Athlien Paravianerin, Minnesängerin und Instrumentenbauerin. Stellte die Lyranthe her, die der Meisterbarde von Athera zu treuen Händen hält.

Aussprache: El-shie-an

Ursprung: *e'alshian* – kleines Wunder, Mirakel.

ELTAIRBUCHT – Weitläufige Bucht am Cildeinischen Ozean an der Ostküste von Rathain, an die der Fluß Sevenir nach dem Sieg des Nebelgeistes umgeleitet wurde.

Aussprache: El-tay-ir

Ursprung: *al'tieri* – aus Stahl, auch: Abkürzung eines paravianischen Namens, *dascen al'tieri,* was soviel wie ›Meer aus Stahl‹ bedeutet und sich auf die Farbe der Wellen bezieht.

ELWEDD – Clanmitglied unter Steivens Herrschaft. Wettete mit dem Meisterbarden Halliron, daß Arithon s'Ffalenn kein guter Fechter sei.

Aussprache: El-wet

Ursprung: *el* – kurz, *weth* – Sicht.

ENASTIR – Sonnenkind, paravianischer Hohekönig. Sohn und Erbe von Lithorn. Regierte zu Beginn des

Ersten Zeitalters, bis zu seinem Tod in den Klauen des Gewaltigen Gethorn.

Aussprache: Ee-nas-tier

Ursprung: Vorsilbe ›e‹ steht für ›klein‹; *nastir* – Krieger.

ENITHEN TUER – Ortsansässige Prophetin der Stadt Erdane. Sie suchte Asandir auf seiner Reise durch Camris, Tysan, auf.

Aussprache: En-ith-en too-er

Ursprung: *en'wethen* – weitsichtig; *tuer* – Vettel, alte Frau.

ERDANE – alte, paravianische Stadt, die später von den Menschen übernommen wurde. Sitz der Herzöge zu Camris vor dem Sieg Desh-Thieres und der Rebellion.

Aussprache: Er-day-na, wobei die letzte Silbe kaum vernehmbar ist.

Ursprung: *er'deinia* – lange Mauern.

ETARRA – Handelsstadt auf dem Mathorn-Paß. Erbaut von den Städtern nach dem Untergang Ithamons und der Hohekönige von Rathain. Korrupter Sündenpfuhl, richtungsweisend in der Politik des Nordens.

Aussprache: Ie-tar-ah

Ursprung: Vorsilbe ›e‹ steht für ›klein‹; *taria* – Knoten.

FALLOWMERE – Nordöstliches Fürstentum von Rathain.

Aussprache: Fal-oh-meer

Ursprung: *fal-ei-miere* – buchstäblich: Baum – Selbst – Reflexion, umgangssprachlich für den ›Ort der besten Bäume‹.

FALMUIR – Stadt, im einstigen Königreich von Melhalla gelegen, wurde während eines Erbfolgekrieges zerstört und nie wieder aufgebaut. Halliron machte eine Prinzessin von Falmuir zum Thema einer Ballade, um Caolle seinen Standpunkt nach der Schlacht von Strakewald zu verdeutlichen.

Aussprache: fal-mu-ier

Ursprung: *ffael* – dunkel; *muir* – Ursache.

FELIRIN – Minnesänger, der sich Asandirs Reisegruppe auf dem Weg nach Erdane anschloß.

Aussprache: Fell-ier-in
Ursprung: *fel* – rot; *lyron* – Sänger.

FFERETON S'DARIEN – Zentaurischer Waffenschmied, der die zwölf Klingen von Isaer, zu denen auch Alithiel gehört, angefertigt hat.
Aussprache: Fair-et-on
Ursprung: *ffereton* – Handwerker/Lehrer der Meister.

GHENT – bergiges Fürstentum im Königreich Havish. Prinz Eldir wuchs dort verborgen auf.
Aussprache: Gent
Ursprung: *ghent* – rauh.

GNUDSOG – Etarras Hauptmann der Garnison unter dem Kommandanten Diegan; befehlshabender Hauptmann in der Schlacht im Strakewald.
Aussprache: Nud-sog
Ursprung: *gianud* – hart; *sog* – häßlich.

GRITHEN – Letzter Nachkomme der Herzöge von Erdane. Anführer des Überfalls auf Asandirs Leute im Paß von Orlan.
Aussprache: Gris-hen
Ursprung: *kierth* – Fehler; *an* – eins.

HADIG – Kommandeur der Bogenschützen in der Stadtgarnison von Etarra.
Aussprache: Hay-dig
Ursprung: Nicht paravianisch.

HALDUIN S'ILESSID – Begründer des Geschlechts, aus dem die Hohekönige von Tysan seit dem Jahr eins des Dritten Zeitalters hervorgegangen sind. Die Bruderschaft verlieh ihm das Attribut der Gerechtigkeit.
Aussprache: Hal-dwin
Ursprung: *hal* – weiß; *duinne* – Hand.

HALLIRON, DER MEISTERBARDE – Meisterbarde von Athera während des Dritten Zeitalters; erbte im Jahr 5597 den Titel von seinem Lehrer Murchiel.
Aussprache: Hal-eer-on
Ursprung: *hal* – weiß;- *lyron* – Sänger.

HALMEIN – Statue des zentaurischen Königs, einem der Zwillinge, die das königliche Geschlecht von Ilitharis Paravia im ersten Zeitalter begründet haben. Die Statue bildet die rechte Seite des Bogens des Aufrechten Tores auf der Straße zum Paß von Orlan, im Fürstentum Camris, Tysan.

Aussprache: Hal-may-in

Ursprung: *hal* – weiß; *mein* – haarig.

HANSHIRE – Hafenstadt am Westmeer, an der Küste von Korias, Tysan. Dorthin wurde die Zauberin Elaira nach ihrer Eskapade im Rabengasthof gesandt.

Aussprache: Han-shier

Ursprung: *hansh* – Sand; *era* – Ort.

HAVISH – eines der fünf Königreiche von Athera, wie es in den Urkunden der Bruderschaft der Sieben festgelegt worden ist. Herrscher ist das Geschlecht der s'Lornmein. Wappen: ein goldener Falke auf einem roten Feld.

Aussprache: Hav-ish

Ursprung: *havieshe* – Falke.

HAVISTOCK – südöstliches Fürstentum im Königreich Havish.

Aussprache: hav-i-stock

Ursprung: *haviesha* – Falke; *tick* – Hühnerstange.

IDRIEN – Jierets Kumpane bei dem Überfall, bei dem Halliron, der Meisterbarde, auf der Straße im Süden von Ward gefangengenommen wurde.

Aussprache: I-drie-en

Ursprung: Vorsilbe ›e‹ steht für ›klein‹; *drien* – Partner.

ILITHARIS PARAVIANER – Zentauren, eine der drei halbsterblichen alten Rassen, die zur Zeit des Siegeszuges des Nebelgeistes verschwanden.

Aussprache: I-li-thar-is

Ursprung: *i'lith'earis* – Hüter/Bewahrer des Mysteriums.

IMARN ADAER – Enklave von paravianischen Juwelenschleifern in der Stadt Mearth, die sich zur Zeit des Fluches, der die Einwohner der Stadt vernichtete, zerstreut haben. Die Geheimnisse ihres Handwerks verschwanden gemeinsam mit ihnen. Zu den Werken, die überdauert haben, gehören die Kronjuwelen der fünf Königshäuser von Athera, die als Lichtsteine im Einklang mit den Erbgaben der königlichen Blutlinien geschaffen worden waren.

Aussprache: I-marn-an-day-er

Ursprung: *imarn* – Kristall; *e'daer* – kleiner schneiden.

INSTRELL BUCHT – im Golf von Stormwell, trennt die Fürstentümer Atainia, Tysan und Deshir, Rathain.

Aussprache: In-strell

Ursprung: *arin'streal* – starker Wind.

ISAER – Mittelpunkt der Macht in Atainia, Tysan; während des Ersten Zeitalters als Quelle der Verteidigung der gleichnamigen paravianischen Festung erbaut.

Aussprache: I-say-er

Ursprung: *i'saer* – der Kreis.

ITHAMON – Stadt, erbaut auf einem Kraftknoten des fünften Weges im Ödland von Daon Ramon, Rathain. Ursprünglich eine paravianische Festung. Wurde im Dritten Zeitalter Sitz der Hohekönige von Rathain und war im Jahre 5638 Kriegsschauplatz im Kampf der Prinzen Lysaer s'Ilessid und Arithon s'Ffalenn gegen den Nebelgeist, der bei diesem Kampf in Gefangenschaft geriet.

Aussprache: Ith-a-mon

Ursprung: *itha* – fünf; *mon* – Nadel, Spitze.

IYAT – Energiewesen, heimisch in Athera. Das unsichtbare Wesen manifestiert sich in Poltergeistmanier, indem es vorübergehend Besitz von allerlei Objekten ergreift. Ernährt sich aus natürlichen Energiequellen: Feuer, brechende Wellen, Blitze.

Aussprache: Ie-at

Ursprung: *iyat* – brechen, abbrechen.

JIERET S'VALERIENT – Sohn und Nachfolger Lord Steivens, Clanchef von Deshir, Herzog des Nordens und *Caithdein* von Rathain. Schloß noch vor dem Kampf von Strakewald einen Blutpakt mit Arithon Teir's'Ffalenn.

Aussprache: Jier-et

Ursprung: *jieret* – Dorn, Pfahl.

KARFAEL – Handelshafen an der Küste des Westmeeres in Tysan. Von den Städtern als Handelshafen nach dem Untergang der Hohekönige von Tysan erbaut. Vor der Eroberung durch Desh-Thiere war die Gegend unbebaut, um der Macht des Zweiten Weges ungehemmten Zufluß zum Energiezentrum von Avenor zu gestatten.
Aussprache: Kar-fay-el
Ursprung: *kar'i'ffael* – buchstäblich: »Verflechtung im Dunkeln«, umgangssprachlich für Ränkespiel.

KARMAK – Ebene im Norden des Fürstentums Camris, Tysan. Schauplatz diverser Schlachten des Ersten Zeitalters, als die Paravianer von dem Pack der Khadrim angegriffen wurden, die in den vulkanischen Gegenden der nördlichen Tornirberge ihre Brut aufzogen.
Aussprache: Kar-mack
Ursprung: *karmak* – Wolf.

KARTHAN – Königreich in der Splitterwelt Dascen Elur jenseits des Westtores, regiert von den Piratenkönigen, Abkömmlingen des Exilprinzen s'Ffalenn aus der Zeit der Machtübernahme des Nebelgeistes.
Aussprache: Karth-an
Ursprung: *kar'eth 'an* – Pirat.

KARTHISH – Bezeichnung für die Nationalangehörigkeit der Bewohner Karthans, gleichbedeutend mit Karthaner.
Aussprache: Karth-isch
Ursprung: *kar'eth'an* – Pirat.

KELSING – Stadt südlich von Erdane in Camris, Tysan gelegen. Nächste bewohnte Stätte von dem alten Fürstenhof aus, der der Ersten Koriani und ihrem Ältestenrat als Sommerdomizil diente, als Lysaer und Arithon durch das Westtor kamen.
Aussprache: Kel-sing
Ursprung: *kel* – verborgen; *seng* – Höhle

KHADRIM – fliegende, feuerspeiende Reptilien, die Geißel des Zweiten Zeitalters. Konnten im Dritten Zeitalter in ein streng bewachtes Reservat in den vulkanischen Bergen im Norden Tysans zurückgetrieben werden.

Aussprache Kaa-drim
Ursprung: *khadrim* – Drachen.

KHARADMON – Zauberer aus der Bruderschaft der Sieben; körperlos seit der Erhebung der Khadrim und der Seardluin, während der die paravianische Stadt Itbamon im Jahre 3651 des Ersten Zeitalters dem Erdboden gleichgemacht worden war. Nur durch das Eingreifen Kharadmons konnten die Überlebenden mit Hilfe der Macht des Fünften Weges in Sicherheit gebracht werden.
Aussprache: Kah-rad-mun
Ursprung: *kar 'riad en mon* – Ausdruck, der soviel wie ›verdrehter Zwirn in der Nadel‹ bedeutet, auch: umgangssprachlich für: Schwierigkeiten.

KIELINGTURM – einer der vier verbliebenen Türme der Himmelsrichtungen oder Sonnentürme bei Ithamon im Ödland von Daon Ramon, Rathain. Eingemauert in seine Steine ist die Tugend der Barmherzigkeit.
Aussprache: Kie-el-ing
Ursprung: *kiel'ing* – Stammwort: Mitleid, mit der Endung bedeutet es Erbarmen.

KORIANI – Genitiv von Koriathain, siehe unten.
Aussprache: Kor-ie-ah-nie.

KORIAS – südwestliches Fürstentum in Tysan.
Aussprache: Kor-ie-as
Ursprung: *cor* – Schiff; *i'esh* – Nest, Hafen.

KORIATHAIN – Orden von Zauberinnen, regiert von einem Kreis acht Ältester unter dem Vorsitz der Obersten Zauberin. Ihre Mitglieder sind verwaiste Mädchen, die sie aufziehen, oder Töchter, die von ihren Eltern in ihre Dienste gegeben werden. Zu ihren Initiationsriten gehört ein Gelübde, das ihren Geist an die Macht bindet, die von der Obersten Zauberin kontrolliert wird.
Aussprache: Kor-ie-ah-thain
Ursprung: *koriath* – Ordnung; *ain* – angehören.

LANSHIRE – nordwestliches Fürstentum von Havish. Der Name entstammt dem Ödland von Scarpdale, Schauplatz der Schlacht mit den Seardluin während des

Ersten Zeitalters, in dessen Verlauf die fruchtbare Erde zu einer verschlackten Wüste ausdörrte.

Aussprache: Lahn-shier-e (das letzte ›e‹ ist beinahe tonlos)

Ursprung: *lan'hansh'era* – Ort des heißen Sandes.

LIRENDA – Erste der Ältesten Zauberinnen, folgt im Rang direkt der Obersten Zauberin in der Ordnung der Koriani; Morriels Wunschkandidatin als Nachfolgerin.

Aussprache: Lier-end-ah

Ursprung: *lyron* – Sänger; *di-ia* – eine Dissonanz (der Gedankenstrich ist Zeichen für eine langgezogene Pause in einer vokalen Darbietung)

LUHAINE – Zauberer aus der Bruderschaft der Sieben, körperlos seit dem Untergang von Telmandir. Luhaines Leib wurde vom Mob begraben, während er sich in behütender Trance befand, um die Flucht der königlichen Erben nach Havish zu schützen.

Aussprache: Luu-hay-ni

Ursprung: *luirhainon* – Beschützer.

LYRANTHE – Instrument, das von den Barden von Athera gespielt wurde. Verfügte über vierzehn Saiten mit zweimal sieben Tönen.

Aussprache: Lier-anth-e (das letzte ›e‹ ist beinahe tonlos)

Ursprung: *lyr* – Gesang; *anthe* – Kiste.

LYSAER S'ILESSID – Prinz von Tysan, 1497 in der Nachfolge von Halduin, dem Begründer der Blutlinie im Jahr Eins des Dritten Zeitalters. Durch Geburt beschenkt mit der Kontrolle des Lichts, Banner des Desh-Thiere.

Aussprache: Lei-say-er

Ursprung: *lia* – blond, gelb oder hell; *saer* – Kreis.

MADREIGH – Seniorkundschafter des Deshirclans. Einer der Elf, die im Kampf von Strakewald an der Verteidigung Jierets beteiligt waren.

Aussprache: Mah-drie-ah

Ursprung: *madrien* – standhaft, treu.

MAENALLE S'GANNLEY – Dienerin und *Caithdein* von Tysan.

Aussprache: May-nahl-e (das letzte ›e‹ ist beinahe tonlos)
Ursprung: *maeni* – fallen, stürzen, zerbrechen; *alli* – schützen, behüten, umgangssprachlich für ›Zusammenhalten‹.

MAIEN – Spitzname von Maenalles Enkel Maenol.
Aussprache: May-en
Ursprung: *maien* – Maus.

MAENOL – Erbe und Nachfolger von Maenalle s'Gannley, Diener und *Caithdein* von Tysan.
Aussprache: May-nohl
Ursprung: *maeni'alli* – zusammenhalten.

MAINMERE – Stadt an der Quelle des Valenfordflusses im Fürstentum Taerlin, Tysan. Wurde von den Städtern an einem Ort erbaut, der einst unbebaut geblieben war, um den Zweiten Weg zu den Ruinen im Süden freizuhalten.
Aussprache: Main-mier
Ursprung: *maeni* – fallen, unterbrechen; *miere* – Reflexion, umgangssprachlich für ›Ablaufstörung‹.

MARIN ELIATHE – Paravianischer Hohekönig, wurde im Jahr 1542 des Zweiten Zeitalters von einem Attentäter in seinem eigenen Hause ermordet.
Aussprache: Mahr-in El-ie-ath
Ursprung: *marin* – Ereignis; *e'li* – in Harmonie befindlich; *ath* – ursprüngliche Macht.

MARL – Herzog von Fallowmere und Clanführer zur Zeit Krieges von Strakewald.
Aussprache: Marl
Ursprung: *marle* – Quarzgestein.

MATHORN GEBIRGE – Gebirgskette, die das Königreich Rathain in einen westlichen und einen östlichen Teil trennt.
Aussprache: Math-orn
Ursprung: *mathien* – Massiv.

MATHORN STRASSE – Straße durch den Süden des Mathorn Gebirges, die von Westen aus zur Handelsstadt Etarra führt.
Aussprache: Math-orn
Ursprung: *mathien* – Massiv.

MEARA – Tochter von Steiven, Herzog des Nordens, und Dania; ältere Schwester des Jieret.
Aussprache: Mere-ah
Ursprung: *meara* – Weide.

MEARTH – Stadt in der roten Wüste jenseits des Westtores. Alle Einwohner fielen den Schatten von Mearth zum Opfer, die der Bruderschaftszauberer Davien zum Schutz der Fontäne der Fünf Jahrhunderte geschaffen hatte. Die Schatten sind lichtgefüllte Hüllen, die die Gedanken eines Individuums an die Erinnerung seiner schmerzhaftesten persönlichen Erfahrungen bindet.
Aussprache: Me-arth
Ursprung: *mearth* - leer.

MELORFLUSS – gelegen im Fürstentum Korias, Tysan. Seine Mündung bildet den Hafen der Stadt Westende.
Aussprache: Mel-or
Ursprung: *maeliur* – Fisch.

METH, INSELFESTUNG VON – alte, paravianische Festung auf der Insel im See Methlas im südlichen Melhalla. Bewacht von Verrain, dem Hüter von Mirthlvain. Zur Festung gehört ein Kraftpunkt des Fünften Weges und die Kerker, in denen die Methuri vor ihrem Transport nach Rockwell gefangengehalten worden waren.
Aussprache: Meth klingt ähnlich dem englischen ›death‹
Ursprung: *meth* – Haß.

MEHTLASSEE – großer Frischwassersee im Fürstentum Radmoor, Melhalla.
Aussprache: Meth-las
Ursprung: *meth* – Haß.

METHSCHLANGEN – genetische Mutation einer Kreatur des Ersten Zeitalters namens Methuri (Haßgespenst). Die den Iyats verwandten Kreaturen befielen lebende Wirtstiere. Sie verseuchten ihre Wirte, wodurch deren Nachwuchs mutierte und auf diese Weise geschwächtes Vieh hervorbrachte und damit ihre Auswahl potentieller Wirte vergrößerte.

METHURI – den Iyat verwandte Parasiten, die ihre

lebenden Wirtstiere verseuchen. Im Dritten Zeitalter ausgestorben, doch ihre mutierten Wirtsherden vermehren sich noch immer in den Sümpfen von Mirthlvain.

Aussprache: Meth-yoor-ie.

Ursprung: *meth* – Haß; *thiere* – Geist oder Gespenst.

MIN PIERENS – Archipel westlich des Königreiches West Shand in der westlichen See.

Aussprache: Min, Pierre-ins

Ursprung: *min* – Purpur; *pierens* – Küste.

MIRTHLVAIN SUMPF – Sumpfgebiet südlich der Tiriacberge im Fürstentum Midhalla, Melhalla; bevölkert von gefährlichen Mischrassen. Unter stetiger Bewachung. Seit dem Einzug des Nebelgeistes in Athera war der Zauberbanner Verrain der bestellte Wächter des Sumpfes.

Aussprache: Mirth-el-vain

Ursprung: *myrthl* – schädlich; *vain* – Sumpf, Schlamm.

MORFETT – Großherzog und oberster Regent von Etarra zu der Zeit, als die Bruderschaft nach der Gefangennahme des Nebelgeistes versuchte, die Monarchie von Rathain wiederherzustellen.

Aussprache: Mor-fet

Ursprung: im Paravianischen unbekannt.

MORRIEL – Oberste Zauberin von Koriathain seit dem Jahr 4212 des Dritten Zeitalters.

Aussprache. Mor-rial

Ursprung: *moar* – Gier; *riel* – Silber.

MORVAIN – Stadt im Fürstentum Araethura, Rathain, an der Küste der Instrellbucht. Geburtsort Elairas.

Aussprache: Mor-vain

Ursprung: *morvain* – Betrügermarkt.

NARMS – Stadt an der Küste der Instrellbucht, die von den Menschen zu Beginn des Dritten Zeitalters als Handwerkszentrum erbaut wurde. Bekannt für ihre Färbereien.

Aussprache: Narms, reimt sich auf Charme.

Ursprung: *narms* – Farbe.

ORLAN – Paß über das Thaldeingebirge, auch: Stellung des westlichen Außenpostens der Camrisclans in Camris, Tysan. Dort lauerte Grithen Asandirs Leuten auf ihrer Reise zum Althainturm auf.

Aussprache: Or-lan

Ursprung: *irlan* – Riff, Kante.

ORVANDIR – Fürstentum im Nordosten Shands.

Aussprache: Or-van-dier

Ursprung: *orvein* – zerbrochen, *dir* – Stein.

OSTSTADT – (East Ward) Stadt in Fallowmere, Rathain, berühmt für ihren Hafen, der als Handelsumschlagplatz auf dem Weg von Etarra zum Cildeinischen Ozean diente.

Aussprache: Ward

Ursprung: Nicht paravianisch. Diese Stadt wurde von Menschen erbaut.

PARAVIANER – Name der drei alten Rassen, die Athera vor den Menschen bevölkerten. Zu ihnen gehören die Zentauren, die Sonnenkinder und die Einhörner. Diese drei Rassen sind unsterblich, soweit sie nicht von Unglück befallen werden; sie sind die direkte Verbindung zum Schöpfer Ath.

Aussprache: Par-ai-vee-an

Ursprung: *para* – groß, *i 'on* Schicksal oder ›Großes Mysterium‹.

PESQUIL – Major der Kopfjäger unter den Truppen des Nordens zur Zeit der Schlacht im Strakewald. Seine Strategie fügte den Deshirclans die schlimmsten Verluste zu.

Aussprache: Pes-quil

Ursprung: Nicht paravianisch.

QUEN – Schwachsinniger, der der Ersten Zauberin von Koriathain, Morriel, als Türwache und Diener zur Seite steht.

Aussprache: Kue-en

Ursprung: quenient – geistlos.

RATHAIN – Hohes Königreich von Athera, regiert von den Nachfahren Torbrand s'Ffalenns seit dem Jahr eins

des Dritten Zeitalters. Siegel: schwarz-silberner Leopard auf einem grünen Feld.
Aussprache: Rath-ayn
Ursprung: roth – Bruder; *thein* – Turm, Heiligtum.

RAWENTURM – Heimat der s'Ahelas Magier, die Arithon s'Ffalenn aufgezogen und in den Wegen der Macht unterrichtet haben. Gelegen in der Splitterwelt Dascen Elur, jenseits des Westtores.
Aussprache: Roa-wen
Ursprung: ranven – Anrufung.

RENWORT – In Athera heimisches Gewächs, aus dessen Beeren ein giftiger Saft gewonnen werden kann.
Aussprache: Ren-wort
Ursprung: renwarin – Gift.

RIATHAN PARAVIANER – Einhörner, die reinste und direkteste Verbindung zum Schöpfer Ath; die ursprüngliche Vibration verläuft direkt durch ihr Horn.
Aussprache: Rie-ah-than
Ursprung: *ria* – berühren; *ath* – ursprüngliche Macht; *ri'athon* – der das Göttliche berührt.

ROCKFELL – Tiefer, in den Rockwellgipfel im Fürstentum West-Halla, Melhalla, getriebener Schacht, der während aller drei Zeitalter dazu diente, gefährliche Feinde einzusperren. Wurde zum Gefängnis Desh-Thieres.
Aussprache: Rock-fell
Ursprung: Nicht paravianisch.

ROCKFELLTAL – Tal unterhalb des Rockfellgipfels im Fürstentum West-Halla, Melhalla.
Aussprache: Rock-fell
Ursprung: Nicht paravianisch.

SAERIAT – Name des Zweimasters unter dem Kommando von Avar von Karthan, besiegt und niedergebrannt beim Kampf gegen siebzehn Kriegsschiffe aus Amroth.
Aussprache: Say-rie-at
Ursprung: *saer* – Wasser; *iyat* – brechen.

S'AHELAS – Familienname des königlichen Geschlechts, das von den Zauberern der Bruderschaft im Jahr eins des

Dritten Zeitalters zu Regenten des Hohen Königreiches Shand bestimmt wurde. Gabe: Hellsichtigkeit
Aussprache: S'Ah-hell-as
Ursprung: *ahelas* – übersinnlich begabt.
S'DARIAN – Familienname eines Geschlechts der Zentauren, das im Ersten und Zweiten Zeitalter meisterlich Waffen zu schmieden verstand. Am bekanntesten war Ffereton, der die zwölf Klingen von Isaar schmiedete. Das Schwert Alithiel fertigte er für seinen Sohn an.
Aussprache: Dar-ie-en
Ursprung: daer'an – der schneidet.
S'FFALENN – Familienname des königlichen Geschlechts, das von den Zauberern der Bruderschaft im Jahr eins des Dritten Zeitalters mit der Regentschaft über das Königreich Rathain betraut wurde. Gabe: Erbarmen, Einfühlungsvermögen.
Aussprache: Fal-en
Ursprung: *fleel* – dunkel; an – eins.
S'GANNLEY – Familienname eines Geschlechts der Herzöge aus dem Westen, die den Königen von Tysan als *Cathdeins* und Diener zur Seite standen.
Aussprache: Gan-lie
Ursprung: *gaen* – führen, leiten; *li* – gepriesen, auch: harmonisch.
S'ILESSID – Familienname des königlichen Geschlechts, das von den Zauberern der Bruderschaft im Jahr eins des Dritten Zeitalters zur Regentschaft über das Königreich Tysan berufen wurde. Gabe: Gerechtigkeit.
Aussprache: S-Ill-ess-id
Ursprung: *liessied* – Balance.
S'LORNMEIN – Familienname des königlichen Geschlechts, das von den Zauberern der Bruderschaft im Jahr eins des Dritten Zeitalters zur Regentschaft über das Königreich Havish beauftragt wurde. Gabe: Mäßigung, Enthaltsamkeit.
S'PERHEDRAL – Geschlecht der Sonnenkinder, deren Abkömmlinge die Regentschaft über Athera erbten, nachdem Enastir ohne Nachkommen gestorben war.

Aussprache: Per-hied-rall
Ursprung: *para* – groß; *hadreal* – Eiche.

S'VALERIENT – Familienname der Herzöge des Nordens, Regenten und *CaiEhdeins* für die Hohekönige von Rathain.
Aussprache: Val-er-ie-ent
Ursprung: *val* – geradlinig; *erient* – Speer, Lanze, auch Sproß.

SEARDLUIN – verderbte, intelligente, katzenartige Geschöpfe, die in Rudeln umherstreiften, deren Hierarchie sich nach ihrer Skrupellosigkeit und ihrem Geschick beim Abschlachten anderer Lebewesen richtete. Wurden Mitte des Zweiten Zeitalters ausgerottet.
Aussprache: Sierd-lwin
Ursprung: *ssard* – bärtig; *lain* – katzenhaft.

SETHVIR – Zauberer der Bruderschaft der Sieben, diente seit dem Verschwinden der Paravianer nach dem Sieg des Nebelgeistes als Hüter von Althain.
Aussprache: Seth-vier
Ursprung: *seth* – Tatsache; *vaer* – Festung.

SEVERNIR – Fluß, der einst durch das Zentralgebiet des Ödlandes von Daon Ramon in Rathain geflossen ist. Wurde nach dem Sieg des Nebelgeistes an der Quelle umgeleitet zur Bucht von Eltair.
Aussprache: Se-ver-nier
Ursprung: *sovaar* – reisen; *nir* – Süden.

SHAND – eines der fünf Königreiche von Athera, durch den Südpaß in zwei Teile geteilt. Seine westliche Küste bildet West-Shand.
Aussprache: Schaand
Ursprung: *shand* – zwei.

SHANDISCH – Dem Königreich Shand angehörig.
Aussprache: Schaand
Ursprung: *shand* – zwei.

SITHAER – Mythologisch der Hölle gleiche Hallen von Dharkarons Rachegericht; nach den Lehren des Ath in dem Stadium der Existenz, in der die ursprüngliche Schwingung nicht erkannt werden kann.
Aussprache: Sith-air
Ursprung: *sid* – verloren; *thiere* – Geist, Gespenst.

SKELSENGTOR – Höhlenkette in den Klippen der Berge von Skyshiel, die an das Ödland von Doan Ramon in Rathain grenzen. Wurde kurz nach der Gefangennahme vorübergehend zum Gewahrsam für den Nebelgeist.

Aussprache: Skel-seng

Ursprung: *skel* – viele; *seng* – Höhle.

SKYRON FOKUSSTEIN – Großer Kraftstein, Aquamarin, vom Koriani Ältestenkreis nach dem Verlust des Großen Wegsteines während der Rebellion für die wichtigsten magischen Anwendungen benutzt.

Aussprache: Sky-ran

Ursprung: *skyron* – umgangssprachlich für Fesseln; *s'kyr'ion* – buchstäblich: kummervolles Los.

SKYSHIEL – Bergkette, die von Norden nach Süden an der Ostküste Rathains verläuft.

Aussprache, Sky-shie-el

Ursprung: *skyshia* – durchbohren, durchdringen; *iel* - Licht, Strahlen.

STEIVEN – Herzog des Nordens, *Caithdein* und Regent im Königreich von Rathain zur Zeit der Rückkehr Arithon Teir's'Ffalenns. Anführer der Deshans beim Kampf von Strakewald.

Aussprache: Stey-vin

Ursprung: *steiven* – Hirsch.

STRAKEWALD – Wald im Fürstentum Deshir, Rathain. Schauplatz der Schlacht im Strakewald.

Aussprache: Strayk-wald

Ursprung: *streik* – beschleunigen, treiben, keimen, Saat.

TAERLIN – Südwestliches Fürstentum des Königreiches Tysan.

Aussprache: Tay-er-lin

Ursprung: *taar* – ruhig; *lien* – lieben.

TAL QUORIN – Fluß, der durch den Zustrom aus der Wasserscheide auf der Südseite des Strakewaldes im Fürstentum Deshir, Rathain, entstand. Dort wurden während der Schlacht von Strakewald Fallen für das Heer von Etarra aufgebaut.

Aussprache: Tal-quor-in
Ursprung: *tal* – Zweig; *quorin* – Schlucht.

TALERA S'AHELAS – Mit dem König von Amroth in der Splitterwelt Dascen Elur verheiratete Prinzessin. Mutter von Lysaer s'Ilessid, dessen Vater ihr Ehemann war; auch Mutter von Arithon, mit dessen Vater, dem Piratenkönig Avar s'Ffalenn, sie eine ehebrecherische Affäre hatte.
Aussprache: Tal-er-a
Ursprung: *talera* – Zweig, auch Weggabelung.

TALIENNSE – Paravianische Prinzessin, die vor den Khadrim von Kamridian s'Ffalenn gerettet wurde, woraufhin das königliche Geschlecht derer zu s'Ffalenn mit dem Isaerschwert Alithiel belohnt wurde.
Aussprache: Tal-ie-en-se
Ursprung: *talien* – kostbar; *esia* – Feder.

TALS WEGEKREUZ – Stadt an einer Verzweigung der Handelsstraße, die im Süden nach Etarra, im Nordosten zum nördlichen Bezirk führt.
Aussprache: Tall
Ursprung: *tal* – Zweig, Gabelung.

TANE – Vater von Grithen, Erbe des Herzogtums Erdane.
Aussprache: Tain
Ursprung: *tane* – Herr, Vater.

TANLIE – Mutter des toten Kindes, das Arithon aus der Pferdeabdeckerei in Etarra geholt hatte.
Aussprache: Tan-lie
Ursprung: *tun* – braun; *lie* – harmonischer Klang.

TASHAN – Ältester im Rat des Clans von Maenalle, war bei den westlichen Außenposten zum Zeitpunkt des Überfalls von Grithen auf dem Paß von Orlan.
Aussprache: Tash-an
Ursprung: *tash* – schnell, flink; *an* – eins.

TASHKA – Tochter der gnädigen Frau Dania und des Steiven s'Valerient, Herzog des Nordens und *Cathdein* von Rathain.
Aussprache: Tash-ka
Ursprung: *tash* – schnell, flink; ka – Mädchen.

TEIR – Namensgebundener Titel, der Auskunft über das gesellschaftliche Erbe gibt.
  Aussprache: Tay-er
  Ursprung: *teir* – Erbe der Macht.
TELIR – Süße Frucht, ähnlich einer Kirsche, die von den Paravianern angebaut wurde, um Telirschnaps zu brennen. Nach dem Sieg des Nebelgeistes trugen die Telirbäume keine Früchte mehr, und neue Bäume wollten ohne Sonne nicht wachsen.
  Aussprache: Tel-ier
  Ursprung: *telir* – *süß*.
TELMANDIR – Verfallene Stadt, einst Herrschersitz der Hohekönige von Havish, gelegen im Fürstentum Lithmere, Havish.
  Aussprache: Tell-man-dier
  Ursprung: *telman 'en* – lehnen, neigen; *dir* – Fels, Stein.
TENNIA – Junges Mädchen aus Rauven, Dascen Elur, Splitterwelt jenseits des Westtores. War sehr von Arithon s'Ffalenn beeindruckt, wenn auch ihre Furcht eine ernsthafte Bindung verhindert hat.
  Aussprache: Ten-ie'ah
  Ursprung: *itenia* – unsicher.
THALDEIN – Gebirgskette an der Ostgrenze des Fürstentums Camris, Tysan. Stellung der westlichen Außenposten des Camrisclans. Schauplatz des Überfalls am Paß von Orlan.
  Aussprache: Thall-dayn
  Ursprung: *thal* – Kopf; *dein* – Vogel.
TIENELLE – In Höhenlagen wachsendes Kraut, das die Magier zur Bewußtseinserweiterung benutzten. Hochgiftig. Kein Gegengift bekannt. Die getrockneten Blätter entfalten die stärkste Wirkung, wenn man sie raucht. Um die Kraft des Krauts zu begrenzen und einen sichereren Zugriff auf die Visionen zu erhalten, kochen die Koriani-Zauberinnen die Blüten und tränken Tabakblätter mit dem Sud.
  Aussprache: Tie-an-ell-e (e fast unhörbar)
  Ursprung: *tien* – Traum; *iel* – Licht, Strahlen.
TIRIACS – Gebirgskette im Norden der Sümpfe von

Mirthlvain im Fürstentum Midhalla, Königreich Melhalla.
Aussprache: Tie-rie-ax
Ursprung: *tieriach* – Metallegierung.

TISHEALDI – Name der braunen Stute Arithons, den sie für die unregelmäßige weiße Zeichnung auf ihrem Hals erhalten hatte.
Aussprache: Tish-ie-al-dee
Ursprung: *tishealdi* – Spritzer, spritzen.

TORBRAND S'FFALENN – Gründer des Geschlechts derer zu s'Ffalenn, von der Bruderschaft der Sieben im Jahr eins des Dritten Zeitalters zum Herrscher über das Königreich Rathain gekürt.
Aussprache: Tor-brand
Ursprung: *tor* – scharf, kantig; *brand* – Temperament.

TORNIRGIPFEL – Bergkette an der Westgrenze des Fürstentums Camris, Tysan. In der Nordhälfte vulkanisch aktiv. Dort werden die letzten überlebenden Horden der Khadrim unter Bewachung gehalten.
Aussprache: Tor-nier
Ursprung: *tor* – scharf, kantig; *nier* – Zahn.

TRAITHE – Zauberer aus der Bruderschaft der Sieben. Alleinverantwortlich für das Schließen des Südtores, um ein weiteres Eindringen des Nebelgeistes zu vereiteln. In diesem Prozeß verlor Traithe den größten Teil seiner Fähigkeiten und zog sich eine Lähmung zu. Da nicht bekannt ist, ob seine eingeschränkte Macht es ihm erlaubt, in die körperlose Existenz überzugehen, hat er seinen physischen Körper beibehalten.
Aussprache: Tray-the
Ursprung: *trei the* – Freundlichkeit.

TYSAN – Eines der fünf Königreiche von Athera, wie sie durch die Bruderschaft der Sieben festgelegt wurden. Regiert vom Geschlecht derer zu s'Ilessid. Siegel: goldener Stern vor blauem Hintergrund.
Aussprache: Tie-san
Ursprung: *tiasan* – reich.

VALENDALE – Fluß, der am Paß von Orlan im Thaldeingebirge im Fürstentum Atainia, Tysan, entspringt.
Aussprache: Val-en-dail
Ursprung: *valen* – geflochten; *dale* – Schaum.

VASTMARK – Fürstentum im Südwesten von Shand. Stark gebirgig, ohne Handelsstraßen. Die Küsten von Vastmark sind berüchtigt für die unzähligen Schiffswracks. Bewohnt von nomadischen Schäfern und Wyverns, den kleineren, nicht feuerspuckenden Verwandten der Khadrim.
Aussprache: Vast-mark
Ursprung: *vhast* – kahl, öd; *mheark* – Tal.

VERRAIN – Zauberer, Banner, Schüler von Luhaine, bewachte Mirthlvain, als es der Bruderschaft der Sieben nach dem Sieg des Nebelgeistes an Magiern mangelte.
Aussprache: Ver-rain
Ursprung: *ver* – Festung; *ria* – berühren; *an* – eins; paravianisch eigentlich: *verria 'an*.

WARD – Schutzzauber.
Aussprache: Wie im Englischen: Word
Ursprung: Nicht paravianisch.

Die Abenteuer von Lysaer und Arithon gehen weiter in:

DIE SCHIFFE VON MERIOR

Bastei-Lübbe Band 20 355.

Im folgenden finden Sie den Beginn des Romans, der im März 1999 erscheint:

An jenem Morgen, an dem der Bruderschaftszauberer, der zuvor den König in Ostermere gekrönt hatte, über eine alte, nicht mehr benutzte Straße gen Norden reiste, wies nichts darauf hin, daß der nun schon fünf Jahre währende Frieden, der nach dem großen Gemetzel, das dem Sieg über den Nebelgeist folgte, auf unsicherem Fundament stand, gebrochen werden könnte.

Dies schien nicht der richtige Zeitpunkt für einen Zufall zu sein, der eine Spirale von Ereignissen in Gang setzen könnte, die nicht nur Loyalitäten, sondern auch ganze Königreiche auf den Kopf zu stellen vermochte. Die Küstenlandschaft von Havish mit ihren zerklüfteten, schattigen Tälern, hatte sich in das buntgesprenkelte Grün des späten Frühjahres gehüllt. Tau glitzerte im strahlenden Sonnenschein des frühen Tages noch immer auf den Blattspitzen. Asandir war mit dem Pferd unterwegs. Sein dunkler, silberbesetzter Umhang, den er zuletzt anläßlich der Krönungsfeierlichkeiten getragen hatte, ruhte ordentlich zusammengefaltet in seiner Satteltasche. Offen flatterte sein ebenfalls silbernes Haar in der Brise, die von der See herüberwehte und das Farnkraut auf den Bergkuppen durcheinanderwirbelte und Stechginster an die flechtenverkrusteten Felsvorsprünge drückte. Die Fesseln seines schwarzen Hengstes verschwanden im tiefen

Gras, während sie allein unter dem wolkenlosen Himmel durch das Land zogen. Wildblumen, die unter den Hufen des Rappen brachen, erfüllten die Luft mit ihrem süßen Duft und dem wirren Flug aufgescheuchter Bienen.

Zum ersten Mal seit Jahrhunderten, in denen er sein Leben seinem Amt widmete, war Asandir allein und nicht aus drängendem Grunde unterwegs. Der unbarmherzige Krieg war ebenso beendet wie die Aufstände gegen Regenten und Handelsherren, die den Norden nach der Gefangennahme des Nebelgeistes verwüstet hatten, und wenn auch Regentschaft und Recht in Havish noch nicht gefestigt waren, so beschränkte sich der latente Haß doch auf die breiten Wege der Staatskunst und der Politik. Besser als andere wußte Asandir, daß diese Ruhepause nicht von Dauer sein konnte. Bitter und schmerzhaft nagten seine Erinnerungen an ihm, Erinnerungen an den großen Fluch, den der Nebelgeist über seine beiden Bezwinger gebracht hatte; dem Land das Sonnenlicht zurückzugeben, hatte einen hohen Preis gefordert, zu dem nicht allein das Schicksal zweier Sterblicher, sondern überdies der dauerhafte Frieden gehörte.

Solange es den Zauberern der Bruderschaft nicht gelang, ein Mittel zu finden, um die Bande des Hasses zu vernichten, die Desh-Thiere über die beiden Halbbrüder gelegt hatte, deren Gaben er seinen Untergang verdankte, so würde das Sonnenlicht, das die lebendige Erde erwärmte, auch weiterhin mit Blut bezahlt werden müssen. Nun, nachdem der gekrönte Nachfahre königlichen Blutes den Thron von Havish sicher innehatte, war Asandir endlich unterwegs, seine Brüder bei ihren Bemühungen zu unterstützen, die beiden Opfer des Nebelgeistes aus der Gewalt der Rache Desh-Thieres zu erlösen.

Entspannt in diesem Augenblick seltener Zufriedenheit, und doch nach all den Jahrhunderten sonnenlosen Dunstes erst zu kurze Zeit von dem Nebel befreit, um die gesunde Frühjahreserde als selbstverständlich anzusehen, ließ Asandir seinen Geist mit dem Wind schweben. Die Straße, die er gewählt hatte, war schon seit Jahren von Wildpflanzen überwuchert, kaum mehr als ein Riß, der sich schlangenförmig durch das dichte Dornengestrüpp rankte, um erst dort wieder zum Vorschein zu kommen, wo regelmäßig äsendes Rotwild das Wachstum der Pflanzen beschränkte. Trotz des gebannten Nebels fürchteten die Städter den Aufenthalt unter offenem Himmel, außerhalb sicherer Mauern und fern belebter Straßen noch immer, waren dort doch die Schauplätze längst vergessener Mysterien angesiedelt. Reisende im Norden bevorzugten es beinahe schon naturgemäß, ihren Weg per Schiff zurückzulegen.

Den Zauberer, der die Zügel während seines Ritts locker um die Hände geschlungen hatte, vermochten die fühlbaren Nachwirkungen paravianischen Daseins so wenig zu beunruhigen, wie die Fundamente alter Ruinen, auf denen nun Wildrosen in dichten Kissen wucherten. Ohne Fehltritt folgte er seinem Weg, geführt von seinen Erinnerungen, die bis zum Bau der verwittertsten, eingestürzten Mauern zurückreichte. Seine träumerische Erscheinung trog. Bei jedem Schritt schwangen seine magisch erhöhten Sinne in der Resonanz der natürlichen Energien mit, die ihn allenthalben umgaben. Die Sonnenstrahlen, die seine Schultern wärmten, wurde zu einer Segnung, gleichermaßen Kontrapunkt wie Freudenfest für den klingenden Widerhall, geboren aus dem Licht, das Schatten von den Kanten natürlicher Felsen brach.

Als dissonante Strömungen sich in das Gewebe schlichen, brachen Reflex und Gewohnheit sogleich Asandirs Wohlgefallen. Spannung erfaßte seine Wahrnehmungsfähigkeit, die sich sogleich auf die Suche nach der Ursache für die Störung begab.

Welch üble Nachrichten sich auch immer von Süden nähern mochten, die wachsamen Sinne des Rosses vermochten sie nicht wahrzunehmen. Schnaubend schüttelte der Hengst seine Mähne, als Asandir ihn an den Straßenrand führte. Lange Minuten vergingen, ehe das Donnergrollen galoppierender Hufe die Lerchen aufschreckte und ohne einen weiteren Laut davonjagen ließ. Als der Bote auf seinem schwer arbeitenden Pferd in Sicht kam, saß der Zauberer mit gerunzelter Stirn im Sattel, während sich sein Rappe, des Wartens müde, am Gras gütlich tat.

Der Kurier trug die Farben des Königshauses. Der auffällige, scharlachrote Umhang mit dem goldenen Falkenwappen der persönlichen Dienerschaft des Königs wurde von der steifen Brise zusammengedrückt. Offenbar war der Mann kein gewöhnlicher Bote, verfügte er doch über die Haltung eines vortrefflichen Kämpfers. Dennoch war von der ungestümen, kriegerischen Beherztheit, die seinem Namen Würde verleihen sollte, nichts mehr zu spüren, als er so heftig an den Zügeln zerrte, daß sein Pferd tänzelnd und heftig mit dem Kopf schüttelnd zum Stehen kam.

Der Mann mußte ein Narr sein, der eifrig bemüht war, einem Zauberer der Bruderschaft schlechte Nachrichten zukommen zu lassen.

Aufgebracht sprach Asandir, noch ehe es dem Reitersmann des Königs gelungen war, seine Unsicherheit zu meistern: »Ich weiß, daß dein Gebieter dich schickt. Sollte mein Zauberbanner Dakar die Ursache dafür sein, und sollte er irgendwelche Schwierigkeiten heraufbeschworen haben, so sage ich dir jetzt, was ich bereits seiner Hoheit und dem Diener des Reiches gesagt habe: es kann kein Problem geben, daß aus den Missetaten eines Lehrlings resultiert und nicht durch das Rechtssystem eines Hohekönigs gelöst werden kann.«

Der Bote zog an den schweißgetränkten Zügeln, um sein augenrollendes Roß davon abzuhalten, einen seitlichen Fehltritt in den Farn zu wagen. »Bitte um Vergebung, Zauberer. Aber Dakar hat sich betrunken. Es hat ein Kampf stattgefunden.« Schwitzend und bleich angesichts des wenig erfreuten Magiers, beeilte sich der Kurier nun, seine Geschichte zu Ende zu bringen. »Euer Zauberbanner wurde niedergestochen, und König Eldirs Heiler sagen, er wird verbluten.«

»Ach, tatsächlich?« Des Zauberers Tonfall war beißend wie eine Blechschere in dünngewalztem Metall. Asandirs Brauen ruckten hoch. Seine runzeligen Züge verzogen sich für einen Augenblick zu einer Miene grimmiger Verblüffung. Dann zerrte er seinen Rappen von einem frischen Bissen Grases fort, riß ihn herum und jagte ihn in donnerndem Galopp zur Stadt zurück.

Allein mit seinem erschöpften, tänzelnden Pferd auf der verlassenen Straße, war dem königlichen Boten nicht zum Verweilen zumute. In seinen Adern floß kein Clanblut, das es ihm gestattet hätte, sich in der Wildnis wohl zu fühlen, umgeben von alten Steinen, in die unheimliche Muster eingeritzt waren, die eines Mannes Gedanken zu verhexen imstande waren. Kaum hatte seine überreizte Stute ihren Kampf gegen die Gebißstange aufgegeben, trieb er sie auch schon in Trab, erleichtert ob der Tatsache, daß er von der Nähe des Zauberers verschont blieb, den nicht zu fürchten kein vernünftiger Mensch für sich in Anspruch nehmen konnte.

Band 20 342
Janny Wurts
Meister der Schatten
Deutsche Erstveröffentlichung

Alles begann mit dem Nebelgeist. Er hüllte die Welt Athera in undurchdringliche Schleier, überzog sie mit Krieg und vernichtete das Gesetz der Hohen Könige. Fünf Jahrhunderte später lastet der Fluch des Nebelgeistes noch immer auf Athera. Nur zwei Prinzen haben die Macht, diesen zu brechen: Arithon, Meister der Schatten, und Lysaer, Herr des Lichts, zwei Halbbrüder mit ungewöhnlichen Fähigkeiten. Wenn sie Athera – und sich selbst – retten wollen, müssen Arithon und Lysaer sich verbünden. Doch der Nebelgeist ist wachsam und sät bittere Feindschaft zwischen den beiden ...

BASTEI LÜBBE